著者略歴

一九三四年山形県東置賜郡川西町（旧小松町）生まれ。

上智大学外国語学部フランス語科卒業。

一九七二年「手鎖心中」で直木賞、「道元の冒険」で岸田戯曲賞・芸術選奨新人賞。以降、戯曲・小説など多方面で多才な創作活動を続ける一方、数多くの賞の選考委員をつとめる。

劇団こまつ座主宰。

二〇〇一年朝日賞、二〇〇四年文化功労者、二〇〇九年恩賜賞日本芸術院賞。

井上ひさし全選評

二〇一〇年三月一〇日　第一刷発行
二〇一〇年七月　五日　第三刷発行

著　者 © 井《いの》上《うえ》ひさし
発行者　及川直志
印刷所　株式会社三秀舎
発行所　株式会社白水社
東京都千代田区神田小川町三の二四
電話　営業部〇三（三二九一）七八一一
　　　編集部〇三（三二九一）七八二一
振替　〇〇一九〇―五―三三二二八
郵便番号一〇一―〇〇五二
http://www.hakusuisha.co.jp
乱丁・落丁本は、送料小社負担にてお取り替えいたします。

松岳社（株）青木製本所

ISBN978-4-560-08038-2

人名索引

あ

い

う

え

お

か

き

く

け

こ

さ

し

す

せ

そ

た

な

に

ぬ

ね

の

は

ひ

ふ

へ

ほ

ま

み

む

め

も

や

ゆ

作品名索引

あ

い

う

え

お

か

き

く

け

こ

さ

し

す

せ

そ

た

ち

つ

て

と

な

に

ぬ

ね

の

は

ひ

ふ

へ

ほ

ま

み

む

め

も

や

ゆ

よ

わ

賞・懸賞名索引

は 行

ま 行

や 行

HI HI HI HI HI HI

井上ひさし全選評

HI HI HI HI HI HI

白水社

井上ひさし全選評

装丁＝和田誠

目次

凡例

一　本書では一九七四年〜二〇〇九年、著者が各新聞社・出版社・放送局・公共団体・財団・劇団・民間会社等から委嘱された賞や懸賞・公募の審査から、著者が担当したものを年代順に収録した。

一　雑誌の新年号が十二月発売のように、号数と発売日とに差異がある場合は、号数に合わせた。

一　同じ月に異なる賞が重なっている場合は、新聞、週刊誌、月刊紙、ホームページ等の順で、さらに重なる場合は賞名の五十音順で掲載した。

一　各賞の他、回数、受賞者名、公表されている場合候補作、著者を除く選考委員名、主催者、発表された紙誌名を掲載した。

一　「読売文学賞」「菊池寛ドラマ賞」等で選評を担当しなかったものや、選考会欠席等で選評を執筆しなかったものについては、各賞の記録を割愛した。

一　選考会が対談や座談会で公表された旧「小説新潮新人賞」、「山本周五郎賞」、第37回「岸田國士戯曲賞」、「2001年日本の顔」等については、著者の発言部分を中心に再構成した。

一　人名、送り等の表記の統一はせず、原文のままにした。

一九七四（昭和四十九）年

オール讀物新人賞（第四五回）

受賞作＝醍醐麻沙夫「『銀座』と南十字星」／他の候補作＝境忠雄「偶像の護衛者」、深沢幸雄「棒安物語」、日向健一「哀しいくせ」、浅田小知子「女郎湯」、高原悠「松茸の季節」／他の選考委員＝伊藤桂一、黒岩重吾、駒田信二、吉村昭／主催＝文藝春秋／発表＝「オール讀物」一九七四年十二月号

計算ずくの破綻を買う

小説の賞の選者をつとめるのは、生れてはじめての経験なので、はじめのうちはかなりの戸惑《とまど》いがあった。候補作を、どうしても読者として読んでしまうのである。

読者として読ませていただくと、日向健一氏の『哀しいくせ』と浅田小知子氏の『女郎湯』にどうしても低い点がついてしまう。『哀しいくせ』は四分の三までは凄《すご》いが、最後の四分の一でがら

りと調子が変る。筋立てがあわただしく変転し、かつ、都合よく運びすぎ、読者としては「あれ？」を連発せざるを得ないのだ。もっともこの作者はこれからきっと出てくるだろうと信じるけれども。

『女郎湯』はじっくりと書き込んであるが、はじめは女主人公にぴったりとくっついていた作者の目が、途中で他の人物へころりと寝《ね》返ってしまうので、安心して読めないところがあった。

境忠雄氏の『偶像の護衛者』と、高原悠氏の『松茸の季節』には、かなり高い点数をつけた。ともに文章はきまっているし、大きな破綻《はたん》も見当らぬ。が、しかし、この破綻のないところがじつは破綻なのではないか、という気がした。これは不遜《ふそん》な言い方かもしれないが、うまく出来ている分だけ、どこかに物足らなさが残るのだ。

深沢幸雄氏の『棒安物語』はじつに楽しく読めた。破綻は多いが、それが魅力である。文体においてもプロットにおいても紋切型《パターン》を徹底して積み重ね、その集計は結局紋切型を脱して新しい。

醍醐麻沙夫氏の『「銀座」と南十字星』は、計算した上で、わざと破綻を作り出している、といったところのある不思議な作品である。表に出ているのはどうでもいいような二人の青年の短い遍歴談であるが、その裏を、ブラジルの勝ち組、大企業のブラジル進出、移民ですらない移民など、さまざまな重い問題でしっかりおさえている。

この二人の青年の短い遍歴、というのも、いま流行《はやり》の主題で、すべて計算ずくのように思われる。『棒安物語』も捨てがたいが、こちらの破綻は無意識であり、『「銀座」と南十字星』の意識的破綻には、やはり一歩譲る、と、ようやく選者の役割に慣れたわたしは思い、後者の授賞に賛成した。

パロディ'74（第一回）岩波文庫「読書子に寄す」

――一席＝野中尚勝／他の選考委員＝丸谷才一、涌井昭治／発表＝「週刊朝日」一九七四年十二月六日号――

観客子に寄す　新ヌード劇場開場に際して

女体は万人によって見られることを自ら欲し、万古は万人によって愛されることを自ら望む。これを万古不易の法則というかどうかはとにかく、かつては民を愚昧ならしむるために万古が高級料亭の最も狭き四畳半に閉鎖されたことがあった。今や万古を特権階級の独占より奪い返すことはつねに進取的なる民衆の切実なる要求である。当劇場はこの要求に応じてそれに励まされて生まれた。それは生命ある不朽の万古を少数者の妾宅とマンションとより解放し街頭にくまなく立たしめ民衆に伍せしめるであろう。近時裸体劇場の流行を見る。「踊子全部オープンドアの自発的サービス！」「東西A級ヌードが全員集合」「ヌードの限界をすべて超えたテクニックと女の恍惚」「埼玉県の穴場はここ」など、その広告宣伝の狂態はしばらくおくも、「生ツバが出るほど凄い」と誇称するそれらの劇場はその演出に万全の用意をなしたるか。官憲や刑法改正案におそれをなし及び腰の態度をとらざりしか。さらに萎《しな》び万古を観客に強うるがごとき、はたしてその揚言する万古解放のゆえんなりや。このときにあたって当劇場は、範をかのそれ突けやれ突けにとり、東西にわたって粗万、貴万、珍万の種類を問わずいやしくも万人の必見すべき万古をかぶりつき形式において逐次開陳せ

しめ、あらゆる好《す》き者《もの》に須要なる性欲向上の資料、従来の性生活批判の原理を提供せんと欲する。万古を愛し上万を求める士の自ら進んでこの挙に参加し、希望と忠言と入場料を寄せられることは吾人の熱望するところである。なお、その性質上、刑法的には最も困難多きこの事業にあえて当たらんとする吾人の志を諒として、その達成のため世の警官子とのうるわしき共同を期待する。

一九七五（昭和五十）年

パロディ'75（第二回）宮沢賢治の詩

一席＝高橋勝幸／他の選考委員＝丸谷才一、涌井昭治／発表＝「週刊朝日」一九七五年四月二十五日号

自虐の辛さほろ苦さ

丸谷才一さんは審査会の席上で開口一番、「このたびの応募作品には良質なものが多いが、しかし全体にじめじめと湿っぽい。からからと笑えるものがすくないようですね」と言われたが、同感である。ほとんどの作品において「自虐」が重要な味の素になっている。むろんパロディに自虐味があってはいけないとか、また湿っぽくてもいけないとかいうような規則はないが、すくなくとも笑えないのでは困る。なにしろ有名な作品の文体や韻律や癖をなぞり滑稽化するのがパロディの責務なのだから。

もっとも、すべてを投稿家のせいにするのは気の毒というものだろう。いまの世の中、どちらを向いても胸の塞《ふさ》がることばかりであるし、ほとんどの投稿家が原料とした宮沢賢治の「雨ニモマケズ」は、これまた丸谷さんがおっしゃるように「原典そのものがすでにパロディになっている」ような奇妙な作品である。世の中と原典との二重の枠をなぞりつつその枠から飛び出すのは、これはたいへんな力業にちがいない。

ところで「雨ニモマケズ」をパロディにする場合、三つの重要な節がある。だれでも知ってる冒頭の数行、後半の「東ニ……、西ニ……、南ニ……、北ニ……」の部分。そして終結部の数行がその節で、ここの扱い方、料理法ですべてが決まる。最終選考に残った二十編の候補作品はいずれもこの三つの部分の処理が巧みで、とくに「サウイフモノニ／ワタシハナリタイ」の終結部のなぞり方などどれもこれも思わず唸るようなものばかり。「……サイシニダメオヤジトヨバレ／ジョウハツモセズ／クビモツラズ／ソウカツスルニ／ワタシハオメデタイ」（永崎靖彦さん）と原典の音韻を上手に活かしながら突き放したり、「……ソウイウ妻ニ／ワタシハサレタ」（文園加寿さん）と過去完了でしめくくってほろ苦さを出したり、「ソウイウモノニ／ワタシハアンマシナリタクナカッタノ」（吉備聖子さん）と八方破れで放り出したり、見事なものである。また早くも常連投稿家が散見するのもまことにめでたく、心強い光景で、そのひとりである三船恵子さん（前回は二席に入選）は「口論デモカテズ／腕力デモカテズ／稼ギデモ頭ノ回転デモカテヌ／恐シイ妻ヲ持チ／夢ハナク／決シテ報ハレズ／イッモトイレデナイテキル」と亭主族をからかい、審査員の胆を寒からしめた。三回目にはさらに常連の数がふえることを、日本文学の裾野をひろげるという意味からも（は、ち

と大袈裟かしらん）切望する。

特筆すべきは、野党に対する批判を織り込んだものに秀作が多かったことである。もちろん、革新をパロディにするから保守びいきというわけではなく、野党びいき、革新シンパが、そのひいきの野党を、そして頼りの革新をからかわなければならないところに、深い、そして苦い意味があるのだろう。

わが国の革新政党はそこまで堕《お》ちてしまったのだ。見放したいが見放せない、愛想尽かしを言いたいがそれができない、その自虐の辛さ、切なさ、じれったさが秀作を生んだのだ。そのへんが理解できず、ただ「あなたの一票をよろしく」と連呼するだけでは、保守独裁は永久にこの国に居直りつづけるだろう。全革新党員の精読を願う。

なお、「インフレボッコのはなし」の原典は詩ではなく散文であるが、おおどかな滑稽味捨て難く佳作としたことを、おしまいに付言させていただく。

オール讀物新人賞（第四六回）

受賞作＝楢山芙二夫「ニューヨークのサムライ」、相沢武夫「戊辰瞽女唄」／他の候補作＝伊庭五郎「死者の堂守」、吉水章夫「結び文」、下田忠男「大寄進」、古城克博「渇いた川」／他の選考委員＝伊藤桂一、黒岩重吾、駒田信二、吉村昭／主催＝文藝春秋／発表＝「オール讀物」一九七五年六月号

坩堝《るつぼ》の火度

たとえば、白人女性との性交を、「ニューヨークのサムライ」の作者は、「薄暗い部屋の中に、少し露骨にぴちゃぴちゃと水の音がして、私は海で泳いでいるような錯覚にとらわれた。女の体は、はてしなく深い」という具合いに書いている。この方法、すなわち事柄をそのまま記すのではなく、いったんは自分の「個性」という坩堝をくぐらせ、なにかほかのものにたとえてゆくやり方、これが作家の「錬金術」というものだろうと考えるが、この作品にはそれがいたるところにあった。またニューヨークという大都会に作者が真正面からぶつかって、すこしも負けていないところにも大きな才能を感じさせられた。

もっとも心配もないではない。この作品はいってみればバラエティショーである。そしてドラマをこなせるかどうかはまた別の問題だからだ。

もうひとつの入選作「戊辰瞽女唄」には、無計算を装いながらじつはたしかな計算がある。たとえば、全体にただようもどかしさ、これはひょっとしたら、盲人が晴眼者《せいがん》と伍して生きて行くときのもどかしさと通じるのではないかと思い当って、わたしは作者のソロバンのうまさにひそかに舌をまいた。また、作者は瞽女の生活をただ淡々と記し、一個所だけ、女主人公と雲水玄達との峠での出合いをわずかにふくらませる。見せ場、読ませどころを一個所に限ることによって、作者は喜びのすくない瞽女の一生を、わずか数十枚のなかに定着し得たのである。これも作者が独自の錬金術用の坩堝を持っているから出来た計算だろう。コトバに対する粘りのある感覚も上々吉である。

この二篇に較べると、残念ながら他の四つの坩堝の火度はやや低かったようだ。が、「渇いた川」

にはとくに未練がある。話を分散させず、妹殺しに焦点を絞ったら、凄かっただろう。

パロディ'75（第三回）夏目漱石「草枕」冒頭部分

一席＝出羽一席／他の選考委員＝丸谷才一、涌井昭治／発表＝「週刊朝日」一九七五年九月十九日号

選評

漱石先生の「草枕」の冒頭部分はたいそう論理的である。この「論理的である」ということが冒頭部分の、音としての調子のよさ、べつにいえばリズムを創るもとになっているので、原作の論理的な文脈を変えてしまってはパロディにならない。今回の難関はそこにあった。原作に近すぎる位置でひねくると漱石先生の論理に流されてしまうし、離れすぎてはパロディにならないのだ。

最終予選を通り抜けた二十編は、その点でいずれもこの距離測定がたしかで、さすがだった。漱石の論理を、考え方の筋の展開を、みなさんが自分のものとしておられる。選考会の席上で丸谷才一さんが、「みなさん、お上手になられたなぁ」と呟いてらしたけれど、わたしも同感である。

こういったわけで論理の展開がおおよそ決まっているのだから、勝負は題材である。国民周知の「音のひびき」の上になにを乗っけるかである。小川礼子さんの「負けそう、巨人」と牧野良一さんの「牌めくり」、そして杉並ミミズさんの「海洋博の憂鬱」はその計算に秀でていた。とくに牧

野さんのパロディ技術は玄人だ。(なお、小川さんの作品には選考委員の手が入っているので、あしからず)

「羊水に揺られながら考えた」(阿部洋雄さん)、「産院の玄関を登りながら考えた」(大井雅友子さん)という突飛な出だしを持つ作品もあったが、後半が前半の突飛さを支え切れなかったようで、まことに残念である。

また女性の投稿家に「とかくにハイミスは住みにくい」(足達由美子さん)、「とかくに独り身は住みにくい」(日野千寿子さん)、「とかくに女ひとりは住みにくい」(山口彰子さん)、「とかくにオールドBGは働きにくい」(野本よしえさん)と、同工同曲の作品が多かったが、婚期おくれし女性のひとり住まいのさびしさを的確に表現した野本さんに一日の長があった。おちの語呂合わせも効いている。

男性投稿家の作品に「満員電車に揺られながらこう考えた」という出だしが多かったのも今回に目立った傾きである。春村洋隆さんの「紳士独白」は「……尻に当たれば角が立つ。胸を押したら睨まれる、面と向かえば窮屈だ。兎角に身の置き方が難しい。難しさが高じると、すいた電車に乗り換えたくなる。どの電車に乗っても満員だと悟った時、ひらめきが生じ、本性が目ざめる」と、じつに快調な書き出しであるが、後半すこしずつパロディ気分が薄れて行ったのはわがことのように口惜しい。一席の出羽一席(おお、筆名からしてパロディに徹しておられる!)の作品はその点、堅実であった。なによりも原作の雰囲気をかっちりと写し取っておられる。高い点数を得たのはそこが買われたからである。

さて、パロディ愛好家の技倆が上がったせいもあって四回目の課題はぐんと難しい。これは丸谷才一さんの出題であるが、これまでのものが初級だとすれば中級の上だ。愛好家はふるって包丁、ならぬ鉛筆を握られよ。

オール讀物新人賞（第四七回）

受賞作＝加野厚「天国の番人」／他の候補作＝真木洋三「黒い音」、下田忠男「虚構の覇者」、狩野治生「虚空伝説」、谷山士郎「蟬しぐれ」、吉水章夫「科野坂」／他の選考委員＝伊藤桂一、黒岩重吾、駒田信二、吉村昭／主催＝文藝春秋／発表＝「オール讀物」一九七五年十二月号

うますぎることの危険性

入選作には「幼い」ところがあった。これをひっくり返していえば、他の五篇の候補作はそれぞれにうまく、その「うまさ」は、たとえば、諸作の冒頭の一句を見るだけですでに歴然としている。「風は徴《しるし》ほどもなかった。昼のじめじめした熱気が川べりにそのままよどんで残っていた」（下田忠男「虚構の覇者」）

「寺を包む森を、蟬しぐれが渡った。一瞬何もかも消してしまって、殴りつけられたような、衝撃に近い感じである」（谷山士郎「蟬しぐれ」）

「編集室の窓から紺青の湖《うみ》が見えた。堅田の浮御堂《うきみどう》が、萌え始めた葦のなかに小さくのぞいてい

る」（狩野治生「虚空伝説」）

「旅沢さんという父の友人がはじめて店に来たのは八月下旬だった。残暑で台所はうだるように暑かった……」（真木洋三「黒い音」）

「おせいがはじめて平井左近と出遭ったのは、ある夏の盛りの夕暮れであった」（吉水章夫「科野坂」）

たしかにうまい。だが、この「うまさ」はわたしたちがどこかで、もしかしたら、山本周五郎や井上靖や松本清張などの諸先達の作品のなかでずいぶん前にお目にかかっているような「うまさ」だという気がするが、どうであろうか。これを別にいえば、これら五篇の出だしはパターンではないのか。だから「うまい」けれども力がないのではあるまいか。

入選作の出だしは、

「天国《パラダイス》ってここですか?」

という意表をつく会話体ではじめられている。この突飛さには力がある。また知的でもある。わたしはこの力に惹《ひ》かれて最後まで一気に読み、各所にばらまかれた知的な文章に思わず笑った。この作にある「幼さ」はいずれ克服できる体のものであるが、しかし、うまくなるのは考えものだ。小説がうまく書けるようになるにつれて、ほんとうに書きたいことがなくなって行くということも世の中にはあるからである。

一九七六（昭和五十一）年

オール讀物新人賞（第四八回）

受賞作＝小野紀美子「喪服のノンナ」、瀬山寛二「青い航跡」／他の候補作＝森矢久「タレントロジー入門」、堀和久「ゴーギャンの朝」、馬場信浩「離れ駒」、土井耕作「コブラの踊り」、山口四郎「懐妊お願い」／他の選考委員＝伊藤桂一、黒岩重吾、駒田信二、吉村昭／主催＝文藝春秋／発表＝「オール讀物」一九七六年六月号

いくつかの注文

「喪服のノンナ」と「青い航跡」とを除く五篇には、読み手の注意を最後まで他へ逸《そ》らすまい、とする気迫が漲《みなぎ》っていて、そこにまず好感を持った。

ただし、選者としての役目上、己が日ごろの作物《さくもつ》の不出来を棚に上げたまま、いくつかの注文を施せば、たとえば「コブラの踊り」は留置場ですべてを終始させた方がより高い効果が出たのではは

なかったか。閉ざされた場所で、椎名五郎をその象徴とする、かつて在った開かれた、自由な生き方を想う。この構成上のスタイルの首尾が全うされていたら、留置場は現世《いま》の象徴となり、この短篇は深い冥想と溢《あふ》れんばかりの詩情とを獲得できただろうと思われる。略歴によれば、作者は多くの体験に恵まれておられる。この米櫃《こめびつ》を活かした次作に期待したい。「タレントロジー入門」は、結尾の捻《ひね》りが不充分であった。どんでん返しが見え透いている。狙いを、猫の孤高と、それをフィルムに収めて金を稼ごうとじたばたする人間とのせめぎ合いに絞っていれば、ユーモアの描き手として決して凡手ではない作者の特質をさらに発揮できただろう。題名も熟していない。この題名には作者自身も不満足のはずだ。わたしなら「猫の手」とでもしたいところだ。猫と、妻の手と、猫の手でも借りたいような忙しさの三つにかけてある。が、そこまで注文をつけては越権だ。「猫の手」以下は取り消そう。

「ゴーギャンの朝」もまた、主人公が傍系のスナックチェーン部門へ追いやられてからの活写にすべてを集中すべきだった。が、伸びやかな筆致と快適な展開、そして玄人はだしの心憎い笑わせ方や人物を造型するときのペンの切れのたしかさなどみな得難い。作者がこれからも机に向われる時間を豊富に持たれることを祈る。つまり、どしどし書いてほしい。

「懐妊お願い」と「離れ駒」とは甲乙をつけ難い。前者はあらゆる宗教が持つ或る種のトリック性を鋭くも見破り、文体も野坂昭如二世と声をかけたくなるほど自在で、登場人物の心理の襞《ひだ》を巧みに捉えている。後者は、文体こそやや月並とはいえ、プロットの展開力は七篇中随一、将棋を知らない読み手をも巻き込む膂力《りょりょく》がある。

強いて黒白をつければ、「懐妊お願い」において、主人公に対する作者の気の入れ方がすこし弱いところが、わずかながら減点となる。

「離れ駒」は、その点、主人公が作者か作者が主人公か判然としないところがあり、そのことが凄じい迫力となっている。将棋の「ショ」の字もない異郷で読んだせいもあって、わたしはこの作に堪能した。

「青い航跡」は、その素朴さは尊重するが、出来損いの純文学《ピュア・リテラチュア》みたいであり、「喪服のノンナ」については、作者が筆を擱《お》いたところから、じつはこの小説が始まるべきだろうと思われる。

パロディ'76（第六回）「わが輩は猫である」（ロッキード事件版）

——一席＝徹之介／他の選考委員＝丸谷才一、涌井昭治／発表＝「週刊朝日」一九七六年八月六日号——

吾輩は立ち聞きしたのである

吾輩は猫である。名前はないわけではないが、名乗るほどの大物でもない。生れも育ちも銀座裏、旗亭の軒下に住みつき、残肴をあてにしてどうやら露命を繫いで居る。吾輩はこゝで始めて人間というものを見た。然もあとで聞くとそれは酔っ払いという人間中で一番稚気に富む種族であったそうだ。この酔っ払いというのは旗亭で供する肴で酒を飲むよりも、己が所属する会社の上役・同僚・下役の噂話や悪口陰口を肴に飲む方が酒が旨いという連中であるが、時々変り種も来る。

今日やってきた五人組なども相当の珍種で、卓子の上の酒肴を傍へ押しやり代りに紙をひろげ、

「こんどの漱石の『猫』のパロディは、まず漱石式の風が吹けば桶屋が儲る方式の屁理屈や漢語や禅語の使いこなし方で優劣が決まりますな」

「それにやはり猫が万物の霊長である人間をどこまでこきおろし揶揄できるか、この倒立した視点を最後まで貫くことができるか、これが選考の眼目でしょう」

などと固苦しい会話をかわして居る。

「猫」という言葉がしきりに出て来るので気になり、吾輩は昼寝を早目に切り上げ、楓の枝から二階の屋根へ登り、簾ごしに座敷を覗いてみた。

「こいつは手を入れゝばよい作になる。これを一席にしましょうや。猫と南京豆と目白の鯉が三題噺よろしくうまくまとまってますぜ」

細い目の男が大声で言う。これも後で知ったことだが、この大声の持主は丸谷才一という作家で、文壇三大大声《おおごえ》のうちのひとりだそうだ。

「ザッツ・ライト。それにこの作は漱石の癖をじつに巧みに盗んでおります」

出ッ歯気味の男が蚊のなくような声で答える。英語を使うとは気障《きざ》だ。もっともこれまた後で聞くと、この出ッ歯は前日の朝、オーストラリアから帰ってきたばかりらしい。洋行気分がまだ抜け切っておらぬのだろう。

「まったくパロディの真骨頂はいかに手本を盗むかにありますな」

大声と出ッ歯から「編集長」と奉られていた眼鏡男が頷く。真昼間から盗む相談とは相当に剣呑

な連中である。

「それにしてもこの第二席の丸目紅石氏の作はどうも甘《うま》く直せないものですね。何でもないようだが自ら筆をとってみると今更のように六づかしく感ずる」

出ッ歯が鉛筆を舐めつつ述懐する。

「この丸目紅石氏の作にはまごころがこもっている。だから直せないのですよ。むかし仏蘭西の批評家アンドレ・ド・サルトルが言ったことがある。パロディする人にとって最大の敵は素朴なまごころである、とね。明治以降の日本近代小説の主流はこの素朴なまごころ、だから日本にはパロディもおもしろい小説も根付かなかったのさ」

大声はますます声を大にする。

「われわれはこの素朴なまごころに対抗する芸を練る必要がある。でないと日本の小説はやせこけたまゝになってしまう。こうやって入選作に選者が添削するのもその芸の練磨のためでね」

「へえ、アンドレ・ド・サルトルがそんなことを言いましたか。なーる、こりゃもっともだ」

出ッ歯も編集長も他の記者二人も無暗に感心して居る。こんな調子じゃこの五人、肴に手をつける暇がなかろう、本日の残飯はづいぶん食いごたえがあるにちがいない。吾輩はほくほくほくそえみつつ二階の屋根を辞した。

オール讀物新人賞（第四九回）

受賞作＝桐部次郎「横須賀線にて」、山口四郎「たぬきの戦場」／他の候補作＝堀和久「蝶の御輿」、和泉直「桐原のお咲」、緒方栄「百科事典を読む女」、中野近義「かえる長者」、魅守健「菓子横小町」、森十平「茶人剣」／他の選考委員＝城山三郎、藤沢周平、古山高麗雄、山田風太郎／主催＝文藝春秋／発表＝「オール讀物」一九七六年十二月号

失敗覚悟の勇気

「たぬきの戦場」は乱暴至極な小説である。しかしその乱暴さが読み進むうちに次第に魅力に変ってくるのは、作者がこれをファルスとして書いたからにちがいない。肯定し、また肯定し、さらに肯定し抜くというファルスの方法を作者は巧みに駆使し、ひと癖もふた癖もある端倪《たんげい》すべからざる登場人物たちをすこしずつ可愛らしい人間に変化させて行き、ついに結末で読者に、「ああ、日本という国を支えているのはこういった逞しいが可愛らしい人たちなのだなぁ」という心やさしい感慨をいだかせる。

つまり乱暴さの奥行きが深い、と愚考する。

「横須賀線にて」は心境小説仕立てのSF、あるいはSF仕立ての心境小説という不思議な肌合いを持つ作品で、終点へ近づいて行く終電車と終末へ近づいて行く人類の運命とが二重がさねになっており、読後感は寂しい。なんとなく気が滅入る。そこが支持を集めた。

ここで強調したいのは、なるべく減点を避けて手がたく心掛けるあまりつい小さくまとまってしまいがちな候補作のなかにあって、この両作品が、一方はファルスを、他方は巨大なテーマをひっさげて、失敗覚悟の綱わたりを演じていることである。

その勇気がそれぞれの作品に新鮮さを与えていた。

最後まで右の両作品と競り合った「蝶の御輿」は欠点のすくない小説で、作者はコンクールの常連でありかつ精進もされており、一時はこの作を入選に、と考えたほどだが、しかし、語り手と女主人公とのからみ合いがもうひとつもの足りないような気がしてならず、選者のひとりとしてこんなことを言うのはおかしいかもしれぬが、涙をのんで引きさがった。また有力候補作だった「桐原のお咲」についても「蝶の御輿」と同じことが言えよう。女俠客《きょうかく》と主人公の御家人との間がきれいごとに終始しているところがやはり物足りない。

他の候補作について触れる余裕がもうないが、今回は、私見によればバラエティに富み、水準も高く、一読者としても楽しい時をすごすことができた。ありがたいことである。

一九七七（昭和五十二）年

パロディ'77（第八回）「野球規則」をもじった〝悪魔の辞典〟

一席＝岩松恒生／他の選考委員＝丸谷才一、畠山哲明／発表＝「週刊朝日」一九七七年五月二十七日号

ブーメランの如く

編集部が選んだ三十に近い候補作品の選考に、わたしがその末席に連なる審査員団はいつもたっぷりと、時間をかける。今回は夕刻の六時から十時すぎまでかかった。もちろん、時間をかけているから良心的であると強弁するつもりはない。パロディは人智のかぎりを尽くした遊びごと、まず原文を解体し、コトバをひとつひとつ孤立させ、そのコトバの意味と音とをひねり、もじり、引っ繰り返し、さらにそのひねってもじって引っ繰り返したものを原作の文脈のなかにふたたび隠し埋める、これがいってみればパロディの作業だろう。したがってその選考は、大昔の埋蔵金を探すと

きのように必然的に時を喰うのである。

さて今回の全体の出来栄えは、丸谷才一さんのコトバを借りれば〈前回の百人一首パロディのときのように、どうしても大賞をさしあげたくなるような極上上吉の作品はなかったが、いずれも粒ぞろいで、心強い〉。ただ、わたしに解せなかったのは応募作品に、この週刊朝日恒例のパロディ募集そのものをパロディにし、審査員を徹底的にからかいのめすものがなかったことで、どうかもっと勇猛果敢になっていただきたい。皮肉の針をもっとも近い者めがけて突き刺す勇気を忘れたもうな。からかわれたからといって減点をつけるほど、わたしたちの脳味噌は乾上がってはいないつもりですので。

選考の途中で、審査員団は幾度となく、はてパロディとはいったいなんでしたっけと、出発点に戻って考え込み、話し合った。その話し合いをわたしなりに要約すると左の如くになる。

①　まず原作の癖や特徴を抽出し、

②　その癖や特徴を活かしながら、なるべく原作の世界から遠ざかった、すなわち異質の、あるいは突飛な主題を設定し、

③　どうだおもしろいだろう、などと気負うことなく、冷静に、押さえた表現で、偽の原作を再創造する。

つまり右をまとめると、ブーメランの如くあれ、という一言になるだろうか。原作をできるだけ遠くへ飛ばし、その間《かん》にありとあらゆる細工を加える。そして戻ってきたときにはそれはやはりブーメランによく似ている、とまあこのような呼吸で扱われてはどうかしらん、というわけだ。

一席の「邪馬台国はどこだゲーム」の作者は、②の項のコツをほとんど完璧に会得されている。野球規則という矮小なルール（なにしろそれはたかだか二十世紀後半に米国と日本、そしてその他の数国で支持されたにすぎないスポーツの、二十三世紀あたりにはだれも憶えていないにちがいないスポーツのルールだ）を、日本の歴史のおおもとにある巨大な（？）謎にぶっつけ、謎ときに夢中になっている人たちをうまくからかっている。しかもそのからかいには真実がある。こうなるとこれはもう堂々たる批評だろう。

二席の作品群はいずれもいかにも規則らしい冷たさを装うことに成功しており、③の項の熟練者ぞろいである。とくにわたしは〈夫婦喧嘩〉の後半の破調に腹を抱えた。この破調は前半の冷たさがあってこそ光るわけで、このかねあいのうまさみごとさに脱帽した。こういう作品にぶつかるたびにわたしは（自分にこれだけのものが果たして書けるだろうか）と自信がなくなり、しかしかといって商売替えするには年をとりすぎていることに気づき、（自分もなんとかがんばらなくては）と気をとりなおす。その意味でパロディの選考会は、わたしにとっては「学校」のようなものだ。

オール讀物新人賞（第五一回）

受賞作＝堀和久「享保貢象始末」、小松重男「年季奉公」／他の候補作＝大塚晴朗「みれん」、高田誠治郎「ぎんざ・わいわい」、大沢在昌「レスリーへの伝言」、魅守健「与助の刺青」／他の選考委員＝城山三郎、藤沢周平、古山高麗雄、山田風太郎／主催＝文藝春秋／発表＝「オール讀物」一九

長所を列挙す

『みれん』（大塚晴朗）はさしたる破綻もなく、小ぢんまりとではあるが（といっても決して悪い意味ではなく）、うまくまとまっていた。とくに女主人公の妹がいやらしく（これはむろんほめ言葉である）かけている。『ぎんざ・わいわい』（高田誠治郎）の、大阪出身ホステスの東京批判には感心した。また、この作品でも傍系人物の点描が光っていた。とくに主人公のオフィスの唯一の女子社員である津崎千夏という小悪魔的な存在には興味をそそられた。どこにでも居そうでしかしその実は居そうにもない小利口な娘が、筆の力によって、ここにはたしかに実在している。

『レスリーへの伝言』（大沢在昌）の作者は、ハメットやチャンドラーやロス・マクドナルドの作品世界を東京にも存在させようと智恵を絞っておられる。この意気ごみをわたしは高く買いたい。文体にも工夫があった。こういう小説には不可欠のユーモアと哀愁とが渾然となった文章が各所に在《あ》った。

『与助の刺青』（魅守健）の作者はこのコンクールの常連である。従来までの〈史料をごてりと置く〉悪癖が姿を消しており、そこに大きな進歩がある。文章に気取りがあり、わたしはそれを嫌いではないが、しかしなにごとも過ぎれば欠点となる。これまでの素直な筆致で、このような題材を、とわたしは勝手に祈っている。

『享保貢象始末』（堀和久）の作者の名もまたわたしには馴染深い。これまで現代ものばかりお書

きになっていたが、今回は時代もの、しかも筆のさばきに弾みがあり、筋立てには皮肉があり、文章には薬味がきいている。職業作家として立つことのできる視野の広さと筆力とを感じた。これまでの精進に敬意を表したい。

『年季奉公』（小松重男）のすぐれた点は、人物像を彫るときの作者の腕が練達であることで、とくに源兵衛とその女房が魅力的である。また会話のうまさも抜群であった。

各作、長所ばかり並べてみたが、なにもわたしは八方美人を志しているわけではない。候補作の欠点はほとんど自分の作品の欠点と重なり合う。つまり他人の欠点を言っているうちに自分をくさしているような気持になってくるわけで、そこで他人の長所しか見ないようにしているのである。

一九七八（昭和五十三）年

パロディ'78（第一〇回）百人一首

――一席＝つくしのぼる、小林圭子、悪太／他の選考委員＝丸谷才一、畠山哲明／発表＝「週刊朝日」
一九七八年一月六日号――

くしゃくしゃのくたくた

パロディはいわば〈見立て〉の巧拙をきそい合うゲームです。ここにまことにご立派な本家本元がある。その本家とはまったくちがう題材をこちら側に用意する。そうして本家の持っている意味と字面《じづら》と音のひびきなどを利用し活用し、ときには悪用して、こちらを本家本元そっくりに見せかけ、見立ててしまうという遊びです。

その結果、まるで似ていないもの、似るはずのないもの、似てはいけないものがひょいと似てしまったりして、わたしたちは笑ってしまうわけですが、一席筆頭の「トンガ島……」には、このへ

んのかんどころがぴしゃりとおさえられている。丸谷才一さんはこの「トンガ島……」を評して、〈扱っている世界が大きい〉と言われていましたが、つまり世界が大きいとは本家との距離もまた大であるわけで、南洋の島が「淡路島……」という本家の意味、字面、音をなかつぎにしてぐぐぐと日本列島に近づいてくるような印象があって、その距離のちぢまり方の速さがとても爽快です。「月みつれど……」も漢字の天才大江千里をカンカンに見立てたところが大手柄ですし、「ホームラン……」もまた同様です。これは絵になったらなおいっそう大らかな感じが出るでしょうから、いまから楽しみです。

丸谷さんの発案で、今回は「ことばがき賞」と「よみびと賞」が新設されました。くどくどしいことばがきの多かったなかで「世間のあまりの驚きやうに驚きて詠める」は簡潔で、その上、二重の仕掛けもほどこしてあり、さらに当事者たちの厚顔への痛烈な批判の矢にもなっていて、上々吉の作でした。「よみびと賞」のお二人は字面の見立ての達人です。

編集長は「じつに三千七百九十七点の投稿があって、びっくりするやら嬉しいやら」と顔をくしゃくしゃにしておいででした。選考会はそれにもましてくしゃくしゃのくたくたで、なにしろ午後四時にはじまって終わったのが午後十一時すぎ、正味七時間の大作業。もっともそのくしゃくしゃのくたくたが、まことに心たのしいくしゃくしゃのくたくたであったことは付け加えるまでもありません。終わったとき思わず、

これやこの行くも帰るも疲れては
知るも知らぬも我が家の敷居

と詠み、すこしばかり酒を引っかけて帰りましたが、これはひどく不出来な替え歌で、やはりよほど疲れていたみたいです。

なお、わたしたちですこし手を加えさせていただいた作品があります。熱意のあまり……の所業で他意はもとよりありませぬ。

オール讀物新人賞（第五二回）

受賞作＝小堀新吉「兄ちゃんを見た」、黒沢いづ子「かべちょろ」／他の候補作＝澤哲也「小ちゃっけー海」、馬場信浩「ここせの辰」、庄内十五「一緒くた」、明石善之助「焼けぼっくいの杖」、原田太朗「花嫁の橇」／他の選考委員＝城山三郎、藤沢周平、古山高麗雄、山田風太郎／主催＝文藝春秋／発表＝「オール讀物」一九七八年六月号

澤さんを推す

入選の二作についてはとくに書くべきことはありません。これを機会に、さらに百歩も二百歩も前進されるよう祈っております。

とりわけ「兄ちゃんを見た」の作者の軽妙なフットワークを、ひとりの読者としてこれからもずっと注目して行きたいとおもっています。入選作にもちらちら見受けられる〈感傷的紋切型〉や〈一人称につきすぎた三人称〉などが整理されるようになれば、変った小説の書き手としてかなり

の愛読者を持つことができるでしょう。

ところで選考の席へは、澤哲也さんの「小ちゃっけー海」を第一席に推そうと考えて出ておりました。この作品では房総方言が徹底的に駆使されております。それも、

「おかしいな。今頃、網が上らねー程、エビがへーる訳がねーによー」

といった按梅式の表記で。小生は方言を使った作品に特別に惹かれる癖があるので、夢中になって読みました。方言が、というよりコトバが、一個の架空世界をゆるぎなく構築しているという点で、この作品は群を抜いていたとおもいます。この方言の氾濫があったからこそ兄妹相姦という主題も成り立ち得たのだと信じます。小説を書くことが、作者の脳裏に寝ているあるひとつの「世界」を、コトバの喚起力で引き起すことであるとするならば、この作品はほとんどそれに成功しているとおもいます。支持者は小生ひとりでずいぶん早い段階で消えてしまいましたが、惜しまれます。ただ、この表記法には理論的にも無理があります。またこれには読者の参加を拒むところもあります。方言の表記法をもうひと思案してくださるようおねがいします。

「ここせの辰」の馬場信浩さんは常連のおひとりで、常に将棋指しを主人公にしておられる。その努力には敬服させられます。がしかし、この作者には副主人公を殺して劇的緊張度を上げようとする癖があります。べつのやり方でも「劇的劇」は創り得るとおもうのですが、いかがなものでしょうか。このやり方では百年かかっても「王将」を超えることはできないような気がいたしますが。

パロディ’78（第一一回）政治家の伝記映画を自作自評しよう

――一席＝菅原豊次、二川忠／他の選考委員＝丸谷才一、畠山哲明／発表＝「週刊朝日」一九七八年七月十四日号――

選評

今回は、ひとりで企画を立て、製作者となってスタッフとキャストを決め、さらに脚本を書き、演出をし、音楽をつけて、一本の映画を作り上げ、こんどは宣伝係となって惹句のコピーをひねり出すという彼のチャップリンも真っ蒼の、獅子奮迅の働きをしたうえに、そうやって完成した架空の映画を頭のなかのスクリーンに映写して、その映画の批評を書くという、多羅尾伴内もどきの一人七役だか八役だかをこなさなくてはなりませんから、たいへんにむずかしい出題であったとおもいますが、

「にもかかわらずとても出来がいいなあ」

丸谷才一さんはしみじみとこういっておられました。

わたしも同感で、とくに「ケンジノヴィッチ・ミヤモトフ」には目の玉をひん剝きました。ロシア語でもじった人名や地名のおもしろさ、配役の妙などなみなみならぬ腕前です。その上、この映画評を読むうちにこっちの頭のなかにも、この、ありもしない映画がありありと見えてきます。わたしはデヴィット・リーンの『ドクトル・ジバゴ』のいろいろな場面をこの批評文と重ね合わせて

おりましたが、読者のみなさんはいかがでしょうか。なかでもこの作者の手腕の光るのは結尾の部分で、これは現実のわれらが共産党に皮肉の槍を突きつけているばかりでなく、すべてが「遊び」であることをさり気なくばらすというどんでん返しの役目もはたしていて、まったく敬服いたしました。

今回の選考も例によって五時間をこえました。むろんだから立派でしょうと我が田に水を引こうというつもりはありません。もうひとりの選考委員である畠山編集長がこれまたしみじみといわれたように、

「好きなんですなあ」

のひとことにつきます。

勝手に、好きで、ああでもないこうでもない、ここにこう手を加えましょうか、僭越ながらそうしましょう、とやっているだけのはなしですが、この「ケンジノヴィッチ・ミヤモトフ」には一、二カ所しか手が入っておりません。「ケンジノヴィッチ・ミヤモトフ伝」とあったのを、伝をとったのがその一つです。

「サウンド・オブ・ピーナッツ」は、映画評のパロディとしてよくできていました。とくに末尾の「ロッキード事件の本質を見逃していないのはさすがだ」は泣かせます。この常套句をわたしたちはこれまで何十回、いや何百回、目にしたことでしょうか。わたしはミュージカルが好きなので「トライ・スター・ウォーズ」に圧倒されました。ヒット・ナンバーの語呂合わせには、とりわけ頭がさがります。「アニーよ、銃をとれ」が「アニよ・重箱をとれ」「オクラホマ!」が「僕らホモ!」

などはとにかく、「ジーザス・クライスト・スーパースター」が「メザス（めざし）食らうとスパッとすた」とは、もうひとこともありません。ただしみじみと（今回はしみじみが多いのですが）うれし涙にくれるばかりです。

オール讀物新人賞（第五三回）

受賞作＝原田太朗「鶏と女と土方」、熙於志「二人妻」／他の候補作＝梅原勝己「幸福の探求」、林広「叛心」、澤哲也「海女っ子舟が咲く海」、五代翔太郎「闇日記」、安芸万平「八文半の少年たち」／他の選考委員＝小松左京、藤沢周平、古山高麗雄、渡辺淳一／主催＝文藝春秋／発表＝「オール讀物」一九七八年十二月号

再び澤さんを推す

今回もまた澤哲也氏の『海女っ子舟が咲く海』に強く魅せられた。荒削りな筆法だが、じつに力がある。澤氏の力強い筆力は、登場人物たちを原稿用紙からぐいと引き起している。したがって三人の海女がたしかな実在感をもって読む者の胸に迫ってくる。

欠点をいえば、漁業問題を扱ったせいで、総体に「今日的すぎる」ことだろうか。べつにいえば、澤氏の強い筆は神話の創造にもっとも適しているので、小さな凸凹をきれいに均さなければならぬような題材はいましばらくお控えになったほうが賢明かもしれない。題名のつけ方にも、もう一工

夫をおねがいします。

とにかくわたしはこの作品にいまでも惹かれている。最後の最後まで頑張り通し、他の選考委員の方々に煙たがられるところまで貫けなかったこと、それを反省しております。

原田太朗氏の『鶏と女と土方』は、その大らかさ、また鶏の扱い方のうまさで感服させられた。作者は七十歳、しかしその瑞々しさには舌を捲く。どうか八十歳、九十歳と長生きなさって、この大らかな作風を大らかに完成させていただきたい。

熙於志氏の『二人妻』は、うまい小説である。もっといえば、「うまいなあ」と唸って、あとはただ黙り込むしかないような作品である。だからわたしもこれ以上、なにもいえません。ただ「うまい。でも、それだからってどうだというのだ」と反問されると、逆に作品の方がぐっと詰まってしまうようなもろさが感じられる。そこのあたりを次の仕事、さらに次の次の仕事で乗りこえていただきたいとおもいます。

五代翔太郎氏の『闇日記』には、その骨格の弱さにもかかわらず、部分部分に、おそろしいような才能の輝きがある。娯楽小説に「思弁性」を持ち込もうとした力業にも打たれました。この作者はいずれ大輪の花になりそうである。

梅原勝己氏の『幸福の探求』、林広氏の『叛心』、安芸万平氏の『八文半の少年たち』の三篇は、いずれも構成にトリッキィな仕掛けがほどこされていた。がしかし、自分の仕掛けた構成に、あべこべに作者の方が引っ掛ってしまった印象があります。

一九七九（昭和五十四）年

岸田國士戯曲賞（第二三回）

受賞作＝岡部耕大「肥前松浦兄妹心中」／他の候補作＝西島大「謀殺」、竹内純一郎「檸檬」、加藤直「カリガリ博士の異常な愛情」／他の選考委員＝石澤秀二、田中千禾夫、別役実、八木柊一郎、矢代静一、山崎正和、森秀男／主催＝白水社／発表＝「新劇」一九七九年三月号

選評

闇。その闇を刳って顔を出す三日月。またその闇を切るカミソリ。骨身晒す廃坑。ごろごろと吹く風。念仏唱えつつじりじりと地面を這いまわるゴーストタウンのおばばたち。そのおばばたちの振りかざす出刃包丁や剃刀。六尺褌の若者の背中の刺青。上半身裸の若者が構える散弾銃。ぴしっぴしっと音をたてて廃坑一面に吹くまっ赤なまんじゅしゃげ。風に飛び散る鮮血。轟く和太鼓。古い口説き節。祭。花火。日本刀。ハモニカ。握り潰された山椒魚からしたたり落る血。漁船団のエ

ンジン音。ブルドーザー。ダイナマイトの炸裂音。そして重層しつつ進行する幾組もの心中事件。さらに濃くたちこめる近親相姦の妖しい匂い……。

岡部耕大氏の力業の第一は、右に列挙した月並なことば（もっといえば、まことに陳腐きわまりない虚仮威《こけおど》しことば）の持つイメージ喚起力を巧みに使いこなし、また組み合わせて、ひとつの世界を築きあげたことである。

この安手で、厚塗りの世界は、氏が創出した「松浦方言」でさらに寸分の隙もなく塗りかためられ、とたんに真実の光で輝きはじめた。これが氏の力業の第二である。

言語操作の術に長けた新しい才能の登場に敬意を表する。ただし、氏の力業はいまのところ主としてバラエティ構成作業（ことば＝イメージをある観点から取り集め、再構成して新しい世界を創る）に注がれており、そればかりが岡部耕大の世界ではあるまい。氏の第三、第四の力業に期待したい。

ほかに竹内純一郎氏の『檸檬』を推したが、賛同を得ることができなかった。この作の、ひたすらじっと耐えてそのときを待っている登場人物たちに共感をおぼえた。見かけは、軽くて、技術や技巧が目立ち、当世風のようであるが、実体は重心の低い、骨格の逞しい作品だと思う。作者の懐は相当に深い。これまた次作を心から期待する。

パロディ’79（第一四回）江川君を励ます歌

――一席＝よさぬあこぎ／他の選考委員＝丸谷才一、畠山哲明／発表＝「週刊朝日」一九七九年五月四日号

「もと歌」選びが一つの勝負

選考がはじまって間もなく、丸谷才一さんがこうおっしゃった。

「ひとりぐらい、六大学の校歌を使ってくる人がいるだろうと思ったのだがなあ」

これこそパロディ作法のAにしてZである、と私は思いました。これまでは、もと歌があらかじめ与えられていることがほとんどで、応募なさる方々は、もと歌探しに神経を使う必要はありませんでした。与えられたもと歌を土台にして、言葉遊びの技術を競えばよかったのです。ところが今回は大いに事情がちがいます。まず、もと歌探しからはじめなければならなかった。もうひとつ突っ込んでいえば、どんなもと歌を持ち出してくるかで、勝負がついてしまうのです。

たとえば、江川クンの母校である法政大学校歌を使って、「若き江川が生命《いのち》の限り／ここに捧げて愛する巨人……」と、彼を〝励ます〟のも一法であったろうと思います。あるいはまた、江川クンを落っことした慶応大学校歌で「……見よ政治家の集《つど》うところ／ゴリ押しの意気高らかに／遮《さえぎ》る人なきを／江川、江川、エゴの王者江川」と、からかいの針をチクチクと刺す手もあったでしょう。私のかえ歌、あんまりよく出来ているとは申せませんが、とにかく、〔江川クンの母校法政校歌〕、〔江川クンを落っことした慶応校歌〕をもと歌にしたパロディは、それだけですでにひとふりの胡椒、ひとつまみの調味料を用意しているだろうことは明らかで、つまりその分だけパロディの出来

はよくなるわけです。もと歌を探すことが、もうパロディをつくることであるのです。

一席の「君恥ぢたまふことなかれ」は、もと歌探しの目のたしかさによってだいぶ点数を稼ぎました。選考者たちが少々手を入れましたが、江川クンを激励するのに、与謝野晶子の古典的名調子を使うという工夫は、抜群のお手柄だったと思います。

二席の「春の江川」は、各行に江川問題関係者全員の名前を読み込むというしつっこさに打たれました。「長島からの手紙」は江川クンとの往復書簡体に仕立てたところが智恵でしょうか。またもと歌の感傷癖をもからかっており、たいしたものです。つまり江川クンと同時にもと歌まで槍玉にあげているわけで、これは並の凡手ではありません。「正力君を励ます歌」は、タイガースの小津代表を語り手にするという意表をついたやり方が功を奏しています。

選考のおしまいに、畠山編集長が、

「今回はどうも出題がすこしむずかしかったようだねえ」

と、呟いておられましたが、これはつまり、もと歌を探さなければならぬことが原因だったように思われます。

もと歌探し上達のコツは、たくさん読み、そして知り、充分にたくわえ、それをいつでも取り出せるように連想力をきたえておくことでしょう。とはみなさんに申し上げているのではなく、もちろん自戒です。

オール讀物新人賞（第五四回）

受賞作＝澤哲也「船霊」、岡田信子「ニューオーリンズ・ブルース」／他の候補作＝相澤鯱生「蕃境」、今井かけい「歌う川」、岸本宏「おてんてん」、別所栄「厚物咲の女」、伏見猛志「マウンド無頼」／他の選考委員＝小松左京、藤沢周平、古山高麗雄、渡辺淳一／主催＝文藝春秋／発表＝「オール讀物」一九七九年六月号

選者が問われる

きっちりと彫り上げた文章で深川女郎の性と愛を描いた『厚物咲の女』。男にやられたいような、またやられたくないような、微妙な女性の心理の揺れを追跡した『ニューオーリンズ・ブルース』。心理的推理小説ともいうべき『おてんてん』。離婚して二十年近くたってようやく前夫のしようとしていた仕事の意味に思い到る、生活力ある女の日常を活写した『歌う川』、構想力の大きさと結末の強烈なる意外性で才能を思わせた『蕃境』。海と男の関り合いを執拗に言葉にしようとして苦闘した『船霊』。そして海外の最新小説の捻りをいちはやく学び、自らのものとして荒唐無稽の物語世界を展げてみせてくれた『マウンド無頼』。

候補作群は、このようにバラエティに富み、ありとあらゆる分野を覆っています。ということは、選者のわたしが逆に、思考力や感受性の質や幅を問われているといってもよく、わたしの偏った観賞眼が、候補作の持っている隠れた芽を見逃しているかもしれない、という怖れにたえず襲われま

す。――と以上のことを充分に自戒した上でものをいえば、今回は『船霊』と『マウンド無頼』に強く魅かれました。『船霊』の作者は連続三回候補に上った実力派で、その逞しい筆力には安心が持てます。ただ、一回ごとに、題材にも文章にも羽織はかまを着せて来ているような感じがします。幸い（というより、実力をもって）、今回、第一の関門を突破なさったのですから、これからしばらく、〈抑制した筆使い〉といったような窮屈なところから抜け出して、書きたいことを書きたいように書くといった構えを意識しておとりになったほうがよいかもしれません。むろんこれは余計な差出口ですけれども。

『マウンド無頼』の、すばらしいナンセンス精神とヒューモア感覚には脱帽します。またこの作者はハードボイルドということがじつによくわかっておいでです。わたしはこの作品を読みながら何度も唸り、何度も吹き出してしまいました。遣手婆じみた言い草ですが、次回作をたのしみに待っております。

パロディ'79（第一五回）「枕草子」を現代風にもじってみると

――席＝堀新／他の選考委員＝丸谷才一、畠山哲明／発表＝「週刊朝日」一九七九年九月二十八日号――

こわばった思考を柔らかくほぐして

今回の応募作の大半は、枕草子の冒頭の「春はあけぼの。やうやうしろくなり行く、山ぎはすこ

しあかりて……、火桶の火もしろき灰がちになりてわろし」という、有名なくだりが下敷になっておりました。有名な、ということは、だれでもよく知っているもの、それに細工を加える、これがパロディの基本の、そのまた基本でありますが、しかし〈相手にちょっぴり肩すかしを加える〉ことも基本中の基本です。

「たいていの応募作が〝春はあけぼの〟で攻めてくるにちがいないぞ」という、こっちの思い込み、予想、固定観念、要するに硬くこわばった思考、こういうすでに出来上がっている考え方に軽い痛棒（とは矛盾したことばですが）をくらわせる、ここにパロディ最大の効用があるのではないでしょうか。こわばった思考をやわらかくほぐす、そして精神を新鮮にしてやる、それがパロディだと思うのですが（というのも、またまた「思い込み」のひとつですが）、一席の『神野寺にさぶらふ』の作者は、そのことをじつによくごぞんじです。

また枕草子は、周知のように、羅列主義＝ものづくしの名作です。つぎつぎにものを並べて行き、その組み合わせのおもしろさで読者をひきつけて行く。冒頭の「春はあけぼの」はその典型、ひとつの完成例ですが、むろん、ものを塩梅よく並べ、組み合わせ、取り合わせの妙を狙うだけでは充分ではない。ここで人柄というものが、ものをいってきます。丸谷才一さんのことばを借りれば「頭はいいが、しかし意地の悪い女性だねえ、この清少納言という人は」。

つまり、パロディ作者は、枕草子を題材とするかぎり、彼女の意地の悪さや辛辣さをも、増幅＝誇張することに心掛けねばなりませぬ。二席の『ゴルフ草子』は、清少納言の意地の悪い人柄をみごとに真似られております。単に、器用にものづくしを真似たのではないところ、そこがこの作の

値打ちです。

ここで話はまた一席の『神野寺にさぶらふ』へ戻りますが、この作品は〈枕草子＝ものづくし〉という国文学史の常識を、軽くいなして、物語仕立てにしている。そういうところが並の凡手ではありません。なお、「虎飼ひの大僧正」は丸谷さんの直しです。応募作では「飼主の寺の住職」となっていました。この一寸の直しで、ずいぶん雰囲気がちがってきました。全体の構想には大胆不敵な冒険を、そして細部にはもっともらしい忠実さを、これまたパロディ作法の基本です。

全体の構想には大胆不敵な冒険を、といいましたが、二席の『うつくしきもの』は、その見本のような作品です。うつくしきもの（愛らしいもの）づくしに、最もうつくしくないものを並べるというこの逆立ち精神には脱帽しました。

同じく二席の『少少苦言』は、相撲を持ってきたところが手柄ですが、すこし陰気だったので、失礼ながらみんなで手を入れさせていただきました。パロディは陽気が取り柄です。世の中が陰気くさいからせめて紙の上だけではパッと陽気に騒ごうではないか、これがそもそものはじまり。これからもどうか、そのつもりでおつきあいくださいまし。

なお「今回は出題がむずかしかったにもかかわらず、水準は高かったですな」というのが丸谷さん、畠山編集長の、選後の述懐でしたが、わたしも同感です。

パロディ'79（第一六回）パンダが死んだら何屋が儲かる!?

——一席＝井上鶴平、宗像和男／他の選考委員＝丸谷才一、畠山哲明／発表＝「週刊朝日」一九七九年十一月三十日号——

理屈を鎖のようにつないで

今回のは、こじつけゲームでした。こじつけ、珍妙な屁理屈、綱わたりの論理、そういったものをいくつも小気味よく並べ、鎖のようにつないで行って、一番奇天烈《きてれつ》な結論を出した者が勝ちという遊びです。つまり、ひとつひとつのこじつけがどれだけおもしろいかが勝負、そしてそのこじつけの鎖が観賞者をどこまで遠くへ運べるかで手柄争いと、こうなります。

一席の井上鶴平さんの「ネオン街がさびれると、女性たちが昼間の勤めにきりかえる」、同じく一席の宗像和男さんの「女性が涙をこぼせば、つけまつげが落ちる。……虫歯がふえれば豆腐が売れる」、二席の黒白赤子さんの「日中が仲良くなると、ソ連がやきもちをやく。そこで日本人の機嫌をとろうと……」、佳作のノッタラ・ダメスさんの「竹の子が安くなれば、みんなが竹の子飯をたくさん食べる」、また二席にもどって中村八大さんの「パンダが死んだら黒柳徹子が泣く」など、いずれもよくできた屁理屈でした。

中村八大さんといえば作曲とピアノが御本業ですが、こじつけの腕もなかなかのもので脱帽しました。

大平さんや福田さん、それから角栄さんにKDDの幹部のみなさん、中村八大さんにならってこのパロディに参加なさいませんか。すこしは世の中にすがすがしい風が吹くかもしれません。

もっとも政治家諸公や汚職幹部にはパロディの素《もと》を提供していただくだけでいいのかもしれません。あんまり世の中がよくなるとパロディがはやらなくなってしまいますから。

結論の奇天烈なことでは一席の二作品がやはり群を抜いておりました。一方は地口を隠し、他方はパンダの死がカーターさんを救う。甲乙つけがたい。一席は一人、というのがきまりですからずいぶん迷いました。が、丸谷才一さんが、

「ふたつとも一席にしようよ」

という解決策を出し、金主代表の畠山編集長が、「それがいいですね」と快諾、一席が二人ということになりました。

今回も選考者がすこし筆を加えさせていただきました。ただし、論理の連鎖に手を入れると、後とつながらなくなってしまいます。そこで理屈を二、三個入れかえてあるのもあります。

ただしもとの作品の出来をこわさぬように、選考者全員ねじり鉢巻でつとめましたから、そう悪くはなっていないとおもいます。

さあ、次回は新春恒例の百人一種のパロディです。今年は大事件が目白押し、腕のふるい甲斐があります。どうか選考者があっと唸って腰を抜かすような傑作をお詠みになってください。

オール讀物新人賞（第五五回）

一受賞作＝佐々木譲「鉄騎兵、跳んだ」／他の候補作＝本岡類「海を渡る鬼千匹」、吉村正一郎「愛一

――玩動物」、佐井一郎「日曜月曜火曜日」、岸本宏「遊戯仲間」／他の選考委員＝小松左京、藤沢周平、古山高麗雄、渡辺淳一／主催＝文藝春秋／発表＝「オール讀物」一九七九年十二月号――

脱帽するのみ

佐々木譲氏の「鉄騎兵、跳んだ」に脱帽する。オール讀物新人賞の産婆役を仰せつかって六年近くなるが、これだけよく出来た小説が、そして豊かな将来性を窺わせる作家があったかどうか。あったとしてもその例は二つか三つに限られるのではないだろうか。今回は産婆役のたのしさを充分に味わうことができた。ありがたいことだと思います。

「鉄騎兵、跳んだ」の読後の印象はとてもさわやかだ。自分のよく知っている事柄を、自分の文体で肩肘張らずに切り取って行ったのが、このさわやかさのもとになっていると思うが、ほんとうに文章がいい。比喩の使い方も適切でしかもユーモアがある。主人公の洋子を描写するための数行の比喩、これなどは鮮かである。観察力がないと、こういう比喩はでてこないだろう。鋭い観察を、いってみれば俳諧の物静かな滑稽精神でことばとして捉えることができるのだから、もうこの人は賞をとってもとらなくても一人前の作家である。構成は、古典的なパターンだが、古典的というぐらいだから危げがない。なによりもモトクロスレースの専門用語が次々に出てくるのに、それがそういったレースにまったく無知な小生などにもよくわかるように処理されているところが手柄である。そして読み終ってほっとさせるところなどはたいした力量だ。物語を語るとはどういうことか、作者はもうとうに知っておられるようで、再び脱帽して禿筆の穂先をほかの作品へ転ずるほかはな

い。

本岡類氏の「海を渡る鬼千匹」は、壮大なホラ話である。小生はこういうホラ話をなによりも愛するが、しかし惜しいことにホラを支えるには、文章がややもろい。

吉村正一郎氏の「愛玩動物《ペット》」は、肌の色に全くなんのコンプレックスも持たぬ主人公を出して、比較文化論のこの上ない好参考資料となり得る内容を持つが、構成に凝りすぎている。

岸本宏氏の「遊戯仲間」にも同じ凝りすぎがあった。もっと無骨にドサリと腹の底にあるものを吐き出されたらどうか。

佐井一郎氏の「日曜月曜火曜日」は、主人公を作者が溺愛してしまっていて、読者の参加を受けつけないところがあったように思われる。

一九八〇（昭和五十五）年

岸田國士戯曲賞（第二四回）

受賞作＝斎藤憐「上海バンスキング」／他の候補作＝竹内純一郎「悲惨な戦争」、山元清多「与太浜パラダイス」、謝名元慶福「島口説」／他の選考委員＝石澤秀二、田中千禾夫、別役実、八木柊一郎、矢代静一、山崎正和、森秀男／主催＝白水社／発表＝「新劇」一九八〇年三月号

選評

山元清多氏の『与太浜パラダイス』は、とくに冒頭の場面が鮮烈である。謝名元慶福氏の『島口説』には、語り物の懐しい復活があった。竹内純一郎氏の『悲惨な戦争』には、哄笑の起爆薬を巧みに仕掛けることのできるしっかりとした構造がある。そして斎藤憐氏の『上海バンスキング』だが……。

まず、この作品には、ここ数十年来、あらゆる劇作家を悩ませていた時間の呪縛から解き放たれ

た、たのしい筆のさばきがあった。ではこの作品は現実の時間の流れに忠実でありすぎ、安易でありすぎたのか。べつにいえば、舞台の上に個有の時間を創ることをまるで諦めていたのか。そうではない。活字で読んだだけでも、私たちは軽がると戦前、戦中の上海へとぶことができる。私たちは作者の創った〈上海時間〉へ、やすやすと惹きつけられてしまう。私たちが〈現在《いま》〉の人間である以上、斎藤憐氏の創った〈上海時間〉と衝突し、葛藤をおこす。そしてそこに真実の〈演劇時間〉がうまれた。人びとは、あるいはこの手法をノスタルジアとかセンチメンタリズムと呼ぶかもしれないが、作者はそんな片仮名におさまるほど、お人善しではないと思われる。

　つまり、斎藤憐氏は、現実の時間の流れに一見、忠実を装い、だらしなく屈服したように見せながら、観客の持つ時間観を計算に入れた上で、新しい時間処理法を発見したのである。作者はみごとに時間の呪縛から逃れて見せたのだ。なんという頭の良い人だろう。いや、頭の良いのもさることながら、勁《つよ》い芸の持主でもある。

　異民族とどうつき合って行くのか。それがこれからの私たちにとって大きな課題となるだろうことは明らかだが、この作品には、その課題を解く「鍵ことば」がちりばめられている。その「鍵ことば」とは、たとえば芸人なら勁い芸の持主になるということだ。そう読み取るとき、私は、選考委員という役目から放たれ、この作品にかえって励まされる自分を、見い出す。

パロディ'80（第一八回）「憲法前文」をもじってみると…

―一席＝寝たきり浪人／他の選考委員＝丸谷才一、畠山哲明／発表＝「週刊朝日」一九八〇年五月二十三日号―

審査員の呟きの数々

本誌名物のパロディ、この審査は三人の審査員と二人の編集部員の、計五人で行われますが、この五名の、審査中にふと洩らす呟きがおもしろい。いや、おもしろいばかりではなく、パロディ術の奥義に触れるうがった呟きであることが多い。私は、そういう名言や至言を、その都度、紙切れに書きとめていますが、そのうちからいくつか紹介して、選評の代わりにさせていただこうと思います。

《原作、あるいは本歌のさわり、だれでも知っている有名な個所、そこを押さえることができれば、戦いは半分すんだようなものだが……》

これは丸谷才一さんの呟き。今回の出題でいえば「……そもそも国政は、国民の厳粛な信託によるものであって、その権威は国民に由来し、その権力は国民の代表者がこれを行使し、その福利は国民がこれを享受する」という個所がそのさわりでしょう。韻律の整ったこの畳み込み。これをどう料理するかでたしかに勝ち負けがわかれる。佳作の東浩一さんの「そもそも入試は、私学の貴重な財源となるものであって、その問題は教授が作成し、その印刷は助教授がこれに立ち会い、その用紙は印刷所員がこれを抜き取る」など、たいへんに鮮やかなものです。ほかの一席、二席、佳作の作品も、すべてこの個所の捌き方がみごとでした。

《日本国憲法になにをぶつけるか。勝負はここだな》
これは畠山編集長の呟きであります。できるだけ具体的な題材をぶつけるのが効果的です。読売巨人軍（寝たきり浪人）、花花流（氷見野良三）、悪徳医師（本多弘徳）など、みな題材の選び方で成功しています。「理想」に現実のナマな題材をぶつけただけで、そこにひとりでに微苦笑が湧いてきます。
《悪口と諷刺とはちがうはずなのに……》
これはK編集委員の呟きです。悪口は陰気なだけです。そこには笑いのかけらもありません。しかしそれが諷刺なら、悪口の形をとっていても、やがて心は笑いでなごむ。たとえば「ジャイアンツ憲章」は一見、悪態の限りを尽くしているようですが、よく読めば決して不愉快ではありません。どなたもぷっと吹き出してしまうことでしょうし、そればかりではない、プロ野球に対して作者が注ぐなみなみならぬ愛情さえ、ひしひしと感じられます。達人の業です。パロディは意地悪じいさんだけがたのしむ文学遊戯ではありません。
《タイトルのついていないのが多いなあ》
これはM編集部員の呟きです。タイトルは大切です。どんなつもりでその作品をつくったのか。それが作者にはっきりと摑めていれば、自然にいいタイトルが出来るものですが。自分の作った小宇宙、その隅々にまでこまかく神経を働かせて万全を期されるよう、おねがいいたします。
《なんてエラソーなことをいっていていいのかな》
これは選評を書きあげたいま現在の私の呟き。次回の軍艦マーチのパロディにはまた沢山御応募

ください。力作、快作、珍作、奇作をたのしみに待っております。

オール讀物新人賞（第五六回）

受賞作＝大久保智曠「百合野通りから」、佐野文哉「北斎の弟子」／他の候補作＝赤石初夫「大御所の献上品」、森十平「無刀取り」、嶋田青太郎「恋細工惨死考」／他の選考委員＝小松左京、藤沢周平、古山高麗雄、渡辺淳一／主催＝文藝春秋／発表＝「オール讀物」一九八〇年六月号

時代物の当り年

時代物が四本も候補作に残ったのは珍しい。というより、五年間、選者をつとめさせていただいているが、こんなことは初めてである。そしてその四作、いずれもおもしろく読ませていただいた。

森十平氏の『無刀取り』はそつがない。茶室での密談、大鴉を使う美女、剣術指南役の空席の争奪戦、文人的筆頭家老と武人派の次席家老……と道具立ては揃い、文章も悪くない。すべてが水準を超えているのに、しかし作品そのものの印象は、次第にうすれて行く。なぜだろうと考えてみて、ひとつ思い当ったのは、物語の進行があまりに予定調和に過ぎるのではないかということだった。作者は物語を安全運転させてしまっている。上手すぎて下手な出来栄えになってしまったという、これは珍しい例ではないだろうか。

赤石初夫氏の『大御所の献上品』は題材が奇抜でおもしろい。スケールも大きく、はらはらさせ

られた。ただ惜しいのは、作者が主人公を結末で投げ出してしまったことである。これでは読者のほうも立ち往生するほかはない。結末でもうひとひねりあれば群を抜く作品になったと思う。つくづく惜しい。

嶋田青太郎氏の『恋細工惨死考』は、構成に難点がある。読売の歌祭文をプロローグとエピローグにしたのは手柄のように見えるが、かえって作品のよさをこわしてしまった。いっそない方がよほどいい作品になったと思う。世話物の世界が、結末で突然、怪奇物になったのにはおどろいた。歌祭文を除き、最初の調子で書き通せば、深川女郎の哀しい日常がすっきりと出て、佳品になったのに。

佐野文哉氏の『北斎の弟子』は失点すくなく、バランスがよい上に、お絹という女に活き活きと血が通っていた。その一点で他の三作を抜いた。

たった一本の現代物、大久保智曠氏の『百合野通りから』は、稚拙さを装った文章にまず惹かれた。また、文章に上質の笑いを作り出す力がある。主人公の少年の母親への愛は求心的であり、乗り物に憧れて他所《よそ》へ出ようと揺れる少年の心は遠心的である。その微妙な釣り合い。これを文章に定着し得たのは立派だと思う。

吉川英治文学新人賞（第一回）

——受賞作＝加堂秀三「涸瀧」、田中光二「黄金の罠」／他の選考委員＝尾崎秀樹、佐野洋、野坂昭如、——

―半村良／主催＝吉川英治国民文化振興会／発表＝「小説現代」一九八〇年六月号―

物語の構造と大なる器

加堂秀三氏の『涸瀧』は、まず物語の構造がしっかりしている。最愛の女と一緒に暮すことができて、これで仕合せになれるかもしれないと信じた不幸な若者の自滅して行くさまが、村＝大都会、小金のある老人＝無一文の老人、信頼できる男友だち＝他人の不幸を最上の御馳走と心得る女、青春＝老年、異性愛＝同性愛などの対比物でがっちりと仕上った構造のなかで、若干の感傷を交えた筆で描かれて行く。土台ががっちりしているので、作者はのびのびとさまざまな小説技法を駆使しており、読者にしてみれば安心して加堂氏の世界に遊ぶことができる。加堂氏の読者のひとりとして、氏がようやく袋小路のような辛い場所から抜け出されたことに、心からおめでとうを申しあげたい。

田中光二氏の才能についてはすでに折紙つきであり、ここで改めて喋々する必要もあるまいが、しかしあえていえば、『黄金の罠』は、氏としては必ずしも快心の作ではなかったのではないか。プロローグは作品全体のプロローグたり得ておらず、また白頭山《ベクトウサン》北面で、黄金の王冠があっけなく見つかる場面などにも疑問が多い。読者は「おかしい。なぜこうも簡単に見つかるのだろう？」と首をひねるが、登場人物は「おかしいな？」とは思わない。これでは折角のドンデン返しの効果もうすれよう。しかしこういったいくつかの瑕にもかかわらず、作者の器の大きさはいたるところで隠しようもなくはっきりしている。その器の大きさが選考者たちの心を魅了した。やはり心からお

めでとうを申しあげる。

パロディ’80（第二〇回）書かれざる本（？）の「架空書評」

――大賞＝木村俊男／一席＝山田忠男、山本陽史、谷町浮上／他の選考委員＝丸谷才一、畠山哲明／発表＝「週刊朝日」一九八〇年十一月十四日号――

創作と批評と遊びと

ひさしぶりに大賞が出ました。という一事で、今回の応募作品の質がどんなに高いものであったか、どなたにもおわかりいただけるだろうと思います。

じつは今回の出題者は、本邦有数の書物読みの大達人である丸谷才一さんでした。丸谷さんは、「まず、応募者は自分で架空の書物を書かねばならない。次に応募者はその書物をもの、、せねばならない。しかも、その書評は愉快なものであらねばならない。つまり応募者は創作と批評と遊びを同時にこなさねばならない。これはおもしろいよ」

と申されておりました。ところがぼくは、といえば、

「これはずいぶんむずかしすぎるのではないかしらん」

と、内心、その成果をあやしんでいたのです。マラソンランナーに、走っている最中に障害競走もやれ、それから砲丸と槍を投げてみろ、ついでに審判員と見物衆と野次馬を兼ねなさい、といっ

た類《たぐい》の、これは苛酷な要求ではないか、と。

ところがこの質の良さ、高さ。一席に推したいものが四作も目白押しに並んで、ついにとくにすぐれていた木村俊男さんの作品が、大賞の方へはみだしてしまうという大豊作でした。つまりぼくは自分の乏しい力量を物指しにして、応募者の力量を推し測るという愚挙を犯していたわけです。

畠山編集長によれば、

「今年の春の読者調査では、書評ページの人気が高くて、なんと第三位だった。週刊朝日の読者には本の好きな人が多いのではないか」

とのことで、なるほどと思いました。素地は大いに豊かであったのです。

作品には、僭越ながら、審査員が筆を加えることがありますが、大賞作品はほとんど朱筆をよせつけませんでした。「遊戯派」とあったのを「冗談派」に改めさせていただいたこと、そして「陰謀派」を「陰謀説派」と一字加えさせていただいたこと、後にも先にもこれっきり、ほんとうに完璧なできばえでした。

一席の三作品についても事情は同じで、とりわけ山田忠男さんの作品では、末尾の一行が、（香車はあとへは戻れない）と括弧に入っていたのを、ただ括弧を外し、その一行を自由にしただけでした。ついでに申せばこの作品は、ゴロ合せが楽しいばかりでなく、それが批評となっているところが尊いと思いました。その点では次の山本陽史さん、三番目の谷町浮上さんのものについても同じことがいえます。ゴロ合せ愛好者の一人として、ぼくもこの一席作品を手本にしていっそうはげまなければなりません。

さて次回は恒例の百人一首のパロディです。今回の質のよさ、たのしさが次回へつながることを祈っています。いや、祈るだなんて余計なこと、今回同様きっとすばらしい作品が殺到するにちがいありません。

オール讀物新人賞（第五七回）

受賞作＝寺林峻「幕切れ」／他の候補作＝本岡類「嚙ませあい」、古泉泉「からくり幇間」、青木俊介「イヴ・ブランク」／他の選考委員＝小松左京、藤沢周平、古山高麗雄、渡辺淳一／主催＝文藝春秋／発表＝「オール讀物」一九八〇年十二月号

凡手でない才能

『イヴ・ブランク』の作者青木俊介氏は、舞台を東京とパリに設定し、画家として自立しようと志す若者を主人公のひとりに、物語を流麗に展開して行く。だが物語が進むにつれてすべての要素がばらばらになり、その世界が薄手になって行ったのは残念である。どうしてこんな惜しいことになってしまったのか。そこでこの物語の祖型を取り出してみる。するとこれは二人の不幸な〈子ども〉によってなされた復讐譚であることがわかる。主人公たちの、いわばうらみつらみ、これをもっと強く、そして巧みに活かすことができれば、この物語世界はもっと確固たるものになっただろう。

古泉泉氏の『からくり幇間』も、物語世界のつくり出し方に誤算があったのではないか。前半が虚構で後半が実録史談風というのは、はっきりした作者の実験があってそうなったのならまた別の話になるが、この作品の場合はちがうと思われる。余儀なくそうなってしまったのだ。この、前半と後半との分離分裂が致命傷となった。

本岡類氏の『嚙ませあい』は、筆者の一等好きな作品だった。構成にも、人物の創出にも、また文体にも、作者の智恵が働いていて、凡手ではない。それどころか大きな才能がこの作者のうちに眠っていることはまずたしかだ。ただし、結末に近づくにつれて物語の作り方が、たとえば筒井康隆氏のそれと似通っていることが判明してくる。それでは損である。筒井康隆の世界の真似手《まねて》は、この世の中にただひとり、筒井康隆しかいない。どうかじっくりと本岡類の物語世界をつくり出してほしい。至難の業にはちがいないが、その方向にしか進みようがない。そしてこの作者なら、きっとそれができると信ずる。

寺林峻氏の『幕切れ』は、まことに古風な作法ながら、質のよい抒情と身丈に適《あ》った文章とで、物語世界の紡ぎ出しに、ほぼ成功している。筆者の私見では、この一点で他の候補作を超えた。

一九八一（昭和五十六）年

岸田國士戯曲賞（第二五回）

受賞作＝竹内銃一郎「あの大鴉、さえも」／他の候補作＝北村想「寿歌」、堀越真「耳飾り」、小松幹生「どこへゆこうか南風」／他の選考委員＝石澤秀二、田中千禾夫、別役実、八木柊一郎、矢代静一、山崎正和、森秀男／主催＝白水社／発表＝「新劇」一九八一年三月号

選評

小松幹生氏が『どこへゆこうか南風』で案出した劇構造は魅力的であった。登場人物たちは絶えずテレビのホームドラマを見物している。しかもそのホームドラマに主演しているのも劇の登場人物たちなのだ。この《視る←→視られる》関係をさらに観客が視ている。これはすばらしい発明だ。そこがしかし惜しいことに、作者はこの発明をぎりぎりまで追い詰めようとしなかったようだ。そこが口惜しい。

堀越真氏の『耳飾り』は擬古典調の劇的空間の創造を目ざす。犬を連れた老女が喋り出した瞬間、作者の狙いは達成されたかに見えた。狂っているらしい老女の台詞がこの劇の唯一の客観性。この工夫はめざましい。擬古調を批判＝自己批判して、最新の前衛劇へと飛翔する瞬間のスリリングな快感。……だがその後が理に落ちた。劇の進行は、この結末しか選ばないのかもしれぬ。とすると筆者の言い草は的のないところへ鉄砲を射つ愚挙であるが、それにしても、この作者による多幕劇を待つ。

北村想氏の哲学的スラプスティック風滑稽は生得のものである。台詞の行間から才分が溢れ出ている。ただ、後半、登場人物のひとりが救世主的役割を具現しだすというパターンが処女作以来、共通しているのには引っかかる。台詞の天真爛漫な荒唐無稽さが劇構造へも侵食して行くようになったら、おそらく氏はこの十年来最大の才能となるにちがいない。

竹内銃一郎氏の『あの大鴉、さえも』は必死の力業《ちからわざ》である。デュシャンもじりの趣向は必ずしもうまく行っているとは思われなかったが、ガラス一枚を梃子によくここまで展開し得たものだと感嘆した。荒っぽいことをいえば竹内氏にはデュシャンの支えなど要らぬ。劇に賭ける氏の熱意が、これからも力作を生む母胎となるだろうことを信ずる。俳優の肉体性を生かしつつ、観客の耳の「質」をも開発しようと志している氏の仕事に敬意を捧げる。台詞と行動が等価であること、言うは易く実現の難しいこの二つのものの融合を、氏はよく実現し得たと思う。

パロディ'81（第二三回）ある有名人の架空演説

——一席＝植田東児／他の選考委員＝丸谷才一、畠山哲明／発表＝「週刊朝日」一九八一年四月二十四日号——

演説の古典なきゆえに

「投稿者のみなさんは、今回、ずいぶん苦労なさったようだな」というのが率直な印象でした。その苦労の第一は、選考会の席上での、丸谷才一さんの次のようなことばと深いかかわりがあるとおもいます。

「日本国には、まだ、はっきりと雄弁術が確立していないからねえ」

つまり、パロディをやろうにも、そのもとになる名演説がないのです。わが国には、ゲティスバーグで歴史にのこるような大演説をしたリンカーンがまだいないのです。四畳半のような閉ざされた場所で気心の知れた人たちと座談する。これはわれわれ大得意で、名座談をたくさんもっているけれど、公共の、開かれた場所で、論理や感情をことばにのせて述べ立てて、人びとの心を動かす術には、わたしたちはどうもまだ素人のようです。だからこそ、この出題にも意味があったとおもいますが、とにかく原典不足で、みなさんはご苦労をなさった。

苦労の第二は、右の事情とも関連してきますが、演説のための修辞術のようなものも乏しい、という事実です。平べったくいうと、演説用のことばの技術がすくない。あるとしても、結婚式のス

ピーチのときの心得ぐらいですから、あんまり役に立ちそうもありません。

とこういろいろ考えてくると、演説や雄弁術の不毛の土地柄なのに、よくもこれだけたくさんの投稿があったものだと、逆に、感心したくなってきてしまいます。とくに一席の「ブレジネフ書記長の演説」は、アイデアがすばらしい。七年後の名古屋五輪の開会式でのブレジネフの演説という組合せが、まず意表をついています。しかも、その五輪大会への参加国が、日本・ソ連の二カ国というのもドキリとさせます。モスクワ五輪における、アフガニスタン侵攻抗議のための自由諸国のボイコットを、もっと強く出すために、丸谷さんの発案で、「参加国は日・ソ・アの三カ国」という具合に手を入れましたが、その一席作品には、ひょっとしたら現在、世界で嫌われている国のひとつは、強大な経済力を楯にあばれまわっている日本かもしれない、という自己批判がこめられています。自己批判、これもパロディの効用のひとつ、自分を笑いものにできないパロディなんぞ意味はありません。その点でも、これはすぐれた作品でした。そして、このような精神こそが、ほんとうの愛国心だとおもいます。

二席に入った二作は、演説者の口調をたくみに生かしながら、話を妙チキリンな結論へ持って行っているところが上手でした。

「雄弁術というのは、妙チキリンな結論へ持って行くための、論理の手品かもしれない」

とは、選考会の席上での本誌編集長のひとりごとですが、ヒトラーの雄弁などを考え合せると、なるほど当っていないことはない。とすれば二席の二作品は、演説・雄弁そのものへの鋭い批評を含んでいた。そこが買われたのだと思います。

なにはともあれ、この難問と四つに組み、悪戦苦闘を強いられながらも、数多くの秀作や力作を寄せられた読者諸賢の智恵と意欲に、今回も文句なく脱帽いたします。

オール讀物新人賞（第五八回）

受賞作＝吉村正一郎「石上草心の生涯」／他の候補作＝佐野寿人「翔べ、走査線」、海庭良和「マンハッタン冬歌」、岩間光介「家族ゲーム」／他の選考委員＝小松左京、藤沢周平、古山高麗雄、渡辺淳一／主催＝文藝春秋／発表＝「オール讀物」一九八一年六月号

天与の感覚

『石上草心の生涯』の作者、吉村正一郎氏は、一年半前に『愛玩動物《ペット》』（第五十五回候補作）という作品を書いた。『愛玩動物《ペット》』は、そのとき、もう一歩のところで入選をのがしたが、その『愛玩動物《ペット》』と、この『石上草心の生涯』とでは、まったく題材がちがう。題材をちがえながら、二作とも高い水準を保っているところに、舌を巻いた。この作者はプロフェッショナルとして充分やっていけるのではないか。

前作とがらりと文体をかえているところにも敬服した。今回の入選作では、意識して古風な文体を採用している。七面倒なことをいえば、この古めかしい文体に、介錯人にたいする作者の批判がこめられているのである。また作者は、物語の創り手としてのバランス感覚にもめぐまれている。

それはたとえば、結末の七行をみれば一目瞭然だろう。凡手であれば、この七行を百行にも二百行にもふやしてしまうにちがいないが、作者はコトバの持つ力を信じ、かつその力を駆使してきっちりとまとめてみせた。この感覚は天与のもので、ほんとうに文句のつけようがない。選者冥利につきる、とはこのような作品にめぐり合ったときに使うべき言い方かもしれない。さらに精進されて一個の物語作家として自立される日の近からんことを祈る。

こういう強力な作品と同じときに候補作となった他の三篇は不運であった。岩間光介氏の『家族ゲーム』の趣向は奇抜だし、佐野寿人氏の『翔べ、走査線』の後半の盛り上りも相当なものだった。だが、『石上草心の生涯』の迫力ある物語世界の前では、それぞれのよさも残念ながら色あせてしまう。とりわけ海庭良和氏の『マンハッタン冬歌』は惜しかった。きびきびした運び、安定した文章力で、上質上等の感傷性を各場面に盛りつけることに成功しているし、強姦されてついに自殺してしまうリリイという副主人公の造型に冴えた筆致をみせてくれたが、やはり万事につけて骨太の入選作に、一歩ゆずらざるを得なかった。どうかこの次、もう一篇、読ませてください。

吉川英治文学新人賞（第二回）

受賞作＝栗本薫「絃の聖域」、南原幹雄「闇と影の百年戦争」／他の選考委員＝尾崎秀樹、佐野洋、野坂昭如、半村良／主催＝吉川英治国民文化振興会／発表＝「小説現代」一九八一年六月号

選評

『紘《いと》の聖域』は、最後まで平板だった。厚く塗れば塗るほどすべてが空回りする。だが、最後の最後に至って、にわかに惹《ひ》きつけられた。作者の才能が、探偵と真犯人との形而上的対決に、一気に集結する。深いのにわかりやすく、ひとつひとつのことばが読む者を的確に打ってくる。坂口安吾の推理小説へ思いがつながった。もじりの器用さにおいても決して凡手ではないが、しかし書きたいとおもうことを必死に書いた個所が光を放つ。その光をより多く集められて、真の栗本小説をわれらに与えていただきたい。

『闇と影の百年戦争』の作者の勉強ぶりには舌をまく。よくもまあこれだけ良い材料を渉猟されたものだ。そのことには敬意は惜しまないが、小説技術には不満を抱いた。物語《ストーリー》に節目がないとおもう。筋立《プロット》に予定調和がすぎるとおもう。文章に紋切型が多いとおもう。ただ、これらは作者の小説への情熱とおのが職業への創意工夫で、ほとんどあらためられるときがくるにちがいない、それもごく近い時期に。それを信じて一票を投じた。きっと「化けて」いただきたい。

ほかに『花嫁のさけび』の極端な人工性に好意をもった。これは大逆転の連続する『レベッカ』だが、惜しくも、前半ではとくに、ヒロインの心理の描写が放擲《ほうてき》されすぎた。

パロディ’81（第二三回）石川啄木の短歌

——一席＝阿陀田要夫、志村つね平、佐藤雄一郎／他の選考委員＝丸谷才一、川口信行／発表＝「週刊

三行目できゅっと締める心憎さ

最初から私事を喋りたてるようでまことに恐縮でありますが、一席の一に私は「C」というもっとも低い点数をつけておりました。ところが丸谷才一さんも川口編集長も、それから永山、森田の両記者も、この作品に最高級の評価をなさっていた。選考の席上で大いそぎで反省しました。なにを、どう、反省したのか。本誌上で毎週、私は下手なもじりをもって読者諸賢の御目を汚《けが》しておりますが、ひょっとしたら他人様の落度《あら》で稿料をせしめてきた罰が下ったのか、どぎついものにしか反応しないようになってしまっているらしいのです。そこで、この一席のトップ作品の、度量の広い、あたたかな心を見落しておりました。そして選考が進むにつれて、ますます光を強く放ってくるこの作品の底力に、次第に頭を下げざるを得なくなり、選考の終ったそのときには、もう私の額は畳にぺたりとひっついたままでした。短歌とはいいながらこの作品は、ごく上等の俳諧見さえ横溢させています。まいりました。これではどっちが選考員かわかりはしません。選考されたのはこの私の方でした。

一席の二も、構えが大きい。これは最初から「A」でした。いくらなんでも一席の一と二に「C」をつけていては選考員は落第です。原典の「……よく嘘を言ひき／平気にてよく嘘を言ひき／……」という、くどい繰り返しを上手に使っておいでです。どうもくどくて下手なのが啄木の歌の特徴のような気がしますが、くどくて下手だけだというのなら、私たちはこれほど啄木を愛唱したりはし

ないでしょう。日本人の啄木好きは、応募数にもはっきりとあらわれていて、今回はじつに二千五百の投稿があったそうですが、これは川口編集長の席上での呟き、「下手だけど、やっぱり上手だな」というところに秘密があるのでしょう。これを丸谷さんが引きついで、「一行目、二行目をわざと下手に作っている気味がある。そして三行目に全力を傾注して自分の感情を盛り込み、表現にも苦心している。だから、下手、下手ときて上手と締めくくっているわけだね。これは芸当ですよ。こんな芸当を突きつけられて、当時の歌壇はさぞかし仰天したことだろうねえ」と、解明してくださった。なるほど啄木は一行目、二行目で私たちを安心させて誘い込み、最後の三行目でこっちの心をきゅっと締めあげるのですね。憎いヒトです。

一席の三はパロディの手本のような作品です。なのになぜ「三」かといいますと、「一」の度量の大きさ、「二」の構えの大きさに、ちょっと押されたからで、もうひとつ、二行目の「憂さ余り不調に泣きて」が、おさまり悪かった。「憂さ余り」は、「その余り」を生かそうとした苦心のなぞりでしたが、もっと原典から離れてもよいのではないでしょうか。丸谷さんと私とで「かなしばり」と直させていただきました。最後も私事ですみませんが、これにも私は「A」をつけておりました。適中率六割六分七厘、辛じて選考員に及第というところでしょうか。さて次回はかなりの難問ですが、週刊朝日の読者の皆様にやってできないことはない、名作、秀作、爆笑作を鶴首しております。

パロディ’81（第二四回）現代一流作家が書く「なんとなく、クリスタル」

一席＝松岡正、霜条雪男／他の選考委員＝丸谷才一、川口信行／発表＝「週刊朝日」一九八一年九月十一日号

四つのバーを飛び越えた力業と妙技

こんどのは難問でした。なぜかといえば、飛び越えなくてはならぬバーがいつもの倍はあるからです。なによりもまず、原作である『なんとなく、クリスタル』をじっくり読み解いて、その癖をしっかり摑《つか》みとらなくてはなりません。第二に、組み合せるべき一流作家をあれこれと物色し思案せねばなりません。第三は、組み合せるべき作家が決まったところでその作家の言いまわしや考え方の癖の把握。そして最後に、その作家ならきっとつけるような註を工夫する必要がある。ざっとみても、バーの数は四つはあるのですからこれは相当な難事業にちがいありません。

にもかかわらず今回もまた筋のよい作品がたくさん集まってきましたから、ずいぶんおどろきました。読者はこわい、野に虎が放し飼いされている、「野に遺賢なし」だなんてどこのたわけの寝言かね、といった印象をうけました。こっちもうかうかしてはいられない、思わず坐り直したほどの出来栄えでした。

さて今回の出題の勝負どころ、勘どころはどこか。丸谷才一さん曰《いわ》く、「井上君のいうところの第二のポイントだろうねえ。『なんとなく、クリスタル』を、どの作家と嚙み合せるか。おそろしいことにここで勝負はほとんど決してしまうのですよ」

一席の頭書となった『なんとなく、クリスタル・ゲーム』の作者は、この勘どころをみごとに摑

んでいた。あの鈴木善幸首相を大江健三郎の文学宇宙の主人公にしてしまおうなぞは、抜群の目のつけ方です。それだけでもう充分におかしい。

同じ一席の『たった一人のクリスタル』の美点は、川口編集長の、選考会席上でなんとなく放ったひとりごと、「似ているなあ」に尽きます。丸谷エッセイの言いまわしや雰囲気がじつにうまく表現されています。舌を巻きました。作品には丸谷さんの手直しがつけ加えられ、ますます似てきました。丸谷さんに似せて書かれたものを、当の御本人の丸谷さんがますます似せようと筆を加えている光景。隣で森田記者の、

「夢がうつつか、うつつが夢か」

と呟くのが聞えました。こうして、原作の枠をかりて大江世界へわれらが宰相を引きずり込んだ力業と、丸谷的言いまわしを巧妙になぞった妙技とが、仲よく一席をわけあいました。永山記者によれば、「こんど作品を寄せてくださった方は圧倒的に二十代が多い」とのこと。二席の一と三も二十代の方の作品ですが、山口瞳や加藤周一を原作とつき合せたところは、年に似わぬ渋さ、りっぱな玄人芸です。筒井康隆をもじった作者は弱冠十九歳だそうです。

なお、選考の最中に、向田邦子さんの訃報がもたらされ、席は一瞬凍りついたようになりました。向田さんの御冥福を心からお祈り申しあげます。

パロディ'81（第二五回）書かれざる本（?）の「架空書評」②

一席＝間刈徹／他の選考委員＝丸谷才一、川口信行／発表＝「週刊朝日」一九八一年十一月十三日号

おかしみのエネルギーを生みだす三つの思考操作

「架空書評」の出題は今回が二度目です。最初は去年のちょうど今頃で、空おそろしくなるような傑作が寄せられました。そこで「もう一回」ということになったのですが、正直に申しあげて、今回の水準は「やや落ちる」ようです。

水準が落ちた理由の第一は、丸谷才一さんによれば、「目のつけどころ」です。「野球選手に野球の本、政治家に政治の本、そして歌舞伎役者に歌舞伎の本……、これはいかにも損というものじゃないかしら。野球選手が歌舞伎の本を書いたら？　というような想像力がまず必要。そうしたら異質のもの同士がぶつかり合うことから猛烈な〈おかしみのエネルギー〉が生れてくると思うのだけれど」

一席の『不手ぎわのゼンコちゃん』は、さすがに、この目のつけどころがよかった。黒柳さんの原作は一種のノスタルジー・ユートピア論で、かつ教育論。そこに売れる理由があったと思いますが、一席作品はそこへガリガリの現実主義者たちの非教育的世界をぶっつけた。それだけでもうおかしい。まことに目のつけどころの勝利です。

「ありもしない、架空の書物がハッキリ見えてくること」といったのは川口編集長で、同席のN記者も「ありもしない本の中味が手にとるようにわかること」と呟いておりました。つまり架空書

評では、筋の要約がじつに大事です。二席の二作品は、筋書の部分が出色の出来です。もちろん一席作品も内容の紹介が上手ですけれども（でなけりゃ一席にはなれやしません）。

もうひとつ忘れてならないことは、M記者の言い方を借りれば、「書評の紋切型をマネること」です。架空書評は、書評そのものもからかわねばなりません。この点では『さりげなく、クラシカル』がとてもよく出来ていました。後半部の作者の意図を探るところなど、いわゆる「書評」の、わかったようなわからないような、いい加減な式目《きまり》を充分にからかっています。

ここまでをまとめますと、頭を働かせてどこに目をつけるか、組合せをよく考える、細部を丁寧につくる、もう一度、作品から目を離して全体にひねりを加える、とでもなりましょうか。ロングの位置で考え、ズームインしてまた考え、最後にまたロングへ戻る、と最低三つの思考操作が、架空書評には必要らしい。入選作品にはどれにも、この三つの操作のあとがあります。がしかし去年のものと較べると、その操作の徹底さが欠ける、といえるかもしれません。なお、付け加えておきますと、選考の席上で、右の操作をすこしつけたしました。つまり若干の手直しをいたしましたのでお含みおきくださいますように。

さて、次回は、いまや紅白歌合戦と並ぶ国民的行事だともいわれている百人一首のパロディ募集です。よいところに「目をつけて」ふるって御応募ください。「だれがいった？　百人一首のパロディが紅白と並ぶ国民的行事だと、いったいだれがいったのだ？」とおききになる方があればお答えいたします。すくなくとも三人はそう申しております。その三人とは、丸谷、井上、編集長の三選考委員ですが。

オール讀物新人賞（第五九回）

受賞作＝海庭良和「ハーレムのサムライ」／他の候補作＝溝部隆一郎「喧嘩蜘蛛」、根津真介「まごころ相互銀行」、村越英文「とぼとぼとぼ」、二取由子「見慣れた家」／他の選考委員＝小松左京、藤沢周平、古山高麗雄、渡辺淳一／主催＝文藝春秋／発表＝「オール讀物」一九八一年十二月号

仕事師としての可能性

『喧嘩蜘蛛』（溝部隆一郎）は、父が服役中の少年の、ある夏の「記録」である。といっても、ただの記録ではない。母は勤め先のレストランの社長と親密であり、この事実は少年の精神にある屈折を与えている。その屈折、ないしは鬱屈を、少年は、土地に古くから伝わる女郎蜘蛛の闘技に熱中することで払いのけようとする。闘技の間に、過去が次々に挿入される……。この物語の構造は魅力的だ。がしかし文章が「大時代」すぎて、この設定を充分には生かし切れなかった。惜しい。「真剣であると同時に肩の力を抜いて」という、評者自身にもできないことを、溝部さんに注文するほかはない。

『とぼとぼとぼ』（村越英文）は、父の生れ故郷に転校してきた少年の、「少年の眼から大人の世界を眺めた」という作りの小説である。光る場面が随所にある。それらの場面は、少年の性のめざめを扱ったところに多い。そういう場面が光っているのだ。この方向へ徹底して進めば驚くべき名作

が誕生しただろうと思われるが、抒情に流されて物語の骨格がぼやけたうらみがないでもない。文章の質は上上だし、次作に期待したい。

『見慣れた家』（二取由子）はバランスが悪いと思う。この結末のためには、本体がすこし大きすぎる。とはいえ、母親についての描写には凄みがあった。凡手ではない。

さて、ぼくは残る二篇、『まごころ相互銀行』（根津真介）と『ハーレムのサムライ』（海庭良和）から入選作が出れば、と思って選考会に出かけた。『まごころ相互銀行』は、金のかわりに「まごころ」を預ったり、貸し出したりする銀行のはなしで、「金」とは極北に立つ、「まごころ」という抽象的なものを主題に据えるという冒険心に打たれたのだった。惜しいことに「まごころ」という観念をどう具象化するか、この勝負どころがもう一息。だがこれはひとつの「才能」であることはまちがいない。一方の『ハーレムのサムライ』は、堂々たる拵えものである。嘘っぽいといえば全部が嘘っぽいが、しかし読んでいる間はまったく嘘を感じさせない。語り方が図抜けて巧みなのだ。しかも前回、この作者は入選へもう一歩のところまで迫っている。「仕事師」としての可能性では、こちらに数日の長がある。そこでこちらに一票を投じた。どうかこのオグリ医師シリーズの続編を書きつづけてほしい。ちょっと際立った娯楽作品が誕生するはずだ。

一九八二（昭和五十七）年

岸田國士戯曲賞（第二六回）

受賞作＝山崎哲「漂流家族」「うお傳説」／他の候補作＝野田秀樹「走れメルス」「ゼンダ城の虜」、小松幹生「スラブ・ディフェンス」、如月小春「ロミオとフリージアのある食卓」／他の選考委員＝唐十郎、佐藤信、清水邦夫、田中千禾夫、別役実、八木柊一郎、矢代静一、山崎正和／主催＝白水社／発表＝「新劇」一九八二年三月号

選評

山崎哲を言語遊戯リーグの新人王であるとほめそやすのは正しい。この作家の、言語を客体化して、それを自在に使いこなす能力《ちから》は相当なものだし、とりわけ『うお傳説』に、その能力の運用の力業がよく見てとれる。たとえば医師は、「私が、私を、私と、私の、私に、私さえ、私だけ、私、わたしわたしわたしわたしわたしわたしわたし……」と連呼するが、その連呼をやめるのは、「わたし」を「た

わし」と言い損ねたときである。この、音の交換はさらに、「わたしなんてのは……すり切れたわしに過ぎない」と意味づけられるが、ここまで丁寧に仕上げをされると、小さな言語遊戯がソシュール学説全体を担うに足るほどのしたたかさを持つに至るのだ。

音と意味との結びつきはもともと恣意的なものであったということが、音と意味とを股にかけて肌理こまかに仕上げられた山崎の言語遊戯から見えてくるのである。音と意味とを「意味あり気に」結びつける山崎の手法が、かえって音と意味との結合は本来恣意的なものであるという事実を浮び上らせるのだ。

彼の遊戯は文字の形態へも及ぶ。一例を上げれば、やはり医師が或る登場人物に「彼という漢字と疲れるという漢字が紛らわしくって、目が疲れるんですね」という。たしかに、「彼」と「疲れ」は形態が似ている。がしかし山崎の巧者なところは形態の相似のほかに「かれ」と「つかれ」と、音の響きをも捉えていることにあらわれている。遊戯もこのへんまで徹すると、生半可な思想など吹き飛ばしてしまうほど強い。

そのほか、接続詞にこだわる人物があり、言葉の直解主義にがんじがらめになっている人物があり、言語そのものへの猛迫ぶりにおいて、『うお傳説』を第一等の収穫だと思う。

言語遊戯についてのみ述べたが、他意はない。そのほかの魅力は、他の選考委員たちが、よく指摘されることであろう。

パロディ'82（第二七回）有名人、その日の架空日記

——一席＝石川国男、増田駿一／他の選考委員＝丸谷才一、川口信行／発表＝「週刊朝日」一九八二年五月十四日号——

途方もない取り合わせ、逆転の視点……

いよいよその日は来た。「週刊朝日」の名物のひとつ、パロディ'82の審査日がついにやってきた。「どうぞ公明正大な審査ができますように」と井戸端で五杯も六杯も冷水をかぶり、口をよく漱いでから神棚の前に立つ。候補作二十篇、前夜から神前に供えておいたのである。仕事場へ籠って丁寧に二十篇を読み直す。A、B、Cの三段階法で点をつける。赤鉛筆の芯を五度も折ってしまった。緊張のあまり、鉛筆持つ手につい力が入ってしまうのだ。

今回の出題はむずかしかったかもしれないと思う。原作《もと》がはっきりしていないから、もじりにくいことはたしかだ。しかしそれにしては程度が高い。さすがは「週刊朝日」の読者だなあ、と呟きながら机の上をシャツの袖で拭いた。感涙が二粒三粒、机に落ちたので拭いたのだ。

審査は午後四時にはじまり、午後九時すぎまでつづいた。丸谷さんは「狂」の字のつくホエールズ贔屓で、開幕以来のホエールズの快進撃にきっと相好を崩しておいでにちがいないと思って見れば、案に相違の厳粛なる態度、「審査第一、ホエールズは第二」とお顔に書いてある。見習って私も顕《あらわ》れがちなる前歯を極力、唇にて隠す。以下短評。

一席の朝汐日記。丸谷審査員、「朝汐とブレジネフとの顔の造作と黒澤明の『影武者』と、そしてブレジネフ急病説の三つを結びつけたところは、この春一番の、上々吉の大手柄」と評す。途方もない組合せ、取り合せこそパロディのこつ、同感である。

同じく一席の金平正紀日記。川口編集長、「ダミ声の先生、宗教界の大物、そして金平氏の三人が、ペンの暴力による被害者同盟を結成するという思いつきは近頃の出色」と評す。ものごとを逆転させて見る視点、それこそパロディ作者の定位置、同感である。

二席の横井英樹日記。同席のNデスク、「虫のいい夢想を抱く横井社長を出すことで、逆に横井社長の虫のよさを衝《つ》いた。痛快々々」と評す。パロディの生命は痛快味にあり、同感である。

二席の若乃花日記。同席のM記者、「オチが凄い」と評す。たしかにこのオチで作品に深い奥行が出た。同感である。とにかく若乃花とタブチくんとの組合せがよい。

佳作の上原謙日記。コント仕立てに妙あり。野坂昭如日記には野坂さんらしい雰囲気がある。ただし小説家の日記にするときには、その小説家の文体までもなぞらねばならぬ。そこがもう一歩。野坂さんの本をうんと買ってお読みください。ノストラダムス日記。ノストラダムスを持ってきて、彼に一九九九年七月三十日の日記を書かせたところがアイデアだ。

次回のテーマは北原白秋の詩。原作《もと》がしっかりしているから応募作が編集部の机上に山積みになるのではないか、などと話し合って散会。帰宅してこの日記を書いて寝た。

オール讀物新人賞（第六〇回）

受賞作＝佐野寿人「タイアップ屋さん」、村越英文「だから言わないコッチャナイ」／他の候補作＝明石善之助「金魚鉢」、森田功「ロイド眼鏡」、二取由子「人形と菓子」／他の選考委員＝小松左京、藤沢周平、古山高麗雄、渡辺淳一／主催＝文藝春秋／発表＝「オール讀物」一九八二年六月号

題名と結末

今回の候補作には二つの共通点があったと思う。第一に、どなたも題名のつけ方が乱暴すぎる。俳句や短歌、あるいは格言や諺《ことわざ》は文章ではない。なぜか。題名を与えられることが、原則として、ないからである。逆に云えば、どんな文章でも、それが文章であるかぎりは題名を持ち、その題名に向って文のあらゆる部分が結集してゆくのだ。題名は門であり、また神殿でもある。どうか大事にしていただきたい。

第二に、どの作品も結末部分がもう一つ書き込みが足りない。どなたも結びの部分を突っ放して書いている。よく云えば含蓄がある。だがわれわれは娯楽小説を目指しているのであって、感想文を書こうと思って骨身を削っているわけではない。感想文なら結末の曖昧模糊《あいまいもこ》主義も御愛嬌であり、ときには「味」も出ようが、娯楽小説にはもっと勁《つよ》い結末がいる。結びをしっかり書き切って、その上で余韻を響かせるのが、われわれのつとめなのである。佐野寿人さんの『タイアップ屋さん』の結末は、わたしには無責任のように思われた。これでは読者は助からない。だが、他の選考委員

の方たちの意見に耳を傾けているうちに、この作品の数々の美点が見えてきた。タイアップ屋という今様《いまふう》たいこ持ちのおもしろさ、主人公の年上の妻のたしかな存在感など、オール新人杯を授けられるにふさわしい。結末にこだわりすぎたことを選者として反省しております。

村越英文さんの『だから言わないコッチャナイ』はおもしろかった。なによりも情報量が凄い。主人公のマネージャー氏は被虐《ひぎやく》的で一見薄汚れているようであるが、注意深い読者ならばその底にやさしさや正義感や清潔感がたっぷりと貯えられていることを読み取られるであろう。すなわち作者は肉の厚い人物像の造型に成功しているのだ。そして文体。この内容をマネージャー氏の独白で展開するには、この文体しかなかったのではないか。振仮名《ルビ》の多用も気《き》が効いているし、わたしはこの文体を支持する。

吉川英治文学新人賞（第三回）

受賞作＝澤田ふじ子「陸奥甲冑記」「寂野」／他の選考委員＝尾崎秀樹、佐野洋、野坂昭如、半村良／主催＝吉川英治国民文化振興会／発表＝「小説現代」一九八二年六月号

選評

娯楽小説作家は二個の重い荷物を背負わされている、と考えます。一個の荷物は「人間を描くこと」であり、もう一個は「物語を興味津々のうちに展開すること」です。他にも大事な荷物がある

かもしれませんが、妙に話が七面倒になっても仕方がないので、ここでは荷物を二個と限っておきましょう。

澤田ふじ子さんの短篇集『寂野』に収められた六篇は、どれもこれもこの二個の荷物を上手に運んでいます。しかも、処女作から最新作へと順を追って読むと、一篇ごとに荷物の背負い方が上手になっているように見受けられる。「この調子で行くといったいどこまで伸びるのだろう」と思わされるような大きな器で、月並みな言い草ながら、今後が期待されます。

じつをいうと『石女《うまずめ》』、『無明記《むみょうき》』、『寂野』の発表順に読んできて、ある危惧を抱きました。次第に伎倆《うで》が上ってくるところは読者として心強いけれども、女主人公ばかり、いったいこの作家は男性が書けるのかしらん、とすこしばかり不安になってきたのでした。ところが『栗落ちて』では、松五郎という善人を作者はほんの数百語で見事に描き切ってみせました。以後は安心して澤田ふじ子の世界に遊ばせてもらいました。どれもみな粒揃いで、安定していると思いました。読者の期待を裏切らない誠実な短篇作家です。

この『寂野』に比べると、書き下し長篇『陸奥甲冑記』は、残念ながら点数が大分落ちます。物語の展開という荷物は、脇役の造型力の巧みさで、どうやら背負い通しますが、肝腎の主役阿弖流為《あてるい》と坂上田村麻呂が曖昧だと思いました。善玉を作者がうっとりして書いているのもちょっといやみです。人間を描くというもう一個の荷物はどうやら背負いかねたといったような気がします。もとより他人様の作品に大口を叩く資格は筆者にありません。もう一度、長篇に挑戦なさって、われわれをたのしませてくださいとお願いしておきます。『寂野』のすばらしさは『陸奥甲冑記』の欠

点を補って余りあると考え、筆者は澤田ふじ子さんを推しました。

オール讀物新人賞（第六一回）

受賞作＝竹田真砂子「十六夜に」、森一彦「シャモ馬鹿」／他の候補作＝相澤鯱生「鳥」、城島明彦「どんぐりころころ」、高市俊次「コレクター」、溝部隆一郎「黄海」／他の選考委員＝小松左京、藤沢周平、古山高麗雄、渡辺淳一／主催＝文藝春秋／発表＝「オール讀物」一九八二年十二月号

「コレクター」に唸る

今回の候補作には二つの目立った特徴が見られました。「情報小説化への傾向」と「知的構成の重視」の二つがそうです。これを読者側の立場から、もっと平べったく云い直すと、「こんなおもしろい話があったのか、勉強にもなったなあ」と「うまく小説が作ってあったなあ。はなしの組立てに工夫があるなあ」ということになります。どちらも娯楽小説に欠かせぬ重要な手立てですから、これはよろこんでいい特徴だと思います。問題はこの二つがどこまで功を奏しているかですが、とにかくこれは応募者のみなさんが「意識的な小説づくりを考え出している」ことの証左だろうと思います。同じ小説づくりの仲間の一人として、こういった傾向の見えてきたことに、思わずにやりとしました。そのせいもあって今回の候補作はどれもおもしろかった。

なかでも、「コレクター」には唸りました。この作品は、骨董やその取引きについての蘊蓄を傾

けながら（すなわち珍奇な情報を集積させつつ）、一篇を六つの掌編で積み上げてつくる（すなわち蒐集家《コレクター》たちのエピソードを蒐集する《コレクト》）という構成になっています。「蒐集家たちのエピソードを蒐集する」とは、洒落《しやれ》ています。洒落ているばかりではなく、「ものをつくるとはなにか」という、娯楽小説の書き手が常につき当る本来的な大問題の核心にふれています。まだお若いのに、ここまで小説づくりに意識的でありたいとする作者の知性に、敬意を表します。今回は六つの掌編中に一つ、よく意味の飲み込めないのが一篇あって、全体が不透明になったような気がします。それが傷といえば傷ですが、文章も平明で素直ですし、よい素質をじつにたくさんお持ちです。どうかめげないでください。

入選作のうち、「シャモ馬鹿」には、闘鶏についての情報のおもしろさに目をみはらされました。文章は紋切型が多く乱暴ですが、かえってそれが迫力を生んでいます。石松をきたえるところなどは人鶏一体の感じがよく出ていてじんとさせられました。ただし物語の構築方法に月並み（ヒーロー挫折パターン）があって惜しい。「十六夜に」は、じつに小説らしい小説で、女主人公の日常描写に光ったところがありました。なお、筆者はよんどころない理由があって選考会には不参、当日は書面をもって参加いたしました。

パロディ'82（第二九回）スポーツ新聞の社説

——一席＝佐藤貢男／他の選考委員＝丸谷才一、川口信行／発表＝「週刊朝日」一九八二年十月一日号——

もっと壮大に　もっと及び腰で

社説とは、新聞社の説、その新聞の顔です。それもただの顔じゃない、社会の木鐸と他も認め、自らも認める晴れの顔です。木鐸というのは、むかし中国で、法令などを人民に示すときに鳴らした木製の舌をもつ大きな鈴のことで、そこから転じて「先達」だの、「指導者」だのという意味に使われているそうですから、社説はつまり「社会の指導者としての説」ということになります。だからただ晴れやかではだめ、これ以上ないというぐらい立派で堂々としていなきゃならない。事実を並べ、こんなことではだめだと社会をわたしたちを叱り、こうあらねばならぬと訓戒を垂れ、神様顔負けの正義の言説をのたまうのです。こうしてあの壮大なあまり空ッ風ぴゅうぴゅうの文体が生れることになります。

実例をあげてもうすこしくわしくいいますと、社説の論の展開は、いましがた述べたように、事実の列挙からはじまります。しかし社説を執筆する大記者たちは、どれほど神様に近づこうと苦心しても結局は神様になり切ることはできません。人間には人間の限界というものがあり、それに下手なことを書くと社の顔に泥を塗るおそれも出てくる。そこで大記者たちは、あやふやな事実を引くときには、「○○は……とする見解を示した」「……と伝えられる」「……と模索中だといわれる」と伝聞のかたちにして書きます。

事実を並べおわると、お叱りがはじまります。お叱りの言葉もパタンがきまっていて、「事態はきわめて深刻なのである」「……に血眼になるのは本末転倒といわざるをえない」「……ことに事態の深刻さを感じとらないわけにはいかない」「……にはこの点についての反省がまったく見られな

い」「……の責任はきわめて大きい」「国も民間も応分の負担を惜しんではならない」「……引き延ばすことは許されない」「この実態認識に欠け、危機感を持っていないとしたらまことに憂うべきことといわねばならない」「後遺症を残すことを強調しておきたい」「そのことへの反省が一向に見えないのはどうしたことか」「とするならば、まず自ら火中に飛び込む姿勢が必要ではないか」……といったところが代表格でしょうか。

なお、社説では、ほかから言いがかりのつくのを避けるためか、独特のアイマイ調が多用されます。「……いくつかの疑問を提示しないわけには行かない」「国民から見放される恐れなしとしない」「……の発言は残念ながら核心をついているといわざるをえない」「……が強く反対しているのもゆえなしとしない」などの二重否定、「……と思う」「……と思われる」などの及び腰がそうです。

社説のおしまいは、すべて要望です。「という立場で○○が真剣に取り組むよう望む」「……など適切な対応が望まれる」「さしあたりの対応として早急な……を求めたい」「……の検討を急ぐ必要がある」「……への認識を新たにし……を急ぐことが望ましい」「実務の話し合いを通じた具体的な……が提案されることを期待したい」「……こそ日本のとるべき道だと思われる」「へと脱皮を図ることが望ましい」「を契機にこの点についての議論が深まることを期待したい」「この際、それをあえて冒すだけの勇気を○○に期待したい」……

つまり「主題に大問題を据え、それについての事実を並べ、ちょいと叱り、こうあるべきだと訓戒を垂れつつ期待を述べる、これを社会正義の立場から大上段に、しかし紋切型の文体と及び腰の言い回しで論じること」、これがどうも社説というものであるらしい。となりますと、今回のパロ

ディの味噌は、大新聞社説の論の展開とその壮大かつ紋切型で及び腰の文体で、スポーツ関係のどうでもいいようなつまらぬ問題を論じることにあったのではないでしょうか。

今回は三百近い力作が寄せられましたが、大半がこのツボを外しておられました。残念です。入選作はいずれもこのツボをおさえております。とくに論の展開と文体が社説もどきになっていた。敬服しました。ただ扱う主題がすこし堂々としすぎていたように思われないでもない（こういう言い方が社説風。他を慮んばかって断言を避けるのが社説風なのですね）。筆者なら「女子プロゴルファーのスカート姿に注文する」という主題で堂々と空疎な論陣を張りたいと思いました。ちなみにN記者は「甲子園の砂の持ち帰りと国土問題」で、編集長は「力士はまわしをゆるくするなどの小細工をするな」で、いつか社説をといっておいでました。丸谷才一さんは黙して語らず、筆者が勝手に忖度すれば「大相撲の君が代は裏声で」でしょうか。

一九八三（昭和五十八）年

岸田國士戯曲賞（第二七回）

受賞作＝野田秀樹「野獣降臨」、山元清多「比置野ジャンバラヤ」、渡辺えり子「ゲゲゲのげ」／他の候補作＝北村想「虎★ハリマオ」、小松幹生「朝きみは汽車にのる」／他の選考委員＝唐十郎、佐藤信、清水邦夫、田中千禾夫、別役実、八木柊一郎、矢代静一、山崎正和／主催＝白水社／発表＝「新劇」一九八三年三月号

枠組という視点から

小松幹生『朝きみは汽車にのる』は演劇論的枠組を持つ。枠組の支え手は黒子である。そこまではすばらしい発想だが、その黒子の扱いに徹底性がやや乏しく、劇が宙吊りになってしまった。氏の精進に敬意を表しつつ、次作を待つ。

北村想『虎★ハリマオ』の枠組は円環をなす時間である。べつにいえば、これは〈時間を超える

遠足劇〉だ。遠足気分が横溢していて、こういうのは小生の好みだ。台詞の切れ味もよく、その点では五作のうちの随一である。「私は神がいると信じている／神がいなければ起りえないと思われる事件が／私のまわりに二割ある／神の打率はだから二割／来年はトレードだ」。こんなに悲しい滑稽が書けるのは、現在の日本では氏ぐらいのものだろう。また〈神＝作者＝正義の味方の不在〉の主題も伝奇ロマン風な展開の中で力強く提示されている。

野田秀樹『野獣降臨《のけものきたりて》』の枠組は言語遊戯を針として糸として時間と空間を自在に縫うところにある。言葉遊戯が場当りの爆発を行うばかりではなく、新らたな神話を推進するための基本燃料となる。その力業は、いつもながらみごとなものだ。

渡辺えり子『ゲゲゲのげ』の枠組はねじまがった空間である。その空間は宮沢賢治や江戸川乱歩のそれと似ているが、民俗学的な調理法をほどこした上でねじまげメビウスの環のようにつなぎ合せる膂力は力強く、無論、結局は作者独創の空間に化けている。

山元清多『比置野《ピノッキオ》ジャンバラヤ』の枠組は日常時間の再編である。のっぺら棒の日常時間をいかに処理して、演劇の時間にするか。この困難な作業に作者は立派に成功した。時代を見据える視座の横築にも成功している。堂々としていて大人なのだ。

北村、野田、渡辺、山元の四氏のうちのどなたが受賞なさろうと異存はなく、したがって三氏受賞にも異議はない。思うことはただひとつ、北村氏には気の毒な結果が出てしまったということで、お節介のようだが、どうか今年もよい仕事を見せてくださいと祈るばかりである。

パロディ'83（第三一回）お伽噺を新聞見出しにすれば……

――大賞＝深萱真穂／一席＝岩崎裕二、マンマン、石川国男／他の選考委員＝丸谷才一、川口信行／発表＝「週刊朝日」一九八三年四月八日号――

一行が創造する新しい「値打ち」

選考会は、丸谷才一さんの「今回は、おもしろいねえ」という総評ではじまり、同じく丸谷さんの「大賞があってもいいのじゃないかな」という提案で幕になりました。今回の水準の高かったことは、これだけでも明らかでしょう。というのも、新聞の見出しほどわれわれに親しいものはなく、どなたも見出し文に熟知しておられた。そのことが作品の質に反映したのだと思います。

入賞作品に共通しているのは、それぞれ原作に、まったく別の、新しい「値打ち」をつけ加えているという事実です。値打ちを「視点」と云い換えても同じことですけれど、これこそがパロディとパロディまがいの分れ目でしょう。原作をどんなに巧みに作りかえても、出来上ってきた新作品に、新しい値打ちが創作されていないならば、それはパロディではない。逆に、新作品が新しい値打ち（視点、見方）を創り出すことに成功しているならば、たとえ原作を手痛く扱っているように見えようと、つまり原作者がどんな苦情を持ち出そうと、それはそれでもう立派なパロディ作品です。パロディというより一個の創作物です。もっと砕いて云うと、だれか天才が現われて、「源氏物語」に何か一行、書き加え、まったく新しい値打ちのものにしたとします。そのとき、紫式部が、

その崇拝者たちがいかに苦情を申そうが、新作品はパロディ作品として一個の創作物となるでしょう。

さいわい今回の原作者は個人ではなく、日本人という共同体、たとえば大賞作品は浦島太郎を買春観光者として再創造していますが、どこからも苦情は出ないでしょう。今回の勝負は、パロディを行う側が、どれだけはっきりとおとぎ話を改変するのか、その意欲にかかっていたようです。入賞作品はいずれもまず新しい見方を発見し、その発見の上に立って、はげしく再話を行っています。そういうはげしさがあってはじめて、《「個人的なお礼」とあっせんの亀》といった、小手の効いた一行が出てくる。うまいものですね。一席の方の「浦島太郎」の《「まさかついて来るとは」と亀》なども、じつにしゃれています。

なお、大賞作品の最終行《問われる日本男性の倫理》、一席作品「金太郎」の同じく最終行《恐ろしいK少年の短絡思考》はそれぞれ、《問われる日本人の倫理》、《恐ろしい金太郎の短絡思考》を添削したものです。前者の添削者は編集長、後者のそれは同席のM記者ですが、手が入ってぐっと引き立ちました。前者の場合は突っ込みの鋭さが、後者では大新聞のもっともらしさが出たように思います。また上位の作品がいずれも朝毎読の大新聞の見出しを模しているのは、興味深い傾向です。「強いもの」をからかうのがパロディとするならば、これは当然の傾向かもしれません。なんといったって三大紙は「強いもの」なのですから。

もうひとつ、丸谷さんからおもしろいことをうかがいました。今回は千通を超える応募があったが、「浦島太郎」と「かぐや姫」を扱ったものが大変に多かった。このことを丸谷さんが評論家の

尾崎秀樹さんに話したところ、尾崎さんは言下にこう云われたといいます。
「ふたつともSF的な話だからではないですか」

直木三十五賞（第八八回）

受賞作＝なし／候補作＝胡桃沢耕史「天山を越えて」、赤瀬川隼「捕手はまだか」、落合恵子「結婚以上」、岩川隆「海峡」、森瑤子「熱い風」、髙橋治「絢爛たる影絵」、連城三紀彦「白い花」「ベイ・シティに死す」「黒髪」／他の選考委員＝阿川弘之、池波正太郎、五木寛之、源氏鶏太、城山三郎、水上勉、村上元三、山口瞳／主催＝日本文学振興会／発表＝「オール讀物」一九八三年四月号

掠奪されつつ

かねてから、「娯楽小説の大切な部分が、他から掠奪されつづけている」という感想を抱いています。たとえば滑稽をマンガに、荒唐無稽な物語性を劇画に、情報をテレビや雑誌に、言葉の機知を広告コピーに掠奪されて痩せつつある。もとより、「返せ」とわめいても仕方がない。こちらの最大の武器である文章をさらに練りに練って、その上で向うの大切な部分をあべこべに奪ってやろうと居直るほかに方途がない。いずれにせよ言葉、文、文章が大事。

「捕手《キャッチャー》はまだか」（赤瀬川隼）の文章は平明な上に心象を捕まえる力が強く、しかも一人よがりの飾りもなく、一等賞だと思います。三十三年ぶりに旧制中学の野球部員が、往時のライバル校との

試合のために、それぞれの人生を引きずりながら集まってくる。だが、試合開始時刻が迫っても捕手の姿は見えない。投手でも二塁手でも中堅手でもなく「捕手はまだか」と切なく問うところが重要でしょう。じつは捕手は来ていた、ただし選手としてではなく塁審としてひっそりと。この拵えに寓話がありました。かつてチームの要《かなめ》であった捕手が野球というゲームの平等主義を支える裏方にまわっている。作者の世代にとって野球と平等主義とは一対《いっつい》をなすものであったにちがいなく、たとえ片腕を失おうとも、このゲームの善《よ》き平等主義をどこかで支えようという意地は失っていないぞ、と低い声でであるが、たしかにうたっているところに、さわやかな感動をおぼえました。最後までこの作品を推《お》した理由です。

「天山を越えて」（胡桃沢耕史）には、なにがなんでも物語を創りあげてみせるという力業がありました。事実密着主義全盛の風潮に一矢むくいようとする物語作者の気迫の反撃。同業として励まされもしましたが、構成の工夫に較べると、惜しくも文章の工夫にやや乏しく、また練り上げ不足の細部がいくつか散見され、力業がいくらか割り引かれてしまいました。

「絢爛たる影絵」（髙橋治）は手がたい仕上げで文章も練達です。ただし大事な個所、いいと感じ入った個所の多くが他からの引用、あるいは証言という手法なので、だいぶ損をしたのではないかと思います。作者は正直すぎたのです。今回は以上の三篇に読むことのたのしさを味わいました。

パロディ'83（第三二回）藤村詩集をもじってみると…

一席＝野の花亭、虎の子／他の選考委員＝丸谷才一、川口信行／発表＝「週刊朝日」一九八三年六月十日号

抒情の淋しさに明るさのせて

本誌のN記者がつくった投稿家氏名一覧表を眺めながら、この選評を書いております。表には最終選考まで駒を進めた三十三名の投稿家のお名前とお年が載っていますが、もっともお若いのが十七歳の青木優子さん。前回の大賞者で今回も最終選考に三篇残った深萱真穂さんは二十一歳。一方、最年長は志村つね平さんの七十二歳。志村さんはプロの漫画家でいらっしゃる。男性の老若お二人とも、このパロディの常連投稿家です。

各世代に幅広くひろがっている愛読者と、大勢の常連とによって支えられて、パロディ募集も回を重ねて三十二、ほんとうにありがたいことであります。

藤村の詩をつらぬいているのは、明治の青春の抒情とでもいうのでしょうか、明るくて、それでいてどこか淋しいロマンチシズムです。この「青春の抒情」が七五調かなんかで朗々と、よどみなくうたいあげられているから、じつに気分がいいわけで、われわれはまず、耳に心地よいその韻律を似せなくてはなりません、そしてもちろん、明るい淋しさをも。

しかし、丸谷才一さんのことばを借りますと、「今回は陰気な感じの作品が多かったのではないか。抒情を扱い損なうと、愚痴になるのかもしれない。とにかく愚痴はいけません。パロディはまず愉快でなくては……」。これはまことに至言で、その証拠に一席ノ一の『野手の身』をお読みく

ださい。口調よく、いかにも愉快、同時にどこか淋しい。ひきかえ一席ノ二『千夏川どぜうの歌』はわずかに陰気で、それが首席と次席の差になりました。もっとも編集長の云う「居直り与党にダメ野党。そこで無党派市民連合に望みを託そうとすれば今度の内輪もめ。陰気にならざるを得ませんよ」という事情が、筆者にもわからないではありませんが。

藤村の、だれでも知っている『初恋』を本歌《もとうた》にするときの勝負どころは、冒頭の一行「まだあげ初めし前髪《まへがみ》の」を、どう扱うかにあります。二席ノ一、二の両作品は、ともに仰天するような冒頭になっています。とくに『初ポルノ』の出だしには度胆を抜かれました。脱帽です。

今回は、『初恋』、『千曲川旅情の歌』、そして『椰子《やし》の実《み》』の三篇を本歌に仰いだ作品が多かったのですが、なかにはそういう傾向の逆を行って成功したものもあります。その代表が二席ノ三の『くちひげ』です。すこしばかり内輪話になりますが、この作品は、最初のうちはあまり話題にならなかった。ところが本歌を睨んでいた丸谷さんが、「本歌では意識的に平仮名が、やまとことばが多用されている。この応募作の漢字を、平仮名に開いてみてはどうだろう」と云われ、その通りにしてみました。開くついでに多少手を入れさせていただきましたが、結果はごらんの通りのみごとな出来栄え。

なお、他の作品にもちょいちょい手が入っており、この『くちひげ』だけに肩入れしたわけではありません。そして選考委員たちが手入れにあまり没頭しすぎると、同席のM記者から「待った」がかかる仕組みになっております。では月並みな結びながら、まごころこめて、

「次回も愉快な作品をまっています」

オール讀物新人賞（第六二回）

受賞作＝城島明彦「けさらんぱさらん」、二取由子「眠りの前に」／他の候補作＝上原雄次郎「幻の軍票」、榛健「びいどろ鏡」、桐生悠三「朝」／他の選考委員＝小松左京、藤沢周平、古山高麗雄、渡辺淳一／主催＝文藝春秋／発表＝「オール讀物」一九八三年六月号

鋭い観察力と実績を評価

「幻の軍票」が扱う題材は、米軍による日本占領史の一史料としても通用しそうなほど、良質でおもしろい。だが、折角の好素材が雑な文章のせいで生かされていないのは残念である。文章感覚の粗雑さが小説全体をも雑っぽく見せてしまった。

「びいどろ鏡」の文章は紋切型のところもあるが、それなりに手堅い。ただし材料の配列に難があるように思われる。とくに最後の武闘に用いられているアイデアが他のアイデアに較べて弱いのは損だ。読者に、尻つぼみの印象を与えてしまう。こういう武芸譚では最後にサヨナラホームランを打たねばならぬからむずかしい。

「朝」の材料はすばらしい。文章も抑えがきいている上に、ときおりはっとするような、新鮮な表現があって、しかも読後はすがすがしい。これほど多くの美点や長所をもちながらなぜ長蛇を逸したのか。登場人物たちの織りなす精神の劇がどうも生煮えのような気がするのだ。主人公の兄に

対する気持、その気持が変化するさま、そういったことに作者がもう少し筆をさいてくださったらよかったのに。惜しかった。

「けさらんぱさらん」はすべてにそつがない。無理な道具立てなのに、すくなくとも読んでいる間は、それを無理とは思わせず、読者をたのしく遊ばせてくれる。これは才能というものである。しかも作者はこれまでにしばしば佳作を寄せてこられており、その凹凸のない実績も評価された。ただし材料と文章に固定化のきざしがある。入選を機にすこし冒険をなさってはいかがでしょうか。

今回の候補作でもっとも惹かれたのが「眠りの前に」だった。一見したところ平凡とも思える日常の些事《さじ》を、鋭い観察力と勁《つよ》い想像力によって、大きな素材に育てあげてしまった力量に尊敬の念さえ抱いた。しかも観察しふくらましたものを正確に文章にうつしとる技術もたしかである。また点景的人物を一筆《ひとふで》で描写する技術もお持ちで、なかなかたのもしい新人作家だと思う。精進を期待しています。

吉川英治文学新人賞（第四回）

――受賞作＝赤瀬川隼「球は転々宇宙間」、北方謙三「眠りなき夜」／他の選考委員＝尾崎秀樹、佐野洋、野坂昭如、半村良／主催＝吉川英治国民文化振興会／発表＝「小説現代」一九八三年六月号――

その質、上々の二作

『談合』（広瀬仁紀）には、丁寧に書こうという誠意がこめられている。ただしその誠意が回りくどいもったいぶった文章となって実現してしまったのは惜しい。この文章のせいで読者は、作者がこの作品を創ろうとしたときの動機（＝感動）へたどりつくことができない。

『復活一九八五』（井沢元彦）はすべてに雑だった。しかし、作者の「物語という形式に対する信頼感＝オハナシをこしらえるのがおもしろくて仕方がないという態度」に感動をおぼえた。いまに途方もない語り手に成長するだろう。

『風の七人』（山田正紀）と『密やかな喪服』（連城三紀彦）の作者の才能を疑うものは一人としておるまい。前者は、内容、そしてその内容を現わす文章、ともに壺を心得ており、過不足がない。だが、かえってこの平衡感覚が退屈な予定調和を生んでしまった。どうもドキドキしないのだ。後者は短篇集であるが、それが不運だった。各篇のもつ質の凸凹《でこぼこ》がたがいに足を引っ張り合ってしまった。しかしとにかくこの作家はすでに一家を成している。彼のトリックはすべて芸術品である。

『球は転々宇宙間』（赤瀬川隼）は、素直で、平明で、それでいて質の良い文章でなされた社会批評小説である。社会の構造を小説の構造に移しかえる腕力に凄みがある。

『眠りなき夜』（北方謙三）は、間断するところのない傑作だ。文章は彫りつけたように勁く、簡潔である。簡潔すぎるぐらいだ。したがって情報が少い。が、そのことが逆にサスペンスを生む。じつに並々ならぬ文章家である。また、この種の小説になくてはかなわぬ「地方の小都市」の創造にも成功しており、警察を「時間の搾木《しめぎ》」として活用しているところもうまい。受賞作二篇とも、近来になく、おもしろい。質はともに上々である。

直木三十五賞（第八九回）

受賞作＝胡桃沢耕史「黒パン俘虜記」／他の候補作＝連城三紀彦「紅き唇」、髙橋治「地雷」、杉本章子「写楽まぼろし」、山口洋子「貢ぐ女」、北方謙三「檻」、塩田丸男「臆病者の空」「死なない鼠」、森瑤子「風物語」／他の選考委員＝池波正太郎、五木寛之、源氏鶏太、城山三郎、水上勉、村上元三、山口瞳／主催＝日本文学振興会／発表＝「オール讀物」一九八三年十月号

粒ぞろい

「臆病者の空・死なない鼠」の安定した語り口、「写楽まぼろし」の構えの大きさ、「地雷」のスリリングな設定、「風物語」の精巧でみずみずしい文体、「黒パン俘虜記」の腕力のたくましさ、「貢ぐ女」の機智、「紅き唇」のあたたかさ、そして「檻」の文体と物語との巧みな釣り合い。どの作品にも魅せられた。

ただし役目柄、「みんなすばらしい」と澄していているわけにもゆかず、以下の四編にしぼった。この四編から受賞作が出るなら異存はないと考えたのである。

もっとも気に入ったのは「檻」と「紅き唇」である。「檻」を引っぱっていくのは主人公の〈かつて自分が属していた暴力団の世界より、いま自分の住む世間のほうが、はるかに汚れて腐っている〉という感慨であるが、平明で速度感のある文体のせいで、彼の感慨には読者を吸い寄せる力がある。ただ結末が悲劇で終るのは「切ない」気もするが、とにかくこの作者の才能には敬意をもつ。

「紅き唇」にうかがわれる作者の作風の変化は、わたしには好ましくおもわれた。これまでの、人工的な物語構築もりっぱだが、トリックは高所から仕掛けられていた。この作品では、トリックは低みから、武骨で善良な老女の人柄から発せられている。このトリックの仕掛け方がじつにトリッキイであって、作品は厚みをもった。

「貢ぐ女」はむやみにうまい。女主人公をみつめる作者の目は、鋭さとあたたかさの両極を持ち合せており、うまさはそこから発しているようである。

ひきかえ「黒パン俘虜記」は単眼で書かれている。主人公がいくら単純でも無邪気でもかまわないが、それを見つめている作者に、主人公を戦場へ引きずり出した国家や、主人公にこれほどの苦しみを強《し》いる戦争に対する勘考がほとんどない。このことにかすかに不審の念をいだいた。ただしこの気持は、作者の物語づくりにかける執念に圧倒されて、ときおりどこかへ消え去ってしまうのであるが。

パロディ'83（第三四回）夏目漱石「坊っちゃん」の名場面をもじれば…

―一席＝淀野利根人、瑛図娘／他の選考委員＝丸谷才一、川口信行／発表＝「週刊朝日」一九八三年十月十四日号―

「とんでもないもの」をどう盛り込むか

まず原作をエイッと睨みつける。それから何回もくりかえして読む。読むうちに原作のある部分が奇妙に心に残るようになる。そこで、その部分を辛棒づよく眺めていると、突然、その部分と、たとえば田中角栄元首相のことが重なり合う。「できた！」と叫んで原稿用紙を引き寄せる。……これがパロディ作者の、だいたいの「仕事の手順」だろうと思います。私も右のような手順でパロディを拵えることがしばしばあります。さて、ここまでくると、大事なのは原作の文章の肌理《きめ》をどう生かすか。原文の肌理に沿いながら慎重に筆を動かします。こうして一篇のパロディが誕生しました。ところが、たいていつまらない。こうやってできたパロディはあまりおもしろくありません。なぜでしょうか。

丸谷才一さんは選考会の席上でよく「これは表面的な文体にこだわりすぎですね。もっと自由に考えてくださってもいいのに」と云われます。今回も「原作は、日本文学史上最高の名作のひとつなのだから、もっと自由に跳《は》ねてくださってもいいのに」と云っておられました。そうなのです。「できた！」と叫んで原稿用紙を引き寄せるのが、ちょっと早すぎるのですね。ここでしばらく踏みとどまって、原稿用紙ではなく、異分子をこそ引き寄せなければならないのです。

異分子とはどうも熟さない言葉ですが、平たくいうと「なにかとんでもないもの」のことです。実例で云いますと一席筆頭の「ヤスとの別れ」では、セブン・イレブンがそうです。セブン・イレブンがなければ、これはただの、じつに平凡なパロディで終わってしまうところでした。いま流行のコンビニエンス・ストアを持ってくることで、作者は新しい笑いをつくり出すことに成功しまし

た。

同じように、一席二位「弱虫エイズ」も、一席三位「森の石松幕末記」もともに、なにかとんでもないものを『坊っちゃん』にぶつけて、みごとな効果をおさめています。つまりパロディとは《だれでもよく知っている形式や内容に、どれだけ多くの異分子《とんでもないもの》を盛り込み、しかも出来上がったものが、どれだけ原作と似かよっているか》を競う作物であると云っていいのかもしれません。

もうひとつ、今回、とくに気になったことに、題名のつけ方のまずさがあります。丸谷さん、川口編集長、本誌M記者、そして私の四人で、応募なさった方々の「こころ」を生かしながら、題名をつけかえました。くわしく云いますと、「角栄、中曽根の康との別れ」を「ヤスとの別れ」に、「殆ど、後天性免疫不全症候群の世界」を「弱虫エイズ」に、「石松つぁん」を「森の石松幕末記」に、「民間機撃墜騒動」を「大韓機撃墜」に、「首相の椅子」を「石橋委員長の夢」につけかえさせていただきました。一、二席入選作品のなかで題名が直されていないのは、「スミスちゃん」と「水野雄仁」の二つだけです。題名もパロディのうち、どうか題名にも智恵をしぼってくださいますように。

次回はいよいよ恒例の「百人一首」ですが、これには題名のかわりに詞書《ことばがき》が要《い》ります。詞書にも巧《たく》みをこらして、どうかふるって御応募ください。名作、傑作、珍作、奇作を首を長くしてお待ち申しあげております。

オール讀物新人賞（第六三回）

受賞作＝なし／候補作＝箕染鷹一郎「蘭風先生の日記」、フレッド吉野「壟断」、泉康子「プロポーズは朝に」、上原雄次郎「幻の戯作者」／他の選考委員＝笹沢左保、藤沢周平、古山高麗雄、渡辺淳一／主催＝文藝春秋／発表＝「オール讀物」一九八三年十二月号

作品への自問自答

まず、四編の候補作品について、私の短評を記しておきます。「蘭風先生の日記」は、落雷事故と見せかけて重荷になった恋人を殺すというトリックに、ハテナと首を傾《かし》げました。そんなに都合よく雷が落ちるものでしょうか。蘭風という医師の日記がよく出来ていただけに残念です。「壟断」は、英和辞典を引きながら読まないと、よく分らない文章で書かれています。二重三重にどんでん返しを仕掛けようとした意欲はじつにアッパレですが、どんでん返しは平明な文章の親友であるということを、一度じっくりとお考えいただきたいと思います。読者がその寸前までを充分に理解できてこそはじめて次のどんでん返しが効《き》くのです。「プロポーズは朝に」は、素性のよい文章で書かれています。それは手柄なのですが、作者が女主人公にたいしてあまりにも甘すぎるのが、どうもくさくていやみです。これでは読者が「いい気な女だ」と呟いて終ってしまいます。あたたかさをきびしさで包んだ眼で女主人公を見据えてください。「幻の戯作者」は、力作でした。とくに前半はおもしろく読ませていただきました。しかし後半は歴史評論か、あらすじを読むように、味気

ない書き方。これではせっかくお創《つく》りになった魅力的な主人公がかわいそうです。主人公をうまく再登場させるように、後半部をつくる工夫がなかったものでしょうか。

この物語をいま、なぜコトバをつかって創ろうとしているのか、シナリオや劇画ではなくて、なぜコトバだけをつかって小宇宙を創ろうとしているのか。これについてかなり徹底した自問自答が必要だろうと思われます。

また、この物語のどこに作者はどんな具合に引っかかっているのか。感動を他人に伝えたいのか、他人をおもしろがらせたいのか、どちらでも構いませんが、いま、この作品を書きすすめようとしている作者の原動力になっているもの、作品の核、それについての徹底した自問自答もまた不可欠です。この二つの自問自答を充分になさってください。

むろん私もこれからそういたします。

一九八四（昭和五十九）年

小説新潮新人賞（第一回）

受賞作＝結城恭介「美琴姫様騒動始末」／他の候補作＝大久保智曠「ブルーボーイパパ」、山下巌「散華ともいえず」、七瀬曜子「むらさき橋」、渡辺佳八「週刊団地自身」、住友浩「眠る町」、瀧澤芙司雄「FMニッポン」、別所栄「Mに愛を」、ケンジ「廃墟と紙コップ」、中村きんすけ「地上最張のカラダ」、児島遊一「遠い場所」、十東鐵矢「ギャンブラー」／他の選考委員＝筒井康隆／主催＝新潮社／発表＝「小説新潮」一九八四年一月号

選考対談より

「ブルーボーイパパ」は子持ちのゲイボーイの話です。今、ブロードウェイなどではこういう芝居は大はやりなんですが、そういう最先端の風俗と下町人情話を合体させて、ローカルな言い方になりますが、なんとなく総武線ぽいんですね（笑）。そのへんはなかなかうまいし、最後に娘の担任の先生にセマられるというのもやけくそでいいんですけど、もう一回主人公を深いところで不安

にさせるような、ドラマの要素が何か足りないような気がします。まとまりが良過ぎるみたいなところも逆に迫力を失くしている。

「散華ともいえず」は、それぞれのブロックが非常に意味ありげなんですが、はっきりした写真論が欲しかったですね、主要登場人物四人が写真に関わりがあるわけなんですし。健介はベトナムから女主人公に手紙を沢山書いているわけですが、その手紙の内容がほとんどフィクションだとG・Gが女主人公に告げるところで、「ケンは写真家よりも小説家になれば良かったみたいだ」と言う。写真はかならず真実をうつす、と作者自身も信じきっているように感じられて、そのへんが写真家小説としてはちょっと浅いという気がしますね。

「美琴姫様騒動始末」は、書出しの「昭和五十八年、江戸の春」なんていうのを読むと、ドキッとしてしまいます。「今流行《はやり》のR・クレーダーマンの振袖《ふりそで》」とかなかなか面白く、骨法《こっぽう》を心得ています。「ふるぎ」を「柳原物《やなぎわらもの》」なんてなかなか書けない。柳原土手が古着屋でいっぱいだなんていうのをちゃんと踏まえているわけですが、十八年間しか生きていないにしては良く知ってますね。ただ、最後の一歩手前のところで、このストーリーがもっと思いがけない方向へチラッと行ってくれたら、さらにいいんですけれど……。

「むらさき橋」は、わりといいところの奥さんが、出入りの植木屋と駆落ちして、日本海側の小さな地方都市でひっそりと暮らし始める。そこへテレビのワイドショーの尋ね人番組が飛び込んで来て、元の亭主やら、男のほうの奥さんやら子供やらが一緒になだれ込んで来る……。つまり、かつての「日常」が「非日常」として飛び込んで来る、テレビと一緒に。そして最後は、本当の意味

の灰色の「日常」が主人公たちにまつわりついて来る……。展開としてはなかなかうまいんですが、これは「美琴姫様」の逆で、ゆっくり書き過ぎたという気がします。

「週刊団地自身」は、犯人は団地内に住む老夫婦だったという結果になるんですが、そこに何かもうひとつ欲しいですね。何だかおしまいがだんだん啓蒙《けいもう》風というか、教訓風になって、ハート・ウォーミングみたいな感じで終っちゃう。女主人公の夫の科白《せりふ》に、「正義も、多少の毒を含んでいないと強くはないものさ」というのが出て来ますけれど、その毒が、出そうで出なかった一篇という気がします。テレビの芸能レポート的なものを、イヤラシイワネなんて言いながら、実は気持の底ではそれを支持していたという、そのへんがもっとビシッと出て来るといいんですけれど。

「眠る町」は、何だか良く分らないけれど美しい、というのが第一印象です。宮沢賢治の「銀河鉄道の夜」の味わいのようなものもありますし……。ただ、「銀河鉄道の夜」にはわりにはっきりとストーリーがあるんですね。ストーリーがあった上で、とても不思議なことが起って来るので読者は不思議なことのほうへ身を任せられるんですけれども、この作品の場合はちょっととりとめがなさすぎるという気がします。

「FMニッポン」は、ジミー喜多村という、ロサンゼルスにある日本語放送のディレクターを中心に、アメリカ西海岸の日本人、それも故郷を喪失してしまった根無し草の人たちを描いているんですけれど……。かなり読みにくかったですね。いろいろな固有名詞が次々に出て来るものですから、小説の中に楽に浸っていることが出来ない感じがあって。作者に或る意図があって、読者を苛々《いらいら》させようというのならそれでもいいんですが、すうっと読ませようとしているのに、どうもひ

っかかってしまう。そこが作者の計算違いではないか。

「Mに愛を」は、昭和二十五年、朝鮮戦争のころの話です。MというのはGIの死体のことですけれど、その死体修理をアルバイトにしている医学生たちの話です。下宿にオンリーが二人いて、ジムという黒人が通って来る。やがて朝鮮戦争がだんだん経過していって、或る日、アルバイト先の死体置場にジムの死体があった、という話ですね。とっても良く出来たストーリーです。必要不可欠なところをギリギリ繋いでいったら、この小説も、もっと良くなりますね。話づくりはとてもうまい人ですけれど。

「廃墟と紙コップ」は、なぜ三人称かという問題をのぞけば、ぼくは面白かったですね。若い人の、一種の夢なのかもしれませんね。裏返して考えれば、東京という大都会が自分ひとりのものになる、自分は帝王だ、みたいな。

「地上最張のカラダ」はとてもいい言葉遊びはあるんですけれど、ひどいのも沢山入っている。それでだいぶ損してますね。

「遠い場所」は、或るコメディアンがいまして、地方都市のヌード劇場に出演する。その十日間の話です。そこに、チリから来ている踊り子に、主人公の四十九歳のコメディアン、劇場の客で同世代の「マネキン」と「ケッコン」、三人の中年者たちがなんとなく好意を寄せ合って、そのうち或る約束をする。ふっと共同体意識みたいなものが成立するんだけれど、それも一瞬のことで、灰色の日常がまた続いて行くというただそれだけの話でして、非常に微妙なところを狙っている小説ですね。比喩なんか、とてもうまいところがあります。

「ギャンブラー」は実に面白かったですね。結末の、絶望の淵でピカッと希望の光が見えるところは「待ってました」と声がかかりそうな感じですね。非常に図式的ではありますけれども、ツボを心得ているといいますか。文章について言いますと、非常に馴《な》れた文章なんですけれど、やっぱりパターンで決めていってますね。「不運と貧しさに打ちひしがれて」とか。

同じ小説家として、投稿して下さる方々と真剣勝負をやらなきゃいけない立場からすると、「参った」というのはほとんどなかったような気がするんです。そのなかで文章の問題を考えると、「美琴姫様騒動始末」がうまく行っているような気がします。地の文のなんでもないところでも、読み手を面白がらせよう、一行の中でも笑わせてやろうという、一生懸命なところを感じますね。ゆっくり読むと、至るところでぼくらの持っている既成概念みたいなものと衝突が起って、とても面白い。最後にどれかと言われたら、ぼくはこれを推します。

岸田國士戯曲賞（第二八回）

受賞作＝北村想「十一人の少年」／他の最終候補作＝尾辻克彦「シルバー・ロード」、加藤直「アメリカ」、小松幹生「タランチュラ」／他の選考委員＝唐十郎、佐藤信、清水邦夫、田中千禾夫、別役実、八木柊一郎、矢代静一、山崎正和／主催＝白水社／発表＝「新劇」一九八四年三月号

第一次選考に勢ぞろいした作品にはいくつかの共通点がある。たとえば、当り前のことを大袈裟に言明する誇張法。負＝マイナスにこだわる性向。「人間は死ぬために生きているのだ」という逆転した人生観。言語遊戯を多用した台詞修辞術。そしてなかでもとくに目につくのは、主人公たちを物語を探し求める人物に仕立てあげるという構造構築法である。構造構築法とカッコよく言ったけれど、これを生活者大衆のことばに翻訳すれば「楽屋落ち」のことで、そうなるとあんまりカッコよくはない。「わたしはこの先、劇的行為をどう展開してよいかわかりません」という作者の弱音の露呈にしかすぎなくなるからだ。物語とは、作者によって選び採られた情報の配列法のことである。自分の選んだ情報を自在に駆使し、その配列の塩梅によって劇的な時空間を創造するのが作者のほとんど唯一の仕事といってよいのに、その仕事を放り出して弱音を吐くのは、これはわたしの個人的な趣味ではあるが気に入らない。『タランチュラ』や『光の時代』にあまりよい点をつけなかったのは、わたしの、この個人的な好みのせいである。つけ加えれば、そうは言いながらも、『光の時代』には何気ない素振りでグサと核心へ斬りこむ鋭さがあって、最後まで惹かれたが。

『十一人の少年』を支持したのも右に述べたことにもとづいている。物語を探し求める登場人物たちに、エンデの『モモ』の物語をポイと与える大胆不敵な引用の手口に、すこし呆れながら感心した。この作家は「客の顔がいつもよく見えている」らしい。笑わせる工夫（ギャグ）にしても、無造作に書いているように見えるが、じつは客との間に周到な契約を結んでおり、なかなかタフな手練である。『シルバー・ロード』は、構造が平べったく、この長さを支え切っていない。『アメリカ』は、アメリカへの往路と見せかけてじつはアメリカからの復路であった（あるいはその逆）と

いう振り子構造に目をみはった。「ほてからにアメリカ」といった式のソングタイトルのつけ方にも、すばらしい感覚がある。このひらめきがもっと盛り込まれていたら、と残念でならぬ。

パロディ'84（第三六回）この会社の架空新製品のテレビCF台本を作ってみると

大賞＝福島隆史／一席＝じょっぱり・アナウンサー、会田千津男、つけたしの美女／他の選考委員＝丸谷才一、川口信行／発表＝「週刊朝日」一九八四年四月六日号

なにかいいことありそうな

満場一致の大賞が出ました。じつは選考日の前夜、丸谷才一さんと電話でお話する機会がありました。そのときの丸谷さんは、遠足を明日にひかえた小学生のような弾んだ声をしてらっしゃった。「パロディの候補作に飛切上等の傑作があるのだな」とぴんときました。そしてぼくのほうも、「その傑作というのは『ソ連領空侵犯ツアー』にちがいない」とぴんときたのです。けれども事前の相談は規則違反ですから、その夜はそのまま電話の送受器を戻しました。翌日、例になく早目に選考会場に着きますと、先着の川口編集長がなんだかそわそわしておいでだった。「ははあ、傑作があるので興奮なさっている」とおもいました。そして選考がはじまって間もなく、だれがいいだすともなく、この作品が大賞にきまっていたのです。大賞が出るときはいつもこんな調子です。

たしかに犠牲になられたお方やそのご遺族のことをおもえば、そう手ばなしでよろこんでいいの

かと、ほんのちょっとのあいだ、ためらう気持がおこらないでもありません。けれどこの作品の「毒」はぴたりと、阿呆らしい国際情勢へ向けられています。こんな事情をつくりだしている硬直した指導者たち、そういう指導者たちを支える一部の人間たちの脳味噌に豪快な毒気を吹きかけています。むかしフランスのさる詩人が「……地上には争いばかり。しかし空には国境がない」といっていたのをおもいだしました。ともあれ、名作に下手な解説はいりません。突飛で、まともな発想を正確に表現している技術、それもみごとです。

「社長の一言が、別の角度からぴたりときまっているのは、例外なくいい作品ですね」と、席上で丸谷さんがふと洩らしておいででしたが、大賞作品と同じように、「青函生しいたけ」の社長の一言も壺にはまっています。「ガス・テレビ」は、クールな媒体といわれるテレビを、文字どおりホットなものにかえてしまいました。なによりばかばかしくていい。ばかばかしいといえば「ヒップエレキベン」(これは二席でしたが)も相当なものです。磁力で吸い出すというアイデアを二個の駄洒落で支えているだけなのですが、何度読んでも「そんな、ばかな!」とそのたびに頬がゆるんでしまいます。「無理心中お供人形」には生活抒情詩のような味わいがありました。

ところで今回の応募作品にはある目立った傾向がありました。編集長のことばを借りると、「下《しも》ネタやセックス種《だね》が多いけど、ちょっと安易な気がするなあ」ということになりましょうか。もうひとつ、下ネタやセックス種を使った作品の作者に三十歳前後の主婦が多かったのもふしぎです。今回の出題がテレビ用のコマーシャル台本というところに、そのことは関係があるのでしょうか。主婦向けテレビ番組の下世話ぶりを応募作品が正直に反映していただけなのか。それとも三十歳前

後の主婦の方がたの興味が、とくにそちらの方へ傾いているのか。下ネタもセックス種も歓迎ですが、それを知恵のはたらきでうまく処理加工していただければ、とおもいます。

直木三十五賞（第九〇回）

受賞作＝神吉拓郎「私生活」、髙橋治「秘伝」／他の候補作＝連城三紀彦「宵待草夜情」、西木正明「夜の運河」、北方謙三「友よ、静かに瞑れ」、樋口修吉「ジェームス山の李蘭」、赤瀬川隼「潮もかなひぬ」／他の選考委員＝池波正太郎、五木寛之、源氏鶏太、水上勉、村上元三、山口瞳／主催＝日本文学振興会／発表＝「オール讀物」一九八四年四月号

選評

三文検事よりも五流弁護士のほうが性に合っているので、以下の紙幅のほとんどを、候補作品の美点を列挙するために費やそうとおもう。「夜の運河《クロン》」では、〈日本人が東南アジアに生みつけてしまったものを、当の日本人が拒否してしまう〉という皮肉な構造に、作者の眼が光っている。「ジェームス山の李蘭」の作者には文章によって読者の想像をかき立たせる力がある。ただし推理小説を予想させるプロローグは誤算だったのではないか。内容は痛快な青春悪漢小説と大人の純愛小説なので、プロローグで刷《す》り込まれた期待は、ついに永遠に宙吊りになったままである。「宵待草夜情」の作者の、心理の盲点を衝《つ》いたトリックや文章でしか実現できない比喩や意味と筋（つまり物

語）の屋台崩しに、毎回、唸らされる。ただし次第に煩瑣な説明の量がふえてきており——こちらも次第に三文検事の口調になってきて、申し訳がないが——意味と筋に濁りが生じてきている。「友よ、静かに瞑れ」には、外界と途絶した舞台、過去（他人を死なせている）のある主人公、屈折した老人（しかし主人公と妙に気が合う）、味な刑事、山場での肉体の酷使、そしてもうひとつ、聖なる過去（友情、愛）とめぐりあうための長い旅（時間）など、この作者のこれまでの武器がすべて揃えられている。だが、今回は、主人公の、死闘を挑むべき敵が弱小すぎた。敵が弱すぎるので、主人公の言動が浮いてしまった。この作者の主人公には強大な敵こそよく似合う。さもなければ、主人公の方がすこし弱くなるか、そのどちらかだろう。

平明でありながら品のよい文章、意表を衝く題材、切実味のある主題の設定、知的な小説づくり、節度ある諧謔、澄んだ余韻。これらが「潮もかなひぬ」の作者の美点で、こちらが羨しくなるほどだ。しかし今回の題材は、この枚数で支えるには巨きすぎたかもしれない。そこで作者の美点がそれぞれ幾分かずつ損われてしまったのではないか。とにかくこれは凄い題材ではある。

「私生活」に収められたいくつかの短篇が書けるようになるには、三度の食事はむろんのこと、こまかな一挙手一投足にいたるまで、よく吟味された日常を、何十年にもわたって保持しなければならぬだろう。そういう日常の積み重ねによって培われた趣味が、これらの数篇を作者に書かせたのである。ただし十七篇全部を見わたすと凸凹ありすぎる。たとえば「警戒水位」（凸）と「季節労働者」（凹）とが同じ作者によるものとは、ほとんど信じがたい。

「秘伝」には、「老人と海」と「ジョーズ」の影がちらついている。つまり物語はパターン通りに

進行するが、それが読む者には非常に快いのである。パターン通り、定石通りの物語が、言葉を信じさえすれば、骨太な神話になることを作者はよく知っていた。巨魚イシナギにもうひとつ神秘性が加われば近来にない名作になるのだが、しかし今回はこれだと思いながら、わたしは会場へ向ったのだった。

パロディ'84（第三七回）架空身の上相談

——一席＝小泉裕一、原田義昭／他の選考委員＝丸谷才一、川口信行／発表＝「週刊朝日」一九八四年六月二十九日号——

冗談から駒の大手柄

掲載された作品をじっくりお読みください。質の高い作品がずらりと並んで、じつに頼もしい光景ではありませんか。

とくに一席筆頭の「江川卓→野村克也」では〈べつにおかしがらせようとしていないのに、なんだかおかしい〉という最高の技巧が駆使されています。質問者と回答者との取り合せも、いかにもそれらしくてうまいものです。そういえば選考会の席上で丸谷才一さんがこうおっしゃった。

「いかにもありそうな質問者と回答者との取り合せで行くか、それとも意外な組み合せで迫るか、この出題についての最初の勝負どころは、じつにそこだねえ」

この作品は前者の道を選んで最高の効果をあげました。

ちなみに意外な組み合せで成功したのは二席筆頭の「日本国憲法→長島茂雄」でした。意外な組み合せのひとつに、人生相談の有名な回答者（たとえば宇野千代、淡谷のり子、ビートたけしなどの諸家）を質問者に仕立てあげるという手があります。有名な回答者を質問者にすることで人生相談や身上相談のもつイカガワシサをからかうわけですが、この手を採《と》った候補作は一つもなかった。ということは、かってのように人生相談の回答者はもはやスターではなくなったということなのでしょうか。

さて、一席の「三浦友和→三浦和義」は、回答の結尾部分がサエています。びっくりするほどの切れ味です。ただもう唸りました。

二席筆頭についてもう一度、感想を述べますと、これは文体の取り合せにおいてもすぐれた出来栄えを示しています。「質問の文体（日本国憲法前文の文体のもじり）と回答の文体（かの有名な長島言語）との落差。みごと！」という丸谷さんの評言が、すべてを語っていると思います。

同じ二席の「ポルノ女優→中曽根首相」「元総理→三浦和義」の二作は、相談の材料、コトガラがおもしろい。

つまりここまでをまとめますと、人生相談、身上相談のもじりの出来は、

一　質問者と回答者の取り合せ

二　質問文体と回答文体の取り合せ

三　質問材料の選び方

の三点に、とりあえず勝負がかかっている、と云えそうですね。

ところで一席と二席筆頭の二作品の作者にご注目ください。どちらも原田義昭さんの作です。大相撲にたとえれば「殊勲、敢闘、技能の三賞独占」といったところです。編集長がいっておられたが、「常連の活躍はひじょうにうれしい」のだ。

このように今回の水準はとても高かった。一席二席に入選した五作品の差はほんとうに僅かです。ただ「江川卓→野村克也」が一席筆頭に推されたのは、丸谷さんの適切な評言をかりれば、「回答に実《じつ》があった」からです。冗談の向うにチラと真実がのぞいています。つまりこの作品はそのまま、ほとんど巨人軍首脳や江川投手への忠告になっている。作者は冗談から駒を出してしまったのですね。そこが大手柄でした。

オール讀物新人賞（第六四回）

受賞作＝三宅孝太郎「夕映え河岸」／他の候補作＝藤原伊織「ベルゲンの蕩児」、根本順善「騙る」、上原雄次郎「モップのパパさん」、平田圭「腕白時代」／他の選考委員＝笹沢左保、藤沢周平、古山高麗雄、渡辺淳一／主催＝文藝春秋／発表＝「オール讀物」一九八四年六月号

一幅の抒情画の趣き

候補作五編にはそれぞれ次に記すような取《と》り所《どころ》があった。

『腕白時代』には、素朴な抒情《じょじょう》がある。『ベルゲンの蕩児』は、新左翼のなかの非転向者を扱っていて、主題の選び方に新しさと冒険があった。『モップのパパさん』の作者が持ち出してきた素材は、今回もまたおもしろい。連続して三回、最終候補に残るという作者の精進に脱帽のほかはない。『騙る』はうまい。読ませる。たのしませてくれた。読み手のために献身することに徹しているところはじつに頭がさがる。『夕映え河岸』の作者は、一幅の江戸抒情画を描きあげることにほとんど成功している。主人公がよく書き込まれており、生きて動いている。

こんどはあべこべに欠陥を拾ってみる。『腕白時代』は、エピソードを積み上げて物語を展開しているのだが、そのエピソードのひとつひとつがさほどおもしろくない。エピソードの数を半分に減らし、減った分だけ各エピソードを練り上げるべきであった。エピソードを精選し、磨きあげたらいい作品になるだろう。『ベルゲンの蕩児』の女主人公に魅力がない。彼女は物語の運び手なのであるが、その彼女には惹かれるところが少いので、物語が核心にふれる以前に、読者がそっぽを向いてしまう。わたしはそのように読んだ。『モップのパパさん』の主人公は、過去において米兵を射殺したことがある。だとしたら最初の一行から、主人公は重く、暗い過去を背負った者として登場すべきであった。作者は主人公の過去の犯罪をもっと匂わせつつ書き進めた方がよかったのではないだろうか。これでは唐突すぎるように思われる。『騙る』には文章がやや生煮えになるところがあった。ときどき叙述が梗概用の文章になる。『夕映え河岸』の欠点は一人称の語りにしたところだ。時代ものの一人称は、一語一語の時代考証がむずかしい。

わたしは『騙る』のおもしろさやサービス精神が好きである。ただし結果としては、主人公にや

や奥行のある『夕映え河岸』に半歩ゆずったかたちになった。

吉川英治文学新人賞（第五回）

受賞作＝連城三紀彦「宵待草夜情」、山口洋子「プライベート・ライブ」／他の選考委員＝尾崎秀樹、佐野洋、野坂昭如、半村良／主催＝吉川英治国民文化振興会／発表＝「小説現代」一九八四年六月号

選評

これはこっちの勝手な思い込みかもしれないが、「宵待草夜情」の作者は仕掛けに対する猛烈な愛情の持主らしい。原稿用紙を企《たくら》みの場ときめて、そこへ仕掛けを仕掛けて仕掛けて仕掛け抜く。まことに壮烈である。ときには自分の仕掛けた仕掛けに自分が振り回されて自滅してしまうこともあるが、それもまた仕掛人の栄光というもの、これからもその仕掛けでわれわれ読者を思う存分に振り回していただきたい。この仕掛けの道は行けば行くほど先細《さきぼそ》りになるはずであるが、この作者には、目の詰《つ》んだ緻密な文章を紡《つむ》ぎ出すことができるという武器もある。その武器で難敵の先細りの道を広く拓《ひら》いていただきたい。

「プライベート・ライブ」の作者は男女間の機微を探《さぐ》り、それを腑分《ふわ》けする絶妙の才の持主で、その巧みさはただ唖然とするよりほかにないようなものである。男女の関係をセックスという万能

の鍵言葉《キー・ワード》で明快に割り切りすぎて人間というものを途中で落してしまわぬかぎり、われわれはこの作者の愛読者でありつづけるだろう。

今回は粒ぞろいの作品が集まった。「裂けて海峡」の、適量のユーモアをまじえた速度感のある文体、行動《アクション》を分断し、かつ統合するときの作家としての眼のたしかさなどに、最後の最後まで惹《ひ》かれた。また「スーパースター」の省略の利いた平明な文章には人生の微苦笑といったようなものが浮びあがっていたし、「あした天気にしておくれ」の明朗闊達《かったつ》さにも大いに親しみを抱いた。

パロディ'84（第三八回）西条八十　詩・童謡・歌謡曲

――一席＝蓮沼花、スマイリー武市、志村つね平／他の選考委員＝丸谷才一、川口信行／発表＝「週刊朝日」一九八四年九月十四日号――

自分を撃つ作品も

西条八十はその出発こそいわゆる芸術派でしたが、わたしたちには童謡、民謡、流行歌、軍歌、そして校歌の作詞者として、とても親しい存在です。校歌といえば、この夏の高校野球優勝校、取手二高の校歌も西条八十の作でした。つまり西条八十の詩にはいつもメロディが聞こえているのです。ためしに一席筆頭の「グリコの殿様」をごらんになってください。詩を黙読するだけでもう中山晋平の、あの旋律が聞こえてくるではありませんか。逆にいえば、中山晋平のメロディが生きる

ように改作したからこそ、みごとなパロディが誕生したのです。同じ一席の「チョーサンの唄」にも、その呼吸が生きています。両方とも、今晩にもすぐ空オケバーで歌えそうです。志村つね平さんはこのパロディコンクールの（そして似顔絵塾の）常連ですが、さすがは老練、大勢の逆を行って成功しました。西条八十の初期の、幻想的で西欧象徴詩風な骨法をうまく三浦事件と結びつけています。字配りや行間の空《あ》け方で、現代詩をからかっているところがうまい。

ところで、入選作をひとわたり見渡すと、ある傾向が色濃く出ていることがわかります。丸谷さんのおっしゃる「スターシステム」が、最近のこのパロディコンクールでは主流を占めているのです。角栄センセイ、中曽根サン、長島サン、それから三浦事件にエリマキトカゲ、どの作品も「スター」を主役にして作られています。もちろん、そういう方法が間違っているわけではありません。それどころか、時めくものを撃《う》つのはパロディの常識です。けれどもスターにばかり狙いをつけているのもつまらないような気がします。健全なパロディ精神は別のものも撃つことができるのです。「たとえば、地方の名もない高校があれよあれよというちに甲子園大会に出場することになって、地元はうれしい半面、その資金集めに音をあげている。そういう題材を扱った作品があれば、幅も出るし、深みも生まれると思うのだけれども」という丸谷さんの講評を引き継いで云えば、題材をもっと身近に求める態度が必要かもしれません。自分を安全地帯において、その安全地帯から安心してスターをからかう、それも悪くはないが、時には自分自身をからかってはどうか。だれもが人間、金もほしいし、流行は気になるし、エリマキトカゲに興味はあるし、他人の不幸は鴨の味。そういう自分を撃つ。パロディを自己矯正の方法として役立てる。そういう作品が現れたらすばらし

いと思います。

そこまで思いつめなくとも、視点を「公《オオヤケ》」から「私《ワタクシ》」へちょっとずらしてみることが大切でしょう。身の回りをよく観察して、「人情」を発見していただければ、と願っています。寝ていてもわが子へ団扇で風を送ることを忘れない母の「人情」、そういう人情の発見は時代を超えて生きのびます。

直木三十五賞（第九一回）

受賞作＝連城三紀彦「恋文」、難波利三「てんのじ村」／他の候補作＝落合恵子「夏草の女たち」、今井泉「溟い海峡」、小林久三「傾いた橋」、白石一郎「海賊たちの城」、林真理子「星影のステラ」、山口洋子「弥次郎兵衛」／他の選考委員＝池波正太郎、五木寛之、黒岩重吾、源氏鶏太、水上勉、村上元三、山口瞳、渡辺淳一／主催＝日本文学振興会／発表＝「オール讀物」一九八四年十月号

達意の文章を

読者は、文章を手がかりにその物語（意味）に入ってゆくしか方法がありません。そこで物語をよく伝達してくれる、達意の文章が小説には望まれます。しかし達意だけでも不充分です。その文章に、文章にしかない魅力がふんだんにちりばめられていなければならないでしょう。つまり、伝達力があって、表現そのものとしても魅力があること、小説の文章はこの二つを兼ね備えているべきです。

『恋文』は、まさにそのような文章で書かれています。しかも物語は、人間心理への深い洞察に支えられていて、新鮮です。作者は一時期、文章を魅力的なものにしようと志すあまり力が入りすぎ、かえって伝達力が落ちるという、一種の堂々めぐり地獄に足をとられかけていました。その地獄からの生還をよろこびたいとおもいます。

『弥次郎兵衛』の文章も、伝達と表現という二つの文章条件を満足させています。きびしい観察眼がいくつもの警句や箴言《しんげん》となって随所にあらわれ、それが文章に快調なリズムを与えています。ただし作者の目が神の目に近づきすぎ、すべてが綺麗に割り切れすぎているところにかすかな異和感をおぼえました。しかし作者は頭抜《ずぬ》けて巧者です。

『星影のステラ』は、物語の設定に才気を感じさせてくれますが、文章そのものに魅力が乏しい。『夏草の女たち』の「女性の幸不幸は、待つ時間の長短に比例する」というテーマの発見は素敵ですが、文章がやや紋切型で惜しい。『涙い海峡』や『海賊たちの城』にも同じことが云えそうです。はっとして思わず引き込まれてしまうような表現が少いのです。言葉で表現するしか手のないわれわれは、その言葉で読者の首根ッ子を押え込み、読者の心を開かせなければなりませんが、その工夫が足りないような気がします。一方、『傾いた橋』は文章意識がきわめて過剰です。こけおどかしの、力み返った文章が、かえって読者を物語から遠ざけてしまいました。

『てんのじ村』の文章は、それとは逆にあまり文章を感じさせません。それどころか素朴すぎるほど素朴な文章で、癖のないのが癖、とでもいったような不思議な味わいがあります。ただ、主人公たちの芸のおもしろさがよく文章化されていないので、どうしてその芸が観客の拍手を得ること

ができたのか、小説の読者にはよくわからないところに強い不満をおぼえました。けれどもいくつかの感動的な人生断片が最後にその不満を退《しりぞ》けてしまいました。

オール讀物新人賞（第六五回）

受賞作＝桐生悠三「チェストかわら版」／他の候補作＝桂木洋介「青の時代」、住本昌三「今戸橋月夜」、上原雄次郎「数寄物絵」、楡大介「幻氷」／他の選考委員＝笹沢左保、藤沢周平、古山高麗雄、渡辺淳一／主催＝文藝春秋／発表＝「オール讀物」一九八四年十二月号

並々ならぬ技量

「これを書かずに死んでたまるか」というようなとっておきの題材を、「口惜しかったら既成の作家よ、こんなふうにも書いてみよ」というような構成と文体で書く。仕上りが多少、粗くても、右のような闘争心で書かれたものに、筆者はつねに敬意を抱いています。

『青の時代』（桂木洋介）は、ギリシャ観光気分にさせられるところは手柄ですが、作者がこの一編をもってなにを云おうとしていたのか、最後まではっきりしませんでした。うまく書かれた観光案内書を読ませられたような気がします。主人公の青年が、青年から大人になる瞬間を書きたかったのであれば、一歩も二歩もぐいぐいと彼の心の奥底へ踏み込んで行く必要があったのではないでしょうか。

『幻氷』（楡大介）は、なんとなく既成小説の定型をなぞったような感じがありますね。ただしふしぎなよさがあちこちにちりばめられています。女主人公と夫との性行為の描写などは即物的で、奇妙な滑稽感があります。女主人公の自分勝手な処世観も、世間の主婦にたいする正確な洞察力があってできたもので、作者はまだ若いし、これから何度も「化ける」かもしれません。結末が惜しかった。「いわゆる小説風」にまとめようとして、せっかくのおもしろさを台なしにしてしまいました。

『数寄物絵』（上原雄次郎）は常連の力作です。その精進には頭が下ります。ただしこの作品では、せっかくのおもしろい題材なのに、ロッキード事件を導入してしまい、バランスが崩れてしまいました。前半は短篇の密度なのに、後半に到って長篇になってしまいました。後半で筋運びの上で御都合主義が目立ってくるのは、そのせいです。結末は哀愁があっていいのに、残念なことでした。

『今戸橋　月夜』（住本昌三）は、今回でもっとも好感を抱いた作品です。文章の力だけで明治初年の東京の雰囲気を出してみようと冒険を試み、そのことにある程度、成功しているところに感服しました。大衆の好む物語の定型というものも、作者はよく知っています。では『チェストかわら版』（桐生悠三）との差はどこにあったのか。登場人物にたいする作者の責任の持ち方に、もうひとつ徹底していないところがあるのです。『今戸橋　月夜』では副主人公小林清親の女主人公への態度（とくに結末部分の）が曖昧《あいまい》なのです。結末の清親の態度、これをもっとはっきりさせてもらいたかった。さて『チェストかわら版』ですが、これはひさしぶりに現われた佳品です。登場人物は端役の端々《はしばし》に至るまで作者に愛されています。筆者はとくに、冒頭と結末とに、ちょと顔を出す小

娘が好きです。しかもこの小娘が「時間」の役を果してもいるのですから、作者の技量には並々ならぬものがあります。

一九八五（昭和六十）年

小説新潮新人賞（第二回）

受賞作＝都井邦彦「遊びの時間は終らない」／他の候補作＝村上裕一「電話網」、ならしのこんぺえ「毛はまた生える」、不理満「港のマリー」、七瀬曜子「娼婦まりあの遁走行進曲」、阿礼公次「リフレイン、リフレイン、リフレイン」、笠原靖「北の叫び」、石塚京助「砂漠の国の物語」／他の選考委員＝筒井康隆／主催＝新潮社／発表＝「小説新潮」一九八五年一月号

選考対談より

村上裕一さんの「電話網」ですが、主人公の大学生が、モラトリアムを終って社会に出た瞬間に、電話が彼をとりまいて行くというアイデアは、大変面白いと思いました。電話でも世の中が掴まえられるなと感心させられる。しかし後半に入ったところで「そんなある日」って一行ポッと出てくるあたりがこの作品と実にそぐわない。悪い意味の中間小説のパターンで、意識的な文体ではない

ですね。

　ならしのこんぺえさんの「毛はまた生える」は、隠れ里、桃源郷、逆ユートピアを描いています。我々も生まれたときのアイデンティティの不安があるわけですが、それをＤＮＡを使って村に持ちこんで表現していまして、その意味で鋭い目を持った作者だと思います。ただ物語にまとまりがなくなったために、作者の立場を一旦捨てて批評家に回って、それで隠れ里の矛盾に頬かぶりしているのが惜しいと思います。

　不理満さんの「港のマリー」は非常に浪漫主義的な古めかしたスタイルで、生まれは幸せだったんだけれど不幸な生活を送った兄妹の愛情物語です。ホフマンの小説のような世界を暗示しながら、あり得ざる物語をあらしめようという作者の努力が、一応成立している。それなりに面白いんですけれど、作者が読者の胸に何を打ち込んだのかが分らないんです。分らないというのは結局それが欠けているんでしょうか。「よく出来ているけれど今ひとつ」というもののひとつですね。

　七瀬曜子さんの「娼婦まりあの遁走行進曲《ランニング・マーチ》」は、土曜の昼下りから月曜の昼まで四十二時間の話ですが、非常にバランスはいいです。四十二時間を割に平均した密度で行きますので、スピード感があって、文章もキビキビしていて、ユーモアもありますし、そこまでは点が高い。しかしいろいろ細部を書いているようで、女主人公の娼婦としての細部が弱いんですね。肉体でアクションしているわけですから、もっと肉体にこだわってほしかった。

　阿礼公次さんの「リフレイン、リフレイン、リフレイン」は、妻の父と兄が家に置いていった豚が急速に進化して妻は豚と寝てしまう。そこへ主人公が踏み込み、豚を切り刻んで一緒に食べると

いう、ちょっと幼い哲学小説の感じがあります。豚がどう書けるかがポイントだと思うのですが、水準までは書けていると思いました。しかし豚が人間の女性と交わるという、豚の性に対する意見を聞きたかったですね。処理の方法としては悪い意味の落語の世界へ戻っちゃう。

笠原靖さんの「北の叫び」は、面白く読みました。どこが面白かったかというと、細かく書かれた犬と犬との喧嘩ですね。動物小説の面白さをしっかりおさえて読者をあるひとつの世界へ連れて行く格闘シーンの細かさがあるし、文章もちょっと古くさいけれどしっかりしていて、読む者を安心させる、そのなかなか端倪すべからざる作品です。ですが、紙一枚本質に近付きかねているという印象があった。

都井邦彦さんの「遊びの時間は終らない」は、ある警察署長がマスコミ受けをねらい銀行と協力して企画した防犯訓練が一種のゲームでなくなり、ごっこと現実のずれがどんどん大きくなって、読者をはらはらさせる仕組になっています。誰も本音をぶつけないで演技で日常生活、社会生活をしている部分をうまく小説に移している。妙にきちんと行儀よく枠を守っている、決定的なものが差し出されていないという感じの傷はありますが、とても面白く読みました。

石塚京助さんの「砂漠の国の物語」は、今話題になっている緑の問題を軸にして、ユートピアが逆ユートピアになってくる、一つの国家の誕生から崩壊のようなものを描いたんですけれど、表面的な面白さなんですね。作者はカメラマンで視覚的な良さは冒頭に出ていますが、ユートピアをつくるのは簡単なんだけど、そこに構造がないと社会が成り立たない。その構造がこの作品にはないんです。

読売文学賞（第三六回）

受賞作＝吉村昭「破獄」（小説賞）、山崎正和「オイディプス昇天」（戯曲賞）、木下順二「ぜんぶ馬の話」（随筆・紀行賞）、ドナルド・キーン「百代の過客」、上田三四二「この世　この生」（評論・伝記賞）、田村隆一「奴隷の歓び」（詩歌俳句賞）、研究・翻訳賞なし／他の選考委員＝安部公房、遠藤周作、大岡信、河野多恵子、佐伯彰一、田中千禾夫、中村光夫、丹羽文雄、丸谷才一、山本健吉　顧問＝草野心平、宮柊二／主催＝読売新聞社／発表＝同紙一九八五年二月一日

豊饒な〈詩劇〉の花　「オイディプス昇天」について

だぶついたものを削ぎ落とし、ほんとうに必要なものだけを残すことに二十年の歳月をかけたとき、そこまで圧縮されたものは異常な大爆発をおこす。「オイディプス昇天」はそのような戯曲です。作者は〈詩劇〉の創造に賭《か》けていますが、とかく詩劇は痩《や》せて肉の落ちたものになりがちなのに、その落とし穴をかるがると跳び越えてみせてくれました。二重三重の劇中劇、その入れ子構造が巧みにつくりだすいくつもの諧謔《かいぎゃく》など、簡潔さの中に豊饒《ほうじょう》な花が咲いています。爆発力が強烈であったからこそ、これほどの稔りにも恵まれたのでしょう。

劇中劇の手法は近ごろの流行ですが、じつはこれは劇型式の誕生の瞬間に自然に発見されたもっとも古い主題表現の技術です。ということは劇中劇がただのにぎやかしに使われているなら、それは宝の持ち腐れにしかすぎません。ところが作者はこの技術を充分に駆使して、〈神々とは大衆の

別名であった。その神々は偉大な人物の自己告白をなによりの滋養物にしている〉という主題をみごとに具体化します。この主題は王オイディプスに道化を演じさせる終結部分の劇中劇で受け手の魂にはっきりと刻み込まれるでしょう。もうひとつ日本国の口語の共通語はいま混乱のうちにありますが、その混乱のなかに動かぬ（しかし柔軟な）ある様式をうちたてた力業にも敬意を抱きました。

岸田國士戯曲賞（第二九回）

受賞作＝岸田理生「糸地獄」／他の候補作＝川村毅「ニッポン・ウォーズ」、如月小春「リア王の青い城」、小松幹生「ビィ・サイレンツ」、森泉博行「きらめきの時は流れ　あやめの闇に惑う風たちは散った」／他の選考委員＝唐十郎、佐藤信、清水邦夫、田中千禾夫、別役実、八木柊一郎、矢代静一、山崎正和、／主催＝白水社／発表＝「新劇」一九八五年三月号

選評

女たちを不定形な水に、男たちを縄や紐のような両端のあるものに、そして女たちが紡ぎ出すものを糸（縄や紐の原形）に喩《たと》えたとき、『糸地獄』（岸田理生）の成功はほとんど約束されていたと云っていい。不定形な水は地球の老廃物清掃と排熱とを一手に引き受けているエントロピー清浄装置である。一方、〈両端のあるもの〉は物体を繋ぎ合せ、結び合せ、そして縛り上げるが、加重さ

れれば弱く、プッンと切れるたびにその両端は倍にふえて行く。そして切れることが重なるにつれて仕事をしなくなる。この喩えの発見に作者の力量がある。近ごろにこれほど頑丈な劇的比喩に成功した新人は珍しいのではないか。なによりも劇的比喩は劇的な時、空間の構造化に貢献した。作者は台詞術にもかなり練達している。ときおり冗漫な同工異曲の繰り返しに落ることはあるものの、押しなべて台詞の質は高く、その適度の湿気を含んだ日本語は同時代人の耳に人懐しく届く。さらに昭和十四年という個有の日付は、水独特の循環作用をうけていつの間にか溶けて、劇の世界を〈因縁＝無限の円環地獄〉という霊気で満たす。つまり作者は劇の普遍化にも成功したのである。

こういう次第で筆者は『糸地獄』を推すために選考の席へ臨んだのだが、その席上で推すものをもう一作ふやした。『ニッポン・ウォーズ』(川村毅)の壮烈な幕切れにも心を惹かれはじめたのだ。自分が人間か、あるいは自分でもそれと気づかぬうちにアンドロイドにされてしまっているのか。それまで悪夢の世界の遍歴者に終始していた登場人物は、ここで〈決死的な賭け〉を試みる。銃で自分の頭を撃ちぬいて、人間なら死ぬがアンドロイドなら死なぬ、という投企を行うのだ。絶望の中にいてかすかな希望に賭ける、その希望が成就すれば途端に絶対的絶望のうちに永遠に沈まねばならぬという劇的設定はじつに鮮烈であり、大いに魅力的だった。そこで作者は二作受賞を最後まで主張した。

直木三十五賞（第九二回）

受賞作＝なし／候補作＝樋口修吉「アバターの島」、赤瀬川隼「影のプレーヤー」、林真理子「葡萄が目にしみる」、北方謙三「やがて冬が終れば」、津木林洋「贋マリア伝」、落合恵子「聖夜の賭」、島田荘司「漱石と倫敦ミイラ殺人事件」／他の選考委員＝池波正太郎、五木寛之、黒岩重吾、源氏鶏太、水上勉、村上元三、山口瞳、渡辺淳一／主催＝日本文学振興会／発表＝「オール讀物」一九八五年四月号

選評

試合中の野球グラウンドでは両軍の選手しか目に入らない。せいぜい気を配ったにしろ見えるのは一塁や三塁の近くに立つコーチぐらいなものである。——と、これまで私はそのようにしかプロ野球を観てこなかった。ところが赤瀬川隼氏の「影のプレーヤー」は、野球ゲームには、そのほかに目立たない主宰者がいることを、物語の手法を駆使しながら指摘する。アウト、セーフ、ボール、ストライクなどわずか数十語のことばでいくつもの名ゲームを成立させ、つねに野球というゲームの本質を代表する黒衣の人、またの名を審判。彼等が野球ゲームの目立たない主宰者なのだ。審判たちはそのへんのスター選手など及びもつかない起伏に富んだ人生経験を持っているが、その人生経験がゲームの展開へ微妙な影を落すことを、作者はきびきびした文体でみごとに表現している。

私はこの小説を読んだおかげで今年からプロ野球の見方をかえるにちがいない。選手よりも審判へ注意が行ってしまいそうな気がするが、この作品には私をそのように動かしてしまう力強い発見が

ある。野球という国民的ゲームを新しい視座から見ようとする冒険がある。さらに文体はこの上なく明快でありながら、人間の心の奥底へやすやすと届くほど鋭く、かつ勁《つよ》く、加えてときおり諧謔《かいぎゃく》が埋められてもいて、それが自然なリズムをつくって行く。内容、型式、文体、三拍子そろった傑作である。そして読後の印象のさわやかなことはどうだ。〈ある一個の人生〉とたしかに自分は交差したという感動がある。

紙幅がなくなってしまったが、島田荘司氏の「漱石と倫敦ミイラ殺人事件」の趣向のみごとさについてはぜひ一言しるしておかなければならない。漱石とワトソン(シャーロック・ホームズものの記述者)とを語り手に据えたのはたいした智恵である。大風呂敷もここまで大きくひろげることができれば立派な芸だ。ただし作品の末尾あたりで、島田漱石が史実にそむく行動をしてしまうのは惜しい。実在の、しかもよく研究の行き届いている人物を語り手にするときは、嘘はよほど上手につかなければならない。とにかくこの作家の構えの大きさはこれからがたのしみだ。

日本推理作家協会賞(第三八回)

受賞作=皆川博子「壁 旅芝居殺人事件」、北方謙三「渇きの街」(長編部門)、なし=短編部門、佐瀬稔「金属バット殺人事件」、松山巖「乱歩と東京 1920都市の貌」(評論その他の部門)/他の候補作=逢坂剛「スペイン灼熱の午後」、島田荘司「漱石と倫敦ミイラ殺人事件」、船戸与一「山猫の夏」(長編部門)、大谷羊太郎「真夜中の殺意」、岡嶋二人「記録された殺人」、小泉喜美子

「紫陽花夫人」、近藤富枝「宵待草殺人事件」、皆川博子「ガラスの柩」（短編および連作短編集部門）／他の選考委員＝生島治郎、仁木悦子、西村京太郎、眉村卓／主催＝日本推理作家協会／発表＝一九八五年四月

選評

『壁　旅芝居殺人事件』（皆川博子）の構造は念入りに仕組まれています。芝居は、周知のように、役者と観客、またこの両者が一堂に会する場所としての劇場、それからこれらを目立たぬように支えている裏方と表方、以上の五つの要素によって成立しています。この五者のうちでもっとも目立たないのが、裏方と表方でしょうが、作品の構造では、その表方が物語の進展につれてぐいぐいと前面に出てくる仕掛けになっており、その速力感が読者を酔わせてくれます。そして決して陽が当ることのない表方が物語の舞台前面・檜舞台まで出てきたとき、すでに劇場は取りこわされてしまっていたという結末は、じつに皮肉でした。しかも文章は、やや美文調ながら、この古風な、神秘的な物語とよく適っており、ひさしぶりに文章で読ませる推理小説と出会ったと思いました。

『渇きの街』（北方謙三）は、作者がこれまでの物語のパターンをこわそうと苦戦しているところに惹かれました。作者の文章は、あいかわらず正確ですが、今回は正確すぎて、じつはほとんど何も映していないというふしぎなことがおこっています。こういうことは日本の小説ではめずらしい。そこに作者の才能を見ました。また彼の孤独な戦いをも。

短編部門では、小泉喜美子さんと皆川博子さんのものが心に残りました。

評論その他の部門の二作はいずれも大きな謎に挑戦しています。『乱歩と東京』（松山巖）は、乱歩作品にとって東京という都市は何であったのか、また現在の東京で乱歩的世界は成立するかという二つの謎に挑んでいます。そして作者は謎の究明を通して、大都会の質的変化を明らかにしていきます。この究明過程はじつにスリリングでした。『金属バット殺人事件』（佐瀬稔）は、事件が発生した家庭は果して特異な家庭であったのか、という謎を究明しながら、現代の家庭の変質をあきらかにしていきます。そして結末は、最良の推理小説よりも更に衝撃的です。作者は、真犯人として読者を名指しにしたのです。二作品とも充分に堪能させられました。

パロディ'85（第四一回）有名人が書いた有名人へのファンレター

一席＝三岡稔廸、吉沢和子／他の選考委員＝丸谷才一、木下秀男／発表＝「週刊朝日」一九八五年四月十二日号

思わず脱帽しました

今回もまた、よろこばしいことに、豊作でした。

今回のみそは組合せです。いったいだれがだれに向かってファンレターをつづるのか。このだれとだれとの組合せが最初の勝負どころです。最終選考にのこった作品はどれをみても、この組合せが巧みでした。今回は惜しくも掲載されないでしまいましたが、常連投稿者の一人である原田義昭

さんの「おいしい水から年寄りの冷や水様へ」の組合せなどは意表をついていました。

組合せがうまくいったとして、つぎに問題になるのは、その組合せをどう表現するか、ということです。一席の作品は都はるみのヒット曲のパロディにしています。この神経のはたらかせかたは大手柄でした。思わず脱帽しました。なお、作者はこの替歌をずらずらと文章にして書いてきました。丸谷才一さんが、「替歌なら替歌らしく、もっともらしく詩型式にすればなおよかったのに」と云われたので、その通りに書き直してみました。作者の三岡さん、いかがですか。いっそう映えてきたとお思いになりませんか。

同じ一席の「山下清から田中角栄先生へ」も、みごとな出来栄えです。山下清の文章の癖を上手に真似ています。とくに「ぼくだったらえさをやるより鯉を焼いて腹いっぱい食べたいので」という一行は山下清そのもので気に入っています。新編集長も、それから同席のK記者やM記者も、長いことくすくす笑っていました。一席の二作品、前者は女性の執念深さ（男性もまたそうかもしれませんが）をよく出していますし、後者は景気がいいし、なにもいうことはありません。これからも御精進ください。

二席も力作ぞろいです。三浦祐太朗くんのファンレターの「ぼくもそれはうれしいけど、ゆーめーはなおんないもの、このままでいいや」という締《し》めは泣かせます。有名な冗談のひとつに、「新聞を見てると死ぬのは有名人ばかりだね。それで有名人は一人も生まれていないじゃないか。このままではいまに有名人がいなくなってしまうぜ」というのがあります。この冗談がおもしろいとすれば、ひとは生きてゆく過程で名前をあげていくのであって生まれたときはだれもが無名である、

ということをみんな承知しているからでしょうが、例外はあるもので、その中の一人が祐太朗くんです。その悲しさ、赤ン坊の無邪気なニヒリズムにじんときてしまいました。

宮沢喜一氏のファンレターは、政界と芸能界をイッキに結びつけたところが力業です。この作品の「あっそうそう、隣の席なのにイジワルばかりしたロクスケ君が転校したので」という婉曲話法、つまり「亡くなった」と事実を書いて作品を不景気にしてしまわない機智を丸谷さんがうんとほめていました。

21面相事件は扱いがむずかしい。どうしても出来が陰気になってしまいます。そこのところを、キツネ目の男のファンレターはうまくかわしています。この作品も結びの「これからスーパーで油揚げ買うて、お稲荷さんに願かけてくる」という一行がうまい。これで全体がぱーっと明るくなりました。だから笑えるのです。

さて次回の出題はかなりの難題です。ナンダイであればあるほど、ナンダイという意欲も湧いてくるはず、どうかナンダイも作品をお寄せください。心待ちにしております。

パロディ'85（第四二回）「折々のうた」

大賞＝春村洋隆／一席＝原田義昭、永島直子／他の選考委員＝丸谷才一、木下秀男／発表＝「週刊朝日」一九八五年六月二十一日号

心からマイッタを申し上げます

今回の出題は、そのむずかしさでは、この催しはじまって以来の難題だったと思いますが、フタをあけてみれば、出来栄えはそれぞれ香しく、それどころかラクラクと大賞をかっさらう作品まであらわれました。投稿家諸兄姉の底力に心から「マイッタ」を申し上げます。

ナントカのひとつおぼえで、毎度申しあげていることですが、パロディの工夫の第一は、まるで関係のないものを機知の糸で結びつけるところにあります。簡単にいってしまえば、組み合わせが意外であればあるほどおもしろいわけで、大賞の、江川投手と辻嘉一さんとの組み合わせはじつに意外でした。大賞作品を眺めているうちに気がついたことがあります。それは「そういわれてみれば、日本のプロ野球球団名には動物の名前が多いなあ」ということ。大賞作品が掲げたもののほかにも、ライオンがいて、猛牛がいて、タカがいて、ツバメがいます。そしてわれわれ人間は動物を調理して喰うのが大得意ですから、ひょっとすると、動物名の多いプロ野球と調理師との組み合わせは、意外でもなんでもなかったのかもしれません。はじめは意外！　と思わせておき、そのうちに論理的必然であったかのようにも錯覚させられます。大賞作品はなかなか手がこんでいます。いまハヤリの言い方をしますと「知的たくらみが仕掛けられている」。なによりも仕上がりがスッキリしています。

一席の二つの作品は、組み合わせはそれほど意外ではありませんが、大岡信さんの原典をうまくなぞっているところに手柄があります。ところで大岡原典の特色は、毎回取り上げる作品とその作者に、大岡さんが常に敬愛のまなざしを忘れないことにあります。じつをいうと一席の「カリカリ

のうた」の末尾の数行は、福田赳夫が春日一幸を「修行の足りぬ未熟者め」と叱る結びになっていたのですが、丸谷才一さんの「叱ってはいけない。こういうものは、最後の最後までむやみに褒めあげなくては」というもっともな指摘があり、選考員全員で、ごらんのように筆を加えました。

もうひとつの一席作品「『おれ』『おめさ』のうた」の見所は、角栄氏―新潟―米どころ―米にこだわる野坂氏という連想の糸と、もう一本の連想の糸、角栄―新潟三区―野坂氏との、より合わせ。うまいものです。

二席筆頭の「檻々のうた」は好きな作品です。井上ひさしが書いたことになっていますが、わたしになどとてもこうは書けません。解説のなかの「是がまあつひの栖か下駄二足」という句にはホロリとさせられました。わたしの解釈では、〈下駄二足をはきつぶすぐらいの、短くもないが、長くもない余生であることよ〉

となりますが、丸谷さんの解釈はこうでした。

〈下駄二足とは、角栄氏夫妻の下駄のことではないか。家の子郎党は皆、角栄氏を見捨てて、もうだれも寄ってこないが、しかし彼の糟糠の妻だけは、いつまでもひっそりと寄り添っている……〉

なるほど、よりジーンときます。俳諧的余韻がしみじみとひろがります。それにしても角栄さんはいったいどうしてしまったのでしょうか。このパロディの最大のスターですから気になります。

吉川英治文学新人賞（第六回）

――受賞作＝船戸与一「山猫の夏」／他の選考委員＝尾崎秀樹、佐野洋、野坂昭如、半村良／主催＝吉川英治国民文化振興会／発表＝「小説現代」一九八五年六月号――

才能が揃った

才能が揃った、というのが候補作を読んでの素朴な感想である。夢枕獏氏の「悪夢喰らい」は筆をメスにして人間の意識と無意識のなかに踏み込み、思いがけない物語をつむぎだす。志水辰夫氏の「散る花もあり」は青春をすぎた男たちの、苦い心情を独得のユーモア感覚で鋭く照射する。船戸与一氏の「山猫の夏」は言葉のもつ力を十二分に駆使して南米大陸に壮大な冒険王国を構築する。島田荘司氏の「漱石と倫敦ミイラ殺人事件」は知的な大法螺《ぼら》（これは褒《ほ》め言葉）を吹く。そして林真理子氏の「星に願いを」は自己戯画化によって自分の青春をいつくしむ。どれをとってもみごとな仕事ぶりであって、それぞれおもしろく読ませていただいた。

欲をいわせてもらうと、夢枕氏の候補作は長篇だとよかった。むろんこれは氏の責任ではない。志水氏の主人公にはやはり海へ出てもらいたかった。陸の上だけでは物語のはずみ方が小さく、愛読者としては多少、物足りぬ思いがした。林氏には自己戯画化をさらに推し進めていただければとねがっている。戯画化＝自己批判の徹底は、作品の自立を保証する。林氏の作品に接するたびに、たとえばその会話の潑剌《はつらつ》としたおもしろさに舌を巻きながらも、ついつい作者の顔をありありと思

い浮べてしまうのは、氏の自己凝視力にまだ手ぬるいところがあるからではないだろうか。

船戸作品と島田作品とをわたしは推したが、結果はまことに読みでのある船戸作品が選ばれた。読みでがあるとは小説という型式に誠実であるということと同義だ。こういう新鋭の登場はたのもしい。

講談社エッセイ賞（第一回）

受賞作＝野坂昭如「我が闘争こけつまろびつ闇を撃つ」、沢木耕太郎「バーボン・ストリート」／他の選考委員＝大岡信、丸谷才一、山口瞳／主催＝講談社／発表＝「小説現代」一九八五年八月号

感謝と脱帽

沢木耕太郎氏の『バーボン・ストリート』には、ある基調音が強く鳴っている。あえて名付ければそれは、小状況に徹底してこだわろうとする男性の感傷的ダンディズムとでもなるだろうか。これを別にハードボイルドともいうが、もちろんこの際レッテル貼り作業など、どうでもよい。わたしは読者のひとりとして、その上等な酔い心地を、なんの屈託もなくたのしんだことを氏に感謝する。「ニューヨーカー」に載っても堂々と通用しそうな氏の作品を大勢の読者が支持しているという事実もたのもしい。「できる読者」が少くないことを証拠立ててくれるからである。

野坂昭如氏のエッセイには脱帽し、最敬礼するほかはない。「私」という小状況にしっかと足を

踏まえながら、氏のペンはいつも中状況（天下国家）へとのび、大状況（世界宇宙）を勘定に入れている。これは精神の振幅を大きくしておかないとかなわぬ態度で、じつに疲れる。それを氏は長年つづけてこられた。このことに脱帽するのである。また、中状況や大状況を原稿用紙の俎上《そじょう》にのせれば、ちがう立場の人たちから反撥を喰い、ときには脅迫されることもあって、これもまた持続するのは至難の業だが、氏はデビュー以来この難業に挑戦する。このことに最敬礼するのである。しかも氏の文章は「あたたかな心と冷徹な頭脳」をもって綴られ融通無礙《ゆうずうむげ》、花鳥風月を扱ってこまやかで、人事を談じて諧謔《かいぎゃく》にあふれ、同時に四海を呑むフトコロの深さがある。だからこそ小、中、大の三つの状況を一度に扱うことができるわけである。氏のエッセイの集積は、後世の人びとにとって、二十世紀後半期の日本を解読し、理解するときの好索引となるだろう。

パロディ'85（第四三回）野口雨情の詩

一席＝蓮沼花、三岡稔廸／他の選考委員＝丸谷才一、木下秀男／発表＝「週刊朝日」一九八五年九月六日号

歌ってみるとなお愉快

歌もじりの最大の急所、第一の勘所《かんどころ》は、本歌《もと》のリズムを徹底して尊重することにあるとおもいます。料理しなければならない相手は歌ですから、曲と詞とが一体となってその歌を「その歌たらし

めている部分」を的確につかみ出し、その部分の曲詞混然となってつくり出しているリズムを、そっくり生かさなければならないでしょう。このあたりをどう処理するかで、作品の出来栄えに大きな差が生じてまいります。

たとえば『雨降りお月さん』。この歌をこの歌たらしめている部分は、

……にゆくときゃ

……とゆく（？）

……で……てゆく

……したときゃ

……とゆく（？）

……ゆく

という、「ゆく」という動詞を中心に据《す》えた問答のくり返しです。一席の蓮沼さんの作品では、とても上手にこの部分が活かされています。蓮沼さんはこのように本歌のリズムをきちっと生かす一方で、題材にカルガモ親子の引っ越しという突飛なものを持ってきました。「思いがけないものを取り寄せてきたねえ。これで勝負がきまりましたね」と、丸谷才一さんも感心しておられました。本歌の主人公も雨降りお月さんで、突飛ですが、カルガモ親子もそれと比肩するぐらい突飛です。

こうして蓮沼さんの御作は、本歌のリズムを立派に保存した上、なんとなくおかしくて、心がなごんで、そしてそれなりに諷刺の針（後半部分）をかくしたものになったとおもいます。

もうひとつの三岡さんの作品でも事情は同じです。本歌の、擬声音による基本的リズムを完璧に

生かしています。そしてスポーツ新聞が束になってもかなわないぐらいの説得力があります。マウンドの上の孤独な江川投手の姿が彷彿としてきます。それになによりも痛烈で、おかしい。さらに特筆すべきは、最後にフッと江川投手が可哀相になってくること。諷刺は、相手をからかうだけでは、まだ半人前です。対象をからかう行為を通して、〈彼も我もみな人間。すると彼の欠点は、人間そのものの欠点かもしれず、だとすればその欠点にこそ真に人間的なるものが現われているかもしれない……〉という回路を通って、ついには一種の、やさし味《み》にあふれた人間讃歌に至るのが、諷刺というものの役割です。この作品はそれにほとんど成功しています。

二席の作品にふれる紙幅がなくなってしまいましたが、たとえば原田さん（このパロディの常連の一人。いつも御応募くださってありがとう）の『大ちゃんのダンス』をよくお読みください。本歌の、擬声音と一体になったリズムがよく生かされていますね。思わず歌い出したくなってきます。

そうそう、丸谷才一さんと編集長からの伝言がありました。「こんどの入選作は、どれもこれも実際に歌ってみるといっそう愉快だね」。ぼくもまったく同感です。お暇があったら、入選作をそっと口に上《のぼ》らせてみてください。残暑しのぎにはもってこいです。

直木三十五賞（第九三回）

受賞作＝山口洋子「演歌の虫」「老梅」／他の候補作＝林真理子「胡桃の家」、泡坂妻夫「ゆきなだれ」、森詠「雨はいつまで降り続く」、杉本章子「名主の裔」、太田治子「心映えの記」、宮脇俊三

「殺意の風景」／他の選考委員＝池波正太郎、五木寛之、黒岩重吾、水上勉、村上元三、山口瞳、渡辺淳一／主催＝日本文学振興会／発表＝「オール讀物」一九八五年十月号

小説づくりの巧みさ

「名主の裔」は年譜をそのまま小説にしたような硬さをもっている。この硬さは近頃、珍重すべき資質でそれなりの魅力があったが、主人公の影の分身といってもよい仮名垣魯文の造型に瑕がある。魯文はこれほど平板な人間ではあるまい。「ゆきなだれ」には八篇の機智にあふれた短篇がおさめられているが、そのほとんどが「ある人物との突然の邂逅と、よみがえる過去。そして過去の謎の究明」という定型をふまえている。それから「美女が突然、一夜だけ主人公に身をまかせる」という定型もしばしばあらわれる。つまりこの型になったら絶対に強いという自信が作者にあるのかもしれない。ただ、この型に持ち込もうとするために、人間が道具扱いされがちになるという瑕も見えた。「雨はいつまで降り続く」は構えの大きな活劇である。これだけでも好感を抱いた。筆力もまた逞しい。ただ物語を収拾する技術に難がある。第一人称代名詞「わたし」が呆れるほど多発されるのも瑕である。「わたし」の頻発で読者は話に乗り損ってしまうのだ。「殺意の風景」は、犯罪と風景とを一枚のタブローにしてしまおうという果敢な実験集である。がしかしここでは興味ある結果が出ている。ささやかな犯罪を扱ったものが見事な出来栄えを示しているのに、大がかりなものはほとんど失敗しているのである。集の中の「豪雪地帯の巻」の結末の二行など、終生忘れないだろうと思うぐらい見事な切れ味なのだが。「胡桃の家」は、〈女の美しさというものはその家

の繁栄がつくるものだ〉という前主題から、〈女はみんなかわいそう〉という本主題への展開が充分ではなかった。胡桃の油で磨き抜かれた柱という小道具の使い方も巧みであるとは云いかねる。だが、作者の素顔が、今回はひそやかに作品のかげに隠れていたのは、生意気をいうようだが、作者の進歩である。次作を渇望する。「老梅」は完璧すぎて作者の仕掛けたことが逆にかえってあらわになってしまった。「演歌の虫」は捨身の力作で欠点も多いかわりに、美点もまた多い。作者の体験に裏打ちされた演歌論が開陳されていたら問題なく傑作になったろうと思った。「心映えの記」は作品の評価とは別に、なぜこれが直木賞の候補作なのだろうかという疑問をもった。これはなにか別の賞に向いているのではあるまいか。

以上、今回はこれはと思う作品がなかった。ただし、この賞の性格として「作家賞」というものが許されるのであれば、山口洋子さんがその筆頭であるだろうと思った。その通りになって満足している。この作家は言葉を的確に用いる才能をもっている。また小説づくりの巧みさにはいつも恐れ入るばかりであった。これからの活躍を心から期待したい。

パロディ'85（第四四回）架空ノーベル賞受賞記者会見

——一席＝原田義昭／他の選考委員＝丸谷才一、木下秀男／発表＝「週刊朝日」一九八五年十一月十五日号——

パロディは豪快に直截に

この催しも回をかさねて四十四回、ささやかながら伝統のようなものが培われてきたようです。たとえば、原田義昭、久宇流五、三岡稔廸、志村つね平といった常連投稿家の存在がそうです。伝統という言い方はなんだかもったいぶっていますから、座といいかえましょうか。とにかく候補作品のなかにこういった常連の名前をみつけるたびに、「顔なじみの一座がまた戻ってきた」というような懐かしい気分になって、なんとなくほっとします。

しかもこの一座は新しい才能にもことかくようなことはありません。十代二十代の、いわゆる「新人類」のかたがたがつぎつぎに力作を寄せてくださっていますし、一方、六十代七十代の投稿家も多いのです。常連がいて一座の屋台骨となり、そこへ新規のかたがたが競って参加してくださるのですから、こんなありがたいことはありません。

と書いたそばからこんなことをいうのはすこしはばかられるのですが、今回の出来栄えはやや低調でした。これは記者会見という「型式」が、わが国ではあまり重視されておらず、そこでわたしたちはそのおもしろさに気がついていないことと関係があるのかもしれません。記者団代表の質問が紋切り型、それにたいする答えもお座なり。こういう記者会見が多すぎるようにおもいます。代表がことの本質をうがった、鋭い質問を繰り出してくるのへ、回答者が打々発止、機智で鎧《よろ》われた答えで応戦する、といった光景があまりにすくなすぎるのです。いってみればお手本にろくなものがないので、それにひきずられてパロディのほうもやや低調になったのでしょう。となると、これは断じてわが一座の責任ではありません。低調な現実をわが一座が正直に映し出しただけのことです。

もっともわが一座のほうにも反省の材料がないわけではないので、丸谷才一さんは、「どうも題材の選び方がまずいなあ。視野がちょっとせまいのではないでしょうか」とおっしゃっていました。たしかに題材を、かい人二十一面相、三浦和義サン、阪神優勝、そして中曽根首相にとる作品が多かったのです。たとえば、ノーベル賞を自分とこの飼い猫に与える、というような作品ができないものでしょうか。受賞理由をひねりだすのに大苦労をしますが、じつはその大苦労がおもしろさを生み出します。「景気がよくてガハハと笑えるようなものを」とは、本誌編集長のひそかな祈りのようです。たしかに三浦サンを扱ったものに陰気なものがずいぶんありました。先の見通しのむずかしい、白濁の牛乳のなかにいるような時代ですから、せめてパロディだけは、豪快に、また直截にゆきたいものです。

さて一席を原田さんの二作品が独占してしまいました。吉田監督の記者会見は、すっきりと仕上がっているところが手柄です。吉田監督を医者に見立てたのもいい思いつきで、その思いつきを〈六甲おろし→大根おろし〉というコトバ遊びがしっかりと支えています。「後遺症としてお家騒動がおこります」は丸谷さんの加筆。この一行で、吉田監督は、ぐんと知的に、ますます名医らしくなりました。竹中組相談役の記者会見は、日米経済摩擦とやくざ抗争との取り合わせが珍にして妙。レーガン大統領をガキ扱い、ダチ公扱いする手つきは、ブレヒト流です。エライ人の正体をやくざ者と見るのはブレヒトの十八番でした。

さあ、いよいよ次回は恒例の百人一首のパロディです。選考委員がそろって啞然とするような傑作を、編集長が増ページにふみきらざるを得ないほどたくさんお寄せください。

一九八六（昭和六十一）年

小説新潮新人賞（第三回）

受賞作＝神田順「新創世記」／他の候補作＝北平祐一郎「舞踊組曲『時の句点』」、鈴木誠司「あじさい幻想」、河暮美努「シュード・ポップ・ストーリィズ」、住本昌三「惜春」、谷口香笙「欠けた月が光る」、野川久一「ヴェクサシオンの流れるとき」、星村善之「膠」／他の選考委員＝筒井康隆／主催＝新潮社／発表＝「小説新潮」一九八六年一月号

選考対談より

北平祐一郎氏の「舞踊組曲『時の句点』」は、「吹けども音が出ない。音が出ないにもかかわらず音色が見える」というような、パラドックス風の文章を書きながら、作者が面白いと思うことを全部叩き込んでいるのは、なかなか大したものなんですけれど、伏線がすべて読者のうちで完結しないのです。分りやすい話で分らないことを分らせようという、作家的誠実さを、すべてのいい小説

が持っていると思うんですけれど、この人はまだ自分の頭の中にある世界を、完全に外へ出せないでいるところがあるような気がします。

鈴木誠司氏の「あじさい幻想」は、ある駐車場の管理人が誘拐劇をでっちあげ、まんまと五千万円の詐取に成功し、一応完全犯罪として完結します。テンポもいいし生活感もあるし、犯罪を描きながら犯罪者に好感を持てるような書き方をしているところも非常にいいんですが、最後のところが「九仞《きゅうじん》の功を一簣《いっき》に欠く」というか、これだけ書ける人ならもっと凄い結末があっていいんじゃないかと、ちょっと物足らなく感じました。

河暮美努氏の「シュード・ポップ・ストーリィズ」は、第一話で部屋を描き、第二話で結婚を渇望する適齢期の女性を描いている。で第三話は結婚というか、一緒に住んでいるが、国籍とか日本韓国という問題で、当人同士は愛し合っているけれど微妙な男女が出てくる。今の世の中の根なし草みたいなところ、人と結び合えないつらさみたいなものが出ている。しかし一方で隔靴搔痒といいますか、もうちょっと作者は、自分の発見をはっきり打ち出していいんじゃないかという、もどかしさを感じるんです。

住本昌三氏の「惜春」は、非常にオーソドックスな、小説の古典的技法をきちっと信じて書いている作品です。文章もあるパターンですが、そのパターンの強さというのもあります。話は旗本の長男がサンフランシスコ大学の医学部で勉強し、日本のアメリカ公使館付属病院の医者になって、日本へ帰ってくるところから始ります。風景描写とか、情感とかもいいし、調べもよく行き届いていて、きちっと読ませる小説で、一応満足するんですが、伏線を張りすぎちゃってあまり役に立っ

ていないところが見えたりする。

谷口香笙氏の「欠けた月が光る」の形式は、弟の方の一人称で書く部分と、本田の一人称で書く部分が互い違いに出てくるわけです。特に弟がシャム双生児で常に一緒にいる兄と会話をする部分の、会話と地の文で書かれた自分の気持との書き方というのはうまいです。ただ後半、現象的に言うと活字面《ヅラ》が悪くなるんです。前半で地の文と会話との部分がうまかった人が、ある意味で自分のうまいところを逃げて書いているんで残念なんです。ただ十六歳でこういうことを書けたら、将来どうするんだろうという気もしますけれどね。恐しい気がします。

野川久一氏の「ヴェクサシオンの流れるとき」は、独身の会社員が、もし「明日」が来ないなら、悪事を働いたつけは絶対に回ってこないから、悪事を働く楽しさに賭けようと思い、ありとあらゆる悪事をしますが、ある女から「明日からは二周目にはいる」と言われ、今までの悪事のつけが明日から次々回ってくることになって、彼は初めて「明日」に対してある方向性を獲得するという話です。いい意味でふわふわと素直に自然に書いていますが、前半で成功していたその文章が、寓話性が出るに従って逆にその寓話性の足を引っぱって、恐ろしく平板になって、せっかくの哲学的時間論的アイデアがうまく生きないんじゃないかと思います。

星村善之氏の「膠」を読みまして、僕のようなSFの良い読者でない者は、作者の言いたいことをもっとスムースに提出する方法はなかったか、と思います。つまり途中から近未来の人工知能ネットワークについての論文を読まされているような気になる一方、小説としてのレベルでの描写が、ありきたりな文章でありきたりな進み方をするので、何か巨大な粗筋を読んだ気になります。それ

から読み終って、何か世の終りみたいな荒涼とした気分になるんですが、それは作者が与えようとした荒涼とした気分ではなくて、読者としてはつらかったですね。

神田順氏の「新創世記」は、神自身の体内に排泄という出来事が起こるんですが、食べ物は人間の祈りで、人間が増えすぎて祈りも増え、ついに肛門が破裂して体内にたまった人間の欲望が噴出したために神様の身体が裏返しになって、神自身の直腸の中に神も宇宙も飲み込まれ、「神と宇宙の腸詰めが一本出来上が」り、「こうして世界は神の排泄した雲古だけを残して終ってしまった」という。これがつまり大便通《ビッグ・バン》ですね。実はこれは前の世界の出来事で、今の世界はその祈りで出来た雲古から出来ているので、そこからあらゆるものが生まれ、神様は腸詰になっているので、当然「神は存在せず、従ってこの世界の最高権力は人間の欲望である」となって終るわけです。つまり人間の歴史を腸詰に戻しちゃう。この作者は落語を非常に読んでいるらしくて、僕はほとんど感動しました。

岸田國士戯曲賞（第三〇回）

受賞作＝川村毅「新宿八犬伝―第一巻　犬の誕生」／他の候補作＝生田萬「最後から2番目のナンシー・トマト」、市堂令「シンデレラ」、加藤直「美女と野獣」／他の選考委員＝唐十郎、佐藤信、清水邦夫、田中千禾夫、別役実、八木柊一郎、矢代静一、山崎正和／主催＝白水社／発表＝「新劇」一九八六年三月号

選評

最終選考に残った四作はいずれも、現実の裂け目とロマンの裂け目とが重なり合う時空間を、それぞれ劇構造の中心に据えている。四作に共通するもうひとつの特徴は、いずれも高度な技術を駆使して書かれていることで、その巧者さにはただ舌を巻くばかりだ。

だが、『新宿八犬伝』はとにかくとして、ほかの三作の台詞は、巧みではあっても観客席の隅々まで余裕をもって突き通る勁さに欠けているところがあるように思われた。仲間うちにはよく響きはするものの、異種の他者をも引きとめる迫力が足らぬのではないか。別にいえば、台詞の文体にまだ腰の据らぬところがあるのだ。もっとも『美女と野獣』の台詞については別の感想があって、この作品の台詞は普遍をはげしくめざすあまりに質量がありすぎて、理解を拒絶するような硬いものになってしまった。言葉遊びはふんだんに盛り込まれているけれども、十中八九までが自閉的である。作者の努力と才能とを充分に買いながらも、私としては彼がある種の閉域から脱出するのを(勝手ながら)祈っている。

ひきかえ『新宿八犬伝』の台詞は堂々としていて勁い。平明であって深い。滑稽でありながら真摯である。これなら後楽園球場ででも通用するだろう。加えて主題も思い切り大きい。物語は歴史の手下か、それとも物語は歴史を超えられるのか。こんな途方もない主題を、日本文学史上最大にしてガチガチの物語作家馬琴を引き合いに出して展開するところが大器であり、その目配りのよさには感動さえ覚えた。目配りとは、馬琴が駆使したさまざまな技法を、作者川村毅が抜け目なく活

用していることで、これはなかなか容易な業ではないのである。別の言い方をすれば、作者はまだ若いのに「本歌取り《ほんかど》」の達人でもあるのである。とりわけ『新宿八犬伝』の第二巻では、作者の、その本歌取りの才が縦横に発揮されている。同時に主題の展開ものびのびなされていて、筆者は第一巻よりこっちの方によい点をつけた。

パロディ'86（第四六回）宮沢賢治の童話

一席＝祐ちゃん、森田清滋／他の選考委員＝丸谷才一、木下秀男／発表＝「週刊朝日」一九八六年三月二十八日号

パロディこそ文運隆盛の礎

一部の論者のあいだで、文学衰退の原因のひとつは「芸のないパロディ」にある、という意見がささやかれはじめました。けれどもパロディはそんなに芸のないものなのでしょうか。ほんとうにパロディは文学の足をひっぱっているものなのでしょうか。今回の出題に即してこのことを考えてみましょう。

まず第一に、私たちは宮沢賢治の作品を熱心に読まなければなりません。できるだけ広く、そして充分に深く読まなければなりません。広く深く読むうちに、私たちは次第に賢治宇宙の核心に接近してゆきます。たとえば、賢治作品の無限のやさしさ。しかもこのやさしさが空おそろしいまで

の人間嫌い精神から生まれていること。ほとんどの作品がなにかの形で死を扱っていること。ついでに云えば、賢治の作品では、死んですぐの者は常に「冴え冴えして何か笑っている」ように描かれていること。また彼の作品の舞台には、じつにしばしば、ケモノや鳥の住む領域とヒトの住む領域とが重なり合うところ、すなわち森や林や原っぱや空が選ばれること、そういったことがわかってきます。読後の明るい哀しさも賢治作品のほとんどに共通しています。そしてこのように読み解くうちに、好きな作品（ここではパロディにしたい作品のこと）が絞られてきます。このように熱心に原典を読むことが、どうして文学の衰退につながるのでしょうか。まったくバカも休み休み云ってもらいたいものです。

つぎに私たちは賢治の文章を調べます。そうしますと、彼がとても擬声語を愛用していたこと、散文のほとんどがデス・デシタ調で書かれていること、朗読するとどんな文章にもふしぎなリズムが出てくることなどがわかります。「すきとおった」とか「青い」とか「なんだか」とか、彼が多用するコトバもわかってきます。賢治は「しかし」という接続詞はきらいです。けれども「けれども」は大好きです。そんなことまでわかってきます。

ここまでがパロディの基礎作業です。これから、たとえば賢治の、その作品で、ナカソネ三選問題を扱えないだろうか、といったような第二期工事がはじまるのです。原典の核心に肉迫し、原典の文章を分析する。これはもう批評行為とさえ云えるのではないでしょうか。私たちパロディ愛好家が文学の足をひっぱっているだなんて、よくもまあそんな無知まるだしの能天気なことが云えたものです。開《あ》いた口がふさがらないとはまさにこのことです。

一席筆頭の「鳥のせいくらべ」は、賢治の「どんぐりと山猫」をよく読み込んでいます。けれども応募作では、これほど鳥が徹底して登場しておりませんでした。丸谷才一さんから「鳥づくしにしたらもっとずっとおもしろくなると思うけれどねえ」というアイデアが出て、みんなで筆を入れたのです。兵庫の祐ちゃん、いかがですか。ずいぶんよくなったとは思いませんか。

同じ一席の「注文の多い寺」は、賢治の、どこかユーモラスだけれど行儀正しい上等な日本語に、最近の若い女性の行儀の悪い話し言葉を衝突させたところが大手柄です。「だれもが知っているりっぱな原典に最近のトピックスを衝突させること。それがパロディである」とは丸谷さんがふと洩らされた言葉、わたしも同じ意見です。この丸谷さんのひとことは、いわば奥儀の伝授。この奥儀を活用なさって次回もまた傑作快作をお寄せください。

なお、編集長も席上でひとこと、「もっと奔放につくっていただければなあ」と洩らしていました。わたしもまた同じ意見です。

直木三十五賞（第九四回）

受賞作＝森田誠吾「魚河岸ものがたり」、林真理子「最終便に間に合えば」「京都まで」／他の候補作＝山崎光夫「サイレント・サウスポー」、篠田達明「常夜燈」、志水辰夫「背いて故郷」、落合恵子「A列車で行こう」、島田荘司「夏、19歳の肖像」／他の選考委員＝池波正太郎、五木寛之、黒岩重吾、陳舜臣、藤沢周平、村上元三、山口瞳、渡辺淳一／主催＝日本文学振興会／発表＝「オー

上質な微苦笑

『常夜燈』（篠田達明）は題材が貴重である。がしかし物語が予定調和的に進行しすぎて、読者は小説を読むよろこびをだいぶ殺《そ》がれる。『サイレント・サウスポー』（山崎光夫）には清新な雰囲気があるが、やはり話の展開に段取り主義のところがあり、次作を待ちたい。細部をゆるがせにしない作風で、文章もしっかりしているから、きっと近いうちに読者に佳作を恵んでくれるだろう。『背いて故郷』（志水辰夫）の主人公の自虐趣味は相当なものである。主人公はたえず立ち止って自己反省に耽る。そのたびに物語の方は放置される。読者としてはつきあいにくい主人公だ。この作者のものを日頃から愛読している筆者ではあるが、今回はその過重な主観描写にすこし疲労をおぼえた。『最終便に間に合えば』『京都まで』（林真理子）はじつに巧者である。けれどもどちらの作品でも、女主人公は世故《せこ》くて薄汚い。筆者のように善人しか書けないのも困りものだが、これらの女主人公たちの世故さ加減にも閉口する。ただし四期連続して強力な候補作を書きつづけるという力業は上々吉であって、これには素直に脱帽すべきだろう。『A列車で行こう』（落合恵子）の、たとえば第四章「ジャズ・キッズ」は傑作である。はじめて候補にのぼった時分とくらべて、失礼だが大変な腕の上げようだと舌を巻いた。もっとも技術が洗練されるにつれて登場人物たちが小綺麗に、まとまりよく仕上ってしまうという危険もないではない。しかし筆者はこの作品に九十点はさしあげたい。『夏、19歳の肖像』（島田荘司）の、抒情あふれる回顧調の導入部に、恋が、そして謎がす

るりと入り込んでくるあたりのテンポはみごとである。後半の展開が安手のテレビドラマじみてくるのが惜しい。前半の調子が維持できればこの国の青春小説の代表作になったのに。そして『魚河岸ものがたり』（森田誠吾）。各所にいささか傷はあるものの、これは名作である。どんな端役にも人間の血が色濃く、あたたかく流れている。構成もすこぶる知的である。この構成法がひとつの作品を人情物語にも、諧謔小説にも、また推理小説にもした。これは稀有のことである。なによりも上質の微苦笑がぎっしりとつまっているのがいい。上等な笑いにもてなされながら小説を先へと読み進めて行く、これこそが読者のよろこびである。作者はそのことをよく知っておいでだ。

日本推理作家協会賞（第三九回）

受賞作＝岡嶋二人「チョコレートゲーム」、志水辰夫「背いて故郷」（長編部門）、なし＝短編部門、松村喜雄「怪盗対名探偵　フランス・ミステリーの歴史」（評論その他の部門）／他の候補作＝船戸与一「神話の果て」（長編部門）、逢坂剛「逃げる男」、中津文彦「隠岐ノ島死情」、馬場信浩「贅沢な凶器」（短編および連作短編集部門）、小鷹信光「アメリカ語を愛した男たち」（評論その他の部門）／他の選考委員＝生島治郎、仁木悦子、西村京太郎、眉村卓／主催＝日本推理作家協会／発表＝一九八六年四月

選評

松村喜雄さんの『怪盗対名探偵』には多くを教えられた。とくに『レ・ミゼラブル』、『モンテク

リスト伯』、『三銃士』、『鉄仮面』といった、少年時代に熱狂し、いまもなお愛読している作品が新聞の連載ものとして書かれたことを知って大いに励まされもした。わたしの心のどこかに「連載ではいいものは生れにくい。書き下ろしこそ尊いのだ」という考えがこびりついていて、その考えがいつも「おまえも連載もので仕事しているうちはホンモノではないぞ」とわたしを脅迫しつづけていたのであるが、松村さんの御作で生れてはじめてそういう教条主義から自由になることができた。このような励ましに恵まれたことを松村さんに感謝したい。ありがとうございました。

岡嶋二人さんの『チョコレートゲーム』は高校生と公営賭博という組み合せに工夫がある。父と子との愛を二組、重ね合せたところもみごとな手腕だ。それになによりも常に読みやすさを心掛けておいでなのに打たれた。安易に読みやすさを追えば、読者に媚びるという悪い結果を生むかもしれぬが、この作家の場合はそういう質の読みやすさではない。軽く打っているように見えて、あとでじんわりと効いてくるという頼もしさがある。こういう読みやすさがあると教えられて大いに得をしたという気分である。

志水辰夫さんの『背いて故郷』からは、丁寧に仕事をすることの尊さを教わった。文体もまた丁重で、ときとしてそれは読者にある種のもどかしさを感じさせもするが、結局は丁寧丁重が勝つ。読者がその丁寧丁重を通して作者に信頼を抱くのである。役者がお客を不安がらせたらもうその芝居はおしまいだが、それと同じことが小説でもいえるのではないか。それにしてもこの作品は不運の波に見舞われてずいぶん長い間あちこちをさまよった。だがついにいま、落ち着くべき港に錨を下した。そのことを心からよろこびたい。

おめでとうございました。

吉川英治文学新人賞（第七回）

――受賞作＝高橋克彦「総門谷」／他の選考委員＝尾崎秀樹、佐野洋、野坂昭如、半村良／主催＝吉川英治国民文化振興会／発表＝「小説現代」一九八六年六月号――

選評

これはまことに壮大な物語である。なにしろ年数で数えても無意味なほど長い太陽系の歴史に、いや、この大宇宙の歴史に、作者がペン一本で立ち向っているのだから、その壮烈なことといったら天下の一大奇観である。われこそは宇宙の中心である。ならば机上に、一管の筆をたよりに、己の思うがままの宇宙史を創り出してみせよう。そういう気迫がどの行間からもはっきりと噴き出している。なによりもそこに打たれてこれを推した。

もとより間口が広いからよい小説であるとはいえない。そんな単純な公式が成り立つなら作家たちは、みんな間口をひろげようとするだろう。宗教や芸術の形式のおもしろさは、ひとひらの花びらにも全宇宙があること、全宇宙が花びらの一片におさまってしまうことにある。作者はそのことをよく知っておいでで、結果をみごとに一人の人間（？）の意識のなかにとりまとめてみせた。登場人物たちの微細な日常からゆっくりとはじまった物語が、みるみるうちに宇宙史や人類史の規模

にまでふくれあがり、クライマックスと同時にふたたび個に還る。この最大値と最小値との幅に酔わされた。

たしかに後半にいくつかの破綻がないでもないが、それらはいってみれば必要悪のようなものである。これだけの物語量を仕込めばぎくしゃくする個所が多少は出て来ても仕方がないと思われる。一人の読者として、物語のなかで遊ぶ仕合せに恵まれたことを作者に感謝したい。こういう読者にとっては、後半の破綻なぞ御愛嬌のようなものだ。

オール讀物新人賞（第六六回）

受賞作＝渡辺真理子「鬼灯市」／他の候補作＝根本順善「きらら坂」、司澤昌栄「報復」、皆川隆之「地見屋トナカイ」、蕗谷雁児「鶴」／他の選考委員＝笹沢左保、藤沢周平、古山高麗雄、渡辺淳一／主催＝文藝春秋／発表＝「オール讀物」一九八六年七月号

三作を推す

推《お》したいものは、「地見屋トナカイ」（皆川隆之）、「鬼灯市」（渡辺真理子）、「鶴」（蕗谷雁児）の三作、とそう思って選考会に出席した。

「きらら坂」（根本順善）は京都の歯科医師夫人と十二年間の籠山の行をつとめている律僧との恋を扱っているが、この女主人公は作者から甘やかされ過ぎていて、そのために許されざる愛だけが

もつ灼熱感を大きく欠く。「報復」（司澤昌栄）は結末を駆け足で書いている。こういう作風の小説は結末が生命なのに勿体ないことだと思う。

さて推したいものは三作、と云ったけれども、今回は正直のところ「どうあろうとも推さずばやまじ」と肩入れしたくなるような作品はなかった。「地見屋トナカイ」は私の好みにあうエピソード羅列手法をとっているが、各エピソードの継ぎ目継ぎ目をピリッと効いた一行で縫いつけないと、読者に散漫な印象を与えてしまう。もうすこしで日本には珍しい風来坊小説の一佳作が誕生したのに、ピリッと効かせる個所に乏しいことが作品のノリを悪くしてしまった。

「鶴」の作者の、雰囲気描写力は抜群である。下町共同体が、その細かな息づかいまでよく出ている。ところが作者は後半で、だれでも知っている、実際に発生した、いやな殺人事件をチラつかせてしまった。せっかくの雰囲気が台無しではないだろうか。

「鬼灯市」の時間処理はじつに巧みだ。文章もたしかだし、最重要人物を最後まで登場させずにおいて、登場させたときは死人にしてしまうという構成も、まことにトリッキーでおもしろい。なにしろ知的だ。ただ、これは私の個人的な好みだが、女のおそろしさ、女が心の中に飼っている夜叉のこわさには、このところどうも食傷気味で、それで強くは推しかねた。もっともこの作品の入選にあれこれいうつもりは毛頭ない。作者の今後の精進を心から祈るばかりである。

パロディ'86（第四七回）石川啄木の短歌、詩、日記 164

一席＝河村良彦、川崎純子／他の選考委員＝丸谷才一、木下秀男／発表＝「週刊朝日」一九八六年七月四日号

大らかな、共感に支えられた笑いを

パロディといえば、条件反射のように、猿真似、悪ふざけ、弱い者いじめ、他人の褌で相撲をとる世故《せこ》いやつ、いいたい放題の無責任のことだとお答えになる方がたが多いのには困りものです。もっとも、最近はすこし諦めがついて、「言いたいやつには言わしとけ。勝手に死ぬまでそんなバカなことを考えていろ」と思うことにしております。パロディとは、そんないい加減なものじゃない、猿真似でパロディができるものならやってごらん、パロディが強者とたたかう鋭利な武器だということがわからない人とは同席したくない、パロディは良質で健康で大らかな共生の笑いを生み出す優秀な装置だが、それがわからない人は豚にでも喰われてしまえ、などと自分に云いきかせて、日を送ることにしています。

ところがもっと困ることとは、味方陣営の足並みの乱れです。パロディ好きの中にも、しばしば、「パロディとは猿真似、悪ふざけ、弱い者いじめ……のことだ」と勘ちがいなさって、投稿なさる同志が少なくありません。とくに今回は、石川啄木の毒に当てられたのでしょうか、たとえば弱い者いじめをしてウップン晴らしをするという体の作品がいつもより多かったような気がします。これではパロディを忌み嫌っている御連中に「そーれ、見ろ」と笑われても仕方がありません。これは丸谷才一さんの評言ですが、「弱い者いじめは、後味のよくない笑いになり勝ち」です。パロデ

ィが目ざすのは大らかな笑いです。もうひとつ、これも丸谷さんの指摘ですが、「ニュース種《だね》が多すぎる」きらいがあります。「パチンコ店でめったにないことに玉がじゃらじゃら出てきたときの、うれしいような困ったような気持ち」、「プロ野球のひいきチームがサヨナラ負けをくったときの感想」、「たいしたものではないが、とにかく銀行のサービス品をもらったときの、なんだかひどく得をしたような気分」……、こういった作り手の周囲におこる微苦笑譚に取材したものがもっとあってもいいのではないか、とこれまた丸谷評言。つまり普遍的な人情の剔出《てきしゅつ》もパロディの重要な役目なのです。人情剔出は共感に支えられた気持ちのよい笑いを生むはずです。そういえば啄木の短歌は人情剔出の宝庫です。だからこそ時代を超えて、人びとから愛されているのだと思います。

さて、一席の河村良彦さんの作品は、着想がよかった。啄木の「人びとの中へ行きたい」という絶唱を、プロ野球労組を率いる巨人軍の中畑選手に当てはめたところが秀逸でした。選者たちがちょっと加筆した個所もありますが、野球づくしで押し切ったところも徹底していて気持ちがいい。同じく一席の川崎純子さんの作品は、とても品がよかった。啄木の原作での「飛行機」は、明るい未来の象徴でしたが、川崎作品の「ジェット機」は、お先真っ暗な現代機械文明の象徴です。原作のもつ意味を逆転させた上で、しかもすっきりした仕上がり。二十一歳の有望な新人の登場です。

次回は「校歌」です。大らかな、そして共感に支えられた笑いが満載された作品を鶴首しておりますます。第一の勝負どころは、どんな学校の校歌をつくろうとするのか、というあたりにありそうな気がしますが。

講談社エッセイ賞（第二回）

受賞作＝吉行淳之介「人工水晶体」、景山民夫「ONE FINE MESS 世間はスラップスティック」／他の選考委員＝大岡信、丸谷才一、山口瞳／主催＝講談社／発表＝「小説現代」一九八六年八月号

自慢話と昇華作用

選考会の席上、委員の方々と話をしているうちにふと、「エッセイとは、つまるところ自慢話をどう語るかにあるのではないか」と気付いた。この考え方が当を得たものであるかどうかは自分にもよくわからないが、しかしまったく的外れということもないのではないか。もとより読者は一般に明け透《す》けな自慢話を好まない。そこで書き手は自慢話を別のなにものかに化けさせ、ついには文学にまで昇華させなくてはならない。では何をもってその昇華作用を起さしめるのか。

そのもっとも見事で、かつ稀有《けう》な例が吉行淳之介さんの『人工水晶体』である。まず基底に吉行さんの生と死にたいする揺がない覚悟がある。この生や死にたいする考え方の上で、上等で良質な諧謔《かいぎゃく》精神がぴちぴち跳ねている。さまざまな気質《タイプ》の医師や看護婦が登場して、いくつもの珠玉のような小さな物語がくりひろげられる。さらに吉行さんの手持ちの病気、つまり持病が顔見世興行をはじめ、彼等とどう友だちになったかが語られる。しかもこれらのことがらが、平明で的確で、それでいて実も花もある文章でぴしぴしと読者の胸に届いてくる。こうして吉行さんが病気や生死

について考えたことがらすべてが読者に禅譲《ぜんじょう》されるのである。作者＝読者間の関係をこれほど健康に形づくることのできた書物も稀ではないか。

景山民夫さんの『ONE FINE MESS　世間はスラップスティック』も、自慢話の毒をノリのある文章と豊富な材料とが消している。景山さんは今様風にめかし込んでいるけれど、その正体は落語家であるように思われる。落語の呼吸《いき》でエッセイを書いているという意味である。もっというと新しい言文一致運動家ということになる。その冒険はとてもうまく行っている。

直木三十五賞（第九五回）

受賞作＝皆川博子「恋紅」／他の候補作＝隆慶一郎「吉原御免状」、もりたなるお「画壇の月」、逢坂剛「百舌の叫ぶ夜」、泡坂妻夫「忍火山恋唄」、篠田達明「元禄魔胎伝」、山崎光夫「詐病」／他の選考委員＝池波正太郎、五木寛之、黒岩重吾、陳舜臣、藤沢周平、村上元三、山口瞳、渡辺淳一／主催＝日本文学振興会／発表＝「オール讀物」一九八六年十月号

田之助の扱いの妙

「恋紅」「忍火山恋唄」「百舌の叫ぶ夜」、この三作のうちから受賞作品が出てほしいと願っていた。三作ともそれぞれすぐれたところを備えていて、どれがどれに劣っているとか、なにはなにより勝っているとか言い立てても仕方がないようにおもう。ここから先の優劣は、読み手の趣味で決める

しかないのではないか。

「恋紅」の作者の最近の仕事ぶりは丁寧で細心、じつに用意周到である。その美点は「恋紅」においても大いに発揮されており、それはたとえば一代の人気役者で、脱疽で両手両足を切断することになるあの沢村田之助の使い方ひとつを見てもよくわかる。物語が扱っている時間は、幕末から御一新を経て文明開化へと至る日本史上で最も事情の錯綜した時代である。通り一遍の工夫では時間の移り変りを読者に抵抗なく飲み込ませることはむずかしい。そこで作者は、物語のための時間掲示板として遠景に田之助をおいた。そこで田之助の病状の推移や彼の人気の消長から、読者は自然に「物語時間」を感じ、そこにいくつもの人生が隆替《りゅうたい》したことをも感じて感動をおぼえるのである。劇作の場合の、これは古典的手法だが、それをじつに巧みに用いられた。近頃のこの作者の勉強ぶりがおのずとここにあらわれている。

「忍火山恋唄」は、新内を扱いながら、じつは作品全体が新内そのもののように仕上ったという巧緻をきわめた作品である。また、「百舌の叫ぶ夜」は気合いの入った剛直な出来栄えで、結末の、関係者が一堂に会しての謎解き場面には胸が躍った。——とこのようなわけで、いまだに筆者は三作に甲乙をつけられないでいる。「恋紅」の受賞に心から拍手を送りつつ、あとの二作の不運を悲しむという、なんだか複雑な心持でいるのである。

これは当然のことだが、文章は三作ともによかった。小説は作者の物語を言葉だけを介して読者の胸に送り届けるもの、文章のよしあしが大いにものをいう。この点でも、三作とも、はるかに水準をこえていた。

パロディ'86（第四八回）この学校の校歌、応援歌

――大賞＝スキスキキッズ、ハムジ／他の選考委員＝丸谷才一、木下秀男／発表＝「週刊朝日」一九八六年十月二十四日号――

小道具いまひとつなれど、水準高し

今回の出来栄えをひとことで云えば、「その水準たるや、すこぶる高し」とでもなるでしょうか。ひさしぶりに愉快な選考会になりました。なにがよかったといって、まず取り合わせがいい。その証拠に大賞を受けた二作品をじっくりと味読いただきたい。たとえば『山藤章二の似顔絵塾塾歌』。「王将」（西条八十作詞）という歌謡曲で知らず知らずのうちに培われた全日本人的感傷（ちょっと大袈裟すぎますが、「ひとつのことに熱中するコケの一念ふう生き方を尊しとする日本人的感性」というほどの意味です）に、とある投稿家の、暗いが健気な日常を衝突させて、その全日本人的感傷をからかっているところなど、ムムムと唸ってしまうぐらい巧者です。大賞が二つも出たので嬉しさのあまり選評がちょっと平静さを欠き七面倒になっておりますが、とにかくみごとな取り合わせでした。

同じ大賞授賞作品の『校長はグルメの山本益博です』も、青島幸男さん風江戸末期日本橋の大店《おおだな》の若旦那的楽天主義に、料理の御意見番に自らを任じてきびしく食べ歩く、変哲《へんてこ》な深刻主義を対立させてまことに立派な効果をあげています。そういえば、選考会の席上で丸谷才一さんが「今回の

勝負は、たとえば西条八十先生が似顔絵塾の塾歌の作詞を依頼されたら、おそらくこういう詩を書くんだろうなあ、と思わせるかどうかにかかっていますね」と云っておられました。ふたつの大賞作品の作者は、そのことをよくご存知で、西条八十先生なら、そして青島幸男さんなら、きっとこんな詩を書くだろうなあ、と思わせるものをキッチリ作り上げられました。原作の癖、特長、傾向を盗み取るのがパロディのABCにしてXYZですから、この二作品は、その正道に叶う名作となったのです。

一席の『警察大学校校歌』も秀作でした。「コロシにタタキ……」と凄《すご》んで出ておいて、次第につまらない犯罪へと成り下がっていく手法が笑いを生み出していますし、大学校校生全員が警視総監を目指すというのも、よく考えてみれば滑稽です、警視総監にまで出世できるのは、同期に一人どころか、数期に一人というじつに低い確率でしょうから。

もっとも、褒めっ放しの選評というのも、なんだか馴れ合いじみていて具合が悪いような気がしますので、ひとつだけ苦言を呈しておくことにいたします。丸谷さんの寸評を借りて云いますと、「小道具の使い方がもうひとつ」なのです。パロディの対象と定めた原作の癖、特長、傾向をずばりと盗み取る一方で、わたしたちは小道具に凝らなければなりません。たとえば『山藤章二の似顔絵塾塾歌』の二番の冒頭二行、応募作では、

　あの顔この顔思案を胸に
　やぶれハガキが何枚増えた

となってました。これでは原作の「あの手この手の思案を胸に／やぶれ長屋で今年も暮れた」に、

余りにも忠義立てをしすぎていて、そのうえ、ちっとも具体的ではなく、つまらない。そこで選者たちが朱筆を舐め舐め手を入れました。小道具（この場合、目、口、鼻の穴、佳作など）がふえた分だけ、作品がいきいきしてきたように思いますが、いかがでしょうか。

パロディ'86（第四九回）有名作家の文体で書く童話

大賞＝久宇流五、石村由有子／一席＝須藤不冶漢、さとうかずこ、萩原あき子、寺本節子／他の選考委員＝丸谷才一、木下秀男／発表＝「週刊朝日」一九八六年十二月十二日号

円熟の文明、日本文化の厚み

今回もまた水準が高く、秀作、傑作、力作が目白押しに並び、すこぶる愉快な選考会になりました。この「すこぶる愉快な」というコトバにはちょっと注釈がいるかもしれません。こういう催しを支えているのは、もちろん読者の作品です。読者がよい作品を寄せてくださるということを前提に成り立っている催しですから、よい作品が集《つど》えば、それだけでもう「すこぶる愉快な」ことになります。そしてもうひとつ、選者たちとしては、よい作品を寄せてくださる読者の向こうに、どう申しあげればよいか、そう、文化の厚みのようなものを感じて「すこぶる愉快な」気分になります。読者の質のよさ、高さを感じてうれしくなるのです。たとえば一席入選作品の「カチカチ山（横溝正史風）」をごらんください。わたしはかねてから横溝正史の特徴のひとつに「予告好き」がある

とみておりました。事件がはじまる前から「これから語ろうとするのは世にもおそろしい出来事で」だの、「それはまがまがしい事件で」だのと予告してしまう癖です。そして主人公は「……というおそろしいことに出会うとは神ならぬ身、そのときはそうと知るよしもな」く事件に巻き込まれて行きます。すなわち作者が登場人物たちを押しのけ前面にしゃしゃり出て、読者と直接《じか》取引をしてしまう手法です。もっともこれは大衆小説の代表的手法で、わたしも何度かこの手法のお世話になりましたが、せっかく「これから語ろうとするのは世にもおそろしい出来事で……」と予告しても、肝腎の事件がおそろしくもなんともなくて失敗ばかりしておりました。そこへ行くと横溝正史はうまい。予告通り「世にもおそろしい出来事」を起こしてしまうのですから、読者としてはこたえられません。横溝正史のその呼吸、その骨法を「カチカチ山」の作者の寺本さんは、みごとに盗みとってしまいました。

寺本さんは杉並区にお住まいの四十八歳の主婦でいらっしゃいます。勝手に想像を逞しゅうすれば、閑静な住宅街に住み、子育てもおえて、ご主人としばしば小旅行をお楽しみになっておいでの、平和で平穏な毎日。そのおだやかな暮らしの中で、横溝正史を読み、週刊朝日をめくり、ふとペンを執《と》ってパロディなぞをおつくりになる。なんという余裕でしょうか（この想像、まちがっていたらお許しください）。——と、わたしがむやみに感心しておりますと、丸谷才一さんがこう申されました。

「文明が円熟するとは、つまりそういうことなのですよ。こういう方々が多ければ多いほど日本文化の厚みも増すわけですね」

投稿作品の質の高さを如実に写して、今回も大賞がふたつ出ました。「兎と亀殺人事件」も「贋作桃太郎」も、それぞれつかこうへい、内田百閒の文章の息づかいまでうつしとった見事な出来栄えです。そして一席作品が四つもあって、これまた今回の豊漁ぶりを雄弁に物語っています。

「話題の人や有名人を、ただけなしたり、くさしたりした作品が少なくて、それだけでも気分のいい夜でしたねえ。どの作品も堂々と自立していました」

これが丸谷さんの総括講評でした。

さていよいよ次回は恒例の国民的行事「百人一首パロディ」です。

一九八七（昭和六十二）年

小説新潮新人賞（第四回）

受賞作＝谷俊彦「木村家の人びと」、石塚京助「気紛れ発一本松町行き」／他の候補作＝鈴美基樹「日本はどこへいった?」、伊藤豊聖「こんぴらふねふね」、足水男「妖獣」、野川久一「ツパイたちの夜」、たくきよしみつ「ざ・びゃいぶる」、天下茶屋望「おたまじゃくしは?の子」／他の選考委員＝筒井康隆／主催＝新潮社／発表＝「小説新潮」一九八七年一月号

選考対談より

鈴美基樹さんの「日本はどこへいった?」は、世界中の核兵器を全部チャラにしてしまうというアイディア、それがはっきりと具体的に入っていれば、これは凄い小説になったでしょうね。

伊藤豊聖さんの「こんぴらふねふね」は、ある独特の雰囲気が隅々まで支配していて、いい落語家の噺《はなし》を聴くとか、いい役者の芝居を見ているみたいに、安心して最後まで読める、そこは素晴し

いと思いましたね。読者としてはきわめてハッピーな気分を味わわせてもらったのですが、さて、読み終ってみてどうかとなると、ひょいっとこの作品が、過去へ遠のいてしまう、そんな気がするんです。

谷俊彦さんの「木村家の人びと」は、ある会社の資料編纂《へんさん》室に勤める木村さんの、とある一日のお話です。この人は、新しいタイプの守銭奴のようなところがあって、ありとあらゆるアルバイトをやっている。他にも奥さん、娘さん、おばあちゃん、一家総出で、すさまじいまでにアルバイトに励むんですね。それも、そんじょそこらに転がっているようなバイトじゃない。いい意味でとことん呆れ果てて、よくもこれだけ、機関銃みたいにいろんなバイトを打ち出してきたもんだと、感嘆しながら読みました。ほんのちょい役で出てくる人物まで、ピシャリと一筆で押さえる手際、なんとも素敵だと思います。

足水男さんの「妖獣」は、汚い下宿の小さな部屋で、江戸川乱歩に読みふけったり、蒲団《ふとん》をかぶって白昼夢みたいなものを見たりする、僕らの学生時代にもあったこの感じは、よく出ているとは思うんですけどね。ただ、小説の中心の、そのまた中心になるフィクションを作っていくダイナモ、原動機、それが弱いような気がしますね。乱歩が現代に生きていたら、きっとこういう小説を書いたろうみたいな、そういうパロディになっているとか。

野川久一さんの「ツパイたちの夜」は、あるデータ・サービス会社の男の周辺に、コンピュータ―・ネット・ワークへの不法侵入者の影がちらつくようになり、やがて、ハッカーたちによって、親会社である新聞社のコンピューターが完全に乗っ取られていることが判明する話です。読み終っ

た後の印象としては、小説的な面白さ、ふくらみ、小説だけが持っている不思議な宝物、そういうものは少ないような気がしたんですね。作者の文体も多少関わっていると思うんですが、妙に説明口調になったりするところがふっと読者を遠ざけてしまうようです。

たくきよしみつさんの「ざ・びゃいぶる」は、SF落語とでも言いますか、面白かったですよ。横町の隠居と若旦那といった趣味人二人が、盆栽の育てっこをしているような塩梅《あんばい》でしょう。そこへもってきて、なにせ神様の話ですから、どちらかがちょっと落ち込んだり、昼寝をきめこんだりしているうちに一億年たったとか、物差しをうんと違えたおかしさもあります。ただ強《し》いて言えば、言葉についての配慮や工夫が、必ずしも隅々まで行き渡っているとは言えません。

石塚京助さんの「気紛れ発一本松町行き」は迫力がありました。主人公の青年が、恋人から「スグニキテ　マッテイル」という電報を貰い、何の用かと電話で訊こうとするんですが、どういうわけか電話が通じない。これじゃあ行くほかないと、恋人の住む町を目指して出かける話です。緊張感とユーモアで、最後まで読ませるというだけでなく、一人の人間が理不尽な困難、不条理な困難に遭《あ》いながら、ある方向へ向かって突っ走っていくというのは、寓意《ぐうい》的にかなり深いものがある気がするんです。

天下茶屋望さんの「おたまじゃくしは?の子」は、最初に出てきたあるパターンが、その後もずっと当り前の進み方をする。きまりきった筋を、手拍子で運んでいるような、そんな気持ちに僕もなって。それはきっと、フェミニズムを押し立てて出てくる女性たちが、一向にはっきりしていないからでしょうね。男性中心主義に対抗する女性主義、この対立関係が曖昧《あいまい》なんです。単に現代風

俗を上すべりしながら写している。だからじゃないでしょうか。

一応、全八篇の検討を終えたことになりますが、僕の感じでは、「木村家の人びと」と「気紛れ発一本松町行き」、この二作に絞られるんじゃないでしょうか。

読売文学賞（第三八回）

受賞作＝津島佑子「夜の光に追われて」（小説賞）、宮本徳蔵「力士漂泊」、司馬遼太郎「ロシアについて」（随筆・紀行賞）、江川卓「謎とき『罪と罰』」（評論・伝記賞）、渡辺保「娘道成寺」（研究・翻訳賞）、／他の選考委員＝安部公房、遠藤周作、大岡信、河野多恵子、佐伯彰一、田中千禾夫、丹羽文雄、丸谷才一、山本健吉　顧問＝草野心平、中村光夫／主催＝読売新聞社／発表＝同紙一九八七年二月一日

受容の歴史を大転換　「謎とき『罪と罰』」について

江川卓さんの、驚嘆に値する徹底した「読み込み作業」がドストエフスキーの『罪と罰』という小説を、まったく新しい作品に蘇《よみがえ》らせました。たとえば、ラスコーリニコフ以下の登場人物たちの姓名が解剖台にのせられます。江川さんによれば、ラスコーリニコフを日本名で「割崎英雄」と呼べる可能性があるとのことで、なるほど、その名のとおり割崎青年は金貸しの婆さんの脳天を斧《おの》で、割裂く運命にあります。では「英雄」にはどんな意味がこめられているのか。香具師《やし》の口上めいた言い草になりますが、それは読者のみなさんがご自分の目でたしかめられたほうがよろしいのでは

ないでしょうか。

こんなふうに、登場人物の姓名からはじまって、私たちがこれまで軽く見逃していた小説の中の語句に至るまで、丁寧に解剖、検分され、ドストエフスキーが仕組んだ仕掛けが明らかにされて行きます。さらに江川さんのメスは「精巧なからくり装置にもたとえられる」この小説の構成にまで及び、ついにドストエフスキーがこの作品に託したものが明々白となります。

この綿密な作業に立ち会うとき、私たちは『罪と罰』という小説が、多声音楽のように複雑な、しかしおもしろい響きを豊かに内蔵していたことに気付きます。江川さんのおかげで私は『罪と罰』を、抱腹絶倒の茶番劇、しかし同時に神聖な福音書として読めるようになりました。さあれ、これは日本における『罪と罰』受容史を大転換させる書物です。そしてこのことを一番よろこんでいるのは泉下の作者ではないでしょうか。

岸田國士戯曲賞（第三一回）

受賞作＝なし／他の候補作＝生田萬「小さな王國」「かくも長き快楽」、市堂令「いつかみた夏の思い出」「青い実をたべた」、岡安伸治「かちかち山のプルートーン」、鴻上尚史「ハッシャ・バイ」、鄭義信「愛しのメディア」、和田周「上演台本」／他の選考委員＝唐十郎、佐藤信、清水邦夫、田中千禾夫、別役実、八木柊一郎、矢代静一、山崎正和／主催＝白水社／発表＝「新劇」一九八七年三月号

今後に期待すること

『ハッシャ・バイ』（鴻上尚史）はよく整った作品であると思う。これまでの、才能にまかせて、ありったけの材料を叩き込むという過剰な装飾癖が姿を消し、作劇術に平衡感覚が機敏に働いている。とりわけ感服したのは、とくに前半部分の対話の巧みさ、おもしろさである。冒頭の「ピーターパン探偵社」の金田一金太探偵の気障っぽさなどは国宝ものである。つづく男性精神病患者たちのゲイボーイとしての会話、あるいは教室でのセーラー服たちの対話、いまの若い人たちの呼吸《いき》を完璧に盗《と》っている。いま巷に行われている言葉を活写することは、われわれ書き手の、世間から委託された義務のようなもので、それが成就されているだけでも立派な作品である。ただし後半に若干の破綻がみられる。そこが口惜しい。

『かくも長き快楽』（生田萬）も充分におもしろかった。プロキシマ星行きのスター・シップと、港の市場の片隅にささやかに店を張る魚屋「魚カン」とを対比（この対比は、現在と過去との時間の対比にもなっている）させた構成に作者の才気が疑いもなくきらめいている。ただし狙いはいつもの終末論で、そこが常套のような気がする。

『かちかち山のプルートーン』（岡安伸治）は、これからの世界の安否は各種廃棄物の処理にかかっているという恐しい真実を巧者な手法で展開してみせる。そして各種廃棄物が土地や自動車としてまた蘇るという着眼に感心した。各種廃棄物のなかに核問題をすべり込ませたのも妥当である。さらに「片づけても片づけても出るゴミの山」という主旋律に大いに同調もした。

右の三作の中から受賞作が出ますようにと念じていたのは確かだだが、そうはならなかった。残念

としか云いようがない。それにしても右の三作を、ある程度のところまでしか推せなかったのはどうしてだろうか。正直に云うと、ここ十何年間、新しい人たちの武器になっていたある基本的枠組に飽きてしまったのではないか。ある基本的枠組とは、例の恣意的連想やイメージ増殖や言葉の尻取りなどによりかかった主観主義である。そしてこの手法の忠実な下僕である終末思想。この手の戯曲には食傷した。もっと強引にたった一人で全世界に堂々と立ち向い、堂々と敗れ去る作家が出てきて欲しい。客観主義に拠れば絶望の歌しか聞えて来ないような世の中であることは百も二百も承知の上でお願いしているのだが、ここはもう腕力で突っ切るしかない。以上を選評というよりは自戒として書きつけた。

直木三十五賞（第九六回）

受賞作＝逢坂剛「カディスの赤い星」、常盤新平「遠いアメリカ」／他の候補作＝早坂暁「ダウンタウン・ヒーローズ」、山崎光夫「ジェンナーの遺言」、赤羽堯「脱出のパスポート」、小松重男「鰈の縁側」、落合恵子「アローン・アゲイン」／他の選考委員＝池波正太郎、五木寛之、黒岩重吾、陳舜臣、藤沢周平、村上元三、山口瞳、渡辺淳一／主催＝日本文学振興会／発表＝「オール讀物」一九八七年四月号

一頭地抜けた三作

『鰈の縁側』の前半は諧謔にあふれ快調である。がしかし後半の悲劇がすこし大きすぎ、重すぎ

た。『脱出のパスポート』はあまりにもカッチリと出来上りすぎていて息苦しい。『ジェンナーの遺言』は題材の大きさに引き摺られ文体にいつもの艶が失せた。『アローン・アゲイン』では、最初の作は感動的だけれど、男が登場すると筆が甘くなる。『ダウンタウン・ヒーローズ』は無類のおもしろさ、しかし芯になにか饐《す》えた匂いを発するものがある。『カディスの赤い星』は前後の日本編はお世辞なしの傑作だが、主人公がスペインに着いた途端、話がもたつく。『遠いアメリカ』は清新である。だが、後半になるにつれて平凡な風が強く吹き出す。

各候補作品の長所と短所とを駆け足で記すと右のようになるだろう。そこで次の作業は長所と短所との付け合せである。浮び上ってきたのは、『ダウンタウン・ヒーローズ』以下の諸作。『ダウンタウン・ヒーローズ』は、おもしろいけれど、それがどうしたと問われると、もろいところがありそうだ。読了後の読者に遺す置土産のすくないことが気にかかる。『カディスの赤い星』の、日本編におけるユーモアは稀代のものすごさ、これにはただただ舌を巻くしかない。冒険小説の二大調味料はダンディズムとユーモアであると信じる私は、両者を兼ね備えたこの作品の登場を素直に歓迎する。スペイン編では、作品という名の小宇宙を統べるルールが崩れて惨々たる展開になるが、それでもまだたっぷりお釣りがくる。『遠いアメリカ』は、一見、素気ない作品のように見えるが、各所に仕組まれた小説的仕掛けは特筆に値いする。その最大のものは現在形で終始する文体で、この文体は読者をタイムマシンの搭乗者に仕立てあげる。読者に昭和三十年を一気に現前させるのである。途端に、クリネックス・ティシューとかアップルパイとかいったなんでもない小道具が輝きはじめる。そして読者は知らぬ間に、それぞれ自分の心の中にあるアメリカとの対決を、抒情的に

迫られることになる。登場人物たちを描出する手際もあざやかだ。たとえば父親。ここ十年来の日本の小説にあらわれた父親像の、これは白眉である。こうして私は、『遠いアメリカ』、『カディスの赤い星』、『ダウンタウン・ヒーローズ』という順番をつけた。そして三作授賞ということでもいいと思って選考会に出かけたのである。

パロディ'87（第五一回）珍編日本史

――大賞＝浜美雪／一席＝春村洋隆、シティ坊主／他の選考委員＝丸谷才一、木下秀男／発表＝「週刊朝日」一九八七年四月十七日号――

正統派新感覚派入り乱れて大盛況

選考会に出席していた全員が、最後に異口同音に叫んだ言葉をまず御紹介しましょう。もっとも全員といっても三人の選考委員とK記者にF記者の五人ですけれども、それはとにかくとして、その言葉とはこうでした。

「次回の課題は『珍編世界史』だぞ」

今回の出来映えは全員にそう叫ばせるほど、極々上々吉でした。

大賞の「武士の台頭と日本語争乱」などは身ぶるいが出るぐらいうまく出来ていて、ただほれぼれとするばかりです。まず教科書の文体模写がいやらしくなるほど巧みで、荘重重厚、無味乾燥、

固有名詞過多、一読難解三読混乱の教科書文体に、やはり教科書お得意のゴチック活字まで駆り出して、完璧になぞりまくっています。ところが内容は地口に駄洒落に語《ご》呂《ろ》合わせの大盤振る舞い、この落差がタマラナイ。ちなみにこの作品には選者の朱筆がほとんど入っておりません。そこも買われて大賞に輝いたのです。「大賞」だの「輝く」だのというと、レコード大賞みたいでなんだかいやですが、とにかくゆっくりお読みください。それも声に出して。文字が音に変わると、作者の仕掛けがいっそう判然とするはずです。

一席の「利休と胡瓜」の、音の互換性（？）も上出来で、本誌編集長は、「今回は語呂合わせが多いけれど、みんなすごい語呂合わせだ。とくに利休と胡瓜はすごい」と長い間、唸っていました。まことにその通りで、「古代日本の統一」も「木下藤吉郎と竹中半兵衛」もみな、言葉あそびが作品の核となっています。

こうなると言葉あそびは、ただ単にあそびごとというだけでなく、思想といったような重々しいものと同格になり、この意味と音との下剋上が読む読者を興奮させます。

ところがここにもうひとつ、変わり種がまじっていました。二席の「徳川十五代ラグビー」がそれで、徳川幕府の歴史をラグビーに見立てるという破天荒なアイデアには舌を巻きました。皮袋は大江健三郎さんで中味の酒は筒井康隆さんといったおもむき、それにもましてこの速度感、「スピード感がいい」と呟いたF記者の意見に筆者も同感です。作者は十八歳の高校生、常連は倦《う》まず作品を寄せてくださいますし、そこへ新人が新しい感覚をひっさげて登場してくださるしで、選考会は最初から最後までなんだかウキウキとしておりました。筆者の筆までウキウキしていますが、

これは会の余熱がまだ頭の芯をほてらせているせいです。

散会まぎわにK記者が、

「どうして今夜はこんなに気分がいいのだろう」

とひとりごとをいいました。丸谷才一さんはそれを聞きつけて、

「作品の出来がいいせいが、まず一番の理由」

と総評をおっしゃった。

「それから今回は、特定のひと、たとえば有名人をあげつらうということがなかった。つまり、どれもこれも強烈なおもしろさを持っているけれど、創作態度は大きくて、おだやかです。そのせいで気分がいいのです」

吉川英治文学新人賞（第八回）

受賞作＝景山民夫「虎口からの脱出」／他の選考委員＝尾崎秀樹、佐野洋、野坂昭如、半村良／主催＝吉川英治国民文化振興会／発表＝「小説現代」一九八七年六月号

感想

正直に告白すると、意中の作品が他にも二作あったのである。さらにあからさまに白状すると、「三作同時受賞」というのが私の理想だった。三流の映画館でもあるまいし二本立て三本立てでは

受賞者にもお気の毒、選者の眼力も疑われ、賞の権威が落ちる、と思わないでもないが、小説は陸上競技とはちがうのだから、厳密に順番をつけるのは不可能である。……と書いたその意味は、今回は例年にもまして豊作だったということに他ならず、選者としての立場を忘れて候補作品に読み耽けるという至福の時をすごさせていただいた。若くて、景気のいい才能たちに脱帽する。

景山民夫さんは、その若い才能たちの中でも抜きん出て景気がいい。馬力がある。なによりも文章に、情況を、景色を喚起させる力がある。漢字と平仮名片仮名とを上手に使い分けて字面《じづら》を読みやすくする感覚も洗練されている。この文体と字面へのゲシュタルト感覚は、天分がもたらすところが大で、勉強や修業ではなかなか身につくものではないから、この方はおそらく作家になるべき星の下に生まれられたにちがいない。一層精進なさって巨《おお》きな作家に育ってください。

というところでいくつか苦言を呈しておくと、作者自前の「物語」が発進するのがずいぶんおそすぎる。次に、プロットの展開に映画の手法が援用されすぎ、小説というより映画脚本に近いといった印象をうける個所がむやみにある。第三に史観の脱落。——これぐらいの苦言にへこたれるほどヤワな才能ではないと信じるゆえに、あえて小言幸兵衛の役を買って出た。これからも読者を大いにたのしませてあげてください。おめでとう。

パロディ'87（第五二回）珍編世界史

——一席＝有馬安俊／二席＝大江戸見多代、永井彰子、最戸雪夫／他の選考委員＝丸谷才一、木下秀男——

れども。

圧巻！　語呂合わせの揃い踏み

「今回の応募作品に特徴的だったのは、語呂合わせがたいへんに多かったことで……」というF記者の講評から選考会がはじまりました。F記者はこのパロディ・コンクールの事務局長と雑役とを兼務する縁の下の力持ち的存在ですが、たしかに一席二席の四作品、いずれも語呂合わせはこちらも大好き、そこで熱の入った選考会になりました。もっともいつだって熱が入っているのですけれども。

一席の「ヴェルサイ湯とバスチー湯」は全編が〈お湯づくし〉。語呂合わせもここまで徹底すれば立派な芸術品です。丸谷才一さんは、「場当たりを狙ったその場かぎりの語呂合わせじゃありませんね。お湯で一本ぴーんと筋が通っています」とおっしゃっていました。筆者も同感です。

二席の一の「南北戦争と日本」は、まんなかへんの語呂合わせの氾濫に圧倒されました。編集長が「どの語呂合わせも生き生きと跳ねている。まるで速射砲のようだ」と感じ入っておられました。筆者も同感です。一席作品の語呂合わせが静とすれば、こちらは動、どちらもうまいものです。ただ、一席作品は史実と微妙に平仄が合っているのに、こちらはすこし史実ばなれが目立っています。そこらあたりにわずかながら差が生じました。

二席ノ二の「即席麺三千年の変遷」は雄大な構想を語呂合わせが支えているところがおかしい。「筒井康隆さんの愛読者かもしれないね、この作者は」とは、丸谷さんがふと洩らされた感想。筆

者もそんな気がしました。なお、中段に「麵は、餃子、雲呑、焼売、春捲、饅頭などに挑んで激しく覇を争った」というくだりがあります。ここはもともと「麵は副食としての覇権を求め米や麦に挑み、激しく対立した」と書かれていましたが、丸谷さんが「餃子、雲呑、焼売……」と朱を入れられました。細部は律儀に具体化するのもパロディのこつ、ずっとよくなったとおもいますが、作者の永井さん、いかがでしょうか。

二席ノ三の「ローマ帝国の成立とキリスト教」はかなり際どい内容です。ちょっと生ぐさい毒がある。がしかし「罪のない語呂合わせが毒を消している」とはKデスクの意見で、筆者も同感です。白眉は「イエス・キリスト・スーパーストア」で、これには笑いました。

だいぶ語呂合わせを礼讃しましたが、これには理由があります。日本語は世界のコトバのなかでもとりわけ「音」の数が少ないのです。英語が四千、中国語（北京官話）が四百の音でできているのに、日本語は「ア・イ・ウ・エ・オ……ン」の四十五音、それに「キャ・キュ・キョ……」などの拗音や、「ガ・ギ・グ・ゲ・ゴ……」などの濁音、さらに「パ・ピ・プ・ペ・ポ……」の半濁音を加えても百とちょっとしか音がありません。

つまり百とちょっとの音で森羅万象を現さなければならないのですから、意味はちがうのに音は同じというコトバ（同音異義語）がたくさんできてしまいます。ということはそれだけ語呂合わせがしやすいわけで、もっといえば語呂合わせは日本語の宿命、あるいは得意技。語呂合わせに眉をひそめるよりも、これをたのしむ方が理に合っているように思われるのですが、どんなものでしょうか。

講談社エッセイ賞（第三回）

――受賞作＝尾辻克彦（赤瀬川原平）「東京路上探険記」／他の選考委員＝大岡信、丸谷才一、山口瞳／主催＝講談社／発表＝「小説現代」一九八七年八月号――

振幅の大きさ

深くて含蓄《がんちく》にとむ思想、それがこの『東京路上探険記』にはなみなみと湛《たた》えられています。思想とはいっても例の、わたしたちを辟易《へきえき》させるのだけが取得《とりえ》の、あの七面倒くさいやつではありません。日々を忙しく生きているわたしたちが街頭や路上でおやッと思うことがら、毎日の暮しのなかで軽くチクリと心に突き刺さってくる小さな棘《とげ》、小さくて軽いことがらなので専門家がだれ一人として一所懸命に答えてくれないもの、それだけにかえって生活者には気にかかって仕方のない人生上のささやかな疑問……。そういったものごとをマナイタの上にのせて、尾辻克彦さんはみごとな智恵の働かせ方を展開してみせてくれています。この智恵の働かせ方こそ、思想家が本来、持つべきものなのではないかと愚考するのですが、それはとにかくとして靴の底の小石が、廃棄処分寸前のアバラ屋が、なんでもない電柱が、皇居周辺のジョギングがやがて地球や宇宙や人生へ結びついて行くのですから、尾辻さんの思考の振幅の大きさというものはただもう壮観としか云いようがありません。平明で正確で底に諧謔味《かいぎゃくみ》を隠した彼の文章に乗って、路上の些事《さじ》から地球規模の思弁へ

と往復するとき、わたしたちはこころよい酩酊気分にひたるのです。りっぱな仕事であると感銘しました。

直木三十五賞（第九七回）

受賞作＝白石一郎「海狼伝」、山田詠美「ソウル・ミュージック・ラバーズ・オンリー」／他の候補作＝もりたなるお「無名の盾」、篠田達明「浮世又兵衛行状記」、景山民夫「虎口からの脱出」、三浦浩「津和野物語」、高橋義夫「闇の葬列」、伊藤榮「こんぴらふねふね」／他の選考委員＝五木寛之、黒岩重吾、田辺聖子、陳舜臣、平岩弓枝、藤沢周平、村上元三、山口瞳、渡辺淳一／主催＝日本文学振興会／発表＝「オール讀物」一九八七年十月号

小説の伝統を生かした二作

悪文も徹底すればいつしか詩を孕み、機智の稔りをもたらし、そして揺ぎない個性と化す。その典型的な例が『ソウル・ミュージック・ラバーズ・オンリー』である。たとえば《しかし、どんなに努力しても、自分の唇が彼女の問いに答える声を吐き出すに足る格好の良い物になりはしないことを彼は知っていた。》という文がある。漢臭《かんしゅう》があって分りにくく悪文の代表のような表現だが、これがひとたび「PRECIOUS PRECIOUS」という作品の冒頭部分に嵌め込まれるや、たちまち鮮やかな光彩をはなちはじめる。たしかにこの作者には独得で上等な言語感覚があるらしい。振仮名《ルビ》の使い方にも小説言語についての本質的な理解があって、外見は離れ業的実験文体に見える

が、じつは小説の本道を往く地道な成果なのである。物語の作り方にしてもそうで、表面を新奇な性風俗で飾って読者を驚かせもするが、その底の、物語の部分のコード進行はびっくりするほど古風で正統的であり、むかし読んだ「セブンティーン」誌掲載の好短編を思い出したりした。「男が女を愛する時」という作品にいたってはO・ヘンリー風ですらあった。芭蕉の不易流行という言葉も思い出される。そういう次第で評者は、まだ年若い作者が小説の伝統をリズムベースにしながら、メロディラインに新しい感覚を賑やかに盛って読者をたのしませようとするその努力に心から敬意をいだいたのである。

一方の『海狼伝』は、教養小説の大基本「人生は学校である」を踏まえながら、のんびり悠々と展開されて行く。多少退屈なくだりもあるけれど、なにしろ人生は学校なのだから、これは仕方がない。学校は休み時間以外は退屈なところなのだ。海についての該博な知識を老練な手法で紹介して読者をたのしませながら、作者は主人公の魂が、周囲の人間的、文化的環境と衝突するさまを丁寧に描き出すが、こういう仕立ての大小説の場合、主人公の魅力もさることながら脇役たちがおもしろくなければどうにもならない。しかしこの作品には小金吾という千両役者がいた。評者は、じつをいえばこの小金吾に一票を投じたのである。

『ソウル・ミュージック・ラバーズ・オンリー』と『海狼伝』とは、両極端とも思えるほど様子のちがう作品である。この広大なへだたり。だがその二作品が同時に受賞するところに直木賞のすばらしい間口の広さがある。そしてまたここまで述べたように二作とも小説の伝統に忠実であり、また伝統の新しい活用に成功している。となると選考基準にはやはり太い筋が通っていたわけで、

選考者の一人としてこれはうれしいことである。

パロディ'87（第五三回）芥川龍之介

——席＝加藤健二／他の選考委員＝丸谷才一、永山義高／発表＝「週刊朝日」一九八七年十月十六日号——

原典の冷徹さを超えた優秀作

——あるとき。丸谷才一さんと、「パロディ実作の急所《こつ》は奈辺《どこ》にありや」と話し合ったことがあります。ちなみに書き出しの頭に「——」だの「……」だのを載せるのは芥川の晩年期作品の特徴ですが、それはとにかくとして、そのときに丸谷さんがこうおっしゃった。

「土台《もと》になる作品＝原典を何回も何回も頭に浮かべて、誰もが知っていて、むやみに口調のよい個所をパロディにしようとしますね。それがまず第一の急所ではないでしょうか」

この知恵を芥川の作品にあてはめて、

「だれもが知っていて、むやみに口調のよい個所」を思い浮かべると、たとえば、

「下人《げにん》の行くえは、たれも知らない。」（『羅生門』の結尾）

「禅智《ぜんち》内供《ないぐ》の鼻と言えば、池の尾で知らない者はない。」（『鼻』の冒頭）

たちどころにいくつも口をついて出てきます。日本語の本質と作家の個性とが劇的に衝突し、そ

の結果として結晶したものが、人びとの脳裏に永く保存され、折にふれて口をついて出るわけですから、たしかにこういう個所は大切にしなければなりません。

一席の「歌人」も、二席の「耳」も、この基本に忠実です。とりわけ「歌人」は、芥川の原典に、いまを時めく「サラダ記念日」をぶっつけてきました。「企画の勝利」とは編集長の言ですが、まことに時宜を得ております。つづいて、席を並べていた人たちが次々に讃嘆の声をあげます。筆者もその尻馬にのって、「作者は高校生、まだ十七歳じゃないですか」と叫びました。そうしてみんなで「サラダ記念日」所収の短歌が巧みに織り込まれていることに舌を巻きました。とにかくとても知的で、気持ちのいい作品です。

芥川の初期の作品は、機智に富んだ文章で、物語を明快に展開して行くところに特徴がありますが、「耳」はその特徴を巧みに模写しています。パロディ・コンクールが始まってもう十数年、その間《かん》、「パロディにされやすい有名人」の首座を、田中角栄さんと長島茂雄さんがはげしく競りつづけてきました。パロディ・コンクールはこのお二人のおかげで成り立っていると云ってもいいぐらいです。しかしその首座に向けて、今、着実に追い込みをかけているのが江川卓投手で、この人をもじると、なんだかおもしろい作品ができてしまう。やはり大スターなのでしょう。

総評しますと、今回の水準はやや低かったようです。むろん「歌人」のような図抜けた作品もありましたが、全体に冷えていた。原典にただ現実の出来事をあてはめただけのもの、話題の人を嫌味たっぷりにからかっているだけのもの、そういう作品が少しばかり多かったような気がします。しかしよく考えてみると、原典のせいもあったかもしれません。芥川の作品は人びとに好まれては

いるが、愛されていないのではないか。自分の創り出した人物に注ぐ目が常に妙に冷えている。そこがまた芥川の魅力ではありますが、しかし原典の持つこの奇妙なつめたさが投稿作品に伝染したような気もするのです。

さて次回は「プロ野球いろはガルタ」、愉快で景気がよくて、気持ちのいい作品を鶴首してお待ち申し上げております。

パロディ'87（第五四回）不滅のプロ野球いろはガルタ

―入選多数／他の選考委員＝丸谷才一、永山義高／発表＝「週刊朝日」一九八七年十一月二十七日号―

記念すべき「うるわしき共同事業」

今回は秀作に傑作に佳作が目白押し、さらに担当のF記者によれば、編集部に寄せられた作品の数は「六千を楽に超えて七千に迫る勢い」だったとのこと、つまり質量ともに大豊漁でした。応募してくださった愛読者の皆様の才能と努力に、まずなによりも先に脱帽いたします。ありがとうございました。

この大豊漁の中味をこまかく吟味してみますと、いろはガルタは《「い」や「ろ」や「は」をそれぞれ頭文字に読みこんだ諺や譬》というのが最大の眼目、これがなにより大事な約束事、そこでいい作品が集中する頭文字と、さほどではない頭文字とに、自然に分れてきます。別にいえば、作

りやすい頭文字と作りにくい頭文字とがあるわけで、たとえば「と」や「か」や「お」、そして「て」を頭文字にした作品の数は多いが、「ろ」や「は」や「へ」を頭文字にした作品は少い。いきおい、応募作品の数の少い頭文字には、いいものが少いという現象がみられ、そういうところに選考者や編集部も参加してみようじゃないかということになりました。ごらんいただければお分りのように、ところまだらに「××記者」といったような作者名が顔を出していますが、それらはみんな、編集部の苦心の作なのです。という訳次第で、この本邦初演の『プロ野球いろはガルタ』は、丸谷才一さんの言葉を借りれば、
「読者諸賢と編集部員現役とそのOBとによる一大合作」
になったのでありました。勝手な手前味噌になるかもしれませんが、「うるわしき共同事業」と呼ぶに値いする記念すべき企て、といってよかろうとおもいます。
さらに吟味を進めますと、これは編集長の評言ですが、「プロ野球実況放送の解説者、評論家を題材にしたものがバカに多い」のも目立った現象でした。ちなみに最終選考に残ったものだけでも、
はしゃぐ解説シラける茶の間（若松美夏）
屁理屈ばかりの解説者（山田芳雄）
解説者打ったあとにほめちぎり（泰嘉夫）
タラ・レバ好きな評論家（宝珠山敬彬）
ツースリー次が勝負と解説者（宮岡五百里）
評論家優勝予想は打率なみ（津田暁子）

評論家一人も当たらぬ順位表（飯豊章司）
評論家の好きなセンターがえし（片桐言）
もしもで稼ぐ解説者（工藤均）
――と入選作を除いても、これだけあるのです。野球は、席上でのKデスクのことばを引用すれば、「予想や予言が適中しにくい。だからその分だけ解説者が恥をかく。それほどおもしろいゲーム」なのだろうとおもいます。また、わたしたちはそういった的外れを連発する解説者、評論家をも含めて、プロ野球というものを丸ごと愛しているのかもしれません。彼等のトンチンカンな予想、そして噴飯ものの結果論、それすらもたのしいプロ野球の一景物なのですね。

また長島さんにかわって江川投手がこのパロディの主役の座に迫りつつあります。パロディ関係者の一人として勝手なことをいえば、彼が引退したら、この催し、すこしさびしくなるかもしれませんね。

さて次回はいよいよ恒例の国民的行事「百人一首」です。株価暴落、円高騰、なにやら物情騒然としてまいりましたが、そういった屈託を吹き飛ばす景気のいい傑作をお待ち申しあげております。

一九八八（昭和六十三）年

小説新潮新人賞（第五回）

受賞作＝なし／候補作＝梅原克哉「ワラシ」、安部良法「降人哀し」、香川まさひと「むき出しの人」、三杉霧彦「只野英雄氏の奇妙な生活」、月足時亮「地揚屋プッツン騒動記」、影光しのぶ「“L” for Los Angeles & Love」、牧瀬登志郎「前線事務所」／他の選考委員＝筒井康隆／主催＝新潮社／発表＝「小説新潮」一九八八年一月号

選考対談より

梅原克哉氏の「ワラシ」は、ベビーカーの中の化け物とか、バード・ウォッチングをしているお婆さんが主人公に托卵性の鳥のことを教えるとか、そこここにいろんな布石を置いていますが、それがだんだん生きてきて、物語の肌ざわりが少しずつ変わっていくあたり、平凡だけれど実に手堅い点の取り方をしていきますね。非常に比喩に凝《こ》っていて、特に雷については比喩をたくさんつか

っているでしょう。たんに雷が鳴ったというんじゃなくて、雷の音をティンパニとかドラムとかに移し替えながら、ある雰囲気を読者に伝えようとしています。

安部良法氏の「降人哀《かな》し」は歴史物です。新田義貞の息子義興をだまし討ちにした竹沢右京亮《うきょうのすけ》という人が主人公です。裏切りの戦いによって相当疲れていて、ただ恩賞のみを心頼みにしているんです。ぼくも好感を持って読みましたが、型どおりの展開、型どおりの考え、型どおりの哀しさ、型どおりの結末というところがちょっと残念ですね。ただ当時のことをうんと調べて再現している、その勉強ぶりはすごいです。首実検の時は、頭蓋にそって斜めに切るとか、歴史物の聞かせどころがあるわけですね。その辺もぬかりなく押えている。この人は二十九歳ですが、まだ若いのに大したものだと思います。

香川まさひと氏の「むき出しの人」はピカッと光る箇所もありまして、恋人のお兄さんと称する男に雑種馬女が、昨日別れてくれっていったじゃないかといって、問答が始まるんですけれども、二人は全然、別れる別れないという間柄じゃない。言葉の上だけの一種のゲームをその女の人もやっているんです。こういうところはとってもいいですね。今でないと出てこない作品というような感じもあるし、たとえば大正時代のポカッと明るい瞬間に出てきたような、そういう印象もありますし、不思議な作品ですね。

三杉霧彦氏の「只野英雄氏の奇妙な生活」にはイスタンブール名物の〝喰い女〟が登場します。ここは現地取材の強みですね。喰い女はレストランに出入りして、客の席で食いに食い、飲みに飲んで、店の売上げを上げ、リベートをとる。いうなれば、作者に都合のいい分身が生まれたわけで、

主人公の代わりをこの分身がやっているんじゃないかという形がだんだん展開してきます。第二の誰かが第一の誰かになってしまうという話ですね。時代のある雰囲気というものは出ていると思いますけれども。

月足時亮氏の「地揚屋プッツン騒動記」ですが、特に東京の地価狂騰というまさに今の話題と、ぼくらが漫然と持っていてそんなに利用していないタウンページという現代の風俗をぶつけて、まさに今、読みたい小説をつくったというのは、大変な手柄だと思いますね。文体がなかなかしゃれていますね。たとえば地揚屋の上部組織、天照組親分の服装の描写など、こういう「形」を文章にした時、どうしたら面白いかという文体意識がちゃんとある人です。ただ現代風俗をふたつ突き合わせたところから、現代そのものがふーっと出てくれば最高でした。

影光しのぶ氏の「"L" for Los Angeles & Love」は、ロスアンジェルスのアパートで独り暮らしをしている若い女性が主人公です。写真が趣味で、ついに本格的に写真の勉強を始める、そこに至るまでのあるスケッチ集ですね。これは、ちょっと酷評ですけど、一番悪い形で表現された浮いた風俗小説で、読者を置き去りにしているという感じです。時どき意味ありげに禅とかヨガとかの東洋思想が出てきて、主人公がなにかを悟ったりする。いい気なもんだ、という感じだな。

牧瀬登志郎氏の「前線事務所」の話は前段なんですね。だから、結末でもうひと波瀾《はらん》ふた波瀾、ガンガン行けますし、広告代理店らしい助かり方のばかばかしい手も考えられます。切羽詰まって五人が講じるSOSの手段ももうふたつぐらい広告代理店らしい面白いのがあったら、これはもう赫々《かくかく》たる傑作になったと思うんです。とはいえ、この作品も点は高いですね。不満はありますけれ

ど、とってもよかったです。

「むき出しの人」には不思議な魅力がありますし、「只野英雄氏の奇妙な生活」は、百枚の枠内で、ある普通人が英雄になり没落していく物語が書けています。ただ、ぼくはまず「前線事務所」、次に「地揚屋」、それと「ワラシ」ですかね。「ワラシ」はこのふたつにくらべるとちょっと弱いですが……。最終的にはふたつという感じです。

読売文学賞（第三九回）

受賞作＝澁澤龍彦「高丘親王航海記」（小説賞）、別役実「諸国を遍歴する二人の騎士の物語」（戯曲賞）、近藤啓太郎「奥村土牛」、杉本秀太郎「徒然草」（随筆・紀行賞）、望月洋子「ヘボンの生涯と日本語」（評論・伝記賞）、岡野弘彦「天の鶴群」、高橋睦郎「稽古飲食」（詩歌俳句賞）、研究・翻訳賞なし／他の選考委員＝安部公房、遠藤周作、大岡信、川村二郎、河野多恵子、佐伯彰一、丹羽文雄、丸谷才一、山本健吉、吉行淳之介　顧問＝草野心平、田中千禾夫、中村光夫／主催＝読売新聞社／発表＝同紙一九八八年二月一日

時代をみごとに象徴化　「諸国を遍歴する二人の騎士の物語」について

荒野の中の移動式簡易宿泊所に、他人の生命などそのへんの石ころよりも軽いと考えている医師や看護婦や牧師などが、かすかな死の匂《にお》いを嗅《か》ぎつけて集まってくる。職業倫理の、いや、人間としての倫理の何という退廃。そこへ一足おくれて登場するのは二人の老いた騎士。歩くのさえやっ

との枯木のような老騎士たちは、「殺さないと殺される」という信仰個条を唯一の杖《つえ》にようやっとここまで生きのびてきた。

人間の歴史からすべての飾りをそぎおとすと、その本質は石の一行に要約されてしまうかもしれない。そして「死んだと思われないために、しゃべりたくなくてもしゃべる」従者たち。これもわれわれの時代の病患の一つだろうが、しかしまことにみごとな象徴化である。作者は驚くべき抽象能力を発揮して人間の全歴史を一時間半の劇に取り込んでしまったのだ。しかもその展開はたえず秀抜な諧謔《かいぎゃく》をもって推し進められており、単におもしろさだけを追う客をも決して退屈させない。

堅牢《けんろう》な構造は古典を思わせ、いたるところで跳ねる火花には最前衛の誇りがきらめいている。幕切れではっきりと地球の鼓動がきこえた。作者はじつに高いところへ到達した。

岸田國士戯曲賞（第三二回）

受賞作＝大橋泰彦「ゴジラ」／他の候補作＝生田萬「眠りの王たち」、市堂令「ゆでたまご」、宇野イサム「虹のバクテリア」、岡安伸治「洞道のヒカリ虫」、如月小春「砂漠のように、やさしく」、鴻上尚史「朝日のような夕日をつれて'87」、小松幹生「時間よ朝に還れ」、高橋いさを「アメリカの夜」、内藤裕敬「唇に聴いてみる」、横内謙介「まほうつかいのでし」「鸚鵡とカナリア」／他の選考委員＝唐十郎、佐藤信、清水邦夫、田中千禾夫、別役実、八木柊一郎、矢代静一、山崎正和／主催＝白水社／発表＝「新劇」一九八八年三月号

物語の喚起力

すぐれた作品はひとつの例外もなく、受け手にたいして「開かれている」という美点をもつ。わかりやすいから「開かれている」といっているわけではない。受け手がもっている人生にたいする考え方、知識、情報、経験といった精神的財産を、開かれている作品は決して拒否しない。むしろ受け手のもつ財産を鷹揚に受け容れて、さらに作品世界を豊ましめる。それでこそ、観客の想像力が作品世界の中心軸とからみ合う。そのことによってのみ感動が生れる。こういったことを「開かれている」という一句で代表させているのだが、今回はそういう「開かれている」作品が少くなく、近年にない豊漁だった。私見によればこのところ、どうも「閉された系」をもつ作品が優位にあった。思想、意味、趣向、仕掛け、陰喩、ねじ曲げた時間、変形された空間、言葉の遊戯、そしてイメージの開陳など、送り手がどんな戦法を採ろうが、だれからも咎められることはない。しかしその作品に接しようとした受け手は、送り手が、「あなたがたの精神的財産をすべて捨ててから、この作品に参加してください」と宣告したら、その態度は閉されている。その揚句、送り手の内部世界とやらに閉じこめられ、その堂々めぐりにつきあわされるとしたら、これはほとんど演劇の名をかたった拷問である。

大橋泰彦氏の『ゴジラ』は、まことに大らかな「開かれた系」である。昭和二十九年の第五福龍丸事件の衝撃を、すなわちアメリカの水爆実験でうけたショックを、あるいは核戦争にたいする恐怖を、キワモノ映画の手法で表現しようとしたときに誕生したこの怪獣は、わたしたちにさまざまな物語を夢想させてきた。わたしたちはみんな、ゴジラについての物語をそれぞれもっているので

である。作者はそのゴジラに恋をさせた。それも清純な恋物語の主人公に据えた。この仕掛けは非凡である。わたしたちはそれぞれのゴジラ体験を持ち寄りながら、さらにその上に美女と野獣物語やガリバー旅行記の小人国大人国物語やキングコング物語を思い浮べ、この作品の下に参集することでこれらすべての物語群を共通財産とするのである。悪びれず堂々とほがらかに、そして細心の工夫をもって作者は開かれた系をつくり出した。わたしたちはその中へよろこんで吸い込まれて行く。卓抜の趣向であった。台詞もばかにおかしい。全体がいきいきと弾んでいる。近来の傑作である。

直木三十五賞（第九八回）

受賞作＝阿部牧郎「それぞれの終楽章」／他の候補作＝長尾宇迦「幽霊記―小説・佐々木喜善」、西木正明「ユーコン・ジャック」、小杉健治「絆」、泡坂妻夫「折鶴」、堀和久「大久保長安」、三浦浩「海外特派員―消されたスクープ」、赤瀬川隼「オールド・ルーキー」「梶川一行の犯罪」「それぞれの球譜」／他の選考委員＝五木寛之、黒岩重吾、田辺聖子、陳舜臣、平岩弓枝、藤沢周平、村上元三、山口瞳、渡辺淳一／主催＝日本文学振興会／発表＝「オール讀物」一九八八年四月号

謎の解明が生む感動について

長いあいだ全盛をつづける推理小説はいうに及ばず、ごく普通の小説にも、謎の提示とその解明という構造式が入り込んできている。これは読者が、人間や人生や世の中を、〈人間は謎の中に生み落され、謎の中を手さぐりで生きつづけ、自分でも新しい謎をいくつか付け加え、やがて謎をほ

とんど解くこともなく死んで行く〉というふうに捉えていることの反映であると思われる。謎だらけの実人生に疲れ果てた人間が、その実人生のモデルともいうべき小説の中で、謎があざやかに解決されるのを見て溜飲を下げ、カタルシスを体験し、さっぱりした気持になって、ふたたび謎だらけの実人生の中で生きて行く元気を獲得する。ここに小説の効用がある。

このたびの候補作品のすべてが謎の提示とその解明という構造式を内蔵しているのも、右の事情を忠実に映しているからで、となると、提示された謎がどれほどあざやかに解明されたかが、作品評価の最初の手がかりになると思われる。

きびきびした会話、乾いた詩情を埋め込んだ文章、入り組んだ謎などを駆使して、大人の観賞に充分耐えうるスパイ小説をつくりだそうとした『海外特派員』の意気は壮とすべきであるが、しかし事件は結末に近づくにつれてわかりにくくなり、小説の謎が読者の実生活を侵犯してしまう。それが狙いなのではないかという気もするが、筆者は「小説の謎は、その小説の中できれいに、みごとに解決されなければならない」と信じているので、この作品にあまりなじめなかった。

『大久保長安』を書くにあたって作者は厖大な資料を集めた。これも偉とするに足る大事業であったが、作者がみずから設定した「長安はなぜ家康にそむこうとしたか」という謎には、満足の行く答が与えられていない。

ある職人の縫箔の技術が、彼のかつて愛した女性の死装束を空しく飾ってしまうという、ひねりのきいた筋立の『折鶴』には、主人公の撒いた四枚の名刺の行方は如何という謎が縫い込まれていた。別にいえば、この謎を原動力に物語が発進する仕立になっていたのであるが、謎は結末を拘束

するまでには至らなかった。途中で腰がくだけてしまったという印象を受けたのである。

世界有数の大河ユーコンの全流域に雄名を馳せたインディアンの薬草行商人がじつは日本兵ではなかったか、その彼がなぜコカイン常用者として事故死したのか、このふたつの謎を新鮮で詩情あふれる自然描写やスケールの大きな戦争秘話をまじえながら快調なテンポで追ったのが『ユーコン・ジャック』である。第一の謎の解明はあざやかであったが、第二の謎の解明は「故郷喪失感」とあるだけでやや不充分だった。〈日本人であることを余儀なくやめなければならなくなった日本人を通して、日本人を考える〉というのが作者の主題であったと思われるが、とするならば、第二の謎の解明こそ大切であったはずである。

ここまで文章についてふれないできたが、『絆』は、そのやや生硬にすぎる文章でずいぶん損をした。いま、ある裁判が進行しつつある。当然、時間は判決という時点めざして勢よく流れて行く。語り手役の司法記者には脳障害を持つ子を生むかもしれない妻がいる。そこで時間は不安をかもしながら流れてもいる。さらに事件の被告は、語り手の少年時代のマドンナのような存在でもあるので、裁判が事件の核心を衝くにつれ語り手の時間は過去に向って逆流しはじめる。そして裁判が事件の謎をはっきりと解明したとき、すなわち時間が過去のもっとも遠くへさかのぼったとき、その解明そのものが語り手にある未来を選択させる。作者はさまざまな時間の流れを組み合せてたくさんの謎を発生させ、それをみごとに解き明かしてくれたのだ。解明のあとの感動も上質だ。このようにとても立派な作品なのに、その美果を文章が覆い隠してしまった。口惜しい。

謎の提示、その解明、このふたつを読者のもとへ送り届ける文章、そして謎が解明されたとき、

読者の胸にどんな感動が湧きあがるのか。すこしずつ小説が備えていなければならないものが明らかになってきたようである。

『それぞれの終楽章』、『オールド・ルーキー』ほか二編、『幽霊記』――これらの作品には、ここまで説いた「現代の小説がもつべき四つの条件」がすべて備わっており、筆者としてはどれが受賞しても妥当であると考えた。赤瀬川さんの低くて謙虚な姿勢から諧謔をまじえて実人生をとらえる作風はかねてから傾倒するところであるし、長尾さんの熱気ある筆はときどき筆者をして、「これこそ小説だ」と叫ばしめた。だが、阿部さんの『それぞれの終楽章』には思いもかけない強い感動があった。高校時代の親友の謎めいた急死が、《人々によって自分は影響をあたえられ、つくりあげられた。人々によって自分はつくられたのだ。一人で五十になったのではなかった。自分はいま新しい責務を背負っている。自分はこれらの人々の人生を文字にする仕事をはじめなければならない。彼らを生かすことで自分も生きる。》という発見によって解明されるとは、なんと意外で、快いことだろう。わたしたち読者は謎だらけの実人生を解く鍵を、しかも大いに役に立ちそうな鍵を与えられたのである。こういうことはそう度々はおこるまい。

パロディ'88（第五六回）口語訳「奥の細道」

――大賞＝五十嵐正朋／一席＝近間半径、山本純子／他の選考委員＝丸谷才一、永山義高／発表＝「週刊朝日」一九八八年四月二十九日号――

つぶよりの作品群に芭蕉も脱帽

泉下《せんか》の蕉翁も今回の応募作品に目を通せばきっと、「これこそ奥の細道三百年にもっともふさわしい記念行事だ」とよろこんでくれたでしょう。ほんとうにどれもこれも粒選《つぶよ》りの作品ばかりでした。ひょっとすると蕉翁は、「とくに上位入選作のおもしろさはどうだろう。一瞬、持病の辛さを忘れてたのしんだよ」ぐらいは言ってくれたかもしれません。

余談になりますが、蕉翁は長いこと、胆石からくる腹痛と痔疾で悩んでいたようです。さらに蕉翁は入選作を読んで、「俳諧の話なら夜を徹するのに世間話になると途端に居眠りをするという噂のこの私が、世間話のようなこの手の戯作を夢中で読むとは不思議だな」と小首を傾げるかもしれません。それほど今回の出来栄えにはみごとなものがありました。

「世になき芭蕉を出汁《だし》にして、自分の関係するコンクールをそうむやみに褒めそやすとはケシカラン」と腹をお立てになる向きもあるかもしれませんが、立腹なさる前に掲載作品をごらんください。筆者が蕉翁を出汁《だし》に内輪ぼめをしているわけではないことがはっきりわかっていただけるはずであります。

大賞の『淀川長治ふう（白河の関）』は、「まぁこの気持ち！」だの、「ハイ、写真をお見せしましょう」だの、「形容詞＋ですねぇ」だのといったいわゆる淀長節《よどちょうぶし》が、ここぞというところへぴしゃりと嵌め込まれ、とても景気がいい。今回の課題は、奥の細道をだれの調子で現代語訳するかにありましたから、淀長さんの調子をじつにうまく生かした五十嵐正朗さんが大賞の金的を射止めた

のは当然でありました。同じことは一席の二作品にも云えるので、それぞれ椎名誠さんやフーテンの寅さんの調子が上手に取り込まれています。

そして大賞と一席の三作品、どれも渋滞なくトントンと話の運ぶところが結構です。歌仙を巻くときも俳文を草するときも蕉翁は、「渋滞なく転ぜよ」をいつも心に銘じていたといいます。そういうわけで三作品は蕉翁の眼鏡にも叶うものであったことはたしかです。

ちなみに大賞と一席の差はほんのわずか、たとえば一席の『椎名誠ふう奥の細道なのだ』は相当な秀作だったと思います。丸谷才一さんによれば、「文芸評論的な味わいさえある」、深い作品でした。

惜しかったのは二席の『浜田幸一ふう（須賀川）』でした。なぜ、須賀川なのか。浜田センセといえば、宮本顕治と宮澤賢治との区別がつかぬことで蛮名を高めた千葉県の汚点、国会のハジ。浜田センセときたら岩手花巻の詩人賢治、と連想をはたらかせ、奥の細道の北限点である中尊寺＝平泉の項に題材を求めていたら、浜田センセの登場にさらに深い意味がこもったのではないかと思われます。

今回は活字にならなかったものの中にも、いいものが多く、たとえば大賞作品の作者五十嵐さんに『俵万智ふう（白河の関）』というのがあって、その中に左の一首、

「この歌がいいね」と誰も言わないけれど三月十日は募集締め切り日

これには丸谷さん、編集長、K記者、そして筆者など選考の席にいたものみんな、妙に感心してしまいました。

吉川英治文学新人賞（第九回）

受賞作＝清水義範「国語入試問題必勝法」／他の選考委員＝尾崎秀樹、佐野洋、野坂昭如、半村良／主催＝吉川英治国民文化振興会／発表＝「小説現代」一九八八年六月号

選評

風変りな幼木に見えたものが、あっという間にみごとな若木に成長している。このまま伸びてゆくと堂々たる巨木になるかもしれない。とにかくこの先がたのしみだ。

――これがここ数年来の清水義範氏の仕事を望見しての、筆者の正直な感想である。お家芸のもじりの見事なことは今更云うまでもない。丸谷才一氏の『忠臣蔵とは何か』をもじって『猿蟹合戦とは何か』。丸谷文体をなぞるのは勿論のこと、主題の提示、その展開のこまごましたところまでまことに忠実にして噴飯物《ふんぱんもの》の換骨奪胎、最後は丸谷氏の名著『文章読本』巻末に付された「わたしの表記法について」にまで滑稽の筆を遊ばせる。それでいてパロディがとかく落ち入りやすいイヤラシサとは無縁であり、表題作の『国語入試問題必勝法』と合せて、丸谷文学への明るく景気な頌歌になっている。文句のつけようのない出来栄えである。

これだけでも大手柄なのにさらに『靄の中の終章』以下のオリジナルな傑作群がある。ある老人の老化現象のはじまりから彼の死までをわずか数時間に凝縮した『靄の中の終章』、老人四人によ

るリレー小説『人間の風景』など、それぞれ四、五回は思わず吹き出してしまうほど、おもしろさに溢れた作品だが、その底では、作者の自身による自己の小説言語への検討が絶えず続けられており、この自覚性は、清水氏が生れついての小説書きであることを証拠立てている。滑稽の衣をかぶっているが、彼の本質は相当に劇《はげ》しい言語実験者である。こういう書き手がこの賞を得たことを心からよろこぶ。

パロディ'88（第五七回）日本語相談

――席＝松田一郎、古賀牧彦／他の選考委員＝丸谷才一、永山義高／発表＝「週刊朝日」一九八八年八月五日号――

ときには気軽に、仲間で楽しく

編集部の報告によりますと、応募作品数の少なさはパロディ募集はじまって以来のことだそうであります。考えてみますと、

① 日本語についてなにか違和感や問題意識を持っていそうな人物を探す。
② その違和感や問題意識を質問にまとめる。
③ その質問に答えるのにもっともふさわしい（あるいはまったくふさわしくない）人物を探す。
④ その解答を、おもしろく書く。

――というふうに、いくつもむずかしい関門をくぐり抜けなければなりません。なるほど、なかなか気骨の折れる、厄介な出題であったかもしれませんね。

にもかかわらず、最終選考に残った作品は、それぞれ力作であったと思います。たとえば一席筆頭の松田作品は、「すぐにはさほどおもしろくはないかもしれないが、あとでじわじわ効《き》いてくる」という丸谷才一さんの評言どおり、滋味と渋味とを兼ね備えた逸品で、このとぼけた雰囲気は珍重するに値します。そしてよくもまあここまで四文字の熟語を取り揃えられたものだと、ただ感心しました。

同じ一席の古賀作品は、浜田幸一センセイを糊にして宮本顕治サンと宮沢賢治とをうまく重ね合わせたところが手柄ですね。これもまた丸谷才一さんの評言ですが、「浜田センセイが、自分がそうなので共産党の議長をやくざの親分のように見ているところがおかしい」。それにしても賢治の「雨ニモ負ケズ」を使うと作品が締まって見えてくるのはふしぎですね。やはりこれは「国民的詩」の代表でしょう。

二席の田付作品は、いかにも「日本語相談」のパロディらしくできており、冒頭で学《がく》をぶっているところがおもしろい。落ちも効いています。

同じ二席の荻野作品は、あのチンプンカンプン話し言葉の元祖家元長島茂雄氏を回答者にもってきたアイデアが光っています。

ここで余談のようなものを一つ。選考の席で丸谷さんが紙片を示しながら、「万一の場合、模範答案をこしらえようと思って、質問を考えてきたのだけれど」と言われました。万一の場合とは、

いい作品がなくて紙幅が余りそうなときのことですが、それはとにかく、その紙片にはこんなことが書いてありました。

《台湾出身の「アジアの大砲」呂選手の背番号は97です。中国の毛生え薬は101です。この調子でゆけば、何か東アジアから商品を輸入し、99と命名すれば大当たりを取りそうな気がしますが、何がよろしいでしょうか。》

前にも申したように、力作ぞろいで「万一の場合」は避けることができましたが、この質問についてみんなでワイワイガヤガヤ言っているうちに、次回出題が「新製品募集」ときまってしまいました。

この「みんなでワイワイガヤガヤ」というのも、案外、パロディづくりに向いているのではないでしょうか。オフィス仲間で、あるいは家庭で、または友だちと組んで、次回の出題に「気楽に」とりかかるのもいいかもしれません。次回出題はとくにそれに向いているような気がします。

本題に戻して、今回は力作が揃いましたが、欲をいえば、気楽にたのしむという点でやや不満足、という印象をもちました。

講談社エッセイ賞（第四回）

―受賞作＝嵐山光三郎「素人庖丁記」／他の選考委員＝大岡信、丸谷才一、山口瞳／主催＝講談社／発表＝「小説現代」一九八八年八月号―

痛快な力業

料理にさほど興味もなく、鉛筆を削るときしか庖丁を手にすることのない私の如き懦夫をして、決然、厨房へ立たしめる、そういうおそるべき感化力を持った快作である。

玄人《くろうと》の御高説に涎れを流し、コレ読者ヨ、ドコソコノ偉イ料理人ガ、カクカクシカト曰《ノタ》モウテオッタゾと、読者へ高飛車に受け売りを垂れ流してくる本や、高名なる白高帽《コック》のつくった料理の前に奴隷よろしく這いつくばって、その味を新米の暗号解読係のようにおそるおそる月並な言葉に移し換えているだけの本などに食傷気味のところへ、作者のこの力業、まことに痛快な一巻である。

中味は、たとえば豆腐なら豆腐の古今の文献を渉猟して確かな下拵え怠たりなく、その上に珍妙奇抜な料理実験を積み重ねて読む者の腹の皮をよじらせ、さらに「日本人には日本人の、動かぬ食生活の様式があるはず、現行の食生活は無国籍の漫然たるもの」というピリッとした批判を香辛料に、しばしば読者をしてその襟を正させる。

この中味を読者の許へ運び届ける文章は、常に生き生き、溌溂として躍り、その一行一行に気品があり、同時にいたるところでギャグ爆弾が炸裂、作者自身の表現を借りれば「独特のキック力があって、頭にズーンとくる」。私なども文章のこのキック力に尻を蹴飛されて厨房に立ちたくなった口だ。

なにはともあれこれは、掛け値なしにおもしろい、四ツ星印《じる》しの本である。

山本周五郎賞（第一回）

受賞作＝山田太一「異人たちとの夏」／他の候補作＝船戸与一「猛き箱舟」、椎名誠「菜の花物語」、干刈あがた「黄色い髪」／他の選考委員＝田辺聖子、野坂昭如、藤沢周平、山口瞳／主催＝新潮文芸振興会／発表＝「小説新潮」一九八八年八月号

選考座談会より

船戸与一氏の「猛き箱舟」は四点です。日本の経済侵略というのでしょうか、高度成長期から今日まで、経済的な力が国外へ溢れて出て行った。それをわれわれは一人の日本人として、これでいいのかと考えて生きているのですが、そういう日本の侵略的な経済成長を批判するテーマは素晴らしいと思いました。

しかし、経済侵略は国外を撃つばかりじゃなくて、国内の非貿易部門もさんざん傷めつけるわけです。ですから、このテーマを復讐物語に織り込んだ以上、日本の支配層のもっと深い部分を復讐してほしかった。構えはとても大きくて面白いんですが、前半の圧倒的な面白さ、テーマ性と、後半の復讐譚《たん》が互角に釣り合っていないのではないかという印象を受けました。

また、主人公が最初に死んでしまうという設定、これも、僕の個人的な趣味なんですがもうひとつ気にいらない。主人公がすでに死んでいるということが分かっていて、そこへ至るナゾを解くというのは物語のスタイルとして十分あり得ますが、最初に死ぬところを見せられると心がはずまな

くなる。そういうブレーキがところどころにありますね。その分、一点引かせてもらいましたが、いろんな手が縦横に使ってあって、たいへんにレベルの高い作品だと思います。

椎名誠氏の「菜の花物語」では、私は不思議な体験をしました。最初に読んだ時は、単にうまさを感じただけだったんです。もう一度読みましたら、新しい形というと変ですが、とにかく私小説を、こういうふうに楽しく面白く書けるものかと感心してしまいました。

椎名さん自身と思《おぼ》しき書き手が、出版社や広告代理店の女性、秋田の病院のお嬢さん、原宿あたりに勤めているお嬢さんといった、奥さん以外の女の人の素晴らしさを、四十過ぎてふっと発見していくかすかな気持ちの揺れ。その揺れ方に、他人事《ひとごと》ではないなという感じがあって、だんだん切実になってきたんです。日常の、なんでもない積み重ねの中に、人生の確かな断片がふわーっと浮かび上がってくるんですね。

「菜の花物語」は短篇集で、一篇ごとに多少の出来不出来はありますが、どの一篇にもいい台詞《せりふ》が一行は入っている。そして、小さい時に見た雑木林の中のあるイメージが、今になって誰かが持ってきた菜の花でふっと解決してしまうとか、一見、軽々と書いているようでいて元手がかかっている、読み手の人生と重ねていくと、確固たる、中年に入りかけた男の内面風景がしっかり書けている、ということで感心したんです。

点数は四・一です。軽々と見えるけれど、作者にとっては、この時期にしか書けない作品、そういう確かさが感じられて、その感動が〇・一、船戸さんより多くなったということですね。

山田太一氏の「異人たちとの夏」、点数は三・九八です……。たいへん素晴らしい小説だと思う

半面、大きな欠陥もある。最大の欠陥は、お化けの現場に間宮という人物が立ち会っている点です。

主人公であるシナリオ・ライターが離婚をした。主人公から見ると奥さんのほうに問題があったと思われる。僕も同じような体験をしているのでよく分かるんですが、気が狂ったり自殺未遂したりするかわりに、お化けに会った。主人公は離婚の痛手で、気が狂っていたんです。気がおかしくなって幽霊と会っていた。別にそうきめつける必要もないけれど、少なくともその当事者ではない間宮が、主人公と同じようにお化けを見ているのはまずいと思います。また、すき焼き屋の仲居も幽霊である彼の両親を見ています。主人公だけがお化けに会って、主人公の狂った内面がこういう話になった、そういうことで一貫していればものすごい小説なんですが、最後のところでガクッとなる。解決のつかない荷物を、読者は背負わされてしまうんです。

それからもう一つひっかかるのは、この主人公、四十八ですか、それなら、自分より十幾つも若い両親に対する、奇異な感じというものがあると思うんですね。しかもその両親は性交渉もするでしょうし、その性交渉から自分が生まれてきたということもあるでしょう。ところが、ここではあまりにも両親が美化されすぎていて、僕などはかえってつらくなるということがありました。

もう一つ大事なことは、お父さんとお母さんがだんだん姿を消していく時に、主人公は生きる力を取り戻していくわけですね。そこのところ、もうひとつ踏み込んで書いておかないと、小説の結構としては不備なんじゃないかと思うんです。主人公は離婚の痛手でおかしくなってお化けを見ていた。お化けがだんだん消えていくということは、ふたたび生へ主人公の精神が動き出してきたということですから、その入れ換わりのダイナミズムがこの小説のカンドコロだと思うのですが、そ

こがちょっと弱いような気がする……。

ただ、うまいといえばこの小説が一番うまいんじゃないでしょうか。会話ももちろんうまい。だから、三・九八と言ったんですけど、四・九八になる部分もあります。

僕は四点を中心に言っているんです。今回の候補は全部きちんとリッパに出来上がった作家ばかりで、そこで優劣をつけるとなると好みの問題になるんですね。だから四点を中心に、しいて細かく評価すればという意味でやっているんです。本音をいうと、今回の四篇、何が入っても大丈夫だという気持ちがあります。

干刈あがた氏の「黄色い髪」は、人物配置、ストーリーの進め方、大変に類型的なんですが、その類型から外れたところにいろいろと面白いものがありますね。たとえば主人公の弟、僕はこういう男の子が大好きです。姉さんの悩みを健気《けなげ》に受け止めながら、しかし自分は制度へ適応していこうとする。なおかつ自分の自分たる所以《ゆえん》は残していく……。

今は親が先回りをして、子供の未来を先取りして、それをやると失敗するぞとか、こうやったらいいんだとか、あれこれとチェックをするんですね。読者にその弊害を考えさせる意味でも、この作品は小説の根本的なところ、芸術的に感動するのとは別に、小説をなぜ読むかという大きなところをちゃんと満たしていると思います。小説の中の問題をくぐり抜けながら、読者も一緒に未来に光を見つけていくというところはとてもいい。

だけど、夏実が急に髪を染めるといった、物語の重要なポイントの押さえがやや抜けているんです。夏実の内部で何かが起こったという説明はせずに、すっとある転換を迎えていく書き方が二カ

所ぐらいある。これは物語なんですから、夏実が跳ね上がるならその跳ね上がる事件をきっちり書いてほしい。

それと、結局最後は、ストーリー展開や人物配置の類型的なところで読者も閉じ込められてしまう、開放されつつ閉じ込められてしまうという、いいところと悪いところが自家中毒を起こしているような感じもありますね。とはいえ、非常に教えられた小説です。点数は三・七五としておきます。

さて、「菜の花物語」は、全体に仲間を大切にするというか、その気持ちが山本周五郎さんに通っているということはないでしょうか。また「なつかしい眼をした女」は、少ない材料を効果的に使って、うまいと思いました。「時間がきらいになりました」なんて、いい台詞もあるんです。さらに「蟬」には、たとえば主調音として、「もうここへは来ないでしょうね」という感慨があるでしょう。この年齢《とし》になると、これを僕らは毎日体験している。もうここへは来ないだろうとか、この人にはもう会えないだろうとか。そういうところにも惹かれますね。

「異人たちとの夏」は、もう一度言いますが、やっぱりお化け小説という仕立ては、型式としてきちっとしないといけないと思うんです。その型式を越えて、いろんなものをわれわれが感じ取れればいいんです。しかし、仕立てを曖昧にしたら、お化けを出す必要もなくなる。別の書き方も出てきそうな気がするんです。

とにかく間宮が問題ですね。間宮と、別れた妻を軸にして理解し合うというのも、僕には分からないんです。ここから先は僕の個人的な体験が入って勝手な言い分になりますが、一度、女房と別

れてごらんなさい。女房を奪った男と、そうやすやすと仲よくなれるとお思いですか、とさえ言いたくなるんですね。

たしかに、いま言った欠陥を除けば、奥さんと電話で話すシーンなんか、本当にうまいと思いますよ。いったん相手とうまく行かなくなると、もう相手のどんなものもいやになる、というところなど真実をうがっています。「彼女と話しているとそうなってしまう。彼女も私と話しているといやな女になってしまう。いつの間にかそうなった」など。

だから、読みやすさ、台詞のうまさ、そして全体からいろんなものがにじみ出てくる豊饒感《ほうじょうかん》という点から行くと、これが一番かもしれない。ただ、僕の根底でなにかこの作品を拒否しているものがあるんです。こんなきれい事であの悔しさは書けない、絶対に書けないぞという気持ちがあるものだから、山田さんにはほんとうに気の毒なんですが点が辛いんです。

野間児童文芸賞（第二六回）

受賞作＝谷川俊太郎「はだか」（本賞）、いせひでこ「マキちゃんのえにっき」、斉藤洋「ルドルフともだちひとりだち」（新人賞）／他の候補作＝佐々木赫子「月夜に消える」、皿海達哉「海のメダカ」、三田村信行「オオカミのゆめぼくのゆめ」、宮川ひろ「しあわせ色の小さなステージ」（本賞）、小野裕康「少年八犬伝」、長崎夏海「パッチンどめはだれにもあげない」（新人賞）／他の選考委員＝佐藤さとる、古田足日、松谷みよ子、三木卓／主催＝野間文化財団／発表＝一九八八年九月

感想

ただ平べったく聞える日本語にじつはすばらしい音のひびきが隠されているのですよと、谷川俊太郎さんのお仕事はいつも教えてくれる。それも愉快に、たのしく、納得させてくれる。この「愉快に、たのしく」というところが大切で、これは大変な力業なのだが、今度の詩集「はだか」では、さらに「深さ」が加わった。〈子どものための詩〉などというちっぽけな枠などいつのまにか吹っ飛んで、「ヒトとはなにものか」という世界の本質に肉迫する凄味さえ感じられる。展開のおもしろさにくらべると、結語が平凡なのが多いなと、はじめは思ったが、何度も読み返すうちに、平凡だからすばらしいと考えが変った。人生は平凡に。それが一番だ。

「ルドルフともだちひとりだち」は巧者な作品である。会話がむやみにおかしく、物語の構造もがっちりしている。安心して笑っているうちに、友情で結ばれた小共同体のよさ、ありがたさがしみじみと分ってくる。たいした手腕だ。笑わせる工夫にも空振りがなく、とても新人の技とは思えない。この諧謔精神がこのまま伸びれば、いまに途方もない大木になるはずである。

「マキちゃんのえにっき」には、日が経つにつれて感銘が濃くなるという不思議な力が宿っている。自我意識の芽生え、その成長が、子どもにもわかるように書かれているのも不思議な業《わざ》であり、マキちゃんの向うにありありと彼女の母親の姿が見えてくるのも不思議な効果である。こういう作品に接することができるのは、選者の余得だ。

直木三十五賞（第九九回）

受賞作＝西木正明「凍れる瞳」「端島の女」、景山民夫「遠い海から来たCOO」／他の候補作＝阿久悠「喝采」「隣のギャグはよく客食うギャグだ」、藤堂志津子「マドンナのごとく」、堀和久「春日局」、小松重男「シベリヤ」、西村望「刃差しの街」／他の選考委員＝五木寛之、黒岩重吾、田辺聖子、陳舜臣、平岩弓枝、藤沢周平、村上元三、山口瞳、渡辺淳一／主催＝日本文学振興会／発表＝「オール讀物」一九八八年十月号

読み手のよろこび

作品は、書き手がそれを書き終えた瞬間に完結するわけではない。自明のことがらを喋々するようだが、作品は、読み手がそれを読み終えた瞬間に、はじめて完結するのである。その読み取り作業は、文章の列を辿ることによって行われる。読み手は、文章に刺激され、戦慄し、ときには快い興奮をかきたてられながら読み進み、物語と出会い、そしてついに書き手がその作品を書かずにはいられなかった深い動機にまで遡り、ここではじめて読み手が書き手と重なり合う。このときこそ、その作品は、はじめて完璧に完結する。

今回、議論の的になった藤堂作品（『マドンナのごとく』）は、文章が端正で彫《ほり》が深く格調高いように見えて、そのじつ甘いと思う。また男性像の造型がのっぺりしていて、時として彼等は人形のようにみえる。作者なら愛撫に価いし得ようが、少くとも私にはつき合いたくない人種たちである。登場人物が作中でたがいにむやみにほめ合うのも嫌味だ。この作品を書かずにいられなかった動機

のひとつは、疑いもなく自己愛だと思うが、それをも作者と共有することはとてもできなかった。——と自分の作品を棚に上げて勝手なことばかり書かせていただいたが、見るべきは女性像の造型で、傍役たちがみごとである。とくに『青空』の、未婚の母になることを平然として選ぶ栄子に感銘を受けた。私としては、作者が、作者の分身であるヒロインをあまり溺愛しない作品を近いうちに読ませていただきたいとねがっている。ヒロインを凝視する精神の張りは、文章や会話から甘さを必ず駆逐するはずである。

ところで私は推す作品を、景山、西木、小松の三作品に決めていた。文章でいえば、自在で書き手の精神が弾んでおり（景山）、平明で正確で詩情があり（西木）、のびのびとして温かかった（小松）からである。

小松作品（『シベリヤ』）の、コツコツ働くものは装置をもった人間どもに結局は敗れるが、しかしそれでもコツコツ働くしかないという庶民の歌には泣かされた。またアキという娼婦と主人公の初会の場面も、みずみずしく美しい。傍役たちの描出力も巧みである。私はとても好きだ。しかし票数が少なかった。「話が古い」という評言もあり、その意味もわかるが、なんだか惜しい。

西木作品（『凍《しば》れる瞳』『端島の女』）の、小説といえど社会の函数であるとする作者の覚悟に心を打たれた。この作家の物語の底の底には、常に社会、もっといえば歴史が下敷として仕組まれている。とくに『端島の女』の仕掛けはみごと！　のひとことに尽きる。「日本のエネルギー転換がさまざまな人たちから故郷を奪いつつある」という叫びを、ここまで巧みに一人の女の半生へしみこませた手腕は並のものではない。諄子（女主人公）の一人称小説なのに、諄子ではとても云えない

表現が混在しているなど多少の疵はあるが、それを瑕瑾《かきん》にみせるほどの出来栄えだ。詩情もあり、この作家はやがて現代日本の叙事詩を書くかもしれない。

もっとも感心したのは景山作品（『遠い海から来たCOO』）である。冒頭の、得体の知れぬ巨大な生物の死を描く格式のある荘重な文章、つづく前半のポリネシアの海、空、風を描く軽やかな文章、そして中盤の活劇を綴るきびきびと機能的な文章、さらに後半の、主として事件の経過を伝える報告調の文章、それぞれ巧者に文体を変えており、文体の変化と呼応して、物語の質がまた変る。読み手へのサービス精神に感心した。ただし、ほとんど主人公といってよいある生物の子どもについての文章は常に一定していて、読み手がこの生き物と仲よくできるような配慮もされている。チャランポランに書かれているように見えて、じつは細心の計算がなされているようである。なによりもすばらしいのは、充分にたのしませておいて、最後に「地球というものと、大自然というものと人間とは共生して行かなければいけないし、またそのつもりになれば共生できるのだ」という、作者が、この作品を書かなければならなかった動機へ読み手をいやおうなく導くその力業である。混み合った飛行機に乗って南の海へ行くよりもはるかによく、南の海の陽光と潮風とを満喫させてくれる作品だ。くり返しになるが、私は景山氏の、のびのびとした素質のよさに、ほんとうに感心してしまった。

パロディ'88（第五八回）ヒット商品

——一席＝古賀牧彦、荻野達也／他の選考委員＝丸谷才一、永山義高／発表＝「週刊朝日」一九八八年十一月十一日号——

世の中のほうがパロディしてる!?

正直なところ、今回の出来栄えはあまり香《かんば》しいものではありませんでした。「異常気象、リクルート問題、天皇の御不例《ごふれい》などで世の中なんとなく気勢が上らないんですね。そういったことが応募者の心に微妙な影を投げかけたのでしょう」とは丸谷才一さんのお説。本誌編集長は「まさかパロディという型式が飽きられたのではないでしょうね。いやいや、パロディはどんな時代にも必須の文化型式、そんなことがあるはずがない」と、近ごろ微かに白いものが増《ふ》えたかに見える小鬢《こびん》搔き上げました。筆者の私見によればこうです。世の中に奇抜な商品が溢れ出し、本歌《ほんか》的商品と本歌《パロディ》取り的商品との区別が定《さだ》かではなくなり、そこで皆さん、作りにくかったのではないか。

たとえばこの数日間で、筆者は次のような新商品や新商法を見聞《みき》きいたしました。固型燃料つきの釜めしセット（六八〇円）。乾燥させた春の七草を封筒につめ合せた食べられる年賀状「春の七草だより」（四〇〇円）。表紙からページまで全部まっ黒けのノート（二〇〇〇円）、これは付属品の白インク入りのボールペンで書くのです。レコードのジャケットに入れた靴下（一〇〇〇円）、これは若い人のための贈答品、贈られた方はレコードかと思ってよろこび、じつは靴下と知ってびっくり

するというわけです。ばかばかしいのは（と云うと叱られるかもしれませんが）、赤ちゃんが初めて履いた靴を金メッキで加工する「ファーストシューズ金メッキ」（三七五〇〇円）、記念のために保存しようというのであれば、そのままとっておいた方がよほどいいと思うのですが、とにかくこういった半分パロディの商品に人気が集まっているそうで、日経流通新聞の新製品紹介欄などはもう、こういった爆笑ものの失笑もので埋まっております。そこで筆者はいまとても熱心にこの新聞を読んでいます。

こんなご時勢ですから、パロディを思案する側はとかく押され気味。世の中、もっとまじめになってくれないと、こっちとしてはやりにくくて仕方がありません。

一席の「懐旧時計」は、まずその素朴な語呂合せ（懐中→懐旧）に泣きました。語呂合せはこの手の単純なのがよろしいと思います。単純素朴な方が効きます。丸谷さんの評は、「コマーシャルそのものは平和。社長のひとことに凄味あり。この組合せが出色」でした。

同じ一席の「ウソックス」の社長のひとことも結構でした。こういう会社の靴下なら筆者も買いたくなりますね。

なお佳作の「火おこしライター」は絵コンテ台本つきの珍しい作品です。

さて次回は恒例の百人一首です。後世の歴史家が昭和通史を書くときは、基本史料に目を通す一方で、たぶん、いやかならず、この伝統あるパロディ百人一首から何首か選び出すにちがいありません。昔、五条河原の落書、今、「週刊朝日」の百人一首であります。とかく気勢の上らなかったこの年を、皆さんの景気のいい調べで歴史の中へ送り出してやってください。

すばる文学賞（第一二回）

受賞作＝なし／候補作＝二葉ムイ「深い海のラプソディー」、奈良裕明「宝島の幻燈館」、小野田忍「1986年のフワフワ」、藤間達夫「似たようなもの」、大槻まり子「冒険の国」／他の選考委員＝青野聰、高橋源一郎、日野啓三、水上勉／主催＝集英社／発表＝「すばる」一九八八年十二月号

五編十読

候補作五編を一読して、物語世界の設定の巧みなことに月並みだが舌を巻いた。物語享受のたのしみを一切奪われた缶詰め状態にあったせいで何もかもおもしろく思ったのかもしれないが、たとえそれを差し引いたとしても、設定については皆、巧者である。

だがすぐに「難をいえば」と続けなければならぬのが選考制度の因果なところ、たとえば『深い海のラプソディー』についていえば、まず崩壊の予感を含みつつ、ある小さな、気持のいい自閉症的な世界が提示される。ここまではなかなかいいのだが、せっかく比喩を重ねて積みあげた世界を壊しにくるのがなんの魅力もない地方文化人のイヤ味なおっさんでは話はちっとも変らないのである。事情は『冒険の国』にしても同じことで、海を埋め立てた新開地の高層マンション群とTDL（東京ディズニーランド）とを対比させた設定は手柄だが、以後の展開においてTDLがあまり効いてこない。われわれ享受者としてはTDLの意味の変貌に熱い関心を抱いているわけであり、そこで期待は裏切られる。ラーメン屋の二人の店員の魂の交渉を鉈を振るうような文体で彫り上げた

『似たようなもの』でも、発端は充分にスリリングだけれど、ここには作品世界へ享受者を釘付けにするラーメン屋店頭の細部の描写が乏しい。——こうして三作品とも読み手を途中で手離してしまう。とても残念だ。

その点、『1986年のフワフワ』の展開には腕力がある。がしかしこの作品の文章には難点があって、大事な個所にさしかかるときまって文章が吃ってしまう。作品は、享受者＝読み手の心の底に受納されてはじめて完結する。文章の吃音症はやはり読み手に不要な努力を強《し》いてしまうのではないか。

さて、残ったのは『宝島の幻燈館』である。筆者はこの作品に深い感動をうけた。なによりも文章がいい。平明であるが月並みではない。均衡がとれている上に、烈しい感情を盛ることのできるふところの深さも備えている。描写がいちいち的確であり、しかも常にゆるやかな諧謔味をたたえている。この一作にしてすでに第一線の文筆家として立つ資格は充分である。

さらに作者は、自分の物語をどう語ればよいかをよく知っている。それはたとえば傍役たちのすばらしさをみれば一目瞭然である。この作品は、映画好きな少年の、ある場末の名画座へ寄せる愛の物語といった恰好の、じつに気持のいい小説なのだが、この名画座へ看板を描きにくる絵描きの先生までが、かけがえのない人として登場してくる。こういう傍役たちが物語の進行を下から支えているから、すばらしい。なによりも凄いのは、「砂丘のナディア」という幻の名画を軸に展開される主筋《メイン・プロット》で、この部分はあえていえば哲学小説のおもむきさえある。つまりおもしろいばかりではなく思想的にも深いものを持った小説なのである。正直なところ、筆者が今年読んだ小説の中

で一といって二とさがらないみごとな作品だった。にもかかわらず最後にこれを推すのをためらったのは、なんとなく手の似通った先行作品があったからである。惜しい。ただただ惜しい。がしかしどうせ登場するなら、新しい自前の得物《えもの》をひっさげてうっそりと柄も大きく登場してもらいたい。この作者にはそれができる。

一九八九（昭和六十四・平成元）年

小説新潮新人賞（第六回）

受賞作＝八本正幸「失われた街――MY LOST TOWN」／他の候補作＝陛従人「糞ったれＤＪブルース」、司悠司「ムルンド文学案内」、佐々木清隆「ライトブルーの海風」、桂木洋介「子盗ろ」、牧瀬登志郎「彼岸の島へ」／他の選考委員＝筒井康隆／主催＝新潮社／発表＝「小説新潮」一九八九年一月号

選考対談より

陛従人さんの「糞ったれＤＪブルース」は、松原ミホというポルノ女優が意外に清潔で知的な女だったというオチがついて終りますが、言葉の持っている力、駄洒落《だじゃれ》、下ネタ、そういうものを総動員しながら、ディスクジョッキーの心の裏側、まだ汚れていない、人間としてのいい部分を出そうとしている。パワーはありますけれども、出だし部分のディスクジョッキーの語り口が、かなり

緊張して書かれていてあまりうまくいっていない。そういう一番ミソのところがもう一つうまくいったら、お喋り小説として非常にいいものになったと思います。

司悠司さんの「ムルンド文学案内」は、ラテンアメリカ文学の、この二十年間の隆盛ぶりを踏まえながら、惑星ムルンドという架空の星の文学状況、エピソード、文学作品とその内容、そしてテキストの引用で構築していくという、かなり凄い作業をしているなというのが、僕の最初の感動でした。よく勉強して、文学的軽業《かるわざ》をよくやった、大したものだと、僕は感心して読みました。これは、この賞にしか投稿してこないタイプの小説じゃないか、という意味でも価値はあると思います。ちょっと難癖をつけますと、理に落ちたという箇所があり、もう一つ工夫が欲しかったと思います。

八本正幸さんの「失われた街——MY LOST TOWN」ですが、この作品は、全般にうら哀《がな》しい雰囲気のある文章で書かれていますが、この文章がいい。文章の力というものはかなりあると思います。最後は一体どうなるかと思っていると、実にうまい納め方をしている。時間とか命というものを一瞬に結晶させるような、そういう終り方をしています。

佐々木清隆さんの「ライトブルーの海風」は、エリート社員と無人島、大きないたずら、いつわりの島、街という設定はすごくいいし、島の雰囲気もよく出ていますが、結末を、なんとなくひとつはずされたという感じがありますね。最初の正確さに比べて、後半が不正確で、読み終った時に、体操の選手が着地するところが見えないような不満を感じます。主人公が精神的にガタガタとくずれていって、裸の人間になってしまう過程をもう少し書き込んで欲しいですね。

桂木洋介さんの「子盗ろ」は、世の中の変革期における教育問題ととり組みながら、柳田國男の

世界の尺度を物語の中に持ち込んで、小説としてもなかなか面白いし、構造としてもかなり成功していると思います。非常に現代的な問題点と、全て古い神々というイメージが、どんどん近づいていって、最後に混ざって活劇になり、それで解決をするというその構造がシンプルで、シンプルなだけに力強くて、なかなかうまく出来ていますね。

牧瀬登志郎さんの「彼岸の島へ」は、老人たちが抱えている戦争は、まだ終っていない、ということですね。この中で潜水艦の艦長だった二丁目の親分というのが、コンピューターゲームで繰り返し戦争をやっている、というあたりが非常におかしかったですね。つまり、ミッドウェイの海戦をゲームで繰り返しやっている。偶然を使いながら、悲劇的なところへ追い込んでいく腕はたいしたものですね。

正直に言うと、僕には「子盗ろ」と「失われた街」と「ムルンド文学案内」の三つが上位でしょうか。「彼岸の島へ」も作者の年齢を考えると大したものなので、惜しいのですが。最終的に残るのは「ムルンド文学案内」と「失われた街」の二作です。無理無理に涙をのんでしぼっていくと、ですけれど。この二作は、弱いところはあるけれど、どちらを受賞作としても、という気がします。

読売文学賞（第四〇回）

受賞作＝色川武大「狂人日記」（小説賞）、陳舜臣「茶事遍路」（随筆・紀行賞）、大岡昇平「小説家夏目漱石」（評論・伝記賞）、北村太郎「港の人」（詩歌俳句賞）、中井久夫「カヴァフィス全詩集」

（研究・翻訳賞）、戯曲賞なし／他の選考委員＝安部公房、遠藤周作、大江健三郎、大岡信、川村二郎、河野多恵子、佐伯彰一、丹羽文雄、丸谷才一、吉行淳之介　顧問＝田中千禾夫／主催＝読売新聞社／発表＝同紙一九八九年二月一日

多様な読みできる深さ　「狂人日記」について

これは装いを改めたドン・キホーテの物語である。もっとも彼《か》の憂い顔の騎士には、狂気を自由に遊ばせることのできる荒野があった。だがこの小説の主人公の狂気は白い病室の中に閉じ込められている。騎士よりもずっと哀れだ。

ドン・キホーテは外界と戦う。外界には風車とか宿屋とかいった具体物がある。具体物とは戦いようもあろうが、そこへ行くとわが主人公は極めつけの苦境に立っている。なにしろ戦の相手は変幻自由、かつ摑《つか》みどころのない己が心なのだ。事情は騎士の何倍も深刻である。

ドン・キホーテは世直しをもくろむ。しかしわが主人公は、紙相撲からはじまって、ついにはカードで全世界をつくろうと企てる。その滑稽《こっけい》さは、騎士のそれをはるかにしのぐ。

ドン・キホーテは安宿の女中を見初める。わが主人公は狂女に恋して世帯まで持ってしまう。騎士とはくらべものにならないぐらい無鉄砲な人だ。

ドン・キホーテには忠僕がいる。わが主人公にも忠実な弟がいる。だが、その弟は主人公の狂気が生みだした幻かもしれない。なんと不幸な男ではないか。――と筆者はドン・キホーテと重ねて読んだのだが、他にもさまざまな読みの成立する、ふところの深い作品である。

そして狂気と正気との境目をみごとに言語化した作者の力業に脱帽する。

岸田國士戯曲賞（第三三回）

受賞作＝岩松了「蒲団と達磨」／他の候補作＝生田萬「好奇心のつよい女」、遠藤啄郎「王サルヨの誓約」、岡安伸治「ドリームエクスプレスAT」、加藤直「ドン・ジョバンニ――超人のつくり方」、如月小春「NIPPON CHA! CHA! CHA!」、鴻上尚史「天使は瞳を閉じて」、小松幹生「神前会議」、坂手洋二「トーキョー裁判」、横内謙介「新羅生門」、和田周「紙の上のピクニック」／他の選考委員＝唐十郎、佐藤信、清水邦夫、田中千禾夫、別役実、八木柊一郎、矢代静一／主催＝白水社／発表＝「新劇」一九八九年三月号

伝統をひきうけて

舞台の上での、登場人物たちの一挙手一投足を、闇の中にじっと身をひそめて目を皿にしながら覗き見している者がある。この監視者たちのことを別の名で観客と呼ぶ。彼等はまた盗聴者たちでもある。登場人物たちの片言隻語を、その会話《やりとり》を、耳を聳《そばだ》てて聞いている。だから登場人物Aの発した台詞が同Bに届き、その台詞の中味がBの心に風波を立てたとしても、それだけでは「劇的台詞」ということにはならない。登場人物たちの間に、そもそも劇的台詞などあるわけがないのだ。AもBもその台詞の出番がいつなのかを知っているし、その意味についても先刻御承知なのだから。俳優たちの台詞が劇的なものになるためには、AはBに聞かせるという約束の下、その意味を盗聴

者たちに届かせ、彼等の心に（Bが起すであろう）風波を立たせなければならない。登場人物たちがたがいに相手役を通して観客席に語りかけることに成功した場合にのみ、その台詞は「劇的」という名の王冠をかぶる。――そしてこれが劇の基本というものなのだ。

小山内薫、菊池寛、谷崎潤一郎、久保田万太郎、岸田國士、田中千禾夫、木下順二、安部公房、三島由紀夫など、それぞれ思想もちがえば演劇観もちがうが、その底では劇的台詞についてひとつの普遍文法を共有していた。その普遍文法こそ、相手役に聞かせるという体裁をとりながら、その実、暗がりの監視者や盗聴者たちの心へ侵入する手法にほかならなかった。そのために積み重ねられた劇作家たちの骨身を削るような努力の数々、それがつまりは日本の劇の伝統ということなのである。

岩松了氏の『蒲団と達磨』はこの普遍文法を駆使して書かれた傑作である。一見、平凡な筆致で描かれているが、その台詞が相手役を介して、客席へ伝わると、すべてが非凡な輝きを帯びる。すべての劇を客席でおこすという奇蹟がここではみごとに成就している。

直木三十五賞（第一〇〇回）

受賞作＝藤堂志津子「熟れてゆく夏」、杉本章子「東京新大橋雨中図」／他の候補作＝佐々木譲「ベルリン飛行指令」、もりたなるお「大空襲」、笹倉明「漂流裁判」、堀和久「夢空幻」、古川薫「正午位置」／他の選考委員＝五木寛之、黒岩重吾、田辺聖子、陳舜臣、平岩弓枝、藤沢周平、村

―上元三、山口瞳、渡辺淳一／主催＝日本文学振興会／発表＝「オール讀物」一九八九年三月号―

七つの冒険

『漂流裁判』では、血の匂いや硝煙抜きで、殺伐な事件を扱うことなしに裁判小説が、それも長篇が成立するかという野心的な冒険が試みられていた。

主人公を皇国主義、国粋主義、軍国主義、そして竹槍精神主義で染め上げ、その主人公を読者の前に投げ出すことで、「読み」の異化作用の発動を企んだ『大空襲』もまた華麗な冒険であった。

『夢空幻』は、時代小説に経済を持ち込んだ冒険精神によって長く読者に記憶されよう。

ある風土があるタイプの女性を育て、その女性たちが外界からやってきた男どもを溶かしてしまうという甘美だが恐しい仕掛けについて書かれた『正午位置』では、「ことば」の力によってその風土をどう捉えるかという冒険が演じられていた。そしてみごとにことばにされた光と風と波。

『ベルリン飛行指令』は、近代史の中へ想像力の楔《くさび》をどれだけ深く、かつ巧みに打ち込むかという冒険であった。

『熟れてゆく夏』では、評者の勝手な思い込みだが、人間を弦楽器にして四重奏曲ができないかが実験されていた。

そして『東京新大橋雨中図』は、ある画家の描いた何枚かの絵の奥から、その画家の生きる姿と激しく移り変る時代とを引き出し、それに物語という秩序を与えようという冒険を企てていた。

「とにかく読み手を楽しませなければならぬ」という苛酷な条件の下で試みられた右の七つの冒

険や実験に評者はまず脱帽し低頭する。

　がしかし小説としてどうかということになれば、おしまいの二作品がひとつもふたつも抜き出ていたように思われる。たとえば『熟れてゆく夏』の、人物たちの関係の微妙な反響の仕合い、その関係の移り渡りの鮮やかさはどうであろう。松木夫人の白粉こってり厚塗りの行動や台詞は、彼女ひとりを俎上に載せれば大時代で噴飯物《ふんぱんもの》だが、ひとたび登場人物たちの中に置いて芋っぽい旋律を奏でさせると、それがふしぎな音色に変るから妙だ。さらに云えば、この小説には物語を完成させることをすくなからず拒否しているところがある。人が人と関わることで生まれる緊張、メンバーのだれかのひとこと、あるいはほんのちょっとした視線の動きで、それまでの関係が崩れ、新しい関係の生起するさま、それを作者は克明に書き綴る。作者のその姿勢に寄り添うことができれば、これはじつに上等な小説として読める。

『東京新大橋雨中図』はすこぶる気持のよい作品である。最後の頁を読み終えたときの至福感、これをなににたとえようか。選び抜かれた言葉、均整を得た文体、的確だが情味を湛えた描写、市塵を盛って生き生きと弾む会話、与えられた運命を声高に罵ることはしないが、しかし静かにそれと対峙する登場人物たち、これらが渾然一体となって巻を閉じようとする読者を励ます。これほど励まされた小説は近ごろ稀である。こうして大道を堂々と往く小説と、実験的な作品とに恵まれたことを、どこにおいでか知らないが、とにかく小説の神様に二柏一拝したい。

パロディ'89（第六〇回）架空会見記

――一席＝なし／二席＝荻野達也／他の選考委員＝丸谷才一、永山義高／発表＝「週刊朝日」一九八九年四月二十八日号――

人生いろいろパロディいろいろ

われらがパロディ・コンクールも回を重ねること六十回、高校野球なら当然、「記念大会」と金箔文字になるところです。そういえば、昭和六十年には天皇在位六十年をことほぐ記念式典が行われ「記念金貨」が発行されたりもしました。そんなことが頭の隅にあったせいでしょうか、「こんどはめでたい六十回！　きっと名作、秀作、傑作、力作が山のように集まるにちがいない。編集長に大賞のほかに金賞を設けるよう進言してみよう」と胸を躍らせていたのでありますが、結果は御覧の通り、この催しが始まってから初めてといってよいほどの不振、したがって一席はありません。

「出題がむずかしすぎたのか、それとも世の中のほうがパロディそのものになってしまい、今はこういう催しの向かない時代なのか」

そう思って落ち込んでおりますと、丸谷才一さんがこうおっしゃった。

「長い間には、こんなこともありますよ」

そのとき、なぜだか私は翻然として悟ったのです。記念すべき回に、逆に空前の低調さを示す、

これこそパロディ精神なのだ、と。読者諸賢のほとんどが、

「六十回だなんていかにもめでたそうだから、今回は応募するのを控えておこう」

とお考えになったのではないか。だとすれば、人の行く裏に道あり花の山という天邪鬼なパロディ魂は依然、健在なのだと、勝手にそう悟ったのです。さて次回は六十一回、なんの変哲もない、平凡な回です。どうということもない回です。気が向いたら御投稿ください（こう申し上げておけば、きっといい作品がどっと舞い込むにちがいないシメシメ）。


今回のもうひとつの特徴は、常連の活躍です。古賀牧彦さんは二席と佳作に三編も作品を送り込んでおられる。原田義昭さんも大常連です。先ごろ、編集部への葉書で、原田さんは、

「パロディで獲得した賞金総額がとうとう六十万円をこえてしまいました」

と書かれたとか。毎回かならず一席入選を果たしても、その賞金総額は三百万円ぐらいだと思います。それを考えると、これは地味ではありますが、大事業というべきで、つくづく頭が下がります。


さらにもうひとつの特徴に、竹下登首相の意外なモテ方がありました。最終候補作二十四編のうち五編までが竹下登首相を登場させていたのです。「二十四編中五編」というのは、全盛期の田中角栄さんや長島茂雄さんに匹敵するのではないでしょうか。それにしても青年団の団長がつとまるかどうかも怪しい風格のなさや貫禄のなさ、呉服屋の番頭さんそこのけの抜け目のなさ、古風なコトバの使い方（例の「司々《つかさつかさ》」は明治十五年にできた軍人勅諭に出てくる年代物です）、コメントの品格のなさ（「言えんわな」「いいことないわな」）など、およそパロディに向く人物ではないのに、

なぜこうもモテるのか。やはり、そういう人物が一国の首相であり、最高指導者であるというところが、そのままパロディなのかもしれません。となると「意外」でもなんでもないか。いずれにもせよ、竹下、中曽根、安倍、藤波と、茶番劇の役者がそろいました。次回は「政界いろは歌留多」、パロディ愛好者には腕の鳴る季節です。

読者投稿私の昭和史（週刊文春創刊30周年特別企画）

――一席＝大沢謙二「走れ『ちびくろ』」、二席＝稲畑絢子「国防服のシューマン」、三席＝杉浦義泰「泉は涸れず」／他の選考委員＝阿川弘之、小島襄、林真理子／発表＝同誌一九八九年五月十八日号――

どの手記にも感動があった

思想家で評論家の鶴見俊輔さんが、たしかこんなことをお書きになっていた。

〈昭和は、日本の歴史はじまって以来といっていいほどの、稀有な時代だった。なにしろ日本人は「大戦争」「敗戦」「占領」「高度成長」という四つの史上初めてを体験した時代なのだから……〉

鶴見さんの評言は、最終予選に生き残った二十五編の候補作品の傾向を正確に映し出している。その大半（十六編）が、高度成長を除く三つの史上初めてと関連した題材に基づいて書かれていたのだ。つまり、「私の昭和史とはいったい何であったろうか」と己れに問うた読者諸賢は、たちまち、昭和を生き延びてきた自分の個人史の芯に、あの大戦争が大きく深く、かつ重く関わっている

ことを発見なさったのである。昭和の時間の四分の一を占めた、あの大戦争について、ある人は「愚行」といい、またある人は「聖戦に近かった」と反論し、いまだに総括がなされていないのが実情のようであるが、とにかく、「その目的がなんであれ、戦争は人間の運命を大きく変える。しかも辛く、悲しい運命の方へ大きく変える」という主調音がどの手記からも聞えてくる。この先、あの大戦争を考える際には、このたびここに集められた手記が研究者たちに貴重な示唆を与えることになるだろう。

高度成長と自己との関係を考察した手記がいたって少いのは、つまるところ、市民と高度成長とにそう高い相関関係がないということを暗示していると思われる。たしかに企業は巨大化したかもしれない。がしかし、市民の一人一人は、明日の不安におびえながら、毎日、自宅と会社との間の遠い距離を往復して、疲れ切っている。毎日の、この小旅行に浪費される体力と時間を積算してみよ、高度成長なぞ屁の突《つ》っ支《か》え棒にもなりゃしない、読者諸賢はそうお考えになったのではないか。だから昭和の後半期を、どなたも「私の昭和史」という枠から外しておしまいになったのではないか。——以上が私の、偏見だらけの講評である。

ところで、こういう手記を読ませていただくときの喜びの一つに、書かれていることがらと、その書き手の現在の肩書との距離の推理がある。たとえば、佳作の「初めてのデート」。書き手は、青森から集団就職列車で上京、たまたま、ある会社の社員食堂の調理場見習いに回された。ところで書き手の肩書をたしかめると、現在は調理師をなさっている。偶然に割り振られた仕事が、いまでは天職になっていることがわかるわけで、偶然が必然にまで高められる三十年間の御苦労を推察

すると、ひとりでに心が引き締ってくるのである。こういう感動を、私はどの手記からも恵まれた。選者冥利につきる話だ。

吉川英治文学新人賞（第一〇回）

受賞作＝椎名誠「犬の系譜」、岡嶋二人「99％の誘拐」／他の選考委員＝尾崎秀樹、佐野洋、野坂昭如、半村良／主催＝吉川英治国民文化振興会／発表＝「小説現代」一九八九年五月号

選評

『99％の誘拐』は出るべくして出た傑作である。コンピュータの冒険ゲームに見せかけての被害者のパソコン少年のおびき出し、キーボードで作成した文を女声に電子合成して発せられる犯人側の指示、逆探知を不可能にする、事件とは無関係な人間のコードレス電話の利用など、いまや「日常」の一部となったハイテク機材を、もうひとつ高度な次元で組み合わせて、作者はみごとな誘拐犯罪を創造した。しかも評者のようなパソコン音痴にも解説可能に書かれているところが凄腕だ。パソコン全盛に合せた作者のサービス精神に脱帽する。しかもさらに旧《ふる》い読者のために作者はもうひとつ古い形の誘拐をも用意する。一編の中に新旧ふたつの誘拐を書き込むというのも稀有の離れ業だろう。マイッタ、マイッタを連発しながら一気に読みました。これでユーモアがあったら一〇〇％のエンタテインメントだった。もちろんこれは評者の、ないものねだりの悪い癖である。

『犬の系譜』は宮沢賢治ばりの質と品のよい文章で綴られた、ある「ついていない家」の記録である。だがこれは柔《やわ》な記録ではない。たえず異物を排泄しつつ新しい血を併呑し、ふしぎな生成をとげる家というものの正体に、少年の眼をもってどこまで肉迫できるかに賭けた剛直な精神が底に流れている。作品が仕掛けてくる喚起力も相当なものだ。読者は少年の語る「ついていない家」の物語を読みながら、それぞれが生れ育った家への考察をこころよく強制されるだろう。

パロディ'89（第六一回）なんたる政界いろはガルタ

——大賞＝中山啓子、谷川陽子、その筋／他の選考委員＝丸谷才一、永山義高／発表＝「週刊朝日」一九八九年七月二十一日号——

スターひさびさ宇野サンに感謝

皆さまからお寄せいただいた作品の数がじつに六千、しかも大賞が三つも出て、今回のパロディは、質も量もともに上々吉の上首尾でした。選者の一人としてはもう何も申しあげることはない、ただただ皆さまの熱意と才能とに最敬礼するばかりであります。

やはりいまは政治がオモシロイ時期なんですね。なにしろ消費税という大妖怪が徘徊しております。リクルートという面妖なカモメのお化けが飛び回りもしました。加えて、ワルのナカソネ、とぼけの竹下、ピンクの宇野、正義の伊東、マドンナおばさんの土井とひさしぶりに役者もそろいま

した。なかでも宇野さんの人気（？）ときたらすごいもので、

いろは匂へど未だに総理（松岡聖子）
ハモニカ吹けど踊らず（三白眼）
憎っくきはいうこときかぬ下半身（ぺぺ）
ボスは灰色わしゃピンク色（今井恵子）
宇野の珍プレー（ヒドゥン）
あなたのリードで政府もゆれる（逸見聡）

――と、宇野サンお一人だけでもかるたが一組できそうなほどでした。もっとも宇野かるたはどうしても好色かるたになってしまいますし、それでは本誌の器量とうまく適《あ》いませんので、残念ながらこれは沙汰やみになってしまいました。

さて、大賞の三作品をゆっくり味わってみてください。たとえば、「ままごとの一円玉を召しあげる」。うまい！　と唸ってしまいます。丸谷才一さんも、

「こういう作品を待っていたんだなあ」

と膝を叩いておられた。

「日常の平凡な一光景を通して天下国家を見据えている。視線が社会構造をみごとに貫いているんですね。それでいて堅苦しいところは少しもない。それどころか頬笑ましい。すごいねえ」

また、「握手されても心は別よ」についての編集長の評言はこうでした。

「表現は柔らかですが、底に気骨があります」

同感です。握手もします。招待バス旅行にも参加しましょう、五千円札をくださるというならいただいておきましょう。だけど、投票所では別の候補者の名前を書きますよ、自分に与えられた大事な権利を、その程度のおもてなしで売るほど愚かじゃない。みんながそう覚悟を決めれば、選挙に金がかかるというアホなことはやがてなくなるにちがいありません。選挙管理委員会のポスター標語にもなりそうな作品です。

「不徳のいたすまつりごと」は、新作にしてすでに古典といった格調をもっています。ところでほめっぱなしというのも少しばかり締まらない話ですので、一所懸命、瑕《きず》を探してみました。まず大所高所から一般論をぶつ作品が少しあったようです。かるたの文句は、いわば市井の人びとの格言集。日常生活から政治を見据えるという態度が大切なのではないでしょうか。それと、「ゑ」とか「ゐ」とか「る」とか、始めるのにむずかしい音に（当然といえば当然ですが）作品の集まりが悪かった。そういう音のものは本誌の編集部が作ってくれました。

そういう次第で、今回は計らずも読者の皆さまと編集部との合作になりました。考えようによっては、これもまた上々吉の大団円だったと思われます。とは少々、自讃が過ぎたかしら。

山本周五郎賞（第二回）

受賞作＝吉本ばなな「ＴＵＧＵＭＩ　つぐみ」／他の候補作＝原尞「そして夜は甦る」、佐藤正午「個人教授」、久間十義「聖マリア・らぷそでぃ」、永倉万治「みんなアフリカ」／他の選考委員＝

田辺聖子、野坂昭如、藤沢周平、山口瞳／主催＝新潮文芸振興会／発表＝「小説新潮」一九八九年七月号

選考座談会より

原尞氏の「そして夜は甦《よみがえ》る」。僕は、四・〇です。四・〇はちょっと辛《から》い気もしますが。まず、比喩がとても面白いですね。ユーモアがある。比喩が巧みで面白いということが、結局ユーモアをつくり出すわけですが、文章が大変にいいと思います。たとえば「減量に失敗したライト級のボクサーのようにゆっくり立ち上った」とか、「ブドウの房の食べカスのような黒いひび割れが縦横に走っていた」とか。そして失踪、金持ちのいい女、政治、私立探偵と組織の中にいる刑事との関係、ちょこちょこ出てくるコメディーリリーフと、ハードボイルドの定石を実にうまく使っていますね。ここまでは言うことがありません。

しかし、欠点は、舞台を東京にしたこと。東京の広さが、マイナスになったと思います。もうすこし小さな町、たとえば八戸《はちのへ》とか郡山《こおりやま》とか、いま急速に広がっている地方都市でこういう事件が起きると、とってもうまく行くんですが、しかもそこへ、石原慎太郎・裕次郎兄弟とおぼしい影が出て来ますね。これによって、それまで熱中して読んでいたのに突然現実に引き戻される感じになり、感動に曇りが生じます。せっかく作者のつくってくれた虚構の中で楽しんでいたのに、現実を勘定に入れることを要求される。

でも、処女作でこれだけいい文章の書ける人は珍しいんじゃないでしょうか。大変に感心しまし

た。四・五でもいいんですが、去年甘すぎたものですから、四・〇としておきます。

佐藤正午氏の「個人教授」は三点です。教授という人物は魅力的で、最初に出てきた時は、さてどういうふうに面白くなるかと思ったのですが、基本的に乗りにくかったのは、作者が主人公を甘やかしすぎるところです。作者は主人公に対して過保護です。小説の筋立てから主人公が保護されすぎているんです。

新しそうな女性たち——娘たちとか理事長夫人とか、いろいろ出てきますね。しかし、主人公と鋭く対立することがない。人生をぼんやりと他人事《ひとごと》のように生きている主人公と、人生を自分の生き方で積極的に生き抜こうとする女性たちとの対比。作者はそこを書きたかったのでしょうが、それがあまりうまく行っていない。都合がよすぎるという印象が最後まで残りました。あるセンチメントと言いますか、ある雰囲気と言いますか、それはあると思いますけれども、鮮烈なところがない。

久間十義氏の「聖マリア・らぷそでぃ」も三点です。この作品のモデルは、例の〈イエスの方舟《はこぶね》〉だと思いますが、主人公が自分をパウロになぞらえ、ミイラ取りがミイラになるみたいな感じで入っていく、そのへんはなかなかいいんです。が、まず、もうちょっと神話的文体を考えてほしかったですね。こういう話を書くためには、抽象度が低すぎる。もちろん、具体的なところはうんと具体的にしないといけないのですが、時の流れを概観するような文章の時は、それこそ聖書といういいお手本があるのですから……。文体を、むりやり誇張している。狙いはじつによく分かるんですけれど、物語と、それを語る文体とがうまく合っていないもどかしさがあって、なかなか乗りにく

い。

それからもう一つ。今は第三次宗教ブームとかで、眼のつけどころもいいのですが、作者自身の宗教というものに対する洞察、これを一つぐらいはきちっと物語の中へ埋め込まないと、一体イエスの方舟のような信仰共同体は、どうやって成立したんだという、一番肝心なところが抜けてしまうんですね。後半、因果話になってしまうところも、イージーだという気がします。因果関係へ結びつけること自体はかまわないのですが、それは必然的に、なるほど、それでこういう〈マリアの部屋〉になったのかと、そこを分からせてもらわないと。

それから個人的に批判があるのは、戦後民主主義を敵にしていることです。戦後民主主義が完全に成立した時間はまだない。われわれは長いこと、非民主主義で困っているわけです。成立していないものを、敵にしてほしくない。作者の構想力といいますか、狙いそのものは壮とすべきですが、残念ながらそれが空回りしてしまったように思います。

永倉万治氏の「みんなアフリカ」は四・〇です。この作者は、登場人物が、最後はみんな分かりあって、一瞬の精神共同体が現前するというテーマに賭けているようですね。僕もこのテーマが大好きです。「みんなアフリカ」では、カメラマンの栄吉、助手の安田、ジゴロの工藤、若い女性の小林久美子、それぞれがアフリカを目指す、そして、対立も何も、みんなアフリカという記号で、もう一つ上の次元に昇って一体となる。「ホセ、故郷へ」も、男たちがいろんな違いを超えて、メキシコという記号で一つになってしまう話ですね。「ホセ、故郷へ」は一番よく出来ていると思いますし、非常に好きな作品です。

作者は、恩讐《おんしゅう》を超えてというか、いろんな利害を背負った人間たちが同じ夢を見て、そっちへ歩き出す瞬間をよくつかまえています。それは、読んでいて楽しくなるし、励まされる感じもある。これはやはり、小説として大事な力ではないでしょうか。

もっとも、この、登場人物が同じ方向へ首を並べた時に話が終わるというパターンは、今のところはとてもうまくいっていますが、さて将来はどうなるか。

では、なぜ五点をつけないかというと、もう一篇の「黄金海岸に——」が、そういう気持ちのいいところへ行く前に終わっていることがひとつです。他の二篇のように、オーストラリアという記号がうまく働いていない。この人の一番いいところが出ていない。道具が揃わないうちに終わってしまったという感じがある。それと、三篇ともほのぼのとしていてとてもいいんですが、最後に読者の心臓をピンで止める、なにか強いものがほしいところです。共同体が成立した瞬間に、作品全体がピカッと光って、星が見えてくるようなところまで行っていたら最高でしたね。

吉本ばなな氏の「TUGUMI　つぐみ」。私は絶対この作品には贔屓《ひいき》すまいぞと思って読みました。断じて甘くなってはいけないぞと身構えて読んだ。ところが、おもしろかったんですね。少女漫画風とかいろいろ難点はありますが、そういう難点も全部含めて、売れる理由はコスモロジー、宇宙論なんです。一刻一刻が、二度と帰らない一刻一刻だということを、この作者は若いのによく分かっているんですね。ここでしょうね、この小説が売れるのは。

宮沢賢治が持っている時間論がここにもあるんです。ある夏、もう二度と帰ってこない夏。しかも、山本屋旅館がなくなる夏。人生は、いろんな別れに満ちていますが、その別れを丁寧に書いて

いるところが、若い読者の心を打つんです。今の若い人たちには、この地球がどこまでもつかとか怯《おび》えている人が多い。ですから、星とか雨とか海とか、大自然の時のめぐりと人間を対比させているところが切ないほど、いい。それから、スケバン言葉、実に常套《じょうとう》というか、類型なんですけれど、やっぱり効くんですね。四・五です。

結論として「そして夜は甦る」か「TUGUMI　つぐみ」ですが、石原兄弟の影さえなければ、架空の世界で通してくれていれば、また愛人とイタリア料理をつくるパーカーの探偵とか、そういう私生活がもっと出ていたら、最高の作品になって、原さんで決まりという感じはしました。

雰囲気の出し方など、とてもうまいもので、あるお店にいる刑事二人を、「チェス盤の中に迷い込んだ二個の将棋の歩のように目立った」とか、あっさり「目立った」と書いてもいいのに、なんとか感じを出そうという、この努力は大したものです。

一方のつぐみの最後の手紙、あれがもうひとついいと大傑作なんですが。ばななさんでもうひとつ感心したのは、まりあの両親の関係がありますね。お父さんが、奥さんがいたんでしょうけど、まりあの母親と深い仲になって……。そうした話もよく書けているんですよ。そういう遠景を確かなタッチで書きながら、しかし前景はつぐみで通してと、構えが厚いんです。

直木三十五賞（第一〇一回）

――受賞作＝笹倉明「遠い国からの殺人者」、ねじめ正一「高円寺純情商店街」／他の候補作＝隆慶一

郎「柳生非情剣」、古川薫「幻のザビーネ」、多島斗志之「密約幻書」、高橋義夫「秘宝月山丸」、阿久悠「墨ぬり少年オペラ」／他の選考委員＝五木寛之、黒岩重吾、田辺聖子、陳舜臣、平岩弓枝、藤沢周平、村上元三、山口瞳、渡辺淳一／主催＝日本文学振興会／発表＝「オール讀物」一九八九年九月号

二つの奇蹟

敗戦直後の、あの明るい混沌の時代の正体を、少年の目を通してはっきり見据えようとする『墨ぬり少年オペラ』、質のよい文章に南奥方言を効果的に駆使することによって反物語的な物語を展開した『秘宝月山丸』、国境を越えたラブロマンスを大人の観賞に耐えるものに練度高く練り上げた『幻のザビーネ』、柳生一族の剣技の真の意味をめりはりのきいた話術をもって列伝の形式であきらかにした『柳生非情剣』、歴史の細部を着実に積み重ねておいて最後に途方もない虚構をつくってみせてくれた、仕掛けの大きな『密約幻書』、物語になりそうもない小事件の背景を精査して骨太の物語をつくりあげた『遠い国からの殺人者』、そして日常生活がドラマそのものだということを発見した『高円寺純情商店街』——。いずれも、それぞれの作者の才能を充分に開花させた力作だった。使い古された表現にたよって云えば、今期の候補作は「粒揃《つぶぞろ》い」であったと思う。

粒揃いであるならば、なぜ、受賞作とそうでないものとに分れるのかと問う方々もあるであろう。たとえば、『遠い国からの殺人者』は、文章に難点があるかもしれない。たしかにこの作者の文章は型どおりである。作者がどんなすばらしいことを発見しようと、その発見が型どおりの文章で表

わされるかぎり、読者の感動も型どおりなもので終ってしまうだろうことは自明である。ところがこの自明の理を、作者は正義感をてこにやすやすと乗り越えてしまった。われわれ日本人の深層に根深くひそむアジア蔑視をなんとしてでもえぐり出そうという作者の意思力が、型どおりの感動をすべて黄金《きん》に変えてしまったのだ。こういう奇蹟もおこりうるということ、そこに文学のおもしろさがある。

『高円寺純情商店街』についていえば、主人公の少年の周囲にきっといたにちがいない友だちの不在が気になる。またテレビという新しい媒体にたいする主人公の鈍感さも欠点といえばいえないこともない。だが、作者の使いこなす小説言語のみごとさがすべての欠点を覆いかくしてしまった。正確でありながら柔軟、厳密でありながら自在、指示機能や記述機能を十全に果しながら、どの文のなかでも言葉は生き生きと跳《は》ねている。その意味で、これは奇蹟的な散文である。

作品構造を支える旺盛な正義感、そして作品表層を覆うみごとな言語感覚、これらが受賞作とそうでないものとに分けたのではないか。一点で他をはるかに凌駕すること、読者はそういう作品に惹きつけられるもののようである。

パロディ'89（第六二回）わが校の校則、学生の心得

——席＝三岡稔廸／他の選考委員＝丸谷才一、永山義高／発表＝「週刊朝日」一九八九年十月二十日号——

常連をしのぐ強力な新人を待つ

すこしばかり手前味噌になりますが、ひさしぶりによい出題だったと思います。なによりも判りやすい。加えてちょっと頭をひねればいくらでもおもしろくなるという底の深さがあります。この骨太で、ふところの深い問題の上で読者の皆さんに思い切り暴れてもらおう。さあ、どんな傑作がくるかしら。指折り数えて選考日の近づくのを待っていたのでした。

ところが、蓋をあけてみますと、まず投稿数が少ない。常連ばかりで強力な新人は現れない。内容も低調。どっと気落ちしてしまいました。もちろんこの催しは自由参加です。読者の皆さんが毎日を忙しくおすごしだということはよく承知しております。「数が少ない」だの、「内容も悪い」だのと、夏休みの自由研究の不作を嘆く中学校の先生の口真似をしてはいけない。それも分かっています。がしかし難しい出題なのに名作傑作が机上に山をなしていた頃のことを思い出すと、読者の皆さんのパロディに対する熱意が失せてしまったのではないかと少々不安になりました。世の中の穴を機智によって穿《うが》ち、世間の不条理《ばからしさ》を明るくからかい笑い飛ばし、重い心を軽くするのにずいぶんよく働いてきたこの催しの当選作品。これもまた手前味噌かもしれませんが、この催しがこけたら日本はずいぶん淋しくなるでしょう。そこでつい失礼なことを申しあげてしまいました。

さて、今回の立役者は三岡稔廸さんでした。一席、二席、そして佳作と三つ活字になりました。こんなことはこの催しが始まって以来のことでしょう。一席の『チョーさん主義ハイスクール校則』はとにかく明るくていい。どう扱っても明るくなってしまう長島さんに目をつけたところが第一の手柄、長島さんの愛用語を吹き寄せて按配よく並べたところが第二の手柄、こんな高校があったら

さぞたのしかろうと思わせるところが第三の手柄、だがしかしこういう高校がもし実在したら、その実態はまるでコンニャクのようで在籍の生徒諸君はきっと途方に暮れるだろう、と思わせるところが最後の手柄です。

二席の『永田町小学校六年キク組児童心得十か条』については、丸谷才一さんの、

「最後の十がいい、この十で前が全部生きてきた」

という評言がすべてを言い尽くしているでしょう。同じ二席の『永田町指範学校心得』には、編集長の、

「自分で実際に指を動かしてやってみると、もう一回笑える」

という評言を紹介しておきます。まったくこの作品のアイデアは人を喰っています。

佳作の『俳句学院生徒心得』、このまま、どこの俳句学院でもすぐ使えるのではないでしょうか。なお、作者は初期のころからの常連です。たしかもう喜寿《きじゅ》の祝いを越えられたのではないか。『アイドル学校校則』はよく皮肉がきいており、『宇野短期大学校則』は仕掛けがみごと。――と選評を書きつけているうちに、なかなかの傑作が揃っているではないかと、初めとは少し考えがちがってきました。次回は恒例の百人一首のパロディです。名作、傑作、秀作の山でつまらぬ心配をしている井上某を押し潰してしまってください。

講談社エッセイ賞（第五回）

受賞作＝永倉万治「アニバーサリー・ソング」／他の選考委員＝大岡信、丸谷才一、山口瞳／主催＝講談社／発表＝「小説現代」一九八九年十一月号

話上手

なによりの強味は材料が多彩で豊富なこと。読むにつれて作者が転職の天才であることがわかるが、わたしに判明しただけでも、この作者は、リトグラフの買い付け、劇団の演出助手兼俳優、PR誌の編集、ビルの掃除人、劇画の原作者、ラジオの構成者、チリ紙交換業、そして見習農夫を転々としている。なるほど材料に事欠かないわけだ。

転職リストを見ると、どうやら作者は縁の下の力持ち風の仕事がお好きらしい。世の中を下の方からやさしく見上げる視線、仕事の合い間に仲間と交わすバカ話のおもしろさ、そして適度の感傷性は、この一冊を支える三本柱だけれど、これらの美点はすべて、それらの職の遍歴によって培われたものと思われる。いや、順序が逆かもしれない。作者の才能がそういった縁の下の力持ち風の仕事ばかりを選ばせたのだろう。

それから作者は他人の話を聞くのがとても上手である。この一冊にはさまざまな人物がおもしろい話をひっさげて登場するが、読み進むにつれて、読み手のわたしは、作者抜きで、直接《じか》に登場人物たちから話を聞いているような気になってくる。作者が消える？　これは作者が聞き上手である

以上に話上手だからできた離れ業か。

そしてもうひとつ。世界を、人生を、いつも明るく抱きしめていようという作者のメッセージに、選者の仕事をこえて励まされたことを、ぜひともつけ加えておかなければならない。

日本ファンタジーノベル大賞（第一回）

大賞＝酒見賢一「後宮小説」、優秀賞＝山口泉「宇宙のみなもとの滝」／他の候補作＝岡崎弘明「月のしずく100％ジュース」、岩本隆雄「星虫―COSMIC BEETLE―」、武良竜彦「三日月銀次郎が行く―イーハトーボの冒険編―」／他の選考委員＝荒俣宏、安野光雅、高橋源一郎、矢川澄子／主催＝読売新聞社・三井不動産販売　後援＝新潮社・日本テレビ放送網／発表＝「小説新潮」一九八九年十一月号

ファンタスティックな力業

『後宮小説』の作者は呆れるほどの物識《し》りである。中国史について、中国人の物の見方や習慣について、あるいは後宮のもろもろについて、ふんだんな知識や事実や史実を読者に与えてくれる。この小説は、そういうもっともらしい細部を何十何百となく積み上げて出来ているので、読者としては知らず知らずのうちに、「細部の一つ一つが事実であるから、その集合である全体もまた事実にちがいない」と信じ込んでしまうが、それこそ作者の思う壺、じつはすべてが嘘なのだ。カード遊びの、「負《マイナス》の札ばかり集めると最後は正《プラス》になって大逆転の大勝利」の裏を行く「正《プラス》の札ばかり配

られてくるので安心していたら最後は大敗け《マイナス》」というやつ、ここまで企《たく》まれると、いっそ爽快である。まことにこれはファンタスティックな力業《ちからわざ》だ。読み終えて騙されたと気がつき、もう一度、細部を一つ一つ点検してみると、その細部にも入念な騙しの化粧がほどこされているので、ふたたび舌を巻いた。たとえば作者は、冒頭で、《この稿を書くにあたり、拠《よ》ることになる文献は、「素《そ》乾書《かんしょ》」、「乾史《かんし》」……》と鹿爪らしく述べている。だが、「素」という漢字には「いたずらに」「からっぽの」「むなしい」という意味がある。「乾」という字にもまた「むなしい」という意味があり、二字とも下に「王」を従えることがあって、「素王《そおう》」といえば「帝王の資格があるのに王でない人」を指し、「乾王」も同断である。つまり作者は、「乾なんて王朝はありませんでしたよ。この小説はいたずらですよ」と警告を発するために、真ッ先に、そういう偽史書を掲げたのだ。口惜しいが素直に、「マイッタ」と呟《つぶや》くほかはない。

また、作者には、人間がこれまで紡《つむ》ぎ出してきた「物語の素《もと》」のようなものを巧みに利用する才があるらしい。女主人公銀河の運命にはシンデレラの影が濃く落ちているし、叛乱軍の動きは三国志を読んでいるかのようでもある。後宮での妃候補生教育の場は金瓶梅の呼吸《いき》、そして最後は、驚くなかれラスト・エンペラー風な味がついている。だからといってこの一篇は先行するそれらの物語のパロディだというのではない。作者はそういった物語の素を上手に使って、自分自身が創り出した新しい物語を安定させている。だからこそ、われわれ読者は安心してこの一篇を楽しむことができるのだ。

なによりの長所は、登場人物たちが端役に至るまで、それぞれ確乎たる史観を持って生きている

ことだ。いたるところで衝突し合い火花を散らし合う史観と史観、それらの火花がこの作品に深い奥行きと読者をぐいぐい引っぱって行く力強さとを与えている。もちろんどんな名作であれ、欠点というものはある。この作品でいえば、結末の後日譚がもたついている。がしかしほかのたくさんの美点がその欠点を覆い隠してしまった。じつに端倪《たんげい》すべからざる快作である。

『宇宙のみなもとの滝』の構造のみごとさにも強く惹《ひ》かれた。小説のクライマックスと、その小説の中に挿入された戯曲の山場とをぴったり重なり合わせるという趣向は、これまでにも諸家によって何度となく試みられたが、そのほとんどが失敗に終っており、それだけでも、この作者の力に敬意を払わなければならぬだろう。また、挿入戯曲の、人類から選ばれた十人が行う、言葉＝思想による地球救済というテーマもこの上なく切実なものだ。そして戯曲と小説の両方から伝わってくる「自分より不幸で弱いものが、人間には見えない。それが人間と地球をここまで荒廃させた。そこでもし人間に自分より不幸で弱いものの苦しみが見えてくれれば、あるいは……」という祈りは読む者の心を揺さぶらずにはおかない。これも秀作である。では、なぜ、それほどの秀作が優秀賞でとどまってしまったのだろう。この一篇があまりにも正統すぎたのかもしれない。『後宮小説』が仕掛けてきた知的不意打ちに、いくらか余分に読むよろこびを味わったということか。いずれにもせよ、作品は自分の力で、たった一人で、読者をふやして行く。二篇とも力のある作品である。きっと大勢の読者を開拓して行くことだろう。そしてそれを心から祈っている。

野間児童文芸賞（第二七回）

受賞作＝あまんきみこ「おっこちゃんとタンタンうさぎ」、三輪裕子「パパさんの庭」（本賞）、新人賞なし／他の候補作＝今村葦子「ロビンソンおじさん」、岩瀬成子「ポケットのなかの〈エーエン〉」、高田桂子「ざわめきやまない」／他の選考委員＝佐藤さとる、古田足日、松谷みよ子、三木卓／主催＝野間文化財団／発表＝一九八九年十一月

感想

物語とは何かについて、昔からいろんなことがいわれてきたが、私はとりあえず次のように考えている。「物語とは、ある経過《プロセス》を潜り抜けることによって、人間がいかに変り得るかを描いてみせるものだ」と。『パパさんの庭』は、まさに右の小見にぴったりの作品で熱中して読ませていただいた。すなわち、自分のことしか考えてなかった小学五年坊主が、ある夏の休暇をパパさんママさんの許ですごすうちに、やがて他人のことをもよく考えることのできる人間に変貌し成長して行くのである。少年が勇気をもって「世界を抱きしめよう」と決心する結びの部分は感動的だった。パパさんママさんの造型にも成功しており、みごとな作品である。もうひとつ、日常生活のなかにいくつも大きなドラマを発見し、またそれを次々に仕掛けて行く力量にも敬服した。そして後味のよさときたら格別である。

『おっこちゃんとタンタンうさぎ』については、読み手として不明を恥じなければならない。初

めはそう高くは評価していなかったからである。だが選考の席上での各委員のお話をうかがっているうちに、「幼児の日常は、詩や空想の世界と境目なく隣り合っている」が、これはそれをよく表現している」という美点を発見し、最後はこの作品がよほど好きになってしまった。選ぶという経過を潜り抜けることによって、私もまた変り得たわけである。選考会もまた「物語」のうちの一つなのかもしれない。

小説新潮新人賞（第七回）

受賞作＝なし／候補作＝矢口敦子「グヂャの大罪」、虎岡瑠璃「辰吉の女房」、立見圭二郎「舞舞大名」、荻野達也「ただ、そこにいたから」、飴屋周次「銭はあるんだ」、近藤節也「武烈大王紀」／他の選考委員＝筒井康隆／主催＝新潮社／発表＝「小説新潮」一九八九年十二月号

選考対談より

矢口敦子さんの『グヂャの大罪』は、アダムとイブの楽園追放劇の未来版みたいな話ですね。もうちょっといろんなことを書きこんでくれると面白いんですが。たとえば食べるものが自分のへその緒から育った肉だけだったとすると、何か不思議な社会制度がもっとしっかり出来ていると思うんです。命名法にもっと工夫があっていいと思いますし、そういうディテールがたくさんあると説得力がありますけど、全体に平板な童話といった風で、肉のくだりだけが妙にポリープみたいに出

っ張っちゃっているんですね。

虎岡瑠璃さんの『辰吉の女房』は含蓄のある作品なんですが、夢のなかの前世と長屋の現世がいろんな面でつながっていて、しかしそのつながり方がどうも曖昧《あいまい》なので、もう一つ、面白かったとか、感動したというのにならないんですね。前世と現世のつながりにもっと太い線が一本欲しかったですね。たとえばおいくを救う時に辰吉は、私が前世でもう少しあるはずだった命をおいくにつないでくださいと言う。これが非常に都合がいいような気がしたんですが。何か意味があるとすれば、その意味を分からしてほしい。

立見圭二郎さんの『舞々大名』は物語と文体が合ってないですね。硬い文章で書いたほうが面白かったと思うんですけど。それから奥方の台詞《せりふ》なんていうのは、ほとんど現代劇、乗れなくなるところがありますね。

荻野達也さんの『ただ、そこにいたから』は、ところどころ、すごくハッとするところがあります。たとえば、「少年の日の一日が大人たちよりずっと長いのを、彼らは覚えていない」とか。なるほどなあと思います。こういうのは読みたくなりますね。この作品が一番、今の読者とパチパチ火花が散るかもしれません。そういう意味ではお手柄だと思いますけど、ただ、読む者をわくわくさせません。

飴屋周次さんの『銭はあるんだ』は台詞が上手ですし、市井《しせい》のあばら家住まいの、江戸の下層民の生活なんかもよく出ていますし、僕はかなり感心したんです。ただよく言うと静謐《せいひつ》というか、あまりにも静かなんですね。最後の一行は「その翌晩、三人が仕事から帰ると、仁助の姿が消えてい

た」で終わるんです。まあ、死にに行ったんだと思うんですけれども。この最後の一行は、すごくいいのかすごく悪いのか、よく分からない。

近藤節也さんの『武烈大王紀』は、影媛が出てくると、生き生きしてきますね。ワカサザキの目の前で鮪が影媛を抱くとか、影媛が自ら呂布に抱かれて、しかも兵隊につぎつぎに犯されるというあたり。戦いのシーンもうまく書いてますし、読んでいるうちは楽しいんですけど、しかし読み終わってみると、中学生のための歴史という感じがしますね。えっ？と読者を驚かせ、吸い込む力が足りないんですね。

『辰吉の女房』は、夢という窓から前世をずっと綴っているわけですね。現世と一つ一つの夢がもうちょっといろんな形でからまってくるとよかったんでしょうけど。あるいは、この作者の意図から外れるかもしれませんが、夢と現実が交互にあって、結局ラストで、夢のほうへ戻っちゃったりとか。話の活気という点から行くと『辰吉の女房』が、一番でしょうね。

すばる文学賞（第一三回）

受賞作＝奈良裕明「チン・ドン・ジャン」、辻仁成「ピアニシモ」、佳作＝浅賀美奈子「夢よりもっと現実的なお伽噺」／他の候補作＝二上昌巳「７９４１」、小野田忍「ライオンハーツ」／他の選考委員＝青野聰、高橋源一郎、日野啓三、水上勉／主催＝集英社／発表＝「すばる」一九八九年十二月号

仕掛について

現在《いま》の子どもたちの世界崩壊感覚を一人の少年のモノローグによって表現しようとした『ライオンハーッ』、やはり現在《いま》の青年たちの無気力な飽食感を笑劇仕立てで剔出しようとした『７９４１』、ともに力が籠っているが、前者のモノローグはもどかしく、後者は、作者が冒頭で、《とにかく、腹を抱えて思い切り笑ってくれ。》と宣言しているほどには笑えなかった。両作品とも、作者が、自ら掲げた仕掛けに、逆に返り討ちにされた感がある。

『夢よりもっと現実的なお伽噺』の仕掛けの一つは、風化しやすい俗語をできるだけ多く盛り込もうということ。それにしても下手な題名である。筆者だけの感想かもしれないが、こんな自己陶酔は百害あれど一利なし、題名は読者のためには索引がわりの大事な手がかり、もっと凜凜《りり》しくきりりとした題名で、作品を包装してやってもらいたい。と註文をつけたものの、内容には感心した。マンガの『めぞん一刻』を充分に意識しつつ、《古色蒼然崩壊寸前老朽学生アパート》すみれ荘の春秋をよく活写している。とりわけそこに住むヘンテコリンな学生たちの今様な会話がおもしろく、さらに事件らしい事件がほとんど起らないという「反物語」的な仕立てもうまい効果をあげている。そして女主人公の桃が、このすみれ荘という擬似家族に別れを告げ、手初めにネコを飼ってほんものの家族の形成へと旅立つ決心をする結末も、常套ながら、読む者の心を少しは揺り動かす。ただし、とまた苦言になるのは申し訳ないが、この作品の真の主人公であるすみれ荘そのものに作者はもっともっと筆を割《さ》くべきではなかったろうか。間取りは書いてはあったが、なんとなく曖昧で茫《ぼう》としているし、板壁の汚れ具合、畳の毛羽立ち具合、床の傾き具合、便所の落書の具合など、読者

が本気で知りたいことは、ほとんど書かれていない。廃屋寸前の木造アパートと若者たちの新奇なコトバ、この両者が互いに譲らず拮抗し得ていたら、この作品はかなりの傑作になっただろう。惜しいことに仕掛けが一つ足りなかった。

仕掛け仕掛けとうるさくいうようだが、仕掛けが作品に構造を与える。だから気になるのだ。そしてしっかりした構造は読者を作品の中へ呼び込む力を持つ。『ピアニシモ』は、一人の少年の精神の荒野を言語化するために、その少年の分身を設定している。主人公の「僕」が分身の「ヒカル」を殺した瞬間、「父」や「母」といった普通名詞がよみがえってくる結末は仕掛けがよく効いている。『チン・ドン・ジャン』の作者は、前回もいい作品を送ってきてくれたが、この人も仕掛けの達人だ。「馬鹿馬鹿しいことを馬鹿馬鹿しいと自覚しながら全力を尽す」というこの作者の態度そのものが仕掛けを孕んでいるのである。この態度あるかぎり作者はプロとして立てるのではないか。ぜひ、そうなってほしい。

肝腎の入選の二作品について書く紙幅がない。『夢よりもっと現実的なお伽噺』に筆を費やしすぎたのがいけなかったのだ。しかし欠点の目立つこの作品が、じつは今回、私をもっともたのしませ、刺激を与えてくれたことも事実で、それに忠義立てしているうちに、こうなってしまったのである。

一九九〇（平成二）年

朝日新人文学賞（第一回）

受賞作＝魚住陽子「奇術師の家」、佳作＝八代達「猩々」、光山宏子「開扉」／他の候補作＝千草子「無垢の浄土はうとけれど」、福田はるか「時のかんむり」、神月謙之「春の夜の少将」／他の選考委員＝田辺聖子、藤沢周平、丸谷才一、吉行淳之介／主催＝朝日新聞社／発表＝「月刊Ａｓａｈｉ」一九九〇年二月号

奇術のような小説

候補作六篇のうち、気に入ったのは、次の三篇である。「気に入った」という言い方がすこし気楽すぎるとすれば、こちらの心をゆすぶった、あるいは、引き込まれて思わず時間を忘れた、と言い直してもいい。

『猩々』の前半は、すばらしい。芥川の再来か、太宰の生れ変りか、そんなことさえ頭のどこか

を過《よぎ》ったほどである。しかし惜しい哉、後半は、思い切っていおう、稚拙な啓蒙調で、なんだかお説教みたいになってしまった。前半で示された、軽くて、ユーモラスで、それでいて深く、なおかつとぼけた筆致で、どうか二、三作、書いてみせてください。

『開扉』はとても丁寧で、誠実な作品だった。調べもよく行き届いているし、描写力もある。法隆寺の秘宝、救世観音像が幾重にも巻かれた布を解かれる場面には、興奮してしまった。だが、と書かなければならないのは残念だけれど、主人公二人が別れる場面で終っているのは、読者への奉仕心が足りないとおもう。この二人の後日の様子を、ほんの一挿話でいい、書き添えてもらっていれば、この作品は人生のたのしさや深さ、またその不思議さに触れる立派な作品になったはずである。とにかくこの作者は勉強によって手堅く伸びて行くタイプである。それははっきりしています。もうひとつ欲をいえば、文章をもう少し柔かくする勉強を怠らないでいただきたい。

『奇術師の家』は、まるで奇術のような小説である。文章も平明だし、登場人物もきっちり書き分けられているし、なにもわからないことがないはずなのに、カンジンカナメのところが漠然としている。ふつう、そういう小説を読ませられると腹が立つものだが、この小説では逆に、中心の謎が謎のまま放置されていることが魅力になっている。文章にはリズムがあるし、おもしろいエピソードもちりばめられており、たのしく読めるのに、読み終ったあと、あれッと軽い放心状態になるヘンナ小説だ。むろんヘンナはほめことばである。

岸田國士戯曲賞（第三四回）

受賞作＝なし／候補作＝生田萬「椅子の下に眠れるひとは」、鴻上尚史「ピルグリム」、佐久間崇「イエスタデイ」、鈴江俊郎「区切られた四角い直球」、鈴木聰「ショウは終った」、鄭義信「千年の孤独」、横内謙介「ジプシー・千の輪の切り株の上の物語」「ヨークシャーたちの空飛ぶ会議」、吉田秀穂「改訂版・大漫才」／他の選考委員＝唐十郎、佐藤信、田中千禾夫、別役実、八木柊一郎、矢代静一／主催＝白水社／発表＝「新劇」一九九〇年三月号

入路見えにくく彫り浅し

その作品世界を、観客＝読者に、まず十全に理解させてもらいたい。作品世界に巧みに観客＝読者を引き入れるために狡智と奸知《かんち》の限りを尽してほしい。理解させることなしには、何事も始まらないと考えるからである。観客＝読者をその作品に没入させ、感動させるには、彼等をまず理解という入路に誘い込む必要がある。別にいえば、間口を広く開けておくということである。入りやすい入口をしつらえて彼等を機嫌よく誘《いざな》い、その後、しかるべく料理する。そういう作品に点が甘くなるのは、評者がそのような性格《たち》の作品を書きたいと願っているからだろうが、それにしても、間口を極端に狭くとり、さらに戸を閉め、鍵までかけておくという取りつきにくい作品がふえてきた。もちろん、評者は、自分の感応器《センサー》の感度に欠けるところがあるかも知れないという自戒は怠らないでいるつもりだ。自分の感度のにぶさがその作品の入路を見えなくしているのではないかと、疑りつづけてもいる。だが、「受賞作なし」は評者側の責任だけではなさそうだ。

ところで当然のことながら、作品は観客＝読者を誘い込んだだけでは終らない。彼等を思うがままに引きずり回さなければならない。彼等もまたそうされるのを強く望んでいるのである。引きずりまわされて意識圏の大冒険がしたいのだ。今回の候補作でいえば、鴻上尚史、横内謙介、佐久間崇、鈴木聡、鈴江俊郎、吉田秀穂の諸氏の諸作が、入りやすい入路を設定している。しかし、いずれも構造が甘く、案外に常識的な展開と結末、思いつきの断片の恣意的な挿入、ありふれたギャグや言葉遊びの濫用、昭和史についての根本的な歴史的意識の欠落――と、総じて彫りが浅いように見受けられた。その中では、神田界隈の小出版社の春秋を、年表的出来事を遠景としてまぶしながら、意識して淡々と素朴に点綴した佐久間氏の『イエスタデイ』が一頭地を抜いているように思われた。

直木三十五賞（第一〇二回）

受賞作＝星川清司「小伝抄」、原尞「私が殺した少女」／他の候補作＝椎名誠「ハマボウフウの花や風」、清水義範「金鯱の夢」、酒見賢一「後宮小説」／他の選考委員＝五木寛之、黒岩重吾、田辺聖子、陳舜臣、平岩弓枝、藤沢周平、山口瞳、渡辺淳一／主催＝日本文学振興会／発表＝「オール讀物」一九九〇年三月号

一燃料補給員の弁

たとえば賞は良質の燃料である。もっとも適当な時機に燃料の補給を受けることができれば、その作家はさらに勢いよく飛行しながら、よい作品をより多く読者に贈りつづけることになろう。ということになれば、選考に当たる者は燃料補給員である。今、補給を受けるのにもっともふさわしい作家を、候補作として提示された作品を精読することで、見抜かなければならない。一介の補給員として見るに、今、燃料を差し上げたい作家は二人いられる。清水義範と椎名誠の両氏である。すでに一家をなし、作品群を陸続と世に問うておいでであるが、ここで燃料を補給なさるならば、さらに壮麗な飛行をつづけられ、みごとな作品をいくつも成されるにちがいない。そう考えて候補作を拝読した。「どうか、よい作品であってほしい。燃料を補給させてほしい」と祈りながら。

清水義範氏の『金鯱の夢』は、近世史から現代史にかけての日本の歴史を、名古屋弁中心主義を梃子《てこ》に一挙にひっくり返してしまおうという壮大な企みをもつ。この意企がゆっくりと顕《あらわ》れてくる前半部は、ムチャクチャにおもしろい。だが、中盤から突然、その膂力を失う。ひっくり返しの手法がいつも同じなので、読者はもう驚かないのである。奇想溢れるこの作家にしては珍しい手落ちである。

椎名誠氏の『ハマボウフウの花や風』も、この作者、薬籠中の青春回顧譚である。しかし、主人公が、回想装置としてのみ使われているところに、この一篇の弱さや窮屈さが露呈していた。十九年前と現在とが、もっとはげしく絡み合っていたら、素敵な材料であるのだし、とてもいい作品になったろうにと、口惜しく思う。

『後宮小説』の酒見賢一氏は、この一作で直木賞の候補者名簿に登録された大器である。まことしやかな細部を丁寧に積み上げておいて、いつの間にか壮大な大嘘を構築してしまうという方法に、才能を感じさせられた。しかし結尾部分に破綻が見える。蛇足が蛇足で終ってしまっているのだ。蛇足をも、読者への景物にしてしまうという知的腕力を持ち合せている作家なのに、このだらだらした筆の納め方は解せない。

結尾部分の破綻といえば、それは原尞氏の『私が殺した少女』にもあって、いくら瀕死の状態にあるとはいえ、母がわが子の《細い首に両手をかけて……》（二七一ページ）楽にしてやるかどうか、これは大いに議論の分れるところだろう。しかしわたしは、そこまでのすばらしい出来栄えを買った。文章がいい。ユーモアの感覚がいい。そして誘拐ものの勝負どころの身代金の受け渡し方法がいい。たくさんの長所と大きな欠陥とを秤にかけて、長所の方を慶賀すべきだろうと考えたのである。

星川清司氏の『小伝抄』は、緻密な工夫を張りめぐらせて、一人の女と二人の男の、三つの人生を読者に呈示している。短い枚数で三つの人生を描きつくすという困難な事業が、静かに成就しているところ、上々吉である。工夫の数々、指折りかぞえていては紙幅が足りぬ。そこで一つだけ挙げれば、三者三様の語り口。浄瑠璃文句に当時の流行言葉、語路《ごろ》を合せ、滑稽と洒落との平仄《ひょうそく》を整え、しかも現代の読者にも乗れる文体をつくり上げている。しかも大切なことは、三つの文体が、書き手によって選ばれたのではなく、題材そのものがそれらの文体で書くように要求しているかの如くに見えるところ、結局は作者がそれを書くのにちがいないが、しかし題材から自然にその文体

が選ばれたように見せる工夫——そこに唸ったのである。

今回、燃料の補給を受けられたお二人に、できるだけ長く高く飛びながら、一作でも多く作品を読者に提供されるように、と切願するものである。

吉川英治文学新人賞（第一一回）

受賞作＝小杉健治「土俵を走る殺意」／他の候補作＝安西水丸「70パーセントの青空」、井沢元彦「義経はここにいる」、伊集院静「三年坂」、海老沢泰久「孤立無援の名誉」、原田宗典「スメル男」、東野圭吾「鳥人計画」／他の選考委員＝尾崎秀樹、佐野洋、野坂昭如、半村良／主催＝吉川英治国民文化振興会／発表＝「小説現代」一九九〇年五月号

選評

「香色の月」「消炭色の空」「練色の淡い光」と、安西水丸氏の『70パーセントの青空』には画家ならではの比喩が豊富であった。原田宗典氏の『スメル男』の、〈二十一世紀の新しい時代をつくるはずの天才少年が、くだらないこの二十世紀のために人柱になってしまう〉という主題は痛切だった。自分の犯行を見破っているのは誰か、犯人が探偵を探す裏返しの趣向の東野圭吾氏の『鳥人計画』、動く密室と義経伝説の集大成とでたのしませてくれた井沢元彦氏の『義経はここにいる』、ともに知と力（つまり筆の）を兼備した力作である。

伊集院静氏の『三年坂』には五篇の好短篇が収められているが、うち四篇までが、〈現実とうまく折り合えないでいる主人公が、回想を経ることで半生の謎を探り当て、やがて現在の自分を受け容れる〉といった骨組を持つ。この骨組は、主人公と同じ屈託を抱く多くの読者をあたたかくはげます。文章の素姓のよさ、たしかな描写力。次作を期待させずにはおかない書き手の一人だ。『孤立無援の名誉』の海老沢泰久氏は、すでにスポーツ小説で一家をなしている。候補作は、〈大人とは少年の心を失った存在。人間としてさらに成長するにはふたたび少年の心を取り戻さねば……〉という主題の短篇を多く集めているが、この主題を、抑えのきいた上等の文章で展開する表題作は、まぎれもなく傑作だった。

こうしたすばらしい作品群の中で、さらにひときわ輝いていたのが、小杉健治氏の『土俵を走る殺意』であった。文章は荒削りで、構成にも穴が見受けられるが、人物の造形力は群を抜いている。たとえば主人公の母親やライバル、登場の機会をさほど多くは与えられていないが、その印象は強烈である。それぐらいだから、主人公たちが生き生きとしているのは当然で、作者は推理小説を書こうとしながら、現実と格闘しているうちに、どんなジャンルにも属さない普遍の叙事詩を完成してしまった。この一冊の中で、人間が悩み、苦しみ、裏切り、恋し、そして愛し合っている。

山本周五郎賞（第三回）

―受賞作＝佐々木譲「エトロフ発緊急電」／他の候補作＝原田宗典「スメル男」、上野瞭「アリスの―

穴の中で」、伊集院静「三年坂」、山田正紀「ゐのした時空大サーカス」、泡坂妻夫「蔭桔梗」／他の選考委員＝田辺聖子、野坂昭如、藤沢周平、山口瞳／主催＝新潮文芸振興会／発表＝「小説新潮」一九九〇年七月号

選考座談会より

原田宗典氏の「スメル男」は、四点です。この作者の機知の働きはなかなかのものだと思います。それがよく筋立てに表れています。四といういい点数になったのは、この作者の今という時代に対する批評眼に共感を覚えたからです。

二十一世紀という新しい時代をつくるはずの天才少年が、この下らない二十世紀のために死なざるを得なくなる。その哀しさ、そこに打たれて買いました。諧謔《かいぎやく》味のある文章も物語《ストーリー》と合っていますね。ただ、ときどき新聞記事で経過を説明しますが、あのへんがもう一工夫いるかもしれません。

上野瞭氏「アリスの穴の中で」は三点です。いささか大袈裟になりますが、人間が物語を発明してから、もう何千年も経《た》っているのに、男が妊娠するという物語はごく稀だと思います。とすれば、この上野さんの着想は、大発見だったはずなんです。

ところが、男が妊娠するという物語が、今までにあまりなかったのは、この種のことを小説や芝居にしても、面白くならないことを、人間がなんとなく気づいているからではないか。実際、こうして上野さんが小説にして下さったことによって、残念ながらやっぱり男が妊娠する小説は面白くないという貴重な実験結果を、われわれ同業者は得ることになりました。

というのは、この題材は、必然的に笑いを必要とします。相当に強力な笑いがないと、読者は気恥しくて、こういう題材とつきあえないと思うのですが、その笑いに欠けている。読むのがつらい。

壮介と同時に、娘の香織も、未婚の母という形で妊娠します。父と娘が、同時に妊娠したとなれば面白いはずなのに。面白くはならずに、なにやら啓蒙《けいもう》風になっていく。危ない方向へ思い切って足を踏み出せばいいと応援しながら読んでいるのですが、倫理とか常識とか、そういうところに、作者自ら話を閉じ込めてしまう。そのために、読者は燃焼不足になってくる。

こういう話は、医学的な裏付けが要るんじゃないでしょうか。それがきっちりあれば、ああ、男もひょっとしたら妊娠するかもしれないなとか、いったい誰の卵子が入ってきたんだろうかとか、読者の興味を盛り上げられたと思うんです。嘘でもいいから、医学的に、ピチッと抑えて妊娠させてほしかった。

ただ、ゆきという病床にあるおばさん、この人の物語は面白いですね。表の話はもうひとつ燃えないんですが、裏で語られるゆきの夢は、ずっと面白い。ところがこの裏の物語を、作者が保証してくれればよかったのですが、おしまいになって、このゆきには、夢で出てきたようなことは全然なく、小学校の頃いじめられて、それからずっと身体をこわし、床についたきりだったという。つまり、この面白い夢すらも、読者にとっては不確実なものになっていく。方法としてはこういう行き方もあるでしょうが、もったいないことです。読者を置いてけぼりにしすぎる。

伊集院静氏の「三年坂」も、「スルメ男」と同じ吉川英治賞の新人賞候補作品です。ですから二回読んだことになりますが、点数は四です。つまり評価したいということです。作者の伝えたいこ

とを正確に伝えた上で、さらにある雰囲気を出す。自然描写にしろ、心理描写にしろ、それが出来ているということは、当り前と言えば当り前ですが、なかなか出来ることではないと思って、文章の力に感心しました。それから、あんまり破綻がないんですね。全部が的に当っている。

ただ、この短篇集に収められた各作品、パターンが似てるんですね。なんだかぐじゃぐじゃした現在がありまして、その現在を、主人公自身、うまくつかめないでいる。それが、野球とか釣りとか旅行とか、あるいは娘の嫁入りとか、なんらかのきっかけで回想になる。その回想を通り越し、もう一度現在に戻って、現在を納得する。つまり、過去へ戻って現実を受け入れるというパターンが、五作のうち四作ぐらいある。それがこの短篇集の雰囲気をきちっと決めていると同時に、ちょっと物足りなさも感じさせるんです。

このパターン、ひと言でいうと、年寄りじみているというか、まだ早いんじゃないか。今は、どんどん先へ書いていっていいんじゃないか。しかしうまいと思いましたよ。「皐月」という一篇が、パターンをはずしていますので、特にうまいいい短篇です。

山田正紀氏の「ゐのした時空大サーカス」は三点です。時間の順序系列を移行していくうちに、仲間が狩猟民族になったり、農耕民族になったりし、本隊のほうは、時間の系列をあっちからこっちへ渡り歩きながら、マザーシップへ戻ろうと、うろついている。そのうろつく様が、巡回するサーカスに重ね合わされている。このアイディアはすごい。

ですが、それを読者に知らせていく手続き、それをもっと計算して、きちっと書かないとつまらないんじゃないでしょうか。こういうテーマを展開するにしては、作者があまりにも感傷的になり

すぎて、ポイントがうまく押えられていない、そういうもどかしさがありますね。

面白いところがたくさんあるんですよ。本隊のピエロをやっている人物が、別れた友人とすれちがう。その友人が、ピエロにおーいと手を振ってくれたというのがまず最初にあり、それからしばらくして、主人公の健一が、そのサーカスのパレードにおーいと手を振った。それで、この健一というのは、実は、本隊から別れた人間らしいとわかるんですね。そういうハッとするような個所が少なくない。

ところが、この健一側の書き方がきっちりしていない。つまり、本隊から離れて、われわれの属している時間系列の中に入ってしまった健一という人間の半生を、さっき言った大きなテーマとの関わり合いで書こうとしてるんですが、健一側の書き方が、もうひとつきっちりしていない。そのために、せっかくのテーマが、浮かび上がってこない気がするんです。

だから、実際に読んでみると、すごくわかりにくい。あれ？　あれ？　あれ？　というふうに、何回も読み返さないとつながってこない。作者の主観に重心がかかりすぎていて、読者と共有すべき客観部分が不足してるんです。

佐々木譲氏の「エトロフ発緊急電」は四点です。物語が始まった時点では、全く接点のないケニー斉藤と岡谷ゆき、この二人、絶対に結ばれるという予感は、読者としては最初からあります。それがどんどん距離を詰めていき、最後に結ばれ、二人の愛の結晶というべき賢一という少年が、手を引かれてエトロフを去っていきます。

三十億だか五十億だかいる人間の中の、ある二人に焦点を当てておき、それが、時代の悲劇的な

進展につれてついに結ばれるという距離の縮め方……。最初は少々厄介だと思ったんですが、ケニーがアメリカから日本に来て、東京─青森─函館─根室─エトロフと、だんだんゆきに近づいてくるアイディア──とりわけ珍しいアイディアではないでしょうが、そこに全霊を上げて取組む作者の力技《ちからわざ》に感心しました。

それからケニーが、ハワイでスパイとしてのテストを受けます。ここも面白いですし、磯田軍曹という憲兵が、ケニーをどんどん追いかけていきます。この逃避行といいますか、追跡劇といいますか、とにかく東京からエトロフまでの道行、これも面白かったですね。

ただ、この作者が最も力を注ぐべきだったのは、国家とは何かということだと思うんです。日本という国は、いったい、どういう国だったかということです。つまり、ケニーと結ばれる岡谷ゆきは、戦争のためにエトロフを捨て、一度は捨てた故郷に帰り、そしてエトロフはソ連領になるというふうに、国家に振り回されているわけです。そのへんを、もっとしっかり書いてもらいたかったな。

一四一ページの上段で、海軍省の山脇順三が、結婚相手の安藤真理子にこう言います、「帝国国策遂行要領を決めたのは政府なんだ。憲法上はもう陛下にもこの動きを止めることはできない」。このへんも、もっと調べてもらいたいんですね。当時、天皇にはたくさんの大権がありました。それは、子供でも知っていました。行政権、立法権、司法権、全部天皇が持っていたわけです。

国務大臣の輔弼《ほひつ》によりとか言って、今、天皇を免責する動きがありますが、そんなのは全く嘘。統治大権、軍の統帥大権、外交大権、憲法改正発議大権、すべての大権を天皇は持っていたんです。

にもかかわらず、当時の人間に、「憲法上は陛下にもこの動きを止めることはできない」と言わせるのはちょっと困る。そういうところに、この作者の国家に対する詰めの甘さを感じないでもないのですが。

泡坂妻夫氏の「蔭桔梗」は三点です。泡坂さんのものを僕もよく読む方で、小太刀《こだち》の使い手といいますか、きちっと出来ていますね。しかも、本当に小さな観察で、ふっと人生総体の謎が解けるみたいなところがある。とても好きな作家なんですが、この短篇集について言えば、各篇とも、ひっかけ方が弱いような気がするんです。スパッと落ちないんですね。

しかも、泡坂さんにしては、すごい空振りだなというのもあるんです。たとえば「竜田川」。浸《しみ》抜《ぬき》屋さんがいて、そこへくに子という女が、着のみ着のままで住みつく。結婚式に招かれたけど、くに子には着ていくものがない。くに子は、浸抜屋さんにたまたまあった江戸《えど》褄《づま》を着て行って、そのまま帰ってこない。別に殺人事件があって、血で汚れた江戸褄を、くに子の母親が浸抜屋に出す……。

このあたり、これまでの泡坂さんと、ちょっと違ってきているんですね。プロットが少し粗いような気がするのです。「緻密」から「綺想」へ変ってきた。作風は違っても、出来がよければいいんですが、この「竜田川」など、空振りに終わった気がしました。

短い枚数の中に、小さな真実をポンと浮かび上がらせ、ああ、そうだったのか、しかし、もう時間は逆戻りしない、これが人生なんだ、そういうところを狙いながら、それがはっきり出てこない。もどかしい感じなんですね。

「エトロフ発緊急電」か「蔭桔梗」かですが、まず「蔭桔梗」に収録されている「弱竹さんの字」を客観的なストーリー展開に改めますと、本屋の店番をしている女性が、別れた人を捜しています。ある日、九段中学の文化祭に行ってみると、見おぼえのある字が展示してある。先生に、これは誰が書いたんですかと訊《き》く。先生は、船橋あたりの駅の看板にこういう字があるらしく、その看板の字の好きな生徒が、それを真似して書いたようだと答える。女性は、その看板文字の主こそ、自分が捜している男性だとわかる……。

今まで泡坂さんの世界だと、この女性はすぐに、子供にお礼に行くと思うんです。泡坂さんは、そういう世界をたいへん大事にしてきましたからね。ところが、「弱竹さんの字」では行かない。今度の作品集には、そういった、抜けているところがいっぱいあるんですね。けっして泡坂さんに反対じゃないんですよ。文章はいいし、観察がきいている。ただ誤読するといけないから伺っているのです。

直木三十五賞（第一〇三回）

受賞作＝泡坂妻夫「蔭桔梗」／他の候補作＝高橋義夫「北緯50度に消ゆ」、志水辰夫「帰りなん、いざ」、樋口有介「風少女」、清水義範「虚構市立不条理中学校」／他の選考委員＝五木寛之、黒岩重吾、田辺聖子、陳舜臣、平岩弓枝、藤沢周平、山口瞳、渡辺淳一／主催＝日本文学振興会／発表＝「オール讀物」一九九〇年九月号

読者の存在

『北緯50度に消ゆ』（高橋義夫）の物語展開のための動力源は、東亜同文書院学生の救い出した少女がロマノフ家の第三皇女かどうかという謎にある。さらにこの間口の広い物語を終結に向けて絞り込む動力源は、最後に現われるニコライ皇帝とレーニンの秘密協定書（退位の条件に、サハリンを分離して皇帝の領土とすることを認める）である。作者の、歴史の隙間から物語の種子を拾い上げようとする努力と情熱に拍手を惜しむものではないが、しかしせっかくの物語要素の前で作者はなぜこのようにためらうのだろうか。どこかよきところで「少女は第三皇女である」「秘密協定書はこれである」というふうにはっきり明言してよいのではないか。都合のよい史実の断片を百も二百も積み上げて、たとえば「この少女こそロマノフ家の第三皇女である」という揺《ゆる》ぎのない大嘘をつくのが物語作者の特権であり、読者へのもてなしでもあると思うのだが、作者は肝腎なところで妙に「良心的」だった。また読者の興味をほとんど全部集めていた少女の、その後の運命についての記述が乏しいのも切《せつ》ない。読者の知りたがっていることがもっとはっきり書き込まれていたら、すばらしい物語になっただろうにと惜しまれる。

『帰りなん、いざ』（志水辰夫）についても同じ感想をもつ。質のよい文章、その文章に規則正しく織り込まれる秀抜な比喩、それによって脈打つ快《こころよ》いリズムなど、作者のその手腕たるや見事の一語に尽きるが、読者には物語の織り目が少し朦朧《もうろう》として見える。

『虚構市立不条理中学校』（清水義範）のレトリックの駆使はあいかわらず「さすが！」であるが、

それにしても〈英語教師の氏名＝加古文司《かこぶんじ》〉〈理科教師＝筋野徹《すじのとおる》〉といった置き換えで読者をたのしませることは、もはや無理なのではあるまいか。読者は清水義範のレトリック世界にすっかり慣れてしまっているからだ。紋切り型《ステレオタイプ》に徹してこの混沌とした世界をあざやかに分析し、読者に快哉を叫ばせるという氏の方法論はまだ充分に有効であるはずだが、この小説に則して言えば、「体育科」と「放課後（あとがき）」との間に、もう一つ驚天動地の章があるべきであった。読者は、氏がどのように奇抜な方法で物語を閉じるのか、そこに興味を集中させているのであるから。

読者、読者とすこし小煩《こうるさ》いようだが、小説は、言葉と物語とが読者の胸にしっかりと届いて、そのときはじめて完結すると考えているから仕方がない。

今回、もっとも堪能したのは『風少女』（樋口有介）だった。筆一管で前橋という地方都市のたたずまいや、そこに降る光の質や、風の冷めたさを的確に描き出した才能は月並みのものではない。風俗の活写、青春群像の彫琢、みんなうまく行っている。さらに家族小説の新型としても成功しているし、恋愛小説としても気品に溢れている。だが、この作品はじつは推理小説のスタイルで書かれており、そうなると、たとえば睡眠薬の錠数といったことが問題にならざるを得ない。どう勘定しても数が合わぬのである。そこで推薦の辞も自然弱くなる。この作品と心中してもいいと思っていただけにとても残念である。

『蔭桔梗』（泡坂妻夫）は名人芸の所産である。名人芸だけに、たまに凡百の読者を置き去りにして独走するところがある。そこに微かな不安もなくはなく、また、作者の恋愛観にも多少の不満はある。がしかし圧倒的な名人芸がそういった不安や不満を押し流してしまった。

日本ファンタジーノベル大賞（第二回）

優秀賞＝鈴木光司「楽園」、岡崎弘明「英雄ラファシ伝」／他の候補作＝村上哲哉「ラスト・マジック」、原あやめ「日輪王伝説」、加藤正和「念術小僧」／他の選考委員＝荒俣宏、安野光雅、高橋源一郎、矢川澄子／主催＝読売新聞社・三井不動産販売　後援＝新潮社・日本テレビ放送網／発表＝「小説新潮」一九九〇年九月号

『楽園』第二章に脱帽

『日輪王伝説』（原あやめ）のテーマは「罪の子が人間の罪をあがなう」というもので、骨太であり共感もおぼえるが、壮重に見えてじつは痩せた文章とくどい組み立ての物語がせっかくのテーマを生かしきれなかった。

『念術小僧』（加藤正和）は落語の呼吸《いき》で講談式に物語が展開するところに若干の工夫があった。しかし落語長屋の登場人物たちが勢揃いするのであればもっと沢山の愚挙愚行があるべきで、そのあたりが計算ちがい。つまり読者は、作者ほどにはおもしろがれないのである。

『ラスト・マジック』（村上哲哉）は高校二年の少女がプロ野球の監督になるという設定である。物語は素直で、向日性に溢れており、気持のいい作品だが、作者は少くとも三つの失策を犯している。第一に文章が薄っぺらだ。小説は文章だけを武器に読者の心に波風を立たせなければならぬの

だから、もっと文章表現に力を注いだ方がいい。第二に選手それぞれの個性を深く彫ること。第三に野球小説らしく野球をうまく使ったトリックや山場をあと三つか四つ加えること。そうしたらこれは傑作になったはずだ。筋がいいし、読者をたのしませる才能をもっている人ではないかと思われるから、ひたすら今後の精進を祈るが、しかしとにかく一度、文章表現ということについて死物狂いで考えてみてください。

『英雄ラファシ伝』(岡崎弘明)は「あとがき」がすばらしい。この短い「あとがき」に作者の才能が隠しようもなく輝いている。がしかし本文は、文章も物語も華麗すぎて、とりとめがなくなり、読む者をいらいらさせる。才能の見せびらかしすぎです。思いついた比喩やギャグを全部並べ立ててはいけない。また移動植物に移動湖に移動砂漠と、発想が同工異曲なのも気になる。移動という大アイデアをさらにうまく処理するために、固定という反対物を重用すること。——小姑じみたことを並べ立てたけれど、作者はまだ若く、時間がずいぶん残っている。当分は思うがまま才筆を振う方がよいかもしれない。

もっともおもしろく読んだのは『楽園』(鈴木光司)である。とりわけ第二章にはただ脱帽するばかり。地味だが安定した筆力、的確な言語運用、冷静、客観の文体——いくら感心しても、したりない気がするぐらい見事な章である。平べったく言えばコトバがすらすらとこちらの胸に入ってくる。人物造型もあざやかなものだ。

妻を追って一万年、一万年かかって愛を完成させようというのだから大きな構想である。テーマは愛、これも強い。もうどうしても大賞はこれしかないと決めてかかったが、第三章が小さい。作

者は一万年の物語を三十三年周期の、小さな輪廻の中に矮小化してしまったようだ。大きな物語と強いテーマをいい文章でぐいぐい進めてもらいたかったのに第三章ですべてが小さく、そして貧しくなったのは惜しい。がしかし第二章だけでもこれは特筆すべき傑作だと信じる。

朝日新人文学賞（第二回）

受賞作＝竜口亘・鹿島春光「ぼくと相棒」（「アンモナイト狂騒曲」改題）／他の候補作＝川西桂司「雨あがりの町」、村崎喜作「橘、馨る」、松島修三「塚紅葉」、山本啓二「遠い絆」／他の選考委員＝田辺聖子、藤沢周平、丸谷才一／主催＝朝日新聞社／発表＝「月刊Ａｓａｈｉ」一九九〇年十一月号

とにかく面白い

すばらしい作品に恵まれて選考会は短時間のうちに終了した。そのすばらしい作品というのは『ぼくと相棒』（竜口亘／鹿島春光）のことである。正確で、平明で、リズム感があって、間断することなく軽い諧謔を発しつづける文章が、まずとてもいい。その文章に導かれて読者が出会うのは、樹木の匂いと谷川の清明な流れの音である。しかし同時にそこは深い泥もあればヒグマも出現するという陰画の桃源境だ。そういった道具立てを一管の筆の力だけで創り出しているのだから、繰り返すようだが、立派な文章力である。さて、その裏返しの桃源境でなにが起こったのかといえば、じつに人間くさい争いごとであって、舞台と人間たちの、微かな、しかし皮肉な乖離がまことに知

的である。全体を貫いているのは「ぼく」と「相棒」との友情の絆であるが、この絆が物語の進行につれて太くなったり切れそうなほど細くなったり、そのへんの呼吸もみごと。だいたい登場人物に一切名前をつけないというのも見識で、そのためにこの作品は深い寓意さえ孕《はら》みはじめている。すこしばかり過褒のようだが、ここまで完成度の高い作品が新人賞に現れたのは、少なくとも評者の経験でいえば、ごく稀である。

他の四編もそれぞれ力が籠っていた。『橘、馨る』(村崎喜作)のとぼけた味わい、『雨あがりの町』(川西桂司)のひたむきなほどの素直さ、『塚紅葉』(松島修三)の小説技術の巧みさ、そして『遠い絆』(山本啓二)の題材の切実さなど、それぞれに魅かれるものはあったが、残念ながら、受賞作の文章や構造や寓意と争うところまでは行かなかった。

ふたたび受賞作について言えば、とにかくおもしろい。結局はこのひとことにつきるだろう。

講談社エッセイ賞(第六回)

受賞作＝早坂暁「公園通りの猫たち」／他の選考委員＝大岡信、丸谷才一、山口瞳／主催＝講談社／発表＝「小説現代」一九九〇年十一月号

軽く読めて深い

はじめのうちは、「文章は軽いが、猫の写真がおもしろい」と思っていた。猫の写真が全部で三

十六葉。そのほとんどが、七五三の子どものようにきちんと正面を向いている。九割までが記念写真風、どの猫もひたとカメラを見つめている。かといってカメラに向ってなにかを訴えるという社会的猫の表情ではなく、三分は澄まして、三分は人懐っこく、残り四分でなにかひっそりと物語りたそうなポーズで写っていた。

ところが、選考の席で、ほかの委員のみなさんの評をうかがっているうちに、次第に文章が光り出した。たとえば、ある猫が写真に写っていて、その前後に、その猫についてのコトバによる描写がある。そのとき言語表出は決して写真を裏切らない。それどころか描写が写真に生命を吹き込んでその猫が動き出し、人工都市トウキョウの中でもっとも人工的な街シブヤを舞台に、その猫ならではの、固有の運命を語りはじめた。鋭く深い観察力と上等の文章力がないと、なかなかこうはならない。やがて人間と猫の境目もおぼつかなくなり、猫が生きにくい場所は人間にとってもそうだ、というようなところにまで導かれたが、その力はどうやら早坂さんの胸の奥で燃える静かな怒りから生まれているらしいということもわかってきて、とうとうわたしはこの本がほんとうに好きになってしまった。軽く読めて深い。よいエッセイが持つ急所をこの本もまたしっかりとおさえている。

野間児童文芸賞・野間児童文芸新人賞（第二八回）

受賞作＝大石真「眠れない子」、村中李衣「おねいちゃん」（本賞）、石原てるこ「友だち貸します」（新人賞）／他の候補作＝伊沢由美子「走りぬけて、風」、芝田勝茂「ふるさとは、夏」、三田村信

行「ぼくが恐竜だったころ」（本賞）、新庄節美「桃太郎の赤い足あと事件」、武田鉄矢「雲の物語」、伴弘子「ママのたんじょう日」、八起正道「ぼくのじしんえにっき」（新人賞）／他の選考委員＝佐藤さとる、古田足日、松谷みよ子、三木卓／主催＝野間文化財団／発表＝一九九〇年十一月

光と影

なにもかも冷たく、よそよそしく、人工的な大都会の夜の底に、『眠れない子』（大石真）は、「光る家」という、ささやかな、しかしたしかな希望の灯をともした。この作品の前半は暗くて陰気だ。ところが後半には一転して平べったい至福感が漂っている。そこで評者は、なにか別々の作品を読んでいるような、微かな戸惑いを感じたが、「光る家」から溢れ出る懐しい光は、結局のところそういった戸惑いをも消してしまった。亡くなられた大石さんはいまどこにおいでだろうか。大都会のどこかにひっそりと温かい灯をともす「光る家」で静かに頰笑んでおいでだろうか。

『おねいちゃん』（村中李衣）の登場人物たちは一人の例外もなく光と影とを合せ備えている。悪玉、善玉というふうに人物を扁平に描くのではなく、だれもが短所や弱点を隠さず、また長所や美点をひけらかさない。このことが物語を厚くし、人物を活きたものにした。評者はとくに女主人公の父親を愛する。この父親とどこかの駅裏の飲み屋でひと晩、人生のさまざまな出来事をさかなにしみじみ酒がのみたい。彼は評者を、評者は彼を、きっと慰めることができるだろう。

『友だち貸します』（石原てるこ）は、のびのびした筆致で書かれている。浅草の光の部分に作者の目が行きすぎているところにやや不満を抱くが、しかし先は長いのだ。作者の才能はいつか影の

部分をも鋭く抉り出し、みごとに描きあげるにちがいない。ほかの選考委員のみなさんの賛辞を信じて、評者もこの作者の可能性に賭けることにした。

小説新潮新人賞（第八回）

受賞作＝なし／候補作＝高橋銀月「ばちあたり」、一ノ瀬翔「誰かの黄昏」、三浦俊彦「M色のS景」、飴屋周次「体は借りもの」、牧瀬登志郎「還元の奈落」、海林牛雄「犬とコンタクトレンズ」／他の選考委員＝筒井康隆／主催＝新潮社／発表＝「小説新潮」一九九〇年十二月号

選考対談より

高橋銀月さんの『ばちあたり』は、非常に簡単なストーリーのようですが、言ってみれば、これは、和製庶民版『ファウスト』という線の作品です。未整理ではありますが、文体や話の運び、会話には大変勢いがあります。なかでもとりわけ、政一・浮子の夫婦の関係が面白い。浮子は一方的に政一をバカにしているんですけれども、なんか気のいい、陽気な女で、それが、ある意味では政一にとって、母親の役割も果たしているといいますか、甘えられる相手になっている。そういう関係が、ひゅっと浮き出す瞬間があります。

一ノ瀬翔さんの『誰かの黄昏』を読みますと、人生というものは、ひとりの人間にひとつしかないんだろうかという疑問を、今、若い人はすごく持っているようですね。おそらくこれは、若い人

の好きな物語の原型だと思います。ただ、この、ふたつに分かれている人生が、もっとダイナミックな感じでひとつに重ねられていれば、と思うんですね。

三浦俊彦さんの『M色のS景』では、最後の最後の、Sの女王が実は男だったという肝心な仕掛けも、小説でないと成立しませんし、この文体が味方して生きるんですね。よく言えば形而上学的、とにかくすべてを観念で創り上げている。現実を映したわけではなくて、ただ文体と想像力でひとつのお話を創り上げたという荒技には脱帽しました。この実験精神というか、既成の小説から突然離れちゃって、そこで迫ってくる迫力というのがあります。

飴屋周次さんの『体は借りもの』は、ひと口で言いますと、非常に変わった時代小説を、この作者は書こうとしている。たとえば生活感、それから人情の交流、そのへんは細かくよく出来ています。ただ、根がなくて、そこだけ浮いているという感じがあって、収まらないんですね。こういうものを書こうとした態度は大いに買いますが、それが完全に作品を通して出たかとなると、ちょっと疑問ですね。

牧瀬登志郎さんの『還元の奈落』は期待したのですが、その期待は、四分の三ぐらいは満たされますが、四分の一は満たされませんでしたね。結局最後は、双子の殺し屋が、あまりにも役割分担をしすぎている。それなりに面白いんですが、前半で場面を作った警視庁の話が、その後全然出てこなくなったり、空振りしちゃうところも多少あります。きちっとリアリティをつけようとしたために、かえってリアリティに裏切られたという感じですね。

海林牛雄さんの『犬とコンタクトレンズ』は、思いついたことを全部書いている。何か考えすぎ

というか……。もっと単純で強いキーワードを使わないとね。犬とコンタクトレンズじゃなくて、何かひとつでいいんです。そういう点が未整理で、読んでいていらいらするんですね。もう少し整理して練り上げると、不思議な味のいい短篇が出来たと思うんですが。

『M色のS景』は、意外に古典的な作品ですね。ずいぶん読者とかけ離れたところから出発して、四分の三ぐらいのところで、健康なところへ戻るんですね。更生するわけです。つまり、一回浄化をするわけです。でも最後にもうひとつねじって、ある世界へ踏み出しておいて、両方とも死んでしまう。かなり健康ですよ、この作品に対する作者の計算は。

『ばちあたり』は、確かにあるポピュラリティがあって、たくさん点数を集められますが、何か足りない。われわれの文学観を、何か試されているような感じがしますね。何か、ある世界が出来ている。内容はともかく、そういう点では『M色のS景』が群を抜いていると思います。文体としてもあるところまで来ていますしね。一番緊張させられて、仕掛けもあって、やられたという感じはやっぱりこれです。

すばる文学賞（第一四回）

受賞作＝大鶴義丹「スプラッシュ」、清水アリカ「革命のためのサウンドトラック」、山室一広「キャプテンの星座」／他の候補作＝静石一樹「シンデレラの城」、高木敏光「ローズィー」、新田玲子「霧の中から」／他の選考委員＝青野聰、高橋源一郎、日野啓三／主催＝集英社／後援＝一ツ橋文

すがすがしい作品

小説とは、書き手が読み手になにか祈りのようなものを分かち与える行為なのではないかと思う。「祈り」を思想や物語や発見という言葉に入れ替えてもよいが、とにかく書き手が大切にしているものを、言語によって外在化し、読み手にそれを手渡すこと、それが小説であるというふうに考えて候補作品を読んだ。

今回の候補作品には、「読み手に手渡す方法」を複雑にしようという方法をとるものが多かった。普通、小説は一人称か、一人称に限りなく近い三人称で語られる。ところが候補作家六人のうち三人までが、この既存の、安定した作法に反乱を企てている。二人称で押し通した『ローズィー』（高木敏光）、三人称と二人称を併用した『霧の中から』（新田玲子）、それに『革命のためのサウンドトラック』（清水アリカ）、三作とも「手渡す方法」に果敢な実験を試みている。しかし、これらの実験がまことの実験となるためには、書き手の祈り（思想、物語、発見など）がどうしてもその種の実験を必要とする場合に限られる。『ローズィー』の物語は、正直なところごくありふれたものであり、別に二人称を要求しない。物語そのものをもっと練り上げて、自然に語った方がよい。その方が書き手の祈り（思い）はよく伝わったろう。『霧の中から』にも同じことがいえる。書き手はメアリーという登場人物をすばらしくよく描いている。メアリーの五十年の人生を、忍耐強くねばり強く読み手に分かち与えてくれれば、これは相当の傑作になったと信じる。作者の駆使した人

称転換法が逆にメアリーと読み手との交信を妨害してしまったのである。『革命のためのサウンドトラック』は、祈り（この場合は書き手の思想）そのものが人称転換を要求していると思われるので、その点では実験精神を評価したい。がしかし、これではリドリー・スコット監督の新作のための筋書《プロット》のようだ、という感想を抱いた。言語化の際の手続きが、よく言えば大胆不敵、悪く言えば大雑把なのではあるまいか。

残る三篇のうち、『シンデレラの城』（静石一樹）は、万事、細密すぎて、書き手の祈りがまるで読み手には伝わらず、『キャプテンの星座』（山室一広）も諸記号の使い過ぎでせっかくの題材を台なしにしている。以上五篇とも、小説を、なにか繁雑で手のかかる特殊技術であるかのように錯覚、その錯覚をそのまま小説化してしまったようだ。読み手に無用の心労を押しつけているのである。書き手は、自分の祈りを読み手に伝えるために、ありとあらゆる智恵や技術を総動員すべきであるが、それらはすべて水面下の仕事、小説として読み手の前に立ち現われるときは、すっきりと分りやすいものになっていなければならない。

『スプラッシュ』（大鶴義丹）は、素直で、すがすがしい作品である。小むずかしい小説技法の議論など軽く乗り越えて、書き手は、魅力的な「夏」を、読み手の前にぽんと置いてくれた。小説にうるさい人も、そんなことに関係ない人も、書き手の祈りにこころよく同化することができる。そして、このよい意味での大衆性を支えているのが、高度な描写技術や生来の諧謔性であることは論をまたない。一流の芸術はすべて「わかりやすく」深い。この作品のわかりやすさはタダモノではなく、深さがさらに深まることをこれから期待してよい書き手でもあるようだ。

一九九一（平成三）年

読売文学賞（第四三回）

受賞作＝森内俊雄「氷河が来るまでに」（小説賞）、つかこうへい「飛龍伝'90　殺戮の秋」（戯曲賞）、大庭みな子「津田梅子」（評論・伝記賞）、川崎展宏「句集　夏」（詩歌俳句賞）、茨木のり子「韓国現代詩選」、平川祐弘「マンゾーニ『いいなづけ』」（研究・翻訳賞）、随筆・紀行賞なし／他の選考委員＝安部公房、遠藤周作、大江健三郎、大岡信、川村二郎、菅野昭正、河野多恵子、佐伯彰一、丸谷才一、吉行淳之介／主催＝読売新聞社／発表＝同紙一九九一年二月一日

世間の常識を背負い投げ　「飛龍伝'90　殺戮の秋」について

革命を志した学生たちと、鎮圧した機動隊とのあいだにあったのは憎悪の情だった。これが「世間の常識」である。つかこうへい氏はつねに、このような「世間の常識」を引っくり返し、われわれ観客の胸に、当事者たちの切ない真情をいきなり突きつけることに情熱を注いできた。この作品では、氏の、そういう作劇技法が集大成されている。

いま、もう少し詳しくその技法を分析してみると、まず最初にほどこされるのは、「世間の常識」と称されている代物の増幅工事である。つまり氏は「世間の常識」なるものを、ひとまずうんと持ち上げてみせるのだ。「機動隊員は押しなべて学歴が低く、地方出身者が多い」という通念を肥らせて、「イトーヨーカドーでしか買物のできない田舎者」というふうに誇張化する。学生もまた同じく思い切り戯画化される。

当事者たちが戯画化されることで、その対立も滑稽なものとなり、そこでわれわれ観客は大いに笑うわけであるが、ここで氏は第二の技を仕掛けてくる。たとえばこの作品では、血みどろの戦いを重ねるうちに、学生も機動隊も青春の哀しさを共有しはじめるのである。その瞬間、「世間の常識」なるものは一気に背負い投げをくわされてしまう。そして真の敵が名指しにされる。その敵とは、大人ぶった、姑息な日常性である。

第一の技を喜劇の手法とすれば、第二の技は悲劇の手法である。すなわち作者はこの作品で喜劇と悲劇とをみごとに融合させたのだ。これはその意味でも特筆してよい実験である。

岸田國士戯曲賞（第三五回）

受賞作＝坂手洋二「ブレスレス」／他の候補作＝生田萬「夜の子供2／やさしいおじさん」、岡安伸治「笑うトーキョー・ベイ」、鴻上尚史「ビー・ヒア・ナウ」、鄭義信「人魚伝説」、内藤裕敬「百物語」、成井豊「広くてすてきな宇宙じゃないか」、松原敏春「月満ちて、朝遠く」、横内謙介

「フォーティンブラス」、和田周「蠅取り紙」／他の選考委員＝唐十郎、佐藤信、田中千禾夫、別役実、八木柊一郎、矢代静一／主催＝白水社／発表＝「新劇」一九九一年三月号

やはり戯曲は構造だ

戯曲を読むだけで笑い出すことはめったにない。そのめったにないことが、『月満ちて、朝遠く』（松原敏春）を読んでいるうちに起った。この作者のギャグ（笑わせる工夫）をつくる技術はすこぶる高級である。低級なギャグは有名コマーシャルや時事的な事件を通して観客と狎《な》れ合う。下ネタも、たいていは低級だ。それから流行の思想を並べて、それらを偏痴気論《へんちきろん》で軽がると扱ってみせ笑いをとるという手法も全盛だが、こういうのも押しなべて低級である。エセ哲学論を展開して客席から微苦笑を誘うというやり方もあるが、こういう俗物主義は高くは買えぬ。この作者は、喜劇作者に忍び寄るこれらの誘惑をきっぱりと斥《しりぞ》けて、登場人物の性格と行動と、それらの関係性だけで観客を哄笑させようとしている。べつに言えば志が高いのである。評者もまた低級なギャグにしばしば足をとられることがあるので、逆にこの作者の高い志が少しはわかる。

ただしこの作品には多くの瑕《きず》がある。なによりも題名のつけ方がずいぶんひどい。苦心してつくり上げたものを自分の手でぶちこわしている。それから構造が安直である。ギャグづくりに費やす時間を少しでいいから筋立て《プロット》づくりにまわしてほしい。とにかく企《たく》みに企《たくら》んだ構造をつくり上げること。そうすればギャグと台詞の切れ味はもう一級品なのだから、かならずや傑作喜劇が生まれる。それは請け合ってもいい。

『月満ちて、朝遠く』に頭から惚れ込んでしまったので、他の候補作に紙幅を割《さ》く余裕がなくなったが、受賞作『ブレスレス』（坂手洋二）について言えば、ゴミを蝶番《ちようつがい》にして世界の価値をすっかりひっくり返えしてしまったのは、まことにあざやかな力業だ。台詞にはやや偽善の匂いがし、諧謔も微温的で、また扱われている題材も際物《きわもの》、これまた瑕が多いけれども、よくできた構造がこれらの瑕をみごと魅力に変えてしまった。やはり戯曲は構造が大切だ。

直木三十五賞（第一〇四回）

受賞作＝古川薫「漂泊者のアリア」／他の候補作＝酒見賢一「墨攻」、東郷隆「水阿弥陀仏」「放屁権介」「人造記」、もりたなるお「銃殺」、宮城谷昌光「天空の舟」、出久根達郎「無明の蝶」「四人め」「猫じゃ猫じゃ」「とろろ」、堀和久「死にとうない」／他の選考委員＝五木寛之、黒岩重吾、田辺聖子、陳舜臣、平岩弓枝、藤沢周平、山口瞳、渡辺淳一／主催＝日本文学振興会／発表＝「オール讀物」一九九一年三月号

おもしろく、かつ深く

今回は、常連作家の手練の作品のなかへ新鋭の野心作がなだれこみ、厚味のある、水準の高い候補作群が形成されていたようにおもう。そこで、「読んでいるあいだはとてもたのしく、そのなかからこれはという一作にしぼるのは、かなりむずかしかった」というのが、評者の率直な感想である。「無明の蝶」（出久根達郎）の細部の豊かさおもしろさと自在な文章。「人造記」（東郷隆）の蘊蓄と

諧謔味のある文章。「死にとうない」（堀和久）の主題の大きさと速度感のある文章。「銃殺」（もりたなるお）のテーマにたいする凄まじい執念と平明で安定した文章。そして「墨攻」（酒見賢一）の才気あふれる素材処理術と情報を満載した独得の文章。いずれも一読して三嘆すべき立派な作品だった。

さらに、「天空の舟」（宮城谷昌光）に至っては、構想は中国古代に材を仰いですこぶる広大、文章は格調高く、かつ融通無礙、しかもそのおもしろさは彼《か》の三国志をさえ凌ぐかとおもわれ、「これは大変な書き手が現われたものだ」と度胆を抜かれた。そこで評者は最後まで、この作品と「漂泊者のアリア」（古川薫）との二作受賞にこだわらざるを得なかった。「次作を見たい」という多数意見を容《い》れて、結局は二作受賞案を諦めたが、いまだに評者の心の隅では、「惜しい……！」という声がしている。

「漂泊者のアリア」は、すでに周知のように、声楽家藤原義江の伝記を小説化した作品である。イギリス人を父に、日本人の芸者を母に生まれた、この美しい混血少年が「われらのテナー」として全国民的に親しまれるまでには何十回もの「人生の転機」を上首尾のうちにやりすごさなければならないのであるが、練達の作者はここに着眼した。藤原義江が人生の転機にさしかかるたびに現われる善意の人びとを入念に描くことで、作者は「人が人を創る」という人生の真実の一つを読者に分かち与えることにみごとに成功した。読後感がまことに爽やかなのは、おそらく作者のこの姿勢に起因するのではあるまいか。また、読後の読者は「人生とはものさびしいものだ」という感想を抱かれるかもしれない。この一種の哀感は、作者の年輪が自然に紡ぎ出したものにちがいない。おもしろく、かつ深い作品である。

吉川英治文学新人賞（第一二回）

受賞作＝伊集院静「乳房」、大沢在昌「新宿鮫」／他の候補作＝綾辻行人「霧越邸殺人事件」、多島斗志之「クリスマス黙示録」、永倉万治「陽差しの関係」、樋口有介「彼女はたぶん魔法を使う」／他の選考委員＝尾崎秀樹、佐野洋、野坂昭如、半村良／主催＝吉川英治国民文化振興会／発表＝「小説現代」一九九一年五月号

常事《ただごと》ではない二作

平明で生きのいい文を、きびきびと積み上げていく小気味よい速度感、綿密な取材に支えられた濃密な風俗、主人公の剛直さとその恋人の唄うたいの少女の正直さ、そして、二人の交情が醸し出す品のよい恋愛気分、個性的な脇役たちによる物語的アクセントのみごとな効果、なによりも、広く展開しておいた物語を終結部のライブハウスへぐいぐいと引き絞っていく作家的腕力の逞しさ、「新宿鮫」（大沢在昌）は、どこをとっても一級品である。わたしは、読者としては熱狂しつつ、同業としてはいくらかの妬ましさを覚えながら、この常事《ただごと》ではない傑作を読み終えた。読んで損はなく、かえってお釣りがくる小説である。ほんとうに立派な仕事だ。

「乳房」（伊集院静）には五つの短篇がおさめられているが、多少の出来不出来の波はあっても、どれも読者の心をいきなりグイと摑んでくるような不思議な強さをもっている。また、五編とも、

登場人物たちの意思が最後に疎通するという構造を内蔵しているが、同じ構造を何度突きつけられても鼻につくことがないのは、それだけ細部が豊かだからだ。別にいえば、作者は小説がうまいのである。とりわけ、「クレープ」という短篇のうまさなどは常事ではない。この作者は、一管の筆で読者の心に波風を立てさせる力をもっているようだ。

山本周五郎賞（第四回）

受賞作＝稲見一良「ダック・コール」／他の候補作＝小池真理子「無伴奏」、宮城谷昌光「天空の舟」、安部龍太郎「血の日本史」、中島らも「今夜、すべてのバーで」／他の選考委員＝田辺聖子、野坂昭如、藤沢周平、山口瞳／主催＝新潮文芸振興会／発表＝「小説新潮」一九九一年七月号

選考座談会より

小池真理子氏の「無伴奏」は三点です。この小説の舞台は、仙台ですね。僕も仙台には住んだことがありますが、都会なのか田舎なのかわからないような、その時分の仙台の薄ら寒さ、そういう雰囲気はよく出ていると思います。まあ、小説とはあまり関係がありませんが、なんとなく懐かしくて、自分のことのように読んでいったんです。その描写力には敬服しました。

しかし、むやみに前ぶりが多いんですね。事件は一九七〇年の冬に起った、彼らは大きな秘密を抱えて姿を消した。そういう類の前ぶりがたくさんあって、読者としては、大いに期待をもたされ

る。ところが、その期待は、自分の好きになった男性が、親友とホモの関係にあったのではないかというところへ絞られていく、どうも、最初の読者に対する働きかけと、物語の方向が違うんじゃないか。これはすごい話だぞと、のっけからうるさく言わないほうがよかったのではないかと思います。それと、勢津子という渉のお姉さんは、事の成り行きをまったく知らないようですが、こういうことは、自然のうちにわかるんじゃないか。こういう人生上の重大事は、時間がたつにつれて、自然にわかってしまうのじゃありませんか。それが人生のおそろしさだろうと思います。

高校卒業前後の女子高生の娘心の描写はじつに巧みです。だけど、それが物語の部分にはめこまれてみると、何かもの足りない。ノスタルジーはノスタルジーでいいんですが、はじめからしまいまで暗いことばかり。私は、青春というと、すぐ森田健作風になってまずいんですが、青春の、光の当たる面がもっと出て、そこに、陰の部分も出るように出来てたらよかったのにと、ないものねだりで申しわけないけれども、そう思いました。

物語の展開、主題の展開がひとつ足りない、いろいろつくっているわりには、大事なものが足りない気がします。この主題の設定だと、問題は、実は現在にあるんですね。それを七〇年代で切っちゃっているから、本当につくりものになってしまったんですね。祐之介は、いま沖縄にいるわけですし、勢津子も生きている。これから何が始まるかというところを丁寧に書いて、そこに過去がポッと出てきたら、まだ読者はついていてくる。

宮城谷昌光氏の「天空の舟」は四点です。直木賞の選考会では、これが一番か二番だと思いました。まず、いま自分が書いている物語から、作者がひょっと退《ひ》く、その瞬間の距離や姿勢も司馬遼

太郎さんと似ていますね。作者は終始、事件に密着して書いています。それが時々、すっと後ろへ退き、小さな総括をポッポッとやる。これがまた独特のリズムになっていくんですが、ここらも司馬さん流の文章です。

が、それはしようがないというか、僕はむしろ、いいことだと思います。誰か好きな作家がいて、その作家を徹底的に模写する。しかしその模写は、違う人がやっているわけですから、必ずそこに模写する人の個性が出てきて違うものになる。だから、これはいいと思うんですね。

僕が一番気に入ったのは、資料どころか、文字さえまだない時代に取組まれたことです。文字のない時代を文字にしていくところに、一種、逆説的な面白さ、痛快さが感じられます。資料のない時代からいろんな傍証を集めて、ひとつの大きな話をつくっていくのは、作家として最もすごい、素晴らしいことですね。

ただ、今回読み返してみて、はたしてこんなに長く書く必要があったかなという思いもあります。もっと圧縮していけたんじゃないか。それで、一点減になったんですが、ともあれ大変な構築物ではないでしょうか。

安部龍太郎氏の「血の日本史」は三点です。これは、古代から明治維新まで、日本史の事件を時代順にたどった連作短篇小説集ですが、最初に、びっくりし、感心した点を申し上げますと、日本史全般にわたって、うんと調べて、ここはこういうふうにして、ここはこういうふうにしてと、全部カバーしようとした作家的野心ですね。内容はどうあれ、この野心は僕も学ぶべきだと思って感服しました。あとは、この本の厚み。宮城谷さんには悪いんですが、「天空の舟」の厚みとは違う

んですね。たいへん贅沢な厚みで、それにも感心しました。

今度は、ひっかかった点を申し上げます。まず、この題材の選び方です。「血の日本史」というぐらいですから、しようがないんですけど、読んでいるうち、本当に元気がなくなりますね。やはり、五本のうちに一本ぐらい、すごく笑える話とか、明るい話とか、そういうリズムがついていないと、読者はつらいですね。

それと、題材の作品化のしかたです。このなかの一篇、「鎮西八郎見参」についていいますと、為朝は、伊豆大島に流された後、狩野茂光に追っかけられて自殺したと、どんな辞書にも出ています。が、この本では違うんですね。為朝はそこでは死なず、琉球に逃れていったという伝説に比重をおいて、もっと夢をもたしているわけです。それはそれで全然かまいませんが、自殺はしなかったとは書かれていません。史実がだんだん調べられてきた結果、実は自殺はしていなかったと、通説をひっくり返すような手で書いてくだされぱいいんですが。

もうひとつは、ずっと歴史上の有名人が並べてあるかと思うと、庶民が前面に出てきたりします。そのへん、もう一工夫、作家的な手練手管があってもよかったのではないでしょうか。とにかく、圧倒的なエネルギーですが、僕は読者として、この日本史のつかまえ方にはついていけません。というので、両方から引きあって、真ん中の三になりました。

稲見一良氏の「ダック・コール」は五点です。いま、みなさんが、あまりよくないとおっしゃっているプロローグ、モノローグ、エピローグですが、通して読んでみますと、これはこれで、ひとつの作品になってるんですね。いろんな鳥がいて、それらの鳥が作者をある世界に誘い込んだ、読

者もどうかそうなってほしい、そういう願いが作者にあって、こういう縦糸は、どうしても欲しかったんだろうなと思うんです。

みんないいんですが、「望遠」と「密猟志願」だけは、もうひとつ好きではありません。「望遠」は、すぐ消えていく人を必要以上に詳しく説明したり、ちょっとうるさい作品。「密猟志願」は、読んでて恥ずかしいところがあります。主人公はシャルル・アズナヴールに似ていて、養老施設にいる老婦人は、キャサリン・ヘプバーンで、というのは、恥ずかしいですよ。

とまあ、そういうことはありましたけれども、この稲見さんという人は、少年の心を持った作家ですね。鳥というと、山とか沼とか野原という感じで読んでたんですが、第五話の「波の枕」では、海を出してきました。海で遭難した源三という青年が、グンカンドリに助けられます。グンカンドリがトビウオをつかまえて、源三にくれるんですね。その源三が、年をとってやがて死ぬという時に、床の中でグンカンドリを思い浮かべている……。大した仕掛けですね。「デコイとブンタ」では、最後にデコイが空を飛んじゃう、これもまたすごいです。

中島らも氏「今夜、すべてのバーで」ですが、さやかに向かって、最後に主人公が、「きみがおれのアルコールだ」っていいますね、この台詞《せりふ》はすごくいいですね。話の仕立ては、一種のスリラーというか、ホラーですね。つまり、アル中を治すために入院している主人公が、この後いつまたアルコールに引きずられてしまうか。読者をそこまで持って行ってるんですね。飲まなきゃいいがなあとか、飲んでもいいんじゃないかとか、読者のほうが主人公になって、主人公よりもはらはらする。これを自然に仕掛けているところなど、大変な才能だと思いました。

他の四篇の文章は、いい悪い、いろいろありますが、この人は、素直だけどとても知的で、文章をきちんとつくっていますよね。ですから、そういう文章に乗っけられて、読者は本当にはらはらしたり、最後は涙を流したりします。「きみがおれのアルコールだ」なんて、ほんと、嘘にしてもいい台詞ですね。

点数は四・五です。でも、ご相談に応じる気はあります（笑）。西浦老とか、同室の人物は、わりとパターンだと思いますが、「腹水盆に帰らず」とか、実に巧みに駄洒落を入れたり、主人公に霊安室でアルコールを飲ませてみたりと、パターンをもうひとつ先へやってるんですね。「ダック・コール」か「今夜、すべてのバーで」かですが……。

直木三十五賞（第一〇五回）

受賞作＝宮城谷昌光「夏姫春秋」、芦原すなお「青春デンデケデケデケ」／他の候補作＝高橋義夫「風吹峠」、宮部みゆき「龍は眠る」、篠田達明「法王庁の避妊法」／他の選考委員＝五木寛之、黒岩重吾、田辺聖子、陳舜臣、平岩弓枝、藤沢周平、山口瞳、渡辺淳一／主催＝日本文学振興会／発表＝「オール讀物」一九九一年九月号

行儀のよさ、わるさ

行儀のよい文章で綴られた行儀のよい物語が、必ずしも読者の心を動かすとは限らない。たとえ

ば、『法王庁の避妊法』にはとても勉強になることが書かれているが、作者はすべてを行儀よく自己の管理下においてしまった。作中のどこにも火花が散っていない。物語の進め方にしても、「主人公の根気」と「周囲の無理解」から始まって、「主人公による医学的真実の発見」と「周囲の理解」に終わる展開が、数頁も読まぬうちに読者から察知されてしまう。作者は少し行儀がよすぎるのではあるまいか。小説家としての企みがもっとあればとおもった。

『風吹峠』にも同じことが言える。しっかりした取材と調査、正確な方言、たしかな文章力、僻村の女医の半生と軍国日本の消長とを重ねあわせた構成、そして、明治以来の急速な近代化の歪みがヒロインにじんわりとのしかかってきているのではないかという主題の設定など、作者の目配りのきいた計算には脱帽するほかはない。がしかし、すべての道具立てが行儀よく整っているのに、読者の心が大きくゆすぶられるには至らない。作者の管理が強すぎて、登場人物たちが行儀よく振る舞わざるを得なくなっているからだ。一言でいえば、だれもかれもが、とても窮屈なのだ。物語の最後に初めて、ヒロインが作者に反抗して自由になるが、このあたりの「人間くささ」は出色であり、この味がもっと早くから出ていたらと惜しまれてならない。

『龍は眠る』のテーマは、「それぞれの能力を他人のために」ということであり、作者は自分で設定したこのテーマに全身で挑んでいる。随所にユーモアの感覚が閃き、会話もうまく、その上、作者は、破綻を恐れることなく（ということは、行儀作法を無視して）誘拐ものと超常能力者ものとの二つのジャンルを一つの物語にまとめあげようとしている。この知的冒険心を高く評価したい。ただし、物語の裏でひそかに進行している別の物語（もう一人の超常能力者の、犯罪防止のための

行動のことだが）の目鼻立ちがやや曖昧だったのは残念である。

『青春デンデケデケデケ』は、前半がすばらしい。なによりもまず、「ぼく」のまわりにバンドのメンバーが集まってくるあたりのスピーディな展開の心地よさ。各章の章名を有名ロック曲の歌詞にしたのも洒落ているし、さらにその日本語翻訳を四国地方の方言にしたのは抜群のアイデアであり、少年たちの行儀の悪さも魅力的だった。それにさまざまな登場人物たちを一筆でさっと印象的に描いてしまうところにも才能を感じた。ところが、物語が終わりに近づくにつれて、すべての回転が弱まってくる。ドライブがきかなくなってくる。妙に行儀よくなってしまう。いろいろな理由が考えられるが、たとえば、強力なマドンナの不在もその一因だろう。また、ロック・バンドの結成から成功までのプロセスを通して、主人公たちの魂がどう成長していったかが希薄で、それが原因しているかもしれない。だが、作者は、後半のこの大失点を補って余りある大量の得点を、すでに前半で挙げていた。それほど、この作品の前半はすばらしい。

『夏姫春秋』には、「三夫二君一子を死なせ、一国二卿を滅ぼした」妖婦夏姫を神話的歴史の泥沼から救済しようという情熱が漲っている。その情熱が、間口の大きな物語を支え、そして豊かな構想力を養ったのだろう。ちょっと押しつけがましい文明批評や人物批評、それから、むやみに雑知識をひけらかすところなど、作者の筆はずいぶん行儀が悪いが、しかし、おおもとにある情熱が純なので、その行儀の悪さがみごとに愛敬のよさに転化している。この情熱の強さと熱さと量とに脱帽する。

日本ファンタジーノベル大賞（第三回）

大賞＝佐藤亜紀「バルタザールの遍歴」、優秀賞＝原岳人「なんか島開拓誌」／他の候補作＝沢村凜「リフレイン」、河合泰子「天明童女」、恩田陸「六番目の小夜子」／他の選考委員＝荒俣宏、安野光雅、高橋源一郎、矢川澄子／主催＝読売新聞社・三井不動産販売　後援＝新潮社・日本テレビ放送網／発表＝「小説新潮」一九九一年九月号

物語の規則

どんな物語も、それぞれ、その物語に固有な規則をもっている。この規則定めこそ、作者の特権で、いかなるマカ不思議な規則を設けようとかまわない。とくにファンタジーの規則は自由自在、なにを規則にしようと、だれからも咎《とが》められない。読者側も、作者の設定した規則を受け入れ、それを共有して、その物語を楽しむ。これが物語の大原則である。

ところで、『天明童女』では、この物語の主要な規則の一つである「夢」の使い方が少しばかり勝手気ままであった。夢の規則が作者に有利で、その分、読者に不利なのだ。平べったく言うと、作者は、自分の都合にあわせて夢を使っている。いかなる形でも父の像を持つことのできない少女が、天明年間に向けて父探しの時間の旅に出るという設定はとてもいいのだが、読者との規則の共有に破綻が見えたのは残念である。

若い人たちは「百物語」が大好きだ。ご存じのように、これは怪談会の一形式で、夜、みんなで

集まり、周囲を青い紙で張った行灯に百本の灯心を入れ、恐ろしい話を交代で語りながら、一つ話が終わるごとに灯心を一本ずつ消していく。そして、怪談が百に達したときに妖怪が出現するといわれ、江戸時代にたいへんに流行した。『六番目の小夜子』は、学園もの仕立ての底にこの百物語の規則を隠しているようである。学園ものと百物語の組合せ、ここまでは天晴な手柄である。この規則では、最後になにが現われるかが大事な急所であるが、惜しいことに、読者は少しばかり肩すかしを食わされる。つめが甘いのだ。しかし、学校という存在の不思議さをよくつかまえているし、なかなか力のある書き手だとおもう。

『リフレイン』の作者は、絶対的な非暴力主義がどこまで通用するかに賭けている。この考え方は、いま、人から小馬鹿にされているように見受けられるだけに、大胆なテーマ設定である。しかも、作者のテーマに対する執着力はたいへんなもので、「ここにまぎれもない作家がいる。書きたいことを抱えた作家がいる」と感動させられた。そこでこの作品の規則は、主人公がこの非暴力主義をどこまで、そしてどういう非暴力的な手を使って貫き通すかということになる。さて、ここから先は個人の趣味の問題であって、よしあしは決められないが、解決に愛と狂気をもってきたのは、わたしには頷《うなず》けなかった。これは小説である。だとすれば、もっと小説的な解決法はなかったのだろうか。とくに狂気を匂わせたことには疑問がある。非暴力主義は狂気をもってしか貫き通せないものだろうか。せっかくのテーマが台無しになってしまったような気がする。

『なんか島開拓誌』では、貨客船の若いボーイが、難破に際して、「頭の打ちどころがよかったので、どういうわけか生き神様になってしまった」というのが規則になっている。まことに人を喰っ

た規則であり、そこで物語も人を喰ったものになった。物語の時間の経過もいい加減だし、登場人物たちが上陸した島も話が進行するにつれて大きくなっていったり、デタラメといえばデタラメだらけであるが、不思議なことにちっとも気にならない。「主人公は生き神様」という規則が、デタラメをすべて吸い取ってしまうからである。長編を読む読者は、読むエネルギーを作中の諧謔から得ることが多いが、その諧謔もふんだんにある。欠点が多いのにおもしろく読めてしまうという不思議な作品である。

『バルタザールの遍歴』では、主人公が双生児であることが規則の一つになっている。そして一方が、二人の遍歴を書き綴っているという仕掛けだ。二人二役が、ときに一人二役になり、ときに二人一役になる。この微妙な転換の連続がじつにうまい。さらにもう一つ大きな企みが仕掛けてあるが、読者諸賢の楽しみをうばってはいけないから、ここでは伏せておこう。こういった仕掛けには、抜群の文章力が必要になるが、作者はその文章力を備えていた。突然、総評を始めて申し訳ないが、今回の候補作は、この『バルタザールの遍歴』を例外として、いずれも文章に難があった。雑すぎるのである。その一点でも、『バルタザールの遍歴』は図抜けていた。もっとも、この作品の過剰な知的おしゃれぶりに微かな反感を感じられる読者もおいでになるかもしれないが。

朝日新人文学賞（第三回）

――受賞作＝甲斐英輔「ゆれる風景」／他の候補作＝藤水名子「秘玉」、沙葉奈月「家族ごっこ」、李砂――

慧「ラハイナを夢見て」、雨神音矢「千鳥の城」／他の選考委員＝田辺聖子、藤沢周平、丸谷才一／主催＝朝日新聞社／発表＝「月刊Ａｓａｈｉ」一九九一年十一月号

遠景と近景

物語の遠景にちらりと姿をあらわした人物の印象があまりにも鮮やかなので、近景の主人公たちの影がふっと薄れてしまうことがある。『ラハイナを夢みて』（李砂慧）にちらりと姿をみせた祖母に興味をそそられて、近景人物たちに気持が入らなくなってしまった。遠景の一人物の強さが近景人物たちの「甘さ」を批判するというすばらしい構造を、作者がもっとうまく使いこなしていたらと残念におもう。

『千鳥の城』（雨神音矢）は、それとは逆に近景人物が強い。とくに主人公の粘り腰には敬服した。結末にも、ありきたりの「悲劇の型」を壊そうとする作者の意思がみなぎっており、その力業に敬意の念さえ抱いた。だが、藩主不昧公やそのお抱え力士の雷電などの遠景人物が曖昧で、作品の彫りがその分だけ浅くなったような気がする。

『秘玉』（藤水名子）のヒロインは、第一に妓楼の看板妓女である。教養があって、舞いも歌も楽器もうまい。第二に彼女は都を騒がす女盗賊であり、第三に没落した大素封家の娘で、家を再興しようという望みを抱いている。つまり、ヒロインのなかに、遠景、中景、そして近景が仕込まれているわけだが、その三景がうまく書き分けられていない。第二の「女盗賊」の次元でばかり書かれているので、作品の間口と奥行が狭く浅くなってしまった。

『家族ごっこ』（沙葉奈月）と『ゆれる風景』（甲斐英輔）では、物語の遠景と近景との関係がうまく行っている。前者は、読者の胸に感動の波を起こす力を秘めていた。ただし、少し幼いところがある。戯曲だったら、その幼さが、たとえば俳優の身体の介入によって、かえって魅力になっただろうが、散文では、文章だけがその幼さを魅力に高める。そのあたりに作者の今後の課題がありそうである。

さて、後者、『ゆれる風景』は、マラソン・ランナーの、競技中の回想という枠組をもっている。この枠組を通して、作者は、主人公の半生を編み直す。作者にとっても、また読者にとっても、たいへんに便利な方法である。会社の計算、部長や監督の思惑、主人公の再生への意志が、過不足なく読者に伝わってくる。それになによりも、作者の主人公への激励が、そのまま読者への励ましにもなっていて、こういう作品を読むと、「わたしももう少しがんばろうか」という気になってくる。そこがこの作品の尊いところだろう。

講談社エッセイ賞（第七回）

受賞作＝伊藤礼「狸ビール」、須賀敦子「ミラノ　霧の風景」／他の選考委員＝大岡信、丸谷才一、山口瞳／主催＝講談社／発表＝「小説現代」一九九一年十一月号

筆の力

戯作者気取りの卑下慢は作物をいやしくするし、上品を狙って婉曲《えんきょく》話法を試みれば話がわからなくなるのが常だが、伊藤礼さんの『狸ビール』は、卑下しながらも上品で、婉曲な筆使いをしながらもわかりやすい。鳥打ちの話なので警戒しながら読むうちに（鳥打ちは嫌いなのだ）、いつのまにかわたしは見えない鉄砲を持たされて多摩丘陵のあたりを歩かされている。伊藤さんの筆にはきっと狸の毛が混じっているにちがいない。つまり文章にだまされたのである。それぐらい文章に腕がある。それにしてもこれほど動物を愛してやまぬ人がなぜ鉄砲で鳥を打つのか、それは謎としてのこされたが、いつかそのうちに伊藤さんは狸の毛の筆でその謎を解いてくださるだろう。

ミラノの深い朝霧、薄紫色の夕靄《ゆうもや》、菩提樹の花の匂い、遠くから聞こえてくる夕べのお告げの鐘、遠くでこだまする汽笛、そして干草の匂い。こういったものを丹念に塗り重ねながら、その向こうに、須賀敦子さんは「自分が愛したイタリア」を静かに浮かび上がらせる。その中からゆっくりと姿を見せはじめる友人たち。絵を描くように、須賀さんは文章を書く。その筆さばきは遠回しのように見えるが、じつはそうではなかった。丹念に塗り重ねられていたのは、ほんとうは「時間」だったのである。やがてわたしたち読者は、それらの友人たちの過去に「ヨーロッパの悲劇」が隠されていたことを知らされ、ヨーロッパの文化の底にあるものにまで導かれる。きびしい個人的な選択を経た世界、これがその底にあるものだった。『ミラノ　霧の風景』は、霧の向こうの世界に去って行った時間を、みごとに現前させた。これもやはり筆の力だ。

野間児童文芸賞・野間児童文芸新人賞（第二九回）

受賞作＝今村葦子「かがりちゃん」、森忠明「ホーン岬まで」（本賞）、大谷美和子「きんいろの木」、中澤晶子「ジグソーステーション」（新人賞）／他の候補作＝飯田栄彦「ひとりぼっちのロビンフッド」、浜たかや「月の巫女」（本賞）、佐藤多佳子「九月の雨」、林多加志「ウソつきのススメ」、和木浩子「アルジェンタ年代記外伝」（新人賞）／他の選考委員＝佐藤さとる、古田足日、松谷みよ子、三木卓／主催＝野間文化財団／発表＝一九九一年十一月

選評

幼児に抽象的なことをわからせるのは大変な仕事だ。なにしろ彼らはまだ逆順の接続詞さえも使いこなせないでいるのだから（逆順の接続詞は、多くの学者が指摘するように、抽象的な思考になじんで初めて正確に使うことのできる言葉なのである）。ところが、『かがりちゃん』では、抽象的なことがらを作品の芯に据え、しかもおもしろく読ませるというこの難事業がやすやすと実現されている。「人間が年を加えるごとに大きくなっていくとしまいに世界はどうなってしまうか」、あるいは、「意味のない言葉でも、ときには意味のある言葉以上に役に立つときがある。それはどんなときか」といったむずかしいことがらに、かがりちゃんと呼ばれる女の子の日常生活での小冒険が、じつに自然に解答を与えていくのである。作者のこの大冒険に、わたしは感動し、脱帽した。添えられている絵もまたすばらしい。

『ホーン岬まで』では、人がよく死ぬ。人が簡単に死んで行く作品には、警戒警報を出すことに

しているのだが、しかし、「水にうかぶ雪」に登場するきくよおばちゃんの短い生涯とその死に、はげしく心を揺すぶられた。この一編は掛け値なしに傑作である。

『きんいろの木』は、自閉症の兄をもった少女の、『ジグソーステーション』は、東京駅を遊び場にする少女の物語である。どちらも物語を構築する膂力が逞しく、結末に至れば読者を励まさずにはおかないという美点を備えていた。物語の構築力と読者を奮い立たせないではおかぬ作家精神とにめぐまれたお二人の未来に期待する。

小説新潮新人賞（第九回）

受賞作＝なし／候補作＝嶋津義忠「半蔵の見た幻」、植並波朗「スーツケースファミリー」、東福広「夏の日々」、中須賀伸生「記憶に吹く風」、斉藤秀幸「北京の牡蠣」、久保田呉春「ハローッ！カウンター・フレンド」／他の選考委員＝筒井康隆／主催＝新潮社／発表＝「小説新潮」一九九一年十二月号

選考対談より

嶋津義忠さんの『半蔵の見た幻』はスタートとおしまいが史実ですから、そのあいだでしか作者の自由がない。そこが非常に窮屈なんですね。ですから歴史に対して、もっともっと仕掛けていいんじゃないかと思うんです。大きな歴史の中で勝負していない。のっぴきならないところへ追い込

まれていく信康が、物語の中で反作用として常に働いているような感じを受けます。それをうまく利用できればいい作品になったと思いますが、大事なところは史実に押しつぶされてしまったという感じがします。

植並波朗さんの『スーツケースファミリー』では、最初に動機をはっきりさせ、話をどんどんエスカレートさせて、最後はペーパーバッグファミリーになってしまうというように徹底した展開が必要です。それから書き方の問題ですが、この形でゆくなら徹底して盗み聞き、覗き見しないとだめなんですね。自分が選び出した手法を信頼して、どんどん突き進んでほしかった。それがどっちつかずだから、なんとなく生ぬるい、かったるい話になってしまいました。

東福広さんの『夏の日々』は、逆に自分のお話を信頼しすぎて溺れてしまい、読み手を感動させられない。互いに愛し合っている夫婦が偽装離婚しなきゃいけない。それで残された家族と人目を忍びながら一週間一緒に過ごして、妻や子供のことをしみじみ思い直して、それがある種の勇気になる。頑張って借金返して、もう一度こいつたちと一緒に住むんだと思う。そういう牽引力が必要なんですね。その牽引力が、感傷とか雰囲気に流れてしまって、甚だ弱い気がします。

中須賀伸生さんの『記憶に吹く風』は、ばかにしてたと思いながら面白い。実際にあり得ない話ですから、読んでいる間だけでも現実化させるのが小説の力だと思います。最後の一ページで、「この私もあなたの意識が作ったものなのです」と医者が言いまして、「物語に辻褄を合わせるためにね」で終わる。このレベルが最初からきっちり計算できていると、非常に人工的ですが、実験的でなんかばかばかしい、いい小説になったと思いますね。

斉藤秀幸さんの『北京の牡蠣』は、アメリカンほら話というやつを利用した作品ですが、今回候補作の中では、文章もバランスが崩れていませんし、作者の企みがわりあい正確に表現されているという印象を持ちました。他の作品と比べて、作品と作者の間に好ましい距離が少しはあるのではないか、自分の作品をいい意味で批評しながら書いていっているのではないかと、好感を持ちながら読みました。ただ、こんな落ちだったら、もっと短くてもよかったかなと思いますが。

久保田呉春さんの『ハローッ！カウンター・フレンド』は、アメリカの下町あたりによくある、仲間が集まってみんながちょっと気のきいたことを言ったりする小説です。都会で、酒場のカウンターに集まらないと気がすまない人たちの気持ちもわかりますし、とにかく酒場で飲んでいる人たちが、妙に励まされるところがあるんですね。これは大変貴重な才能だと思います。正直いうと、僕は、この作品が一番素直に読めて、終わり方も、レベルとしてはそう高くありませんが、よくできていると思いました。

さて、こうして見てくると、とにかく今できている形で一番作品の体をなしていて、最後まできちっと読めるのは『北京の牡蠣』ですよね。

すばる文学賞（第一五回）

受賞作＝釉木淑乃「予感」、佳作＝仁川高丸「微熱狼少女」／他の候補作＝大島真水「宙の家」、門脇裕一「ＰＥＧ―または彼と彼女と宇宙飛行士」、理世デノン「落とした場所」／他の選考委員＝

——青野聰、高橋源一郎、日野啓三、水上勉／主催＝集英社／後援＝一ツ橋文芸教育振興会／発表＝「すばる」一九九一年十二月号

「微熱狼少女」を推す

『微熱狼少女』に夢中になっていたのは、どうやらわたしだけだったらしい。わが敬愛する選考委員のなかには、呆れ顔で、「（この作品を推すなんて）どうかしてしまったんですか」と訊く方もいたぐらいである。そこで日を改めてもう一度よく読んでみた。

その結果、前非を悔いてがらりと評価が変わった、というのであれば話はすこしはおもしろくなるのだが、まったくそんなことはなくて、それどころかますますこの作品が好きになってしまったのである。

たしかに弱点はいくつもある。主人公は、自分が世界の中心にいないことを知った女子高生であるが、彼女の養父にあたるスナック経営者とその恋人の若い外科医との男色関係についての記述は、薄っぺらで、中途半端で、いい加減である。作者はこの二人を単なる道具として安っぽく使っているだけであって、この薄情さは弾劾されて然るべきである。ついでに言えば、題名もひどい。しかし、この作品の性愛描写はやはりすぐれていると思った。

性愛描写はこの作品の大事な勘どころ。主人公の成長と主題の深化が、彼女の異性間性愛から同性間性愛への変化に賭けられている。したがって性愛描写がしっかりしていないと、この作品は成立しないのであるが、作者はかなりたしかな小説言語の使い手で、流れ、うねり、沸き立つ性感を

うまく書きとめた。さらにこの作者には、天成のユーモア感覚があって、そのユーモアが性愛場面でとくに活発に発揮される。そこで、性愛場面が汚物化するのが防ぎ止められた。これはたいした手柄だと思う。前述したように人物造型に失敗してもいるけれど、しかし、主人公を同性間性愛にいざなう女メフィストフェレス役の三島という教師の存在感には圧倒的なものがあり、この作者には、人物を造型する力がないわけではないと考える。それになによりも読みやすい。むやみに難しく書いて、「文学している」と錯覚する、いわゆる文学青年病にかかっていないのもよろしい。すべて作品は読者の胸にしっかりと収まってはじめて完結へ向かうということを、この作者はよく知っている。

『落とした場所』は、子どもが大切と思うことと大人の価値観とのすれ違いを、仙台地方の方言を巧みに駆使して描き出している。のんびりとした筆使いから醸し出される諧謔味や、深みのある主題をさらりと書いてみせる文学的姿勢にも好感をもった。しかし、エピソードの構成に、作家的戦略がない。

『宙の家』は、物語の始動が遅すぎ、『ＰＥＧ―または彼と彼女と宇宙飛行士』は、物語を捏くり回しすぎたのではないだろうか。

入選作の『予感』には、自分の小説言語を必死で作り上げようという気迫があふれている。その気迫に敬意を表して、最後の段階で票を投じた。

一九九二（平成四）年

パロディ'92　百人一首

――大賞＝小野のくさむら、松木靖夫／一席＝小林澡、阿久津凍河、静御前／他の選考委員＝丸谷才一、竹内惇／発表＝「週刊朝日」一九九二年一月三、十日号――

もじれる大人物がいなくなった

今年の応募総数は二千二百二十九首、毎年のことながら、読者諸賢の熱意にただ低頭するほかありません。

ここで内幕を明かせば、選考会場はいつもなにかの作業場のようになります。選考委員三人と編集部員が二人、一首ごとに、「ここはこう直したほうがぐっとよくなる」という思いを込めて朱筆を振るい、ひたすら応募作品にお仕えして化粧直しをするからです。ところが、大賞の二作品は、ほとんど朱を入れる余地がないぐらいよくできていました。

「ほとんど」ということは、少し朱が入っています。たとえば、小野のくさむらさんの作品では詠み人が変えてあります。小野さんは詠み人を「磯村尚徳」となさっていましたが、それを「鈴木俊一」に直しました。磯村さんが自身で「庶民を装っているけれども……」と詠むより、ライバルの鈴木さんが皮肉っぽく「テキは庶民を装っているけれども……」と詠むほうがおもしろいし、懐が深くなると判断したからでした。

同じ大賞の松木靖夫さんの作品は、本歌の音韻がうまくなぞってありますし、「バッキンガム」と「罰金」の音の通じ合わせも見事、松木さんはよほど耳のよい方のようです。

ところで、パロディに向く大人物が昨今はどうも払底しているようで、つくるのがなかなか不自由になってきました。このところ、応募作品もその影響をまともに受けて、呵呵大笑の大傑作が生まれにくくなってきています。席上、丸谷才一さんが、

「田中角栄さんや長嶋茂雄さんが元気だったころが懐かしい」

とおっしゃっておいででしたが、まったく同感です。

「だいたいあの二人には持ち道具が豊富だった」

角栄さんにはチョビ髭があり、扇子やだみ声や下駄があり、池には鯉まで泳いでいました。長嶋さんにはバットやグローブやとてつもないチョンボ・プレーがあり、例のいわゆるひとつの珍妙語録がありました。わたしたちはそれらのどれをとって笑いの種にしてもよかったのです。ところが昨今のヒーローないしアンチ・ヒーローは粒が小さくなり、それに比例して持ち道具にも乏しい。たしかにパロディに向かない、ノッペラボーな時代になってしまったようです。そこで丸谷さんの

結論は、

「こういう時代には、うんと視野を広げて、パロディになりそうもない題材を捜さなくてはなりませんね」

朱筆を振るった一人であるM副編集長も、

「適当な人物が見つからないときは、モノを詠み手にして擬人化する手が有効です」

と呟いていましたし、竹内編集長も、

「結局は詠み人に凝るのが秘訣だな」

とおっしゃっていました。ちなみに、これも朱筆組のT記者から、

「選評に、添削例を一つ掲げて下さい」

と命じられましたので、二席の石川国男さんの作品で説明しましょう。最初は、「しゃれた名で売出しにけりな次々と　我が身世に出る名が受けし後に」というものでした。そして詠み人は「あきたこまち」。本歌の詠み人は小野小町です。小野小町から秋田小町を連想したのが、まず石川さんの大手柄です。これだけでも入賞の資格が充分にある。ただし、せっかくの着想が下の句がごちゃついているので生きていない。そこで全員で朱を入れました。しかし、擬人化されたコメが歌を詠むというアイデア、「新銘柄米が大流行だけれど、その先鞭をつけたのはだれだと思っているのだい」という作意は完全に保存されています。というわけで、ひょっとすると、われわれのこのパロディは読者と選者による合作、両者が協力して往く年を思い返す催しなのかもしれませんね。

読売文学賞（第四三回）

受賞作＝坂上弘「優しい碇泊地」、青野聰「母よ」（小説賞）、金関寿夫「現代芸術のエポック・エロイク」（随筆・紀行賞）、中村稔「束の間の幻影　銅版画家　駒井哲郎の生涯」（評論・伝記賞）、渋沢孝輔「啼鳥四季」（詩歌俳句賞）、森亮「森亮訳詩集　晩国仙果ⅠⅡⅢ」（研究・翻訳賞）、戯曲賞なし／他の選考委員＝安部公房、遠藤周作、大江健三郎、大岡信、川村二郎、菅野昭正、河野多惠子、佐伯彰一、丸谷才一、吉行淳之介／主催＝読売新聞社／発表＝同紙一九九二年二月一日

魂の呻きを見事に摘出　「束の間の幻影」について

駒井哲郎（一九二〇—七六）は名前の上に勲章的形容句を付けて呼ばれることが多かった。「奔放な線条と微妙な濃淡を使い分けに巧みな」「神秘と瞑想、幻想と抒情のイメージをよく形象化したところの」「銅版画にふさわしい詩的で緻密な表現の」など、評者が記憶しているだけでもこれぐらいある。一方では、超弩級《ちょうどきゅう》の酒乱だとか、酔眼朦朧《もうろう》として歩いているところをマヒナスターズの楽器運搬用のトラックにはねられたとかいう噂《うわさ》も耳に入ってきて、詩人的大版画家と大酒乱とが両立せず、だいぶ混乱した印象を抱いていた。

中村稔のこの評伝は、貴重な第一次資料を豊富に引用しながら、駒井哲郎が精神の中に抱え込んでいた芸術家の魂の呻《うめ》きを見事に摘出して、わたしたちの混乱した印象を一つにまとめてくれた、もちろん左右逆にあらわれる版画の宿命と巧みに重ね合わせながら。

特筆すべきは著者が積み重ねていく文体の成果である。一個の文を捉《とら》えれば質実剛健そのもので

あるが、その文が数千個、積み重なっていくと、思いがけないほどの詩的滋味を滴らせて芳しく香るのだ。ときに版画の製作過程を的確に言語化し、ときに版画詩人の魂と共鳴して静かに慟哭《どうこく》する、実用の言葉と詩の言葉がこの一冊の中で溶け合っている。

なお、これは一人の銅版画家の評伝としてもすぐれているだけではなく、日本の近、現代銅版画史そのものの伝記としても有効で、長く書架に置くに足る一冊である。

岸田國士戯曲賞（第三六回）

受賞作＝横内謙介「愚者には見えないラ・マンチャの王様の裸」／他の候補作＝鄭義信「映像都市（チネチッタ）」、内藤裕敬「二十世紀の退屈男」、中島らも「人体模型の夜」、成井豊「ナツヤスミ語辞典」、東京サンシャインボーイズ「12人の優しい日本人」／他の選考委員＝太田省吾、岡部耕大、佐藤信、田中千禾夫、つかこうへい、野田秀樹、別役実／主催＝白水社／発表＝「しんげき」一九九二年三月号

思量の深さに

『二十世紀の退屈男』（内藤裕敬）には二つの仕掛けが埋め込まれている。登場人物が揃って「ここはおれの部屋だ」と言い張る滑稽で不条理な仕掛けに、第二の仕掛けであるさまよい漂う「郵便物」が絡み合って劇の構造ができあがっている。二つともすばらしい仕掛けである。ただし、この

二つの「絡み合い」がうまく嚙み合わない。滑稽と叙情が一つの劇の中で仇同士のようにいがみ合っている。ここからは評者の趣味だから、いい加減に聞いていただきたいが、たとえば、「ここはおれの部屋だ」という第一の仕掛けに徹していけば、凄い諧謔が発生したはずだ。

『ナツヤスミ語辞典』（成井豊）のスケッチ技術はたいへんに高度なものだ。ため息が出るぐらい上手である。その上等なスケッチがいくつも集積されていくうちに劇がうねりだすというのであれば、作者も観客も、ついでに評者の方も万々歳なのだが、残念なことにそうはならなかった。『人体模型の夜』（中島らも）にも同じことが言える。非凡な発想がきらめくばかりに並んでいるけれど、いつまでたっても劇的な力が立ち上がってこない。

こうして、『映像都市』（鄭義信）、『12人の優しい日本人』（東京サンシャインボーイズ）、そして、『愚者には見えないラ・マンチャの王様の裸』（横内謙介）の三本が残った。それぞれすぐれたものを備えている、どれが受賞しても構わないと考えて、ほんの一分間ぐらい、「三作品同時受賞」を唱えたが、他の委員の容れるところとはならなかった。たしかに三作品同時受賞ではぞろっぺいである。

『映像都市』における、火夜と秋吉の「愛」のだるさ物憂さを描くときの作者の技量の冴え、『12人の優しい日本人』の作者たちの筆の太々《ふてぶて》しいまでの達者さ、『……ラ・マンチャの王様の裸』での、ラ・マンチャの騎士と裸の王様とを同次元で捌くときの作者の思量の深さ。三作品とも重大な欠陥はあるものの、それぞれの美点ははるかに欠陥を超えている。さんざん思い悩んだ末、評者は『……ラ・マンチャの王様の裸』の思量の深さに票を投じた。

直木三十五賞（第一〇六回）

受賞作＝高橋義夫「狼奉行」、高橋克彦「緋い記憶」／他の候補作＝宮部みゆき「返事はいらない」、小嵐九八郎「鉄塔の泣く街」、東郷隆「猫間」、多島斗志之「不思議島」、中島らも「人体模型の夜」／他の選考委員＝五木寛之、黒岩重吾、田辺聖子、陳舜臣、平岩弓枝、藤沢周平、山口瞳、渡辺淳一／主催＝日本文学振興会／発表＝「オール讀物」一九九二年三月号

粒よりの力作揃い

今回の候補作はどれもみな読み応えがあった。月並みながら「粒よりの力作揃い」という形容が思い浮かぶ。

宮部みゆき氏の作品は、結末の温かさと爽やかさで、いつも評者を楽しませてくれるが、今回の『返事はいらない』にもその美点が満載されている。ただし、作中人物を少し動かしすぎ、弄《いじ》りすぎるような気がする。余計なことかもしれないが、頭でではなく、心で人物を動かしてくだされば、その美点がさらに光り輝くのではあるまいか。

東郷隆氏は博捜の人、歴史の中から思いがけない小挿話を掬《すく》い取ってくる達人である。『猫間』にもその戦果は明らかで、細部がほんとうにおもしろい。ただ、その細部が集積されて一編の小説に編み上げる際の戦略にいささかの誤算が見られるようだ。なんだかおとなしいのだ。もとよりそのおとなしさがこの『猫間』の魅力でもあるのだけれど。

小嵐九八郎氏は破格の文体をひっさげて現れた。話し言葉をどう書き言葉にまで練り上げるか。『鉄塔の泣く街』では、この日本語の冒険がほぼ成就している。母親の造型にも成功している。難点は主人公がどうもぼやけていることで、じつに惜しい。

多島斗志之氏の構えの大きさにはいつも舌を巻くが、『不思議島』のトリックもまた壮大である。ちょっと屈折のあるヒロインもよく書けていた。問題はその恋人の診療所医師で、胸中にたくさんの思惑を秘めているので物語が進展するにつれて、その思惑に引きずられるのか、少しずつ安手な人間になって行く。作者はこの医師に荷物を背負わせすぎたのではあるまいか。

中島らも氏の絢爛たる才能はすでに広く世に知られるところ、この『人体模型の夜』でも、たとえば「邪眼」や「EIGHT ARMS TO HOLD YOU」は展開の巧みさや落ちの鋭さで読む者の度肝を抜く。ただ、どのコントもどこかで人間を信用していないところがあって、それが読者を常に不安に陥れる。もちろんそれは欠点ではない、むしろ長所でさえあるのだが、しかしなにか空しく、感心するが愛せない。ひょっとしたらそういう読み方をしてしまう評者の方に問題があるのかもしれないが。

高橋克彦氏の『緋い記憶』の中に、物凄い秀作があった。「ねじれた記憶」がそれで、深夜、ひとり個室で合わせ鏡の中の自分の姿を見たときのような恐ろしさを味わった。鏡で出来た長い長い廊下に無数の自分がならんでいる、それも同じ顔で、同じ姿勢で。物語の構造もそうなっていて、一度目より二度目、二度目より三度目と読み返すたびに鏡地獄に落ちて行く。小説の題材も形式もすべて書きつくされたという噂さえあるのに、これはまったく新手の物語構造である。とにかくこ

の一編の底深いおもしろさについては、読者諸賢にじかに確かめていただくのがよかろう。

高橋義夫氏の『狼奉行』は、平凡な非凡さで光る。たしかな文体がゆっくりと物語を運んで行くのだが、それにつれて登場人物たちの全《まった》き姿が見えてくる。小説の経済学からいっても（なにしろ枚数が限られているので）、たいていの登場人物は「偏平」に描かれるのが常だが、この作品では「球体」に描かれている。いやなやつのよさ、いいやつのよわさ、作者は登場人物ひとりひとりのいろんな面に描写の光を当てる。その方法が人生の深さと重さとを摘出させるわけで、評者は、作者の長年の努力がここに見事に結実したことを喜ぶ。

吉川英治文学新人賞（第一三回）

受賞作＝中島らも「今夜、すべてのバーで」、宮部みゆき「本所深川ふしぎ草紙」／他の候補作＝綾辻行人「時計館の殺人」、樋口有介「夏の口紅」／他の選考委員＝尾崎秀樹、佐野洋、野坂昭如、半村良／主催＝吉川英治国民文化振興会／発表＝「小説現代」一九九二年五月号

選評

『本所深川ふしぎ草紙』（宮部みゆき氏）のめざましさは捕物帳の形式を慎重に避けたところにある。安全ではあるが常套の枠組を遠ざけて事件を常にその内側から核心から書き、うんと遠景に探偵役を配したことで、作品の間口が拡がり深さもました。さらに物語の中心に女性の生き方を据え

たところに作者の誠実さと非凡な企みが見て取れる。加えて一編ごとに本所七不思議を一つずつ溶かし込んだのはあっぱれな作家的腕力だ。この作者の専売ともいうべき読後の爽やかさ温かさもむろん健在で、間然する所のない佳品である。褒めっぱなしでは作者も読者も照れるだろうから一つだけ註文をつけると、題名がやや陳腐かもしれない。いずれにせよ才能はみごとに開花しつつある。しばらくはこの作者から目を放さずにいよう。

『今夜、すべてのバーで』（中島らも氏）の結尾における主人公の台詞「きみがおれのアルコールだ」は粋で、洒落《しゃれ》ていて、温かで、この一行を読むだけでも、作者の才能が並のものでないことは歴然としている。アルコール依存症患者の闘病記と見せかけながらじつは上等のホラー小説（主人公がいつアルコールの魔神に取っ捕まるかという恐怖）になっているのも大きな手柄である。以前読んだときは、いいところがしばしば資料の引用であることが気にかかったが、今度読み返してみて、なにをどこへ引用するかもやはり作家の才能の一つだろうとすっかり得心した。

お二人とも文章がとてもいい。型にはまらずにみずみずしく、それでいて行儀がいいのだ。今回の最大の収穫はお二人のその文章だとおもう。

山本周五郎賞（第五回）

受賞作＝船戸与一「砂のクロニクル」／他の候補作＝高村薫「神の火」、伊集院静「海峡」、中村隆資「地蔵記」／他の選考委員＝阿刀田高、逢坂剛、長部日出雄、山田太一／主催＝新潮文芸振興会

―／発表＝「小説新潮」一九九二年七月号―

選考座談会より

高村薫氏の「神の火」は三点です。五十ページぐらいまではものすごいすべり出しですね。四作中一番素晴らしいすべり出しだと思いますが、やがてすべてがはっきりしなくなってくるんです。これはいい悪いではなく、好き嫌いでしかないんですが、こういうふうに曖昧《あいまい》に話を展開されると、読み取れないで困ってしまうんですね。読みながらたえず後戻りしなければならない、それが読む楽しさを削《そ》いでいく。しかも一方では、原子炉についての詳しい、ほとんど専門的といっていいほどの知識が出てくる。そのへんのバランスが悪い。少しずつ読むのが辛くなって行く。最後に、アクション場面が続出して救われますけれども。作者には韜晦《とうかい》が、文学的で小説的であるという錯覚があるように見受けられました。ただ、すべり出し大賞というのがあれば、絶対にこれです。この、ものすごいすべり出しを買って、三ということになりました。

伊集院静氏の「海峡」は四・五点です。疑問に思ったことを一つ言いますと、大人が子供に向って自分の人生の要約を、これだけは人生では大事だよということをさまざまな局面で教えてやる、つまりそれぞれの人生の意味を子供に託すわけですね。これが全八章のうち、七回あるんですね。たとえば「男の子はどうしても戦わなければならない時がある」。これはリンさんという人です。次に、父親が、「倒れんことじゃ、盗まんことじゃ」と言う。サキ婆さんが、「生きて生きて生き抜くこと」、それから江州《ごうしゅう》という人が、「この犬はあの犬に向かっていくしかない」。これは、リンさ

んとちょっと似ています。それから父親が説教します、「人をうわべで見るな」と。江州が、「男はせんない時には友達が一番だ」。最後に、主人公は父親に非常に重大な問いかけをします。「どうしてみんないなくなっちゃうんだ」。それに対して、父親が、答えを出している。

しかし、こういう大人たち、密航者をはじめ世の中の歪《ゆが》みをどんどんつくっている当の大人たちが、これだけきれいに答えちゃいけないんじゃないでしょうか。答えられないからこそ、高木家に何十人もの、なにがなんだか分からない人たちが住んでいるわけですから。そして視点の問題はそこにかかわってきます。つまり、主人公の目、少年の目から一貫して自伝的に書いていけば、大人はどんな立派でもいいんです。少年がそう感じたということで小説的真実は保証されますから。ところがときおり、大人の視点が入ってくる。視点が大人になると、こんな大人はいないはずです。カッコのいいこと言っていても、自分たち大人のつくっている世界は矛盾だらけです。それぞれ苦い思いがあるはずでしょう。それが物語に反映してこない。どういう意図で視点を分散されたのか分からないが、視点の分散が作品を甘くしてしまいましたね。

でも、否定ばっかりして、なぜ四・五をつけたのか。この小説は、みごとに出来た歌舞伎です。作者は黙阿弥です。この作者はこれまでのいろんなエンターテインメントのいいところを全部集めて、それを自分のものにしてゆるやかに展開しながら、読者をいい気持ちにさせる。そのへんはとてもうまいですし、勉強もしているし、才能は充分以上にあると思います。そこを買いました。

船戸与一氏の「砂のクロニクル」は四点です。なぜ五にならないのかといいますと、セックスと殺しが、たくさん出てきますが、パターンが似通っているので、だんだん鼻についてきます。それそれ

から、ポラド・ダルヴィシュという裏切り者のばらし方がちょっと早過ぎるような気がします。第一のハジがイランに戻ってくる。その動機は、誰が密告者かということを探しに来ることですから、これは読者が最初に持つ、この物語に対する信仰なんです。読者は、その謎をどういうふうに解いてくれるんだ、という期待を作者に預けます。その謎を第一章で解決してしまったのは、読者を置いていっちゃったなという気がしました。これは同時に第一のハジが主要登場人物から降りたということにもつながる。

それから、第二のハジの駒井克人、この人の最後の死に方が理解できない。なぜ負傷して血を流しながら、手当てもせずにクルドと革命防衛隊の激戦をじっと見て死んでいこうとするのか。それは読者に考えてほしいと言っているのかもしれませんけど、あれほど書き込んどいて、大事なところを説明しないというのは、おおげさに言うと、読者に対する裏切りに近い……。

これだけの枚数を使って、これだけ調べて、これだけ筆力を使って書いているのに、この血で血を洗う革命や宗教の問題を二十一世紀に向けて超えていく視点が虚無的なんですね。つまり、虚無を超える希望を作者は、間違っていても出さないといけないと思うんです。陰惨なすごい事件が続いた末に、登場人物の誰かがそれを超える視点をかすかでも、星の光みたいにすーっと出してこないと、この千六百枚を読んだ読者に対するお返しは出来にくいという気がするんです。以上申し上げたことから、一点減点になりました。ただ、力感みなぎるすごい作品だと思います。それには敬意を表します。

中村隆資氏の「地蔵記」は三・五点です。物語を成立させている文体が大事なポイントですが、

さらにもうひとつ、ここに出てくる田舎者が、全員、馬鹿で阿呆でうつけでたわけで、愚か者で白痴で愚物で間抜けで、ねぐされでとんちきで鈍才でぼんくらで、ぽんつくで、木偶《でく》の坊で出来そこないでひょうろく玉で三太郎でないとこの話は成立しないんですね。それはそれでいいのですが、作者の過ちは、現代まで書いたことです。その坊さんの彫った変な彫物が、後世人々にどう影響を与えたかということだけを少し書けばいいのに、明治維新から現代のなんとかタウンまで書く。その過程で、作者の世界把握の弱さが出てくる。近代農村から兵隊にとられ、女郎にとられ、女工にとられ、季節労働者にとられ、いま農村が壊滅しているという、そこまで踏まえていないと、維新から以後は書けないんです。

この話を成り立たせるためには、常に主人公たちが行く地方が馬鹿でないと成立しない。こんな馬鹿な農民——それは確かに大勢いますけど、しかし利口な農民も大勢いるんですね。そのへんのバランス感覚が足りないですね。文体にしても、類語辞典を読んでいるようなもので、最初は面白いんですけど、だんだん、どうってことはないな、と思うようになる。しかし、村の歴史をたったひと晩の中へ集中しようとした、その力業的冒険は大したもんだと思い直しました。現代まで話をもってこなければ、一種の寓話的語り物として傑作になり得た。

「海峡」か「砂のクロニクル」かですが、「砂のクロニクル」で、なぜクルドの少女が「あたい」と言うのか疑問でした。日本語とクルド語との関係を作者はどう考えているのか。しかしこの作品はずいぶんたくさんの贈物を読者に手渡している。〇・五の差はあるけれど、そこにさらに強く惹かれつつありますね。

「世間をこのままにしちゃおけねえっ」と誰かが言う。これは革命ということとつながっているセリフですね。こういう志は、とくにエンターテインメントの中で、人間の哀しみやよろこびを描くのと同じように、大事な仕事だと思います。日本人が武器商人をやっている。しかし国連の常任理事国である五大国があそこへ武器を売って、そしてこないだ、自分たちが売った武器を相手に戦わざるを得なくなった。そういうばかばかしい関係も、船戸さんだったら押えられるんじゃないか。ところが、そのへんが充分には押えられていないように思います。押えてあれば「世間をこのままにしちゃおけねえ」という言葉とうまく結びついてくると思うんです。

直木三十五賞（第一〇七回）

受賞作＝伊集院静「受け月」／他の候補作＝内海隆一郎「人びとの光景」、海老沢泰久「美味礼讃」、中村彰彦「五左衛門坂の敵討」、清水義範「柏木誠治の生活」／他の選考委員＝五木寛之、黒岩重吾、田辺聖子、陳舜臣、平岩弓枝、藤沢周平、山口瞳、渡辺淳一／主催＝日本文学振興会／発表＝「オール讀物」一九九二年九月号

言葉と企み

ここに一人の人間がいる。彼が平凡人であろうと偉人であろうと人間であれば必ず一生のうちに何度かその人間性が光り輝く瞬間があるはず。その光り輝く瞬間を言葉を用いて捉えるのが詩歌や

戯曲や小説の仕事ではないのか。評者はこんな風に考える。「人間性が光り輝く瞬間」という言い方が曖昧なら「その人が小さな宝石になる瞬間」と言い換えてもよいが、とにかく様ざまな人生から小さな宝石を拾い上げるのが作者の第一の仕事である。もちろん拾い上げただけでは不充分で、作者はこれを充分に磨き上げて読者に提供しなければならない。では磨き上げる道具はなにか。道具は二つしかない。一つは言葉、もう一つは作家的な企みである。

『人びとの光景』には、二一個の宝石の原石が集められていた。その数の多さは感動的ですらあるが、ここには企みが乏しい。つまらぬ例を上げてはかえって作者に非礼を働くことになるが、あえて記せば、第一の短編の脇役が第二の短編の主人公になり、第二の短編の通行人が第三の短編の主役に浮かび上がるという『輪舞』形式に仕立てるとか、あるいは二一編の全登場人物たちを最後にどこかの遊園地か広場に集合させるとか、とにかくなにか企んでもらいたかった。いかに人生の断片を積み重ねてもそこに作者の企みが働いていないと人生の真実は浮かび上がってこない。

『五左衛門坂の敵討』には四つの中、短編が収められているが、作者は大いに企んでいる。その企みは主として「後日譚」という方法で行われる。たとえば最初の「五左衛門坂の敵討」は、本体の敵討よりも「以下は蛇足だが……」で始まる後日譚の方がはるかにおもしろい。とりわけ凄まじいのは二番目の「白坂宿の驟雨」、これそのものが会津戦争の後日譚であるが、この後日譚に後日譚の後日譚が付いている。あまりのしつこさに感嘆さえした。のこる二編でも後日譚がうまく利《き》いているが、文章がいかにも古風である。古風で悪いということはまったくないが、書き手が御自分の古風な文章に酔っているような気配を感じた。そのために読む側にはやや興醒めの格低い文章に

なった気味がある。

『美味礼讃』の前半と後半には大きな落差がある。前半は小説的にじつに巧みに企まれ、味覚の世界をよく言語化し、加えて読者は料理についての様ざまな有益な知識に恵まれる。これは凄いと座り直したところ、次第に中学生用のつまらぬ偉人伝に堕《お》ちて行く。「主人公は常に善玉」という偉人伝の手法が後半に至って逆に作者を縛り、作者から企む余裕を奪ったのではないか。

『柏木誠治の生活』の企みは、現代日本で最も多数を占める給料生活者の肖像を描くことにあったと思われる。平均的サラリーマンの生活を細大漏らさず記録して、そのことによって日本のサラリーマンの象徴的な肖像を描き出そうという壮烈な企み、そのために作者は意識して平凡な事実を平凡に列挙する。奇想、天外より来る作者にはかえって辛い仕事だったろうが、しかしもっと平凡で無機質なものを繰り出した方が目的に叶ったのではないだろうか。せっかくの企みが不消化に終わってしまった感がないでもない。

『受け月』については多言を要すまい。とてもよくできている。たとえば「冬の鐘」、店主と板前を兼ねる主人公が料理の下拵《したごしら》えを進める午後二時から五時までの三時間のあいだに、主人公夫婦、やがてやってくる常連客、そしてその妹の、四人の半生をスポーツという題材を使って閉じ込めた企みはみごとである。しかも作者の駆使する言葉は、その一つ一つがいい意味で情緒に濡れていて読む側の心を動かす。さらにこの短編で明らかになるのは、四人がそれぞれの人生の道程で得た「だれもがスターにはなれない。そこでスポーツはたいていの者の精神と肉体とを傷つける。しかしそれでもスポーツはすばらしい」という想いであり、これがつまり登場人物たちそれぞれの小さ

な宝石である。こういったつつましくキラリと光るものを持ち、かつ巧みに企まれた小傑作が七つも収められているのだから、これは立派な一冊と言わねばならない。

日本ファンタジーノベル大賞（第四回）

優秀賞＝北野勇作「昔、火星のあった場所」／他の候補作＝宇津木智「蒼いエリルの花」、こもりてん「夜叉が池伝説異聞」、立樹知子「ガーダの星」、藤原京「ファンタジア」／他の選考委員＝荒俣宏、安野光雅、高橋源一郎、矢川澄子／主催＝読売新聞社・三井不動産販売　後援＝新潮社／発表＝「小説新潮」一九九二年九月号

幼稚な饒舌

毎回、酒見賢一さん（第一回）や佐藤亜紀さん（第三回）のような逸材が現れることを期待するのは、する方が甘いのかもしれないが、それにしても大賞を受賞するに足る作品に巡り合えなかったのは残念である。

今回の候補作に共通して目立つのは幼い、あまりにも幼い饒舌である。わたしも作品の中で無駄口を叩く方だから、こんなことを言う資格に欠けると思うが、それにしても応募者各位はどうしてこうも愚にもつかないお喋りを愛するのであろうか。自戒をかねて言うが、漱石のような粒よりのお喋りならとにかく、月並みを並べては作品が甘くなる。くだらないのを並べられると読む方は反《へ》

吐《ど》を催す。よほどの技量があればとにかく、そうでなければ余計なお喋りはしない方がいい。

東京郊外の巨大団地の、とある一棟にお化けが出るという設定で始まる『ファンタジア』（藤原京）は、そのお化け棟がファンタジア＝楽園への通路になっていたというふうに発展して行くのであるが、うるさくて下品な饒舌が読む側の集中心を絶えず妨害する。しかもファンタジア＝楽園を構想する想像力に乏しく、そこがちっともよいところとは思えないから困る。ただしこの作品の名誉のためにひと言付け加えておくと、「まえがき」はすばらしい。饒舌と作者の意図とがぴたりと重なっているので、ここでは饒舌がみごとにユーモアにまで昇華していた。この作者は饒舌の役割というものをよく理解しているらしいのだが、本文では逆の結果が出ている。この作者の今後の課題はこのあたりにありそうだ。

この野放しの饒舌は、蒼い花から生まれたメールという少年が二十日鼠のテケテケとカナンという町にやってくるところから始まる『蒼いエリルの花』（宇津木智）をも毒している。しかも作者の、いかにも物語を語ってあげますという態度がその饒舌をいっそう厄介なものにしている。そしてわけのわからぬカタカナ固有名詞の乱発、作者はいろいろなものに名前をつけるのが楽しくて仕方がないようだ。もちろん作品宇宙の万物に命名するのは作者の特権であるから気持はよくわかるが、特権を持つだけに作者はより一層、強く厳しく自制力をはたらかせなければならない。とはいうものの作者は弱冠二十歳、同じころのわたしにはとてもこれほどのものは書けはしなかった。あなたの物語を展開するときの瑞々《みずみず》しい魅力、それを殺さないようにしながらもきっぱりと自制の利いた作品をもう一度、わたしたちに読ませていただきたい。

その場所の守護神（この神は蛇と人間とに姿を変えることができる）が、人間の、慈悲深い娘を見初めて恋をする『夜叉《やしゃ》が池伝説異聞』（こもりてん）、そして、卑しい金貸しの子マリウスが皇帝に成り上がるまでを描いた『ガーダの星』（立樹知子）、この二作品は辛うじて饒舌癖から免れているし、物語を語るのに最低必要な手続きもきちんと済ましている。つまり骨法を踏まえている。しかし、残念ながらその骨法、そしてその表現はいたるところ紋切り型に侵されており、そのせいで話の弾みが悪い。ついでながら『夜叉が池伝説異聞』というのはよくない題名で、なんとなく作者の〈逃げ〉が感じられるが、物語の観察者＝語り手である嘉助少年の日常生活にすてきな滋味がある。おどろおどろしい道具立てを一切排して少年の四季の生活を綴ることに専念していればちょっとした傑作になっていたかもしれない。『ガーダの星』にも日本人の集団主義批判が隠されていて、その意図が物語ともっとうまく交じり合っていれば、これもまた傑作になっていたはずだ。

討論の末、『昔、火星のあった場所』（北野勇作）が優秀賞を得たが、この作品と他の四作品との間にそれほど差があったわけではない。この作品の饒舌にもつくづく閉口したし、物語の構造そのものに係わりのないアイデア群（短くいえば「たんなる思いつき」）の虚しい小爆発の連発にもうんざりさせられた。そしてこれは今回の候補作に共通することだが、いつまでも話がはっきりしないのにいらついた。話の立ち上がりが遅い上に弱いのだ。ただ、ところどころ「小説」になっているところがあり、わたしたちはそこを買った。ファンタジーノベルとは言っても結局は小説である。はっきり言ってしまえば、わたしたちはよい小説が登場することだけを願っているのだ。ファンタジーという片仮名に必要以上に惑わされることのないように祈っている。

朝日新人文学賞（第四回）

受賞作＝なし／候補作＝畑裕子「月童籠り」、浅井紘子「アナザー・ウーマン」、梓澤要「嘉兵衛のいたずら」、柳谷千恵子「おじさんとわたし」、吉澤えい子「小鳥たちのモノローグ」、石川澄子「ハッピー・バースディ」／他の選考委員＝田辺聖子、藤沢周平、丸谷才一、三浦哲郎／主催＝朝日新聞社／発表＝「月刊Ａｓａｈｉ」一九九二年十一月号

自分のアイデアを愛して

『月童籠り』（畑裕子）の主筋は、明治期の子産み女の物語である。子宝に恵まれない素封家のもとへ奉公に上がり、何人も子を生《な》してなにがしかの礼金を受け、それを結婚資金に別のところへ嫁入りする娘、俗っぽく言えば「腹を貸す女」、この題材はおもしろく、その上、現代的でさえあった。ところが作者はこの魅惑的な物語に現代の話をくっつけ、子どものないファッション・コーディネーターが子産み女だった義理の祖母を語るという構成をとった。過去と現在とを重ね合わせようとしたのは解るが、これは考え過ぎだ。これでは子産み女の悲しみが「伝聞」でしか語られないし、この構成のせいで歴史編と現代編と話が二つできてしまった。不経済です。作者は直《じか》に子産み女の物語とぶつかって「歴史」に生命を吹き込むべきだった。

『アナザー・ウーマン』（浅井紘子）は、頻繁に視点を転換して、ひとりの男を妻と愛人から見てみようとする。おもしろい手法だ。これが徹底してなされていたら、男の滑稽さがあざやかに摘出

され、おかしくて、かつ哀しい小説になったはずだが、じつは作者は自分が発見した手法のすばらしさに気づいていない。不徹底だから作品も生煮えになってしまった。

同じことが『嘉兵衛のいたずら』（梓澤要）にも当てはまる。庄屋の隠居じいさんが世間の物知りを相手に歴史の捏造を企てるという趣向はおもしろいのに、このいたずらに乗せられる世間の描き方が薄手だ。思いついた物語のおもしろさに作者が本当に気づいていない。そこで物語の追い詰め方が不徹底になる。しかもそのいたずらの語り手が嘉兵衛の孫で、さらにその孫が亡くなった妻に語るという、まことにまどろっこしい形式をとっているので、読み手にじれったい思いをさせる小説になってしまった。

「存在がより確実になるのは、それが不在になったときだ」という思念を作品化しようとした『おじさんとわたし』（柳谷千恵子）もまた、その思念の具体化に徹底を欠く。思念そのものは立派でも細部が痩せており、ひょっとすると作者は自分の思いついたものをそんなに愛していないのではないか、だから肉を付け損ねたのではないだろうか。

『ハッピー・バースディ』（石川澄子）は、登場人物たちに注がれている作者の目にやはり徹底したものが欠けているように思われる。たとえば登場人物の中に、忍術でも使わなければとても無理な動きをする者がいた。

六編の中では、『小鳥たちのモノローグ』（吉澤えい子）が気に入ったが、ここでも作者は自分のアイデアを粗末にしている。ボランティアで「こころの電話」を受けている母親。その母親に匿名で電話するじつの娘。娘は母と電話をするという行為で救われている。とてもいい話だし、書きよ

うによっては傑作になったと思う。だが、作者はこのすばらしいアイデアを充分に展開していないのだから惜しいことだ。

そこで次回、ご応募くださる方々へひとこと、どうかご自分の思いついた作品の核をもっと愛し、それをより徹底して追いつめて、そしてずばりとお書きくださいますように。

講談社エッセイ賞（第八回）

受賞作＝柴田元幸「生半可な學者」、出久根達郎「本のお口よごしですが」／他の選考委員＝大岡信、丸谷才一、山口瞳／主催＝講談社／発表＝「小説現代」一九九二年十一月号

気軽に読めて底が深い作品

出久根さんの『本のお口よごしですが』の主役は古書や古雑誌であり、面白くて役に立つ古書の知識が満載されているが、読み進むにつれてページの間から、そうした古書を売りかつ買う顧客たちの愛《いと》しい人間像が浮かび上がってきて、読者は気持よく笑い、ときには目じりを涙で湿らせることになる。古書店が単に古本を売買する場所ではなく、じつは人生の劇場でもあることをこの本によって納得、古書店の前を最敬礼して通らねばすまないような気持にさせられてしまった。とにかく著者の三十二年間の経験が、ちょっと癖のあるしかし達意《たつい》の文章に乗って一気に噴き出しているのは壮観である。

「気軽に読めて、それでいてはっとさせられる見方や蘊蓄《うんちく》に富んだものがエッセイである」という自家製の定義を、出久根さんの本は、十分すぎるほど充たしてくれた。

同じことが柴田元幸さんの『生半可な學者』にも言える。英語にまつわる話を気楽にすると見せて、柴田さんはいつの間にか言語論の深いところへ読者を誘い、さらに現代アメリカ小説の魅力を教えてくれる。気軽に読ませておいてじつは読者に自分の専門分野についての秘伝を授けるという仕掛けのうまさは名人の域に達していると思う。素性の正しい文章のなかにときおり交じる俗っぽい言い回しもたいへん効果的だ。

いずれにもせよ、「読まなきゃ損」という本が二冊も出たのは選者冥利《みょうり》に尽きる話である。

谷崎潤一郎賞（第二八回）

受賞作＝瀬戸内寂聴「花に問え」／他の選考委員＝河野多惠子、ドナルド・キーン、中村真一郎、丸谷才一、吉行淳之介／主催＝中央公論社／発表＝「中央公論」一九九二年十一月号

愛《いと》しい作品

瀬戸内寂聴さんの『花に問え』は、この世の美しさを、そして人生のきびしさを味わいつくした作家が、その半生を賭けた「捨てる」という修行体験のすべてを注ぎ込んだ力作であり、同時に、これはおかしな言い方かもしれないが、愛《いと》しいに切り換える、あるいは生死を見極めて捨てられる

ものは捨てて生きるという生き方が二つ、とりあえず提出されるが、こういう一遍の問いかけが、「人間が我が物顔に振る舞うには地球は案外小さかった」という事実に気づいて怯えているわたしたち現代人の耳朶を強く打つ。作者の筆の力によって一遍が現代に蘇ったのだ。

それにしても、遊行に際して一遍が尼僧の一群を引き連れていた事実に力点をおいた瀬戸内さんの作意はわたしには重大な意味をもっている。これによって一遍は、あまりにも人を愛するがために安息日に病人にたいして治療を行ってはならないという掟があることを知りながらそれを破ったキリストとも似てくるからである。愛のためにあえて手を汚す人を探し求めて久しいわたしたちに、この小説は一滴の甘美な水となってその渇きを潤してくれるはずである。

野間児童文芸賞・野間児童文芸新人賞（第三〇回）

受賞作＝松谷みよ子「アカネちゃんのなみだの海」、山下明生「カモメの家」（本賞）、岡田なおこ「薫:ing」（新人賞）／他の候補作＝岩瀬成子「『うそじゃないよ』と谷川くんはいった」、加藤多一「遠くへ行く川」（本賞）、伊東寛「ごきげんなすてご」、たつみや章「ぼくの・稲荷山戦記」、那須田淳「スウェーデンの王様」、湯本香樹実「夏の庭 The Friends」（新人賞）／他の選考委員＝佐藤さとる、古田足日、松谷みよ子、三木卓／主催＝野間文化財団／発表＝一九九二年十一月

日本の児童文学はいままさに力を漲らせ充実したその全体像をゆっくりと読者の前に現しつつある。九点の候補作はわたしにそのような感動を与えてくれた。こんなにいい本があるのに思うように売れないとするならば、それは読もうとしない側に問題があると、どこかに向かって叫びたくなるほど粒揃いの力作が揃っていた。

新人賞の『薫ｉｎｇ』（岡田なおこ）は身障者である女主人公の心の設計に凄まじいばかりの迫力がある。健常者の世界にたいして抱く彼女の「敵意」は正直正味で誤魔化しがなく、読む者は彼女の「ねじけた心」と付き合う内にそれぞれ自分の心の中のねじけを発見する。物語の構造をそのように作り上げた作者の膂力に、そして他の登場人物たちにもたっぷりと人間的魅力を与えた丁寧な筆力にも敬意を表する。

本賞の二作品もまた凄い。『カモメの家』（山下明生）の後半は、感動を内に秘めたおもしろさの連続であり、『アカネちゃんのなみだの海』（松谷みよ子）の不思議な自由自在さにはただ息を呑むばかりである。

この二作品の凄味を数え上げれば際限はないが、一つだけ例を上げれば、『カモメの家』に特徴的な、ふんだんな食べ物についての場面、『アカネちゃんのなみだの海』によく現れる、幼い読者に世界の基本を示す場面（たとえば時間の観念、あるいは「帰還」ということの意味）、いずれも瑞々しい魅力に溢れ、これら細部の豊かさが大集合してみごとな全体を成している。まったく文学作品というものはこれ以外にありようがない。

具志川市文学賞

受賞作＝大城貞俊「椎の川」、蟹谷勉「死に至るノーサイド」／他の候補作＝山本直哉「ロバに乗ったかぐや姫」、海野宏「太陽と瓦礫」、喜屋武一男「渚のアンドロギュノス」／他の選考委員＝大城立裕、吉村昭／主催＝具志川市／発表＝一九九二年十二月

「椎の川」筆力を評価——読み手を励ます「死に至る—」

なによりもまず、この壮大な文学的試みを企てられた具志川市の勇気と、その試みに作品を寄せられた書き手のみなさんの努力とに心から敬意を捧げたい。長編小説を書き上げるということは、たとえ創作の喜びに恵まれるにしても、作業そのものは拷問にも似た苦行である。そして寄せられてきた辛苦の結晶を選り分けるのもたいへんな難事業である。しかし具志川市と書き手たちはその大事業に敢然として挑まれた。これは近来の美挙であり、この歴史的な企てに選考委員の一人として参加できたことを光栄におもう。

『ロバに乗ったかぐや姫』（山本直哉）は、国境と言葉の壁を乗り越えようとする愛を描こうとしている。中国の一地方都市の四季をも併せて描いて魅力的な作品だった。『太陽と瓦礫』（海野宏）は、敗戦直後の関西の一都市で決然立った沖縄人たちの蜂起に題材を仰いだ力作であった。そして『渚のアンドロギュノス』（喜屋武一男）は、沖縄の自立とある男の自立とを小説的技巧を尽くして重ね合わせるという文学的な冒険精神の溢れた作品だった。いずれも既成の新人文学賞の水準をは

るかに抜く立派な出来栄えだったが、当選の二作品はさらにその上を行く美点を備えていた。『椎の川』（大城貞俊）は、沖縄本島北部の海辺の小さな村の上空にしっかりと視点を据えて、その村を全宇宙として生きる人びとの日常を、正確な、しかし詩情豊かな筆で丹念につづった作品である。この筆力は高く評価されるものだとおもう。やがて運命はこの村を少しずつ悲劇の渦のなかに巻き込み始める。戦争がこの桃源郷を侵犯し始めるのだが、このあたりの描写は切ないほどの迫真力をもって読むものの胸に迫ってくる。沖縄戦が開始されてからは、視点が少しぐらついてきて、そのあたりが瑕瑾と言えば言えるが、それにしても前半部の完成度は、既成作家の同種の作品と較べてもまったく遜色がないほど完璧に近く、評者はひさしぶりに小説言語を読む楽しみを満喫した。

『死に至るノーサイド』（蟹谷勉）の「祖国がいくつあってもいいではないか」というテーマは壮大で、二十一世紀的な先見性がある。話の仕立ては、オーストラリアの日系豪人のラガーの生と死とを、同じくオーストラリアに住む二人の日本人男女が、古い新聞の記録を調べ、人を訪ねて聞いて回り、再構築するというスタイルをとっている。あえて言えば、新種のハードボイルドだ。この工夫は作品をとても読みやすいものにしており、文章は少し乱雑ではあるものの、それがかえって効果を高めている。二人はやがてそのラガーの死の瞬間に辿り着くが、彼の死の人間的でかつ感動的なことはどうだろう。読後、読み手の心に宿るのは、

「こういう人がいるなら日本人にも、人間にもまだまだ信頼できる」

という向日性の勇気である。書かれたものが読み手を励まし高めるという奇跡にも近いようなことが、ここではみごとに実現している。

この『死に至るノーサイド』も『椎の川』もともにすぐれており、甲乙つけるのは愚かなことだ。いや、むしろこう考えた方がよい。すなわち、このたびの具志川市の試みは一人、ではなく、二人も有望な書き手を世に送り出したのだ、と。

小説新潮新人賞（第一〇回）

受賞作＝藤岡真「笑歩」／佳作＝水喜習平「大腸がゆく」、乗峯栄一「奈良林さんのアドバイス」、謝花長順「G市のアルバム」／他の候補作＝赤池忠信「吹く風にハートをのせて」、浅暮三文「ゲルピン」、佐々木克彦「春の気持ち」、斉藤秀幸「桶物語」／他の選考委員＝筒井康隆／主催＝新潮社／発表＝「小説新潮」一九九二年十二月号

選考対談より

水喜習平さんの『大腸がゆく』は大腸が主人公です。最後の、「腸管を偏平にして滑空し軟着陸することができた」という描写など、細かいところも非常に良く出来ています。話はめちゃくちゃでも、この作品世界では全然無理がない。古典的ですっきりしています。ただ、大腸を使ってもっとバラエティのある話もつくれるし、いろいろな手を揃えなかったという恨みも残りますが、読んでいるうちに大笑いという、景気がよくて結構な作品です。

乗峯栄一さんの『奈良林さんのアドバイス』の主人公「ぼく」は、アルバイトをしながら学校に

行っている、もてない普通の青年です。その青年の心の中から自由に吹き出すつまらない感想が、結構面白いのです。もてない男の日常の小さな小さな、小喜劇が続いていきますが、この小喜劇はなかなか読ませると思います。いじましいのだけど、結構ふざけたり、楽しくやっている。自己批評がきっちり効いているせいもあるでしょうが、主人公の「ぼく」に好感を持って読みました。

謝花長順さんの『G市のアルバム』は、自分の体験をもとにして書かれていると思います。しかし、それを見せびらかす態度ではなく、自然ににじみ出す気持ちで筆を動かしている、ゆったりした感じがあります。アメリカ兵や兵隊相手の女たちがざわざわいて、仮住いの寄留民たちも住んでいる雑然とした姿が見える。最後のほうで安子が少年に「私って本当に汚れている」と叫ぶ場面は、歴史を超えた男と女の問題で、ジーンと来ますね。少年時代の宙ぶらりんの雰囲気がしっとりと出ていて、心が素直になる小説ですね。

赤池忠信さんの『吹く風にハートをのせて』はすっきりした話ではありますが、ときどき隆史君が、妙に哲学的なことを言います。オートバイに狂っている高校生の仲間と、そこへ飛び込んできた全然質の違う女の子との関係を、素直な文章で書けば、さらにいい小説になったと思います。この隆史君は、やっていることと考えていることが、違いすぎるのが気になりました。

藤岡真さんの『笑歩』は仕掛けがうまいです。まず、話のはじまりであることを思い出していて、その中に実はもう一つ入れ子があって、さらに思い出すたびに破壊がすごくなる。それから、なんといっても筆に勢いと力があって、多少、技術的に難しいところでも気合で突破していく。うねりくねったように継ぎ足した変な木造住宅の一番端で笑うと、それが共鳴して、ブンと唸りをあげて

ばきばきと壊れる箇所などは、書き言葉でこれほど明瞭なイメージを作りあげている。ただの人ではないですね。

浅暮三文さんの『ゲルピン』は、貧乏神の大阪弁での実況報告ですね。面白いのですが、百円の金にこだわったのが失敗ですね。「ゲルピン」になるという収支の構造がよくわかりませんでした。語り口は下手ではありませんが。ギャグのなかにはくだらないものもあって、玉石混交という感じです。貧乏神の話をドキュメンタリーふうにやろうとした狙い所は非常にいいと思いますが。

佐々木克彦さんの『春の気持ち』は、作者には少し気の毒ですが、映画かテレビの台本という印象を受けました。特に前半は、文体が小説になってない。読んでいて中原俊監督の『櫻の園』という映画を思い出しました。俳優や演出家が存在するとこの短篇相互がつながると思うのです。短篇同士を結びつけてゆくには、あと二つぐらい手続きがいるんじゃないでしょうか。しかし、素朴なよさも少し感じました。

斉藤秀幸さんの『桶物語』ですが、最初の一行に僕はびっくりしました。「千年前、源頼光が膳処で魚をさばいていると」というはじまりです。そして、これは大変なことが起きるのではないかと思って読み出しました。ですが、日本人がずっと頭のどこかに遺伝子とほとんど同じぐらいのレベルですり込まれている故事を、芥川龍之介の小説風に新解釈で書こうとしたのかどうか、作者の意図がまったく見えて来ませんでした。

一九九三（平成五）年

パロディ'93　百人一首

――大賞＝安田豆作、宮川薫／一席＝岩田真澄、野の花亭、中川弘人／他の選考委員＝丸谷才一、永山義高／発表＝「週刊朝日」一九九三年一月一、八日号――

韻さぐりの技術に舌を巻く

初春の近いことを人は何で知るのでしょうか。簞笥の奥から厚手のコートを出すときか、ボーナスの額が気になり出すときか、街へ日記帖やお歳暮の物色に出るときか、新聞の片隅に引退する野球選手の名前を見たときか、さもなければ郵便局の壁に年賀葉書売り出しの垂れ幕が翻るのを見たときか。それは人さまざまでしょうが、私の場合は、このパロディ百人一首の選考日がくると、「ああ、いよいよ新しい春が近いのだな」という想いに誘われます。この二十年近く、これが条件反射のようになっております。

さて、今回もたくさんの作品をお送りくださってありがとうございました。選考会は、「なんとなく物静かな歌が多いような気がするけど、これはこの年の不景気を映しているのかな」という編集長の呟きから始まり、四時間半後、「しかし、こうやって入選作品を並べてみると、ありがたいことに今回もいい作品に恵まれましたね」という丸谷才一さんの総評をもって終わりました。たしかに物静かでありながら本歌の韻を巧みに生かしたいい作品が多かったように思います。とくに大賞の二作品の韻さぐりの技術の巧みさには舌を巻きました。

たとえば、安田豆作さんの作品を声に出しますと、「地雷踏みたる猿の子の」が、本歌「紅葉踏分なく鹿の」の韻をうまく写していることが解ります。「雨季」と「あき」との韻の通じ合いも絶妙でした。韻ばかりではなく、豆作さんは本歌の持つ奥行きまで写し取っています。熱帯の森の深さが漂って、パロディでありながら本歌に劣らぬ高い格調を保つという離れ業が実現しています。

「本歌の鹿を猿の子に替えて、動物で通したところが偉い。動物を詠むと歌は奇態によくなるものなのです」

という丸谷さんの講評を書き添えておきます。

宮川薫さんの「よォ！　藤山」と、本歌の「世をうぢ山」の韻合わせは秀抜のひと言に尽きます。愚かなことに、初めのうち、私はこの韻の響き合いを見落としていて、丸谷さんや編集長に言われて、改めてその凄味にびっくりしました。ほかにも「笑ひ顔」と「我が庵は」、「しかと似る」と「しかぞすむ」と、韻写しの腕前は極上吉です。完全に脱帽しました。

一席筆頭の岩田真澄さんの作品もよく出来ています。けれども、「ももひきを」と本歌の「百敷

や」、「しのぶ（大竹）」と「しのぶ（忍草・忍ぶ）」など、韻がまともに重なり合い、かえって損をしてしまったかもしれません。

みなさんの作品の出来のいいのに励まされて、選考の席から出るときの私はなんだかとてもいい気持ちになっておりました。読者のみなさんもこのパロディ百人一首をお読みになることで、陰気だった今年の気分をさっぱり追い払ってください。そして来る年がみなさんにとってよい年でありますようにとお祈り申し上げます。

読売文学賞（第四四回）

受賞作＝中薗英助「北京飯店旧館にて」（小説賞）、堤春恵「仮名手本ハムレット」（戯曲賞）、池澤夏樹「母なる自然のおっぱい」（随筆・紀行賞）、吉田秀和「マネの肖像」、中沢新一「森のバロック」（評論・伝記賞）、真鍋呉夫「雪女」（詩歌俳句賞）、研究・翻訳賞なし／他の選考委員＝安部公房（故人）、遠藤周作、大江健三郎、大岡信、川村二郎、菅野昭正、河野多恵子、佐伯彰一、丸谷才一、吉行淳之介／主催＝読売新聞社／発表＝同紙一九九三年二月一日

懐かしさ誘う民話的旋律　「雪女」について

「小説作家の句集」という僻見《へきけん》にとらわれて言うわけではないが、真鍋さんの句にはいくつもの「物語」が巧みに仕掛けられており、それがそれぞれの句を「持ち重り」のするものにしている。句の奥行きが深いのだ。たとえば、〈花冷《はなびえ》のちがふ乳房に逢ひにゆく〉には、数十枚の短編に盛っ

てもなお余る「物語」が籠《こ》められていそうである。

わずかの十七音のなかに輻輳《ふくそう》する時間を盛り込む力業にも、只《ただ》ならぬ力量が窺《うかが》われた。たとえば、〈防毒面かぶりし我とすれちがひ〉、そして、〈荒縄で己が棺負ふ吹雪かな〉。いま、ここに忽然《こつぜん》と過去が現前し、にわかに未来が立ち現れる。二句をつなぐと、作者の何十年もの生涯が集約されて浮び上がってくるかのようだ。真鍋さんは十七音の小太刀を大胆に振るって時間の壁を自在に切り崩す。その技の冴《さ》えには脱帽するしかない。

これらの果敢な実験にもかかわらず、この句集を懐かしいものにしているのは、深部から滲《し》み出している「雪女」や「鎌鼬《かまいたち》」といった民話的旋律である。その民話的旋律は生命の母胎である自然への畏敬《いけい》の念に支えられている。だから懐かしいのだ。そして、全編にちりばめられた「月の光」や「透き通る」といった語、それらがノッペラボウな世界に住むわたしたちを、なにか懐かしいものへと誘うのだろう。それに、〈雪女ちよつと眇《すがめ》であつたといふ〉といった俳諧《はいかい》本来の諧謔《かいぎやく》味にも事欠かないし、これはとてもいい句集だ。

岸田國士戯曲賞（第三七回）

受賞作＝宮沢章夫「ヒネミ」、柳美里「魚の祭」／他の候補作＝鈴江俊郎「はたらく、風」、鄭義信「それからの夏—それからの愛しのメディア」、平田オリザ「北限の猿」／他の選考委員＝太田省吾、岡部耕大、佐藤信、別役実／主催＝白水社／発表＝一九九三年二月

平田オリザさんの『北限の猿』は、本当に細かいゴミを幾つも見せられているうちに、そのゴミの中から宇宙が見えてくるといった、そういう仕掛はすごいと思うんですけど、普通の常識的なサル学で次々に壊れていくのです。飯田っていうのが出てくるんですが、それをサルの名だとバラしてしまう。最近サルに人間の名字をつけるのが流行っていると説明しながら。そういうところが弱い。これはずっと伏せて、お客さんが人間だと思っていたら……すごいドラマになった。こういう親切な説明が実験性を壊している。もっと粘るべきです。そこが惜しい。

宮沢章夫さんの『ヒネミ』にはうまいところがありますね。第三印刷へ行ってこい、と言うくだりなどは抱腹絶倒です。それから長靴のくだりも秀透です。才能のある人だ。これはユングの有名な症例なんですけど、自分の子供を殺した人が狂った。それへユングが、あなたが殺したというのを認めればあなたは治るという。事実その通りに治った。この戯曲の構造は、つまりそれです。もちろんユングがどうだろうとやはりすごいパターンなんです。その構造を発見したのは手柄でしょう。部分部分もうまいし、確かに才能ありますね。

柳美里さんの『魚の祭』ですが、最後の殺人事件は確かに要らないと思う。しかしこんな若くて、これほど芝居のいろんな手を、しかも自分のものにして提出できるというのは、やはり才能があるんですね。台詞もとてもいいですね。言葉がいろんなものを持ってくるでしょう。匂いであり、小道具までぞろぞろ引き連れてくるんですね。お葬式のときに初めて丸ごとの西瓜が来る。そして西

瓜が丸ごと来たことによって、この家が逆照射される。その構造はすごい。とにかく見事ですね。

平田オリザさんが自分の手法を発見なさったことに対し祝福します。本当にいいところを見つけた。ただ、その方法が題材と馴れ合っている気がするんです。むしろ、その方法と正反対なものを、その方法がどうやって組み伏せていくかというところに、僕は可能性を感じるんです。

宮沢さんは、細部の面白さ、うまさというのはもう抜群の面白さがあると思いますね。それから、とても「哲学的」なこと、下らない具体的なことを扱いながら実は大変な哲学をやってしまうという、そういう優れた武器を持っている。細部がとても面白くて個性があるのに、全体の話ができたときにわりに普通の話になってしまうのはなぜか。ここを乗り越えること、そこに宮沢さんの将来があると思います。

鈴江さんは、大変好感が持てるんですが、誤解をおそれずに言えばある種のハッタリというか仕掛が欲しい。

『魚の祭』は、大衆性がある上に、しかも演劇的である。それと一つ一つの台詞に作者のハンコが捺されている。辞書から持ってきたのではなくて、何年間か自分の中で温めて、その人のオリジナルになった言葉をずっと紡ぎ出している。言葉が濡れているんですね。言葉については錬金術師の才能を持っている作家なので、それさえ失わなければ、中のドラマに破綻があろうが、どう大衆的であろうが、難しく書こうが、良質の観客は、この人についていけると思います。構えが広い。おまけに効果のある演劇的時空間をすらすらと作ってしまう天与の才もあります。『魚の祭』は、欠点はあるけど、家族の持っている影の部分とか悲しさとか懐かしさとか、人間が持っている家族

に対するさまざまなことを全部引き寄せるものすごい磁場はつくっていると思いますね。その力はすごいと思うな。今回は水準が高かったと思いますが、その中で私は『魚の祭』を推しますね。

直木三十五賞（第一〇八回）

受賞作＝出久根達郎「佃島ふたり書房」／他の候補作＝内海隆一郎「風の渡る町」、東郷隆「打てや叩けや」、小嵐九八郎「清十郎」、宮部みゆき「火車」／他の選考委員＝五木寛之、黒岩重吾、田辺聖子、陳舜臣、平岩弓枝、藤沢周平、山口瞳、渡辺淳一／主催＝日本文学振興会／発表＝「オール讀物」一九九三年三月号

練達の作

地方の小都市での人びとの日々の暮らしやその家並みにひたひたと寄せてくる運命のさざ波を二十前後の掌編を積み重ねて描くことで最終的には読者にその都市のすべてを丸ごと手渡す。『風の渡る町』（内海隆一郎）は、おそらくそのような実験精神を内に秘めていると思われる。このスタイルを評者は高く買うが、しかしこの形式が成功するには一編一編が（つまり一つ一つの細部が）よほど頑丈かつ綿密に、そして面白く出来ていなければならない。正直のところ、この作品では一編一編が淡泊に出来ていて、さらに淡い文章がその淡泊さを割り薄めており、全編が結集したときの迫力（別にいえば、感動）に欠けるところがあったような気がする。ひと言で言えば欲のない作品

である。もとより作者はこのような外野席の雑音を気になさる必要はないので、この欲のなさを突き詰められれば、ある日、忽然と、恬淡、枯淡の妙世界が出現することも充分にあり得るはずである。

『打てや叩けや』（東郷隆）は驚くべき博捜を盛っていて、それには素直に低頭平身するものの、しかしこの長所がときには作品を損なわせてもいる。博捜ぶり（別にいえば、作者の知ったかぶり）がいたるところで露骨に現れて、せっかくの物語世界に読者が没入するのを妨げる。いちいち邪魔なのだ。また、雄大な冒頭部に較べて結末が縮こまり過ぎてもいる。「いいところへ御案内しよう」と言われてついて行ったら、へんな恋物語を充てがわれたような気分、最初に風呂敷をあまりにも大きく広げ過ぎたのではないだろうか。

どういう文体を選ぶかは、もとより作者の自由である。しかし読者側にも、その文体に好き嫌いを言う自由がある。『清十郎』（小嵐九八郎）は評者には、厚化粧的文章の塊であった。たしかに言葉は一つ一つ吟味されていて、そのことに言葉を扱う者としての誠意は感じられ、そこに敬意を持つが、しかし、いじくりまわされた言葉の群れは、こんどは意味を、作者の思考をすっぽりと覆い隠してしまう。少なくとも評者は、意味を辿《たど》るのに追われて、作品の美点を味わう方はおろそかにならざるを得なかった。東北の小都市の四季の風物詩を背景においた少年と愛馬清十郎との一年にわたる心の交流、この主題も後半になるにつれて薄められて行く。町場に引き取られてからの少年はあまり清十郎にこだわらなくなるかのように見えるのだ。そこで最後での、清十郎への少年の思いが、とても不自然で、感動がなんだか宙に浮いてしまったような気がする。

残るは二作品、二つとも評者には得難い作品で、したがって「二作受賞」が選考場での評者の心積もりだった。

『佃島ふたり書房』（出久根達郎）は、文章にやや臭み（「いかにも玄人《くろうと》の、プロならではの」という言い方も出来るが）はあるものの、単に意味を伝達するだけではない徳、つまり作者の駆使する言葉そのものがおもしろさと美しさを備えており、かつ的確（とくに、主人公が彫物をする場面）でもある。父親探しという主筋のめぐらし方も巧みで、この工夫が読者に「謎を解く楽しみ」をも与えてくれている。長い間かかって作者が実人生から刈り取った「世間知」（たとえば「女は子供の時から大人だよ」というような）もたっぷりと提供されており、また、菅野スガにかかわる場面はすべて光り輝いている。そして菅野スガから依頼された「経かたびら」なる一書を主人公がいまだに入手していないという設定が、読者を明るい未来に誘い、物語全体に、渋く希望の光を当てている。つまり読者はとても気分よく巻を閉じることができるわけで、すべてをひっくるめて作者はまことに練達である。たくさん書くことで太るタイプではないかもしれないが、これからも堅牢でよく練れた作品を着実にわたしたち読者に提供してくれるに違いない。

そして、『火車』（宮部みゆき）にも大いに感心し、選考という立場を忘れて夢中で読んだ（文章がいいから読者の邪魔をしない）。変身譚（他人に成りすます話）は世の作者たちにとってありがたい共同牧草地で、これまでも多くの作者がそこから草を刈ってきたが、このパタンとしては久し振りの秀作である。ヒロインの、他人に成りすます動機はカード破産という現代の病患をみごとにからめて雄弁な説得力があり、別に言えば半端ではない。作者は、ヒロインに最後の最後まで読者

の前に姿を現させないという大冒険（素晴らしい実験だ）を演じさせているが、この大冒険が成功したのも、その動機が切実で、普遍性があったからだと考える。そして大詰のどん詰りに至ってようやくヒロインが華麗にも颯爽と登場する。すぐにも捕らえられるということを知らずに「他人」を演じながら華やかに振舞うその姿の空しさと悲しさ。これほど見事なラストシーンはそうざらにはない。たしかに社会派推理小説として読めば欠点もないではないが、評者はよく書き込まれ、そしてじつによく出来た風俗小説として読んだ。たとえばバルザックのようなという形容句を呈しても褒め過ぎにはならないだろう。持てる力と才能を振り絞って「現在そのもの」に挑戦し、立派に成功をおさめたその驚くべき力業に何度でも最敬礼する。

吉川英治文学新人賞（第一四回）

受賞作＝帚木蓬生「三たびの海峡」／他の候補作＝北村薫「六の宮の姫君」、黒川博行「封印」、佐藤雅美「影帳」、高村薫「わが手に拳銃を」、中村隆資「天下を呑んだ男」／他の選考委員＝尾崎秀樹、佐野洋、野坂昭如、半村良／主催＝吉川英治国民文化振興会／発表＝「小説現代」一九九三年五月号

選評

帝国時代の日本人が朝鮮半島で展開した蛮行の一つである「人狩り」を、ここまで真っ向から取

り扱った小説は、少なくともわたしには、この『三たびの海峡』が初めてだった。巨きな主題の設定と多岐にわたる素材の踏査に作者の時間と情熱が惜し気もなく注ぎ込まれており、そのことにまず敬意を抱いた。

もちろん小説のよしあしを主題や題材だけで決めてはならないことは承知している。主題が生きと持続されているか、細部が豊かでおもしろいかといったことが次に問われてくるはずだ。作者の手柄の一つは、昭和十年代の末と現代、この二つの「物語時間」を重ね合わせたことにある。第一の時間で互いに離れ離れになり不幸になって行った人びとの心は、第二の時間でゆっくりと距離を縮めて近づいてゆく。しかもこの二つの時間は互いに反発し合い、また理解し合いながら起伏の多い物語を紡ぎ出し、そして第三の時間「未来」を作ってゆく。このように時間の設計、すなわち主題の展開もうまく行っている。また、主人公の目や心に映る炭鉱での生活、脱走中に巡り合う人たちの顔や声、川や町の風景、食べ物などの細部も念入りに書き込まれていて、小説を読むたのしみは十分に保証されている。

登場人物たちも痩せていない。とりわけ主人公を命がけで想う千鶴という日本女性の奥行きの深い愛は烈しく、かつ魅力的だ。国境や時や文化に隔てられて実らなかったかに見えた愛が、半世紀という長い時間を経て不思議な結晶化を起こし、その愛は逆に軽々と国境や時や文化を超えてしまう。そこにこの作品の真の主題がある。その主題に心を打たれつつ物語を堪能した。

山本周五郎賞（第六回）

受賞作＝宮部みゆき「火車」／他の候補作＝池宮彰一郎「四十七人の刺客」、高村薫「リヴィエラを撃て」、中島らも「ガダラの豚」／他の選考委員＝阿刀田高、逢坂剛、長部日出雄、山田太一／主催＝新潮文芸振興会／発表＝「小説新潮」一九九三年七月号

選考座談会より

宮部みゆき氏の「火車」は十点入れたいのですが、そんなことはできないので満点の五点です。現代というものを見るのにクレジットカードという窓口から体当たりして見ているところに、作家的な機智や強さを感じました。現代をなんとかしてとらえて、自分のとらえた現代を、自分の見方を読者に渡そうという、もの書きとしていちばん大事な姿勢がここにあります。

それから、間接性とか、そのために生じるいろいろな弱さは、作者自身も気がついていると思います。ただ、そこにも作家的決断があって、すべてを捨てても、カードという問題は、やはりこういう形でしか書けないと考えた。犯人がいて、その犯人がカードを使っていくという手法では、カードの世界の深さとか恐ろしさとか奇妙さを捕捉できないということに気がついて、思い切って、ほとんど様式的といってもいいぐらいのスタイルをとった。それが最後の最後に犯人を出すという形になったんだろうと思います。とても強力な作家的決断があります。最後に主人公が登場してきますが、このラストの最高の場面が次の瞬間に最悪の場面になるというところをここまで盛り上げ

たのはやはりすごい力ですね。この作家は相当強いという感じがします。

変身譚として読んでも、とてもよくできています。こういう手法は、やはり現代でないと出てこない変身譚です。なにより感心したのは、あらゆる誘惑を断ち切って、最後の最後に犯人を出してきたという、そこまでこらえる作家の力です。これはかなり感動的です。ですから僕は、宮部さんという作家の、作家としての強さというところにとても感動して読みました。

池宮彰一郎氏の「四十七人の刺客」は三・五点です。あっという間に読ませる筆力はさすがです。いい映画をたくさんお書きになった脚本家だけあって、ものすごいたたみ込みです。文章にはパターンじみたところもありますが、しかし読ませる力はすごいと思います。

ただし、「忠臣蔵」をどう考えるかについては百人いれば百通りであって、誰が正しいということはいえない状態になっています。この作品は大石内蔵助の書き方が従来通りだなと感じましたね。つまり「忠臣蔵」を書く場合、大石をどう書くかということと、大石の本当の敵は誰だったのかということをきっちり押さえないと、新しいものにならないのです。算勘が巧みだという新しい解釈はありますが、大石という人の書き方は、従来通りです。僕は、やはり大石という人は、最初は本当にだめな人だったと思います。家老の仕事では、主君が間違って自分たちの俸禄をめちゃくちゃにしないように、いろいろチェックするのがいちばん大事なことです。いわれているような昼行灯ではとても家老には値しません。

また、赤穂浪士の真の相手は、やはり将軍だと思います。これはいろいろな史料から確認されていて、七十パーセント程度の正しさはあると思います。大石が戦いを挑んだのは吉良上野介ですが、

彼はいまでいうと文化庁長官、外務大臣、副総理、ほとんど将軍といってもいい人ですね。そして、京都と非常に親しい。京都へ将軍の代理で五十回ぐらい行って、天皇と会っています。上野介自身の姻戚関係を辿ると、天皇に辿りつきます。ですから、これは将軍と天皇と、つまり体制に対する、だめな家老の反乱なんです。家老としてはだめでも、世の中の怒りを背負って、ある意味ではそれを計算に入れて戦ったというように解釈するのが正しいと思います。こういう上野介の大きさは、いままで書いた人があまりいませんね。この作品の上野介も、非常に小さい。

お上への挑戦、大公儀への挑戦というところをもう少し書いてもらえばよかったと思います。上野介とか上杉家とか、そこらへん止まりですね。そこを突き抜ける芽はたくさんもっていながら、そこへ行ってない。手頃なかたちで敵をまとめたという感じがします。さらに著者はこれが本当の「忠臣蔵」だと、後半力説し始めます。これで読む人はみんな変に刺激される。だったらこれが足りないあれが足りない、ということになり、かえってそういう批判をしたために、逆の批評を浴びてしまうという気の毒な構造をもっているんですね。

僕は山形生まれで、上杉家の下で育ったものですから、「忠臣蔵」になると、興奮するくせがあるのです。僕らのとこでは「忠臣蔵」は、一切禁止なんです。

高村薫氏の「リヴィエラを撃て」は四・五点です。これまで米ソ二極対立構造という中から一群の小説が出てきて、それをわれわれが愛読していたわけです。しかし、この作品ではそのパラダイムを変えてあるというところがすごいと思いました。米ソ二極対立構造がなくなったので、スパイ小説は書きにくいだろうという世の中の普通の考え方に挑戦している野心は、大したものですね。

小説家としてカンがいいというか、読みが冴えているというか。

この作品は罪とか血とかを書いているんですが、筋は非常に簡単だと思いました。それをこの人の独特の時間構成法とか、人の出し入れで——そこが気に入らないのですが——、どうしても複雑に書いてしまうという、そのあたりに、疑問があります。ちょっときつい意見ですが、どうも作者はまだ読者との関係をしっかり結んでいないような気がしますね。つまり、小説は読まれていくらという世界ですから。なぜこんなに複雑な構成法をとらなければいけないのかというところが、依然として疑問です。

ただ、力はあるし、小説家としてのカンの冴えもあるし、それから、涙がこぼれるようなところがたくさんありますね。たとえば、ジャック・モーガンとリーアンの恋物語——恋物語といってはいけませんが——これなんかものすごくいいですね。それにいちばん最後もいい。なにか読者と仲良くなったり、突き放したりするというところがあって、この人は悪女ですね。すごいパワーのある悪女。悪女の魅力というのは率直に認めますが、この複雑構成法には、依然として疑問を感じています。

中島らも氏の「ガダラの豚」はたいへん面白い小説でした。面白いというわりには点が辛いのですが、僕は四点です。前半は情報解説小説というか、酒をよく飲んでいながらじつによく勉強もしている。とにかく、さまざまな情報解説を、これほど素直に読ませられる小説というのはなかなか珍しい。このあたりは、やはり才能のある作家と思います。

ただ、きっちりけじめをつけないといけないと思うのは、言葉の問題です。後半で、アフリカで

行方不明になっていた大生部の娘の志織が日本語を思い出すかどうかというのは重大な問題になってきますが、そのシーンで、絶対にスワヒリ語のわからないはずの人が簡単に、志織とコミュニケーションしたりします。この作家らしいおおらかさなのですが、このへんは大事なことなので、ちゃんと書かなければいけない。志織が日本語を喋るかスワヒリ語に戻ってしまうかということは大事なことなのですが、こういう大事な、物語の結節点のようなところを意外にぞんざいに扱う。じつはそこのところにたいへん好意を感じるんですが。

それから、作者は本当に読者を面白がらせようとして必死になっている。それがある時には冒険になったり、スラップスティックになったり、いろいろな形になるんでしょう。こういう作家としての姿勢は非常に好感がもてます。ただ、くどいようですが、もうちょっと自分のつかっている言葉、それからとくに外国に行って帰ってくる小説ですから、場面場面の言語次元の問題をもっと厳密に処理してほしかったと思います。

「火車」、「ガダラの豚」、「リヴィエラを撃て」のどれかでしょうが、「ガダラの豚」は、私は括弧付きで言いますが、(いいかげんな素晴らしさ)と、(いいかげんなマイナス)が交じりあっているんですね。すごい穴を平気で乗り越えるという楽天性、これはすばらしい。ただ、もうちょとはっきり言うと、印象が寄せ集めっぽいんです。雑なようなところがある。

直木三十五賞(第一〇九回)

受賞作＝高村薫「マークスの山」、北原亞以子「恋忘れ草」／他の候補作＝今井泉「ガラスの墓標」、本岡類「真冬の誘拐者」、中島らも「ガダラの豚」／他の選考委員＝五木寛之、黒岩重吾、田辺聖子、陳舜臣、平岩弓枝、藤沢周平、山口瞳、渡辺淳一／主催＝日本文学振興会／発表＝「オール讀物」一九九三年九月号

圧倒的な脅力

『真冬の誘拐者』(本岡類)の作者は新手のアイデアをいくつも工夫している。犯人側の常套句「警察へ報らせたら、子どもの命はないと思え」の逆を行く犯人側から警察への「子どもは誘拐した」という第一報、登場人物の一人の血液型が変わるという奇策、骨髄移植を巡る人間模様など、作者の新手案出力は並みのものではない。がしかし、これらの新工夫を紡ぎ出す肝心な文章にやや魅力を欠き、それが捜査側の人間造型によくない影響を与えている。捜査官たちの月並みな思考や行動が新工夫のおもしろさに負けていたのが残念だ。

『ガラスの墓標』(今井泉)の作者は安定した文章によって海を描くことですでに定評がある。候補対象となった三編のうちの白眉は「道連れ」であると思うが、これもまた荒れ狂う海を主役にした物語で、作者の本領が充分に発揮された一編。だが、作者にはうっとうしい、ないものねだりの言い方になるかもしれないが、作者の常識が話の結末に窮屈な枠を強いているような気がしてならない。「島模様」では作者の常識が猛威を振いすぎて主人公の腰を引かせ、「ガラスの墓標」では内蔵された海の英雄譚がやはり作者の常識に歪められているかのように見える。作者がよって立つ倫

理の幅がもう僅かでも広くなればもっと闊達で大きな海の物語が生まれそうな気配がするのだが。

『ガダラの豚』（中島らも）の作者の才筆は今回も読者を堪能させてくれる。まず豊富な雑学的知識で読者を物語の世界に引きずり込み、その上で読者に機知溢れる物語を楽しませる。その手腕に喝采を惜しむものではないが、今回は物語の勘どころに破綻があったようだ。スワヒリ語と日本語との使い分けに疑問があり、これは言語だけですべてを賄う小説には致命的な傷になる。それでもこの作品に合格点をつけたのはおもしろさでは際立っていたからであるが、やはり支持する声は少なかった。

『恋忘れ草』（北原亞以子）の作者は江戸の市井の女性たちが自立していく様、その瞬間を、密度の濃い、江戸の気分のこもった文章で描いている。彼女たちの自立が、常に自分より劣った男性を踏み台にして成し遂げられるところに軽い不満を抱いていたが、選考者の皆さんの熱い支持の言葉に耳を傾けているうちに、その不満はきれいに消えた。読み直せば、爽やかさがゆっくりと立ち上ってくるような佳品揃い、結末も定型を外していて気品がある。

『マークスの山』（高村薫）の作者は圧倒的な膂力《りょりょく》の持主である。それ以外に評言の用意がない。これまでは作者の、読者との関係の持ち方に多少の疑義があった。「読者をもてなす」ことにもう少し意を用いて下さったらと、祈るように注文をつけたときもなかったわけではない。ところがこの作品で作者は、真知子という善悪をはるかに超えた「人生の泥と涙にまみれて人を愛する女」を創造し、読者との関係をしっかりと付けた。彼女の愛は、推理小説だの警察小説だのといった狭い枠を越えて、はるかに普遍の愛にまで達している。一作ごとに信じられないような成長を見せる作者

に心から「おめでとう」を申し上げる。これからも圧倒的な膂力をふるってください。

日本ファンタジーノベル大賞（第五回）

大賞＝佐藤哲也「イラハイ」、優秀賞＝南條竹則「酒仙」／他の候補作＝小野不由美「東京異聞」、恩田陸「球形の季節」／他の選考委員＝荒俣宏、安野光雅、高橋源一郎、矢川澄子／主催＝読売新聞社・三井不動産販売　後援＝新潮社／発表＝「小説新潮」一九九三年十月号

四作、粒揃い

中国の文学者の魯迅《ろじん》は、月夜に窓辺に坐って上海市街を眺めるのが好きだった。月夜になると、澄んだ川の底の街のように、汚いもの、みにくいものがすべて消え失せて、よいもの、うつくしいものだけが残ったかのように見えるからだった。そのような水の底の街が『東京異聞』（小野不由美）にも出現する。そのあたりはとてもうつくしいイメージの織物だ。それから狂言回しの人形と黒衣の人形遣いの場面にも終始、濃厚な官能美が立ちこめている。そういったことが実現しているのは、ことば選びに多少の癖はあるものの、ひとえに作者の筆の力による。

年若い作者たちが好んで書く学園物にいささか食傷気味のところがあるが、『球形の季節』（恩田陸）には、土地の力の蘇《よみがえ》りという大きな仕掛けと、管理された日常からの脱出というこれもまた大きなテーマがあって、久し振りに興奮させられた。これまで読んだ学園小説の決定版と言い切って

もいい。

長編を書くという気負いがそうさせてしまうのだろうか、たいていの作品に重苦しく思い詰めたところがあって、それはそれで初々しくて珍重すべきであるが、『酒仙』(南條竹則)は気楽で陽気で景気がよくて、たのしく読んだ。ギャグ(笑わせる工夫)も単純で大らかであり、しかしときおり「絶対精神先生」などという途方もない哲学ギャグなども出て、作者はただの鼠ではなく、素直だけれど大きな器だ。

「物語」の物語、つまりメタ物語が全盛だが、『イラハイ』(佐藤哲也)は、人を喰った天地創造譚、本物語の意図された遅延、お説教的定義癖過剰の語法、迂回し旋回し揚句の果てには後退する物言い方、尻取り語法、プラトン風味の問答語法、そして擬古文調など、メタ物語の技法の宝庫のような小説である。では「物語」の技法をパロディの道具にしているだけかと言えばそうではなく、作者はウドマリと称する奇っ怪な巻貝やマダグリガエルという恐ろしくて滑稽な怪物を発明している。この他にも秀抜な発明はたくさんあって一々列挙できないが、とにかくこの作者には底力がある。

こういう次第で今回は粒揃い、散々迷った末に、まず読む者を上機嫌にしてくれる『酒仙』と、実験的大冒険を成し遂げた『イラハイ』を残した。両作とも、作者が自分の創り出した世界に惚れ込み、書くという行為に全《まった》き信頼を寄せていることでも共通している。

ではどちらを高位に据えるべきか。ここでもずいぶん迷った。ただ、『酒仙』の山場が、残念ながら、酒についての詞藻集にとどまっていることが、微《かす》かな、ほんの僅《わず》かな瑕《きず》になった。二作とも上々吉の作品であり、その差は毛筋ほどもないのだが、どうにも仕方がない。……とは言うものの、

『酒仙』のあの絶対精神先生のエピソードは群を抜く出色の場面、やはり惜しかった、と呟《つぶ》やきながらこの選評を書き上げたところだ。

朝日新人文学賞（第五回）

受賞作＝畑裕子「面・変幻」／他の候補作＝浅井紘子「婚間期」、森江美礼「牛占い」、天羽君子「ゴイム――異邦人」、東秀紀「鹿鳴館の肖像」／他の選考委員＝田辺聖子、丸谷才一、三浦哲郎／主催＝朝日新聞社／発表＝「月刊Ａｓａｈｉ」一九九三年十一月号

しっかりした筆致

ニューヨークの地下鉄代から水割り代やビタミン剤の値段まで詳しく書き込んで臨場感を出しながら初老の白人と日本人女性との同居生活の重さを描いた『ゴイム――異邦人』（天羽君子）。鹿鳴館を設計したジョサイア・コンダーの生涯を複雑な時間構成で描いた『鹿鳴館の肖像』（東秀紀）。能面つくりの過程を細かく記録した『面・変幻』（畑裕子）。小さな旅行代理店で働く、離婚して間もない女性の心のゆらぎを捕まえようとした『婚間期』（浅井紘子）。そして、妻が働き、夫が「主婦」を務める家庭の中へ、愉快なインド人を寄宿させて波乱を起こし男女同権ということの意味を考えようとした『牛占い』（森江美礼）。

どの題材も魅力的である。なかでも『鹿鳴館の肖像』には思いがけない知識がぎっしり詰まって

いた。それから『牛占い』の思考実験は、これからの家庭の在り方に興味深い示唆を含んでいる。だが、題材や知識やまた思考実験が小説の第一条件かと言えば、そうとばかりは限らない。文章も同じように大事、作者によって選ばれた形式がその小説にとって最良のものであったか、それも大事、登場人物の肉付けも大事。

『鹿鳴館の肖像』は、小説のようでもあり、エッセイのようでもあり、軽論文のようでもありで、形式に統一感が足りないように思われた。逆に統一感のなさで頑固に統一するという方法もあるが、そこまでの頑固さにも欠けた。『牛占い』にも好感を持ったけれど、主婦の役を喜々として務める夫の職業観が弱くてもろい。仕事と家庭とがもっと正面衝突したらよかった。そうしたら夫に深い存在感が出たはずだが。

『ゴイム――異邦人』は、いささか神経症的なほど重い内容を軽い文章で描こうとして舌足らずになった。『婚間期』における婚間期という人類学用語が一人の離婚女性の心を自由にするという機知に溢れた展開はみごとだが、その展開を担う文章に機知がない。

こうして比較的、瑕《きず》の少ない『面・変幻』が浮かび上がってきた。しっかりした筆致、よく調べ込まれた細部。結末部のメロドラマ風盛り上がりが一瞬、統一感を乱しかけたが、大事には至らなかった。

講談社エッセイ賞（第九回）

―受賞作＝林望「林望のイギリス観察辞典」、和田誠「銀座界隈ドキドキの日々」／他の選考委員＝大岡信、丸谷才一、山口瞳／主催＝講談社／発表＝「小説現代」一九九三年十一月号

二冊重ねて机辺におくと

和田誠さんの御本も林望さんの御本も、いま望みうる最高のエッセイ、誠におもしろく読んだ。あんまりたのしかったので、思わずお二人のお名を駄洒落で織り込んでしまいましたが。

和田さんの文章には、なに一つ、むずかしいことばが使われているわけでもないのに、その一つ一つがじつによく吟味されている上、それらがつながって文になり文章になると、たちまち登場する人びとの心のこまかい動きを写し取り、いくつも愉快な冗談をひねりだし、やがて人生にちりばめられた小さな宝石（真実のことです）のありかを暗示さえして、いつの間にか読者を和田さんの「青春の現場」へと連れて行く。まったくみごとな文章だ。それればかりか和田さんの青春は、読者の記憶の中で眠っていた青春をゆすり起こし誘い出して、なんだか懐かしい気分にさせられてしまう。これは、読者に、それぞれの帰らない懐かしい日々をさわやかな幸福感とともに思い出させてくれる不思議なたのしい本である。

谷崎潤一郎賞（第二九回）

―受賞作＝池澤夏樹「マシアス・ギリの失脚」／他の選考委員＝河野多恵子、ドナルド・キーン、中―

―村真一郎、丸谷才一、吉行淳之介／主催＝中央公論社／発表＝「中央公論」一九九三年十一月号―

物語の死と再生

様ざまな次元の、そして多彩な形式の物語と仕掛けが、物語を読む楽しみを熟知した上等で知的な読者の前に豪勢に供えられている。

はるかな高みから神話のように書き出されたこの小説は、やがて時間軸に沿って忠実に流れる伝統的な小説作法、すなわち少しばかり悪漢小説風なマシアス・ギリ大統領の出世譚へと受け継がれ、それに島の歴史を語る誠実な文章群が絡みつく。さらにそこへ西太平洋の三つの島にまたがる人口七万の小さな共和国が直面する諸問題が記録小説風の筆致で報告される。

そのうちに就任前後の大統領にまつわる疑惑がゆっくりと浮かび上がり、そのあたりは推理小説風のおもしろさ。加えて、南の島の王子で二百年前に死んだリー・ボーという亡霊が何度か現れて、大統領の内心を深くのぞき込み、ここは暑い国のハムレット劇といった味わい、すこぶる演劇的である。そして大統領を失脚に追い込む賢い娘とその七人の弟たちの活躍は、それだけでみごとなお伽話になっている。大統領の失脚劇が進展するあいだ、日本から島にやってきた慰霊団のバスが時空間の裂け目に紛れ込んで失踪、その無垢で象徴的なスラップスティック劇は「バス・リポート」として巧妙に挿入され、人間の魂の死と再生とを暗示する。

……などなど、作者は、人間がこれまで発明した様ざまな物語を力業をもって塞き止め、おもしろい上に深い、新しい物語を創造した。結局のところ、作者は、物語の一旦の死と、その新たな再

生とを、物語を語ることによって実現してみせてくれたのである。

野間児童文芸賞・野間児童文芸新人賞（第三一回）

受賞作＝山中恒「とんでろじいちゃん」（本賞）、イ　サンクム「半分のふるさと」（新人賞）／他の候補作＝柏葉幸子「かくれ家は空の上」、那須正幹「さぎ師たちの空」、森山京「おにの子フウタ」（本賞）、佐藤多佳子「ハンサム・ガール」、たつみや章「夜の神話」、ひろたみを「そらから恐竜がおちてきた」（新人賞）／他の選考委員＝佐藤さとる、古田足日、松谷みよ子、三木卓／主催＝野間文化財団／発表＝一九九三年十一月

深みのあるおもしろさ

『とんでろじいちゃん』（山中恒）は、時空間の捻じれを中心に据えた複雑な構造をもっています。その構造の上に、この世の出口に立っている老人と、この世の入口に立っている少年とによる、七十年前の小事件についての謎解きが展開して行きます。これからこの世を去ろうとしている人間と、これからこの世に参加しようとしている人間の組合せがみごとで、浮かび上がってくるのは人生のふしぎさ、先にあげた構造と併せて、これはとても深い物語です。それなのに、こんなにおもしろく読むことができるとは。物語の作り手として長い間、蓄えてこられた技術が一気に吹き出して「深さ」と「おもしろさ」とをぴったり重ねてしまったのでしょう。

『半分のふるさと』（イ　サンクム）は、文章は誠実そのものでかつ滋味に溢れ、戦時中の生活記録としても懐かしくかつ貴重、登場する人びとはだれもが生き生きとしてかつ魅力的、第一頁からぐんと引き込まれてしまいました。とりわけ、母親と日本人教師の対置がこの作品を得難い秀作にしました。日本人を覚めた目で見ながら朝鮮人としての誇りを失わずに生きつづける母親、色眼鏡で生徒を見ることなど思いもつかない公平で温かな教師、作者はこの二人を、愛情をもって思い切り書いています。この対置という仕掛けで、日本も朝鮮も戦争も、人工のものはすべて冷静に値踏みされ、そして次第に人間そのものにたいする信頼がゆっくりと浮かび上がってくる。そのあたりはうんと深くて、うんとおもしろく、新作にしてすでに古典とはこういう作品のことをいうのでしょうか。このすばらしい作品を読むことができた幸運に心から感謝します。

一九九四（平成六）年

岸田國士戯曲賞（第三八回）

受賞作＝鄭義信「ザ・寺山」／他の候補作＝飯島早苗「ピロートーク」、鈴江俊郎「桜井」、楠本幸男「幻想列車」、鴻上尚史「トランス」、内藤裕敬「賞金稼ぎ」、じんのひろあき「メイドイン香港」、成井豊「グッドナイト将軍」／他の選考委員＝太田省吾、岡部耕大、佐藤信、つかこうへい、野田秀樹、別役実／主催＝白水社／発表＝一九九四年二月

台詞の勝利その他

戯曲というものは、劇場の観客のためにだけあるのではないぞ、読む者をも堪能《たんのう》させるものでなければならんぞ。筆者などはそう聞かされて育ったような気がする。どこのどいつがそんなバカなことを教えたのかと問われても困る。何野某兵衛《なんのたれがし》がそう言ったというのではなく、たとえばシェイクスピアだのモリエールだのイプセンだのチエホフだのピランデルロだのを読むうちにいつの間に

か自然とそう信じてしまった。これらの作家たちの仕事は読むだけでもおもしろく、同時にこちらの心を打つなにものかがあるから、「読むだけでも充分」と錯覚したのかもしれない。

こういう偏頗《へんぱ》な考え方をしているので、たとえば鄭義信さんのタイプの戯曲は苦手である。三回四回と読み重ねながら丁寧に覚書でも拵えないとなにがどうなっているのか、よくわからない。だが、今回の『ザ・寺山』はそうではなかった。台詞がすばらしい。「ああ、この作家は生涯で最高最良の台詞をいくつか書いているな」と思いながら読んだ。いい台詞がいくつも並ぶと、作者の仕込んだ演劇的企ても、おのずと分明になる。そしてそういう演劇的なるものはすべて良質で、それらをも堪能した。

作者と寺山修司との距離の問題は微妙だが、しかし引用も作者の腕前のうち、あるいは引用こそ批評。そこにおいてもこの作品には光っているところが多い。

鄭さんの台詞に匹敵するのが『トランス』（鴻上尚史）の冒頭《でだし》である。颯爽としていて、これこそ芝居、読む者の心を湧き立たせるものがある。この冒頭部分だけでも受賞に値すると考えたが、そんなことを考えたのは筆者一人だけのようだった。

直木三十五賞（第一一〇回）

もう一作、セブンイレヴン風の、どこもかしこも明るくて平べったい作品の多い中で、『幻想列車』（楠本幸男）の力強く武骨な味は特筆に値いする。

受賞作＝佐藤雅美「恵比寿屋喜兵衛手控え」、大沢在昌「新宿鮫 無間人形」／他の候補作＝内海隆一郎「鮭を見に」、小嵐九八郎「おらホの選挙」、中村彰彦「保科肥後守お耳帖」、熊谷独「最後の逃亡者」、内田春菊「ファザーファッカー」／他の選考委員＝五木寛之、黒岩重吾、田辺聖子、陳舜臣、平岩弓枝、藤沢周平、山口瞳、渡辺淳一／主催＝日本文学振興会／発表＝「オール讀物」一九九四年三月号

高い水準

『保科肥後守お耳帖』（中村彰彦）には、一途で後味のよい話が並んでいる。どれにも謎が仕込まれていて、読者は気分よくこの会津の名君と近付きになることができる。がしかし読み進むにつれて、どの話も同じ鋳型に嵌《は》められていることが判ってくる。いつも「お殿様が知っていてくださった」、「お殿様が覚えていてくださった」というのを感動の梃子《てこ》にしているので、どの話もその作りが似てくるのだ。「おちは全部お殿様がとる」というのは少しやりすぎではあるまいか。

乗りに乗っているのは『おらホの選挙』（小嵐九八郎）である。全国紙の地方支局に配属された新米記者が悲しくなるほど滑稽な市長選の取材を通してその土地を好きになって行くという物語は評者の好みであるが、感嘆符のむやみに多い一人称の語りや、そう意味があるとも思えない視点の転換が、読者の読み進む力を殺《そ》ぐ。作者の工夫が逆に読者の足を引っ張ってしまっている。三候補が繰り出すあの手この手の戦略にもそれほど突飛でおもしろいものがなく、全体になにか悪い冗談につき合わされているような印象。ただし特別通信員の「田沢さん」という人物の造型がとてもいい。この作者にはたしかに力がある。

『最後の逃亡者』(熊谷独)の旧ソ連での庶民生活についての記述は、その精密なこと、そして分量の多いことで読者を圧倒的に楽しませてくれる。ところが主人公の岡部に関する記述は不明瞭かつ曖昧《あいまい》。それに逃走途中でおこる危機は、たいていが都合よく回避される。結末の暗さは、多分、逃走中の甘さを作者が自分で罰しようとして付け加えたものかもしれない。とにかく前半の旧ソ連の庶民生活のリポートは大の字のつく傑作である。

候補作の中で、最も文章がよろしかったのは『ファザーファッカー』(内田春菊)だった。平明なのに人間の心の内懐へぐいと入り込む勁《つよ》いしなやかさを持っているし、諧謔を盛ることもできる度量のある文章だ。実母が遣手婆で自分が娼妓、そして客が義父という陰惨な関係を、このように「爽やか」に書けるというのは大したものだ。ただ作者が女主人公にやや甘いところが玉に瑕、たとえば妹にも惜しみなく愛を注ぐこと(妹の立場からはこの関係がどう見えるかといったようなこと)ができていれば途方もない傑作になったろう。

『恵比寿屋喜兵衛手控え』(佐藤雅美)はなによりもその着眼で光っている。江戸期の民事裁判の様子、旅人宿の意味、その他たくさん教わることがあった。物語そのものは常套で、また会話と地の文の関係が手拍子で行進する個所も多く、ハテと思うところは少くなかったけれども、そういった疵をすべて着眼のすばらしさが消した。勉強になる小説だ。

『鮭を見に』(内海隆一郎)には、過去の重い時間を引き摺りながら、現在、出来うる限りの努力をし、未来に一条の希望の光を見ようとする人たちが大勢、登場する。わたしたちもまたそのような存在である以上、作者の創り出した人間たちに無関心ではいられないが、さらにもう一つ、作者

はそれらの人びとに「心のやさしさ」を与えている。ここがいわば議論の分れ目で、だから印象が淡い、美談仕立てだという意見があり、だから気持がいいという意見も生まれる。今回の評者は後者の立場、しかし力が及ばなかった。

さて、『新宿鮫　無間人形』（大沢在昌）だが、物語の展開は快調、とにかくおもしろい。舌を巻くばかりの筆力である。常連の晶の生き方や台詞《せりふ》は今回も個性的で切れ味がよく、主人公の上司の桃井氏も渋い光沢を放っている。新加入の塔下という麻薬捜査官は下積みの人間の「生きて行くということに対する誠意」のようなものを浮び上らせて、登場人物たちの織り出す人生の織物は厚くて豪奢である。もちろん欠点はある。たとえば今回の悪玉には「悪の哲学」がない。あるとしても弱い。しかし小説は不思議な生きもの、作者の筆力に圧《お》されて少くとも頁を繰っている間はその穴に気づかない。現在感覚に溢《あふ》れて生き生きとした作品だ。今回は水準が高かったが、その高い水準をこの作品はさらに頭ひとつ抜いている。

2001年日本の顔（「文藝春秋」千号記念特別企画）

──他の選考委員＝上前淳一郎、木村尚三郎、櫻井良子、村松英子、諸井薫、岡崎満義／発表＝同誌一九九四年四月号──

日本にも女性の総理大臣がでた方がいいと思うのですが、田中眞紀子さんはナンバーワン有力候補ですね。お父さんの角栄氏を介護しているうちに福祉に目覚めてきたというのもいいですね。演説は内容もあり、わかりやすく面白い。馬力もありそうだし、左からも右からも超党派的に人気がある人ですね。

村治佳織さんはまちがいなく二十一世紀のビッグスターです。ギターコンクールでは次々に優勝して、一時の貴ノ花のように、最年少記録を更新しています。今まで誰もひけなかったギターの曲を易々とひいた技巧の持主です。日本橋の生まれで、昔だったら三味線で、芸者になったらものすごい売れっ子だったでしょうね（笑）。今だからクラシックギターを手にしてるんです。お父さんがギターの先生ですから、もの心ついたときはギターをひいていた、という天才少女です。弟がまたすごくて、同じギターで姉さんの最年少記録を次々に破りつつあります。

ミュージカル俳優としては、劇団四季の加藤敬二。「クレイジー・フォー・ユー」の舞台はすばらしかったです。あのダンスはブロードウェイでも通用するんじゃないですか。ミュージカル女優として「レ・ミゼラブル」に出た島田歌穂も一級品ですね。

それから芝居の演出の鵜山仁さん。とても誠実な演出をする人です。誠実な人はのびますね。ヒラメキもあるし、人徳もある人です。

思想のジャンルで中沢新一さんはいいですね。文章も構えたところがなくてやわらかい。間口が広く、奥ゆきも深い。いつも死という視点から世の中を見ている人ですが、大物という感じです。

福田和也さんも新しいタイプの批評家だと思います。

吉川英治文学新人賞（第一五回）

受賞作＝薄井ゆうじ「樹の上の草魚」、東郷隆「大砲松」／他の候補作＝斎藤純「百万ドルの幻聴」、真保裕一「震源」、永倉万治「結婚しよう」、中村彰彦「遊撃隊始末」、山口雅也「キッド・ピストルズの妄想」／他の選考委員＝尾崎秀樹、佐野洋、野坂昭如、半村良／主催＝吉川英治国民文化振興会／発表＝「小説現代」一九九四年四月号

新風、二《ふた》吹き

『樹の上の草魚』（薄井ゆうじ）に『大砲松』（東郷隆）、どちらも文章がいいのに感心した。

前者の文章のよさは、心の中のどんな細かい襞《ひだ》でも見逃さない鋭い作家的観察眼が養ったもので、男から女に変身を遂げる青年の心の動き、そしてその「男と女、両性にまたがる美しいもの」を強く意識している男の心理、それらを細大漏らさず巨細逃がさず正確に、かつ品のいい諧謔《かいぎゃく》をもって書き写している。この種の変身譚は、ともすると奇妙奇天烈なおどろおどろしい文章で書かれることが多いけれども、作者は平明でありながら伸縮自在、吸い取り率抜群の文章で現代の怪奇譚を、あるいは純愛物語を書き上げたのである。これは新しい発明であり、新しい風だ。新風を興《おこ》して登場した作者に心から拍手を贈る。

後者の文章は、落語や講談や娯楽小説にあらわれる月並みな常套句や使い古された紋切型の集大成である。ただし、「読者の心を書き手のリズムで生き生きとおもしろく踊らせてやろう」という作家的工夫がいつも働いていて、それが常套句や紋切型の語句を思いがけない回路で結び付けて、歯切れのいい、そして愉快な文章を作り出している。この工夫も新しいものだ。

『樹の上の草魚』の方が好きであるし、出来栄えからいっても、こちらの方が上だと、評者は考える。というのは『樹の上の草魚』の作者が自分の選んだ主題や題材と思い切って心中しているからで、それに引き換え、『大砲松』の作者は、途中から物語の心棒を行方不明にしてしまった。ただし、これはあくまでも『大砲松』についての論であって、作家論ではない。東郷隆氏は膂力《りょりょく》もあり、また端倪すべからざる作家的戦略も秘めていて、将来恃《たの》むに足る書き手である。そこで薄井ゆうじ氏との同時受賞に一も二もなく三、四と賛成した。二作とも読んで損のない作品、それどころかお釣りがたっぷり返ってくる。

パスカル短篇文学新人賞（第一回）

正賞＝川上弘美「神様」／PEOPLE賞＝福長斉「藺草刈り」／他の選考委員＝小林恭二、筒井康隆／主催＝ASAHIネット／発表＝『GQ JAPAN』（一九九四年七月号）

「神様」

私は非常に感心しました。95点なんですね。出だしですけれども「くまにさそわれて散歩に出る。川原に行くのである」といきなり決めつけてくるのですが、この決めつけ方が、宮澤賢治で言うと、「ある日ヤマネコからはがきが来ました、トビドグもたないでください」みたいながたがた言うなというふうに非常に強い。作者はわざとクマがどうのこうのということを一切言わずに、ある意味ではのんきに話をつづっていくのです。そののんきな中にかなり油断のならない作戦が潜んでいまして、これは読んで気持ちよくなるのと同時に、とてもいい話で、ちょっと童話ぽいところもありますが「ああ我々人間の世界でも、隣りにいる人はクマよりももっとひょっとしたら離れた人たちがお互いに住み合っているのではないか」とか、さまざまな今の我々の隣近所が切り離された生活の仕方を逆に浮かび上がらせるテーマ性があるんですね。のんきでユーモラスで童話っぽいのですが、しかしその底にある隣人とか、人間と動物とかそういう関係をパッとつかまえ直す大変いい薬を含んでいると思いまして、これには惚れ込みました。いい作品だと思います。

「藺草刈り」

これはなかなかいい作品ですね。農村に浜から出稼ぎに来ていて、それがだんだん殺しにまでいってしまうのですが、ロケットの発射の仕方が非常にうまいですね。一段、二段、三段と切り離していって、最後に兄が魚扠《やす》をブスッと刺されてしまう。そこまでの段取りは相当なものですね。この人はおもしろい小説をたくさん書ける人だと思います。ぼくはこれはとても好きです。山の者と浜の者といいますか、遠野物語あたりなんかでも出てくる、そういうところもしっかり踏まえて、つまり米をつくる者とつくらない者、それから塩をつくる者とつくらない者、その交換、そういう

日本史をずっと貫いてきた浜と山との対立も踏まえていますし、これ意外にすそ野が広そうな作品ですね。私は90点をつけました。

松本清張賞（第一回）

受賞作＝葉治英哉「狄物見隊顚末」／他の候補作＝乙川優三郎「穴惑い」、高橋直樹「悲刃」、永井義男「螢狩り殺人事件」、松浪和夫「キャデイヴァー・ドナー」、柚木亮二「昏い通路」、若松忠男「セピア色の視線」／他の選考委員＝阿刀田高、佐野洋、津本陽、藤沢周平／主催＝日本文学振興会／発表＝「文藝春秋」一九九四年七月号

眼の位置

格高く、彫りも深いのに、読みやすく、親しみやすい文章。生活の細部と巨大な社会構造とを同時に捉える自在な観察眼。……清張文学の特色を数え出せばきりがなくなるが、しかし清張の清張たる所以はなによりも、その視点の低さにあった。清張文学はどんなときも社会的により弱い者の上に置いた眼から、歴史を、社会を、そして人びとの営みを視ていた。そして選者たちに与えられた七篇の候補作にも、ものごとを視るときの視点の低さについては共通しており、「なるほど、これだからこそ清張賞なのか」と心を揺すぶられた。その文学的成果にしても、新人賞とは信じられぬほどの高い達成があり、プロのコンクールと言っても決して言い過ぎではないような力作が結集

してきていた。

垢抜けした構成と軽ろやかな文体で新しい捕物帳を試みようとした『螢狩り殺人事件』（永井義男）、ドナーが死刑囚という設定のもとに臓器移植の問題を圧倒的な筆力で物語った『キャデイヴァー・ドナー』（松浪和夫）、地図と現地との食い違いといういかにも清張風の機知を盛り込みながら作家予備軍の犯罪を描いた『昏い通路』（柚木亮二）、いずれも今すぐ小説雑誌で活字になっても充分に読者を惹きつけることのできる力を備えていた。

『セピア色の視線』（若松忠男）は、文章の錬度《れんど》にいささか不満はあるものの、戸籍の問題をめぐる日米間の考え方のちがいを浮き上がらせた題材がすばらしく、『悲刃』（高橋直樹）は、時間の堆積の中から内藤元盛＝佐野道可という「遅れてきた武将」を掘り起こしてきて、関ケ原の戦から大坂夏の陣にかけての歴史的な時間を鮮やかに再編成してみせてくれた。

そして、敵を討ってみごと本懐を遂げ（たかどうか真実はいかに、というところに物語の妙味があるが）、三十四年ぶりに生国へ帰還した五十四歳の武士を描いた『穴惑い』（乙川優三郎）と、訳も分からぬまま戊辰戦争に引っ張り出されてしまった南部またぎたちの運命を描いた『狄物見隊顚末』（葉治英哉）。筆者はどちらにも丸印を付けた（ちなみにもう一つの丸印は『セピア色の視線』）。

『穴惑い』は、敵討ちというもっとも武士らしい仕事をした者がじつは「脱武士」を図っていたという趣向がみごと。ただし残念ながら視点にいくつかの乱れがある。

『狄物見隊顚末』は、文章は悪く言えばやや生硬、良く言えば簡潔堅固、とにかく初めのうちは読みにくいが、しかし、後半に立派な成果がある。主人公のまたぎの青年が、伸《の》るか反るかの瀬戸

際に決まって、「相手がもし熊だったら、こういうときにはどう行動するだろうか」と考えて、そのつど危機から脱出するところがじつに傑作だ。すなわち、作者はまたぎの眼に徹した。そこから独特のスリルと諧謔とが次つぎに発生したのである。

山本周五郎賞（第七回）

受賞作＝久世光彦「一九三四年冬―乱歩」／他の候補作＝坂東眞砂子「狗神」、海老沢泰久「帰郷」、安部龍太郎「彷徨える帝」／他の選考委員＝阿刀田高、逢坂剛、長部日出雄、山田太一／主催＝新潮文芸振興会／発表＝「小説新潮」一九九四年七月号

選考座談会より

坂東眞砂子氏の「狗神《いぬがみ》」は、計算がきちっとできていて、読んでゆくにつれ少しずつ面白くなっていきます。文章が非常に頑丈で、いい形容もたくさんある。そして、筋に意外と臭みがない。そこに才能を感じました。構造はギリシャ悲劇の「オイディプス」ですね。災害は真実をつきとめないうちには止まぬという、オイディプスの構図を実にうまく利用しているなと、感心しました。ただし、その真実がはっきり顕《あらわ》れた時に、きっちり世界を閉じたほうがよかったと思うんです。最後がきっちり終わってないんですね。またなにか新しいことが起こるように書いていますが、真実がつきとめられた以上、神話的構図を閉じて、ぴしっと終わったほうがよかったのではないでし

ょうか。

最初の場面、時田昴路《こうじ》が善光寺で坊之宮《ぼうのみや》美希と会いますね。東京へ帰った次の日、彼は新聞記事に美希の名前を見つけて慄然《りつぜん》とします。善光寺で美希に会った前日に彼女は死んでいたということをここで知るわけです。それにもかかわらず、彼はしばらくしてから高知に行く。なぜ、すぐに行かなかったのか。これはたぶん作者の都合ですね。すぐ行くと話が崩れてしまうおそれが出てくる。それで心にひっかかってたけど行けなかったというふうに説明しています。プロローグとエピローグという枠はいらなかったんじゃないかという気もしますね。

そういうわけで、これは四点です。たいへん面白く、作者の力量は充分に高く買いますが、最後が閉じきれていないと思います。

久世光彦氏の「一九三四年冬—乱歩」ですが、僕はこの文章力にはまったく感心しました。文章が濡れているというのか、文章でそのシーンの雰囲気をつくる力が大変にある。実際に書いてはいないけれど、文章の後ろから、昭和ひと桁の雰囲気がふわっと浮き上がってくる。戦前の東京の麻布、そこにあるホテルの食堂のパンとかバターとかコーヒーの匂いとかを文章だけでこれだけつかまえられるというのは立派な文章家だと思います。練られて読みやすい文章に、精選された情報をたくさん載せている。

おもしろいのは、作者があまり書いていないのに二〇二号室のドアの外の廊下の様子がなんとなく伝わってくることですね。これもふしぎな文章の力です。しかも文章に諧謔性《かいぎゃくせい》というのか、読者をつかまえて離さない面白さが常にある。こういうことを全部やってしまう文章力は出色のものだ

と思います。

当然だけれども、よく調べているし、調べたことをうまく使っている。テーマも、日本人には珍しく、神というところまで行っています。「梔子姫」も乱歩も神の問題へ肉薄しています。人間を超えた存在というところへ突き抜けようとしていて、冒険もしていますね。しかし、「梔子姫」が乱歩作として世の中に残るとまずい。つまり結末がわずかにだらしない。結末がうまく行っていれば、これは十点の作品です。

乱歩になってみたり、乱歩をからかってみたり、調べたことを書いたり、きっと楽しい仕事だったと思います。その楽しさがこっちに伝わってきますし、本当にいい小説です。色々言いましたけれど五点です。

海老沢泰久氏の「帰郷」は、文体の問題を作者はかなり意識していると思います。基本語彙《ごい》を決め、辞書から取り出してきたような美辞麗句《びじれいく》を避けて、普通の言葉で人生を書こうという方法論が、この短篇にはきっとあると思います。

ですから、この文体に徹したら素晴らしいことになると思います。易しい言葉で人生の深いところを探りあてるということが本当にできたら、子供たちが教科書で海老沢さんの小説を読んで日本語を勉強すればいい、といった可能性も含むような実験だと思います。これは目立たない実験で、誤解を受けやすい実験ですが、そこのところは買いたいと思います。

それと、もうひとつのテーマとして、人生は平等であり、人々のお金と気持ちをかっさらう人は、その盛りが短く、こつこつやっている人は、たいしたもらい分はないけど一生もらいつづけること

ができるといったような、あえて名付ければ、人生平等主義とでもいうようなテーマもどこかに忍び込んでいます。このふたつがもう少し表面に出てきたら、さらにいい短篇集になったと思うのですが。

「夏の終りの風」はとてもいい短篇ですね。ケヤキが二本ある球場、そして、選手に幸運をもたらす女性がそこから二軍選手を見ている。場所が持つ力といったものが感じられます。そこから巣立っていった選手が二軍監督になってケヤキの木のある球場へ還ってくる。そして彼《か》の女性と再会する。……いい話です。ケヤキの枝をゆする風がほんとうに吹いている。この「夏の終りの風」は、五点です。こういう短篇がもう一作あったら、問題なく五点をつけられるんですけど、他の作品になんとなく力がない。「夏の終りの風」ほどはわくわくしませんね。ですから、この「夏の終りの風」を大いに買った上で、他の短篇の分を引いて、四点という数字になりました。

安部龍太郎氏の「彷徨《さまよ》える帝《みかど》」は筆力があり、作家的腕力もある。色々な手を考え出し、立回りを、愛欲場面をおもしろいものにしています。力量は充分にあると思います。しかし、小説の面白さとなると話は別ですね。読者と仲良くなる主人公をつかまえそこねているような気がします。固有名詞がたくさん出てくるし、読むのにとても骨が折れる。練れということではもう一歩という感じがあります。

確かに、帝とは何かというところを書かないと、この小説は成立しないんです。果たして、後醍醐天皇が万民平等を唱えていたかどうか。われわれの知っている後醍醐天皇は、自分の在世中から後醍醐という諡《おくりな》を自分の名前に付けて、醍醐天皇の公家政治の治世にもう一度戻そうとした人です。

でも、作者の立場から言うと、後醍醐天皇が目指すのは公家政治であってはならない。そこに、通説では公家政治に憧れていた帝が、じつは万民平等を志していた。その証拠はかくかくしかじかであると明らかにしなければならない。でも、それには残念ながら失敗しています。

力はあるし腕力もある。史料はよく読み込んでいるし、そこまでは満点なのですが、作者の史観が出てこないので、主人公たちが動きにくい。作者に新しい史観があれば、主人公たちもそれを嬉々として演じることができるんですが、史観が曖昧《あいまい》で、手腕だけが浮き上がって、小説的な、そういう感動はついになかった。ですから四点です。

「狗神」、「彷徨える帝」、「一九三四年冬―乱歩」のうち、作者には叱られるでしょうが、「狗神」では狗神があるために、予《あらかじ》め樋《とい》が通してある、という感じがします。この小説は、普通の生活の底に、何か非常に危なっかしい、理性では解決できないものがあって、それがぱっと噴き出してくるということをほかの材料で書けたのではないか。つまり、なんだ狗神の話かと先読みされるのは、作者にとっても、そして読者にも損ではないでしょうか。道具立てや枠組みが少し強すぎる気がする。

「彷徨える帝」は作者自身が、帝と人々と神というテーマを掲げているけれども、それに応えていないというところが根本的な問題だと思います。後醍醐天皇が三つの面に力を移せるんだったら、もう、神なんだから、なんの問題もないわけです。どうも思いつきがばらばらで、テーマが一本通らなかったという感じがします。それともうひとつ、作者はこの小説の書かれた、一九九三年を生きているわけですから、今までにかわされてきた様々な、天皇に対しての議論をふまえてないとまずいのではないですか。

この作品の中の後醍醐天皇だったら、農民を大事にするはずです。当時としてはカネを田んぼで作ってるようなものですから。一方、山の民の方にも視点が移って行き、なんとなくテーマが揺れている。だから読んでいて何を書きたいのかはっきりしない。テーマ小説になれというわけではないんです。これだけの力量をお持ちなのだから、テーマ抜きで話を進めても、おもしろい仕事ができますよ。

直木三十五賞（第一一一回）

受賞作＝中村彰彦「二つの山河」、海老沢泰久「帰郷」／他の候補作＝久世光彦「一九三四年冬—乱歩」、安部龍太郎「彷徨える帝」、東郷隆「終りみだれぬ」、坂東眞砂子「蛇鏡」／他の選考委員＝五木寛之、黒岩重吾、田辺聖子、平岩弓枝、藤沢周平、山口瞳、渡辺淳一／主催＝日本文学振興会／発表＝「オール讀物」一九九四年九月号

俊英、勢揃い

今回の予選通過作品を見て、「俊英たちが今ここに勢揃いしている」という戦慄にも似た思いを抱き、すこぶる緊張した。どなたもすでに自流を確立した書き手たちばかりであるが、なかでは坂東眞砂子氏がもっとも最近に出会った作家で、堅固に構成した物語を巧みな形容をちりばめた安定感のある文章でしっかりと語り進めて行く力がデビュー作から備わっていた。ものごとがすべて均

質化されたノッペラボーの現代、そのなんとなく薬品くさい世界に、突如、土俗信仰やある種の血統伝説が一挙に吹き上げてきて、ふと気がつけば主人公たちは（読者もまた）すさまじい勢いで変わって行く世界の真ん中に立っている、さて主人公たちの運命はいかに。これが坂東ワールドの定型と見受けられるが、今回の『蛇鏡』もこの定型に忠実に展開する。これこそ氏の個性であるから大事にしなければと思うものの、いくつか読みついでくると、やはり話の先が見えてしまう。それにないものねだりを承知で言えば、「人の営みとはなにか、その営みを積み重ねてつくられていく歴史とはなにか」を書きながら、この主題についての、肝心かなめの作者の考えが希薄だ。氏は答えるかわりにいつも技巧の勝った結末のオチのようなものでかわしてしまう。そこに今回も不満がのこった。

安部龍太郎氏も該博な知識と骨太な物語と熱のこもった文章とですでに一家をなしている書き手である。しかし、『彷徨える帝』では、後醍醐帝像について疑問がある。どのような後醍醐帝を書こうと作家の自由であるが、そのためには、荒唐無稽なものであれなんであれ、「かくかくしかじかであるから作者はこう考える。どうだ、まいったか」という理由づけが要るはずだが、この作品ではそこのところがきわめて弱い。それに互いに敵対しながら狂言回しを兼ねている二人の主人公がうまく嚙み合っていない。部分部分に疑いもなく物語作者としての才能が光り輝いているけれど、全体としては読み手をいやおうなく引きずって行く腕力に欠けていた。

東郷隆氏は、この『終りみだれぬ』でまたも確実に前進したと思う。以前から歴史からこぼれ落ちたへんてこりんな人間をさっと描くことに立派な手並みを示す書き手だったが、今回も、ひょう

ひょうとしていながら図太い絵師をはじめ、何人ものへんてこりんな人間像を創り出している。考証や現代語訳を地の文へ溶かし込んだ独特の文体も手に入ってきて、テンポとユーモアとが生まれてきている。だから文句をつけては罰が当たるようなものだが、読み手が小説に常に求めている基本的な描写力に少しばかり欠けるところがあるような気がしないでもない。

海老沢泰久氏の短編集『帰郷』について言えば、たとえば二千語か三千語程度の平易な言葉だけで人生の真実を描き出そうとする氏の文体改革の熱意に深い敬意を抱いている。そして表題作と「夏の終りの風」を好短編であるとも考える。しかし登場人物たち、とくに女性たちに対する作者の甘い媚《こ》びに抵抗がある。もちろんこれは趣味の問題であって、評者の女性観の方がかえって歪んでいるのかもしれないが。

久世光彦氏の『一九三四年冬―乱歩』の文章のすばらしさについてはすでに定評がある。昭和初期東京の西洋人専用ホテルにただようパンやバターやコーヒーの匂い、そのホテルの一室の朝の温度や午後の浴室の浴槽の湯の上にきらめくステンドグラスの色彩の揺れ、……大正期に生まれて昭和初期に都市大衆のものとなった「文化」生活の微細な陰影、それを文章としてここまでしっかりと取り出した氏の力量はだれもが認めるところであろう。この一点だけでも充分、受賞に価すると考えたのだが……。

さて、六作中、もっとも感心したものは中村彰彦氏の『二つの山河』だった。氏の作品を読み慣れてきた者には、「あれ、どうしたんだろう」という軽い驚愕が、まずある、「今度は作者があれほどこだわっていた会津物ではないぞ」と。だがしかし日本人であれば、いや、人間であればだれも

が誇りとするであろう捕虜収容所の日本人所長の人間的な行いが読者に充分しみ込んだところで、「この所長はじつは会津人であって……」と主人公の出自が明らかにされ、読者としては「やっぱり……」と胸を撫で下ろすことになる。これは一つの快感である。たとえ会津物に抵抗がある読者でもここまで巧みに仕組まれれば文句のつけようがあるまい。

明治新政府の会津人に対するひどい扱い、その会津人がドイツ人捕虜にほどこした人間的な扱い、この二つを対照させることで作品は豊かな奥行きを備えたし、その上、捕虜収容所を舞台に一種のユートピアを描いているところが、その武骨な肌ざわりにも似ず、たいへんに現代的である。氏の文章は「……である」「……であった」を連打する、いわゆる宣言体であり、ともすると読者に評論風の堅苦しい印象を与えかねないのだが、この作品ではその連打の中にポカリと舌足らずの説明が入ったりして、自然のおかしみを醸し出している。今回は堅苦しいだけではなかった。

なによりもめざましいのは、氏が会津という固有の土地を掘っているうちに日本人の普遍的な行動原理に突き当たったこと。「偏固を突き抜けて普遍へ」というドラマツルギーを完成した氏のいっそうの活躍を期待する。そして最後まで推すことを怠っておいてこんなことを言うのもへんなものだが、海老沢氏の文体革新が結実することをひそかに祈ってもいる。

日本ファンタジーノベル大賞（第六回）

―大賞＝池上永一「バガージマヌパナス」、銀林みのる「鉄塔　武蔵野線」／他の候補作＝高野史緒―

「ムジカ・マキーナ」、沢村凜「世界の果てに生まれて」、石立ミン「飛び地のジム」／他の選考委員＝荒俣宏、安野光雅、高橋源一郎、矢川澄子／主催＝読売新聞社・三井不動産販売　後援＝新潮社／発表＝「小説新潮」一九九四年九月号

いいものとすごいもの

今回は『バガージマヌパナス』（池上永一）が頭一つ、他を抜いていると考えた。南島の年若いユタの誕生を描いたこの作品は、とにかく文章がよろしい。未整理なところはあるものの、文体に読者を誘い込まずにはおかない生き生きとした勢いがあって、さらに南の島の風や光や温度や色彩をしっかりと言語化してさえいる。それだけでも大手柄なのに、至るところに質のいい笑いが仕掛けられており、その伸び伸びとした笑いに誘われているうちに、読者はいつの間にか女主人公の魅力に降参せざるを得ないような塩梅《あんばい》式になっている。「書いてしあわせ、読んでしあわせ」とでも評すべき明朗闊達《かったつ》な快作、活字の列の間から心地よい南の風が吹き上がってくる。

もちろんこの賞のレベルはとても高く、他の作品も力作ぞろいであった。『世界の果てに生まれて』（沢村凜）では、中心と外《はず》れとの関係、世界の外れにおける橋の意味など、その主題群に充分に魅了されたし、『ムジカ・マキーナ』（高野史緒）では、音楽についての思索を綿密に展開しながらの、史実と伝奇と活劇とロマンスとの合体がほとんど成功しかかっていたし、『飛び地のジム』（石立ミン）では、常套の物語技術を巧みに組合せて新味を創り出す実験が果敢に行われていた。三作とも活字化されれば必ずや多数の愛読者を獲得するだろうことは疑いを容れず、それぞれがたくま

しい力を秘めている。しかし、文章の力という要所では、『バガージマヌパナス』が抜きん出ているのではあるまいか。

問題は『鉄塔　武蔵野線』（銀林みのる）で、題名は凄いが、どうもこれは「壮大な徒労」とでも名付ける外はない作品のように思われた。読書メモには、「これだけ無駄骨を折らされると、次第に親しみの情が湧いてくるから妙。平穏で平和な世界一周を終えた旅客船の船長の航海日誌を読んでいるような退屈な気分」などと記してある。そんなわけで辛い点をつけていたのだが、選考会でほかの方々の意見をうかがっているうちに、「これはひょっとしたらとんでもない作品かもしれない」と考え始めた。

この作品を読んだ者は例外なしに、あの送電用鉄塔を意識しないではいられなくなるはずで、つまりこの作品は「これまで見ていながらじつは見ていなかった風景を、見えるようにしてしまった」という点で、まさに人間の心理的盲点めがけて投じられた一個の文学的爆裂弾であるのかもしれぬと気づいたのである。文章がいい子ぶっているところは今でも趣味に合わないが、しかし人間心理にこれほどの痛棒を食らわせた作品を見逃してしまってはいけないと思い直した。したがって「大賞二作」という結果にいささかも抵抗はない。それどころか「いいもの」と「すごいもの」とが二本揃ったのだから大満足である。

講談社エッセイ賞（第十回）

――受賞作＝池内紀「海山のあいだ」／他の選考委員＝大岡信、丸谷才一、山口瞳／主催＝講談社／発表＝「小説現代」一九九四年十一月号

靴のつぶやき

登山について、どなたも御存じの名文句がある。「なぜ山に登るのか」と訊かれた英国のさる有名な登山家が答えて曰く、「そこに山があるからだ」と。なるほどそうにはちがいなかろうが、なんだかはぐらかされたような気がしないでもない。ところがこの本を読むと、人が人里はなれた山に登るのは、人をいっそう好きになるためだということが、おだやかに、しかし心に沁み入るようにわかってくる。これは久しぶりに出た名定義ではないだろうか。

筆者はひとり山に入り、野を歩き、街を行く。いつもひとり。表向きはまるで孤独な行動のようだが、「わたし」という主語を意識して徹底的に省略した文章は、読み手のわたしたちをたちまち山や野や街に誘い込んでしまい、いつの間にかわたしたちは著者といっしょに歩いていることになる。しかも著者はすこぶる付きの物知りであって、じつにいい間合いで、そのときに応じて先人たちの文章や詩歌をささやくように教えてくれる。それが読み手には、またとない、新しい歌枕のようなものになり、著者との逍遥をいっそう忘れがたいものにする。こういう文章こそほんとうの名文というのだろう。

そしてページを閉じたあともしばらく、落ち着いたテンポで草を分け岩を踏みしめ谷を渡り舗道を鳴らす池内さんの靴のつぶやきが聞こえている。

柄にもなくおっとりとした選評になってしまったけれど、この本を読むとだれでもそういう気分になるにちがいない。

谷崎潤一郎賞（第三〇回）

受賞作＝辻井喬「虹の岬」／他の選考委員＝河野多恵子、ドナルド・キーン、中村真一郎、日野啓三、丸谷才一／主催＝中央公論社／発表＝「中央公論」一九九四年十一月号

森三之助の存在

歌人川田順が初めて人妻にして弟子の森祥子に愛を打ち明ける場面の会話。川田は己が想いを受け入れてくれた人妻に向かい、〈「ああ」と声を出し、「ああ」「ああ」／と呟やき、喜びの色で突然顔全体を輝かせ、彼は上体をすっくと起こした。／「嬉しい。嬉しいぞ」〉一方、女弟子の方は、〈「だって、先生、強引なんですもの」／と言った時、祥子の想いはどっと堰を切って川田に雪崩ていくようであった。〉歯の浮くような会話。いったいに二人の「愛の場面」は、このように読んでいて照れくさくなり、思わず本を伏せてしまいたくなるところが多い。

このままでは糸の切れた凧のようにどこかへ飛んで行ってしまいかねない、浮ついた姦通物語を、しっかり読者に結びつけているのは、祥子の夫、森三之助の存在である。北陸の農家に生まれて学費の要らない高等師範に学び、働きながら京大に入って、教授にまでなった努力家の、〈小さな干

物のような黒鬼〉のような男の哀しみが、川田と祥子が得恋に向かって進むにつれて、切なく浮かび上がってくる。

この小説を、大事なときに暴力でしか妻と会話のできない、そして、学問で出世することが妻のためでもあると信じた男の悲劇として読めば、胸の内が騒ぎ出す。つまり、うんざりするほど甘い恋物語がこの寝取られ亭主の哀しみによって批評的に成立するという際どい文学的軽業が実現しているわけである。こういう人物を創造しえた作者に脱帽して一票を投じた。

野間児童文芸賞・野間児童文芸新人賞（第三二回）

受賞作＝後藤竜二「野心あらためず」（本賞）、緒島英二「うさぎ色の季節」、小風さち「ゆびぬき小路の秘密」（新人賞）／他の候補作＝いとうひろし「おさるになるひ」、吉橋通夫「おひかえなすって」、竹下文子「旅のはじまり／キララの海へ」、薫くみこ「ちかちゃんのはじめてだらけ」（本賞）、木之下のり子「あすにむかって、容子」、梨木香歩「西の魔女が死んだ」（新人賞）／他の選考委員＝佐藤さとる、古田足日、松谷みよ子、三木卓／主催＝野間文化財団／発表＝一九九四年十一月

剛直なる精神

人はなぜ存在するのか、存在するからにはどう生きるべきか。こういった根源的な主題を、日本の児童文学は今年も剛直に問いつづける。〈なんでもありだが、なにもかも不確か〉という、この国のふやけた現状に首を傾げている者の一人として、この剛直さに感動する。

『野心あらためず』（後藤竜二）には欠点がないわけではない。その数例。主人公の少年と少女の恋の行方は途中からあやふや、結末はバタバタ急ぎの早仕舞い、おまけに八世紀東北の先住民が現代の中部奥羽方言を話したりもする。しかし、日向と陸奥とを結び付けつつ列島全体の運命を捉えようという雄大な構想力と、人間の自由とはなにかという主題に正面から体当たりするその剛直さに感心した。年若い読者たちの想像力と理解力とを素直に信じて、彼等とともに先住民たちの正義を考えようとした図太い野心にも、こころから敬意を表したい。

人間はなんのために生まれてくるのだろうか。これは人類が存在するかぎり問われつづけ、そして答の出ようもない難問であるが、『うさぎ色の季節』（緒島英二）は、この難問と勇敢にも四つに組み、答をきちんと摑み出している。とりわけ結尾の場面、健児少年の〈しどろもどろの大演説〉は、定型とはいいながら、読者のこころを動かす力を充分に備えていた。そして、『ゆびぬき小路の秘密』（小風さち）は、わずか五個のボタンから長大で綿密な作品を紡ぎ出す。双方とも剛直な精神なしにはできない企てだろう。なお、『おさるになるひ』（いとうひろし）は、身近なところでおこる他の生命の誕生の瞬間を記憶することの意味、それをいままで見たことも聞いたこともないような形で剛直に問いながら、たのしくて深い作品に仕上げたすばらしい仕事である。最後までこだわったが、惜しくも選からもれた。じつをいうとこの作品が一等好きだった。

一九九五（平成七）年

読売文学賞（第四六回）

受賞作＝石井桃子「幻の朱い実」、黒井千次「カーテンコール」（小説賞）、福田善之「私の下町―母の写真」（戯曲・シナリオ賞）、米原万里「不実な美女か貞淑な醜女か」（随筆・紀行賞）、鈴木真砂女「句集『都鳥』」（詩歌俳句賞）、沢崎順之助訳「W・C・ウィリアムズ作『パターソン』」（研究・翻訳賞）、評論・伝記賞はなし／他の選考委員＝大江健三郎、大岡信、岡野弘彦、川村二郎、菅野昭正、河野多惠子、佐伯彰一、丸谷才一、山崎正和／主催＝読売新聞社／発表＝同紙一九九五年二月一日

秘密解明する熟練の技術　「私の下町」について

人生の途上で人は余儀なく大小さまざまな秘密をつくってしまう。それでもわたしたちはそれらの秘密を山と背負ってよろけながらでもとにかく前へ歩いて行かなければならない。これが『私の下町―母の写真』の隠された主題である。震災前に、戸籍を持たない判子彫り職人と東北地方から

駆け落ちして日本橋は兜町近くに辿《たど》り着き、小さな旅館の経営を任され、やがてそこを買い取ったという「母」が、この劇の中心人物。そこで「母」は、戸籍の操作、買入金の捻出《ねんしゅつ》、長女出生にまつわる謎《なぞ》など、呆《あき》れるほどたくさんの秘密を隠しながら観客の前に現れる。けれども、長年にわたって第一級の劇表現を実現してきた作者の技術と思想が「母」の秘密をたくみに提示しあざやかに解決して行く。それにつれて他の登場人物の秘密があらわれ、そしてほぐれ、また新しい秘密を紡ぎ出し、そこにうねるようなリズムが生まれた。

東京の「下町」が、すべてを失った田舎の出身者で固められている、しかし自分が自分の主人になりたいと願う人たちがそこに集うならば、そこにまことの下町ができるはずだという「母」の信条がこの作品のもう一つの主題であり、彼女の信条は、関東大震災と下町大空襲とを重ね合わせた劇の結尾でみごとに観客のものになる。劇の結尾（クライマックス）で、演劇行動が過去（関東大震災）へ戻るのはどういうものかという疑問もないではなく、そこで何度も読み返すうちに、「母」の秘密がその大震災から発するものであり、それを「母」の再生のきっかけになるはずの大空襲に重ねることに、作者がすべてを賭《か》けているのをたしかに感じた。こうしてわたしたちはここにもう一人新たに、すばらしい母の肖像を得たのである。

岸田國士戯曲賞（第三九回）

——受賞作＝鴻上尚史「スナフキンの手紙」、平田オリザ「東京ノート」／他の候補作＝生田萬「安吾——

とタンゴ」、じんのひろあき「俺なら職安にいるぜ」、鈴木聰「阿呆浪士」、中島かずき「武流転生——スサノオ」／他の選考委員＝太田省吾、岡部耕大、佐藤信、つかこうへい、野田秀樹、別役実／主催＝白水社／発表＝一九九五年二月

粒揃いの候補作

『安吾とタンゴ』（生田萬）の、昭和前期の小説家たちの文章に拠りながら劇場に勁い日本語を響かせようという試みの貴重さ。『俺なら職安にいるぜ』（じんのひろあき）の、遠くへ隠した大恐慌その他の世紀末の光景をギャグまぶしにした職安の日常風景を透して炙り出そうとした演劇的詐術のあざやかさとおもしろさ。『武流転生——スサノオ』（中島かずき）の、歌舞伎独特の話法「ナニナニじつはナニナニ」を徹底的に駆使した速度感のめまぐるしさ、そしてちりばめられたギャグの素性の正しさ。『阿呆浪士』（鈴木聰）の、奔放な物語の作り方とギャグの的確な使い方。この四編に加えて受賞の二編、粒揃いの候補作が結集した。

四編の中では、とりわけ『阿呆浪士』の構えの大きさに奥深い才能を見たようにおもうけれども、結尾を「語り」で締め括ったところに若干の疑問を持つ。そここそは劇を強力に仕組むべき場ではなかったか。また、すべてを「阿呆の業」というふうに決め込む破壊力、その膂力は相当なものだが、その矛先は、なぜか幕府＝体制＝権力の内ふところへは届いていないように見受けられる。これも「語り」に頼りすぎたせいではないだろうか。あくまで「語り」にものを云わせようというなら、「語り」そのものをもう一つ、様式にまで高める必要がある。

『スナフキンの手紙』（鴻上尚史）における物語展開の速度の凄まじさとその手続きのたしかさは、相変わらずの名人芸だ。観客がその速度にすっかり酔ってしまったところを見澄まして、突如、突き付けられる突拍子もなく志の高いメッセージ。この組合せも作者の専売特許だが、この作品ではそれがこれまで以上にうまく行っており、鴻上式ドラマツルギーの一大集成の観がある。自分に忠実に自己の形式をここまで仕上げた作者の息の長い努力に敬意を表する。

平田オリザが打ち立てた形式にもめざましいものがある。平田形式とは、まず、現代日本語をアクセントや語順を中心に精密に分析して、その結果をはったりや強調をできるだけ排して再構成することだ。その作業を通して、現代日本語の口語にたいする作者一流の見識がきらめいている。もう一つは、「行為」を描くことをいさぎよく断念して、「状態」を描こうとし、それに成功していること。一見、演劇的なものをすべて排除しているかのようだが、しかし、よく見るとそうではなく、「世界の在りようを力強く示す」、そして「人間の心の在りようを正確、かつ細やかに示す」という演劇の勘どころをしっかりと押さえてもいるのだ。

二人の俊英がこれからも充実した仕事を積み重ねて行くことを、併せて、質の高い候補作を提示してくださった四つの才能の精進を祈る。

直木三十五賞（第一一二回）

―受賞作＝なし／候補作＝中島らも「永遠も半ばを過ぎて」、坂東眞砂子「桃色浄土」、小嵐九八郎―

「風が呼んでる」、志水辰夫「いまひとたびの」、池宮彰一郎「高杉晋作」／他の選考委員＝五木寛之、黒岩重吾、田辺聖子、平岩弓枝、藤沢周平、山口瞳、渡辺淳一／主催＝日本文学振興会／発表＝「オール讀物」一九九五年三月号

名作あり

池宮彰一郎氏の『高杉晋作』の、たとえば晋作が奇兵隊仮本部へ乗り込むあたりの迫力は相当なもの、しかしどこかから絶えず講釈師の張り扇の音が聞こえていたことも否定できない。晋作の目鼻立ちがはっきりせず、つまり彼の人間像が判然とせず、そこで演出の派手さだけが目立ってしまった。なによりも気になるのは、民百姓の存在を、〈いかん、これでは百姓一揆だぞ。何を仕出かすかわからん。〉といった次元で軽く片づけているところで、民百姓が秘めていた力を掘り起こそうとしたのが高杉晋作という人物のドラマだと信じている者には、その力がこうも軽く扱われていることに疑問を持たざるを得ない。

坂東眞砂子氏の『桃色浄土』。言葉によってこのように壮大な、色彩豊かな空間を創り出したことに敬意を抱く。たしかに膂力《りょりょく》がある。ほとんど脱帽する。けれどもどうしてこう、なにもかも厚塗りにしなくてはいけないのだろうか。登場人物の心理をくどく説明するのは今の流行かもしれないが、氏はもっと読者の読解力と想像力とを信じていい。氏の作品には常に西欧の神話が織り込まれているようだが、今回は機械仕掛けの神の姿が見え隠れしている。せっかく積み上げた人間の葛藤を大嵐で一気に解決してしまうのは惜しい。神＝大嵐はそれほど万能なのだろうか。

小嵐九八郎氏の『風が呼んでる』は、氏が苦心の軽妙自在な文章で、南の島での「死」を、現代社会の「見えない死」と重ね合わせて書いている。その苦心の軽妙自在体が、この作品では少し行きすぎの気配があって、奇妙なもどかしさを感じた。読者の読み取り作業が、あまりにも企まれた、別に云えば忠実すぎる口語の模写でずたずたにされてしまうのだ。いい主題であり、いい話でもあるのに、そこへ入る入口がちょっと狭かったように思われる。

中島らも氏の『永遠も半ばを過ぎて』は、医師会年史の注文を取るところまで、つまり前半は「大」の字の付く傑作である。ところが、そこから先に、この才能豊かな書き手の、おそらく唯一の弱点と思われる「資料に頼りすぎる癖」が出てしまったようだ。資料をもう一ト嚙みしないと、中島らもの魅力がその分だけ薄れてしまう。

志水辰夫氏の短編集『いまひとたびの』の、冒頭の一編、「赤いバス」は掛け値なしの名作、新作にしてすでに古典であると云ってもいい。精霊迎えの夕方、お宮の森のバス停に赤いバスが音もなく止まる。その赤いバスから下りてくる若くて美しい娘、それを出迎える弟、少し離れたところから見ている余命いくばくもない「わたし」。そして幽明を逆転させるようなあざやかなオチ。このオチによって、いたましいような姉弟愛が、それに励まされる「わたし」が、音もなく来た赤いバスが、一幅の名画のように、一気に読者のこころに沁み入ってくる。この短編集の主調音を、たとえば「さまざまな死」と捉えることができようが、残念なことにその後は同工異曲がつづく。しかし一編でもこのような名作があるなら受賞してもおかしくないと考えたが、強い支持が得られなかった。……それにしても「赤いバス」は名作だ。

小説新潮新人賞（第一回）

受賞作＝和泉ひろみ「あなたへの贈り物」／他の候補作＝玉利信二「虚栄の石橋」、小橋幸一郎「『僕の世界』・『わたしの世界』」、山本健一「大川わたり」／他の選考委員＝北方謙三、髙樹のぶ子、縄田一男、林真理子／主催＝新潮社／発表＝「小説新潮」一九九五年四月号／第二回より「小説新潮長篇新人賞」に名称変更

生身の人間がいる

応募総数六百十三編と聞いたときは、野《や》にある遺賢の活力の大きさに驚嘆しました。職業作家でさえ一冊の物語をいっときに丸ごと書くのは大仕事なのに、別に忙しい生業《なりわい》を持ちながら単行本一冊分の長編小説を書くという活力に、まず心底から敬意を表します。野に活力があることはわかった。では、その質はいかが。正直に云って、そう芳しいものではなかったとおもいます。

たとえば文体や文章の問題。「大川わたり」（山本健一）では、大川（隅田川）の東、木場の賭場で二十両の借金を拵《こしら》えてしまった若い大工職人銀次が主人公ですが、作者はこの職人を描写するのに、〈貧しいながらも、親子四人が睦まじく暮していた鳶職人の、幸せな一家をぶち壊す手引きをしたことへの悔恨が、いま銀次の思い足を猪之吉の宿へと向かわせていた。〉という風に書いておられるが、大工職人が主人公の世界に欧文脈はそぐわない。また、小さな強請《ゆす》りが雪だるま式にふくれ

上がってしまいには大事件になるという話の作りには山もあれば谷もあって、じつにうまいものですが、内容と文体とのずれが最後まで読者の邪魔をしています。それから題名と内容の関係。「大川わたり」という題名は、作中での賭場の親分の「おめえ(銀次)は二十両を返しにくるまでは、なにがあっても大川を渡ってこっち(川の東)には来れねえよ」という物語の鍵となる科白と手を結び、物語の基本的ルールになっています。作者が読者に提示し、それを読者が受け入れた大事なきまり。読者は、この「大川の東へ足を踏み入れてはならない」といううきまりをめぐってどんな危機が銀次を襲うのか、そしてどんな手を用いて彼はそこから脱出するかを期待します。しかし作者は自分で決めた基本のきまりに案外、無頓着でした。「大川わたり」に紙幅を割きすぎましたが、それはこの作者に物語作家としての未来を感じたからで、次作に期待いたします。

「虚栄の石橋」(玉利信二)にも、綿密な調査力、熱のこもった筆致、時間を処理するときにみせるすぐれた技術など、将来を楽しみにさせてくれるものがあります。とくに主人公の妻になるおリキの人物像はみごとで、読者を強く惹つけるのですが、作者はやはりせっかく創ったこの魅力的な人物を、物語が進むにつれて次第に忘れて行く。これは残念なことでした。

「『僕の世界』・『わたしの世界』」(小橋幸一郎)は、内閉した二つの自我が、どのように接近し、なにをきっかけに重なり合い、そしていかに開かれた存在になるかということが、そのテーマあるいはその物語で、この冒険精神には好意を持ちました。しかし文章がひどすぎるのではないでしょうか。「彼女はタイプ的に……」「身勝手な願望さ」という風に、せっかくの物語の展開を奇妙な日本語が台なしにしています。

「あなたへの贈り物」（和泉ひろみ）は、男性と女性との間にあるごく当たり前のことがら、あまりに当たり前すぎていつもは気づかないことがら、それらを理屈ではなく、日常生活の小事件を通して、女主人公が自分で考えて行く有様を、丁寧にそして誠実に書いています。全編に生身《なまみ》の人間がいる。型どおりでおもしろくないという批判もあるでしょうが、とにかく人間が生きている。これはすばらしいお手柄だとおもいました。

青年劇場創立三十周年記念創作戯曲賞

入選＝島田九輔「美しき群像　明治小学唱歌物語」／他の候補作＝鈴木正彦「良平の応援歌」、藤原美鈴「頼もしき人々」、宮崎紗伎「夜の訪問者」／他の選考委員＝岩波剛、内木文英、瓜生正美、菅井幸雄、高橋正圀／主催＝秋田雨雀・土方与志記念青年劇場／発表＝「青少年劇場通信」一九九五年五月二十日号

選評

「良平の応援歌」（鈴木正彦）。全篇、素朴で素直。好感を抱いた。だが、もちろんそれだけでは〈演劇的時空間〉は生まれない。このままではテレビドラマの展開、「演劇になるため」にはこの一倍は集中度を、凝縮度を高めなくてはならぬ。「俳優を雇って川波圭介を演じさせる」というアイデアは、大いに魅力ある演劇的仕掛け。作業を、ただこの一点に絞って改作なさったら如何《いかが》か。そ

うしたら充分に「演劇的」になるだろう。

「夜の訪問者」（宮崎紗伎《さき》）。「作家的腕力《わんりよく》」は充分。ただし人物設定に巨《おお》きな欠点がある。たとえば「妻」がそう。わが子が「いじめ」に遭《あ》う原因を「夫」のせいにばかりするのはおかしい。「妻」（つまり母）にも半分は責任があるはず。こういう肝腎な所を抜かして構造ができているので、劇的な緊張感が大いに損われた。当然、登場人物にも血が通っていない。登場人物に、作者として、もっともっと愛情を注ぐことが大切だ。

「頼もしき人々」（藤原美鈴）。こういう劇は、「綿密に計算された対話や会話」が、なくてはならないが、そこのところがまだ不充分。「荒筋を説明するためだけの」生な対話や会話が多すぎる。マリアが女主人公の夫の血を引く混血児という設定も、このままでは疑問だ。係累の関係などない方が主題〈頼もしき人々の頼もしき心意気〉に適《あ》うはず。このまま係累関係を生かそうとするなら、マリアの性格をうんと能動的なものに改変する必要がある。

「美しき群像　明治小学唱歌物語」（島田九輔）。語り手が能弁《おしやべり》すぎる、その語り手が結尾で「回心」をおこす理由がよく判らない、新政府側の戦略、策謀がもう一つ凄味に欠ける、不発のギャグ（笑わせる工夫）が多すぎるなどなど、数え切れないほどたくさんの不満がある。しかしこの題材を発見したところは上々吉の大手柄、そこにこの作者の「構えの大きさ」を感じた。しかもこの題材は必然的に小学唱歌群を引き連れているから、そこを上手に利用するなら、この作品はどこまでも巨《おお》きくなる余地がある。即ち、これはまことに筋のよい豪速球。このままではストライクゾーンを外れているが、うまく改作できれば、青年劇場の、いや、日本演劇界の宝物になる可能性がある。そ

れぐらい筋目のよい（つまり「普遍性」のある）素材だ。そこを大いに買って、ただし改作することを条件に、入選作に推《お》す、それも大きな喜びをもって。ついでながら、お祝いをかねて「唱歌元年」というタイトルを作者に贈呈する。よかったらお使いいただきたい。じつは評者《わたし》も、これと同じ題材の戯曲を準備中だったところで、その戯曲に「唱歌元年」と題を付けていたのだが――ま、無理強いはいたしませんが、よろしかったらどうぞ。

吉川英治文学新人賞（第一六回）

受賞作＝浅田次郎「地下鉄に乗って」、小嵐九八郎「刑務所ものがたり」／他の候補作＝山崎洋子「熱月」、井上裕美子「桃夭記」、大槻ケンジ「くるぐる使い」／他の選考委員＝尾崎秀樹、佐野洋、野坂昭如、半村良／主催＝吉川英治国民文化振興会／発表＝「小説現代」一九九五年五月号

選評

地底の闇の中をくねりながら走る巨大な円管、プラットホームに降り注ぐ均質な人工の光、どこに出るのかは出てみないと分からないいくつもの出口。『地下鉄《メトロ》に乗って』（浅田次郎）によって指摘されてみれば、たしかに地下鉄は現代の迷路、そこではなにが起こっても不思議ではない。その上、作者は地下鉄を時間の迷路に置き換える。みごとな発想だ。そしてその時間の迷路の中に、どこか懐かしくてなんだか切ない物語を、きびきびした文章に乗せて快速で疾走させた。物語が進む

につれて、もつれた時間はきれいに整理され、やがて一人の男の姿が、ある種の郷愁を漂わせながら浮かび上がってくる。その瞬間、読者を襲う快い戦慄《せんりつ》。掛け値なしに傑作である。

『刑務所ものがたり』（小嵐九八郎）では、作者独特の凸々《とつとつ》とした文体が刑務所の日常という特異な題材とジャストミートしている。文体と物語との仕合わせな出会い。これも快作である。この世で最低最悪の食と住と性、そこに立って作者は、この世のありとあらゆるケッコーな思想を眺め返し、すべての政治的立場《イデオロギー》を疑い抜く。そこで作品は、この国には珍しい反思想小説にさえなった。禁欲的に挿入される刑務所からの風景描写、これがまたすこぶる効果的である。

そういう次第で二作に上下の区別をつけることはとても不可能、選考会に出かけるのが辛かったが、二作とも受賞してほんとうによかった。

松本清張賞（第二回）

佳作＝岡島伸吾「さざんか」／他の候補作＝青山瞑「石の絆」、佐々木基成「源五憂悶」、清水風慈「影踏み」、霜月烈「寒月」、村雨貞郎「人食い」／他の選考委員＝阿刀田高、佐野洋、津本陽／主催＝日本文学振興会／発表＝「文藝春秋」一九九五年七月号

文体と物語

今回の松本清張賞の最終候補作品は、佳作の『さざんか』（岡島伸吾）を除いて、みな文章が立派

だ。どの作品の、どの一行も、じつによく練り上げられており、堂々としている。そしてその立派な文章で人物や風景が手抜かりなく描写され、そのあたりは第一線の職業作家と充分に比肩しうると思われた。だが、文章が立派すぎるのだ。文章が独り歩きしている。

たとえば、謎の絵師、東洲斎写楽誕生の秘密に新解釈をほどこした『人食い』(村雨貞郎)は、いかにも江戸前の洒落《しゃれ》た気っ風《ぷ》のいい話なのに、過度に鎧《よろ》った文章が、そのいい話がいい方向へ伸びて行くのを妨害する。物語の展開を文章が厳めしく規制しているのだ。

文章と物語とがそぐわない印象。これは、許婚者の死に責任のある出所者を付け狙う男の執念を描く『影踏み』(清水風慈)にも、また行方不明の女を追って奇妙な同行者と風変りな旅をつづける私立探偵の話、『石の絆』(青山瞑)にも、ともに認められるようにおもう。私立探偵と正体不明の男との二人旅――すばらしい着想だが、文章にこの着想をさらに大きくふくらませる柔かさが欠けていた。赤穂浪士大高源五の心の揺れを追った評論風の『源五憂悶』(佐々木基成)もまた文章に漢癖が強く、俳諧の人源五を描くには、箸を削るのに斧を持ち出したような印象があった。

文章と物語とがうまく釣り合っていたのは『さざんか』と『寒月』(霜月烈)の二作品。いずれも「その物語が必要としている文章」で綴られている。誰もが知る岡山の閑谷学校《しずたに》、『寒月』は、この閑谷学校を創設した津田永忠の半生記の体裁をとっている。だが、主君綱政の「芝居」がうまく利用できず、それで損をしている。ここをうんと攻めれば、ずっといい作品になったはずだ。

『さざんか』の文章は、きびしく云えばまだ未完成、よく云えば伸び伸びしていて、物語の質によく適《あ》っている。軽い話に見せておいて、やがて父親の切なく重い一生を浮かび上らせている(そ

れは完璧に実現されているとは云いがたいが）のも手柄である。

山本周五郎賞（第八回）

受賞作＝帚木蓬生「閉鎖病棟」／他の候補作＝篠田節子「聖域」、高橋直樹「闇の松明」、藤田宜永「鋼鉄の騎士」、重松清「見張り塔から　ずっと」／他の選考委員＝阿刀田高、逢坂剛、長部日出雄、山田太一／主催＝新潮文芸振興会／発表＝「小説新潮」一九九五年七月号

選考座談会より

篠田節子氏の「聖域」、点数は三・〇です。途中まで、未完の傑作小説の作者を探すという謎に吸い寄せられてとても面白く読みました。文章にも力と張りがあってみごとなものです。ところが、作者を突き止めてから、力が落ちてくる。理屈が勝ってくるのです。作中作の作者である水名川泉が向こうの世界とこの世を仲立ちして、すでにこの世にない愛するものたちを自分の身体へ呼び戻してくるという仕掛けがきっちり出来ているのに、その説明が理屈っぽくなって、足並みが乱れる。「聖域」というのは、この作品のタイトルであり、同時に作中の名作小説のタイトルでもあるわけで、つまり、向こうの世界とこの世界が交わるところですね。現実が逆転して、向こうの世界に行ってしまうわけですから、この小説そのものが作中の名作小説に取り込まれて、小説が作中作になり、作中作が作になるという逆転も起ってほしい。これはないものねだりであって、そんなこと

なっていけないのかもしれません。しかし作者に導かれて読んで行くと、読者としてはそうなるのではないかと期待する。この読者の期待を、なんでもいいから叶えるなり、少くともそれに触れるなりしてもらいたかった。つまり、作者の篠田さんは、作中の作者水名川泉とは交渉しているが、水名川泉の書いた作品とは、ほとんど切り結んでいない。その証拠に、最後まで水名川泉の作品の完結部分が読者に提示されることなく終わってしまう。これは大きな負点です。構えは大きいが、奥行きがないという失望感が後半にあり、三・〇になりました。

帚木蓬生氏の「閉鎖病棟」は素晴らしい作品でした。五・〇です。「よかった」としか言いようがない。しかしそれではしようがないので申し上げます。この小説は、世界を、いったん「涙の谷」と把握して、その上で、それでもこの辛い人生を生き抜くことには意味があるとつかまえ直し、そういう人の世の基本モデルを全身全霊をかけ読者に差し出しています。油断すれば大甘になるというぎりぎりの抜け道を通って、人間は生きなければいけないということを、その作家的努力とは反比例した、いい意味の軽みをもって、きっぱりと言い切っている。そこに、作家としての凄みを感じます。

秀丸がまことにうまく書けていますね。この人物は、死刑を執行されたのに死ねなかった人です。その秀丸が重宗を殺す。生かされた命が、殺すほうへ働く。ある意味では、この秀丸という人は、殺すことでしか自分が大切に思うものを表現出来ないという危険な人なんですが、愛の殺人というか、天から生かされた命を死を覚悟してもう一度使って、他の人を生かしていく。そういうむずかしいところがじつによく書けています。生かされたことでじつは殺し、殺すことでさらに別の人を

生かす。そして読者に「……それでもなお人は生きて行かねばならない」という重い主題を手渡して行く。大きな思想だと思います。つまり読者は秀丸や重宗の命をもらう恰好になる。

構成も素晴らしい。最初に出てくる女の子は、胎内の生命を抹殺し、自分の生命さえ軽くみているようなところがある。その女の子が、今度は一等おしまいで、自分の生命を大切に思い、なおかつ、他人の生命をも大切に扱う職業を学ぼうとしている。この構成にも唸りました。ひっくるめて、私たちが生きて行かねばならないこの人の世を、この作者は、なんてあたたかく受け止めてくれているんだろうという感謝があります。しびれるような作品です。

候補作の五冊、みんないい作品ですが、誰かにそのうちの一冊を読みたいと言われたら、問題なくこれを差し出します。自分が受けた歓びや嬉しさを、いろいろな人に分けて上げたいという気にさせる一冊です。文章も的確かつ計算が立っていて、しかも、とても自然です。これは作家が一生に一度ぶつかるかどうかという作品じゃないでしょうか。

高橋直樹氏の「闇の松明」は三・〇です。たくさん史料を調べて、そこから小説の題材を探し出してくる着眼点のよさ、将来を属望するに足る才能ですね。

文章は端正ですが、固有名詞がガチャガチャ並んでいるところは、まだ読者の容量を考えてない一方的な、暴力的な書き方です。しかし、たくさんの固有名詞を並べても、読者がついてこないということは、書いていくうちに分かってくると思います。今のところ、きっちり書こう、端正に書こう、言葉で刻みつけるように世界をつくろうということが、ややマイナスに働いている気がします。それを否定しているわけではなく、ここを通ることでしか、いい文章はできないでしょうから、

将来、読みやすいが俗ではない文章を書かれるだろうことを期待したいと言い添えたわけです。

この作者はほんとに殺し場が好きですね。どの作品でも殺し場が山場になっています。ちょっと食傷しますが、それもこの作家の美点だと思います。血の海を書く。死の瞬間を書く。殺す瞬間を書く。それにとても興味がありそうで、そこをさらに徹底したら、読者の心を動かす武器にもなるだろうと思います。

そして、この作品集は、流れ去った時間への慨嘆というか、過ぎ去った時間はもう帰らないという、時間の直線性をよく書いていますね。そして、その歴史の中に封じ込まれた時間を、ぐいと手もとに引きよせてくる腕力があります。とても期待できますね。

例えば「尼子悲話」はいい作品ですが、歴史をがっちりつかまえようとするあまり、干し柿とか、ちょっとしたものを小道具としてうまく使っているのに、そちらへ充分な力をかけられないという、もどかしさがある。読者の一人として、干し柿を軸にもうひとつ展開してほしい。ですから、もっともっと書いて、読者とのルールのつくり方を勉強したら、いい作家になると思います。ほんとうに力のある作者だと思います。

藤田宜永氏の「鋼鉄の騎士」。とにかく、よく書きましたね。この筆力、腕力、努力に対しては素直に脱帽します。そして、とてもいい表現もある。例えば「恐怖というのは遅れてやってくる」など、名文句に事欠かない。しかし、これだけ厚いものを読んでくれている読者に対してはちょっと見返りが少ないんじゃないか。例えば、人間関係の感動です。どうだ、人間っていうのはすごいだろうという、そのへんの報われ方が少ない。これだけのものを読ませるためには、人間のおもし

ろさ、それらの人間がつくって行く関係のふしぎさ、はらはらするところ、思わず笑ってしまうところ、……つまり物語が持つ美点が総動員されなければならないと思うのですが、それが意外に少い。たしかにたくさん品数がそろっているのですが、それらがうまく嚙み合っていない。どこか事務的なよそよそしさがある。

ですから、消費されたエネルギーに対して、出てきたものが意外に少なかったような気がする。せっかくつくった宇宙、つまり時間と空間がだんだん痩せ細って行っている印象がある。物語が熱をもって湧き立つ、至福の時が少いように思いました。しかし、とにかくこれだけのものをつくった力には心から脱帽します。四・〇です。

重松清氏の「見張り塔から　ずっと」という短篇集は、現代の家庭のもろさ、やるせなさ、あやうさを、私たちにじつに巧みに提出してくれています。その印象はとても寂しい。この小説に書かれているような世の中、なんだかいやだなということがほんの少し評価に影響したかもしれません。ただでさえ生きていくのがつらい世の中に、表面的に応援するのではなくて、人間が生きていることは大事なんだよということを、どこかで言ってもらいたい。その点では、「陽だまりの猫」は読者を未来へ推し進める力が秘められていて、感心して読みました。

実に巧みな語り方をしています。主人公のみどりさんと《あたし》がいて、それが入れ替わる。これは、簡単に言うと分裂症なんでしょうが、私たちは多少分裂気味に生きていますから、今の人の家庭の寂しさ、あやうさ、ひとりひとりの、なにかあてのない、宙に浮いているような感じがよく出ていて、ほのかに未来の光も感じられる。まさに名品だと思います。

とても小説づくりの巧みな書き手であることは、これは保証つきですね。一番効果的な語り手が誰で、どこに基づいて、何を語るかに意識的で、そこに興味を持っている作者のようです。ですから、とても知的なんですが、人事百般に対してやや冷笑的になっている。それが少し鼻についてくるところがあります。

これはないものねだりで作者には失礼かもしれませんが、知的に作って対象を冷笑しつくして、けれども、その先に、あわい光のさすような作品を期待したいのです。表面的に、ではなく、深いところから読者を元気づけるような作品へも挑戦してくださったらと、思います。ということで、三・〇です。「閉鎖病棟」を境に点が辛くなったようで。すみません。

直木三十五賞（第一一三回）

受賞作＝赤瀬川隼「白球残映」／他の候補作＝東郷隆「そは何者」、篠田節子「夏の災厄」、梁石日「夜を賭けて」、池宮彰一郎「千里の馬」、内海隆一郎「百面相」／他の選考委員＝阿刀田高、五木寛之、黒岩重吾、田辺聖子、津本陽、平岩弓枝、山口瞳、渡辺淳一／主催＝日本文学振興会／発表＝「オール讀物」一九九五年九月号

野球小説の白眉

当時の日本人の様ざまな生き方と千変万化の物語を巨きな蔵として蓄積している赤穂事件に、池

宮彰一郎氏は常に思いがけない方向から鋭い光線を当ててくださる。今回の『千里の馬』でも、討入りに参加した赤穂の浪士たちを等しく「忠臣」扱いするのではなく、「君臣契約」という意外な視点から物語を再構築している。そのたびに蔵の中味は整理され、一段と豊かになるのだ。けれども、枚数が足りないせいか、あるいはそれが氏の文章の癖なのか、いつも文章の後ろに張り扇の音が聞こえていて、やや興を削がれる。また、主人公の千馬三郎兵衛とその主君浅野内匠頭（この造型は秀抜）との〈物理的な距離〉が近すぎやしないか。家来が主君に向かって、ここに描かれているような接し方をすれば、即座に切腹ということになるはず。氏がみごとに創り出した内匠頭なら、なおさらそうであるはずだが。

鏡花を主人公に、鏡花好みの話を作り、それを鏡花好みの文章で書く。東郷隆氏の『そは何者』の手柄はこの趣向にある。この趣向を氏はうまく展開してもいる。しかし鏡花を怪《あやか》し者たちの同類にしたのは、この種の物語の規則から外れているのではないか。規則にこだわる必要はないが、しかしこれでは鏡花その人が怪し者になってしまう。少し乱暴な規則違反だ。そうはしないで、鏡花と怪し者たちとの危ない関わり合いを書き切っていたなら、そこにこそ作者の真の手柄があったと考える。

人口八万六千人の、東京のベッドタウンに「疫病」が発生したらどうなるか。篠田節子氏は『夏の災厄』で、この実験を行った。登場人物全員にそれぞれとぼけた味があり、中でも市の保健センターの永井係長は秀逸で、人間くさくてじつにいい。もっとも話の先行きはたやすく読める。しかも読んだ通りに事件が進展する。これは物語に一つも二つも「ひねり」が欠けているせいだ。それ

に県や国が乗り出してくるのが遅すぎるし、物語の焦点となっている富士病院はほとんど無傷のまま放置される。これでは、読者は読み進むにつれて物語から離れて行かざるを得ない。

内海隆一郎氏の『百面相』は、百面相の芸人一家の消長を練達の筆で浮かび上がらせる。物語にも文章にも破綻はなく、読者は安心して作者の創り出す物語世界に寄りかかっていることができる。けれどもやがて話があまりにも都合よく運びすぎてはいないかという不安が襲ってくる。主筋の一つである芸人の次女夫婦が自前で小料理店を持つに至る経緯、百面相芸人が急病で舞台に穴をこしらえそうになるのをその老妻が昔鳴らした日舞で埋める話、そして彼女の癌による死まで、物語の起伏がなぜか常に都合よく配置されているような印象がある。血の噴き出すようなエピソードを挿み込んで、この予定調和的世界を一旦は突き崩すという作家的戦略が必要なのではないだろうか。

大阪造兵廠跡地の「アパッチ部落」のことは、先行する傑作小説群によってたいていの日本人のすでに知るところである。梁石日氏の『夜を賭けて』は、そのアパッチ部落の住民の一人である金義夫の、さらにその後を書いている。大村収容所送りになる金を命がけで待つ女、初子がすばらしい。たいていの読者が彼女に恋をするだろう。また読者は、漢語を数多く駆使した独特の文体に最初のうちはてこずるが、先へ進むにつれて、そのごつごつした文体が金と初子の運命を描くのに最適であったことを理解する。すさまじい物語がこの文体を選んだのだ。そこがこの小説の一番の手柄である。そこで次に記す『白球残映』とともに受賞に値すると考えて選考の席に臨んだが、その願いは半分しか叶わなかった。

赤瀬川隼氏の短編を集めた『白球残映』には、氏のすぐれた資質がよくあらわれている。すなわ

ち、行儀よく均整のとれた物語をつくる技量、それを支える良質の文章。中でも「陽炎球場」は、氏のもう一つの長所である無垢で軽やかな幻想性をちりばめながらひときわまぶしく光っている。春の、地方球場の外野の芝生に陽炎が立っている。それを見ている中年男が、いつの間にか、自分と、中学のピッチャーで四番を打っていた十五歳の自分とに分身する。少年の方は外野席からフィールドへすたすたと下りて行き、打球に備えて構えているプロ野球の右翼手と宝石よりも美しい会話を短く交わす。この場面はおそらくこれまで書かれた野球小説の中で最も美しいものだろう。読者は、この瞬間に、野球選手こそ天上の神からの使者であることを完全に理解する。これは名作だ。

日本ファンタジーノベル大賞（第七回）

優秀賞＝藤田雅矢「糞袋」、嶋本達嗣「バスストップの消息」／他の候補作＝上野哲也「ようこそ・一九六三」、桐原昇「餓鬼道双六蕎麦糸引」／他の選考委員＝荒俣宏、安野光雅、高橋源一郎、矢川澄子／主催＝読売新聞社・三井不動産販売　後援＝新潮社／発表＝「小説新潮」一九九五年九月号

いくつもの原石

われわれのこのコンクールは、これまでに幾多の俊英たちを世に送り出してきた。勝手な熱を吹いているわけでなく、過去六回の入賞作品や優秀作品のリストを見るなら、それは一目瞭然《いちもくりょうぜん》である。

けれども、どんなコンクールにも「波」はあるらしく今回は低調、それも「コンクール始まって以来の」という形容句が付くほど調子が低かった。もっとも磨《みが》けば光る原石がいくつか見つかったから、もちろん今年は今年なりの意義もあったのではあるが。

『ようそろう・一九六二』（上野哲也）は、怪しい世渡りをしている父親の勝手な都合《つごう》で、九州の炭鉱町に住む父親の友人に預けられることになった少年の、八ケ月間の物語である。九州で少年の仮の父親になる坑夫がよく描かれており、いわば「人生に対して小狡《こずる》く小賢い父」と「人生に実直に体当たりする父」と、この相反する二つの父を重ねながら真の父親像を模索しようという試みである。この主題の設定は魅力的で、そして主題はしばらくはうまく展開されても行くが、しかし山場の一つであるヨットによる冒険のくだりで物語はほとんど破産する。ヨットをつくる、ヨットを操作する、無人島で暮らす。……こういったことが、ここに書かれているように万事好都合にうまく行くものだろうか。なによりも海のおそろしさをよく知っているはずのヨナ爺が少年の冒険をあっさり理解し、強く支持するのがよく分からない。つまりこの少年には障害物がないのだ。それがこの物語をよほど平べったくしてしまった。

『餓鬼道双六蕎麦糸引』（桐原昇）の出だしはいい。骨と皮の老人の腹の中が餓鬼道へ通じていたという冒頭にはアッと息を呑んだ。しかしそこから先はまるで弾まない。賑やかしにいろいろ面白がらせを並べているが、それがかえって寒々しいのである。ことさら飾った戯作《げさく》調の文章も効果を上げていない。思いついた文章細工《ぶんしょうざいく》を一つ残らず書き連ねた凸凹《でこぼこ》の厚化粧。戯文の文章細工は、百作って一つか二つ生かすというぐらい厳しくなければならぬのだが。

『バスストップの消息』（嶋本達嗣）の文章感覚は非凡である。とてもいい文章だ。その文章から紡《つむ》ぎ出される、さらりとした抒情、生き生きした機知、詩句のようにみごとな硬質の比喩《ひゆ》には見るべき才がある。バスストップの情報論的哲学の旅という設定も面白いのだが、しかし物語を創る力に欠けるところがある。この文章で頑丈な物語を構築されるならば、読者の目を瞠《みは》らせる作品ができるはずだ。

『糞袋』（藤田雅矢）は、京の都の糞尿を扱いながら品がある。素直な文章で素直に糞尿を商品化した一人の男の生涯を追っている。物語の展開にしても嘘と真《まこと》をこき交ぜて巧みなものだ。……と褒《ほ》めるのも前半まで。後半は物語の足並みが乱れる。説明に次ぐ説明で、せっかくの物語の味が落ちてしまったのは惜しい。しかし全編をただただ糞尿で通した力業に作家的膂力《りょりょく》を感じた。

講談社エッセイ賞（第一一回）

受賞作＝東海林さだお「ブタの丸かじり」、高島俊男「本が好き、悪口言うのはもっと好き」／他の選考委員＝大岡信、丸谷才一／主催＝講談社／発表＝「小説現代」一九九五年十一月号

文章、手法、その蘊蓄

高島俊男さんの『本が好き、悪口言うのはもっと好き』には一ページごとに膝《ひざ》を打っては頷《うなず》き、東海林さだおさんの『ブタの丸かじり』には一ページごとに頬《ほお》をゆるめて吹き出してしまった。お

二人に共通するのは、もちろん文章のいいこと。大きな主題を伸びのよい文章で丸ごと摑《つか》み取ったかと思うと、その細部を練り上げられた言語感覚を駆使しながら巧妙に掬《すく》い上げる。たぶんお二人は、うんと柔らかくて、その上、うんと細かく働く頭を持っていらっしゃるにちがいない。なんといっても文章は頭の中味の反映ですから。

ちがうところはその手法である。東海林さんは、日常の、ごく些細《ささい》なこと（この本の場合は、ありふれたたべもの）に、言い回しで、そして難しい漢字で、むやみに高い格式を与える。つまらぬものをなにか貴いものとして扱うので、その落差がいちいち笑えて来、生きているのがうれしくなってくる。

高島さんはその逆。日本と日本語、「支那」と漢語、そういった巨《おお》きなものを向こう三軒両隣り式の話題へと引き下ろす。つまりこちらは貴いものを並みに扱うので、いろんな発見があり、そこに読者は惜しみなく嘆声を上げ、やはり生きているのがたのしくなってくる。

ふたたび共通点。お二人とも蘊蓄《うんちく》の大問屋のようなお方だ。とりわけ高島さんの「ネアカ李白とネクラ杜甫」は日本人必読、滅法わかりやすくて、べらぼうに深い。これを書くには空恐ろしいぐらいの学問が要るはずである。ただただ脱帽。

谷崎潤一郎賞（第三一回）

—受賞作＝辻邦生「西行花伝」／他の選考委員＝河野多恵子、ドナルド・キーン、中村真一郎、日野—

―啓三、丸谷才一／主催＝中央公論社／発表＝「中央公論」一九九五年十一月号―

めざましい発明

西行の愛弟子の一人が、西行をよく知る人たちのあいだを訪ね回って、各人にそれぞれの西行像を語らせるという『西行花伝』の工夫は、この作品に多彩な「語り」を与えた。賑やかで華やかで滋味にあふれている、という印象は、この工夫からもたらされたものである。もとより細かいところにも作家的膂力がみなぎっていて、たとえば、若き日の西行が鞠を蹴る場面の面白さ、尨《むく》犬どもに襲われた小猿を平忠盛が縄を飛ばして救い出す場面の鮮やかさ、ベッドシーンならぬ几帳シーンの艶やかさなどがそうで、辻邦生氏はこのように作家的技量を充分に見せながら、それらのすべてをぎりぎりと一つの主題に絞り上げてゆく。

その主題とは、眼に見えない存在《もの》を存在《あら》しめるのはただ言葉だけだということ、そして孤独のまま虚空に立つ人間、および川の流れのように当てのない人の世を支えているものが、じつはその言葉を紡ぎ合わせた歌であったということ、以上の数行に要約されるだろう。そして右の中の「歌」を「小説」に置き換えれば、作者の想いもゆっくりと浮かび上がってくる。これは言葉によって立つ者すべての栄光と悲劇を書いた小説なのだ。そして作者はこの主題の追求にほとんど成功している。

全編にわたって、〈歌は思想《おもい》の叙述《あらわし》であり、倫理規範《いきかた》の探求であった。〉というふうに、漢語にやまと言葉でルビを振る工夫がほどこされているが、これはめざましい発明だ。

一九九六（平成八）年

北の十文字賞

――他の選考委員＝加藤周一、松井やより、桃井かおり／主催＝秋田県十文字町／発表＝一九九六年一月――

戦後責任が問われるとき

まず感じたことは水準の高さだった。主張しようとする意見の展開と文章力がかみ合っていて、私たちに迫ってくる作品が非常に多かった。それぞれの筆者に、文章を書くことによって意識を深めていくという認識や姿勢が感じられ、感心させられた。最終選考に残っているのは五十数篇と聞いて、少し数が多いのではないかと思い、内容にも多少、不安を感じていたが、読み進むにつれてどんどんおもしろくなっていった。というのは、それぞれの作品に、これは言っておきたいという力があふれていたということだ。読むにつれ筆者の体験や意見に巻きこまれ、私自身の考えを確か

めたり鍛えたりしながら読ませていただき、大変いい経験をさせてもらった、という思いでいっぱいである。

内容面で最も強く感じたことは、戦後責任を問う芽が出てきているということ。戦争責任の問題と同時にいま問われているのは戦後責任、日本は果たしてやるべきことをやり、考えるべきことを考え、まわりの国々に対しどのように主張しどのようにつき合ってきたのかという問題である。戦後責任を問うということは戦争や戦争責任を身近な人や出来事の中に見つけて、自分自身の問題として受けとめ、どう行動していくのかを問うことである。それは単に戦争や戦争責任の問題だけではなく、企業の海外進出のあり方から近隣の国々の人たちとの個人的なつき合い方の問題まで含めてのことだと思う。入選とした作品はいずれもそうした視点を大なり小なり感じさせるものであったが、惜しくも選にもれてしまった作品の中にも数篇見られた。

自分自身が体験できなかった出来事、例えば戦争に接近していくときに中継ぎをしてくれる存在を発見できるかどうか、出会えるかどうかによってその人の認識のレベルが違ってくる。ある人にとってはそれが祖父や祖母であったり、恋人であったり、先生であったりということである。ある子にとって大好きな先生がいて、その先生が戦争についての知識や見識を持っている場合、その子はその先生が大好きだというところから戦争に入っていける。それは戦争に限らず、いわゆる障害の問題でも近隣の国々への差別でも環境や自然保護の問題でもすべて同じではないだろうか。

選考に当たって大きな物差しとなったのは体験をどう乗り越えるか、その方向を示しているか、という観点だった。この観点では北の十文字賞という賞の強い主張となり特徴となったのではない

だろうか。『亜洲的朋友と出会うまで』の井藤和美さんは、いじめられて悔しかったら不幸になるな、幸せになることによって復讐しようと言っている。

いじめられて内にこもるのではなく、一歩前に踏み出そうとしている姿勢は素晴らしい。そのほか、若い人たちの意見に共感するところが多かった。若い人たちに対する批判が多いが決してそんなことはない。いい芽をたくさん持っていることを改めて感じた。

話は前後するけれど、中継ぎをしてくれる人という視点からいうと、今回入選した三十代以上の人たちの体験は読者に対しその役割を担ってくれるのではないだろうかと期待している。

『俺だば必ず生ぎで戻るぞ』には、神国日本なんてウソっぱちだということを見抜いて、出征する筆者に生きて帰って来い、と言って送り出したおじさんが出てくる。

『S先生の日記』は、食べる物のない時代に自分の弁当を生徒に分け与えた先生の話だ。

『父への鎮魂歌』は、一途に神官職を全うしたお父さんとの生き方のちがいを超えて元気に生きていこうとする筆者の決意が述べられている。

その一方で、『石つぶて』には英国人捕虜を指さして、あれが私たちの敵ですと叫ぶ教師が出てくる。

『侵略ぐせ』にいたっては、戦前戦後の日本の姿そのものといっていいようなおじさんが登場する。

『ブヨンブヨン橋』には、いつもは人情味あふれているが、橋の下の韓国人に対するときは人が変わってしまう町内のおじさんたちが出てくる。

それぞれの筆者たちは、そうした大人たちに、ある人は励まされ、ある人は反面教師として自分の考え方や生き方を見つめている。実にいろいろな大人がいたことを教えられたし、書き手の人たちの怒りや歎きやメッセージがじかに伝わってきて好感が持てた。

また、『韓国人というだけで』には孫の顔も見に来ない義兄の両親のことが書かれ、『ミルクと私の責任』にはミルクを十分に飲めずに死なせてしまったと、自責の念の消えることのない筆者の悲痛な思いが語られている。ともに筆者の痛みが伝わって、胸を打たれた。

このほかの入選作にも、キラリと光る個所がいくつもあったことはいうまでもない。それぞれにジンとさせられたり、クスッと笑わせられたり、ハッとさせられたり、であった。すべての原稿に私の傍線が引かれている。読者のみなさんの心にはどの作品が○印で刻まれ、どの箇所に傍線が引かれるのだろうか。

菊池寛ドラマ賞（第五回）

受賞作＝なし／佳作＝岸田英次郎「六連銭女護城郭」、佐佐木武観「荻野吟子抄」、中村守己「一筆啓上　お待ち申し上げ候」、松本稔「おきざりにした悲しみは」／他の候補作＝池田昌平「ねじれた向日葵」、大石章「打て、ドラム」、鬼海正秀「マイ・レディ・ブルー」、古川美幸「千代紙草紙」、松林経明「夜桜の宴」／他の選考委員＝大山勝美、上林吾郎、野口達二、福田逸、山田太一／主催＝高松市・文藝春秋／発表＝「別冊　文藝春秋」一九九六年新春号

もっと科白を

佳作の四作品には、もちろん採るべき美点があります。『おきざりにした悲しみは』（松本稔）は、登場人物たちの扱い方に多少お座なりなところがあるにせよ、道中記ものの結構をそれなりに備えています。

『一筆啓上　お待ち申し上げ候』（中村守己）は、幕の下ろし方が間違っているけれど、とにかく独特の演劇的時間（舞台でしか存在し得ない時間）を創り出しているように見えます。

『荻野吟子抄』（佐佐木武観）は、ナレーションで幕を開けるのはあんまり安易すぎて疑問がありますが、作者が長い間、培ってこられた技量がやはりものを言って破綻の少ない出来上がりになりました。

『六連銭女護城郭《ろくれんせんにょごがしろ》』（岸田英次郎）は、人物の造型がやや薄手（とくに真田幸村がそう）ですが、最初と最後を同じ装置にしたところに、演劇的空間に対する優れた感覚が感じられました。……しかし、これらの美点にもかかわらず、当選作が出なかったのはなぜでしょうか。

問題は科白《せりふ》にあります。戯曲やシナリオが文学になるかどうかは、すべて科白にかかっています。もっと言えば、劇の構造が容赦なく要求してくる科白ならば、それは必ずいい科白になるはず。そしてその作品は文学になるはず。ところがそのいい科白がないのです。残念ながら、四作とも、行儀はいいけれど月並みな、魅力のない科白で書かれていました。ということは、四作とも劇の構造の煮詰め方がよほど不十分だったのではないでしょうか。次回こそ、いい科白のうんと詰まった作品をお寄せください。

読売文学賞（第四七回）

受賞作＝日野啓三「光」、村上春樹「ねじまき鳥クロニクル」（小説賞）、竹内銃一郎「月ノ光」（戯曲・シナリオ賞）、安岡章太郎「果てもない道中記」（随筆・紀行賞）、三浦雅士「身体の零度」（評論・伝記賞）、伊藤一彦「海号の歌」（詩歌俳句賞）、研究・翻訳賞なし／他の選考委員＝大江健三郎、大岡信、岡野弘彦、川村二郎、菅野昭正、河野多恵子、佐伯彰一、丸谷才一、山崎正和／主催＝読売新聞社／発表＝同紙一九九六年二月一日

本源の問いに通俗回路で「光」について

マクベスは魔女たちから「きたないはきれい、きれいはきたない（世界はこの無限往復運動で出来ている）」という謎《なぞ》をかけられてみごとに狂ってしまったが、この『光』の主人公、日本で七人目の本格的な宇宙飛行士は、「光は闇《やみ》、闇は光（宇宙はこの無限往復運動で出来ている）」という宇宙の本源からの問いかけに、体と精神のどこかに深い隙間《すきま》ないし穴を開けられてしまう。そこで彼は逆行性健忘症を病む身になった。

もとより魔女から投げかけられた謎を人間はまだ本式には解いていないが、宇宙の本源からの問いかけにも、わたしたちは妥当な答えを見つけることができないでいる。日野啓三は、その宇宙からの問いかけに真ッ正面から挑戦した。なんという形而上学的な主題だろう。そしてまたなんという勇敢な作家なのだろう。

この途方もない主題を攻め落とすために、今回、作者はうんと通俗的な材料を揃《そろ》えた。天界巡り

に地獄巡り。宇宙飛行士の心をひらき、また自分も彼に心をひらいて行く中国人看護婦の採用。たがいに心を通わせ合うこの二人を助ける近未来的義人、宇宙開発局の課長の活躍。そして仕立ては『君の名は』そこのけのすれちがい劇である。この作家的戦略は、日野本来の硬質で詩的な文体の、はなばなしい救援もあって立派に成功している。早く云えば、わくわくするような小説だ。

いわば作者は、通俗の回路に無意識を含めた人種の意識そのものを流し込みながら、宇宙の闇に、そして人間の心の闇に何条もの光を当てたのである。

岸田國士戯曲賞（第四〇回）

受賞作＝鈴江俊郎「髪をかきあげる」、松田正隆「海と日傘」／他の最終候補作＝飯島早苗「法王庁の避妊法」、内藤裕敬「横顔」／他の選考委員＝太田省吾、岡部耕大、佐藤信、野田秀樹、別役実／主催＝白水社／発表＝一九九六年三月

台詞に脱帽する

選考の席につくときには、一が『海と日傘』（松田正隆）、二が『髪をかきあげる』（鈴江俊郎）と『法王庁の避妊法』（飯島早苗）、そしてその後につづくのは『パパのデモクラシー』（永井愛）と決めていた。

『パパのデモクラシー』には、作家的膂力が躍っている。別に云えば、じつに達者だ。笑わせる

工夫（たとえばラジオの使い方）にも才能がきらめいている。がしかし、歴史の高みに立って安直に過去を裁くことの危うさが微かに感じられたし、もう一つ云えば、台詞に力と速度はあるけれども、一方ではまだ荒削り。この作者ならもっとうまく台詞を組み上げられるはず。そしたら数段おもしろくなったにちがいないのだが。

『法王庁の避妊法』は、新潟市の医師、荻野久作が例の避妊法「荻野学説」を編み出すに至るまでの経緯を巧みに書いている。久作の実験台は妻とめ。妻の、予想される排卵日に、あるいはそうでない日に、久作は一所懸命の性交を試みる。その際の合言葉が「今夜はペケ印ですよ」である。この指されるものと指すもののソシュール的関係がおもしろく、これを見つけたのは作者の大手柄だ。このペケをもっと徹底的に使えば、最高の言語実験喜劇になったと思うが、作者の品性のよさがそれを妨げた。もっともこれは評者の趣味の押しつけかもしれない。もう一つ、この作品では台詞が全体に一本調子だった。

『髪をかきあげる』の超微細な台詞術は巧者である。一つ一つ採り上げればまるで意味のない台詞を、作者は巧妙に積み上げ絡み合わせる。台詞による追っかけ、突っ込み、外し、とぼけ、そして思いちがい。その精細な織り目の間から、「ひと恋しい」と呻く人たちの、だるく切ない声が聞こえてくる。この作品では灯りがもう一人の重要な登場人物であり、その使い方に機知がある。

『海と日傘』は、とてもいい。なによりも台詞の文体が確立されており、方言の効果もあって、どの一行にもはっきりと作者名が刻み込まれていた。加えて、巨きなドラマを古典主義的な端正さの中にうまく埋め込む技術の高さは目を瞠るばかりで、いい意味での「思わせぶり」な展開の中か

ら、人間が一人、この世から消えて行くことの凄味がゆっくりとたち現れてくる。
わたしたちにすばらしい台詞を恵んでくれた二つの作品の受賞を心から慶ぶ。

直木三十五賞（第一一四回）

受賞作＝小池真理子「恋」、藤原伊織「テロリストのパラソル」／他の候補作＝藤田宜永「巴里からの遺言」、服部真澄「龍の契り」、北村薫「スキップ」、高橋直樹「異形の寵児」／他の選考委員＝阿刀田高、五木寛之、黒岩重吾、田辺聖子、津本陽、平岩弓枝、渡辺淳一／主催＝日本文学振興会／発表＝「オール讀物」一九九六年三月号

文章を思案すると

小説は文章によって、いや、文章のみで紡ぎ出されるもの、云うならば、文章をもって「天地を動かす」仕事である。小説の流行がそのときどきの読者の好みによってどう変わろうとも、その真髄は文章にあり、という真実は動かしようがない。人間の在りようを、事件のなりゆきを、そして人間と事件との係わり合いを、一体書き手がどのような文章で読み手の胸の裡に届けようとしているのか、そのことを念頭において候補作品を読んだ。

『スキップ』（北村薫）は、なにかの拍子に一気に二十五年も弾んで飛んだ「時間」を物語展開の動力にしている。時間とともに記憶も飛び、勢いヒロインは記憶の辻褄合わせに躍起にならざるを

得ない。おもしろい設定だが、かつての家族にたいしてヒロインがまるで冷淡で、彼女がしたことといえば、生家のあったところへ訪ねて行くだけである。時間が飛ぶ前、ヒロインは女子高校生だった。とするならそのころの彼女の人生を構成していた要素は、一が家族で、二が学校だったはず。それならかつての家族についてもっと熱い思いを抱いてもいいのではないか。別に云えば、読者は、作者から大事なたのしみの一つを与えられずに終わってしまったのである。文体の凝縮度も、もう一つ足りないように感じる。

『異形の寵児』（高橋直樹）は、鎌倉に専制的な恐怖政治を布いた平頼綱の一代記という体裁を持つ、まことに力のこもった作品である。頼綱は一代のうちに二つの乱（霜月騒動、平頼綱の乱）を引き起こしたという、まさに端倪すべからざる人物、そこで作者の筆に思わず力が籠もる。しかし文章までいささか力んでしまったような気味合いがある。文体に着せた鎧がものものしすぎて、意味が明白に、すばやく、頭に入ってこないのだ。古典主義を背骨にした文体はいい。いや、近頃、推奨に価いする態度であると感嘆の念さえ覚える。しかし、いい意味での俗臭がもっとうんとあってもよいのではないだろうか。

『龍の契り』（服部真澄）は、香港返還を主題に、規模壮大な骨格をたくさんの細部の工夫で飾った作品である。これだけでも物語作家としての膂力は十分だ。しかし文章力は、正直に云って、まだ不十分である。礼を失するのを承知の上で云えば、「は」と「が」の使い分けもあやふやなら、「やぶさかでない」の使い方なども形をなしていない。それも作者は「やぶさかでない」を使うのが好きだから、読者としては挨拶に困る。出来の悪い文章が、せっかく築き上げた出来のいい話の

腰を折ってしまった。

『巴里からの遺言』(藤田宜永)は、戦前にパリで生きかつそこで連絡を断った祖父の消息を探し求める日本人の便利屋青年の生活記、それを串代わりに六つの連作が並ぶという構造になっている。一話一話の出来栄えはよろしく、文章も平明であり、目立たぬやり方で言葉の巧緻を尽くしてもいる。にもかかわらず、読後の印象はどんよりと澱んでいる。展開の軸になっている影の主人公、祖父の在りよう生きようが少し弱いからだ。読み始めてすぐの祖父像と、読了後の祖父像にさほどちがいがない。その分だけ、読者への贈物が少なくなってしまった勘定になる。

『恋』(小池真理子)と、『テロリストのパラソル』(藤原伊織)には、いくつも共通点がある。どちらもかつての新左翼運動の経緯から「書くという作業」の原動力を引き出していること、双方とも、〈夫婦、じつは異母兄妹〉、〈恋人、じつは親友の置き捨てた娘〉といった、いわば出生の秘密という神話的要素で話のヒダを細かくしていること、そして二つとも、文章力においてそれぞれ最高の達成をみていることなどである。『恋』の、死者が語るという工夫は巧者なものであった。「死者は嘘をつかない」という読者の思い込みを逆手にとった秀抜な戦略である。読者は、一語一語が死者の吐き出した必死の言葉、だから真実にちがいないと信じて読み進むから、たとえば夏の軽井沢の、むっとくる草いきれさえ、行間から嗅いでしまうのである。そして読み終わったとき、読者に『恋』という題名が、ちがった意味に見えてくる。凝縮度の高い華麗な文体で語られた不思議な恋の始まりと行く末、読んだかいがあった。

『テロリストのパラソル』の文体は、絶えず前へ前へと進む行動的な一人称で綴られている。し

かも語っている「私」は、徹底的な自己批判精神の持主なので、前の文で言ったことをすぐ後の文できびしく批判し、さり気なくからかい、鋭く咎める。そういう活発な精神の往復運動が独特の、得難いヒューモアを生み出している。話は深刻なのに、作品はどこを切り取っても質のいい諧謔で満たされているのだ。登場人物にしても、端役の端に至るまで（一筆描きにもかかわらず）鮮やかな人間味をたたえていて、ここまでをひっくるめて、作者の才能に軽い嫉妬を覚えたぐらいである。結尾の、関係者一同が寄り合ってすべてが解決するというご都合主義も、「謎解き」がこの作品の眼目の一つであることを思えば、読者は喜んでこれを許すにちがいない。

『恋』そして『テロリストのパラソル』、どちらもすてきな小説だ。

小説新潮長篇新人賞（第二回）

受賞作＝秋月煌「決闘ワルツ」／他の候補作＝永嶋恵美「石の花」、遠野瑛「お尻の割れた男たち」／他の選考委員＝北方謙三、髙樹のぶ子、縄田一男、林真理子／主催＝新潮社／発表＝「小説新潮」一九九六年四月号／第二回より名称変更

消極的な一票

今回の最終候補作の三作品、どれにも心棒のようなものが通っていて、その出来映えは前回よりも勝っていた。選考人としてずいぶんありがたく、とてもうれしい。なにしろ一回目より二回目が

落ちるというのがコンクールの通例だからである。

　中でも、いちばん感心したのが「石の花」（永嶋恵美）で、これは二人の心の中に闇を飼う少年たち（便宜上、これを甲、乙とする）と、一人のお人善しの看護婦とが時の流れに漂いながら織り上げてゆく、いくつかの殺人譚である。とりわけ、少年甲と看護婦とが心理的な対決を行なう第二章は巧妙かつ華麗、この章全体にみなぎっている作者の力量に舌を巻く。話の運びにもうまく波がつけてあって、まず申し分のない出来である。

　第三章も悪くない。もう一人の少年乙が、自分の五歳年上の姉の殺害を幼なじみの甲に依頼するところからこの章は始まるが、乙がなぜ姉の死を願っているかといえば、じつは姉と性的な関係にあるからで、その清算を甲に任せようと考えたわけだ。一見、人工的にすぎる設定のようだが、しかしこのあたりの描写には「甘く、明るい官能性」があって、読者を決していやな気分にはさせないし、こっそり全体にちりばめておいて最後に一つにまとめ上げられる人間の悪についての主題にも説得力があり、その上、かなり深いところまで届いている。

　注文をつければ、姉が殺害されるのを見る場面での少年乙の態度に曖昧なところがあるのと、全体を通して云えるのだが、文章がややゆるく少し歯がゆい。もっと引き締まった文章で書かれていれば相当な作品になったはずだが。

「お尻の割れた男たち」（遠野瑛）は、自動車の組立て工場における機械と人間との壮絶な戦いを扱った傑作である。

　ただし「傑作」という褒めことばは前半の五分の一に限る。さまざまな動機を持って組立て工場

に集まってくる若者たちを紹介するあたりの作者の筆はテンポもよくヒューモアも盛られていてすばらしいのに、登場人物たちが工場で働きはじめた途端に筆が止まってしまった。月並みな恋がのさばり始め、抽象的な感懐が横行して話の進行を妨げている。題名も不正確、内容にたいする明らかな裏切りである。題名も作品の大事な要素、うんと大切に扱ってください。

「決闘ワルツ」（秋月煌）の文体は、息苦しくなるまで凝りに凝っている。ヒロインのあまりの調子のよさに反感を抱き、話の速度の遅いのにいらいらし、ヒロインの父、その父の心の友らしい坊さんなど、登場人物たちのいい加減さに腹が立ち、作品全体に立ちこめている事大主義的な雰囲気にも辟易《へきえき》したが、なぜかこの文体には魅力がある。その一点に惹かれて「消極的な一票」を投じた。作者の真価が問われるのは次作において、ということになるだろう。

それにしても、「石の花」に入れた「積極的な一票」が役立たずになったのは、今でも残念である。

吉川英治文学新人賞（第一七回）

受賞作＝真保裕一「ホワイトアウト」、鈴木光司「らせん」／他の候補作＝加納朋子「掌の中の小鳥」、永倉万治「黄金バット」、中嶋博行「違法弁護」、東野圭吾「天空の蜂」／他の選考委員＝尾崎秀樹、佐野洋、野坂昭如、半村良／主催＝吉川英治国民文化振興会／発表＝「小説現代」一九九六年五月号

力作六編を読む

『掌の中の小鳥』(加納朋子) は推理短編を五作、積み上げて行くうちに一編の恋愛小説ができあがるという小説の外枠からのどんでん返しが光る。『黄金バット』(永倉万治) には青春が持つ熱い火照りがある。だが、前者のトリックはやや小粒であり、後者は「まえがき」に予告されていたかに見える劇団主宰者との喧嘩まで行き着いておらず、二つとも他の四作の重量におされてしまった感がある。

『違法弁護』(中嶋博行) と『天空の蜂』(東野圭吾)。両作とも骨組みががっちりとしていて読みでがある。もっとも前者では登場人物にまだ十分、血が通っていない。とくにヒロインに艶や照りを欠くとおもう。後者のテーマに共感を持った。けれども登場人物がまだ作者に都合よく使われており、そのからくりが容易に読者に透けて見えている。とくに二人の子どもがそうだ。両作とも会話に洒落っ気や諧謔味が乏しいのは残念である。こういう作品では会話のおもしろさが大切なのだが。

『ホワイトアウト』(真保裕一) では、一介の発電所員がテロリストの集団との知恵比べや戦いを通して一個のヒーローに成長して行く。彼がヒーローに出来上がって行く過程そのものが小説に活気と生命力とを与えていて、この魅力がいくつもの弱点を消した。

『らせん』(鈴木光司) の文章には力がある。そこにないものをそこに在らしめるという力。その力が「自分の背後にだれかこっそり立っているのではないか」と読み手を恐怖させる。そして結尾の、世界崩壊感の中での主人公と息子の再会の甘美さ。これもまた作者の文章の力による読者への

恵みの一つである。

松本清張賞（第三回）

受賞作＝森福都「長安牡丹花異聞」／他の候補作＝伊藤日出造「作左衛門の出府」、岡田義之「月待岬」、永井義男「天保糞尿伝」、柚木亮二「一億三千万円のアリバイ」、佐々木基成「仙十郎の義」／他の選考委員＝阿刀田高、佐野洋、高橋克彦、津本陽／主催＝日本文学振興会／発表＝「文藝春秋」一九九六年七月号

水準が上がった

じりじりと水準が上がってきています。最終選考にのこられた方々の略歴を拝見すると、ほかの賞に入られた方あり、すでに何冊も著作を発表なさった方ありで、なるほどこれなら水準が上がって当然です。

『天保糞尿伝』（永井義男）で開陳される江戸の糞尿事情は、その調べ方が徹底していて、とてもおもしろく、ずいぶんためにもなりました。糞尿を扱っているのに読後感がちっとも不快ではないのも大きな手柄。けれども話の仕立てがその糞尿的注釈に埋もれてしまった感がある。残念です。糞尿についての蘊蓄をうんと中心に持ってきて注釈小説に仕上げる手もあったかもしれません。

『仙十郎の義』（佐々木基成）の筆の運びは軽やかで、読者は安心して作者の筆に乗って行くこと

ができます。二十四歳の大学院生なのにどこでこのような「巧みに語るすべ」を会得されたのか。けれども大塩の乱の大塩平八郎の義と、この作品の主人公の義とが、どういうふうに結びついているのか少しばかり曖昧でした。そのへんに力を注がれれば、光る書き手になれると思います。

『一億三千万円のアリバイ』（柚木亮二）も惜しかった。「精神的アリバイ」という珍しい項目の立て方、一人の女に外面は天女で内面は夜叉という二面を見る描き方のたしかさなど、作家としての手腕は充分なのに、なんとなく景気が上がらない。計算しつくした末に、その計算から自由になるという態度が必要なのかもしれません。なお、ここまでの方々は賞の常連でもあるので、それで少し押しつけがましく書きましたが、どうか気を落とさずに、来年も挑戦なさってください。

『作左衛門の出府』（伊藤日出造）は、お勝手から見た、つまり経済事情から見たある藩の小さな騒動記という体裁。狙いどころはすばらしい。ただ主人公が万能すぎて、その分、話が平べったくなったように思います。

『月待岬』（岡田義之）は、田舎町へ十五年ぶりに「人殺しの凶暴犯」が情婦を連れて帰ってくるという設定。その顚末を他所者の小学校教師が見ることになる。わくわくするような出だしです。凶暴犯と見せておいてじつは知能犯というのが、この作品の狙いだろうと思われますが、しかしせっかくのアイデアがうまく書かれていなかった。観察者であり記録者でもある教師の腰が定まっていなかったのが原因の一つでしょうか。

『長安牡丹花異聞』（森福都）は、読んで気持がよくなる作品です。よいところがたくさんありますが、一つだけ書いておきますと、「知恵のある、若く美しい娘」を創り出したところがよかった。

知恵のある、若く美しい娘は、日本にはなかなかないもので、それを出したことで、物語がいかにも大陸風にふくらみました。作者の発明した夜光牡丹も、とても気が利いています。おめでとう。

山本周五郎賞（第九回）

受賞作＝天童荒太「家族狩り」／他の候補作＝佐江衆一「江戸職人綺譚」、京極夏彦「鉄鼠の檻」、志水辰夫「あした蜉蝣の旅」／他の選考委員＝阿刀田高、逢坂剛、長部日出雄、山田太一／主催＝新潮文芸振興会／発表＝「小説新潮」一九九六年七月号

選考座談会より

佐江衆一氏「江戸職人綺譚」は四・五点です。九篇の中で、とりわけ感心したのは「対《つい》の鉋《かんな》」という、大工職人の話で、これは飛んでもない傑作ですね。つまり、なんにも起こらない。四畳半の茶室を建てるにあたって、道具、木、手順、それを束ねる職人の知恵などを、ある種の快適なリズムで記述して行くだけ。その様子を注文主のご隠居の妾腹の娘がじーっと見ている――豆鉋がなくなるというごくごくささやかな事件があるぐらい。それなのに、いつの間にか一篇の恋物語ができている。唸《うな》りました。

「笑い凧」は裏を読んだんです。子供と亭主を捨てて、若い凧づくり職人の銀次という男のもとへ走った女房が戻ってくるというプロットなんですが、この捨てられた亭主、鳶凧《とんびだこ》しかつくれない

昔風の職人の定吉が、若年ながら天才的な凧づくり職人の銀次に喧嘩を売るということ、そのことで実は元の女房をまだ愛してるよというメッセージを出しているんです。しかもそれを大空高く宣言する。実際、勝負は負けますけど、女房はそのメッセージを解読したんだと思います。つまり、ときめいているものにときめかないものが勝負を仕掛けるということが、元亭主の愛の宣言なんです。もっともこんな簡単に復縁が成るとは思いにくいところもある。僕にも多少の経験がありますから。

「一会《いちえ》の雪」も形式が整っていて、端正な短篇ですね。旅先の茶店で女が死ぬ。茶店のおばさんが、その遺品を、女が死ぬ間際まで想っていた職人のところへ届けに行く。数年後に、今度は死んだ職人の託したものが茶店に届く。たがいに恋い焦れながら結ばれずに終わった恋物語を二人の遺品によって語るという、実に技巧の冴え渡った作品です。

「思案橋の二人」も悪くはない。あと一、二篇、「対の鉋」や「一会の雪」のような作品があれば、もうなにも言うことはないのですが、しかし、中には、同じ作者のものとは思えないような低調な作品もある。低調というのは、この場合、話がこれからだという時に、あれあれと、しぼんでしまうという意味です。それで満点にはならなかったのです。

天童荒太氏の「家族狩り」は、ちょっと甘すぎるかもしれませんが、四・七五をつけました。この作者は、なかなかすごいメッセージを次々に盛り込んでくるんですね。普通ですと、その家の問題を書き、かすかにその周りの社会の在り方を匂わせるのが常道のようなものですけれども、この作品は、家族を追い込む社会をまずしっかりとらえています。ではなぜそういう社会ができてしま

ったかといえば、親たちに自分を支えるものがなく、そこで基本的な家族の機能がいま崩壊しつつあるのではないか。作者は日本の社会状況を観察して、ひとつの壮大な仮説を立て、それを丸ごと書き切ろうとしている。この作家的野心、これは買うべきだと思います。

主題の設定に作家的膂力《りょりょく》をふるう一方で、技術でもみごとな腕前を見せています。例えば、氷崎《ひざき》游子《ゆうこ》という児童相談センターの心理技術職員と、これは言ってはいけないことかもしれませんが、犯人とが、ある会合で対立するのですが、なんと犯人が議論に勝ってしまう。游子の位置はヒロインに近く、読者は彼女が勝つことを予想しているので、ここでグラグラッとくる。これはある種の衝撃です。つまりその分だけ、犯人の印象が強烈になる。こういう感覚は、貴重だと思います。

文章に粗削《あらけず》りなところはありますが、こういう持って行き方、物語の組み合わせ、テーマのつかまえ方は可能性がありますし、主題をあっちこっちから攻めていく意欲はもっと貴重です。刑事物の一変型としても抜群だと思います。おしまいに行って、せっかく広く撒《ま》いた網がちょっと狭くはなりますけど、とにかくすべてを最後へひきしぼって行く力もある。

「生き方なんて真剣に悩まないほうがオシャレだったし、マジっぽいのはダサかったたし、社会ってのは所詮は金だし現実は厳しいし」というふうに、たかをくくって世の中を見ていた主人公の青年が、次第に世の中に対して肚《はら》を据えて行く過程もよく出ていますし、作者の力量を買うべきだと思いました。新人ながらすごい馬力ですし、世の中をちゃんと見ているというところを評価して、僕としては異例の高い点数になったわけです。

京極夏彦氏の「鉄鼠《てっそ》の檻《おり》」は三・五です。まず、明らかに諧謔味《かいぎゃく》を狙っているにもかかわらず、

この作者は笑いに関しては志が低いです。程度の低い言い損いで笑いを創り出そうとしている。とにかく読者の生理をあんまり考えてないですね。

作者の根本的命題は檻、結界をつくるとは何かということですね。つまり、制限があればこそ自由という観念も成立するわけです。小坂了稔はこの明慧寺に自分たちを縛る他律的規範をつくろうとした。自分を閉じ込める檻、一種の箱庭社会、小宇宙にまで高めた完成度の高い檻をつくった。もうひとつ作者は、言語論を展開する。すべてのことがらは、自分の脳、脳味噌がつくっている世界なのだという。前者は禅の、後者は言語論の、ごくごく常識です。ただし、この両者を結びつけて一体にしようとしたのは立派な発明で、そこに作者のすごい腕力、すごい構想力を認めます。五点満点で六点さしあげてもいい。しかし、それを読者に提示する方法に躓《つまず》きがある。読んでていらいらした体験は、やはり消しがたいのです。この程度のことでは笑えない、そんなことぜんぜんおかしくないという反感が次々に湧いてきて、せっかくの発明を台なしにしていると思います。

志水辰夫氏の「あした蜉蝣《かげろう》の旅」ですが、志水節《ぶし》というのがあります。皆さんご存じのとおり、たとえば言い回しのうまさがそうですね。それが軽い諧謔を連れている。警句も豊富。女主人公に金箔《きんぱく》をつけていく手順は、相変わらずうまい。読者をいろんなところへ軽いフットワークで連れていく。今回もそれらは健在です。それから文明論的な省察や洞察をぱっと一行で言い切ってしまう離れ業《わざ》。こういったところが全部健在である。ですから、全篇に志水節が鳴り響いています。

ところが、それらは表現の問題でありまして、今度は内容にふれると、志水さんにしては珍しく展開がのろのろしているんじゃないかと思いました。話がはっきりしない。宝探しなのか、日下部

昂子さんとの長い愛の物語なのか、とてもあいまいで、作者はどっちへも重点をかけながら、ひょっとしたら両方をとり逃がしてるような感じがします。

そして主人公、つまり読者にとっての情報仲介者に、志水さんのものによく出てくる積極的な、人生に対する賭けがないので、この小説は前へ進む力が弱いんですね。志水節を楽しむ分には満足できますが、プロットの進行ということでは、読者は取り残されてしまった。そこで四点です。

こうしてみますと、やはり小説言語というのは前進力が大切だと思うんです。実際はだるい感じの話であっても、小説になった時に読者が、次、次、次と読みたくなる前進力。佐江さんの小説言語の前進力は強い。「家族狩り」で気にいったのは、冬島綾女という女性、研司くんのお母さん。この人物はいいですねえ。父親が油井という凶暴な男で、わが子の研司くんをいじめる。冬島綾女は、この油井を拒否して、あたしが父親になると言って田舎へ帰って子供と二人で生活を始める。静かな女の烈しい決意……。すてきです。

犯人夫婦がしめし合わせて、暴力をふるって家庭を地獄にしている息子を殺してしまいますが、二人で殺したのに、父親一人が殺したことにして、奥さんが葬式を出し、墓をつくりといろいろやりますね。その過程を通してこの両親がいかに息子を愛していたかがよくわかります。ですから、あまり疑問を持ちませんでした。その辺の書き方はとてもうまいと思うんです。それに息子を殺すことと、世間の動きをうまく結びつけて、狂ってはいるけれど、それなりに納得できる動機を発明してますね。

冬島綾女と研司——この二人は絶対ひとのせいにしていないですね。巣藤君もそう。でも、惨劇

が演じられる家庭はみんな他者依存なんです。だから、作者はわかって書いているんですよ。崩壊するのは、父親は母親のせいにする、母親も誰かのせいにする、子供も誰かのせいにするような家庭。つまり基本的な家族の枠組みは、家庭のトラブルを他者のせいにするところから崩れてくる。ところが綾女と研司の母子家庭だけはちがう。そこで二人は健気に生きて行けるんですね。

直木三十五賞（第一一五回）

受賞作＝乃南アサ「凍える牙」／他の候補作＝鈴木光司「仄暗い水の底から」、篠田節子「カノン」、浅田次郎「蒼穹の昴」、宮部みゆき「人質カノン」／他の選考委員＝阿刀田高、五木寛之、黒岩重吾、田辺聖子、津本陽、平岩弓枝、渡辺淳一／主催＝日本文学振興会／発表＝「オール讀物」一九九六年九月号

二作受賞の夢

選考が終わるまで、『凍える牙』（乃南アサ）と『蒼穹の昴』（浅田次郎）の二作受賞を心から願っていた。以下、なぜそう願っていたかを書く。

完璧な短編小説はありえても、完全無欠な長編小説などというものはありえない。長編はどんな名手の筆になるものであっても、かならずどこかに欠陥がある。……間違っているかもしれないが、とにかく普段からそう考えているので、『凍える牙』の、推理小説としての謎の構築の中途半端さ

も、『蒼穹の昴』の後半に、にわかに発生する筋立ての崩れも、あまり気にはならない。

どう謎を構築するか、すなわちどう話を作って行くか。これはうんと勉強して、根気と汗を惜しまずに精を出せば、たいてい成就可能である。しかし出来そうで出来ないのは、「人間」を書くことだ。さらに「人間」と「人間」との関係を書くことはじつにむずかしい。このあたりはもう勉強や努力の域をはるかに超えて、その書き手が神様からどれだけ才能をもらって生まれてきたかにかかっていると言ってよい。『凍える牙』は、たしかに話の作り方では成功したとは言いかねるが、主役と狂言回しとをかねた二人組の警官の人間創出に、高い水準でみごとに成功している。

離婚後一年、男性に不信を抱きはじめた女性白バイ隊出身の警視庁三機の女性巡査と彼女とコンビを組むことになった中年刑事。彼は妻に逃げられたせいもあって女性をまったく信じていないのだが、この二人が、絶えず互いにぶつぶつぼやきながら織り重ねて行く一種の珍道中記には深みがある。女性を信じないばかりか、「元来女のデカなどというものを認めていない」中年刑事が次第に女性を見直して行く過程と、女性警官がゆっくりと男性のありのままの姿を受け入れて行く過程とが、いたるところで様ざまな次元で交差し合い、やがてそれぞれが再生のきっかけを摑むに至る有様を、読者が証人となって見届けるという仕立てはすばらしい。

『蒼穹の昴』では、主人公群(なにしろ上下二巻の大作であるから、一人や二人の主人公では間に合わないのだ)の中の、李春雲と玲玲の兄妹がとくに生き生きと跳ねていて、たしかにここには「人間」がいた。そして二人の「人間」の運命の移り行きにはらはらするうちに、読者はやがて清朝末期が如何に奇怪でおもしろい時代だったかを再発見することになる。どんな時代もおもしろい

にはちがいないのだが、ここで説かれている「浅田版清朝史」のおもしろさは格別であり、こんな大作を書き下ろしで書いてしまった作者の逞しい膂力にも脱帽した。大魚を逸したことは本当に残念である。

のこる三氏の才能はすでに折紙つき、その実力は大方の認めるところだが、『人質カノン』（宮部みゆき）、『仄暗い水の底から』（鈴木光司）の両作について云えば、「あまりにも軽い作品」が候補作になったのが不運だった。ひきかえ、『カノン』（篠田節子）には力感がみなぎっていたが、人物、筋立て、ともに理詰めで観念的、全体に冷えている。

日本ファンタジーノベル大賞（第八回）

優秀賞＝葉月堅「アイランド」、城戸光子「青猫屋」／他の候補作＝浅暮三文「ダブ（エ）ストン街道」、橋本舜一「回遊オペラ船からの脱出」、八本正幸「宇宙防衛軍」／他の選考委員＝荒俣宏、安野光雅、椎名誠、矢川澄子／主催＝読売新聞社・三井不動産販売　後援＝新潮社／発表＝「小説新潮」一九九六年九月号

どうか王座におつきください

二年つづけて大賞の王座は空位のままである。

この賞は幸運にも、これまで何人もの逸材に恵まれてきたから、そのせいもあって選考基準がい

つの間にか上がってきたことはたしかである。俗に云えばバーが高くなった。選者はもちろん読者にしても生半《なまなか》なことでは納得しなくなったのである。しかしやはり二年にわたる長い空位は、その原因の大半を応募される方がたの一種の勘違いに求めた方がよさそうな気がする。

まず、ファンタジーという文芸用語に惑わされておいでの書き手が多い。ひとりよがりな空想、わがままな気まぐれ、人間を縛りつけている時空間への小手先細工の反抗、それがファンタジーであるとお考えの方がずいぶん多いのだ。また、ファンタジーは空想科学小説や近未来小説のためだけに用意されたものでもない。逞《たくま》しい想像力と卓抜な夢想との幸福な結実、それこそがファンタジーなのだ。よい作品は、それがどんなジャンルに属するものであれ、ただ一つの例外もなくすべて「逞しい想像力と卓抜な夢想との幸福な結実」であるから、逆に云えば、ごく普通に、しかし質を吟味して書いてくだされればそれでいいのである。

『宇宙防衛軍』（八本正幸）は、前半の調子のまま、つまり、怪獣もの全盛時代に少年期を過ごした一人の少年の記憶を「宇宙防衛軍ごっこ」の枠組みを使って再現するという仕掛けをそのまま使って書き切れば、いい作品になったと思うが、ファンタジーという言葉に惑わされたのか、突然、空飛ぶ円盤を登場させてしまった。前半の粒々たる苦心は水の泡である。

次に主題を「自分探し」に求める作品が多すぎる。これは自分探し病症候群とも云って、目下大流行のテーマであるからすでに陳腐化している。よほどの事情がない限り使わない方がいい。『アイランド』（葉月堅）によい点をつけなかったのは、そのせいである。すてきに大きな、可能性の豊かな題材なのに、自分探し病にとらわれて、小さく閉ざされた作品になってしまった。

ついでながら、この作品はとくにひどかったが、他の作品にも共通する欠点に、登場人物たちの交わす対話が下手、というか散漫で稚拙だということがある。平べったい会話ではなく、登場人物たちの魂がぶつかり合う対話を書くことが大事だ。その点では、『青猫屋』（城戸光子）は唯一の例外で、ここには凄味のある対話が五つ六つ散見された。加えて、歌合戦の優劣を四十八年後に判定するという設定も出色のおもしろさ。これで作品の中軸となる挿入歌がうまくできていれば、作家的腕力もあるし、大賞の座についたかもしれない。しかしこの程度の歌では趣向倒れである。

内蔵されている才能の量では、『ダブ（エ）ストン街道』（浅暮三文）が群を抜いていた。光るアイデアがいたるところできらめいている。ただ、この作品も昨今流行の「わけがわからん病」に取り憑《つ》かれていて、せっかくのアイデア群が死んでしまった。最近の書き手はどうして他人に分かるプロットを敬遠するのだろう。まずなによりも作品世界のルールを読者に理解してもらうこと。勝負はそれからだ。

『回遊オペラ船からの脱出』（橋本舜一）はよくまとまった作品で、完成度からいえば一番だったが、最初に読者に提示される「この国ではあらゆるものから税金を徴収する」というルールを、作者の方は次第に忘れて行く。最初に示されたルールをなによりも大切なものとして考えるという読者の心理をないがしろにしたところにこの作品の弱さがある。

ここまで書き付けたことを何かの参考になさって、次回こそ、どうかどなたか王座におつきください。

講談社エッセイ賞（第一二回）

――受賞作＝鹿島茂「子供より古書が大事と思いたい」、関容子「花の脇役」／他の選考委員＝大岡信、野坂昭如、丸谷才一／主催＝講談社／発表＝「小説現代」一九九六年十一月号――

気持のいい二冊

以前も書いたが、エッセイとは自慢話のことである。自慢話にも自慢話なりに貴《とうと》いところがあるが、これが生地《きじ》のまま出たのでは、押しつけがましくていやらしく、読者は閉口。そこでいろんな仕掛けが必要になってくる。

まずなによりも、自慢話の材料そのものがおもしろいこと。関容子さんの歌舞伎の脇役たちの半生、鹿島茂さんのパリ古書店の成り立ち方にその立て引き、どちらも新鮮でおもしろい。これならたとえ自慢話で終始しても読者はついてきてくれるはずだ。

次に、姿勢をうんと低くして、なにをえらそうなことを、と云われないようにするのも肝心だが、関さんは脇役にぴったり寄り添うことで、鹿島さんは古書集めに狂奔する御自分を徹底的に「阿呆扱いにする」ことで、みごとに姿勢を低くし、この関門もらくらく潜《くぐ》り抜けた。

なかでも大事なのは文章で、埒《らち》もない自慢話を筋のよく通らない文章で読ませられるのは、読者には拷問《ごうもん》に等しいが、この二冊の文章は一度も読者に突っかかってこない。そればかりか、頁《ページ》を先にめくらせずにはおかない前進力を備えている。そして、関さんの筆は脇役たちの語り口を巧みに

活かしながら下積み役者たちの生活の細部まで分け入り、鹿島さんのそれは愛書狂たちの心の細かいひだまで届き、それがいたるところに諧謔《かいぎゃく》の小さな花を咲かせている。

二冊ともエッセイの手本になるような出来栄えで、巻を閉じながら「気持のいいものを読んだ」とおもった。この「気持がいい」という読後感も、よいエッセイには必須のものの一つである。

野間児童文芸賞・野間児童文芸新人賞（第三四回）

受賞作＝森山京「まねやのオイラ　旅ねこ道中」（本賞）、上橋菜穂子「精霊の守り人」（新人賞）／他の候補作＝高楼方子「いたずらおばあさん」、富安陽子「小さな山神スズナ姫　スズナ沼の大ナマズ」、原田一美「虎先生がやってきた」、増田みず子「うちの庭に舟がきた」（本賞）、阿部夏丸「オグリの子」、笹生陽子「ぼくらのサイテーの夏」、たつみや章「水の伝説」（新人賞）／他の選考委員＝佐藤さとる、神宮輝夫、松谷みよ子、三木卓、山中恒／主催＝野間文化財団／発表＝一九九六年十一月

道中記と貴種流離譚

道中記の体裁をとることで成功したのが『まねやのオイラ　旅ねこ道中』（森山京）です。主人公が、とにかく前へ前へとひたすら故郷めざして歩きつづけるので、物語と文章にリズムが、それも快いリズムが生まれました。その途中、主人公はさまざまな職業を体験することになりますが、どうやら「猫の手も借りたい」という諺が下敷きにありそう。わたしたちの記憶のどこかにこの諺が

眠っているので、主人公が行く先ざきでさまざまな仕事を手伝う羽目になるという設定も無理なく受け入れることができます。物真似上手という特技を活かして、「体験」を「経験」にまで高め、そのたびに成長していく猫。その姿を挿絵（小田桐昭）が的確に、生き生きと、そして可愛く支えています。ほんとうに気に入りました。

貴種流離譚は人間が生み出した物語祖型の中の白眉ですが、『精霊の守り人』（上橋菜穂子）はこの体裁を巧みに使いこなし、一人の皇子の受難と冒険と成長とを通して、分かりやすくて納得のいく、にもかかわらずかなり壮大な宇宙論を展開しています。というと、なんだかむずかしそうな作品に見えますが、物語に余分な飾りがなく、しかも文章がしっかりしていて、その上きびきびとした前進力があるので、思いがけなくすらすらと読み進むことができます。普通なら主役を張る皇子を脇へ回し、逆に脇役の剣士を主役に据えるという趣向が、作品と読者の距離をうんと縮めました。しかもその剣士が女性で美人というのですから、大人だって夢中になってしまいます。とにかく万事にがっちりと仕上がっていて、この種のものでは傑作であると思いました。

小説すばる新人賞（第九回）

受賞作＝森村南「陋巷の狗」／他の候補作＝小路幸也「いつかそこにたどりつけるように」、鳥谷部森夫「椋の木陰で」／他の選考委員＝阿刀田高、五木寛之、田辺聖子／主催＝集英社／後援＝一ツ橋綜合財団／発表＝「小説すばる」一九九六年十二月号

作家的気迫に賭ける

二十九歳の中学校女教師の日常を、やさしく突き放した話法で淡淡と描いた『椋の木陰で』（鳥谷部森夫）の前半は、とてもおもしろかった。この無技巧の技巧というむずかしい実験が、そのまま緊張を保って最後まで貫かれるとしたら、それはかなりの大冒険、作者の意欲を買ってこの作品と心中しようと思いながら先へ読み進んだ。ところが後半に至って「事件」が続発し、かえって緊張が緩んでしまったようである。椋の大木というせっかくの大道具もうまく使い切っていない。残念だ。

作品としてのまとまりということで云えば、最終候補作中では、『いつかそこにたどりつけるように』（小路幸也）に一日の長があったかもしれない。近ごろ流行の「自分探し」というテーマにはいささか食傷気味だが、それでも作者はこの手垢のついたテーマを、そつなくこなしている。つまり作者はとても達者なのだが、どこか大事な芯が欠けている。作者はなぜこの物語を書く気になったのか。それがはっきり見えないので、せっかくの達者さが小器用と同じ意味になってしまった。そのせいか、自分を探し当てたことについての、主人公ショウヤくんの、そして主人公の伴走者であり語り手でもある耕平くんの、それぞれの感動と成長とを充分に書き切ることができなかった。

張り扇の音がしないでもないが、それでも渾身の力で小説的な時空間をぐいぐいと切り拓いたのが『陋巷の狗』（森村南）だった。まだまだ未熟であり、その分、欠点も多いが、しかしそれらを十二分に補う作家的気迫が各行にごうごうと渦を巻き、文芸の嵐を起こしている。今回はこの作家的

気迫に、その一点に賭けることにした。

新人に要求されるのは上手《うま》さではない。頭の中に詰まっているなにかおもしろいものを、言葉を縦横に駆使しながら、どうでも外部に引き摺り出そうという気迫であり、気概であり、熱気である。『陋巷の狗』にはそれがあった。おめでとう、森村南さん。いつまでもその気迫を持ち続けて前へ、ひたすら前へ進んでください。

一九九七（平成九）年

河北文学賞（河北新報創刊百周年記念）

受賞作＝五十目昼鹿「破格の夢」（短編小説）／佳作＝さとうたつお「北上川〜どこまでも青い空だった日」、まごころのりお「糞」（短編小説）／他の選考委員＝三浦哲郎／主催＝河北新報／発表＝同紙一九九七年一月十八日

ほかと比べ水準の高い作品集まる

最終候補には、粒ぞろいの作品がそろった。文芸賞は各地にあるが、それらの新人賞と比べても、水準の高い作品が集まったと思う。ただし、「これはすごい」というような、ずば抜けて良かったものは、残念ながらなかった。

入賞に選ばれた三点は、いずれも取って置きの作品で、作者が「これだ」というものをお書きになったように思う。迫力があり、力がこもっていた。

欠点を挙げれば、読者をもう少し信じた方がいい。全体的に説明が多すぎ、作品のテンポが滞ってしまっている。もっと削っていく仕事をやれば、いい作品ができる。読者をうまくリズムに乗せられるような作品をつくってほしい。

昭和二十年代、僕が高校生のころに「河北文芸コンクール」というのがあった。僕は毎月投稿したけれど、一回も入選したことがなかった。河北新報はこのように、文芸に力を入れていた歴史がある。これだけ水準の高い作品が集まったのだから、一回限りでは惜しい気がする。

最終候補のうち「電話」(千葉県船橋市、北沢朔さん)は都会のやるせない気持ちが出ているが、よく分からない話。「僕とぼくらの星」(千葉県松戸市、新城美沙さん)は仕掛けが面白く、文章も弾んでいるが、ちょっと漫画っぽい。「夏の夜の夢」(盛岡市、工藤なほみさん)は工夫はしているが、全体にお説教が多かった。「ノスタルジック・ジャーニー」(八戸市、成田実さん)は、幽霊と話したりして、禁破りや理屈が多すぎた。

「糞」絶妙な軽さに才能感じる

軽やかにイワナの餌付けの話を書いた。絶妙の軽さを持った文章だ。本来ならば重く書いてしまうテーマだが、今風の文で読みやすく軽妙に語ったところに、腕力というか、作者の才能を感じた。

脱サラの夫婦と師匠格の夫婦の関係や、やり取りが面白く、いいせりふも散見された。生き生きとしていて、自然描写もうまい。ただし、ちょっと筆が滑りすぎのところがある。

三浦さんも指摘しているが、タイトルはもっとさらりとしたものの方がいいように思う。「糞」では、やはり汚い感じがする。意外性があり、作者がこの題名にした気持ちも分かるが、少し内容

にそぐわないかもしれない。

「北上川〜どこまでも青い空だった日」平明で品が良い文章

僕は、けっこう好きな作品だ。作者の一番大事にしている少年の日を描いた。子供が大人の世界に参加する過程が、良く出ている。いい意味でナイーブで、作者にとって取って置きの題材だと思う。昭和三十年代の懐かしい雰囲気も表れている。これを書けるのは才能だ。

平明で品が良く、とってもいい文章。まじめで、読みやすくテンポがあり、ユーモアもある。非のうちどころがない。

だが「ゲンジ」は死ぬ必要があっただろうか。どうも、その部分のトーンが違い、異物が入った感じ。何とか救ってあげたかった。そこが、文学賞と佳作との分かれ目となった。

作者にはその後の続編をぜひ書いて、読ませてほしい。

「破格の夢」伝わる登場人物への愛

とにかく、作者が書きたいことを、一生懸命に書いている。作者が全身全霊で書いているのが伝わってくる、迫力のある作品だ。何よりいいのは、登場人物を作者が愛している点である。これが全編に貫かれていることが、当選につながった。

確かに説明が多すぎて、回りくどい部分があるし、読者が喜ぶような女性も出てこない。もっと山もあるといい。だが、題材は悪くないし、好感が持てる。説明部分を整理したら、より良い作品になる。文章も、もう少し現代風にしてもいいと思う。

これからたくさん書くうちに、技術的なことはクリアできる。力で書き切る才能を大事にして、

書くことに没頭したら、地味だがいい書き手になると思う。

読売文学賞（第四八回）

受賞作＝伊藤信吉「監獄裏の詩人たち」（随筆・紀行賞）、川本三郎「荷風と東京」、松山巖「群衆」（評論・伝記賞）、高橋順子「時の雨」、白石かずこ「現れるものたちをして」（詩歌俳句賞）、篠田勝英訳「薔薇物語」（研究・翻訳賞）、小説賞・戯曲・シナリオ賞なし／他の選考委員＝大江健三郎、大岡信、岡野弘彦、川村二郎、菅野昭正、河野多恵子、佐伯彰一、富岡多恵子、日野啓三、丸谷才一、山崎正和／主催＝読売新聞社／発表＝同紙一九九七年二月一日

畳み込むように実体を解明　「群衆」について

私たちは日に何回となく「群衆」という言葉を耳にとめたり口にしたりしている。ところが改めて「群衆とは」と問われると、たちまち目は白黒、「大衆が群れているときのことを言う」などと苦しまぎれに答えるものの、そんないい加減な定義では片付くはずがない。困り果てて周囲に援軍を求めるが、日本ではこれまで「群衆とはなにか」について真っ正面から取り組んだ仕事に乏しく、その実体は依然として曖昧模糊《あいまいもこ》としたままであった。

その意味で、松山巖の『群衆』は待たれていた仕事である。漱石、啄木、大杉栄、夢野久作、金子光晴といった文学者の生涯とその作品を分析しながら、著者は畳み込むように群衆の実体をあきらかにして行く。

著者によれば、国家制度と躍進するテクノロジーに追いつめられて行く農村出身者たちが群衆の前身だった。その彼等が、戦後、〈生産性を高めねばならず、効率を上げなければならず、人もモノも大量に集めなければならず、さらにその連環の輪のスピードを上げねばならず……〉という「ねばならず」の使命感に囚《とら》われてやみくもに励んでいるうちに、あるとき、自分たちを追いつめてきた敵対物の国家制度やテクノロジーと一体になってしまった。そこで著者は愕然《がくぜん》としながらこう書きつける。「私もその群衆の一員であった。すなわち、この社会そのものが群衆社会なのだ」と。では、この現実をどう乗り越えて自己本来の姿を取り戻せばよいのか。それは、嘲笑《ちょうしょう》や憫笑《びんしょう》や狂笑ではなく、人を励ます笑いを互いに投げかけ合うことによってであると著者は言う。すばらしい結論である。

岸田國士戯曲賞（第四一回）

受賞作＝松尾スズキ「ファンキー！　宇宙は見える所までしかない」／他の候補作＝岩崎正裕「ここからは遠い国」、鐘下辰男「ベクター」、永井愛「僕の東京日記」、中島かずき「月の輝く夜に－MOON STRUCK－」、長谷川孝治「茜色の空」、杉浦久幸「水面鏡」／他の選考委員＝太田省吾、岡部耕大、佐藤信、竹内銃一郎、野田秀樹、別役実／主催＝白水社／発表＝一九九七年二月

二つの規範

鐘下辰男さんの『ベクター』か、あるいは永井愛さんの『僕の東京日記』か。この二作が競い合うようなら『僕の東京日記』を推そう。しかし二作同時受賞がもっとも望ましい。……そう考えて選考会に臨んだが、これは「岸田戯曲賞は作家が受賞すべき賞である」という規範に囚われていたせいである。『ベクター』は、あまりにもト書きが雄弁すぎるし、『僕の東京日記』は、登場人物の出入りが忙しすぎて、質のいい対話が成立しかねており、それぞれ欠点はなくもないが、しかしお二人ともすでに確乎とした作家であり、それぞれの作風を確立されてもいて、受賞にふさわしい内実を備えておいでだと考えたわけである。

しかし今回の選考会を支配したのは、「作品中心」という考え方だった。それだけ松尾スズキさんの『ファンキー！』には、巨大な熱量が貯め込まれていたのだろう。

それにしても、これは史上空前と言っていいほど躁的な作品である。〈金玉を弾くとシンセドラムになる〉といったようなC級のギャグ（笑わせる工夫）がじつに多く、その一つ一つは、あるいは愚劣、あるいは低級、あるいは下手糞であるが、それらが速射され、間断なく繋げられ、ここまでびっしりと詰め込まれると、どれもこれも不思議な光り方をしはじめるから奇態である。ギャグそのものはC級でも、それらを構成する枠取りの仕方が知的なのだと思われる。

科白は金ピカで安手な飾り（明日には消えていそうな流行語、テレビ画面に氾濫する奇妙な語尾群、甘ったれの若者言葉などなど）だらけで、飾りを取ったら意味の量はほとんどゼロに近いが、しかしこの過剰な飾りが才能でもあるのだろう。また、「宇宙」を持ち出したり、マルクス兄弟に

目くばせしたりして、知的ハッタリも相当なものだが、しかしやはり底流に、これだけは質のいい抒情が流れている。それにまことに通俗的な人情話を、ここまで躁的なスラップスティック劇に仕立て上げるという戦略もしたたかだ。たとえ時流が変わっても、つまり、C級のギャグや科白のケバケバ飾りなどが今ほど流行らなくなっても、松尾さんは、この「戦略」と「抒情」で十二分に御自分の仕事を続けて行くことができるにちがいない。そういう結論に達して、評者は委員会の多数決原理に従った。

考えてみれば、作家中心主義は年功序列主義にすぐ化けてしまうし、作品中心主義は時流便乗主義に容易に転化するし、どちらがいいとは言い切れない。真理はおそらく、この二つの規範の中間あたりにあるはずだが。

直木三十五賞（第一一六回）

受賞作＝坂東眞砂子「山妣」／他の候補作＝馳星周「不夜城」、宮部みゆき「蒲生邸事件」、篠田節子「ゴサインタン—神の座—」、黒川博行「カウント・プラン」／他の選考委員＝阿刀田高、五木寛之、黒岩重吾、田辺聖子、津本陽、平岩弓枝、渡辺淳一／主催＝日本文学振興会／発表＝「オール讀物」一九九七年三月号

てるという妖しい女

なによりもまず評者《わたし》は、最近の新鋭たちの奔馬空を行くが如き旺盛な筆力に、満腔《まんこう》の敬意を表するものである。また大袈裟を言ってるよと、眉をひそめられた方《かた》もおいでだろうが、論より証拠、候補作品五本を机上に立ててごらんなさい。五作中三作までが磐石よりもどっしりと立ち、指で押しても倒れない。それどころか無理矢理押すと指先を痛めかねないぐらい部厚いのである。こんな厚い本を次次に書くのだから、最近の新鋭の筆力はすごいと言うのである。

なにワープロがあるからあんなにどしどし書けるのさと冷笑なさる方もあろうが、いくら便利な筆記用具であっても、作者の頭の中に《表現されるのを待っていることがら》がなければワープロなぞ只《ただ》の場所塞《ふさ》ぎである。ワープロがあろうがなかろうが、書きたいことのある人は書く。それだけのことだ。

——もっともワープロが新しい文章をもたらしていることも事実である。消去、挿入が自在にできるから、文章はとかく「ベッタリの厚塗り」になりやすい。同じ理由で「これでもかこれでもかの形容過多」もはやる。文もいったいに長くなったようである。

物語内容の方《ほう》も厚塗りの文章に合わせて、「おどろおどろしい因果物《いんがもの》」がふえてきたのではないか。かつて寺社の縁日や盛り場でひっそりと語られていた「親の因果が子に報い……」式の因果譚が電子技術の粋を集積した最新の筆記用具から打ち出されてくるのだから不思議といえば不思議である。いや、技術がいかに進んでも、人間の頭の中味は変らない、変りようがないという一証左だろうか。

長い前置き、恐縮である。受賞作の『山姒《やまはは》』（坂東眞砂子）が手書きかワープロか、評者は不案内だが、前置きに引きつけて言うなら、これはワープロ打鍵《だけん》による小説制作のいいところが全部出たような作品だ。形容に形容を重ねた厚塗りの文章はいかにも暑苦しいが、それこそこの「親の因果が子に報い」という物語内容を持つ作品によく適《あ》う。悲劇のネジを巻く中心人物、鍵蔵のわけのわからなさ、御都合主義が目につく第三部と大きな欠点《きず》があるのに読了後、思わず物語の余韻に耳を澄ませてしまうのは、厚塗りの文章に導かれながら悲痛この上ない人間たちの営みをたしかに見たからにちがいない。とりわけ鍵蔵の妻てる（じつは山姒の娘）に感心した。狐か狸か鼬《いたち》かは知らないが、とにかく里山の奥に棲む小狡い小動物に紅白粉《べにおしろい》をつけさせ美美《びび》しい着物を着せたような妖しい美女てるは、その一挙手一投足に人間行動の定型《パタン》をいちいち外す奇妙さがあり、読む側の予断を一切許さない。とくに第一部のてるには凄味がある。

『蒲生邸事件』（宮部みゆき）は、なんといっても結末の、時空を超《こ》えた大きな恋物語の締め括り方が手が込んでいてすばらしく、そういえばこの作家はいつも結末が立派だと感嘆したし、『不夜城』（馳星周）は、電飾の光量目をあざむくばかりの新宿歌舞伎町の最新事情を兄妹心中という古い物語祖型の上に載《の》せ、そこへさらにハードボイルドものの非情を合わせて、生き生きとした小説に仕上がっており、二作とも受賞するにふさわしい内容をそなえていると考えたが、やはりてるの妖しさに惜しくも半歩、及ばなかった。

『ゴサインタン』（篠田節子）は、新しい宗教集団が成立するまで、つまり前半は大傑作である。だが、その集団の核となる女主人公の失踪の理由がやや不分明であり、それを境に物語の質も文章

の質も粗《あら》くなってしまったようだ。

『カウント・プラン』(黒川博行)は短篇の集まり、きびきびと速度感のある、諧謔味を含んだ文体が魅力的である。しかし事件を、犯人側と、それを追う警察側の両面から交互に描くという語り口(物語を産み出す手続き)が常に一定で、ときには読む側を懈怠《けたい》の渕に誘い込む作用《はたらき》をしたのは残念である。

小説新潮長篇新人賞(第三回)

受賞作＝佐浦文香「手紙―The Song is Over―」／他の候補作＝永嶋恵美「INNOCENT KIDS」、蜂谷涼「煌浪の岸」、河合奈緒美「戸外」／他の選考委員＝北方謙三、髙樹のぶ子、縄田一男、林真理子／主催＝新潮社／発表＝「小説新潮」一九九七年四月号

受賞者へのお願い

四本の最終候補作品のうち評者がとりあえず合格点をつけたのは、「INNOCENT KIDS」(永嶋恵美)、「煌浪の岸」(蜂谷涼)、そして「戸外」(河合奈緒美)の三作である。受賞作の「手紙」(佐浦文香)はまったく眼中になかった。

「INNOCENT KIDS」は、顧客の依頼を受けて、男女関係のいざこざを独特の、というよりほとんど犯罪に近い方法で解決して回る二人組の女性が主役である。物語は、この二人に「異性装者」

の青年を助手役にからめながら、速度感のある文章で展開して行く。今回の標的は、ある右翼団体のナンバー2に結婚詐欺を仕掛けることだった……。テンポとリズムは快調、文章は達意、洒落《しゃれ》た展開、そして読後感はさわやか。作者の永嶋さんは前回も最終候補に残ったが、前作と比べてずいぶん手が上がった。難点があるとすれば、肝心の標的の右翼の大幹部に巨《おお》きさがないこと。こんな相手なら私にだって騙《だま》すことができる。読者は誰だってそう考えるだろう。そのへんがこの作品の大きな欠点である。がしかし、小説としての仕上がりは、この作品が一番上だった。ほんとうに「すっきり」としている。でも、なんだって表題を英語にしたのだろうか。

「煌浪の岸」の文章もいい。ちょっと古くなったけれどもいかにも日本語らしい日本語を駆使して、北海道の港町の大きな料亭の日常を活写している。すてきな、泣かせる台詞《せりふ》もたくさんあるし、筋立て、その筋の進め方、いちいち小説の骨法に叶っている。しかし最後のところで、小説の締め括り方に緩みが出た。物語がうまく納まっていない。それに、朝の連続テレビ小説風の、こういう肌合いの作品は珍しくない。この二つに難点があった。

もっとも高く買ったのは「戸外」である。けっこうな大学を出て、けっこうな保険会社に就職した若い女性が、ある日、「なにかに吸引されて」、失業者生活から浮浪者生活に入るというのが書き出しで、評者も一気にこの小説に「吸引」されてしまった。なによりも浮浪生活の細部がよろしい。諧謔味《かいぎゃくみ》を交えながら詳説される浮浪のための生活の知恵のおもしろさ。これがこの作品の大きな魅力である。主人公はこうした原始生活を送りながら、やがてゆっくりと高度産業資本主義社会の生活（つまり私たちが生きているこの社会）へ復帰して行くが、その手掛かりになるのが一台の携帯

電話であるところがじつに暗示的である。他人と交流することの煩《わずら》わしさが主人公を浮浪者生活に追いやり、そして人間であることの証を立てるために、電話による他人との交流へ戻って行くという精神の円環。なかなかよく出来た哲学小説である。なによりもこんなへんな小説に今までお目にかかったことはなかった。よろしい、最終的にはこの作品を推そうと決めて、選考会に出かけたのだが、意外なことに味方がいなかった。

さて、「手紙」であるが、評者は「癒し」という言葉が、甘ったれの匂いがぷんぷんとして、きらいである。ところがこの小説の主題はその「癒し」そのものなので、それだけでもう半分白旗を掲げた。その上、主人公の音楽少年は、作者からも他の登場人物からも甘やかされつづけ、もうべたべた砂糖づけの感傷過多。おまけに文章がひどい。ひどいというより幼なすぎる。さらに神父(旧教)と牧師(新教)の区別もつかず、呆れたことにそれが物語の鍵の一つなのである。その無知の上に砂糖菓子のようなお話が積み上げられている。全編を手紙で書き進めるという趣向もずいぶん古いし、主人公は自作の歌をうたって社会を登りつめて行くのだから、せめて一曲ぐらい、それがどんな歌か歌詞を示すべきだが、それもない。読者はどうやって彼が天才であることを理解すればいいのか。その手掛かりが一切ないのである。この作者は怠け者なのではないか。でなければ読者を甘くみている。……と、悪口がすぎるようだが、とにかく正直にそう思った。さいわい作者はまったく若い。うんと勉強して(古今東西の古典を読む、ごく当たり前の常識を身につける、なによりも文章力を養う)立派な書き手になってください。心からそれをお願いする。

吉川英治文学新人賞（第一八回）

受賞作＝馳星周「不夜城」、服部真澄「鷲の驕り」／他の候補作＝京極夏彦「絡新婦の理」、重松清「幼な子われらに生まれ」、羽山信樹「がえん忠臣蔵」、東野圭吾「名探偵の掟」／他の選考委員＝阿刀田高、尾崎秀樹、野坂昭如、半村良／主催＝吉川英治国民文化振興会／発表＝「小説現代」一九九七年五月号

六作家の長所とその他のこと

東野圭吾氏（『名探偵の掟』）は、これまで物語の構えを大きくとって読者を楽しませてきたが、今回は軽やかな筆捌きとユーモラスな会話で読み手をもてなす。しかも軽さを装いながら、「推理小説によって推理小説について考える」という実験にも挑戦している。だが、あんまり軽くなりすぎて少し貫目が不足した。

羽山信樹氏（『がえん忠臣蔵』）は、新式の義士銘々伝を試みる。江戸火消しの立場から浅野事件を見る趣向と速度感ある文体に感心した。しかし主人公の間新七の気持が後半で迷路に入り込み、せっかくの苦心に曇りが出た。

堅牢な文体を着実に駆使しながら、等身大の人間を描くことに集中している重松清氏（『幼な子われらに生まれ』）の存在は、いまの波乱万丈物語全盛の流れのなかにあって、じつに貴重である。けれども今回は、主人公を見つめる目にどうも甘さが感じられる。

京極夏彦氏（『絡新婦の理』）の膂力の強さは、これまでにいくつもの「破格的探偵小説」を創り上げてきた。しかも今回は、腕力の強さばかりではなく、たとえば、狂言回しを演じる肉弾刑事木場修太郎の造型に好ましい諧謔味が加わり、いっそう深みと魅力とをましている。だが、氏の語感には隙がある。「絶世の未亡人」（二〇〇頁）というような表現が頻出し、その隙間から美点がたくさん外へこぼれ出すのだ。

服部真澄氏（『鷲の驕り』）は、題材の選び方に発明がある。その着眼のよさ、構想力の大きさに、それぞれ千金の値打ちがある。この二つの力によって短所はみんな見えなくなった。ついでながら、読者の興味を次章へ繋げて行く「ひっかけ」の巧みさはみごとだとおもう。

馳星周氏（『不夜城』）の才能は、一に掛かって、物語と文体とに生き生きとした精神のリズムを創り出すところにある。このリズムがいくつもの短所を庇った。とにかく、これほど万端にわたって小気味のよい小説は珍しい。

今回は、服部氏の構想力と、馳氏の生き生きと跳ねるリズムを買って、両作を最高位においた。

松本清張賞（第四回）

受賞作＝村雨貞郎「マリ子の肖像」／他の候補作＝柚木亮二「逆転無罪」、佐佐木邦子「オシラ祭文」、松浦潤一郎「流罪」／他の選考委員＝阿刀田高、佐野洋、高橋克彦、津本陽／主催＝日本文学振興会／発表＝「文藝春秋」一九九七年七月号

『マリ子の肖像』を推すに至った経過

『マリ子の肖像』（村雨貞郎）は、スペインの、さる巨匠が描いたという若い娘の肖像画を軸に、三人の男の、三様の思いを絡ませながら、快調に展開して行く。その三つの思いとは、一つは恋情、一つは復讐への執念、もう一つは真実を追うこころ。それらが互いにうまく張り合って、気持のいいリズムを作り出し、そこから、読みやすさという、またとない贈物が生まれた。もっとも、残念ながら、いくつか短所がある。一つだけ記すと、文章が時折、大袈裟な時事解説文になるのは困る。読者がせっかく作者から提供された物語に酔っているのに、これは無粋というものだ。

『オシラ祭文』（佐佐木邦子）には、詩的な比喩が満天の星のようにきらめいている。羽後秋田の、深い山山に囲まれた養蚕の里を繭に見立て、「里から出て自由になること」を「蛾となって思うままに舞うこと」になぞらえ、捨子を莚に包んで川へ流すことを、〈「能代へ行くだぞ。塩買ってくるだぞ」〉と言う。いずれもすばらしい比喩である。しかし、これらの長所は、二人の若い男女の山里からの脱出劇を曖昧にしてしまうという短所を合わせ持っていた。それに、この山里に流れ込んできて、若い二人の気持を「脱出」へと向かわせる、すてという女が、十五年前に里を出た飯炊きの下女に人違いされるという話の手続きに抜かりがある。詩的な仕立てと、小説としての論理性がうまく統合されていなかったということになる。

『流罪』（松浦潤一郎）は、よく出来た一幕戯曲のように、頑丈な構造である。藩を救うために、わざと反藩的な行動を起こし、幕府評定所の裁決によって二年半も伊豆大島へ流されていた男のと

ころへ、ある夜、藩の重役が、「貴殿を迎えに参った」と、こっそり訪ねてくる。重役の真意はいかに。すてきな着眼である。流罪にされた男がじつはキリスト者で、自決はできないという設定もいい。がしかし、流罪にされた男の心の動きが、話の途中で、もう一つも二つも、見えにくかったのは残念だ。それに、島役人がまったく登場しないというのは、どうであろうか。

評者がもっとも高く買っていたのは、『逆転無罪』（柚木亮二）だった。枚数が少ないのに、どんでん返しを二つ三つと打ち出してくる野心と腕力と執念に感心した。この三つは作家をして作家たらしめる大事な要件だからである。しかし、選考会で、裁判を進める手続きにかなり大きな不備があることが指摘され、評者はこの作品に心を残しながら、代わって『マリ子の肖像』を推した。ほんとうに惜しいことである。ぜひ次の機会を生かしてください。

山本周五郎賞（第一〇回）

受賞作＝真保裕一「奪取」、篠田節子「ゴサインタン―神の座―」／他の候補作＝安部龍太郎「関ヶ原連判状」、江國香織「落下する夕方」、玉岡かおる「をんな紋」／他の選考委員＝阿刀田高、逢坂剛、長部日出雄、山田太一／主催＝新潮文芸振興会／発表＝「小説新潮」一九九七年七月号

選考座談会より

真保裕一氏の「奪取」は五点です。候補作中、無我夢中で読みふけった作品はこれだけでした。

私も時にはいろいろと面倒くさいことを考える読者の一人だろうと思いますが、そういうひねくれた読者でも、変なじいさんの登場で、コロリと手もなく捩《ね》じ伏せられてしまいました。物語がこの変なじいさんの登場で、一つ上の次元へ飛躍しましたね。このあたりの呼吸には、じつにうまいものがあります。

しかもテーマが骨太で、痛快です。国家の基本は、法、言葉、貨幣です。貨幣というものが、私たち国民を縛っている。その貨幣制度に対して、ある種の落ちこぼれたちが揺さぶりをかけて行く。この動的な構図が、作品の推進力ですね。登場人物は誰も気がついてないようですが、真の相手は東建ファイナンスでもなければ帝都銀行でもなく、いまの若い人たちを囲い込んでいる国家体制で、その体制に対する、無意識の反乱ですから詰らないはずがない。

うまい仕掛けだったと思うのは、先行するチーム、それも失敗したチームを用意して、現チームと対比させたことですね。この失敗チームのメンバーが例の変なじいさんであり、ヒロインの父であり、「彫りの鉄」という異名をとる名人じいさんであった。つまり先行チームの失敗の体験や技術が、奇妙なやり方で伝承される。「過去」と「現在」の、二つの時間が同時に進行して行くわけです。これで話に厚味が増しましたし、小説の構造がうんと安定しました。

軍資金の運用にも黒澤明の「素晴らしき日曜日」式の仕掛けがあって、偽金造りの各段階ごとに使える金が決まっているんですね。この資金で日限までに偽札ができるかどうか。時間を搾《しぼ》り機にかけたような切迫感をつくりだしています。

いちばんおしまいで、完璧な偽金造りがいるとすればそれはベストセラーを書く作家であるとい

う落ちがつきます。たしかに、私たち物書きは、あわよくば、偽金のいいのを造りたいと思ってはいるんですが、通用しないのを造ったり、すぐばれるやつを造ったり。このあたりは、小説というものに対するあったかい皮肉があるし、なによりも、最後に、自分の書いた世界全体をぶっ壊してしまおうという気構えに感心しました。そういう気構えから逆算して書かれているわけで、この肝の太さにはなにやら端倪《たんげい》すべからざる気魂がある。無機質な対象にしか情熱が湧かない世代であるとは言いながら、それでも心の動きを結び合わせてストーリーを織って行くという、従来の小説が開発してきた最大の武器をきちんと使ってもいる。そういうところは、この作家の、これまでの代表作である「ホワイトアウト」よりもずっと手が上がっていると思います。

決して、銀行やヤクザだけが相手ではない、それは道具に過ぎず、本当は、今、世界でいちばん強力な発言権を持っている金、一万円札に対する徹底的な抵抗小説、いわば上出来のレジスタンス小説として面白く読みました。

篠田節子氏の「ゴサインタン」は四点です。これは五分の四のところまでたいへんな傑作だと思います。それなら、なぜ五点ではなく四点なのかを申し上げますと、理由は二つあります。一つは、なぜ大自然に行くとそこに神がいるのか。この考えはもう破産したと思うので、そこが引っかかったのです。有象無象《うぞうむぞう》の人間たちが、自分たちの作り出した第二の自然ともいうべき人工世界、つまり大都会でのたうちまわっているわけですが、どうしてその大都会に神が生まれてこないのだろうか。そうでないと、だれも救われようがない。

大自然、ヒマラヤ、世界の屋根、そこに神がいる。ひょっとしたら人類の代表かもしれない二人

がそこへ戻っていって神と合体する。もちろんそういう話があっていい。しかし、ルソー風の「自然に帰れ」では、もうだれも救われないのではないでしょうか。大自然に神がいるという概念はもう破産したと思うのです。ですから読んでいてどうも身が入らない。どうしてそんなことにこだわるかというと、これは「救う」小説ですから、こだわらないわけには行かないのです。救いは、救われたいと思っている人間が大勢いるところで発現しないと、それはホンモノではないのではないか。救いの神が山の中へ現れてもしようがない。宗教を把握するときの作者の位置が当り前すぎて、それが結末に至って弱さとして現れたように思えたのです。

もう一つは、第一の理由と密接に関係してくるのですが、最後の五分の一の話の運びが段取りになってしまった。大自然と一体化してそのとき主人公の心に秘蹟が起るという結末に向って、予定調和的な生ぬるさで、順序を踏んで、機械的に近づいていくという感じがしてならないのです。五分の四までの書き方と、残り五分の一の書き方が違う。文章の密度は粗くなる。作者の気概も弱くなる。小姑的な位置に立って勝手な意地悪を並べているのではないかと、自戒はしておりますが、五分の四まではほんとうに感心していたのに、残りの五分の一で覚めて、また小姑のようなところへ戻って行ってしまいました。

安部龍太郎氏の「関ヶ原連判状」は、古今伝授を中心に据えて、天皇あるいは朝廷という存在を考える。「文」をもって「武」に対抗させる。この作家の着眼のおもしろさ、そして骨太な構想力に、いつも敬服しています。

ただし、前半は入口が見つからないでいらいらしますね。意欲的すぎて、小説自体はちっとも飛

翔しない。ところが古今伝授を軸に話が動き出すと、そうか、これは武力と文化の戦いなのかと焦点が合って、俄然面白くなりました。信長も秀吉も三成も、天皇を廃する方向を考えていたというのですから、たいへんな話です。こんな大きな枠組の物語は空前だとふるえがくるほどですが、しかしどうもそこへうまく到達できなかった。天皇問題は話だけで終ってしまったようで、読み終ってみると、積み残しが多いのです。

それから時折、理解しにくい悪文が現れます。一つだけ例を挙げますと、「春光は幽斎が多門に通勝の供をして都に行くように命じたことに不審を持ち、源兵衛に通勝と多門から目を離さぬようにと伝えてきたのである」。六十字ちょっとの中に、固有名詞が、春光、幽斎、多門、通勝、源兵衛と次々に並んで何が起こったかぜんぜんわからない。それを読者がいちいち整理しなければいけない。これは困ったものです。しかし点数はその野心と着眼を買って三・五です。

江國香織氏の「落下する夕方」ですが、主人公たちは、帰る場所がないということをよく言いますね。浮遊していると言う。これは五木寛之さんの「デラシネの旗」あたりからあった感覚で、決して新しくはないですね。もっとも、この主人公たちは、その浮遊的生き方を好きでやっているところがあって、そこが新しさかもしれません。とにかくこの小説には、社会や世の中の動きがぜんぜん出てこないから、すごい。これも今風なのかもしれません。いずれにせよ、主人公たちは、世の中にしばりつけられながら、同時にその中に放し飼いみたいに浮遊しつつ、帰る場所がないと言っている、そしてその中の一人が、ついに世の中の外へ出てしまう。この間《かん》の、登場人物たちの微妙な関係の、その揺れ方が、読ませどころなのですが、ここに登場する若者たちは、清潔だけれど

も、そろって愚鈍です。ここまで愚鈍では、関係など成立しない。なんだか唖然として三点です。巧者な小説ですが、とてもだるい。

玉岡かおる氏の「をんな紋」は、文章がしっかりしている上に、こう言うと作者に申し訳ないですが、いかにも居そうな人物を小説の黄金律に忠実に配置していますから、安定感があって、手堅い作品ですね。会話も上手です。

でも問題がいくつかあります。プロローグが、読者を誤解させているように思います。母方のおばあさんが女紋の説明をしてくれる。そこから読者が想像するのは、波瀾万丈の女一代記です。読んでみると実はそうではなく、ヒロインが女子師範に入って卒業し、先生になっていく間の短い、そう波瀾万丈でもないお話です。プロローグの間口が広すぎたように思いました。それから、最後の山場が、小説でなくなった。うわあーっといろんなことを書いているうちにわけがわからなくなって混乱している。この作品は、物語を丁寧に読者に提示していくところがいいのですから、物語の運びが、そしてヒロインの気持ちがちょっとでも分からなくなっては、損です。

プロローグによれば、しっかりものの津多が作者の祖母になっている。すると柚喜か佐喜が作者の母でなければいけないわけですが、作者が柚喜の娘なのか佐喜の娘なのかもっとはっきり書かれているといいのですが、最後に洪水になって、洪水といっしょに混乱したまま、登場人物たちは読者をふり捨てて、作者のところへ帰ってしまったという印象です。点数は三点です。今回は厳しかったかもしれません。

直木三十五賞（第一一七回）

受賞作＝篠田節子「女たちのジハード」、浅田次郎「鉄道員」／他の候補作＝藤田宜永「樹下の想い」、姫野カオルコ「受難」、黒川博行「疫病神」、宇江佐真理「幻の声」／他の選考委員＝阿刀田高、五木寛之、黒岩重吾、田辺聖子、津本陽、平岩弓枝、渡辺淳一／主催＝日本文学振興会／発表＝「オール讀物」一九九七年九月号

粒選りの中の粒選り

今回は粒選りが揃った。……と書くと、「それなら、どの作品を推すかを決めるのは大変だったでしょう」と聞く方もおいでだろうが、じつはなんの苦労もなかった。六つの候補作をすべて読み終えたとき、自然に、「女たちのジハード」（篠田節子）と「鉄道員《ぽっぽや》」（浅田次郎）の二作品を推そうと気持が決まっていたからである。つまり、この二作品は、粒選りの中でも、さらに高い質を誇っていた。選考委員のみなさんもだいたい似たようなお気持であったらしく、道中さしたる話もなく、素直に二作受賞に決まった。もっとも、「道中さしたる話もなく」とは、評者がそう感じたというだけで客観性があるかどうかは保証しかねるけれど。

「樹下の想い」（藤田宜永）は、小説の定石群を均整よく配置している。作者は、考えに考えて、小説的人物を、そして小説的筋を創っている。それには大いに感服するものの、じつは計算が行き届きすぎて、計算外のことが起こらないところに難点があるかもしれない。「筆の弾み」で計算外

のことを書かざるを得なくなり、ついつい新しい定石を創ってしまう。そういう箇所がいくつかあれば、これは美しい小説になる可能性があった。

「疫病神」(黒川博行)の、危険な珍道中をつづける二人の主人公の関西言葉による対話はすばらしい。軽みがあり、気がきいていて、しかも滑稽味に溢れている。産業廃棄物問題を作品の動力として仕込んでいるのも時宜にかなう。ここまでは満点だが、二人の主人公が巻き込まれ、同時に分け入って行く事件が曖昧である。皮は傑作、しかし芯は不明瞭。そこで読後感がなんだかすっきりとしないのは惜しい。

「幻の声」(宇江佐真理)は、八丁堀同心の走り使い、髪結い伊三次の捕物帳である。作者は、捕物帳を新しい機知で再生させた。たとえば、主人公の位置がそうで、伊三次は、主人公でありながら、常に物語の中心からちょっと外れたところに位置させられている。その分、伊三次の周りにいる人物たち(たとえば同心の不破友之進、その妻いなみ、そして伊三次の恋人の深川芸者のお文)がそれぞれすてきな魅力を放ちながら浮かび上がることになった。細部が具体的でおもしろく、文章もいい。端倪すべからざる書き手の登場である。もっとも、肝心かなめの事件そのものに謎が乏しい。謎を創る力が加われば、ひょっとしたら伊三次は、八丁堀のむっつり右門旦那や神田明神下の平次親分と肩を並べる名士になるかもしれない。

「受難」(姫野カオルコ)は、若い女性カトリック信者の股間に、より正確には、彼女の性器に人面瘡ができるというお話。彼女はこの厄介な存在を「古賀さん」と呼んでいるが、じつは「古賀さん」こそはリヒテンシュタインの王子様だった……。評者はこれを次のように読んだ。

〈修道院育ちの彼女は、セックスを怖いもの、汚いもの、と信じ込んで成人した。とかく暴走しがちなセックスを「結婚」という制度で制御しようとする総本山で育ったから、そう信じ込んだわけだ。セックスにたいするこの過剰な意識の凝り固まりが人面瘡であって、この過剰な自意識を克服しながら、恋へ、愛へ、次第に心を開いて行く一人の女性の寓話的な成長小説である〉と。

一見ばかばかしいような設定を通して、作者はじつはある種の哲学を論じているのである。評者は何度か吹き出して、充分に楽しませてもらったが、しかし文章が粗いのでよほど損をしている。

「鉄道員《ぽっぽや》」には八つの短編が収められているが、うち四つは大傑作であり、のこる四つは大愚作である。大傑作群に共通しているのは、「死者が顕《あら》われて生者に語りかける」という趣向で、この趣向で書くときの作者の力量は空恐ろしいほどだ。たとえば「角筈にて」を読まれよ。これなどは、近年、稀な名品ではないか。この一編で、大愚作群の欠損は充分に埋められたと信じる。

「女たちのジハード」は、あの骨太な「ゴサインタン」を書いた作者がまさか、と一瞬迷うほど、洒落た作品である。もちろんよく読めば、洒落ているばかりではなく、大手火災保険会社に勤める五人の女子社員の日常を活写する姿勢に烈しい気骨があるとわかる。

なにより感心するのは、現代女性が自分の人生をどう選ぶのか、あるいは選んでしまうのかを、人生の関頭に立つその姿を、もっと云えば、彼女たちの人生の大切な瞬間を、生き生きとしたリズムを内蔵する文章と弾みに弾む会話と軽やかなユーモアをもって描き出したことで、そこにこの作品の栄光がある。

日本ファンタジーノベル大賞（第九回）

大賞＝井村恭一「ベイスボイル・ブック」、優秀賞＝佐藤茂「競漕海域」／他の候補作＝沢村凜「五人家族」、横山陵司「巡回の旋律」、萩原史子「年代記『アネクメーネ・マーキュリー』」／他の選考委員＝荒俣宏、安野光雅、椎名誠、矢川澄子／主催＝読売新聞社・三井不動産販売　後援＝新潮社／発表＝「小説新潮」一九九七年九月号

若い作家たちの腕力

久し振りに大賞が出た。こんなに嬉しいことはない。大賞受賞作品『ベイスボイル・ブック』（井村恭一）は、なによりも文章がいい。どの一行も、作品世界を読者に分からせようとして、はっきりと戦略をもって書かれている。

たとえば比喩。

〈……頭上では、小さな雨雲がピンチに円陣でも組むように尻をそろえて集まりはじめていた。〉

〈箱の底で、飴は脅えた孤児たちのように固まりあっていた。〉

〈（夫人の）口調は平板で、硬かった。ドアと話しているような感じだった。〉

あるいは次のような言い回し。

〈電話に雑音が入りはじめていた。ここでは電話の回線にも雨が降っている。〉

これらの比喩や言い回しは、六年ものあいだ勝ち星のないプロ野球チームが活躍（？）する南の

島の湿った空気と風景、そしてそこに生きる奇妙な魅力を持つ人物たちを存在させるために用いられている。別に言えば、こうした比喩や言い回しなしではこの作品は成立しないのだ。欠点もあるけれど、ここに強く惹かれた。この言語感覚は貴重な宝石。これからも大事に磨き上げて行ってくださるように。

『競漕海域』（佐藤茂）の構想は壮大である。未来の大洪水のあとに、競漕で王を決める国がある。このあたりは映画『ウォーターワールド』で私たちにもすでに馴染みがあるが、作者の大手柄は「ポッド」という不思議なカヤックを発明したこと。ポッドというのは、〈長さが大人の背丈三倍前後、幅はせいぜい大人の肩幅ほど、太さは大人の腕の一抱えほどの、流線型の莢《さや》〉で、じつは潮流に乗って浮遊する生き物の一種なのである。その莢に穴を開け、中の柔らかな粘膜に身体を滑り込ませると、それは生きたシーカヤックになる。本当にすごい乗り物を考え出したものだ。

弱点もある。たとえば、ここには「内海人」と「夜漕族」の、二つの種族が登場するが、彼等の言葉はどうなっているのだろうか。同じ言葉なのか、それともちがうのか。また、地名がむやみに漢字で表現されているが、内海人の言葉は、日本語とどういう関係があるのだろうか。そのへんがなんだか曖昧《あいまい》である。

『年代記「アネクメーネ・マーキュリー」』（萩原史子）は力作である。宇宙に進出した人類の寒々とした現実感、未来へのおそれ、そして地球への愛……。そういった感覚を作品化したのも立派な仕事だった。しかし冗漫な感想が長く続いたと思うと、突如、舌足らずな表現が現れるという具合で、ずいぶん読みにくい文章だ。三割ぐらい削ったら、うんとよくなるはずである。

それに引き換え、『巡回の旋律』（横山陵司）は、じつに読みやすいタイムマシン物である。ただし欠陥は、未来からきた人間に過去の人間があまり驚かないこと。未来からきたという言葉を簡単に信じてしまうこと。そのあたりから作品が緩み出したようだ。

『五人家族』（沢村凜）は、座敷童子《わらし》現象を通しての、なかなかユニークな家族論である。でも、座敷童子現象が起きるには五人では人数不足、やはり十人はいないと成立しないのではないか。そこに最後まで引っ掛かった。

いろいろ勝手な注文をつけたが、しかし心の底では、これだけ長いものをとにもかくにも書き上げた若い作家の方々の腕力にひそかな敬意を抱いてもいるのである。

講談社エッセイ賞（第一三回）

受賞作＝米原万里「魔女の1ダース」／他の選考委員＝大岡信、野坂昭如、丸谷才一／主催＝講談社／発表＝「小説現代」一九九七年十一月号

生き物のように跳ねている一冊

これは米原さんが日露同時通訳という仕事を通して得られた体験や思索を主軸に置いたエッセイの集積であるが、次になにが飛び出してくるか分からない「びっくり箱」のような、ほとんど呆れ返るほど陽気なエピソードと、いちいち急所を突く知見とを満載した、まことに愉快で、また、た

めにもなる一冊である。本全体が一匹の生き物のように活潑に跳ねている。

基調は、爆笑ものの下ネタ話と言語に関する犀利な考察だが、米原さんの筆は、ときに文化比較論へ飛び、ときに国際政治論へ走り、ときに日本人論へと猛進して四方八方に踊り、一ときも一つところに留まってはいない。そこで読者も著者の筆に引摺られて世界中を駆け回り、言語の成り立ちの不思議さや、各国で「常識」とされることがらの面妖さや、現代政治の現場の奇奇怪怪さに立ち会うことになるが、それでも一向に疲れないのは、やはり随所にちりばめられた下ネタ話で笑ってしまうからだろう。そしてまた、著者が辿り着いた結論に思いがけなく生真面目なところを発見して、心を打たれもするからだろう。

なによりも、話の胞子がすべて、著者の実体験から生まれているところが、この本を勁《つよ》いものにしている。

はじめは、文章にゴツゴツと骨のあるのが気になっていたが、いま改めて読み直すと、上下左右に拡がった間口を支えるには、こういう荒法師のような強い文章しかなかったのだろうと見当がついて、なんだか安心した。

小説すばる新人賞（第一〇回）

受賞作＝荻原浩「オロロ畑でつかまえて（「牛穴村　新発売キャンペーン」改題）」、熊谷達也「ウエンカムイの爪」／他の候補作＝永嶋恵美「詐話師たちの好日」／他の選考委員＝阿刀田高、五木寛

―之、田辺聖子／主催＝集英社／後援＝一ツ橋綜合財団／発表＝「小説すばる」一九九七年十一月号―

力作と快作

『詐話師たちの好日』（永嶋恵美）は、詐欺師まがいの、ときには恐喝者すれすれの仕事をこなす女私立探偵の奮闘記である。相手は大学医学部と政界の大物が絡む巨大な悪。図式通りの筋立てだが、文章にリズムがあり、筋の進展にテンポがあって、おもしろく読み進めて行く。だが、臓器移植が表面に浮かび上がってくるにつれて、頁を繰る手が動かなくなる。臓器移植を肯定するならするでいい、作者はそのことを自分の頭と文章で、読者に納得させなければいけない。週刊誌の解説記事程度の説明ですませてはならぬ。永嶋さんの作品をこれまで何編も読ませていただいているが、筋の作り、それを展開する文章、ともに職業作家の水準に達しているのに、いつもここでつまずくのは残念である。選んだ主題に対する書き手側の責任、それについて、もっと悩むことが大事。そうしたらきっといい書き手になれるだろうと、それは請け合うのだが。

『ウエンカムイの爪』（熊谷達也）は、全編に骨太な力作感があふれている。「なにかから逃げ出して」動物写真家になった主人公が、熊を撮ることを通して人間として自立して行くさまがよく描き出されているし、おしまいで、彼が自立を果たすときに熊を撮ることを忘れていたという構成も頑丈であり、気が利いてもいる。なによりも、熊に関する情報が大量に盛り込まれていて、それだけでも充分にたのしめる。主人公と、熊学の権威である小山田玲子とのあいだに、安易な恋愛関係を持ち込まなかったところに作者の清潔な倫理観を見て好感を持った。

『牛穴村 新発売キャンペーン』(『オロロ畑でつかまえて』に改題)(荻原浩)は、文章は軽妙にしてユーモアに満ち、話は風刺の力にあふれて爽快であり、近ごろ稀な快作である。こういう作品に余計な選評は不要、とにかくお読みになって、読者それぞれの立場でたのしんでいただければよい。欠点といえば、題名が少しばかり無愛想なことぐらいであろう。

力作と快作。二つもすばらしい作品に恵まれて、今回ぐらい選者としてのしあわせを味わったことも珍しい。すばらしい作品をありがとう。

谷崎潤一郎賞(第三三回)

受賞作=保坂和志「季節の記憶」、三木卓「路地」/他の選考委員=河野多恵子、ドナルド・キーン、中村真一郎、日野啓三、丸谷才一/主催=中央公論社/発表=「中央公論」一九九七年十一月号

供物二作

『季節の記憶』の同じ頁に、次のような文がつづけて現れる。「ナッちゃんが来てからなんだか身辺が平穏じゃなくなった」「ナッちゃんが来て以来このあたりの気流が急に乱れはじめたようで、……」

ナッちゃんというのは、「事件の連続こそが日常」と思い込んでいるらしい、新来の、近所に住

む女性で、語り手の「僕」はそういう人間が苦手なのだが（その理由は作中で明かされる）わたしはこのあたりから、この小説に大きく心を揺さぶられはじめていた。

「僕」は、ナッちゃんとちがって、「これという出来事がなにもないのが日常であってほしい」と願っている。なにも起きない日常を大切に積み重ねて行き、その中を静かに流れて行く時間の一秒一秒をしっかりと味わうこと、それが生の意味だと考えるようになっている。

この対比はみごとだ。時間は、放っておいてもやがてすべてを劇的なものにしてしまう（時間が生み出すものは、青春も、老いも、そして死も、みんな劇的だ）。それならせめて日常だけでも劇的になるのは避けよう。これは、これからかなり有効な生き方になるはず。このような新しい生の在り方を、しなやかな文体で提示し得たことに敬服する。とにかく劇的なるものを書くことが小説であるとしてきたこれまでの文学の伝統へ、この小説は反対側からなにか豊かな供物を捧げたのである。

『路地』は、七つの短編を重ねながら、ある小都市に住む人びとの生活と気質とをゆっくり浮かび上がらせようという、機知に富む趣向を持っている。

それにしても、一編ごとに登場する一人あるいは二人の主要人物を説明するときの、一筆書きの一代記がすばらしい。小説技法の枠を尽くしているばかりか、ときにそれは詩でさえあった。俗なる生を詩にまで高めた仕事、これも文学の伝統への清らかな供物であろう。

一九九八（平成十）年

読売文学賞（第四九回）

受賞作＝村上龍「イン ザ・ミソスープ」、小島信夫「うるわしき日々」（小説賞）、岩松了「テレビ・デイズ」、マキノノゾミ「東京原子核クラブ」（戯曲・シナリオ賞）、河盛好蔵「藤村のパリ」（随筆・紀行賞）、渡辺保「黙阿弥の明治維新」（評論・伝記賞）、前登志夫（詩歌俳句賞）、研究・翻訳賞なし／他の選考委員＝大江健三郎、大岡信、岡野弘彦、川村二郎、菅野昭正、河野多恵子、佐伯彰一、富岡多恵子、日野啓三、丸谷才一、山崎正和／主催＝読売新聞社／発表＝同紙一九九八年二月一日

演劇史を鮮やかに覆す　「黙阿弥の明治維新」について

これは歌舞伎狂言作者、河竹黙阿弥の評伝である。しかしただの評伝ではない。著者は、山ほどもある資料を読み抜き、ときには黙阿弥自身の談話までも疑い、歯切れのよい文章で明晰《めいせき》な論を展開し、これまで通用していた定説を片っ端から打ち砕き、新しい黙阿弥像を創り出した。けだし文

による一偉業である。これは決して過賞ではない。

黙阿弥についての定説の最たるものは、逍遙の「江戸演劇の大問屋」というやつだが、著者は資料を読み抜いた末、これに否を唱える。著者によれば、黙阿弥こそ日本近代演劇の始祖であった。したがって、例の「日本の近代劇は川上音二郎や二代目市川左団次や小山内薫にはじまる」という定説も、みごとにひっくりかえることになる。そうなると、近代化の波は西洋から一方的に押し寄せてきたという定説もくつがえり、黙阿弥は近代を内包していた人物の一人ということにもなる。

このあたりの論の展開は、ひときわあざやかで、近代演劇史の書き替えを要求する快作となった。また、黙阿弥の代表戯曲の注釈書としても重宝するはずで、劇を書く仕事もしている評者には、黙阿弥劇の七五調の台詞の分析が、たいへん勉強になった。

直木三十五賞（第一一八回）

受賞作＝なし／候補作＝北村薫「ターン」、折原一「冤罪者」、京極夏彦「嗤う伊右衛門」、桐野夏生「ＯＵＴ」、池上永一「風車祭」／他の選考委員＝阿刀田高、五木寛之、黒岩重吾、田辺聖子、津本陽、平岩弓枝、渡辺淳一／主催＝日本文学振興会／発表＝「オール讀物」一九九八年三月号

度がすぎれば毒

ここによく知られた話がある。西洋のだれだったか、とにかく偉い文学者がこんなことを云った。

「王が死んだ。それから王妃が死んだ」

これはただの記述である。二つの事件の間には特別な因果はない。

しかし、次の言い方はどうか。

「王が死んだ。そこで王妃が死んだ」

二つの死の間に、なにか因果関係のようなものが生じた。謎が懐胎され、物語が始まる。

このように、接続詞一つで、謎を作り出し、その謎によって、読者の「読む行為」に、推進力を与えるのが、作家の仕事である。ほんとうに小説や戯曲に謎は大切だ。

しかし、ほどほどなら薬、度がすぎれば毒、最近の新鋭たちは謎を作りすぎていないか。今回の五編の候補作すべてに云えることだが、わが新鋭たちは、物語を複雑にしすぎているように見える。もう一つ云えば、物語をできるだけややこしく作ろうとする癖がある。これは一種の文学的病いではないだろうか。

「冤罪者」（折原一）も、その典型の一つ。これは力作、ある冤罪事件を軸に、「この瞬間も誰かに見張られているのでは……」という神経症的な強迫観念を的確に言語化し、小説にしている。現代の読者は、たいていがこの強迫観念の持主であるからとても他人事とは思えず、そこで小説に引込まれて行くわけだが、じつは読者の熱中を妨げるものがある。たとえば、現在から過去（その過去も、大過去、中過去、近過去とさまざまである）へ、過去から現在へと、煩瑣に行われる時間操作がそれだ。しかもその操作を司る主人公のルポライターに魅力がない。事件を切り刻み、前後を並べ変えて、謎を発生させるのも大事であるが、この作品の場合、その度が過ぎて、かえって感興

を殺ぎ、登場人物の彫りを浅くした。

「ターン」（北村薫）には、才気が溢れている。「君は……」という二人称小説が三人称小説に変わるときの快感。「その世界」と「現世」との通路が電話の送受器しかないという仕掛け。ヒロインに襲いかかる危機を作り出す「ターン」の時間のずれ。そのどれにも機知がある。しかし、作者は、簡潔に書かれるべき前半部分をややこしく作りすぎ、読者に門前払いを食わせている。

「嗤う伊右衛門」（京極夏彦）の作者は、すでに大勢の愛読者を持つ実力者である。その力量のほどは、伊東喜兵衛という「悪」の造型のみごとな深さにも表れている。はっきりした原因がないのになんとなく不機嫌、その不機嫌が泥となって腹中に溜まり、堆積されたその泥の塊が喜兵衛の悪事の原動力になる。そこでこの悪人は、不機嫌の中で生きて行かざるを得ない現代人の心にぴたりと吸い付いてくる。喜兵衛のような上司はどこの会社にもいそうである。つまり、この作品は「時代小説のふりをした現代小説」で、その知的なからくりも作者の力量を窺わせるに充分であるが、しかし作者は登場人物たちの心理をいじりすぎ、ややこしくしすぎた。そのせいで、せっかくの大きな力量が小さくちぢこまって表現されてしまった感がある。

「風車祭」（池上永一）の馬力と筆力に脱帽する。また、南の島の空気の熱さ、風の匂い、梢を渡る風の音、その下で生きる、これまた独特の感受性を持った島民たちなど、もっとも言葉にしにくいものに、とにかく言葉を与えて読者の前に提供し得た力業にも敬意を表する。さらに、南の島の人びとの生活に下す作者の批評も、いちいちおもしろい。しかし、作者の、この馬力と筆力が、じつは文学的な遠近法を失わせてしまったのではないか。ただ均質にびっしりと、ややこしく書いて

あるので、なにが大事で、なにが大事でないかが、はっきりしない。そこで読者は「読む地獄」を味わうことになった。

さて、今回、評者がもっとも高い評点を付けたのは、「ＯＵＴ」（桐野夏生）である。冒頭の弁当工場の夜勤の光景から第一の死体解体のあたりまでは快調そのものの運びで、まったく完璧である。主婦四人の性格も、そして彼女たちが陥っている孤独の質も、深く、よく描けている。ない金で買物をさせられ、帰るべき家庭を失って宙づりになり、「わたしはちゃんと生きている」という生きる基準を失った現代の人間の不安を、四人の主婦に担わせて、それを人格化し、物語化したところは、称賛に値いする。文章もいい。この物語を語るには、この文体しかない。物語自体がこの文体を生み出したのだ。

だが、主婦たちが死体解体処理業に乗り出すあたりから様子がおかしくなる。さらにリーダー格の香取雅子（すばらしい人物造型）が「敵」の佐竹光義と、たがいの暴力によって流れ出た血の海の真っ只中で性的に交わりながら、「今、あんたがわかった。二人は同類」と了解するクライマックスは、作者の意図は充分に尊重しながらも、一読者としては、「話をややこしくしすぎて、最後が絵空事になってしまったのでは……。惜しい」と呟やかざるを得なかった。

文学的な手続きが十全であれば、どんな荒唐無稽なことでも、それは「真実」になる。才ある作者は、その才にまかせて、話をややこしくしすぎた分、手続きに手抜かりが生まれ、かえって、「絵空事の真実」を作ってしまったようである。選考会で評者は最後までこの作品を推したが、しかし最後の最後に折れてしまったのも、頭のどこかにあった、「最後が絵空事になってしまったの

では……」という疑問を払い切れなかったからにちがいない。

小説新潮長篇新人賞（第四回）

受賞作＝秋山鉄「居酒屋野郎ナニワブシ」（「夜の熱気の中で」改め）／他の候補作＝半田浩修「画用紙にかいた夏」、池永陽「アンクルトムズ・ケビンの幽霊」／他の選考委員＝北方謙三、北原亞以子、林真理子／主催＝新潮社／発表＝「小説新潮」一九九八年四月号

物語と文章と

たしかに近代の小説は、小説という表現形式を疑うこと、物語へのもたれかかりをやめること、文章そのものの美しさを発見すること、人間の意識の流れを追い求めること、超現実領域を押しひろげることなど、それまでの「小説とは、物語と、それを伝える文章によって成り立っている」という大前提に逆らう方向にも発展し、それによって多くの文学的果実を収穫した。そのことを百も二百も認めた上で云うのだが、たとえば極端な話、「物語を拒否する小説」でさえも煎じ詰めれば、「物語を拒否するために役立つ『物語』」を必要とするのであって、わたしは、やはり大前提に立ち戻って、物語と文章とを重視しないわけには行かない。とりわけ、このコンクールは、おもしろい物語と、いきいきとした文章とを吟味される場であることはたしかだろう。

『アンクルトムズ・ケビンの幽霊』（池永陽）は、文章は手堅いけれども紋切り型が多く、その上、

物語にあまりにも難点がありすぎた。町工場の主任鋳物師と外国人労働者との人間関係を描こうとした前半はとてもいい。すばらしい題材である。だが、後半、主人公の主任鋳物師が、過去に犯した「小さな罪」に気づくあたりから、せっかくの物語が突然、その精彩を失う。主人公の型に嵌まった感傷的な正義感と臆病な行動とが、物語を陳腐なものにしてしまった。ここから先に書くことは、あるいは作者には余計なお世話だろうが、全編、主任鋳物師と外国人労働者との関係を書くことで押し通したらよかった。そうすれば、これは日本人なら、どうしても今、読むべき物語になったはずだし、逆にそういう物語は、いきいきとした文章を書くことを作者に要求したにちがいない。

『画用紙にかいた夏』（半田浩修）の欠点は文章にある。夏の浜辺で織り出される人間関係の網が、知らぬうちにそれぞれの精神的な傷を癒すのに役立っていたという物語のつくりや、ときおり現れる気の利いた表現に、作者の才能がはっきりと感じられるけれども、しかし、ここにある文章は、多くの場合、ほとんど日本語になっていない。この作者は、自分の才能を信じていい。しかし、自分の綴った文章を百回も二百回も読み返しながら、その練度を上げる修業が必要だ。でないとせっかくの才能が死んでしまう。

『夜の熱気の中で』（秋山鉄）は、居酒屋のすべてを内側から書いてやろうという、作者の熱のこもった姿勢が、物語と文章に力を与えている。作者一人だけが面白がる独りよがりな癖、二人の重要人物がじつは実の親子だったというような、とってつけたような人間関係、過剰すぎる男性賛美主義《マチスモ》、そして登場人物を簡単に殺してしまう癖……欠点は少なくないが、しかし、居酒屋の閉店までの顚《てん》末《まつ》をどうしても書かずにいられないという作者の情熱が、物語と文章に快い緊張を与え、それが共

同体についてのおもしろい物語と、いきいきした文章とを生み出している。これを書かずにいられようかという燃えるような情熱。ひょっとすると、いい物語といい文章を生み出すのは、この狂的な情熱なのかもしれない。

岸田國士戯曲賞（第四二回）

受賞作＝深津篤史「うちやまつり」／他の候補作＝大森寿美男「男的女式」、鐘下辰男「寒花」、高泉淳子「こわれた玩具」、永井愛「見よ、飛行機の高く飛べるを」、長谷川裕久「美貌の流星」、マキノノゾミ「東京原子核クラブ」／他の選考委員＝太田省吾、岡部耕大、佐藤信、竹内銃一郎、野田秀樹、別役実／主催＝白水社／発表＝一九九八年五月

平凡な会話の非凡さ　「うちやまつり」について

ここは平凡な団地の、平凡な空き地。それも正月である。したがって、そこで交わされる会話や対話は、当然、紋切型の挨拶や、それに毛の生えた程度の、じつに平凡な会話にならざるを得ない。ところが、舞台の時間が経過するにつれて、それらの平凡な紋切型の挨拶や会話のあちこちから大小無数のトゲが生え出し、そのトゲが見る間に生き物のように成長して長い触角となって絡み合い、深い謎を孕み始め、他人とはできるだけ付き合いを避けようということを念願にしているらしい登場人物たちが意外にも「性的な力」によって結びつけられていることがわかってくる。それに

つれて、何の変哲もないこの団地の空き地が、大勢の人間たちの殺意を埋めた一種の「聖域」に変って行く。

一見平凡な挨拶や会話を積み重ねて、空間と人物とを、ここまで一気に変貌させた作者の力量に感心した。感心したことは、これだけにとどまらない。

次に作者が持ち出してきたのは、空き地に捨てられた何本もの古いテープで、どうやらそれは盗聴テープらしい。盗聴されている会話は、当たり前のことだが、もっとも私的なものに属する。

空き地という半ば公的な空間で交わされる平凡な会話と、秘密のたくさん詰まった私的な会話。極端に質のちがう二種類の会話が、みごとな対位法で展開して行き、劇はやがてアンチクライマックスを迎えるが、最後に「聖域」と見えた空き地が、やはりただの空き地に戻ってしまう。

そして、後にのこるのは、「わたしたち現代人は、ひょっとすると、性的なことがらを介してしか意思の疎通ができないのではないか」という、あまりにも苦い思いである。ここに痛烈な現代批判がある。

この批評精神をもって、この作にあらわれた会話の水準を保つことができれば、この作者の未来はつねに明るいはずである。もちろん作者の行く手に高い壁が何度も立ちはだかるにしても。

吉川英治文学新人賞（第一九回）

―受賞作＝花村萬月「皆月」／他の候補作＝桐野夏生「ＯＵＴ」、黒川博行「疫病神」、佐藤多佳子―

「しゃべれどもしゃべれども」、瀬名秀明「BRAIN VALLEY」、藤本ひとみ「侯爵サド」／他の選考委員＝阿刀田高、尾崎秀樹、野坂昭如、半村良／主催＝吉川英治国民文化振興会／発表＝「小説現代」一九九八年五月号

才能満載「皆月」について

この賞は、またも、すばらしい作品と巡りあった。

小説の三分の二までは、語り手もかねている主人公の転落のありさまが、小気味のよいテンポで、それも上質のユーモアで語られる。だからとても読みやすい。

主人公はコンピュータを駆使して橋梁設計の力学的計算を行なって生計を立てる、一応は「ちゃんとした人間」だが、その彼が、ある日突然、妻に逃げられた。妻の書置きの「みんな、月でした」という一行が深い謎。その謎が読者を強く惹つける。気がつくと、主人公は妻の弟のチンピラヤクザの居候に堕《お》ちていて、ゲイの青年に殴られて前歯を折られるやら、経営の近代化を志すヤクザの事務所のコンピュータ係に雇われるやらしながら、やがてソープの女に養われ、ついには女の貸金の取立屋にまで成り下がる。

この堕ちて行く過程を、作者は、性交描写をはじめとする濃厚な性的場面を次つぎに並べながら表現して行く。どの性交描写もじつに正確だ。がしかし、これまで、こんなに清潔で清純な性交場面を読んだことがない。これだけでも大したものなのに、作者は、それらの性的場面に、「なぜ、世界はこれほど愚劣で、惨めなのか」という主題を、うまく織り込んだ。非凡である。それに、登

場人物が端役の端々まで生き生きと描かれていて、そのたびに作者の才能を実感させられた。

残りの三分の一は、これからお読みになる方のたのしみのために取っておくが、ここではカラリと仕上がった抒情性と、小さいけれど愉快などんでん返しと、そして愚劣で惨めな世界に微かな光を見出す作者の向日性に目をみはった。

性的で清潔で後味がよくておもしろくて深くて、これは文句のつけようのない、いい小説である。

松本清張賞（第五回）

受賞作＝横山秀夫「陰の季節」／他の候補作＝新井政彦「シリウスの雨」、河井良夫「代役」、竹内大「公事だくみ」、大内曜子「理由」／他の選考委員＝阿刀田高、佐野洋、高橋克彦、津本陽／主催＝日本文学振興会／発表＝「文藝春秋」一九九八年七月号

『陰の季節』の作者を推挙する

予選を通過した五つの作品のうち、評者がとくに感心した三作品について書く。

『公事だくみ』（竹内大）は、江戸期の、民間での争いごとを表になり裏になりして仲裁する公事師（今で云えば、弁護士と私立探偵を合わせたような仕事）を題材に仰いでいる。この着眼はすばらしい。作者は宝の山を発見した。この公事師を狂言回しにして、百も二百も連作ができそうである。作者は、どうか、この主人公を大事にしていただきたい。もっとも、題材発見の手柄はめざま

しいが、途中から文章の質も話の運びの調子もぐんと落ちてしまったのは、ほんとうに残念である。

『理由』（大内曜子）の文章には、艶と華と弾みがあって、これは疑いもなく才筆である。年上の妻がいて、彼女を愛する夫がいる。あるとき、その夫が妻を殺してしまった。夫はどこで人生をまちがえてしまったのか。短い枚数で、この二人の半生を描き切ってしまう筆力にも脱帽した。夫が人生をまちがえてしまうのは、それまで美しいと信じていた妻の本性が、じつは欲の深い、「凄惨にやつれた、品のない老女」だったからだと作者は云うが、これではあんまり当たり前すぎる。二人の関係を視る目にもう一つ、鋭さと深度があれば、まちがいなく傑作になっていたはず。惜しいとしか言いようがない。

もっとも気に入ったのは『陰の季節』（横山秀夫）であって、まず、警察内の人事問題を真っ正面から扱っているところが新鮮である。三年前、県警の刑事部長を最後に勇退した大物のOBがいる。退官と同時に、警務課で用意した天下り先のポストに収まったが、そのポストの任期も県警の異動期に合わせて間もなく切れる。ところが、この大物OBが「辞める気はない」と宣言するから、人事担当者は困り果ててしまう。……こんな体裁の警察小説がこれまであっただろうか。この作者もまた新しい鉱脈を発見したのである。

どうして大物OBはルールに逆らってまで辞めようとしないのか。この謎の解明が本作品の本体であるが、作者は読者のためにじつに皮肉でおもしろい場面を用意した。その場面は、十分に描き切っているとは言いがたいのだが、それでもたしかにおもしろい。この場面をつくりだした手柄も買って、評者はこれを第一位に推《お》した。

山本周五郎賞（第一一回）

受賞作＝梁石日「血と骨」／他の候補作＝東郷隆「そは何者」、花村萬月「鬱―うつ―」、佐藤多佳子「しゃべれどもしゃべれども」、重松清「ナイフ」、瀬名秀明「BRAIN VALLEY」／他の選考委員＝阿刀田高、逢坂剛、長部日出雄、山田太一／主催＝新潮文芸振興会／発表＝「小説新潮」一九九八年七月号

選考座談会より

東郷隆氏の「そは何者」は三・五点です。どの一篇をとっても、登場する作家たちの作品を徹底的に調べ上げて、それぞれの文章の呼吸をうつしながら、雰囲気を伝える技術には素晴しいものがあります。

ただ、泉鏡花や永井荷風がむこう側、あやかしの世界につながる者だったというのには、疑問を持たざるを得ない。われわれ日本人が共有する文学的記憶にそぐわないのです。それでイライラしながら読まざるを得ない。僕も「学生」というのは秀逸な作品だと思いました。各篇をこういう形で展開してほしかった。川端康成は、目のギョロッとした変な東大生として出てくる。これは読者も共有している文学的な記憶ですね。向こうの世界とつながっている者というふうには書かない。そうしておいて、みんなが知っている「伊豆の踊子」の裏側を書いていく。パロディーとしても切れ味よくみごとに成立しています。

それから、余計なことかもしれませんが、戦後の浅草のストリップ劇場に、小道具部なぞありようがない。小道具は文芸部の受け持ちです。ストリップ劇場はむかしからリストラが上手でいつも人手不足、小道具部など設ける余裕がないんですね。これは浅草軽劇場の劇場のことをもう少しお調べになると、すぐわかります。これを読んでから、なんとなく全部が疑わしくなったのはたしかです。

花村萬月氏の「鬱」は四点です。気になったのは、まず平河由美枝という少女の両親が、キリスト教者である。青田という人物はつるっ禿のキリストらしい。そしてアルイジオ・ユキコというブラジルの日系人の女工さんを殺す時に、十字架を使う。こういうふうにキリスト教をちらつかせながら話を進めていくのですが、どうしてキリスト教なのか私にはよくわからなかった。そこで道具というのか、作者の知的虚栄心を満たす程度でとどまってしまった。

何組かの肉体関係がありますが、これもあまり変わりばえしないもので、セックスシーンを書いたら当代一という花村さんにしては、ちょっと曲がなかったかもしれません。しかし、作法にとらわれずに、めちゃくちゃやってみようという意欲を買って、三点に一点を足しました。力があるからいろいろやる。しかし書いていくうちに設計がかわって、最後で結論を出しそこなっているところなぞは、私のような旧人から見ると微笑《ほほえ》ましい。若い方の勇猛な冒険心に一点捧げます。

佐藤多佳子氏の「しゃべれどもしゃべれども」は三・五点です。すべて予定調和の見本のような感じを持ちました。例えば、無愛想な十河《とかわ》五月というワープロのオペレーターが、話し方教室の生徒の一人になるのですが、登場した途端、彼女が結末でどう変るかがわかる。そこで、読者に対し

て迫る力が弱くなるような気がします。

それから、語り手を兼ねている三つ葉という噺家が、花村さんと同じことなんですが、自分の気持ちを都合よくしゃべりすぎる。すべて作品というものは、作者が危機をつくって、登場人物にその危機を乗り越えさせるわけですが、もっと飛んでもない危機を設定して、作者は青くなってそれを乗り越えないといけないんじゃないか。全体に作者の都合のよいような危機が多いのですね。作者の計算が見えすぎるのではないでしょうか。

ただ一人、それを乱したのが、湯河原太一という毒舌家の野球解説者で、私にはたいへん新鮮だったので、湯河原太一さんに票を入れて三・五になりました。

重松清氏の「ナイフ」では、五篇とも、当人か子供が学校でいじめにあっているんですね。主題が統一されていて、しっかりしたいい文章ですが、ちょっと人工的に小説をこしらえるところが、それが好きな読者にはいいでしょうが、私にはちょっとクサイという感じがしました。作品の中で完全に扱いきれない仕掛けをちらつかせるところも疑問です。そのせいでしり切れとんぼになる。それから、いじめにはルールがあって、たとえいじめられても絶対に先生や大人や親に密告しない。これはとてもおもしろい発見で、たいへん感心しました。ところが、これが繰り返し出てくる。すごい主題がだんだん色あせてくる。残念ですね。もったいないです。

とくに僕が気にいったのは、「エビスくん」という作品です。これは、重松さん独得のちらつかせる仕掛けがなくて、さっぱりしているんです。しかも話の組み立てにウィットがある。今度エビスくんという転校生が来るから面倒を見てやるようにと先生から言われて、すっかりその気になっ

ていたら、実はエビスくんはとんでもないいじめっ子だったというひねった設定で始まる、とてもうまい作品ですね。点数は、いろいろ言ったわりには高くて、四・〇です。いい短篇集でした。

瀬名秀明氏の「BRAIN VALLEY」はたしかに小説ですね。ただし、失礼なことを言いますが、下手な小説です。ものすごいテーマが続々出てくるのですが、それがどうも一つにまとまらない。科学は倫理を意識した瞬間に科学でなくなるか否かは二十世紀の最大の思想問題です。また、神の啓示は神を見たものの脳を超えることはできない。だったら、脳が神を見るわけだから、脳の質を高めればもっといい神が出てくるはずだというのもすごい面白いテーマなんです。しかし出てくるだけで、一つにならない。しかも、それが展開されていくと、いつか見たハリウッド映画のシーンみたいのばっかり出てきて、どうも月並みですね。テーマに細部が負けている。

特にいけないと思ったのは、ジェイという少年が邪魔になって、作者が殺してしまったこと。一生懸命読んできた読者にとっては、裏切られたという感じ。未来をたっぷり持つこの少年こそ、生きのこるべきではなかったか。これまで誰も見たことのなかった関係や光景をつくること。小説家にもっとも必要だと思われることができていない上に、大テーマをまとめるために、結局は民俗学へ戻ってみたり、なにもかも竜頭蛇尾に終わっているような気がします。三・五です。

梁石日氏の「血と骨」は、欠点がめちゃくちゃに多い作品です。例えば、事件、人物、描写、すべてに濃淡がなく平べったい。金俊平の生き方が数回変わりますけど、その理由はまったく不明。歴史を記述する段になると、文章に教科書的な生硬さがあらわれる、とさまざまな欠点はありますが、すべてを超えて――そういうたくさんの欠点をふっ飛ばす大きな力があります。主人公に人間

の運命というものがくっきりと刻み込まれている。これほど自己中心の、男性中心の生命力溢れる神話的な人物も、しかし、やはり年齢を加えていく。老いる、病いに悩む。そして死がくる。これが人間の条件ですね。それが主人公の五体に仕掛けられている。しかも主人公はその人間の条件に、負けを覚悟で闘いを挑む。その神々しさ。そういったことが理屈抜きでわかる。そこが凄い力業《ちからわざ》です。一方にすべてを諦めた奥さんがいて、他方に諦めない男がいるという対比を通して、結局は人間が授かっている生命の、強さと弱さという、普遍的な大テーマに行き着く。それがこの金俊平さんを通して出てくるんですね。ほんとうに感動します。

この小説自体が金俊平さんそのもので、下手な文章をこれだけ読まされるのは、暴力みたいなものですが、昔話を聞くときのように、人間の心に深く触れる力がこの小説に宿っている。読む者をぐいぐいと引っ張っていく不思議な、しかし原初的な力があります。五・〇です。

今回は、たとえ小説技法が下手でも、いい小説は成立するという真理が確立したような気がします。人間のもっている一番基本的なものに、まともにぶつかるならば文章の力で、とんでもない人間をつくり出すことができる。今回はそのことを教わりました。

直木三十五賞（第一一九回）

――受賞作＝車谷長吉「赤目四十八瀧心中未遂」／他の候補作＝重松清「定年ゴジラ」、なかにし礼「兄弟」、東郷隆「洛中の露」、梁石日「血と骨」、宇江佐真理「桜花を見た」、乙川優三郎「喜知次」――

／他の選考委員＝阿刀田高、五木寛之、黒岩重吾、田辺聖子、津本陽、平岩弓枝、渡辺淳一／主催＝日本文学振興会／発表＝「オール讀物」一九九八年九月号

秀作を得てよろこぶ

「桜花《さくら》を見た」（宇江佐真理）は、江戸の時空間の把握に疑問がある。切絵図や名所絵をもっと読み込んで、もう一度、江戸という都市を摑み直された方がいい。話のつくりもずいぶん安直だし、なによりも、このあいだまでたしかにあったはずの、素直で清潔な持ち味が、なぜかすっかり汚れてしまっている。

「喜知次」（乙川優三郎）は、筋立てに無理がある。ここにたがいにほのかに慕い合う兄と妹がいる。兄妹ゆえに結婚は諦めざるを得ないが、じつは二人は血がつながっていない。つまり結婚してもよかったのだ。そのことは当然、親たちも知っているはずなのに（なにしろ自分たちがそういう養子縁組を仕組んだのだから）、彼らはそのことを二人に告げようとしない。そのせいで悲しいことがおこるのだが、これにはほとんど呆然となった。こんなに無責任で、ひとでなしの親は、これまで見たことがない。

「洛中の露」（東郷隆）の作者は比類のない勉強家であって、その知識の幅と深さには毎度、驚嘆させられる。しかし、その分だけ、想像の翼が小さくなり、困った揚句、妖怪変化の棲む世界へ逃げ込むいつもの型に、今回もまたはまってしまった気味がある。勉強の成果がうまく生かされていないのが残念だ。ないものねだりは承知だが、この設定であれば、戦国の世を裏で仕切っていたの

は、じつは金森宗和と古田織部の二人の茶人であったというところまで話を持って行き、公定の戦国史を東郷流にひっくり返す手もあったはず。

「定年ゴジラ」(重松清)は、文章も小説技術もうまい。たとえば第七章の、十二枚撮り使い切りカメラを軸に話を進めて行く手際のあざやかさには舌を巻いた。さりげなく最新のトピックを盛り込む技にも敬服せずにはいられない。だが、全体に信用できないところがあって、一例をあげれば、六十代の人間のセクシュアリテ(性、性現象、性生活、性的欲求など)を、いったいどうお考えなのだろうか。性と決定的に決別しなければならないのが六十代である。したがって頭の中は、性に急接近する十代の若者と同様に、セクシュアリテに関することがらで一杯なのだ。ここに触れずに定年後の人間が書けるだろうか。ところが、ここに登場するのは、セクシュアリテと縁を切った人たちばかりで、あまりにもきれいごとにすぎる。そこになにか信用のできないものを感じた。

「兄弟」(なかにし礼)は、つねに希望を現実と錯覚する(したがって、楽天家の、浪費家の、自分勝手な、嘘つきの)兄の一生を、彼によって引きずり回されてきた弟から見るという仕立てになっている。有り金を注ぎ込んで用意した網に鰊が押し寄せてくる場面をはじめ、いくつかの名場面があり、途中で声(ことば)を失う母の存在も効いており、それらを綴る文章には、いたるところに聞かせどころや読ませどころがちりばめられていて、ここまでは申し分のない上々吉の出来栄えである。ただし、作者は、自分の分身である弟(同時に語り手)にずいぶん甘い。そこで「こういう兄がおりました」という〈ものがたり〉の域から離陸することができなかった。いや、離陸はしたけれど、空の高みを自在に飛ぶまでには至らなかった。

「血と骨」（梁石日）は、リチャード三世とリア王を合わせたような神話的人物を創造し得た傑作である。もちろん欠点はある。人物、事件、そしてそれらの描写に濃淡がなく、歴史の記述は教科書のように生硬で、主人公の金俊平の生き方が数度にわたって変わるのにその理由が不明瞭であるなど瑕《きず》は多いのだが、それでもとにかく、金俊平という途方もない巨人をみごとに出現させ、十二分に生きさせ、そして完膚なきまでに老いぼれさせたところは、一つの文学的偉業であったといってよく、これに匹敵する小説は、当分出てくるまいと思っていたが、じつはこれを凌駕する秀作が現れた。「赤目四十八瀧心中未遂」（車谷長吉）がそれである。

文章は平明。しかしときに大出刃よりも強くすっぱりと人物の心理を裁断し、ときに柳刃よりも繊細にはたらいて一つ一つの情景をくっきりと描き出す。小説は、ことばで人間を、そしてその人間と他の人間との関係を映し出す仕事だが、その完璧な見本がここにある。登場する人間たちは、だれをとっても魅力に溢れているが、わたしは、その中でも、兄の仕出かした不始末の責を負って博多に売られて行こうとしている「アヤちゃん」を愛した。心中未遂は、いったん「死」を通って「生」へ再生する儀式である。その儀式を終えたアヤちゃんが、「たとえそこが地獄でも生きねばならぬ」と思い定める結末に、人間という存在に寄せる作者の深い愛を読んで、思わず涙がこぼれた。直木賞にこの秀作を得たことを、こころからよろこぶ。

日本ファンタジーノベル大賞（第一〇回）

大賞＝山之口洋「オルガニスト」、優秀賞＝沢村凜「ヤンのいた島」、涼元悠一「青猫の街」／他の候補作＝桑原敏郎「偽造手記」／他の選考委員＝荒俣宏、安野光雅、椎名誠、矢川澄子／主催＝読売新聞社・三井不動産販売　後援＝新潮社／発表＝「小説新潮」一九九八年九月号

沢村さんのみごとな工夫

Aであるはずの人間がBを名乗っている。先行きはどうなるのだろう。読者は息を詰めて先を追う。これが『偽造手記』（桑原敏郎）の出だしである。しかも作者は、この秘密はやがて「Bと名乗っているA」の手記によって明らかにされるだろうと予告する。そこでその手記に対する読者の期待はこの上なく高まる。この前置き、あるいは枠取りをくっきりと浮かび上がらせている荘重で息の長い文章も効果的で、期待はますます高まるばかりだ。ところが肝心の、その手記が、文章の密度においても、謎の質においても、枠取り部分より一つも二つも調子が落ちているのが残念である。なによりも、人格の変容（作者の力説する「置換」）の瞬間がほとんど書かれていないのが致命傷だった。もっとも作者には十分な筆力がある。再挑戦を期待したい。

「ついに出たコンピュータ小説……！」と、声をかけたくなったのが『青猫の街』（涼元悠一）である。作者には、むずかしいことをやさしく書く才能があるようだ。ただし文章のリズムがよくて物語のテンポも快調なのは前半の三分の一ぐらいまでで、それ以後は、文章はもたつき、物語は小

さく縮んでしまう。物語の背後に世界的な陰謀が進行しているらしいが、それも定かではない。なにか新しいことを書こうという意欲と才気は買うが、もっと強く読者の存在を意識してほしい。余計なお節介かもしれないが、「すべての芸術は、受け手に完全に受容されたとき、初めて作品として完成する」という常識から、作者はもう一度、再出発する必要があるかもしれない。

オルガンを弾くためにおのれの身体を作り替えた芸術家と、その身体改造法の開発者の悲劇を綴ったのが『オルガニスト』(山之口洋)である。物語の雰囲気に適《かな》ったゴシック調の文章や、速度感のある物語展開など、作者はたしかな技量の持主だが、主人公の天才オルガニストが事故に遭った瞬間、すでにもう結末が解ってしまうところが弱い。筋立てがやや月並みなのかもしれない。ただし、オルガンの機能や演奏技術を解説するくだりの分かりやすさ、そして、言葉を旋律に置き換えるアイデアに、非凡の才が見え隠れしている。この二つを買って、大賞の受賞に賛成した。

もっとも気に入ったのは、『ヤンのいた島』(沢村凜)である。文章はそう上手とはいえないし、ヒロインの生物学徒の知能はまるで中学生並みだし、欠点をあげれば際限がないが、夢の扱い方に、たいへんな工夫がある。夢を軸に作られた小説は夜空の星の数ほどもあるけれども、ここに実現している夢の細工法には、思わずアッと唸《うな》ってしまった。虚を衝《つ》かれたというか、同じ小説家として先を越されたというか、とにかく、沢村さんのみごとな工夫に羨望の念さえ抱いた。そこでわたしはこの作品を第一に推すことにしたのだが。

講談社エッセイ賞（第一四回）

受賞作＝六嶋由岐子「ロンドン骨董街の人びと」／他の選考委員＝大岡信、野坂昭如、丸谷才一／主催＝講談社／発表＝「小説現代」一九九八年十一月号

良果の詰まった一冊

いまだに、陶器と磁器とのちがいがよく分からないほどこの方面にはウトイのだが、この本を読むうちに初めて「骨董も古美術もつまりは人間のことだ」と合点が行った。読んで考えたことをいくつか書いてみよう。

著者の働いていたロンドンのスピンクのような巨大な骨董商会が成り立つのは、どんな時代の人間も、すでに亡くなった人間たちの、なにか美しいものをつくりだそうとする努力に尊敬の念を抱いているからにちがいない。

それから、もちろん「お金」の魅力。株もその他の金融商品も、ひょっとしたら土地さえも、いつ値下がりするか分かったものではないが、本物の骨董品だけは値打ちが下がらない。かえって、時が降り積もるにつれて値が上がる。だからこそ人びとは骨董品に目の色を変えるのだ。

そして圧倒的なのは、骨董品の一つ一つにまつわる秘話や悲話や哀話や逸話、ひっくるめて、その「物語」の哀《あわ》れさ悲しさおもしろさ。没落した人たちが売り、成り上がりが買うのだから、こうしたお話にはこと欠かない。

この本には、別の楽しみもある。それは随所にちりばめられた鋭いイギリス人批判で、その批判の矢はやがて日本人へも飛んでくるけれど、感情的な嫌みはない。たとえば、「イギリス人は、言葉の違いに関しては忍耐がきかない民族である」……なんだか膝《ひざ》を叩《たた》きたくなるではないか。すると日本人は、言葉の違いに関して無頓着な民族だろうか（カタカナ語の横行など）。

紙幅が尽きたので慌てて結論。秋の夜、紅茶ポットを傍らにゆっくり読むにふさわしい良果の詰まった一冊。

谷崎潤一郎賞（第三四回）

受賞作＝津島佑子「火の山―山猿記」／他の選考委員＝池澤夏樹、河野多恵子、筒井康隆、日野啓三、丸谷才一／主催＝中央公論社／発表＝「中央公論」一九九八年十一月号

手こずったあとの愉快なおもしろさ

パリに少年が（ひょっとしたらもう青年になっているかもしれないが）いる。父がフランス人で、母がアメリカ生まれのアメリカ育ち。母の両親はアメリカ国籍を持つ、もと日本人である。さて、その少年がパリで日本語を習いながら、富士の山容をつねに心の支えとして生きた山梨の、とある一族五代の記録を読み解くことになる……。

これがこの作品の基本的な骨組みである。

加えて、この記録を「日本語で」書いたのは母の父親、つまり彼の祖父であり、その上、記録はいったんは日本に住む祖父の姪の手に渡り、その姪によって、さらに一族中のだれかれの研究論文や日記や手記や手紙が加えられ、いっそう膨大な量になっている。すなわち、その空間は日本からアメリカをへてパリにおよび、その時間は幕末以前から現代にわたり、しかもわたしたち読者は未来に在《あ》って読むことを強いられる。……というわけで初めのうちは、読むのにとても手こずる大作だ。ところが、この骨組みが分かってしまえばあとは一気、読者はこの骨組み、別に云えば大がかりな文学的な実験のなかに、たちまちのうちに吸い込まれてしまい、ただもう目の前に展開される、まったく新しい小説的時空間をたのしめばいい。

細部も充実している。一族の女たちの、痛快でおもしろい、そして深い哀しみに縁どられた人生が、爽快な速度感を保って語られて行くのは、読者にとって大きな愉快である。

なかでも笛子という女性が興味深い。

「このひとは、もしや太宰治夫人の津島美知子さんでは……」と見当がつくと、この小説はいっそう面白さをますが、これは不粋な読み方かもしれない。

小説すばる新人賞（第一一回）

受賞作＝池永陽「走るジイサン」、野中ともそ「パンの鳴る海、緋の舞う空」／他の候補作＝高橋俊幸「ただ恐れを知らぬ者だけが」、小路幸也「のこされるものたちへ」／他の選考委員＝阿刀田高、

——五木寛之、田辺聖子／主催＝集英社／後援＝一ツ橋綜合財団／発表＝「小説すばる」一九九八年十二月号——

「走るジイサン」を推すに至るまで

「舞台を外国に設けて、そこへ音楽をあしらう」……最終候補作四作のうち三作までが、この伝《でん》でした。この傾向は、ほかの新人コンクールでもはっきりしていますから、たぶん昨今の流行なのでしょうが、音楽を文章で書くのはむずかしい。よほどの才にめぐまれ呆れるぐらい努力を重ねないと、なかなかうまくは行かないのです。たいてい音楽は、ただの雰囲気づくりに使われて、それで終わってしまう。

外国を舞台にするのもむずかしい。小説のおもしろさの何分の一かは、作中の会話に負っているのですが、外国が舞台では、その会話が窒息気味になってしまうことが多い。というのは、会話にこそ日本語の妙味が出るからですし、それにもう一つ、会話は、作者と読者との間の、おたがいの含意を基《もと》にしております。外国が舞台だと、そのへんをよくよく考えないと、やはりうまくは行かないのです。

そこで、四編の候補作中、外国を舞台にせず音楽をあしらうこともしなかった『走るジイサン』（池永陽）が、断然、光彩を放つことになりました。いや、そんなことを考えずとも、この作品は非凡です。主人公の頭の上に猿を載せて登場させ、この着想が最後まで破綻しなかっただけでも立派なものです。こんなことは映画でも演劇でもできません。小説だけに可能な力業です。古風なよう

でいて、実験的な、それでいておもしろい作品でした。

『パンの鳴る海、緋の舞う空』（野中ともそ）は、音楽を脇役として徹底的に使いこなしたところが見事でした。でも、文章がもっと簡潔だったら、もっとよかった。この文章は、うまいように見えて、じつはそれほどでもなく、装飾過剰で意味がうまく読み手へ伝わらないところがあります。

『ただ恐れを知らぬ者だけが』（高橋俊幸）は、「女の愛が世界を救済する」というワーグナーの思想をどこかで軽んじていたワーグナー歌いが、じつは舞台の上で、女の愛によって救われるという主題が魅力的でした。おもしろいハッピーエンディングです。わたしはこの作品を非常に高く買いました。作者は意志的に小説の構造というものをよく考えていたからです。けれども、前半があまりにも解説的すぎてそれが命取り、構造で成功し、書き方でちょっと失敗してしまいました。

『のこされるものたちへ』（小路幸也）は、謎が尻つぼみ。前半はおもしろいのですが、種明かしは平凡、それに文章に砂糖が利きすぎています。なによりも、物語展開の要所のはずの、藤森からケージに渡されたというあの観月の詩はどこへ行ってしまったのか。読者としては、その詩が読みたくて仕方がないのに、それがどこにも載っていない。これは困ります。

というわけで、二回目の投票で、わたしは『走るジイサン』に票を投ずることにしました。

一九九九（平成十一）年

読売文学賞（第五〇回）

受賞作＝小川国夫「ハシッシ・ギャング」、辻原登「翔べ麒麟」（小説賞）、松田正隆「夏の砂の上」（戯曲・シナリオ賞）、田辺聖子「道頓堀の雨に別れて以来なり」（評論・伝記賞）、永田和宏「饗庭」（詩歌俳句賞）、揖斐高「江戸詩歌論」、工藤幸雄訳「ブルーノ・シュルツ全集」（研究・翻訳賞）、随筆・紀行賞なし／他の選考委員＝大江健三郎、大岡信、岡野弘彦、川村二郎、菅野昭正、河野多恵子、佐伯彰一、富岡多恵子、日野啓三、丸谷才一、山崎正和／主催＝読売新聞社／発表＝同紙一九九九年二月一日

近代川柳の全体図示す　「江戸詩歌論」について

作者は一千三百頁にもおよぶこの大著を、次のように書きはじめる。〈古い大阪人は、水府を川柳家の代表のように思い、水府のひきいる川柳雑誌「番傘」を、大阪の自慢としていたらしいふしがある。〉

そして作者は西へ走り東へ飛んで蒐集《しゅうしゅう》した厖大《ぼうだい》な資料の山の中から、岸本水府というすぐれた人間観察者をみごとに浮かびあがらせ、同時に、たくさんの川柳家の愛すべき小伝を織り合わせて、じつは近代川柳そのものの評伝を完成した。

別に言えば、わたしたちはここに初めて、日々の機微をとらえて人生という大局を解剖し、その結果を煮《た》きつめた省略法によって日本語共同体のためのほがらかな詩として結晶させる文学すなわち近代川柳の全体図を手に入れた。秀句三千をちりばめた近代川柳史の決定版を得たのである。これはひとつの文学的壮挙だ。

水府は「誰にでもわかって誰にも作れぬ句を作れ」と言ったという。この名言の中の「句」を「小説」に置き換えれば、これはそのまま作者、田辺聖子さんのお仕事に当て嵌《は》まる。水府に田辺さんがぶつかったこと、こういうのを美しい遭遇というにちがいない。

岸田國士戯曲賞（第四三回）

受賞作＝ケラリーノ・サンドロヴィッチ「フローズン・ビーチ」／他の候補作＝岩崎正裕「それを夢と知らない」、鐘下辰男「貪りと瞋りと愚かさと」、土田英生「きゅうりの花」、内藤裕敬「手の中の林檎」、長谷川裕久「花冠の大陸」／他の選考委員＝太田省吾、岡部耕大、佐藤信、竹内銃一郎、野田秀樹、別役実／主催＝白水社／発表＝一九九九年一月

「おめでとう」を云う資格

ケラリーノ・サンドロヴィッチ氏に「おめでとう」と申し上げる資格を、わたしは完璧に欠いている。七人の選考委員のうち、氏の『フローズン・ビーチ』に×印をつけたのは、わたしだけだったからである。

わたしが最後まで推《お》しつづけたのは、『手の中の林檎』（内藤裕敬）で、

一、登場人物一人一人が目覚めるたびごとに「局面」が変わる仕掛け。

二、一人の俳優をのぞく全員が複数の役柄を演じる仕掛け。

三、幕切れが、また幕開きに回帰して、劇世界が無限につづきそうに見せる仕掛け。

……こういう仕掛けこそ、演劇固有のもので、小説や音楽や映像などの、他の時間芸術では代替がきかないと見て、推《お》しつづけたのである。

もちろん、支持者が一人では最後まで保《も》たない。また、選考委員会を構成する一員としては、いつまでも粘っているわけにも行かない。そこでお仕舞いは、ほとんど棄権、というような態度で、ごくごく消極的に、『フローズン・ビーチ』の受賞に賛意を表明した。

どこがそんなに気に入らなかったのかといえば、台詞によるギャグ（笑わせる工夫）が陳腐でつまらないし、冒頭の受話器の置きっぱなしは演劇的に不自然だし、せっかくの双子の設定は燃焼不足で結局は意味がないし、後半は芝居というよりはヴァラエティショウだし……数え上げれば際限《きり》がなくなる。

もっとも市子という人物はすごい。彼女は、一々《いちいち》、端倪《たんげい》すべからざる言動に出て劇を前進させる。

このような人物を創造した才能の未来を信じよう。そう思って、しぶしぶ受賞に賛成……やっと、おめでとうを申し上げる資格ができたかもしれない。そこで、

「ケラリーノさん、おめでとう」

直木三十五賞（第一二〇回）

受賞作＝宮部みゆき「理由」／他の候補作＝服部まゆみ「この闇と光」、久世光彦「逃げ水半次無用帖」、東野圭吾「秘密」、馳星周「夜光虫」、横山秀夫「陰の季節」／他の選考委員＝阿刀田高、五木寛之、黒岩重吾、田辺聖子、津本陽、平岩弓枝、渡辺淳一／主催＝日本文学振興会／発表＝「オール讀物」一九九九年三月号

巨きな作品

「陰の季節」（横山秀夫）は、ただひたすら警察の内部に、とくに人事問題に的を絞る。これは新鮮な切り口で、すぐれた発明である。また、ある話の脇役が次の話で一気に主役に浮び上がり、さらにその次の話では遠景に退《しりぞ》くという構成が厚味を感じさせる。余計な注文をつけると、文章にほんの少し艶《つや》がほしい。それから話の転換を担うトリックにもう少し工夫をしていただきたい。

「秘密」（東野圭吾）は、「心は妻だが軀は娘」という椿事《ちんじ》に見舞われて性の倫理の綱渡りを演じる夫＝父を巧みに書いている。精神は妻なのだから彼女を抱いてもいい。だがしかしその軀は娘のそ

れなのだ。おもしろい設定だが、その設定は近親相姦の気配を孕んで次第に重みをまし、作者はついにたまりかねて「健全な常識」へ避難してしまったようなふしがある。「本能としての性欲」と「文化としての恋愛」――この二つをはっきり区別して設定をぐいぐいと問いつめれば破天荒な小説になったはずだが。

「夜光虫」（馳星周）の語り手は狂いながら殺し屋に堕ちて行く台湾プロ野球選手である。殺人のたびに狂気を募らせて行く男が語るところから、勢い短い文の連打になり、文末に体言止めがしきりにあらわれて、かなり読みにくい。作者の熱気が途中で何度か物語を神話のように輝かせるが、やがて作中の人間関係が意外に、低調なときの大衆劇の筋立てのように型通りであることが判ってきて、その輝きは失われて行く。負のヒーローの創造と狂気を帯びた語り。二つの冒険をあえて試みた作者の意欲を買うが、その成果には疑問符をつける。

「逃げ水半次無用帖」（久世光彦）には凝《こ》った文章がある。みごとな美文である。そして扱われているのは〈お白洲まで行かない間の抜けた事件ばかり〉。文章と事件との喰いちがいを感じてこれは単なる捕物帳ではあるまいとおもった。果して途中から捕物帳の枠組みをかりた、半次の、男としての成長小説に変化し、さらに転じて因果めいた悲恋物語に変貌する。まことに絢爛たる作風だが、その過程で「江戸」が脱《ぬ》け、たとえば可憐な捕物娘お小夜の「思い」が落ちた。とりわけ後者はこの小説と読者との大事な通い路だったから、読む側としては途方に暮れてしまう。

「この闇と光」（服部まゆみ）の、語り手もろとも物語の枠組みを根こそぎ引っくり返してしまう中段でのどんでん返しのあざやかさには感心した。そしてここには香気の高い文章がたしかにある。

ただし、すべてのからくりの要《かなめ》に立つ原口孝夫という人物が少しぼやけているのが読者には頭痛の種子《たね》である。原口の純文学っぽい見得の切り方が、そこまで古典的といっていいぐらい端正につくられていた世界に濁りを入れてしまったように見えた。

「理由」(宮部みゆき)は、バブル期の日本人のいくつかの典型を、もっと言えば、「世間が怖い、隣人が怖い」とおびえる日本人の現在を真正面から書き切った秀作である。こういう小説はもう、「どうかお読みください」と触れて回るしかないようなものだが、それでも一つ二つ書きつけておこう。

漠然と現在などというものと立ち向ったのでは、逆に現在に取り込まれてしまうのがオチである。そこで作者が採用したのは記録文学の方法だった。これを使いこなすことで作者はみごと現在を映し出したばかりか、どの場面にも生き生きした臨場感を与えもしたのである。また、事件の輪廓が見えはじめるあたりで、さすがに読者の緊張もゆるむが、それをしっかりと引きしめたのが、作者がいつも巧みに使う少年と少女の活躍である。作者は魅力のある子どもを創り出すのがほんとうにうまい。いってみれば、つねに進んで現在と取り組もうという気丈な作家魂と、新工夫を怠たらぬ精進と、作者得意の定番の三つが一つになって、ここに巨きな作品が生まれたのである。

小説新潮長篇新人賞(第五回)

—受賞作=須藤靖貴「俺はどしゃぶり」、米村圭伍「風流冷飯伝」/他の候補作=竹村有加「蒼の契」

り」、橋本滋之「キュレーターの悦楽」／他の選考委員＝北方謙三、北原亞以子、林真理子／主催＝新潮社／発表＝「小説新潮」一九九九年四月号

稀《まれ》な快作

平家盛衰の成り行きを、清盛の五男重衡《しげひら》の妻、輔子《すけこ》の目を通して綴《つづ》ったのが、『蒼の契り』（竹村有加）である。この時代を書くには相当な教養が要《い》るはずで、作者の研鑽《けんさん》ぶりにまず脱帽する。また、「女人平家」という趣向も悪くはないし、時の移《うつろ》いを強調するために採用したらしい〈なしくずしに、ずるずると場面を変えて行く手法〉も効果を上げている。このように着想も手法も秀《ひい》でているのに最後まで推《お》し切れなかったのは、文章に感心できなかったせいだ。例を掲《あ》げよう。《（福原遷都に閉口した貴族たちは）どうにか古京に戻りたがっていたから、高倉の病は願ってもないきっかけだった。／「殿、どうにかして下さいませ」／輔子はもう一度訴えた。が、重衡は唸《うな》ってしまう。／「それがどうにもならんのよ」／どうにかしたい相手。それは綱子や貴族達ではなく、清盛である。遷都を望む声が日増しに上がっているのを彼も知っているのだが、どうにも福原京にこだわって頑として動かないのだ。》

二百字のうちに、「どうにか」「どうにも」が五つも顔を出すのは無神経である。着想や手法も大事だが、文章はもっと大事。神経の行き届いた文章でもう一度、挑戦なさってください。

『キュレーターの悦楽』（橋本滋之）は、骨董綺譚の体裁をかりた哲学小説である。主人公は、なんの仕掛けもないのに映像を浮かび上がらせる銀杯や人間を呑《の》み込む漆塗の小箱や黄金を産む虫の

向うに、それらの真の造り主「神」の存在を視《み》る。つまりそれらは神の御下賜品なのだ。……神という観念を細工物という具体物を通して描こうという方法は秀抜であり、新人のためのコンクールに形而上《けいじじょう》小説を引っ下げて参加する勇気に敬意を表するが、どうも枚数が十分ではなかったのではないだろうか。そのせいで描写が薄くなり、その分、読み手をふしぎな聖世界へ引き込む力が弱くなったのは、ほんとうに残念である。

『風流冷飯伝』（米村圭伍）の文章は、講談落語などわが国の口承文芸の富《とみ》をふんだんに生かして呆《あき》れるほど達者である。話の中身にはいくつか疑問があるけれど、とにかく口当たりのいい文章に誑《たぶら》かされて一気に読んだ。この語り口から生まれる笑いに、さらに状況から発生する笑いが加わるようになれば、わが国には珍しいタイプの書き手になれるかもしれない。

さて、今回、もっとも夢中になって読んだのは、須藤靖貴さんの『俺はどしゃぶり』である。スポーツゲームの経過を言葉で表現することは難事の中の難事とされる。だれもがよく馴染んでいる野球やマラソンでさえ難しいのだから、アメリカン・フットボールの試合経過を言葉で伝えよなどと云われたら余人《よじん》は知らずわたしなどは恐怖のあまり失神してしまうだろう。ところが作者はその難事業を軽《かる》がるとやってのけてしまった。アメフットなぞ碌《ろく》に知らぬわたしのような者が、この小説を読んでいる間だけは、なぜかこのゲームに通暁し、精通していた。じつにふしぎである。この奇蹟《きせき》を分析すると、第一が文章の力である。平明さを基本に機知がちりばめられ、その上、速度がある。これを別に云えば、わかりやすくて、ときおり笑ってしまうから文章を読む行為そのものが快楽となり、しかも一瞬たりとも意味が滞ったりしないので快感さえ生まれるのである。第二に会

話も地の文も、登場人物それぞれの個性を通して書かれているので、これまたわかりやすいばかりか劇的でさえある。

人物の造型もよく、話の質も上々、読了後の爽快味も格別。これは久し振りに現われた快作だ。

吉川英治文学新人賞（第二〇回）

受賞作＝山本文緒「恋愛中毒」／他の候補作＝宇江佐真理「室の梅」、乙川優三郎「椿山」、中嶋博行「司法戦争」、野沢尚「リミット」、東野圭吾『秘密』、松井今朝子「幕末あどれさん」／他の選考委員＝阿刀田高、北方謙三、野坂昭如、林真理子／主催＝吉川英治国民文化振興会／発表＝「小説現代」一九九九年五月号

天衣無縫の快作

とくに今回は力作が揃った。中でも、『司法戦争』（中嶋博行）の着眼のよさと壮大な構想力、『リミット』（野沢尚）の魅力的なヒロインの造形と展開の小気味のよさ、『秘密』（東野圭吾）の奇抜な設定と巧みな語り口、そして『椿山』（乙川優三郎）の静謐《せいひつ》な雰囲気と情報を多量に含みながらも流麗で安定した文章など、いずれも刮目に値する出来栄えで、あれこれ言うのも憚られるような作品ばかりだった。

しかし互いに巡り合わせの悪いことに、これはコンクールなので、普段なら「いいなあ」「おも

しろいなあ」と言っていればすむのに、ここではなにか批評めいたことを言わなければならなくなる。そこで思い切って言ってしまうと、右の諸作は受賞作『恋愛中毒』（山本文緒）と比べると幾分かは「不自由」だった。あくまでも『恋愛中毒』と比べての話だが、右の諸作には力みがあり、それがある窮屈さとなって行間を微かに濁らせている。

もう一つ、『恋愛中毒』の秀抜なところは、現在《いま》の若い女性の心の動きを的確に言語化しえたこと。被害妄想の塊で自信がなく、努力もせず流されるままに生きているくせに、他人に少しは認めてもらいたいと甘ったれるむかつく女、もっといえば、自分なんてないのに「自己表現したい」と言い張る虫のいい女が、じつにたしかにどのページでも踊っている。その観察力と描写力には感心した。加えてこの作品には小刀細工ではない、堂堂たる笑いがあった。

自由でのびのびした作者精神、現代女性の一典型をみごとに剔出《てきしゅつ》しえた言語の力、そして笑う力、この三つが、力作群から頭一つ抜け出す原動力となった。これはさまざまに技巧を凝《こ》らした末にひょっこり出来た「天衣無縫の快作」である。

山本周五郎賞（第一二回）

受賞作＝重松清「エイジ」／他の候補作＝小野不由美「屍鬼」、山本文緒「恋愛中毒」、新井素子「チグリスとユーフラテス」／他の選考委員＝阿刀田高、逢坂剛、長部日出雄、山田太一／主催＝新潮文芸振興会／発表＝「小説新潮」一九九九年七月号

選考座談会より

小野不由美氏の「屍鬼」は三・〇点です。ワープロやコンピューターの時代ですから、これだけヴォリュームのあるものを書いたということを手放しで褒めるわけにいきませんが、とにかくよくこれだけの分量をお書きになったものだと思います。作者の馬力に脱帽します。けれども、読者側に立つと、大変に読みにくい。一番困るのは、この物語に対する読者の興味と愛情が読み進むにつれてどんどん冷めてくることです。まだこんなに頁が残っている、早く終わらないかな、という気持ちが強くなってくる。いい小説ならば、読めば読むほど作者の書いた世界を愛して行き、読者の心がうねって波立ち、なにか大事なことが生まれて、最後は頁を惜しむはずなのに、その反対のことが起こる。

原因はいろいろあります。まず事件が起こると、その一部始終が描写されますが、それを次の登場人物に同じパターンで伝えていくものですから、読者は同じ話を人を変えて何度も聞かされることになり、うんざりしてしまう。うまく省略するか、繰り返しが「芸」になるような工夫をしないといけませんね。

また、静信という住職兼小説家と敏夫という医者が主人公を兼ねながら狂言回し役を兼ねていて、その静信が書いている小説がこの物語と〝入れ子〟になっています。劇中劇と劇という関係ですが、どちらも似たような質の話で、入れ子構造を使った効果がちっとも上がらない。二つの話が固いだんごになって、いっそう読みにくくなってしまった。

これほど長い作品を読んでもらうためには、たとえそれが悲劇であろうと、笑いの要素が必須です。それが長編を読むためのエンジンであり、推進力なのに、それが皆無です。日本の山間の村に吸血鬼が出るという趣向は悪くない。どんな文化にも吸血鬼神話のようなものはあるわけですから。しかしこの神話をおどろおどろしく扱うのは効果的ではない。現実の世界には、もっとおそろしい吸血鬼がうようよしています。つまり吸血鬼神話は可愛らしいんです。ですから、ばかばかしさを逆手に取れば面白い小説になったでしょうが、そういう知恵のある仕掛けもない。屍鬼、死者たちの世界を生きている者のルールで論理化するわけですから、考えようによっては滑稽《こっけい》な話なんです。でもそれが滑稽の方向には向わずに、おどろおどろした話に向ってしまう。そして滑稽とおどろのギャップを埋めるために、屍鬼は人間に対して言い訳ばかりしている。こんなに申し訳ながっているモンスターというのも珍しいんですが（笑）。

もう一つ大事なことは、これだけたくさん読んだのに、印象に残る人物が一人もいない。これは作者の敗北です。これはただひたすらこつこつ書いていった結果の産物であって、小説というにはあまりにも手がないし、読者のことを考えてない。作者の努力は買いますけど、小説としては失敗作であると僕は思います。

山本文緒氏の「恋愛中毒」は四・〇です。実は偶然、この人の処女作を読んでいるんですが、これがひどい（笑）。十年ぐらい前の作品ですけど、その処女作とこの作品を比べると、まるで別人の観がある。この間の進歩にはものすごいものがあって、一見、才筆の持主のようですが、たぶん大変な努力家にちがいない。これからも大いに期待できると思っています。

今までの恋愛小説は、ヒーローとヒロインにそれらしいお膳立てをしてあげるものだという常識があった。作家たちは、一目で恋に落ちるという設定を書くために、男と女をどう表現するかということに鎬《しのぎ》を削ってきた。そして美男、美女の定型のようなものが、文学的伝統として確立していたわけです。そして、この小説の手柄は、その定型をくつがえして、どうにもつまらない男と女の恋愛小説を成立させたことですね。それもたいへんに意識的に。恋愛小説に絶対出てこない人たちの恋愛小説を書いている。ですから、とても批評的な恋愛小説になっています。このヒロインは翻訳をやっていますが、これが言ってみればハーレクイン・ロマンスなんですよ。つまり、作者はハーレクイン・ロマンスの反対を、そのパロディをやろうとしているわけです。それが見事に成功している。恋愛小説の方法を分析して、その逆説をつくっていくという戦略が非常に作家的です。

会話もとても上手ですね。離婚した三十代の女盛りの人たちがどういう日常生活を送っているのか、実によくわかる。細部も面白くて、いかにも恋愛小説に出てきそうなとんでもない女の子が出てきたりもしますけど、それも彩りとしてなかなかうまく効いていて感心しました。

重松清氏の「エイジ」は五点です。重松さんは、これまでストーリーをどう語るかで苦労していて、その苦労があざとさや上滑りを生んでいた。この作品で重松さんは、ストーリーもさることながら、「ある時間」を書こうとして、それに見事に成功しています。日常的時間が、中学二年生の上をどう通り過ぎていくか。あるいは中学二年生たちが日常的時間をどう通り過ぎていくかを、目に見える形で書いている。重松さんは、今、いい意味で変貌《へんぼう》をとげつつあります。

また、サスペンスがありますね。「ぼく」という語り手、これがいつキレておかしくなっていく

かというサスペンスで読者を持っていくわけです。塾の帰りに夜道で自転車を飛ばしているところで、「その気」というキーワードが出てきます。それを巧みに使いながら、ひょっとしたら、この「ぼく」がおばさんを襲うんじゃないかという一瞬を書いていく。このあたりのサスペンスの盛り上げは見事です。そのサスペンスを読者と作っていくあたりは、なみの手際じゃない。感心しました。

やがて、オレはあいつらじゃないし、あいつらはオレじゃない、互いに違うんだというところから主人公の心のうちに個が誕生してくる。個が誕生して、自立へつながる。非常に図式的ですけど、それが図式と思えないぐらいうまく書いてある。子供たちの会話を巧みに使いながら、そこまで持っていく。「キレる」の定義も、頭の中で何かがキレるんじゃなくて、人のつながりがキレていくというふうに、ちゃんと新しく押さえてあります。おしまいに行くにつれて、だんだん小説の中の時間がゆっくりしてくるあたり、また、個が誕生していくあたりの時間の設計も見事だと思いました。

それから、〝今〟を書いて破綻《はたん》がない。一九九九年前後の東京郊外の記録としても、時間的腐食に堪えるでしょう。自然に笑ってしまうところがたくさんありますし、後味はいいですし、こういうものを小説と言うのでしょう。ということで五・〇です。

一つだけ、これは瑕瑾《かきん》ですが――「ひとりごちて」という言葉がでてきますけれど、これは中学二年生は絶対使わない。しかもこれが三、四回出てくるんですが、まあこれもなかったことにして満点にしておきましょう。

新井素子氏の「チグリスとユーフラテス」は四・五点です。三章までは非常に雑然としている小説なんですが、四章に入るとすべてがプラスに変わっていくという仕掛けがしてあって、見事だと思います。三章まで、このルナというのは、死んでしまえばいいと思うぐらいいやな女です。ところが四章になると、そのルナが見事に変身していく。僕はこの章が最高だと思いました。

なによりすごいのは、これまでどんな宗教もどんな大哲学者も取り組んで答えが出せなかった、人生、世界、宇宙に意味があるのかという大問題へ迫っていくところです。レイディとルナの哲学論争は読みごたえがありました。結局結論は、人間は想像力を手に入れる代わりに、すべての不幸とか不平とか恐怖とかを生んできたんだという、平凡な——というか、きっと真理なんでしょうけど、そこに到達する。結論は平凡ですが、そこへ辿《たど》り着く思考過程がおもしろく、かつ充実していました。ここに作家的生命を賭けているということがよくわかって、四章はとてもよくできていると思います。

文体、文章に関しては、この人は本当にルーズだと思います。矛盾しているところも多いですよ。百六十九ページに「地球を裏切り、独立なんてものをしたナイン」って書いてある。どういうふうに地球を裏切って独立したのかって、ずーっと気になって読むんですが、そんな事実は出てこないんです。自分が書いたことを忘れているところがある。

それから、これは大きな問題ですが、未来のこの時代に、現在と比べて言語がどのように変化しているかについて、厳密さを欠いている。当然ながら小説は言葉で書かれるわけですから、このあたりの点検が必要でしょう。自分が展開しようとしている物語にどういう小説言語が最もふさわし

いか、それを計算して書かないといけませんね。

趣味の問題ですからいい悪いは別ですけども、この格助詞抜きの文章というのもどうでしょうね。この持ち味、ユーモラスな語り口を生かしながら、もうちょっと言語表現に関して気を配って、その上で物語を書く文体を決めていって欲しいですね。

直木三十五賞（第一二一回）

受賞作＝佐藤賢一「王妃の離婚」、桐野夏生「柔らかな頬」／他の候補作＝宇江佐真理「紫紺のつばめ」、黒川博行「文福茶釜」、天童荒太「永遠の仔」／他の選考委員＝阿刀田高、五木寛之、黒岩重吾、田辺聖子、津本陽、平岩弓枝、渡辺淳一／主催＝日本文学振興会／発表＝「オール讀物」一九九九年九月号

「王妃の離婚」を推す

北町奉行所の定廻り同心、不破友之進、その下に付く小者、髪結いの伊三次。この二人の不和と、その関係の修復。それがこの五つの読切短編を収めた「紫紺のつばめ」（宇江佐真理）の大筋だが、今回は、捕物帳の枠をうんとひろげて、市井の人情ものに移行しつつあるように見える。もっともここが評価の分かれるところ。捕物と人情の二兎を追ったせいで謎解きの魅力が乏しくなり、市井小説としても薄手という感想を持ちもするし、しかしそれが作者の成長というものではないかとも

考えたりもするが、捕物帳としておもしろく、市井人情ものとしても読者を唸らせるような作品を徹底して心がけられたら、新しい分野が拓けるのではないか。作者の腕が上がっているのはたしかだから、そう望んでも決して高望みにはならないだろう。

胸に一物、手に贋物の、油断のならぬ骨董商たちによる騙し騙され合いを五つ集めたのが、「文福茶釜」（黒川博行）で、手堅い文章と、いたるところにちりばめられた大阪弁の痛快なおもしろさは、この作者の薬籠中のもの、安心して読み進めることができる。ここでふしぎなのは、一編一編はそれなりに水準を超える出来なのに、五編まとまると、平凡な読後感しか残らなくなることだ。筋の運びが似通っているのと、骨董商たちの繰り出す騙しの技術に深みの欠けるのが原因かもしれない。それに登場人物たちはだれひとりとして骨董品を愛していないようで、そのことが作品の印象をずいぶん冷たいものにしている。彼等のうちに一人でも骨董品を本気で愛している者がいれば、彼を通して読者もまたこの世界の妖しい魅力にふれることができたはずだが。

少年少女期に深く傷つけられた心の記憶が、そののちどのような新しい悲劇を生み出すに至るか。ギリシャ悲劇にあるような彫りの深い主題を、過去と現在の切り返しという構造のもとに克明に描いたのが、「永遠の仔」（天童荒太）で、壮大に門戸を構えた力作である。文章は平明で正確。その文章によって綴り上げられた忘れがたい場面も多いのだが、作者が築き上げた堅牢な構造が、三人の主人公たちの行動を窮屈に縛りつけている気味がある。万事が、あらかじめ決められたように進行して行き、登場人物たちを悲劇の淵に追いつめて行く作者の手つきが見えすぎる。はっきり云えば、図式的なのだ。これほど壮大で彫りの深い物語がどうして図式としてしか語られなかったのか、

返す返すも残念である。

「柔らかな頬」（桐野夏生）の結末は、今後も論議を呼ぶはずである。〈「現代の神隠しか　深まる謎／有香ちゃん失踪事件」〉という新聞記事を冒頭に掲げて語り始めた以上、作者は、「その謎は作中で解かれるはずだ」という読者の期待に答えるべきではないか。それなのに作者はついに読者に幼女失踪の真相を明らかにしようとしない。その意図はどうであれ、作者は読者を欺いている。……たしかにそう思わないわけでもないが、わたしは、作者の人間の死を徹頭徹尾モノとして扱う態度に心を動かされた。「ＯＵＴ」にも見えていたこの態度は、今回、末期癌という爆弾を腹の中に抱えながら事件を究明しようとする元刑事の行動を通していっそう強められている。しかも、具体的に、つぶさに、「死」が見つめられている。したがってこの元刑事についての部分は、どの一行にも迫力が溢れていた。読者との関係において多少の瑕があるかもしれないが、しかしこれはやはり一個の確固たる作品である。

さて、わたしは、「王妃の離婚」（佐藤賢一）の作者の、すべてを知的な諧謔で処理しようという姿勢を支持するものの一人である。血と臓物の流れる様を力まかせの筆で描き、人間関係を書くときは思い入れたっぷりの感傷過多主義……この手の、近ごろ流行の小説も悪くはないが、やはり小説は人間の知恵の産物、知的なアイデアを諧謔味たっぷりに展開する、この「王妃の離婚」のような小説を読むと心底から安心する。

文章は少しギクシャクしているようだが、一行のうちに対句や警句をちりばめるなど、文章意識はおそろしく高く、将来が大いに期待されるし、なによりも十五世紀から十六世紀にかけてのフラ

ンスの出来事を、あたかも日本の昭和初期の出来事のように親身に読ませてしまうという作家的工夫がすばらしい。勉強と博捜の積み重ねの末に得たものに知的な工夫をほどこして、作者は読者の前に十六世紀フランスをみごとにぐいと近づけて見せてくれたのだ。これこそが作家の腕力というものである。

登場人物を使い切りにしない、消耗品扱いしないという態度も見上げたものだ。たとえば、主人公の恋人。彼女は冒頭で登場して間もなく亡くなってしまうが、しかし彼女の面影と声は全編に遍在していて、作品に微妙な光と影を与えつづける。そしてそのたびごとに作品に奥行きと深みがましていく。

おもしろくて、痛快で、おまけに文学的な香気と情感も豊か。この作品を推すことに、わたしはいささかもためらわなかった。

日本ファンタジーノベル大賞（第一一回）

大賞＝宇月原晴明「信長　あるいは戴冠せるアンドロギュヌス」、優秀賞＝森青花「BH85」／他の候補作＝西荻知道「クリスタル・メモリー」、人見葵「ヤコブの梯子を降り来るもの」／他の選考委員＝荒俣宏、椎名誠、鈴木光司、矢川澄子／主催＝読売新聞社・清水建設　後援＝新潮社／発表＝「小説新潮」一九九九年九月号

『信長……』と『BH85』

独自の進化をとげて寄生性になったウミユリ（古代に栄えた棘皮動物《きよくひ》）が人間の骨格に侵入、宿主を鉱物化してしまう、さあどうなるかというプロットのもとに進展して行くのが、『クリスタル・メモリー』（西荻知道）である。アイデアそのものは悪くないけれど、展開がよくない。途中から映画もどきのカットバック大会になり、その間に物知りの地学教師が一人で大説明大会をやってのけて物語のけりをつけてしまうなど、せっかくのアイデアを生かしきれなかったのは残念である。

天使と恋人になるまでを一人称で感傷的に書いたのが、『ヤコブの梯子を降り来るもの』（人見葵）である。この発想もたいへん魅力的であるが、やはり語り方に欠陥がある。語り手の「僕」はどうしてこんなに初中終《しよつちゆう》、言い訳けばかりしているのだろう。なんにでも反省し、なにからなにまで背負い込んで悩む「僕」の感傷癖が煩わしい。読者は、自家中毒気味のこの「僕」を通して情報を取るしかないから、いやでもこの言い訳の山と付き合わざるを得ず、それが次第に苦痛になってくる。だいたい、わたしたちの社会に天使が存在するなら、この作品において作者が述べるように差別されたりするだろうか。むしろ人気者になってもてはやされるのではないか。そう考える者もいるだろうし（わたしもその一人）、そういった読者を納得させる仕掛けも必要だったのではないか。

『BH85』（森青花）はすごい。ある青年が開発した毛生え薬が、物語の展開につれてついに地球を頭髪で覆ってしまうというのだから破天荒なホラ話である。この毛生え薬には仕掛けがあって、それを明かしてしまうのは読者のたのしみを奪ってしまうからここでは控えておくが、とにかく発想といい、発端から展開部にかけてのテンポのよさといい、登場人物たちの造型のおもしろさとい

い、このコンクール始まって以来といっていいぐらい諧謔味に溢れている。テーマも楽天的な地球主義で今どき貴重な考え方、これも気に入った。このまま最後まで突っ走ってくれれば、たいへんな快作になったはずだが、やはり後半になって語り口がもたついた。細部のおもしろさの代わりに一般論が顔を出して、調子が落ちてくる。しかし、わたしはこういったスラップスティック喜劇が当コンクールに現れたことを喜び、ファンタジーと笑いを一つに結びつけようとした作者の冒険に敬意を表する。

こうして四編のうちの三つまでが、「語り方」で傷を負ったのだが、最後の一編の『信長　あるいは戴冠せるアンドロギュヌス』（宇月原晴明）だけは立派に語り終えた。

「太陽の王」ローマ皇帝ヘリオガバルス、信長、そしてヒトラー、いずれも魔術師であったという奇想を、一九二〇年代のシュールレアリストのアントナン・アルトーとなにやら曰くありげな日本人青年の対話から浮かび上がらせようというのだから、規模は雄大である。しかも、たった今ふれたように語り方にいくつも工夫を仕掛けて読者の興味を最後の最後まで引っ張って行くところなどはたいへんな力量である。

なによりも言葉がすべての始まりで、またすべての終わりでもあるという作家的意志が強く感じられて、頼もしい作品でもあった。そこでわたしはこれを一とし、二に『BH85』を置いた。

神奈川新聞文芸コンクール（第二九回）

受賞作＝なし（短編小説部門）／選考委員は著者のみ（同部門）／主催＝神奈川新聞社／発表＝同紙一九九九年十月八日

自身の作品を愛せ

応募作を読んで、まず感じたことは、皆さんは自分が発想し、書き上げた作品を自身であまり愛していないのではないか、という疑問です。せっかく良い発想や感性があっても、最後（仕上げ）が投げやりなんです。愛していないんですね。ということは、それを読む人をも愛していない。

自分の書いたものをだれかが読む―この関係を大切にしてほしい。そこで、まず自身が「未来の読者」になるのです。それが自分の作品を愛することなんです。

選考にあたる前は、かなり甘く採点するつもりでいました。が、「作品を世に問うという仕事は、そう簡単に遂げられるものではない」―そんな気持ちを、どうしても抑えられませんでした。この点においては、プロであろうと、アマチュアであろうと関係ありません。そうやって次第にバーが高くなっていったのです。

入選作がなかったことは残念ですが、こちらが脅かされるような発想、感性がないとなかなか褒めることはできません。審査員が「ああ、やられた」と焦りを感じるものがないといけないのではないか。

たとえ入選を果たしても、これでいい、などと思い込んではだめですよ。発展途上にある人は、むしろ安易に入選させない方がいい場合もある。私もかつて河北新報のコンクールに応募を繰り返し、いつも佳作で終わった経験がありますが、それが次への情熱につながるんです。

これから物を書こうとする人は、まず内外の古今の名作を（全集などで）読みあさり、好みの作家―つまり自分の師匠―を発見することから始めるといいでしょう。

夏目漱石なら、漱石にほれ込み、漱石になりきったつもりで書く。いずれは、それが皆さん固有の表現となってゆくのです。安易に「！」や「―」を使うことは避けて。そうした感情を、記号ではなく文章で表現してみせてください。

よく定年を迎えてから「小説でも書くか」と始める人がいますが、まずものにはなりません。たとえ生活のために他の仕事をしていても常に小説のことを考え、試行錯誤する人。このような人でないと、優れた作品は生み出せない。

太宰治が言っていましたが、作家がいなければ忘れ去られてしまうような「小さいけれど光る素材」を探し出し、磨いてください。小説に生きようと決心した人は、何より一生を自分に投資するつもりで臨むべきです。

講談社エッセイ賞（第一五回）

―受賞作＝いとうせいこう「ボタニカル・ライフ」、檀ふみ・阿川佐和子「ああ言えばこう食う」／―

――他の選考委員＝大岡信、東海林さだお、野坂昭如、林真理子／主催＝講談社／発表＝「小説現代」一九九九年十一月号――

すぐれた方策

親しい友だちの間の往復エッセイという体裁は、つい狎《な》れ合《あ》いに陥って、鼻持ちならないしろものになる危険があるが、『ああ言えばこう食う』（檀ふみ、阿川佐和子）は、周到な方策を用いてその危険をみごとに乗り越えた。

作者たちは、まず、二人の間にいつも「タベモノ」という実物と、「たがいに嫁《い》かず後家ではないか」という観念を介在させて語り合う。この枠組のおかげで、壮烈な悪口の叩《たた》き合い、毒舌の応酬が可能になり、そこから珍重すべき諧謔《かいぎやく》味が現れる。しかも、その諧謔によって、さらにいっそう二人の友情が堅く結ばれ合う景色が見えて、読む方もなんだかうれしくなるという、四方八方めでたい一冊が生まれることになったのである。……と勝手な理屈をこねましたが、とにかく愉快で、たのしい作品です。

ベランダの植物の色、形、そしてその生活を絵や写真の力を借りずに、どうしたら言葉だけで表現できるのだろうか。『ボタニカル・ライフ』（いとうせいこう）もまた、すばらしい方策でこの難問を乗り越えた。

その方策とは、一つは、「卑小なもの（たとえばニチニチ草）を偉大なものとして扱い、偉大なもの（たとえば人間、もっと云えば作者自身）を卑小なものとして扱う」こと。つまり、ベランダ

の植物と自分との関係を、つねにアベコベの目で見ること。この結果、この作品のいたるところに諧謔の泉が湧き出している。それから比喩《ひゆ》の多用。それも、炎天下のベランダの鉢をカップヌードルに、ボケの花を乾燥エビに、そして藤の蔓《つる》を麺《めん》に喩《たと》えるなど、いちいち機知に満ちていて、ベランダの植物が生き生きと読者の前に立ち上がってくる。……と勝手な理屈をこねましたが、これもまた、たのしくてためになり、そして、おしまいには、植物がしんみりといとしく見えてくる、とてもいい作品です。

小説すばる新人賞（第一二回）

受賞作＝竹内真「粗忽拳銃」／他の候補作＝林氏夫「イノセント」、霞ノ城俊幸「天然がぶり寄り娘」／他の選考委員＝阿刀田高、五木寛之、田辺聖子／主催＝集英社／後援＝一ツ橋綜合財団／発表＝「小説すばる」一九九九年十一月号

発端と結末

最終候補作品はそろって魅力のある発端を備えていた。

駆出しの噺家、ルポライター見習、役者の卵、そして若い映画監督の四人の、いわば「のんべんだらり共同体」の中に、あるとき突然、一挺の拳銃が投げ込まれて、さあどうなるかというのが、『粗忽拳銃』（竹内真）の発端である。

大学で美術を教えている貧乏な美学者のアパートに、夏の一週間、田舎から小学五年生の姪が逗留することになるが、この子が途方もない毒舌の持主で、その上、その行動の一つ一つにギャグを混ぜないと気がすまぬお転婆娘、この毒舌とギャグに気弱な学者はどう対処するか。これが『天然がぶり寄り娘』（霞ノ城俊幸）の発端。

『イノセント』（林民夫）の発端も、突然の少女の出現である。ある雨の日、恋人に送られてアパートへ帰ってきた幼稚園の先生が、入口でうずくまるようにして坐っていた少女から、いきなり「ママ？」と呼びかけられる。未婚の女性を少女はなぜママと呼んだのか。これもみごとな発端である。

さて、発端が置かれた以上、その発端は展開し、高潮し、クライマックスを経て、結末へと収拾されなければならない。それがわたしたちの長編小説の宿命である。

『イノセント』はなかなかいい展開をみせるが、クライマックスでは突然、因果物の読物に堕《お》ちてしまった。モダンに話を進めておいて、一番の肝所《かんどころ》で、「親の因果が子に報い……」では、読者としては挨拶のしようがない。わが娘《こ》を犯さずにはいられない父親の心理を正面から見据えてもらいたかった。

その点では『粗忽拳銃』に一日も二日も長がある。拳銃という物騒な触媒の作用《はたらき》で四人の若者たちとその周囲に大小の事件が勃発、クライマックスでは大活劇にまで発展する。その活劇に四人がそれぞれの職業の特性を生かして参加し、活躍するのも定法とはいいながら、よく考え抜かれている。そして四人が拳銃に別れを告げたとき、それぞれが発端時よりはいくらかは成長していたとい

う結末も悪くない。ただ、あえて苦言を呈するなら、落語の呼吸《いき》を活かそうとした筆使い、それから各所にちりばめた笑いの工夫、いずれも不発弾が多い。そのへんに注意して、いっそう周到な準備のもとにこの次も傑作を書いてください。

『天然がぶり寄り娘』のユーモア感覚はとても冴えていたし、この少女はこれからも毒舌とギャグを武器にして人生の修羅場を切り抜け、乗り越えて行くにちがいないという結末の感慨にも快よいものがあったが、残念ながら『粗忽拳銃』の厚みに一歩譲ることになった。伯父と姪との一週間の生活という主《メインプロット》筋を支える脇《サブプロット》筋が一つか二つあったら、うんと豊かな小説になったはずで、惜しい。

谷崎潤一郎賞（第三五回）

受賞作＝髙樹のぶ子「透光の樹」／他の選考委員＝池澤夏樹、河野多恵子、筒井康隆、日野啓三、丸谷才一／主催＝中央公論新社／発表＝「中央公論」一九九九年十一月号

二つの、大きな工夫

妻子ある四十七の男が、離婚歴のある四十二の女と再会して特別な関係をもち、それから二年と二ヵ月にわたって濃密な時間をすごすが、じつは二人には悲劇的な別れが待ち受けていた……。ここまでは、どこにもある陳腐な不倫話にすぎないが、作者は、二つの大きな工夫をほどこして、こ

の陳腐な題材を一気にみごとな作品に仕立てあげてしまった。

一つ目の工夫は、二人の間に、はっきりとした戦略のもとに金銭を介在させたこと。作者は、二人を、〈買春＝売春〉という最悪最低の関係から始めさせる。この工夫が、話の舵をよい方向に切らせることになった。読者からいえば、うんとおもしろい話になったわけだ。さらに、二人が、この最悪にして最低の関係を苦心惨憺して乗り越えたとき、まことの愛が生まれるという、次の展開の切実さを保証することになり、そんな風に、一つの工夫がつぎつぎに良果を得て行く有様は読んでいて気持がいいほどである。

二つ目は、工夫というよりは、作者の態度というべきだろうが、再会から別れにいたるまでの二人の、心や視線や体のこまかな動き、それから行動や服装のはしばしまでを、作者が、いそいそと、いかにもうれしそうに語っていること。この語るのがうれしくて仕方がないという作者の態度が、的確な形容と卓抜な比喩をつぎつぎに発明させ、引き締まった文章を紡ぎ出させもした。この作者の気持には当然、読者も感染する。つまりここには、読むということのたのしみが満ち溢れている。

たしかにこれは近ごろの快作だ。

二〇〇〇（平成十二）年

読売文学賞（第五一回）

受賞作＝筒井康隆「わたしのグランパ」、三木卓「裸足と貝殻」（小説賞）、関容子「芸づくし忠臣蔵」（随筆・紀行賞）、鹿島茂「パリ風俗」（評論・伝記賞）、荒川洋治「空中の茱萸」（詩歌俳句賞）、戯曲・シナリオ賞・研究・翻訳賞なし／他の選考委員＝大江健三郎、大岡信、岡野弘彦、川村二郎、菅野昭正、河野多恵子、佐伯彰一、富岡多恵子、日野啓三、丸谷才一、山崎正和／主催＝読売新聞社／発表＝同紙二〇〇〇年二月一日

歌舞伎に新趣向で迫る　「芸づくし忠臣蔵」について

『芸づくし忠臣蔵』は目覚ましい工夫、つまり新味の趣向をもって編まれている。その趣向とは、〈(役者は忠臣蔵のことになると熱い思いで語ることが多いので）そういう話をたくさん集めたら、忠臣蔵をテクストとして、歌舞伎が丸ごとわかってくるのではないか、……〉（あとがき）というもの。

すなわち著者は、歌舞伎の世界に伝わる口伝の山、芸談の海へ分け入って、その中から忠臣蔵にまつわる話を余さず拾い上げ、その一つ一つを丹念に吟味し、大序（兜《かぶと》改め）から十一段目（討入り）まで、劇の展開に添いながら、粒選《つぶよ》りのものを整然と（しかしその語り口はあくまでも柔かく）並べて見せてくれたのである。

この工夫、この趣向によって、なにが明らかになったかといえば、①歌舞伎の登場人物はのこらず忠臣蔵の主要人物によって代表されている。②したがって忠臣蔵の役々を一つ一つ熟《こな》して行くことが、そのまま俳優たちにとっては高度な進級試験になっている。③「歌舞伎は極度に様式化された演劇」という通り相場は半分しか真実ではなく、著者が選んだ口伝や芸談を通して見ると、じつは歌舞伎はモスクワ芸術座も真ッ青の心理的リアリズムに基づいた演劇だとわかる。④ひっくるめて歌舞伎は役者の芸と観客のものであって、いまや作者の入る余地はない。⑤そこで歌舞伎に新作はまず現われないだろう。⑥仕方がないからこの本を携えて忠臣蔵の通しを観に行こう。そしたらウンとたのしいにちがいない……と、いろんなことが明らかになったのである。

岸田國士戯曲賞（第四四回）

受賞作＝永井愛「兄帰る」／他の候補作＝天野天街「くだんの件」、泊篤志「ＩＲＯＮ」、土田英生「その鉄塔に男たちはいるという」、はせひろいち「ダブルフェイク」、長谷川裕久「堕天の媚薬」／他の選考委員＝太田省吾、岡部耕大、佐藤信、竹内銃一郎、野田秀樹、別役実／主催＝白水社／

設定の問題

孤島の生理学研究所に異常に高い知能指数を持つ犯罪者が被験者として送り込まれてくる（はせひろいち『ダブルフェイク』）、ダンテの神曲を下敷にした天使捕獲工場にまつわる神聖喜劇（長谷川裕久『堕天の媚薬』）、たがいに夢を見合うという構造の上で展開する漫才風な終末劇（天野天街『くだんの件』）、糧流（カテル）島という独裁国家の卓球リーグの立て引き（泊篤志『ＩＲＯＮ』）、そして、戦場の最前線に立つ鉄塔に籠城したコミックバンドの命運（土田英生『その鉄塔に男たちはいるという』）——どれも秀抜な設定である。劇的空間を、いくらでも作り出せそうな、すぐれた情況ばかりである。

けれども、この五人の新鋭は、まことに惜しいことだが、せっかくの設定を充分に活かし切るまでには至らなかった。設定の外側をぐるぐる回るばかりで、設定の核心を力強く貫く仕事を避けている。そこで何だか思わせぶりな作物《さくぶつ》になってしまった。とくに惜まれるのは『その鉄塔に男たちはいるという』で、この設定の核心は、コミックバンドがいったいどんな芸を持っているかにある。選ばれて前線慰問をするからには、なにか面白い演目《だしもの》を持っているはずだが、少なくとも作品にあらわれた各人の持ち芸は貧弱で、この程度ではアマチュアの域を出ないだろう。つまり設定は卓抜だが、その核は弱かった。切に次作を待つ。

その点、永井愛『兄帰る』の設定は地味である。蕩児が弟のところへ帰ってくるという設定は、菊池寛の『父帰る』を連想させて損でさえもある。だが、作者の登場人物に与えた性格づけの面白

さ、そして台詞術の冴えが、平凡な設定を、やがて輝くようなものに変えてしまう。要点を常にぼかす胆芸の叔父、同じことをくりかえしてばかりいる非論理の塊の叔母、感情論でしかものが言えない姉、この三人に振り回される弟、そして何を考えているのか得体の知れぬ蕩児の兄。各人の台詞はすべて各人の性格から発せられ、みごとな台詞術になっている。山場は正論しか言わない弟の妻が蕩児の兄から激しく面罵されるところ。ここで設定が逆転して、逆ノラ劇になる。すばらしい本歌取りである。つまり作者は、よく知られている二つの設定を使って、そう簡単には古びない確固たる劇を一つ創造したわけだ。

直木三十五賞（第一二二回）

受賞作＝なかにし礼「長崎ぶらぶら節」／他の候補作＝東野圭吾「白夜行」、馳星周「M」、福井晴敏「亡国のイージス」、真保裕一「ボーダーライン」／他の選考委員＝阿刀田高、五木寛之、黒岩重吾、田辺聖子、津本陽、平岩弓枝、渡辺淳一／主催＝日本文学振興会／発表＝「オール讀物」二〇〇〇年三月号

小説の古さと新しさ

「M」（馳星周）は短編集である。その冒頭を飾る「眩暈」は、〈セックス仕立てのチェホフ〉とでも評すべき佳品だった。主人公はコンピュータ会社の営業部員で、かつて夢見ていた未来の自分す

なわち「希望」と、いま在《あ》る自分すなわち「現在」との、途方もない喰い違いに絶えず眩暈を覚えていて、「この生活は、ほんとうにおまえが望んでいたものか」と砂を嚙む思いで生きている。そこがチェホフ劇の登場人物たちと通い合い、その失望感がセックスを媒介に描かれて、これは凄いと期待を持った。だが、この期待は、あとの三編で裏切られてしまう。理由はいくつかあるが、その一つを記せば、「女を尾行する」「女はマンションに消える。尾行者は階数表示灯から行先きを確める」「そして女の出てくるのを斜め向いのコンビニで待つ」という動きが何度も出てくる。作者に、これを繰り返えすべき意義があるなら、それをどこかで上手に仄《ほの》めかすのが得策、と言うよりそのような配慮こそ作家の重要な仕事の一つであろう。それを怠ると「手詰まり」と誤読されようし、事実、評者《わたし》はそのように読んだ。

ロサンゼルスの日系保険会社に勤務する日本人調査官の興味深い日常を、丁寧な取材に基づいて、誠実に描いたのが「ボーダーライン」（真保裕一）である。いたるところに塡《は》め込まれた大小のエピソードも粒選《つぶよ》り。前半は間然する所のない傑作だ。しかしこの調査官が対決すべき相手、「底抜けの笑顔を浮べたまま、まるで握手をするように人を殺す男」が浮び上ってくるにつれて、作者の誠実さが空回りをはじめる。というのも、「純粋の悪」ともいうべきその男の所業が常に伝聞でのみ描かれるからで、作者が誠実に伝聞を書けば書くほど、肝心の純粋の悪はどんどん言葉の鎧《よろい》を着て行き、最後には言葉だけの存在になってしまった。そこで末尾に用意された対決では、調査官の放つ弾丸はなかば虚《むな》しく言葉を射抜くばかり。切に次作を待つ。

「白夜行」（東野圭吾）では、余儀なく親を害せざるを得なかった小学校上級生の少年と少女が、

それ以後二十年近く、どのような人生を選びながら生きたかが、素直な、しかし小気味のいい文章で描かれている。少女は社会登攀者《とうはんしゃ》の道を歩み、少年は裏街道を行きながら少女の登攀を助ける側に回る。登場人物たちの内面に、作者が全能の神ぶって、できるだけ立ち入らないようにしようという執筆態度は、たしかに物語の展開をてきぱきとしたものにしたが、反面では、当然のことながら諸人物たちの彫りを浅くもした。社会登攀者の少女は後半で「大物」になるにつれて息切れしてしまう。とくに最終場面が惜しまれる。社会登攀にみごとに成功したヒロインと、その成功に生涯を賭けて役に立って今、死の世界へ旅立とうとしている負《ふ》のヒーロー。この二人の間には、風変わりではあっても、まことに痛切な愛が存在したであろうに、内面描写排除の風はここにも及んで、長い物語の最後を殺風景にしてしまった。これでは幕は降ろせない。作者の才能は大きく、技量は高い。その才能と技量を総動員して人間内部の奥底へ、一度、深く筆を潜らせていただければと願っているが、これは余計なお世話というものかもしれぬ。

「亡国のイージス」（福井晴敏）は、滅法おもしろい冒険小説であり、同時に景気のいい国家論でもある。この小説に登場する大量の人物たちには際立って共通する特徴があって、それはだれもがそれぞれたった一つの性格と役柄を与えられて、その範囲内で動く、俗にいう「扁平《へんぺい》人物」であるということだ。その点ではハリウッド活劇の登場人物と類縁《るいえん》の関係にある。登場人物の大量生産と大量消費、そこにおもしろさの源泉があり、同時に底の浅さの原因もあった。もっとも扁平人物を免《まぬ》がれている人間が一人だけいて、主役の一人、仙石という海上自衛隊護衛艦の先任伍長は物語の展開につれて成長して行き、最後には陰陽兼ね備えた「球型人物」になってまことに魅力的だ。こ

の仙石のような人物があと二、三人いたらこの作品は日本の冒険小説史に名をとどめる傑作になっていたにちがいない。国家論も扁平で、「攻撃的に平和を摑むこともできるのではないか」という観点が欠けているが、とにかく評者《わたし》は、作者の圧倒的な筆力を買って、「長崎ぶらぶら節」（なかにし礼）と並べて受賞作に推《お》した。

「長崎ぶらぶら節」の仕立ては古風である。だが、この古さは作者の信念によって選びとられたもので、それは作中に、

〈……「最初からこいくらい古う作っておけば、これ以上古ぼけることはなか……」〉

とあることからも明らかだ。

ではなぜわざと古い型式が選びとられたかといえば、それは四千曲に及ぶ歌詞の実作で得た作者独自の「歌論《うたろん》」をふんだんに盛り込むための作家的な戦略だったと思われる。歌論を開陳するという冒険に保険をかけるために、古いが安定した型式が選ばれたのだろう。

こうして、歌とはそもそもなにかに始まって、日日の生活の中で愛唱される歌とはなにか、それらの歌の主題はどこからくるのか、そして歌の言葉は人間が創るのか、はたまた天から授けられるのかまで、深くて精妙な歌論が、失われた歌を探して歩く長崎の郷土史家と名物芸者の心の揺らぎと行動を通して熱烈に、しかし明晰に、さらにおもしろさをも併せて語られる。そして、その歌を発掘するしか生きようがなかった二人の幸福な、しかしある意味では不幸な人生が、読む者の胸を打たずにはおかない。こうなると、古いも新しいもなくなって、小説の妙味の過半が、そこに人間がいて、人生を生きていたかどうかにかかっていることがよくわかってくるのである。

小説新潮長篇新人賞（第六回）

受賞作＝宇佐美游「調子のいい女」、前川麻子「鞄屋の娘」／他の候補作＝久保田和広「百万石」、中間弥寿雄「岬の村」／他の選考委員＝北方謙三、北原亞以子、林真理子／主催＝新潮社／発表＝「小説新潮」二〇〇〇年四月号

両作を推《お》す

『百万石』（久保田和広）は、数ある戦国大名の中から今川氏真《うじざね》を選び出して、その生涯を小説にしようと奮戦している。いい着眼である。というのも、これほど毛色の変った武将も珍しいからだ。父の義元が桶狭間で織田信長に討たれたあと、氏真は、駿河、遠江、三河の三ヶ国あわせて百万石の領地を引き継ぐが、よかったのはそこまで、和歌と蹴鞠《けまり》と女色に現《うつつ》を抜かすだけの彼には到底それらを維持することはできず、今川の名跡を人手に渡して落ちぶれて行き、最後は家康に飼われて、幕府の儀式や典礼をつかさどる一万石の高家《こうけ》に成り下がる。武将としてはまことに情けない一生で、この下降過程を書くだけでも面白いが、この一生を裏返せば、あっぱれな文化英雄、人生の達人ということにもなる。なにしろ戦さを避けることで長命を得たし、そのおかげで文化の一部をのこすこともできたのだから。――そう思いながら期待して読んだが、この内容を読者に送り届ける表現技術、端的にいえば文章が低調だったのは残念である。この内容を、〈今川氏真でおじゃる。／弘治三年は我が世の春でおじゃった。……〉（冒頭）

といった式の一人称文体で扱い切れるものではない。着眼のよさに文章が追いつけなかった。鍛え上げた文章で再挑戦してくださるよう望む。

『岬の村』（中間弥寿雄）は、手がたく安定した文章で、昭和三十年代前半の、日本海に面した村での大人たちの行状と少年たちの成長する様子をオムニバス型式で描き出す。蛸《たこ》捕り、うなぎ釣り、兎の罠《わな》掛けなど、村に伝わる生きるための技術を通して大自然と交感しながら心身ともに逞《たくま》しく育って行く少年群像はそれぞれ、読む者に鮮やかな印象をのこすが、大人たちのやることなすことに、いつもわざとらしさが付きまとうのはどうしてだろう。大人たちを戯画化するという意図は悪くないが、その度合いが心持ち強すぎたのかも知れない。また一編一編、積み重ねて行くうちに各編がたがいに、そして微妙に呼応し合って、やがて全体にうねりやねばりを生み出すのがオムニバス型式の魅力のはずだが、この作品はその点について淡白すぎた。全体と部分との関係に対する作家的配慮、これがこの作者の今後の課題だろうか。

『調子のいい女』（宇佐美游）と『鞄屋の娘』（前川麻子）とは好対照をなす作風だが、しかし両作ともに傑作である。

まず、文章が対照的。『調子のいい女』の文章は、溜《た》めと堪《こら》え性のないのが難点だが、その分、速度があり、皮肉なユーモア感覚に富み、形容句の使い方なども自由自在、二人の女性が織り出す小事件や悶着を写しとるのに適している。一方、『鞄屋の娘』の文章は、単調な時制のもとで心理描写をくりかえしていて時として退屈だが、その分、女主人公の胸の底まで貫く勁《つよ》さがある。つまりこの二人の若い作者は作風のちがいを超えてそれぞれ、作品の内容にふさわしい文体を発明して

いるわけで、これは才能である。

加えて、『調子のいい女』は活き活きした対話《やりとり》で、『鞄屋の娘』は女主人公の意表をつく行動で、ともに読む者を存分にたのしませるし、さらに両作とも、主要な登場人物たちの悩み苦しみ迷いながら成長して行くさまを、読む者の前にはっきりと呈示することにも成功している。人生の時間の経過の中で人間がどう変って行くのか。それを見るのが長編小説を読むたのしみだとするなら、二人の作者はみごとにそれを書いてしまった。両作とも結尾はさわやかに決まっており、どこまで行ってても甲乙がつけがたい。そこで私は両作を推《お》すほかなかったのである。

吉川英治文学賞（第三四回）

受賞作＝高橋克彦「火怨　上・下」／他の選考委員＝五木寛之、伊藤桂一、黒岩重吾、杉本苑子、平岩弓枝、渡辺淳一／主催＝吉川英治国民文化振興会／発表＝「群像」二〇〇〇年五月号

壮大な叙事詩の誕生

高橋克彦さんは、旺盛な筆力と燃えるような研究心とで、すでに多数の読者を魅了している。次つぎにすぐれた長、短編を世に問うばかりではなく、たとえば浮世絵についての学術書もお持ちで、ひと口でいえば、「小説家ときどき学者」というのが、筆者の印象であった。そして今度、その高橋さんが、これまでの作家的かつ学者的蓄積のすべてを傾注して書かれた『火怨』を読み、その読

後の感動の余韻の中で思い浮べたのが、「叙事詩人」という一行である。

叙事詩という言葉から、長大で退屈という意味を想像してはならぬ。たしかに長大ではあるが、細部は面白さと活力に溢れている。前半、中央朝廷の「蝦夷《えみし》は獣《けもの》、したがって陸奥《むつ》で採《と》れる黄金は蝦夷には用のないもの」という手前勝手な政策に敢然と立ち向う若き指導者、阿弖流為のもとに陸奥各地から知略や膂力にすぐれた若者たちが馳せ参じるが、このあたりは三国志の蝦夷版を読むようで胸がおどる。中盤の戦さの描写はすこぶる質が高い。戦局の大きな動きをはっきりと押えながら、同時に作者は戦士たち個々人の表情が目に見えるように書く。そして後半、戦うという次元を超えて和平を求めようとする阿弖流為の、戦いそのものから学んだ平和の思想が読む者の胸を打つ。どの場面においても文章の一行一行が力強く、登場人物たちはいたるところで彫刻のように立ち上がる。そして全編を貫く「人間の誇りは理不尽さに立ち向うこと」という力強い普遍的な主題、これだけ揃っているのに、これが素的な叙事詩ではないと、いったいだれが云えようか。

川端康成文学賞（第二六回）

受賞作＝岩阪恵子「雨のち雨?」、目取真俊「魂込め」／他の候補作＝日野啓三「十月の光」、稲葉真弓「七千日」、山田詠美「最後の資料」、松浦寿輝「ふるえる水滴の奏でるカデンツァ」、保坂和志「生きる歓び」／他の選考委員＝秋山駿、小川国夫、田久保英夫、津島佑子／主催＝川端康成記念会／発表＝「新潮」二〇〇〇年六月号

二作品における「語り」

「雨のち雨?」は、二十年以上も連れ添った夫に失踪された妻の、限りなく一人称に近い三人称文体で語られる。限りなく一人称に近い文体であるわけだから、妻の慌てふためくさま、喚き散らし、怒り狂い、悲しみに打ちひしがれ、そしてあれこれと邪推を逞しくするさまを写し取って当然だが、作者は逆の手法を採《と》った。淡淡として繊細な、ときには散文詩に近い文章で、日常記録でもつけるように事の次第を書きとめる。事件と文章との間にあいた巨きな隙間。その灰色の隙間から夫婦のつながりの薄さや他人との関係の冷めたさが吹き上げてくる。ときには透明な諧謔さえも。内容と表現の食い違いを作家的戦略をもって巧みに逆用した好編である。

「魂込め《まぶいぐみ》」もまた集落《しま》の神女《かみんちゅ》ウタの、限りなく一人称に近い三人称で語り始められる。村踊りの歌者《うたさー》の幸太郎という五十男の体内に這い込んだアーマン（オカヤドカリ）を、ウタは村に伝わる魂込めの儀式でどう追い払うか。こういう途方もない出来事を報告するために、やがて作者は語りの、もっとも素朴な形態、説話体を併用して、本格的な琉球語の会話や白い陽の光が散乱するまばゆい海や豚の腸《なかみ》の吸い物や月影の砂浜に産卵のために上ってくる海亀について縦横に語り、そのうちに忽然と沖縄戦の深い傷跡を浮び上らせる。次元のちがう二種の語りを自在に駆使したところに、おもしろくて深い、説話か神話にも比すべき傑作が生まれたにちがいない。短編の要諦の第一は、やはりだれがどういうふうに語るかにありそうである。

青年劇場創立三十五周年記念創作戯曲賞

奨励賞＝河原俊雄「七月は田をわたる風」、増田竈也「トモダチの名もしらない」、麻青夏海「ユーゲントシュティール」／他の候補作＝高瀬罫子『橋の下』／他の選考委員＝内木文英、瓜生正美、菅井幸雄、高橋正圀、松波喬介／主催＝秋田雨雀・土方与志記念青年劇場／発表＝「青少年劇場通信」二〇〇〇年九月二十三日号

自分との対話を大切に

総評を兼ねて云うなら、三人の作者は、いずれもそれぞれすてきな発想をお持ちだが、その発想を、よりよく、より大きく育てる手間を惜しんでいるように見受けられる。「書き上げておしまい」というのではだめだ。書き上げたら（ほんとうはプロット作業のうちにやるべきだろうが）今度は俳優の、演出の、そして観客の立場から読み直し、ひっかかる箇所があったらなぜかと考える。そしてその理由に思い当ったら、また最初から書き直す。つまり作者が俳優を、演出を、観客を兼任する。こうして、自分の内部に棲む俳優の、演出家の、そして観客の批評に素直に耳を傾け、その批判の声を容れて書き直す。……この自分との対話がなによりも大切だと思うが、最終候補作四編の作者たちはどうだったか。

『ユーゲントシュティール』（麻青夏海）の規模は壮大で、大胆なバーレスクである。がしかし、作者はたぶん読み返しもしなかったろう。もしも作者に、「自分はひょっとしたらバーレスク劇を

書いているのではないか」という自己認識があれば、もっとその技法で自分の発想を豊かに育てることができただろう。何度も読み直し、何度も手を入れて、これを一つの様式に統一してほしい。そうしたら、この国にはあまり例のない快作になるはずだ。

『七月は田をわたる風』（河原俊雄）についても同じことがいえる。たとえば、幕切れのト書きに、「花火が燃え尽きると、夜の闇を小さな光がすいーとよぎる。蛍だ。……蛍は次々に集まり、ついには華麗な群舞となる」とあるが、これは映像の手法であって、舞台ではこんなことはやれないし、やっても無意味である。演出家の立場になって読み返したら、そんなことはすぐ分かるはずだが。作者には対話を書く技量があり、構成力もあるのに、芝居本来の力で幕を下ろそうとしないところに不満を感じた。

『橋の下』（高瀬罫子）は、登場人物が紙っぺらのように軽い。そしてその登場人物たちが作者の都合で出たり入ったり、生きたり死んだりしている。すべてが平面的だ。橋の下という設定には可能性があるのだから、粘っこくその可能性を追求してほしい。

『トモダチの名もしらない』（増田竜也）の「耳をそばだてる会」という発想はおもしろい。しかし、対話の緊張度が低い。俳優になって何度も読み返した方がいい。

こういう次第で、構想の大きい『ユーゲントシュティール』と、対話術に才能を感じた『七月は田をわたる風』の二編を優秀作品に推す。

直木三十五賞（第一二三回）

受賞作＝船戸与一「虹の谷の五月」、金城一紀「GO」／他の候補作＝宇江佐真理「雷桜」、乙川優三郎「蔓の端々」、重松清「カカシの夏休み」、真保裕一「ストロボ」／他の選考委員＝阿刀田高、五木寛之、北方謙三、黒岩重吾、田辺聖子、津本陽、林真理子、平岩弓枝、宮城谷昌光、渡辺淳一／主催＝日本文学振興会／発表＝「オール讀物」二〇〇〇年九月号

強く二作を推す

『雷桜』（宇江佐真理）は、甲州街道から少し入った尾根道の峠茶屋の老婆が語るという体裁で始まる。聞き手は三人の旅人である。老婆の話はマカ不思議なもので、近くの村の庄屋の娘が生まれて間もなく何者かに連れ去られ、そして十六歳で村へ帰ってきたが、そのときは狼女《おおかみおんな》のようになっていたというのだ……こういう語り口を「枠つき物語」と称することは、だれでも知っているが、ここでもっと不思議なのは、作者がいつの間にか、自分が仕組んだ「枠」をすっかり忘れてしまっていることで、ついにはだれが語っているのか、読者にはさっぱり分からなくなる。話は、アルトハイデルベルグ風の身分違いの恋物語から、御三卿のうちの清水家のお世継問題まで発展して規模雄大、このあたりは作者の器量の大きさをうかがわせもするが、最後まで語り手がだれかが気になって、素直に作品に溶け込むことができなかった。

『ストロボ』（真保裕一）の形式も変わっている。冒頭に置かれるのが第五章で、主人公の写真家

が五十歳のときの一挿話。二番目が第四章で、主人公は四十二歳……そして最後の第一章では主人公は二十二歳という按配に時間を逆行させた連作集、扱われている主題は常に死である。この主題と題名と形式になにか大事な意味があるにちがいない。そう考えて、前から読んだり、うしろから眺めたりしたが、作者の真意がどのへんにあるのか、ついに分からなかった。形式の追求に力が入りすぎて、中身についての追求が充分ではなかったという憾みがある。

『蔓の端々』（乙川優三郎）では、開巻劈頭、衝撃的な失踪事件が出来する。主人公の禎蔵という若者が、八重という〈自分と同じ思いでいることは分かっていた〉娘に去られてしまうのである。しかもその八重を奪い去ったのは、礼助という藩の剣術師範で、禎蔵とは〈力が互角〉の青年剣士だった。そこで読者としては、禎蔵がいつ礼助と闘うのか、その結果はどうかを原動力に、長い物語を読み進むことになる。作者も品のいい、安定した文章で、読者にそう仕向けているように見える。物語は藩政改革（別に言えば御家騒動）における禎蔵の必死の活躍を描きながら、やがて結末に至るが、さて、そこで果たされるはずだった禎蔵と礼助の闘いは実現しない。もちろん作者は、二人に剣を交えさせるかどうか、何度も繰り返し思案したことだろう。そして作家的決断で、二人を闘わせないことにしたにちがいない。だが、読者の特権を振りかざして言わせていただくなら、この決断は次善の策だった。読者としては、闘ってもらわなければ浮かぶ瀬がない。闘わせておいて、二人を殺さずにおく工夫がなかっただろうか。

『カカシの夏休み』（重松清）には、「自分の人生における黄金時代はすでに終わってしまった。いかに努力しようとも、自分の未来に二度と黄金時代はやってこない」と考える、若くしてすでに老

人という人たちがひしめき合っている。評者も、「人生ってたいへん、だれもがキツい時代にキツい歳を生きている」という感傷にあふれた、この小説集に好意を抱いた一人であることはたしかだ。文章にも技法にも、重さをひめた軽みがあって、とてもうまい。けれども、作者の持味だった、あの鋭く、深く、皮肉な観察眼が、今回は意外に思うほど姿を消している。三編とも仕上がりが甘くなったのは、そのせいかもしれない。

時代がいかに変わったように見えようとも、自分はそれに合わせて変わるようなことはしない、自分の当初の志を持続させながら、粘り強く生き抜く。そう心に決めた闘士を、日比混血児《ジャピーノ》の少年の目から描いたのが『虹の谷の五月』(船戸与一)である。闘うことをやめて時流に合わせて生きることを決めた、かつての女闘士が、少年の住む島に「開発」と「拝金主義」を持ち込むという展開も、わたしたちの胸を鋭く突き刺す。日本もこの島のようではなかったか。この壮大な主題を、無数の、豊かでおもしろい細部が支えて、じつに読み応えがある。この闘士の感化を受けながら、自分の内にゆるやかに「志」を育てて行く少年の成長ぶりもさわやかで潔《いさぎよ》く、評者は、この作品を『GO』(金城一紀)と並べて強く推した。

その『GO』には美点が数多くあるが、なによりも作者は、小説という表現形式を発見して嬉しがっている。小説と恋をしている。その喜びが、いたるところで踊っている。その喜びが、作品全体にユーモアを生み出し、主人公たちに国籍や言語の壁を軽々と超えさせ、結局、この年若い作者は、次の世紀へ向けて新しいロミオとジュリエットの物語を創り出したのだ。とにかく、どこを取っても新鮮で生き生きしていて、とくに少年の〈オヤジ〉の造形の鮮やかさは特筆に値する。

日本ファンタジーノベル大賞（第一二回）

優秀賞＝斉藤直子「仮想の騎士」／他の候補作＝奥野道々「涙姫」、松之宮ゆい「こいわらい」、大濱真対「場違いな工芸品」／他の選考委員＝荒俣宏、椎名誠、鈴木光司、矢川澄子／主催＝読売新聞社・清水建設　後援＝新潮社／発表＝「小説新潮」二〇〇〇年九月号

もっと大法螺を

このところ、心理描写をくどくつらねて、物語の舳先《へさき》を内側へ、内部へと向けて行く作品が多くなっているように見えるが、今回はこの傾きがいっそう強くなった。ファンタジーを志す気鋭の書き手なら、もっと景気よく、もっと堂々と、もっと華麗で構えの大きな大法螺《おおぼら》を吹きまくってもいいのではあるまいか。

たとえば、小さな町が人口百万の大都会に成長する過程を書いた『涙姫』（奥野道々）。せっかくサンサンシティというふしぎな都市の輪郭を浮かび上がらせながら、その魅力と魔力と腐敗ぶりを、つまりその都市の本質を、ことばの力を用いて読者とともに摘出しようとはせずに、「ごっこ遊び」という手法で小さくまとめてしまっている。もったいない。

ごっこ遊びの別名は、劇中劇である。そして劇中劇の形式を採用するときに、どうしても外すことのできない鉄則がある。まず基本となる劇があり、次に、その劇がもう一つの劇、劇中劇を生み出す。もちろん初めのうちは、劇と劇中劇とは、画然と分かれていなければならないが、やがて劇

と劇中劇はたがいに侵犯し合うのが定法だ。とくに基本となる劇が、自分の作り出した劇中劇の影響を受けて、次第に変容しはじめるというのが、ごっこ遊びの鉄則なのである。

ところが『涙姫』では、劇と劇中劇とは、最後まで行儀よく他人同士でありつづける。そのために巨大な塔になるはずだった物語が小屋のように小さくなってしまった。

『場違いな工芸品』（大濱真対）も同じ罠にかかっている。ある日、世界の五十八ヶ所に、日本では東京と愛知の上空に、銀色に輝く巨大な球体が浮かぶ。しかもその球体の下で、主人公の少年は、「私ね、宇宙からやってきたの」と発語する少女と出会う。途方もない発端である。いったいどんな壮大な物語が展開されるのか。固唾をのんで読み進むと、話は次第に青春学園ものに落ち着いてしまう。「アタマの上になにか常にかぶさっているような、うっとうしい、不透明な現代」を書こうとして奮戦している作者の姿勢に意欲を、また名古屋方言を巧みに駆使した会話の冴えには才能を感じるが、物語はうんと小粒になってしまっている。

『こいわらい』（松之宮ゆい）の導入部もまたすこぶる快調である。みなし子同然に世間へ放り出された名家の姉と弟。その二人の頼りない日々の描写のほどのよい感傷性。京言葉で織りなされる会話の滑稽味。さらに、姉は小脳失調という脳障害を持つ身でありながら、どういうわけか長さ三十センチの棒を持つとべらぼうに強いというふしぎな設定……ここまでは大傑作であった。しかし、物語の原動力が「ある個人の企み」というのだから、謎が解明されるにつれて話が細く小さくなるばかり。これだけ筆力のある書き手が、どうして自分の生み出した話を、自分で小さくしてしまうのか。残念である。

『仮想の騎士』（斉藤直子）も、物語に大きさがない。けれども、カサノヴァ、サン・ジェルマン、ルイ十五世、マダム・ポンパドゥールなど、実在の人物群を自在に使いこなしながら、あざやかで、きらびやかで、そして妖しい西洋講談を作り上げていて、その想像力に敬意をはらいたい。さらに、作者の頭の中で、書くべきこと、書かねばならぬことが、よく整理されているせいで、文章と語り方が律動的で、小気味がいい。登場するイタリア人が全員、関西弁でしゃべるという仕掛けなどにも才気が窺われるし、登場人物にいちいち洒落《しゃれ》た後日譚を付ける手法も気が利いていた。主人公の両性具有性、つまり一人二役というおもしろい装置がもっとうまく使われていたら、掛け値なしの傑作になっていただろう。そこが惜しかった。

おしまいに、候補作すべてに言えることだが、ご自分が得た発想をもっと可愛がって、うんと大きく育てていただきたい。どなたも、ご自分の発想を案外、粗末にしておいでのように見えるのだが。

神奈川新聞文芸コンクール（第三〇回）

入選＝仁野功洲「名のあるはずの人」（短編小説部門）／選考委員は著者のみ（同部門）／主催＝神奈川新聞社／発表＝同紙二〇〇〇年十月九日

読み手に伝わるコトバを

小説は個人的な日記ではありません。あくまでも、他人さまに、つまり読者に読んでもらうことを前提に作られるものです。去年の講評でそう力説しましたが、今年も、同じことを申し上げなければならないのは残念です。人間や人生にたいして、とても鋭い感覚や発見があるのに、その感覚や発見を、明快な文章に綴《つづ》って、謙虚に読者の前に差し出すことをまるで考えていない作品が少なくありませんでした。読者無視、これはいけません。

もう一つ、小説は―というより言語を用いた表現はすべて―一から十までコトバでできているということを、もう一度、しっかりと肝に銘じていただきたい。つまり、書き手にとって読者とつながる手段は、コトバしかないのです。では、リッパなコトバを並べればいいかというと、そうではなく、内容とコトバとが見合ったものでなければならない。今回、目立ったのは、日常の小事件を扱っているのに、コトバだけはいやにリッパな作品が多いことでした。簡単に云えば、異常な美文意識が大流行で、これはあまりいい傾向ではない。いつも使っているコトバを、どう練り上げれば小説に使えるようになるのか。次回は、そのあたりに気を配っていただきたい。とてもいい話なのに、それを表現するコトバが大げさで、すべてが台なしという作品が多すぎました。

今回一番の出来は、「名のあるはずの人」（仁野功洲）、形式に機知《ウィット》あり、記述に諧謔《かいぎゃく》あり、そして全体に「小説はコトバだけで創るもの」という覚悟があり、さらに「小説というものはつくりもの」という決心がありました。とにかくこんな短い枚数で、一人の人間の伝記を書き上げた作家的手腕に敬意を表します。欠点があるとすれば筆名、これはちょっと大時代ですね。

「月のかけらが見たい」（水田画生）は惜しかった。みずみずしい感覚に溢《あふ》れていて、とてもよく

できた散文詩のようでした。「……のさ」文も新鮮です。ただし、この「……のさ」文をちょっと使いすぎたきらいがあります。でももし、入選の枠が二つあれば、迷いなくこの作品も推したはずです。

講談社エッセイ賞（第一六回）

受賞作＝四方田犬彦「モロッコ流謫」／他の選考委員＝東海林さだお、野坂昭如、林真理子／主催＝講談社／発表＝「小説現代」二〇〇〇年十一月号

魔法の場所はあるのか

テネシー・ウイリアムズの舞台にすばらしい言葉を提供した作曲家、ポール・ボウルズ（一九一〇―一九九）は、じつはヒッピー世代の若い作家たちに大きな影響を及ぼした小説家でもあった。「現代文明は人間性を破滅せずにはおかない。それならばいっそ、その現代社会と断絶して、この地上のどこかにあるにちがいない魔法の魅力を湛えた場所で、孤独のなかに生きよう」というボウルズの主題が、ヒッピー世代を強くひきつけたのだった。ボウルズの妻のジェイン（一九一七―七三）もまた作家だったが、二人は戦後、大麻と少年愛の天国といわれたモロッコのタンジールへ行ったきり、いわゆる文明社会へ帰還することはなかった。では、モロッコはその「魔法の魅力を湛える場所」だったろうか。

この『モロッコ流謫』は、長い歳月をかけて完成された、その検証書である。当のボウルズとも交渉があり、訳書もある著者は、現在、このナゾを解く最適任者の一人であるが、モロッコもまた「魔法の魅力を湛える場所」ではなかったというのが、本書の結論のように思われる。

ボウルズの著作を自在に引用しつつ、かつ同時に自分でもモロッコで不思議な旅を体験しながら、著者は「避難は無意味ではないか」と示唆する。この地上のあらゆるところにすでに文明の塵《ちり》が流れ込んでいるし、この世界はいたるところ「悪意の原則」に満ちているからである。そしてなによりも恐ろしいのは、「その避難先からの帰還も困難である」という指摘である。とすれば、読者はおのおの自分の生きている場所に魔法の魅力を復活させなければならないだろうが、もちろん著者はそこまで説いて、読者を縛っているわけではない。しかし読者に世界と人間を考えさせる、独特の、そして強力な牽引力をもった書物である。秋の夜長にじっくり読むべき一冊。文章は良質で、お釣りはたっぷり返ってくる。

谷崎潤一郎賞（第三六回）

受賞作＝辻原登「遊動亭円木」、村上龍「共生虫」／他の選考委員＝池澤夏樹、河野多恵子、筒井康隆、日野啓三、丸谷才一／主催＝中央公論新社／発表＝「中央公論」二〇〇〇年十一月号

この少年とこの落語家

なにもかもぐずぐずにしたまま、ついにわたしたちは0と1しかない電子時代に突入した。そんな時代の無個性的なつまらなさを、また、だれかが示す矢印にしたがって時間を消尽するだけの生き方の危うさを、『共生虫』は、〈不登校を始めてからその名前を自分で勝手に捨てた〉少年の数日間の、奇妙かつ狂暴な冒険を通して描き切る。緊張度は高いが抑揚に乏しい、陰気でノッペラボーな文章は、意識して選び取られたもので、軽薄につるつる光っているだけの現在《いま》を冷ややかに浮かび上がらせることに役立っている。一方、少年が「水」や「清水」を前にするたびに、すべての描写がにわかに鮮やかな色彩を帯びてきて、そのとき、この作品は瑞々しい叙情を奏でる。その切り替えの繰り返しが快調なリズムを生んだ。一切の湿気を嫌うノッペラボーな電子時代への、これは美しい抵抗だろう。

二つ目、真打もそのうちにというところで目が不自由になった、ちょっと変人じみた落語家が、落語の中から抜け出してきたような、これも変わった人たちと、共感しあったり、ちょっとずれたりしながら、ゆっくりと再生して行くというのが『遊動亭円木』である。しかし、これは月並みな人情話ではない。作者の文学的腕力によって、下町の三軒長屋は東小松川の五階建鉄筋コンクリートのマンションに変形され、粋《いき》な旦那は水で重病を治そうとするばかりか奇妙な庭園まで造ろうとし、その囲い者の女は落語よりはるかに大時代な身の処し方をし、そこへはるばる中国から駈け落ちしてきた悲運の男女が絡んで、円生と志ん生の噺を同時に聞いているような按配になる。しかし作者はなおも手を緩めず、登場人物たちにつねに人間の運命である老いと死を考えさせ、そうした

なかでこの落語家に、古今東西およそ二千種の噺をぜんぶおぼえて「落語の図書館」になろうと決心させる。そのとき、老年に近い落語家は落語の魂そのものになった。

落語を下敷きにしながら、この高みまで辿り着いた作者の力に敬意を表する。

小説すばる新人賞（第一三回）

受賞作＝堂場瞬一「8年（「Bridge」改題）」／他の候補作＝深見仁「太陽の耳」、黒田由美子「猫さらい」／他の選考委員＝阿刀田高、五木寛之、田辺聖子／主催＝集英社／後援＝一ツ橋綜合財団／発表＝「小説すばる」二〇〇〇年十一月号

美点と欠点

『猫さらい』（黒田由美子）は、街の片隅にひそかに咲いた現代のおとぎばなしといったしつらえで、設定はとてもいい。この設定やテーマにふさわしい文体が伴ったら、これは一個の佳品になったろうが、作者のことばの感覚が微妙にズレている。たとえば、冒頭の数行目に次のような文が現われる。

〈……そこはかとなく漂うおしっこの臭いで、（野良猫たちが）そこを根城にしていることに間違いはなかった。〉

「そこはかとなく」は、すくなくとも「おしっこ」にはつながらないのではないだろうか。「そこ

はかとなく」は、「恋しい」や「かおり」や、人にとってなにか好ましいものがつく。それが言語感覚というものだろう。では、作者は、そんなことは承知の上で、このようなズレを多用して文体の革新を謀ろうとしたのか。丁寧に読み進めて行ったが、そうでもないようだ。当然、このようなズレの頻出が気になって、せっかくの佳話に打ち込むことはできなかった。ここからは余計なお世話というものだが、古書店から日本文学全集を一山買い込み、古今の名作をうんと読んでことばの感覚を養えば、きっといい作品が書けるはず。

『太陽の耳』(深見仁)は、細部の描写がいちいちすばらしい。とりわけ、四国の小さな町の白けて、みじめったらしい繁華街のカラオケボックスでの登場人物たちの出入りを、しなやかに、かつ鮮やかに書き分けて行く筆力には非凡なものがある。性交場面などは、滑稽で、それでいて清潔で、その上、充実していて、それはもうみごとなものである。ところが、冒頭に掲げられた大きなナゾがいっこうに解けないのはどういうことだろう。こちらは、そのナゾに吸い込まれて読む気になっているというのに。

文章や細部の描写のみごとさを束ねる設定やテーマに不足、というか飛躍があったと思われる。田舎町の青春群像を淡々と書く方が、この文章には適い、そしてたいへんな傑作ができただろう。

『Bridge』(堂場瞬一)は、最初と最後に、そして途中の要所に、ニューヨーク・タイムズ紙のスポーツ・コラムを入れて、期待をもたせたり、ストーリィの説明をさせたりした工夫がすばらしい。これが美点の第一。また、アメリカ野球のシステムの説明をかりながら日本のプロ野球機構やオーナーたちの無知に鋭い風刺の矢を放つ機智もみごと。これが美点の第二。野球選手の性格や行動も

よく描けていて、これが美点の第三。余計な恋愛沙汰がなく、さっぱりしていて、これは美点の第四。野球ゲームの進行や展開が、正確に文章化されていて、これが第五の美点。

ただし、球団社長交代劇は御粗末で、これは第一の欠点。常磐という高校出の新人捕手がこんなに早く上手になるかは疑問で、これが第二の欠点。題名が英語ということに違和感があって、これが第三の欠点。

差し引き美点の方がまさっていたので、評者はこの作品を推した。とにかく、スポーツ・コラムを狂言回しにした工夫は大手柄である。堂場さんのこれからの健闘を祈る。

二〇〇一（平成十三）年

読売文学賞（第五二回）

受賞作＝伊井直行「濁った激流にかかる橋」、山田詠美「A2Z」（小説賞）、永井愛「萩家の三姉妹」（戯曲・シナリオ賞）、高島俊男「漱石の夏やすみ」（随筆・紀行賞）、多田智満子「長い川のある國」（詩歌俳句賞）、岩佐美代子「光厳院御集全釈」（研究・翻訳賞）、評論・伝記賞なし／他の選考委員＝大江健三郎、大岡信、岡野弘彦、川村二郎、菅野昭正、河野多恵子、佐伯彰一、富岡多恵子、日野啓三、丸谷才一、山崎正和／主催＝読売新聞社／発表＝同紙二〇〇一年二月一日

大らかで瑞々しい名訳　「漱石の夏休み」について

『木屑録《ぼくせつろく》』は、明治二十二年九月、満二十二歳の漱石が、親友の子規に読ませるために書いた、漢文による房総旅行の見聞記である。ごく初期の習作であり、また漢文で書かれていることもあって、これまであまり読む人のなかった作品を、真っ正面から、しかしあくまでも諧謔《かいぎゃく》の気分を失うことなく、縦横に論じたのが、この『漱石の夏やすみ』である。

なによりも、高島さんによる木屑録の訳文が、大らかで自由自在、瑞々《みずみず》しい青春の気分に溢《あふ》れていて、すこぶる愉快である。こんな名訳を得て、天国の漱石もさぞや喜んでいることだろう。さらに高島さんは漱石や子規の漢文をいちいち添削するのだが、この関係がおもしろい。つまり日本近代文学史の二大巨人である漱石と子規に、後世の中国語学者が厳しく教えるという「逆さまな関係」が、絶え間なく笑いを作り出して行く。これはほんとうにおもしろい位置の取り方であるが、著者の深い学識がそれを可能にしたのはもちろんである。

また、日本人の漢文学習についての鋭い批判もあって教えられることの多い一冊でもあるが、なによりも貴重なのは、ここで試みられている、「和語（本来の日本語）をできるかぎり仮名で書く」という実験。その効果は抜群で、文章がまるで甘露水のように、読み手の体に入ってくる。

岸田國士戯曲賞（第四五回）

受賞作＝三谷幸喜「オケピ！」／他の候補作＝上田英生「錦鯉」、蟷螂襲「舟唄。霧の中を行くための」、内藤裕敬「なつざんしょ」、平田俊子「甘い傷」、マキノノゾミ「高き彼物」、松本大洋「メザスヒカリノサキニアルモノ若しくはパラダイス」、わかぎえふ「お祝い」／他の選考委員＝太田省吾、岡部耕大、佐藤信、竹内銃一郎、野田秀樹、別役実／主催＝白水社／発表＝二〇〇一年二月

すばらしい作家的膂力

『オケピ！』については、いくつかの不満がないわけではない。なによりも、〈あるミュージカルに音楽をつけるオーケストラ〉という基本構造が、うまく作動していないのではないか。この作品の観客は、もっぱらオーケストラ・ピットでの人間関係の揺れやずれを見ることになるが（これをAとする）、当然のことながら、「上」では、あるミュージカル作品が進行している（これをBとする）わけで、ここまではステキな着想であるけれども、肝心のBの様子があまりよくわからない。もちろん、Aの人間模様をきちんと描くために、Bを薄手にしなければならないという事情は理解できるものの、Bの、この程度の音楽量では、Bがミュージカルである必要はまったくなく、そうするとオケピ（A）もまた不要になる。簡単に云えば、AとBとの照応（これこそがこの着想の核心）について不備があって、その意味では、じつに脆い構造の上にできた作品と云えるだろう。

ついでに云えば、Aに挿入されるソング群の歌詞も同趣のものが多く、しかも日本語としても洗練されておらず、その結果、作品全体が内側に閉じてしまった。もう一つ、俗流心理学や月並み処世訓の多用にも抵抗がある。

にもかかわらず、最後にこの作品に一票を投じたのは、こんな脆い構造のドラマを、とにかくおしまいまで書き切った、その破天荒な筆力に敬意を抱いたからだ。この旺盛な作家的膂力に大きな花束を贈りたい。

勢いにのって云うならば、三谷さんは、これまでに二回か三回、岸田賞を受けてもよいような、すぐれた喜劇を発表してこられた。そこで作家賞として受けていただけるなら、こんなうれしいこ

とはないと考えて票を投じたのである。これからもすばらしい劇的状況を発明して、演劇界を活気づけてください。

直木三十五賞（第一二四回）

受賞作＝山本文緒「プラナリア」、重松清「ビタミンF」／他の候補作＝岩井志麻子「岡山女」、田口ランディ「コンセント」、天童荒太「あふれた愛」、横山秀夫「動機」／他の選考委員＝阿刀田高、五木寛之、北方謙三、黒岩重吾、田辺聖子、津本陽、林真理子、平岩弓枝、宮城谷昌光、渡辺淳一／主催＝日本文学振興会／発表＝「オール讀物」二〇〇一年三月号

受賞作二作の魅力

『岡山女』（岩井志麻子）は、方言による濃密な会話と、深彫りの、気魂《きこん》のこもった地の文を駆使して、明治末年の岡山の街の気分と、そこに住む人びとの内面にひそむ怪奇さやもろさを活写する。狂言回しの役を演じるのは、狂った旦那に斬りつけられて左目の視力を失った若い女。その失われた左目に、明日起こることがらや、死者たちの姿が写るという設定である。個性的な文章と特異な道具立て……と、作者の才能の豊かさはだれの目にも明らかだが、やがて作者だけが一人勝手に、大車輪で不吉がり怖がっているという気味合いが強くなってゆき、ついには作者と読み手の距離が回復不能なまでに開いて行く。ひとことで云えば作者の一人相撲、残念である。

『あふれた愛』（天童荒太）は、四つの中編からできた作品集で、その中の「やすらぎの香り」は掛け値なしの名作だ。たがいに心を病んだ男と女が、「ひとりなら危ういが、ふたりならなんとか生きていける」と思い定めて、困難な日常生活を積み重ねて行くさまは、読み手の心を強く揺すぶるものがある。だが、たとえば、別の一編、「うつろな恋人」には抵抗がある。病院の関係者が、ある患者についての情報を、別の患者に簡単に喋ってしまうばかりか、そのことが物語を動かす原動力になるという設定は、この作者には珍しい荒さである。「やすらぎの香り」に匹敵する作品がもう一編あれば、評者はこの一冊を最後まで支持しつづけたのだが。

『動機』（横山秀夫）の作者は、地道ながらこつこつと自分の世界を築き上げてきた。その根気と努力に感心しながらも、このへんで読者にハッタリをかますような手（むろんいい意味での）を導入すべきときがきたとも思うが、いかがだろうか。これまで積み上げてきた技術を生かしながら、たとえば、あるトリックがあるとして、そのトリックを大事に使う一方、さらにもう一つ、大トリックを仕掛けるような、そういう意味でのハッタリ。「逆転の夏」に、かすかにその芽が感じられるが、まだまだ不十分だ。

『コンセント』（田口ランディ）は、機知に富む細部と速度のある展開で、自分を新しい型のシャーマンであると思い込んだ一人の娼婦の誕生を描き切った。シャーマンはこの世についている穴、すなわちコンセント。その穴は見えざる世界と、人間の記憶のすべてが蓄積されているホストコンピュータと、いわば神の世界と繫がっている。したがってシャーマンを訪れる者は、自分のプラグをコンセントに差し込むことで、全人類の記憶に接触できるわけだ。なんという壮大な主題だろう。

これを聖とすれば、ヒロインの日常は俗。この聖と俗を結びつける啓示の瞬間が一編の山場であるが、惜しいことにその瞬間が濁っている。ここに作者持ち前の機知と分析力が十分に投下されていたら、途方もない傑作が実現したのに。

『ビタミンF』（重松清）は、二つの大きな主題から構成された短編集である。〈どうしたら父親になれるのか。そしてその父親とは、どのような父親なのか〉、これが第一の主題。第二のそれは、〈このまま生きて行くべきか。もう一つの、別の人生を選択できないのか〉。いずれも切実なものであって、作者は巧みな会話術と、手練の物語づくりの腕をふるって、さまざまな角度から、これらの主題に鋭く切り込んで行く。そして、人間には今のままの人生しかない、大切なことは、これまでの営為に、今日もなにがしかの努力をささやかに重ねて行くことだと、自分を、そして読者を説得する。その小説的手続きのみごとさを買って、最終投票で一票投じた、もちろん重松さんのこれまでの質の高い仕事に敬意を表しながら。

『プラナリア』（山本文緒）は、なによりもまず文章のよさで傑出している。どんな文にも大小のギャグが仕込んであり、しかもそれらの文がひとたび連なって文章になるとき、このギャグ込みの工夫が邪魔になるどころか歯切れのよいリズムを作り出す力としてはたらく。こういう文章を実現しただけでも、立派な仕事だ。加えて主題がいい。〈なぜ人は働かなければならないのか〉は、漱石の『それから』の代助以来の大主題。この根源的な主題を扱いながら、歯切れのよい文章で、小さいけれど魅力的な短篇群を紡ぎ出してみせた山本さんの作家的膂力に、感嘆符のたくさん咲いた花冠を差し出さずにはいられない。

小説新潮長篇新人賞（第七回）

受賞作＝渡辺由佳里「ノー　ティアーズ」／他の候補作＝青山亜樹「八月のナイトメア」、楠橋岳史「ハッピー・エンド・ガイド・ブック」、清野かほり「ペイン・スコール」／他の選考委員＝北方謙三、北原亞以子、林真理子／主催＝新潮社／発表＝「小説新潮」二〇〇一年四月号

物語の力

『ノー　ティアーズ』（渡辺由佳里）には、「白雪姫」と「青い鳥」の、二つ物語がじつに巧みに熔《と》かし込まれている。この作品の舞台は、相手の言いなりになったら殺されかねない、それこそ生き馬の目を抜くニューヨークの投資業界。このカネが万事の世界で、男たちに伍《ご》して働くジューン・ムラカミという女性が、弱肉強食のカネ地獄から自分を救い出してくれる王子さまを意識下で待っているという設定は「白雪姫」の骨法であり、その王子さまがじつは自分のいちばん身近にいたという結末は「青い鳥」の故知にならっている。このように安定した物語を二つ溶鉱炉に投げ込んで、まったく新しい、そして景気のいい物語をつくりだした作者の力業に敬服する。

文章がまた活《い》き活《い》きとして跳ねている。しばしば挿入される警句《けいく》仕立てのビジネス心得が効いて、それが文章に軽快なリズムを生み出し、さらにカタカナで表記された英語に漢字のルビを振るという新発明も、舞台がアメリカだからいささかの違和感もなく、かえって作品を機知に富んだものにした。

歯が浮くように美点を並び立てているようだが、ほとんど欠点がないのだから仕方がない。とくに褒めたいのは、「仕事か生活か」「カネか愛情か」「大企業か小企業か」という、いくつもの対立の中から、「人生においてなによりも大切なのは凡庸な仕事を誠実に積み重ねて行くことだ」というテーマを搾《しぼ》り出して行く構えの大きさとたしかさ。筆さばきは軽快だが、じつはかなりしたたかな、そして円熟した作品である。

『ペイン・スコール』(清野かほり)は、自分の責任ではないのに人生の最初の段階で心に深い傷を受けた二人の男女の、それも十七歳の少年と二十七歳の心理学の女性研究員の、いってみれば、ギリシャ悲劇ふうな心中物語。たいへんな力作で、ほんとうに力いっぱい書いている。だが、作者は心中という物語に組み伏せられてしまった。最後の瞬間、少年はあるトリックを用いて、女性研究員の命を救い、自分は死んで行くが、生き残った女性研究員は、あとの人生をどう生きて行くのだろう。彼女の心の傷はますます深くなって行くばかりではないか。少年の実母殺しも唐突で、読了後、たくさんの疑問符が湧いてきた。

『ハッピー・エンド・ガイド・ブック』(楠橋岳史)の、「悲劇的結末を持つ世界名作や日本名作をハッピーエンドに変えてしまおうとしている少女」というアイデアは、秀抜である。悲劇の大量虐殺、この思いつきはほんとうにおもしろい。しかし、その実例をもっとたくさん書かなければ、せっかくの宝も持ち腐れ、宮沢賢治の『銀河鉄道の夜』だけでは物足りない。さらにこの悲劇の大量虐殺の影響が図書館の外へ及んで行かないのは、もっと物足りない。加えて、作者が、書物の意義や、悲劇や喜劇の意味についてまったく無関心なのは、いっそう物足りない。せっかくすばらしい

物語を発想したのに、作者はそれを生かそうとしていない。

『八月のナイトメア―大倉商事、消ゆ』（青山亜樹）には、どうも物語が見当らない。一所懸命に書いている、その熱意には心を打たれるが、ここには事件の経過があるだけ。倒産という巨大な現実が、一人のOLの心にどう作用したか、それを真っ向から見据えれば、自然に物語が発明できたはず。とても貴重な体験なのだから、余計なお世話かもしれないが、もう一度、まっすぐに挑戦なさってはいかがでしょう。

吉川英治文学賞（第三五回）

受賞作＝宮城谷昌光「子産 上・下」／他の選考委員＝五木寛之、伊藤桂一、黒岩重吾、杉本苑子、平岩弓枝、渡辺淳一／主催＝吉川英治国民文化振興会／発表＝「群像」二〇〇一年五月号

大きな着眼

春秋時代のなかば、中国の小国、鄭《てい》国の正卿として二十一年間にわたって国政を主宰した子産については、貝塚茂樹先生の「孔子と子産」という文章を通して多少の知識があったが、この作品によって初めて、子産の父、子国《しこく》の、その人となりを知った。そこで、わが子のおそるべき才能に気づきはじめる父の胸中を写した前半を一気におもしろく読んだが、後半、子産の政治言語論に至って、ひときわ強く胸を打たれた。

〈子産は言辞を一歩前進させた異才であろう。〉（下巻五十八頁）

これが宮城谷さんの大きな着眼である。

卿（大臣）が君主を輔《たす》けていればよいという時代はもう終わりに近い、これからは民衆を直視しなければならない、それが政治家の第一の仕事になるだろう。そのことにだれよりも早く気づいていたのがこの子産であって、そこで彼は、それまでの政治言語である雅語や遠回しの諷意を排して、政治の弁論に、はじめて修辞を持ち込んだ。自分のコトバを、できるだけ遠くへ（外交がそう）、そして深く（相手は民衆）届けようと心がけたのである。彼のコトバがどのように国を助け民生を助けることになったか、それは読者諸賢が直《じか》にたしかめられることをお薦めするが、近来奇妙に閉じられた永田町隠語で一国を経営して恥じないわが政治家諸公こそ、もっともこの本を読むべきであろう。……もちろん、彼らにこの本を読むだけの教養があるかどうかは疑わしいので、われわれ市民が読んで、主権者の言辞を一歩前進させる方が話は早いかもしれぬ。

川端康成文学賞（第二七回）

受賞作＝車谷長吉「武蔵丸」／他の候補作＝青野聰「闘牛とオオババ」、北杜夫「水の音」、川上弘美「龍宮」、吉村昭「時間」、松浦寿輝「逢引」、岩橋邦枝「こおろぎ」／他の選考委員＝秋山駿、小川国夫、田久保英夫、津島佑子／主催＝川端康成記念会／発表＝「新潮」二〇〇一年六月号

個に徹して普遍に迫る

貸家を転々としていた虫好きの中年の夫妻（夫は小説家、妻は詩人）、夫が文学賞を得て、俄然、景気がよくなり、駒込千駄木の露地の奥のあばら家を購入する。そのときにふとしたことから、牡の兜虫を飼うことになるが、「武蔵丸」（車谷長吉）は、その兜虫が、夫妻の買った家に飼われてから死ぬまでの丸三ヵ月間の始末記の体裁をとる。

「角で冷蔵庫を持ち上げようとする」ぐらい力持ちでも、たかが兜虫、そんな虫の一生を書いたところで……と思いながら読み始めたところ、これがじつにおもしろい。その虫が、しだいに夫妻の日々の暮らしに少なからぬ響きを与え出し、それどころか、ついには、〈夫婦とはなにか〉、〈家庭とはなにか〉、〈死とはなにか〉という、人生の大課題まで持ち出してくる。別にいえば、虫の細事に徹底することで、作者は人間存在の中心を衝いたのだ。個に徹して普遍に迫るという私小説の、最良の、しかも最新の達成がここにある。

細部がゆたかで、おもしろいから、こういうみごとな短篇ができたことはいうまでもないが、特筆すべきは文章の勁《つよ》さ（秋山駿氏の評言）で、凡作なら浮き上がって空々しくなるような、いくつかの受け狙いのくすぐりが、文章の勁さによってそのいやな毒を消されて強力な諧謔に変わり、読む者のこころをたのしませ、解放する。結尾の四行がこの短篇の柄をうんと大きなものにした。

「時間」（吉村昭）もまた秀作。終戦直後の二十一歳の夏、作者は局所麻酔だけで肋骨五本を切除するという肺結核の大手術を受ける。想像を絶する激痛の五時間、そのときの唯一の救いは、「いつかは手術が終って手術台から解放される時が必ずやってくる」ということ。作者は、この時間論

にもとづいて、凄味のある挿話をいくつも展開して行く。その展開そのものが、大戦争に参加した日本人の中の何人かの固有な時間を探って行くという書き方、つまり叙述そのものが、読む者に時間そのものを感じさせるという卓抜な手法が採られている。題名、主題、記述、そのすべてが時間というものと絡み合いながら、やがて、作者は「時間の経過がすべてを洗い流す」という新しいところに立つ。感嘆するほかない作品である。ただ、結尾に至って、かすかに一種の美談の匂いが一筋立ちのぼり、それまでのみごとな人間洞察と時間観察の成果に薄くくもりをかけたように見えた。

直木三十五賞（第一二五回）

受賞作＝藤田宜永「愛の領分」／他の候補作＝奥田英朗「邪魔」、真保裕一「黄金の島」、田口ランディ「モザイク」、東野圭吾「片想い」、山之口洋「われはフランソワ」／他の選考委員＝阿刀田高、五木寛之、北方謙三、黒岩重吾、田辺聖子、津本陽、林真理子、平岩弓枝、宮城谷昌光、渡辺淳一／主催＝日本文学振興会／発表＝「オール讀物」二〇〇一年九月号

比類なく美しい構造

フランス文学史上最初にして最大の抒情詩人フランソワ・ヴィヨン。序でに云うなら、その詩の解読に現在も手を焼き、それどころか本当に実在したかどうかも疑われているヴィヨンの伝記を、『われはフランソワ』（山之口洋）は勇敢に試みる。しかもヴィヨンが語るヴィヨンの半生記という

拵《こしら》えだから、右の「ヴィヨン架空説」に真っ向から挑戦することになる。まことにその意図は壮である。新しい人はこうでなくてはならぬ。けれども一人称の語り手という設定はよろしいが、そのために「おれは」「おれは」の一人称代名詞の氾濫になってしまったのはよろしくない。「おれ」の乱用が読む者の参加を拒んでいる。「自己中心」的文が林立してうるさくなった。小さなことだが、店を肆と書き、看板を招牌と書く理由もわからない。いずれにもせよ、語り口にもう一工夫あれば俄然雄大な作品になったはずで、そこが惜しまれる。

男とはなにか女とはなにか——この問いを「おもしろい物語」を通して考えようと試みる東野さんの作家的態度にかねてから敬意を抱いてきたが、『片想い』（東野圭吾）もまた、〈男になりたい女〉と〈女になりたい男〉がたがいに戸籍を交換し合ったらどうなるかという、すばらしい設定のもとに物語が組立てられている。だが今回は、当事者のほとんどがある一つのグループから出ていて、このことが読む者に「ばかに都合がよすぎる」という印象を与える。別に言えば、おもしろさを求めるあまり、作者に都合がいいように書かれている。おもしろい物語を創り出すために骨身を削っている作者には酷だが、いったんは「おもしろくすること」を忘れて主題にまともにぶつかる方が、よりすばらしい作品になったかもしれぬ。

最尖端の風俗からそれを支える思想を抜き出す仕事で光る成果をあげているのが田口さんである。こんどの『モザイク』（田口ランディ）でも、〈携帯電話は祈りの道具です。「誰かと繋がりたい」という狂おしいほどの祈りです。〉という切ない定義が明らかにされる。これは電子、電脳社会を宗教に見立てた、みごとな世界解釈物語である。ただし今回は文章も描写も展開も少し粗くなった気

がする。中心軸を思考から描写へ、ほんのちょっとずらしてもらえないものか。

『黄金の島』（真保裕一）は二段組み五百五十頁の大作で、真保さんの旺《さか》んな筆力にまず驚く。やくざ組織のために国外に追放された主人公がタイからベトナムへ転々としながら、いつ、どんな方法で帰国して組織に仕返しをするのか。常にそれを期待しながら読者は営営として頁をめくる。才筆の作者であるから、ときに読者を魅了する。たとえば台風の真ッ只中を航海する場面の迫力は相当なものだ。作者の筆は「水」の描写をするときにひときわ冴えわたる。だが、主人公が日本上陸の寸前に殺されてしまうのに呆然とした。読者の労にもう少し酬いてもらいたい。それに主人公の接近を待ち受ける日本国内の側の人物たち（とくに主人公の愛人だった女）に「仕事」がない。いつも話の進展を待ちこがれながら同じところで足踏みしているのには困る。

今回、刮目《かつもく》し、歎服《たんぷく》もしたのは『邪魔』（奥田英朗）だった。おもしろい細部、巧みな会話で、東京の衛星都市に住む、ある平凡な一家庭の転落過程が活写され、それだけでも元のとれる小説だが、この作者は途方もない描写トリックを仕掛けている。この平凡な家庭の夫のみみっちい犯罪を追う刑事が、よく読むと、とうの昔に事故死したはずの義母と話をしたり、そればかりか彼女に料理を作ってやったりしているのである。これは文章でしか実現できない巧妙なトリックであって、つまり刑事はこと義母については頭がおかしくなっている。そこでこの小説は結末へ近づくにつれて、一人の刑事の再生物語の様相を呈しはじめる。なんという描写トリック、なんというあざやかさ。

『愛の領分』（藤田宜永）と併せてこの作品を推したが、及ばなかったのは残念である。

『愛の領分』はどこをとっても寸分の瑕《きず》もない、みごとな作品で、とくに五十三歳の仕立屋の恋

の進み行きに過去の恋物語がぐんぐん近づいて来《き》、過去と現在の、二つの時間が一つになるという構造が比類なく美しい。未来を拓《ひら》くには過去の処理が必要であるという、日常生活の根本が、この構造に支えられて、全編から自然に滲み出してくる。なによりも淳蔵という得恋の五十男が紙の中から立ち上がり、いまにも読者の体の寸法を採ってくれそうなほど、よく書かれている。練達なことこの上のない描写力だった。

日本ファンタジーノベル大賞（第一三回）

大賞＝粕谷知世「太陽と死者の記録」、優秀賞＝畠中恵「しゃばけ」／他の候補作＝佐藤仁「アンデッド・リタナーズ」、越谷オサム「アパートと鬼と着せ替え人形」／他の選考委員＝荒俣宏、椎名誠、鈴木光司、矢川澄子／主催＝読売新聞社・清水建設　後援＝新潮社／発表＝「小説新潮」二〇〇一年九月号

作家的野心と勇気を買う

なにをどのように書いてもよい――これがこのコンクールのただ一つの原則である。ところがその年ごとに、なにかに偏《かたよ》ってしまうから不思議である。今年の最終候補作の作者たちは、悪霊とミイラと妖怪が好きだったようだ。

『アパートと鬼と着せ替え人形』（越谷オサム）は、夫の背信を知って嫉妬《しっと》に狂った平安期の女房

が鬼と化して夫を喰い殺し、それでも怒りの炎《ほむら》はおさまらず、現代まで生き存《なが》えて若い男どもを喰うという設定。そして彼女は若い男を誘《おび》き出すために曰《いわ》く付きの人形を曰くあり気に使うというのがその道具立てである。こういう設定や道具立てを生かして読者を誘い込むには、精密かつ濃密な情景描写が必要になるが、残念ながら作者の筆にもう一歩の伸びがない。いくつもの場面で舌足らずの描写が顔を出す。物語時間の処理（たとえば平安期と現代との並行構造）に光るところが見受けられるので、切に次作を期待する。

『アンデッド・リタナーズ』（佐藤仁）の作者は、恐るべき勉強家だった。神学、哲学、文化人類学、そして近代言語学など諸学問の鍵言葉《キー・ワード》をいっぺんに自作に吹き寄せて、その一つ一つをパロディとして使いながら物語を推進する。こういう作風が大好きな評者は読みながら満点に近い点をつけていたが、読み終えてから改めて全編を眺め返すと、物語そのものの月並みなところが気になり出した。独自の雄勁《ゆうけい》な物語をまず築いて、そこへこの作者持ち前の知的ゲームを付け加えることができれば、わたしたちはたぶん優れた作家を一人持つことになるだろう。その日が早く来ることを切望する。

『しゃばけ』（畠中恵）は、一種の教養小説《ビルドウングスロマン》である。それも江戸期を舞台にし、主人公の一太郎（回船・薬種問屋の若旦那）を成長させるのが番頭や小僧としてお店《たな》に住み込んでいる大小の妖怪たちなのだから人を喰っている。しかも教養小説といいながらも、物語の展開は連続殺人事件の発生とその解決という体裁をとっていて、真犯人なるものは神様になりたくて悪くもがく大工道具の墨壺だったというのだから、ますます人を喰った話である。万事につけてこのとぼけた味わいは、

近来の出色である。

『太陽と死者の記録』(粕谷知世)は、その一、作者が語る、その二、主人公の少年が語る、その三、物語の中の死者が語るという、三層の語りによってインカ帝国の歴史を書いている。さらに言語上の大きな仕掛けもほどこされていて、それは書き文字を持たないインカ帝国と文字を持つキリスト教世界の対立である。結尾に至ってやや腰くだけになるものの、作者はよく三層の語りを駆使し、文字を持たぬ民が文字を持つ征服者に屈して行く諸様相を活写した。

その圧倒的な力業《ちからわざ》に敬服する。文字を持たぬインカ帝国の話し言葉の体系について説明がまったく不充分であるとか、全部に話が判りにくいとか、大きな瑕《きず》はたくさんあるが、とにかく巨大な主題に少しもひるまず立ち向った作家的野心と勇気を買う。

谷崎潤一郎賞(第三七回)

受賞作=川上弘美「センセイの鞄」/他の選考委員=池澤夏樹、河野多惠子、筒井康隆、日野啓三、丸谷才一/主催=中央公論新社/発表=「中央公論」二〇〇一年十一月号

清新の気配に充つ

『センセイの鞄』の文章は一見、童話のそれ、読み手を誘い込むための、いい意味の空白がいたるところにあいていて、読者は数ページのうちに、語り手大町ツキコの、なんだか曖昧模糊と生き

ている三十七歳の女性のこころの中へやすやすと入り込むことができる。開けっぴろげで無技巧と見えて、そのじつ巧みに企まれた文章である。

中味は恋愛小説……しかし恋愛相手も、その成り行きも、もちろんその結末も、いちいち常套を外していて、清新の気配に充ちている。相手は三十も年上の高校時代の国語の「センセイ」であり、寓話のなかの人物のように完結度の高い口を利くこの初老の男と出会うのは駅前の一杯飲み屋であり、恋の波乱は「読売ジャイアンツが好きかどうか」というような下らないことで起こったりする。彼女の愛の告白も顔に畳の目をつけたままでされるし（その直前まで彼女は畳に寝そべっていたのだ）、センセイの方も、「長年、ご婦人とは実際にはいたしませんでしたので……ワタクシには自信がない。……それが恐ろしくて、こころみることもできない。……まことにあいすまないことです」と頭をさげたりする始末。このように徹底した低徊趣味、あるいは恋物語にそぐわないものだけを組み合せた手法がいたるところで諧謔味を生み出しているが、それがちっともいやらしくないからふしぎだ。そして結末では、澄んだ深みから、人間の営みのおもしろさとはかなさが忽然と浮かびあがり、反恋愛小説が、にわかに本格恋愛小説に変容する。川上さんは、童話調の、のんびりした拵えのもとに、じつは新しい恋愛小説に挑戦し、みごとに成功した。

講談社エッセイ賞（第一七回）

―受賞作＝小池昌代「屋上への誘惑」、坪内祐三「慶応三年生まれ七人の旋毛曲り」／他の選考委員＝―

――東海林さだお、野坂昭如、林真理子／主催＝講談社／発表＝「小説現代」二〇〇一年十一月号――

鉄壁の組み合せ

とにかく、『慶応三年生まれ七人の旋毛曲り』の著者、坪内祐三さんの勉強量は並大抵ではない。したがってこれは五百五十頁《ページ》の大冊。その猛勉強の余得《よとく》にあずかって、わたしたち読者は、たとえば、紅葉や露伴に西鶴の小説を教えたのが淡島寒月だったことや、朝日新聞は漱石を「買占める」ずっと以前から、「小説家買占め策」をとっていたことなどを知ることができる。そしてそういった新事実の厖大《ぼうだい》な集積の中から、当時の文筆家たちが、どのような日本語で自己を表現すべきかと悩むさま、苦心の末に日本語の新しい書き方をつくりだすさまが手にとるように見えてくる。明治期前半の社会思想史としても大いに役に立つ。

一方、小池昌代さんの『屋上への誘惑』は小冊ながら、鋭く繊細な感覚を駆使して、平凡な日常の中に、人生の真実の瞬間を見つけて行く。いい文章がいくつもある。たとえば、〈よく晴れた日曜日の昼頃など、掃除をすませたばかりの清浄な部屋に立ち、ぼんやり宙に舞うほこりを見ていると、はかないものに手が届いた気がする。「永遠」のこぼれかすみたいなものが、ほこりのなかに混入しているのを盗み見たような気がすることがある。〉エッセイというものは本来、こういう体裁のものだったのかもしれない。

ともあれ、大冊よく社会を分析し、小冊よく人生を穿《うが》つ。この組み合せは鉄壁である。

小説すばる新人賞（第一四回）

受賞作＝松樹剛史「ジョッキー」（「残影の馬」改題）／他の候補作＝北國浩二「ローラ・フラナガンの三つの卵」、竹林孝子「家族日和」／他の選考委員＝阿刀田高、五木寛之、北方謙三、宮部みゆき／主催＝集英社／後援＝一ツ橋綜合財団／発表＝「小説すばる」二〇〇一年十一月号

目のつけどころ

謎めいた出自をもつ優秀な弁護士が、親友の私立探偵の助けを借りながら、「管理出産制度」という途方もない計画を実施しようとする国家の陰謀と知力のかぎりを尽くして戦う。彼はこの凄惨な戦いの中で美女に恋する運命も引き受けなければならない。『ローラ・フラナガンの三つの卵』（北國浩二）のストーリィは、「強大な敵と戦う文化英雄と、彼を恋する謎の美女」という古典的な形式に則って進行して行く。「知らないうちに、世の中がどんどん制御不能な方向へ流されていきそうで、こわい。がしかし、この時の流れを、だれかが塞き止めなければならない」という主題も堂々として今日的である。いちいち目のつけどころがよくて、傑作が誕生する条件がほとんど揃っていた。ここまでがっちりと構成されていると、あと必要なのは「人間の瑞々《みずみず》しい感情」だけだが、しかし、その人間の心の動きが、スプーンで一杯分、不足していた。このわずかの手落ちが文章と登場人物たちを、どこか干からびたものにしてしまった。しかし、筆力は充分。次作に期待する。

父は高校の音楽教師。娘は大学生。やがて父は、娘が姉と慕う女性と婚約して、いまゆっくりと

新しい家庭ができようとしている。ところが、まさにそのとき、行方不明だった娘の母親がひょっこり帰還する。『家族日和』（竹林孝子）には、『父帰る』を引っ繰り返したような、おもしろい状況が仕込まれていて、やはり目のつけどころが非凡である。うまく行けば、上等な状況喜劇になるはずだったが、父の婚約者と母とが一向に衝突しない。読者はそれをこそ、待ち望んでいたというのに。話の運びは律動的、文章も歯切れがいいのに、せっかくの状況を生かし切れなかった。ほんとうに惜しかった。

「馬で運命が変わるのは、馬券を買う人間だけではない。馬主も厩舎も騎手もみんな馬に運命を賭けている」という『ジョッキー』（松樹剛史）の主題はじつに穿《うが》っている。ツキのない騎手にひょんなことからGⅠでの騎乗依頼が舞い込むという設定もいい。なによりも、作者は登場人物たちよりも馬の描写に力を注いだ。そこでこの作品に登場する馬にはすべてはっきりした個性がある。やがて、われらが不遇の騎手は馬のその個性に目をつけて、勝負の決着をつけるのであるが、この目のつけどころは新しい。いや、これこそ競馬小説の本道を行くものだろう。たとえば、早朝のトレーニングセンターの情景描写は情感にあふれ、レースの経過描写も的確、物語をみごとに盛り上げている。実力派の新進の誕生、その選考の末席に連なることができて、とてもうれしい。

大佛次郎賞（第二八回）

—受賞作＝津島佑子「笑いオオカミ」、萩原延壽「遠い崖　アーネスト・サトウ日記抄」／他の選考—

委員＝池内紀、奥本大三郎、富岡多恵子、吉村昭／主催＝朝日新聞社／発表＝同紙二〇〇一年十二月十二日

最高の散文と文学的冒険

『遠い崖』の文章は、自在でいながらも均整を失わず、しかも包容力に富み、イギリスの外交官、アーネスト・サトウの日記を中心に、おびただしい数の公文書や各種の私信など、異質な文章群をしっかりと抱え込みながら、変動する幕末から明治にかけての日本をみごとに活写する。この、いまの日本で望みうる最高の散文によって、最良の歴史文学が誕生した。

『笑いオオカミ』には、戦争直後、昭和三十年代前半、現在、この三つの時代を貫いて旅する少年と少女がいる。戦争直後の新聞記事で時間を操作しながら、二人は、時代は常に「涙の谷」にほかならぬことを体験する。主題も方法も破天荒、しかし勁《つよ》くて同時に柔らかな文章が、この文学的冒険を成功に導く。後半の文章には読者を戦慄《せんりつ》させずにおかない深さと鋭さがある。これもまた現代散文の一つの達成である。

二〇〇二（平成十四）年

読売文学賞（第五三回）

受賞作＝荻野アンナ「ホラ吹きアンリの冒険」（小説賞）、宮藤官九郎「GO」（戯曲・シナリオ賞）、阿川弘之「食味風々録」（随筆・紀行賞）、天沢退二郎「詩集『幽明偶輪歌』」（詩歌俳句賞）、清水徹「書物について」、鈴木道彦訳「プルースト『失われた時を求めて』」（研究・翻訳賞）、評論・伝記賞なし／他の選考委員＝大岡信、岡野弘彦、川村二郎、川本三郎、菅野昭正、河野多恵子、津島佑子、富岡多恵子、日野啓三、丸谷才一、山崎正和／主催＝読売新聞社／発表＝同紙二〇〇二年二月一日

深い思想　いっそう洗練　「GO」について

原作は直木賞を受けた金城一紀氏の快作。そしていま、宮藤官九郎という才能が、原作の切れ味と物語の展開のおもしろさとその深い思想をいっそう洗練させ、ゆるぎない秀作に仕立てあげた。機知にあふれたストップモーションの多用とそこにかぶせられる主人公の少年の素直で、しかし

知的なナレーションが、機敏に物語を運んで行き、それが気分のいい、爽快《そうかい》なリズムを創り出している。

登場人物にも魅力がある。少年の父はボクサー上がりの一種の怪物、その父親を愛していながらつまらないことで家出を繰り返す母のかわいらしさ、少年の恋人である日本人の中流家庭の少女のまっすぐさ、いずれも原作よりも少し誇張させて描かれており、そのことが人物たちの彫りを深くした。台詞もいい。〈在日〉の辛さ苦しさを訴える父に、少年はいう。

「……そんな話で泣ける時代は終わったんだよ、つーかテメエら世代でケリを付けろよ！　アンタら一世二世がグズグズしてっから、オレらがパッとしねえんだろ」

この作品によって在日と日本人との間に新しい時代が始まりそうな予感さえする。

司馬遼太郎賞（第五回）

受賞者＝宮部みゆき、山内昌之／他の選考委員＝陳舜臣、ドナルド・キーン、柳田邦男、青木彰／主催＝司馬遼太郎記念財団／発表＝「遼」二〇〇二年冬季号

選評

山内さんについては、イスラムが注目を集めている今だからという誤解がありそうですが、そうではありません。山内さんはイスラムからロシアを、あるいはイスラムからアメリカを考えるとい

った研究をされてきました。一面的ではなく、多面的にイスラム社会を考え、それを平易で素晴らしい文章で私たちに示して下さっている。イスラム社会を抜きにして今後の世界を考えることは不可能ですから、山内先生のお仕事はこれからますます重要となるでしょう。

宮部さんのお仕事は、個人的には司馬先生と共通点があるような気がしています。宮部さんはこれまでの小説の作り方とは違う、新しい小説を提示してきました。同時代の大きな問題を取り上げ、完全に物語化して読者に提供する。たとえば『火車』という小説では、肝心のヒロインが物語の最後の最後まで登場してきません。読者は物語のおもしろさに魅せられつつ、カード社会とは何かを考えさせられる。題材は違いますが、小説の考え方、創作方法という点で、司馬先生のお仕事と通じる部分があるのではないでしょうか。旺盛な創作活動について、敬意を表します。

直木三十五賞（第一二六回）

受賞作＝山本一力「あかね空」、唯川恵「肩ごしの恋人」／他の候補作＝石田衣良「娼年」、乙川優三郎「かずら野」、黒川博行「国境」、諸田玲子「あくじゃれ瓢六」／他の選考委員＝阿刀田高、五木寛之、北方謙三、黒岩重吾、田辺聖子、津本陽、林真理子、平岩弓枝、宮城谷昌光、渡辺淳一／主催＝日本文学振興会／発表＝「オール讀物」二〇〇二年三月号

二つの家族小説

諸田玲子氏の『あくじゃれ瓢六』は、定型化した捕物帳にぴかぴかの新機軸をいくつも打ち出そうとした野心作である。まず探偵役が大牢に囚われている小悪党で、その相方《あいかた》が定廻り同心というのが新発明だ。女にばかにもてるのが小悪党で、同心はまるで初心《うぶ》という組合せも悪くないが、注目すべきは、一話、二話と物語が進むにつれて、小悪党が恋の手ほどき役を買って出て、同心を得《とく》恋《れん》に持って行くという構造である。これまでは、探偵とその助手は一向に年を取らず、二人の上にまったく時間が流れないというのが定型だったが、ここではその作法が完全に無視されていて、これまた新工夫。小悪党が囚人なので、大牢内の様子が克明に書いてあるが、そんな捕物帳もこれまで読んだことがなかった……と、感心すべきところは多い。ただし、扱われている事件そのものは、いずれも輪郭がはっきりせず、したがってあまりおもしろくない。そこに捕物帳としては欠陥がある。形式の新しさは十分に誉められていいが、中味がそれに伴わなかった。さらに人物の造型も文章もよほど悪達者で、そこも減点せざるをえなかった。

黒川博行氏の『国境』にも美点がある。とりわけ、お互いを「疫病神」と呼び合う、建設コンサルタントの二宮とバリバリの極道者の桑原、この二人の珍道中がおもしろい。二人の軽口、悪態口の叩き合いは活潑に弾んで、作中の各所で文学的漫才が成立している。この諧謔感覚はみごとというしかない。二人が、関西の組筋を騙してカネを持ち逃げした詐欺師を追って北朝鮮へ飛ぶというのが前半の読ませどころだが、ここまで詳細に北朝鮮を書いたものはこれまで存在しなかった。その意味でも値打ちがあるが、しかし、その北朝鮮がすべて書割りじみているのが惜しまれる。それに、危機がすべて札束で解決してしまうところにも疑問が生じた。カネには転ばない人間が一人ぐ

らい登場してもよかったのではないか。そしたら、北朝鮮は書割りから〈人間の生きている場所〉として生き生きと浮かび上がってきただろう。後半は日本での活劇になるが、ここにも疑問がある。『国境』と題を打ったからには、もっと〈国境〉そのものに心中立てする気概が要《い》る。

石田衣良氏の『娼年』が全編に埋め込んだ多彩な性描写は、どれを取って見ても扇情的でありながら清潔、具体的でありながらも豊かな詩情に溢れ、ほとんど完璧、輝くような才能である。そこで逆に、結末の、HIVがらみの因果物めいた俗っぽさが気になりもする。気持よく張りつめて均整もよくとれていた快調な滑走感が、突然、粘つき、ついには停まってしまった。残念この上ない結末である。上質な詩がいきなり泥足の散文に踏み込まれて汚《けが》されてしまったという印象。この結末を除けば、これは永く記憶にのこる名作なのだが。

乙川優三郎氏の『かずら野』では、女主人公の心理を風景描写とからめて美しく、しかし的確に歌い上げる文章が、ほとんど完成を見ている。また、人生の罠に嵌まってしまった女に生きる道はあるのか、汚された女はどう立ち直ればいいのかという主題にも逆成長小説の趣きがあって、機知がはたらいている。この小説には二ヶ所、大きな筋の折り目があって、一つは女主人公が手込めになる瞬間に起こった殺人であり、もう一つは結末における彼女の回心であるが、この大切な折り目が、ばかに作者に都合がいいように作られていて、その分だけ作品から読者が離れてしまった。作品を大事に抱き締めようとしている読者には、少し酷《こく》な筋立てである。

山本一力氏の『あかね空』には、江戸という時代と、深川という場所を丸ごと書いてやろうという熱気があり、その熱気に感染して読者はこの長編を一気に読み終えてしまうだろう。また、江戸

深川とそこで生きる人びとをひたと見据える気合い、それが全編に漲《みなぎ》っていて、その劇しい気合いがいくつかの欠点（時代考証の勘違い、都合のよすぎる筋立て、凹凸《でこぼこ》のある描写）をきれいに消してしまってもいる。家族というすてきな生きものを予定調和で、つまり綺麗事で書かなかったのも、作品の厚みになっていて、家族間の愛情の微妙なもつれを、第二部でいちいち訂正して行く構成がとても知的だ。そこで人間心理の謎解き小説としても、おもしろく出来あがっている。ここで描かれている恋愛はいずれもひたすら真直ぐで、これは作者の人間観の清々《すがすが》しさによるものか。とにかくすてきに気分のいい小説である。

唯川恵氏の『肩ごしの恋人』も、三人の男女による、一種の家族小説である。一人目が学習能力のまるでない、自己愛の権化のような、男に依存しなければ生きられない甘えん坊の女、二人目が強情で、どうしようもなく口の悪い、傲慢な理屈屋の女、三人目が家庭に欠損があると思い込んでいる高校一年の男の子。この、ほとんど人生から見放されかかった三人が、ふとしたことから疑似家族を形成するというのがプロットである。疑似家族を営む過程を通して三人はどう変わって行くのか。作者は、切れ味のいい対話や愉快な会話、女性に対する辛辣きわまりない批評、そしてラ・ロシュフコー張りの箴言を駆使しながら、軽快に物語を展開して行く。この疑似家族はみごとな坩堝《るつぼ》だった。珍妙な共同生活を通して三人はよたよたと成長して行き、結末では人間として再生する。つまり、自己の人生にまともに向かい合おうと決心するのだ。結末で、読者にこころの底から、「三人とも頑張って」と願わせてしまう力量はただものではない。軽さの中に骨太の主題を隠した快作である。

小説新潮長篇新人賞（第八回）

受賞作＝三羽省吾「太陽がイッパイいっぱい」（「ハナづらにキツいのを一発」改め）／他の候補作＝百瀬昇「乱心者」、渡辺仙州「西の国の物語」／他の選考委員＝北方謙三、北原亞以子、林真理子／主催＝新潮社／発表＝「小説新潮」二〇〇二年四月号

登場人物への愛

『乱心者』（百瀬昇）の奇想天外な発想には驚いた。死後の世界に赴いた大石内蔵助が、主君の浅野内匠頭から、「その方が討ち取ったのは影武者、ニセモノの吉良上野介である」と告げられるところから始まるのだから、奇想天外かつ凄味のある設定である。文章も、色や艶《つや》には多少欠けるとはいえ、破綻《はたん》なく整っており、設定と合わせて、これは疑いもなく一つの才能である。

さて、ホンモノの吉良を討たねば浮かばれぬ。そこで大石は、討ち入りの後、ひそかに逃がしておいた寺坂吉右衛門に、ホンモノを討つように命じる。幽界からこの世への連絡法も奇抜であるが、とにかく寺坂は苦心の末にみごとにホンモノを討ち取って、米沢城外の峠で割腹して果てる。……だが、評者としては、この結末に悲しまざるをえない。赤穂事件の入門書にさえ、〈寺坂は、四十五年後の延享四年、八十三歳まで生きて江戸で没した〉と明記してあるからだ。寺坂は作者にとって大事な主人公の一人、その主人公を作者はもっと調べて、うんと愛さねばならぬ。そして史料をうまくくぐり抜けながら新しい物語を創造しなければならぬ。それでこそホンモノの奇想天外な発

想になるはずだが。

『西の国の物語』（渡辺仙州）は、とても平明に書いてあるのに、なぜか読みにくい。理由はただ一つ、冒頭から固有名詞の大氾濫《だいはんらん》、読者の記憶力は、この人名と地名の大量消費に追いつけないのである。それでもそれらの大群を整理しながら読み進むうちに、やがて、東西交易路の、小さな王国の再興をめざす、杜紫芳《としほう》という一人の王女の可憐な姿が浮かび上がってくる。可憐ながらひたむき。そのひたむきな生き方が豪傑たちのこころを動かし、ついに王女は王国の再興に成功するという筋立ては常套《じょうとう》かもしれないが、波乱万丈の、生臭い戦記に、清涼な風と滋味を添えた王女の性格設定に、作者の才能を感じた。人物たちを大量消費せずに、それを大切に使いこなすことができれば、そのうちにきっと佳編を得ることができるのではないか。

『ハナづらにキツいのを一発』（三羽省吾）は、型枠解体という劇《はげ》しく体を使う建築現場に入り込んだ一人の大学生の成長物語。ここに登場する、ものごとを不必要に複雑に考えない男たちの単純な生き方は痛快かつ颯爽《さっそう》としている。たとえば、

〈「あのな、ややこしする必要がないコトをややこしすんなっちゅうとんねん。オマエ恐いんやろ？恐いからコトをすぐにややこしすんねやろ？　ワシらはただウマい土手焼きが喰いたいだけやねん！」〉

〈「あーやめややめや、辛気臭い。ややこしいコト抜きでいこうや。取り敢えず喰うて飲んで屁ぇこいて寝よ！」〉

こんなことを言い放つ男たちの中で、主人公は世界について考えて行く。台詞《せりふ》は常にこころよく

弾み、なによりも細部がいちいちおもしろく、その上、その量も豊富だ。密度の濃い、熱気のこもった文章、しかもユーモア感覚に富んだ文章で展開される物語にも生き生きした律動が脈打っていて気持がいい。

これらはすべて、作者が、自分の創り出した登場人物たちを一所懸命に愛し抜いているところから生まれたものだ。この愛がたくさんの欠点を美点に変えている。

吉川英治文学賞（第三六回）

受賞作＝伊集院静「ごろごろ」／他の選考委員＝五木寛之、伊藤桂一、黒岩重吾、杉本苑子、平岩弓枝、渡辺淳一／主催＝吉川英治国民文化振興会／発表＝「群像」二〇〇二年五月号

この作家的冒険に敬意を

昭和四十年代の初め、ベトナム特需で沸く横浜港で、ガンさんと呼ばれる寡黙な麻雀打ちが、三人の麻雀打ちと妙な縁で繋がり合う。四人とも〈定まった場所に身を置くことができない人間〉……。この四人が、「どうしてそんなふうにしか生きられないのか」と、読者をはらはらさせながら、時の流れの中で自滅して行く。作者は、ポキポキした硬質の短文を小気味よく積み重ねることで、己れのどうしようもない性《さが》に向かって歩き出すしかない男たちの日々を生き生きと写し出すことに成功した。遅すぎた青春をあっという間に食い潰すという陰気な話なので、生き生きしたとい

う言い方は中《あた》らないかもしれないが、とにかく人生を半ば投げながらも、勝負にだけは熱中する男たちの生態を、作者はみごとに活写したのである。

作者の持味は、これまでは息の長い美文調で人間の運命を描き出すことにあったが、今回の『ごろごろ』では、まるで様子がちがう。つまり作者は新しい作風を確立しつつある。それがこの硬質の短文の連打による物語の構築法によくあらわれており、この作家的冒険には敬意を払うべきだろう。

結末は、読みようによるが、わたしはすこぶる明るく読み取った。かつての仲間の揉めごとを背負い込んだガンさんが企業暴力によって左脇を刺されるが、そのとき自分の中から石のようなものが落ちて体がすっと楽になり、そこへ女の顔が覗き込み、声をかけてくる。〈定まった場所に身を置くことができない〉という性が落ちたのだ。ひょっとしたらその女と新しい物語が始まるかもしれない。最後までひたすら暗く押してきて、最後の最後に物語をあざやかに明転させる。これは読者へのなによりの贈物である。わたしはありがたくこの贈物を受け取った。

読売出版広告賞（第六回）

――大賞＝草思社「声に出して読みたい日本語」／他の選考委員＝荻野アンナ、清田義昭、中森陽三、大月昇、菅原教夫／主催＝読売新聞社／発表＝同紙二〇〇二年五月四日――

正攻法と香具師の手法と

現在が混乱し将来が不安になると、歴史や日本語や健康がブームになる。どこで間違えて現在の混乱があるのか、言葉の使い方のどんな過ちが現在の不都合を生んだのか、だれもが原因を探し始める。健康さえあればと考える人もいる。

この本はその過去点検を日本語音韻と身体との関係に絞り、その広告は日本人の不安を的確に衝く。まず、みんなの気になる〈日本語〉を堂々たる大活字で組み、読者をハッとさせたのは正攻法。次に日本語を声に出すことが身体にいいと誘いながら、さわりをチラチラ見せたのは香具師《やし》もどき。正攻法と香具師のやり方を巧みに組み合わせて、まことにみごとだ。

日本推理作家協会賞（第五五回）長編および連作短編集部門

受賞作＝古川日出男「アラビアの夜の種族」、山田正紀「ミステリ・オペラ」／他の候補作＝奥泉光「鳥類学者のファンタジア」、戸梶圭太「なぎら☆ツイスター」、若竹七海「悪いうさぎ」／他の選考委員＝笠井潔、京極夏彦、桐野夏生、東野圭吾、馳星周（立会理事）／主催＝日本推理作家協会／発表＝「オール讀物」二〇〇二年七月号

謎の提示とその解明

山田正紀氏の『ミステリ・オペラ』は、途方もなく壮大な試みである。作者の投げた網は、日米

戦争の前駆となる満洲建国と日中戦争の初期を重ね合わせて捕らえ、その上、戦後の政治裏面史をも捕獲しようとする。いってみれば一冊の中に昭和史をまるごと包み込もうというのだから、壮大な試みというほかに表現のしようがない。しかもその手法もまた多彩で、これまでに人間が発明したありとあらゆる物語作法を援用する。また、作者の語る大物語のなかに、登場人物たちがある出来事をそれぞれの立場から書き継ぎ書き加えしながら永久に旋回しつづけるという中物語を埋め込み、さらにその中物語のなかに無数の小物語を仕掛けるという入れ籠式の仕立ても目覚ましい工夫だった。これだけでも壮絶な文学的実験であって、評者もそのことに深い敬意を抱く者の一人だが、しかしこの作品が小説として成功していたかとなると、残念ながら微かな疑問を持たざるを得ない。始めに大きな謎の提示があり、その謎の途轍のなさが、じつは本作の魅力だが、その解明となるとまことにあっけない。つまり謎と解明の不釣合いの連続とユーモア感覚の欠如が、読む者の気力を奪う。

古川日出男氏の『アラビアの夜の種族』もまた然り。物語のなかに物語を埋め込む仕立ては巧緻を極めていて、その物語の枠は三重、四重にも及び、作品の成り立ちそのものまでも物語化してしまうところに作者の膂力の逞しさを窺わせるが、もっとも重要な枠―カイロに攻め寄せるナポレオンの艦隊を無力同然にするはずの「災厄の書」を大急ぎでっち上げるという枠はじつに傑作なのだが、しかしその枠の前段は、途中からなおざりにされる。その「災厄の書」でナポレオン艦隊がいったいどうなったのか、評者の読み方にもよるかもしれないが、ずいぶん不明瞭なのだ。ここでも謎と解明が釣り合っていない。もっとも文章は滋味に富み、それだけでも楽しむことはできるのだ

が。

若竹七海氏の『悪いうさぎ』の文章もいい。物語は、フリーの女性調査員の一人称によって語られる。この語りには終始、自己批評の鋭い針が含まれていて、そのことが乾いた諧謔味を生み出す。この快調な語りに導かれて読者はやがて事件の真相に立ち合うことになるが、その真相の荒唐無稽なことは目を疑うほどだ。ここでもやはり謎と解明とが釣り合っていない。しかしくどいようだが、そこにいたるまでの文章は才華に溢れている。

五編のうちで、大きな謎を売りすぎて後で困ったりしなかったもの、つまり小説を読むよろこびを堪能させてくれたものは、戸梶圭太氏の『なぎら☆ツイスター』と、奥泉光氏の『鳥類学者のファンタジア』の二編だった。前者は全編に笑いの爆弾を詰め込んだ快作であり、後者は結尾のミントンズ・プレイハウスのジャズ・セッションに作者の夢と祈りが結実していて美しい。しかしこの二編を同時に推したのは評者一人だけだった。お二人に評者の非力を詫びるしかない。

川端康成文学賞（第二八回）

受賞作＝河野多惠子「半所有者」、町田康「権現の踊り子」／他の候補作＝川上弘美「海馬」、清岡卓行「あの青空にいつどこで」、藤沢周「焦痕」、石牟礼道子「ゆり籠」、中沢けい「棺柩」／他の選考委員＝秋山駿、小川国夫、津島佑子、村田喜代子／主催＝川端康成記念会／発表＝「新潮」二〇〇二年六月号

文章の力

『権現の踊り子』の語り手〈俺〉は、王様お付きの道化師だ。〈俺〉の語りの一つ一つが微妙なズレを含み、そのズレに惹かれて読み進むうちに、読者の目前に突如、サイテーにして懐かしい市場がぽっかりと現われる。

そこで見るのは、初老の男女たちのハーモニカ楽団。掛け小屋レストラン。そこの売り物は、飯のうえにハンバーグを載せ、そのうえにカレーをかけ、さらに目玉焼をのっけた代物。それから三人の踊り子による稚拙なひらひら踊り。一人は、愚鈍を理由にボスに殴られ目の周囲と鼻を腫れあがらせている。

情景喚起力の漲る文章によって読者にはすべての光景がよく見え、そこでただ笑うしかないが、〈俺〉を道化師と見立てたのは、彼の語りに毒針が見え隠れしているからで、王様というのは、この文化を作り、そして支えてもいる一般市民である。アナーキーな結末は、わたしたちの社会の正体と見合っているようだ。読者をここまで連れてくる道化《どうけ》て奇体な文章の力に敬服する。

『半所有者』は、まず、おそろしい光景で読者を凍りつかせる。亡くなって間もない妻の亡骸《なきがら》、すなわち湯灌や納棺や葬儀の前の妻は、だれのものか。〈私〉が〈公〉に移行するそのあわい、生と死の裂け目、白装束と黒い喪服のすきまを文章が鋭くこじ開ける。そしてそこに現われたのは、これまでだれも考えようとせず、だれも見たことのない生と死が交わる光景である。凡筆にかかれば卑俗の底に堕ちるが、堅牢この上ない文章が、初めはおそろしく見えていたものを、やがて哀し

くいとおしい景色に換えてゆく。文章のおそろしさと逞しさ、手品でも見ているようだ。

この作品が現われたあとは、この世のあらゆる葬式で、生き残った夫が、〈この人は、奥さんの亡骸になにかしたのではないか〉と疑われることになるかもしれない。一つの作品が世の中に新しい意識を作ることがあるとは、和洋の文学史の教えるところだが、これはその好個の例であるだろう。

直木三十五賞（第一二七回）

受賞作＝乙川優三郎「生きる」／他の候補作＝宇江佐真理「斬られ権佐」、江國香織「泳ぐのに、安全でも適切でもありません」、奥田英朗「イン・ザ・プール」、中山可穂「花伽藍」、松井今朝子「非道、行ずべからず」／他の選考委員＝阿刀田高、五木寛之、北方謙三、黒岩重吾、田辺聖子、津本陽、林真理子、平岩弓枝、宮城谷昌光、渡辺淳一／主催＝日本文学振興会／発表＝「オール讀物」二〇〇二年九月号

小説の勝利

『斬られ権佐』（宇江佐真理）は、死を予定された主人公による捕物小説である。この新工夫の得失を簡単に論じてはいけないが、それでもあえていうなら、最初から先の楽しみを奪われているので、はなはだ気分の乗らない、景気の悪い小説になってしまった。これを夫婦愛の小説として、あるいは文政末から江戸で活躍した蘭方女医麦倉あさみの話として、さらにあさみという輝かしい星

に憧れたぺんぺん草権佐のロマンスとして読む手もないではないが、しかしどう読もうとも、〈江戸の蘭方女医〉という設定が大きな謎として読者に重くのしかかってくる。なぜなら江戸に蘭方女医は存在しなかったというのが本邦医学史の常識だからだ。旧来の医学を身につけた女医がいなかったわけではないが、蘭方を名乗る女医が江戸で初めて開業するのは、じつはその江戸が終わって間もない明治三年だった。あのオランダお稲が築地に産院を開業したのがその始まり……となると、作者は、なにか新しい資料を発見したのだろうか。期待をこめて頁を繰ったが、その答をついに見つけることはできなかった。

『非道、行ずべからず』（松井今朝子）にも似たような疑問を抱く。作者は歌舞伎の専門家の一人であり、実際に歌舞伎の製作もなさっている。そこでわたしたち読者は、「狂言作者部屋」についてほとんど筆を割《さ》こうとしていないことにも、狂言台本は一人で書くものらしいという前提で小説が組み立てられていることにも、なにか特別な理由があるはずだと思いながら読み進むことになる。つまり、〈狂言台本は数人の作者が分担して書くのが通例なのに、なぜ作者が一人しかいないように書かれているのか〉という謎が、やはり読者に重くのしかかってくるわけだ。ところが、それにたいして何の答も返ってこない。

「芸術を普通の倫理で裁いてはならぬ」という主題がとても巧く展開しているだけに、狂言作者部屋の謎をすっきり説明してくれていたらと、口惜しくてならない。それができていれば、すばらしい仕上がりになっただろう。余計なお世話といわれそうだが、狂言作者部屋（つまり複数の作者たち）が絡めば、この小説はさらに深いものに、そしてもっとおもしろいものになったはずである。

『花伽藍』（中山可穂）に収められた五つの短篇に共通するのは、主役がすべて〈女性を愛する女性たち〉だということ。この新しい性意識を読者のもとへ運ぶ文章は緊密堅固であり、作者が小説的膂力《りょりょく》を十分に備えた書き手であることにはまちがいない。五篇のなかでは、「鶴」がとくに興味深い。祭り太鼓の名手であるわたしが男役（という言い方が適切かどうかは分からないが）となって人妻を攻め立てているうちに、〈これまでに一度たりとも、ペニスをもたない自分の体にコンプレックスを感じたことはない〉のに、やがて〈彼女を孕ませることのできない自分に、とてつもない無力感を味わ〉うことになる。皮肉な話の運びのうちに、愛と生殖についての深い洞察がくりひろげられる。しかし、この主題で長いもの、物語性に富むものを書くのはむずかしそうだ。その好例が「燦雨」で、物語が紙切れのように薄っぺらになっている。

『泳ぐのに、安全でも適切でもありません』（江國香織）には、十作の短篇が収められている。短篇集というより、スケッチ集成といった方が適切かもしれない。共通しているのは、一人称の語りによる「わたし、わたし」の大安売り。それからもう一つの共通点は、たとえば、海の見えるイタリア料理店、賢そうな犬、ブランディシュガーの紅茶、ローリングストーンズ、ボウリング、ニューヨークで部屋をシェアして住むこと、外車、ハーレー・ダヴィッドソン、外国の女子寮つきの女学校、アートディレクター、広告写真家、飲み物のカタログ、英文の氾濫、小綺麗なセックスと食物への蘊蓄など……いまの若い人たちの好きそうなものを列挙しながら、「快適に暮らすこと」「習慣を守ること」「ゆるゆると生きること」という太平楽を唱えているところ。若い人たちの夢の報告書として意味があるかもしれないし、文章の快い速度感があって、そこに豊かな才能を感じはす

るものの、あまりの作意のなさと自己批判の乏しさに半ば呆然とせざるを得ない。

同じように、いまを描いたのが、『イン・ザ・プール』（奥田英朗）である。こちらは、依存症、性的妄想、自意識過剰症、孤独恐怖症、そして強迫神経症といった現代人の病患を、恐るべき作意ときびしい自己凝視によって、みごとな作品に仕上げている。

作者の方法はこうである。毎回、ある神経症を思い切り擬人化して、その神経症の塊のような人物を作り上げ、この人物に伊良部一郎という精神科医の診断を受けさせる。五篇とも、患者が伊良部医学博士の診断を乞うところから始まるのだが、この医学博士というのが奇っ怪至極であって、色白のデブ、マザコンの塊、フェラガモの靴を履き、香水の壺から出てきたようにいつも匂っている。しかも注射狂。だれが見ても迷医の中の迷医……ところが読み進むにつれて、彼が名医の中の名医ということが分かってくる。彼の治療法はただ一つ、患者よりもっと重症になってみせること。逆にいうと、患者は自分と同じ症状の医師から診断されるわけである。しかもその症状は自分よりももっと重い。そこで患者はいつのまにか医師の世話をやかなければならなくなり、そんなことをしているうちに病気が治ってしまう。この診る者と診られる者の逆転が、毎回、大量の笑いと良質の社会風刺を生む。じつに上等な滑稽小説で、この連作集を一番に推した。

もう一つ、一番に推したのは、『生きる』（乙川優三郎）に収められた「安穏河原」という短篇、これもまたすばらしい作品である。人間は、だれであれ、一つか二つ、しあわせだったころの光景＝記憶を持っている。この短篇に登場する双枝という深川の女も、幼いころに親子そろって、雑木紅葉の美しい河原に〈腰を下ろし、母が用意した握り飯と里芋の煮物を食べながら、そこで昼のひと

ときを過ごした〉記憶があり、そのしあわせな光景が短い彼女の生涯を支えた。そして、彼女の遺した子どもが孤児になり、まさにいま、神田川の川岸で串団子を食べている。このとき、その子がしあわせになることは保証されており、彼女もまた生涯、もっともしあわせなひとときであるこの神田川の川岸を忘れることはないだろう。このように、人間というものは光景＝記憶を受け渡しながら生きて行くのだということが語られるのだが、母子二代にわたる二つの川岸の光景＝記憶は、読者をここからしあわせにし、同時に、人生の深みへ誘いもする。こんなことは他の表現方法ではできない。これこそ小説の勝利である。

この「安穏河原」とともに奥田作品をも推したが、願いは半分しか叶えられなかった。

日本ファンタジーノベル大賞（第一四回）

大賞＝西崎憲「ショート・ストーリーズ」、優秀賞＝小山歩「戒」／他の候補作＝泉慶一「喜劇のなかの喜劇――南の国のシェイクスピア」、中島文華「天受売の憂欝」／他の選考委員＝荒俣宏、小谷真理、椎名誠、鈴木光司／主催＝読売新聞東京本社・清水建設　後援＝新潮社／発表＝「小説新潮」二〇〇二年九月号

面妖で悪辣な傑作

『ショート・ストーリーズ』（西崎憲）は、たくさんの文学的工夫を巧みに仕組んだかなり実験的

な作品である。工夫の第一は、五つの短・中篇を五十五の断片に切り刻んだ上で、今度はそれらを戦略的にバラバラに解体して並べてしまったことである。

その五つの短・中篇というのは、①リコという小説家とスマイスという日本近世文学研究家の、淡い大人のラブストーリー。②ビルマ戦線で捕虜になり、やがて捕虜収容所から逃れ出たリコの祖父の不思議な脱走記。③スマイスが研究しているらしい、日本の言語学の始祖富士《ふじ》谷成章《たになりあきら》と御杖《みつえ》の父子の仕事。④若くなる奇病にかかった母を持つ少女の日々の暮らしぶり。⑤江戸末期の辻斬《つじぎ》りの話などであって、こういった物語の断片や細片が次から次へと現われて、読む者を大いにまごつかせる。だが、そのまごつきは、この作品が〈書くことの困難さ。そしてその困難さは、もっともふさわしい言葉をどう選び、選んだ言葉をどこにどう配置するかである〉という主題に収斂《しゅうれん》されて行くにつれて一種の感動に変わって行くのだからふしぎである。

もちろんこの主題すらも、じつは不確かであって、わたしがそう読んだというだけの話、別の読み手ならまた別の主題を発見するかもしれない……という次第で、まことに面妖《めんよう》で悪辣《あくらつ》な一篇。この面妖さと悪辣さは表彰するに足る。

『戒』(小山歩)には、はじめ、架空の古代を舞台に〈道化小説〉を書こうとしているのではないかと読み、わたしはこの破天荒な試みに感動した。この試みが成就したら、たいへんな作品になるところだったが、途中から、登場人物の心理の説明がばかに多くなってきて、話が少しも前へ進まない。また、自分探しという主題もいまや手垢《てあか》がついて凡庸な主題に成り下がっているので、このへんも退屈……と、ずいぶん割引をしたものの、道化小説を企てたという一点で、やはりこの作品

は、弱いながらも光彩を放っている。

『天受売《アマノウヅメ》の憂欝《ユーウツ》』(中島文華)は、八百万《やおよろず》の神々の世界を、アパートの四畳半の世界へ引き込んで押し込んだところが、すばらしい手柄である。ふつうファンタジーは、反常識・非常識の世界へこちらからどっこいしょと出かけて行くのがきまりだが、この作者はその逆の道を選んだのであって、そこは大いに評価すべきだろう。ただし、文章は活《い》きがいいものの、ところどころに小学校高学年クラスの、それも手垢のついた表現が現われて、これは損である。最初、わたしはこの作品に最高点をつけたが、やはり文章にひっかかって最後まで推すことはできなかった。

『喜劇のなかの喜劇——南の国のシェイクスピア』(泉慶一)は、シェイクスピアの年譜の空白の二年間(二十三歳と二十四歳)をうまく利用して、シェイクスピアをアドリア海の島国に過ごさせる。そして売れない俳優シェイクスピアが芝居を書かねばならなくなるという状況を設定する。ここまではとてもいい。しかし、シェイクスピアの作品からの人物の借用に手抜かりがあった。イヤゴーは出すがオセロやデズデモーナは出さない、シャイロックは出すがポーシャは出さないというのは少し恣意《しい》的にすぎたのではないだろうか。イヤゴーを登場させたからには、オセロやデズデモーナの影をつけないと、「作者は自分に都合のいい人物ばかり集めている」ということになり、読者から信用を失ってしまうのではないだろうか。

大佛次郎賞(第二九回)

受賞作＝長部日出雄「桜桃とキリスト　もう一つの太宰治伝」、亀山郁夫「磔のロシア　スターリンと芸術家たち」／他の選考委員＝池内紀、奥本大三郎、富岡多恵子、養老孟司／主催＝朝日新聞社／発表＝同紙二〇〇二年十二月十九日

本邦「評伝小説」の最高峰

スターリン圧制下で芸術家たちがどのように生きたか。亀山郁夫さんの『磔のロシア』は、豊富な挿話群とスリリングな構成、正確かつしなやかな文章でその事情を活写し、読者を絶望の淵《ふち》へと誘う。人間はどうしてこれほど惨めな歴史しか歩むことができないのか。同時に、この書物が書かれたという事実が読者に希望の光を投げかけもする。こうして記録された以上、人間は再びまちがいを冒すことはないだろうという望みが生まれてくるのだ。最良の推理活劇のおもしろさと最上の歴史書の洞察力を併せ持った快作である。

『桜桃とキリスト』のすばらしさは、作者の長部日出雄さんが、太宰の妻美知子、そして山崎富栄と太田静子といった女性たちを大事にしたところにある。そこから、太宰が、太田静子には「愛の結晶」を、山崎富栄には「二人だけの死」を、そして津島美知子には「テキスト」を与えたという思いがけない、しかし言われてみれば、それ以上にない結論が得られる。文学的で、科学的、それ以上にじつに人間的な結語ではないか。この結語に、太宰治を永く読みつづけてきた長部さんの愛情が眩《まぶ》しいまでに輝いている。本邦の評伝小説の最高峰、まさしくまっとうな傑作である。

小説すばる新人賞（第一五回）

受賞作＝関口尚「プリズムの夏」（「悲しみの次にくるもの」改題）／他の候補作＝樋上拓郎「紅い森のアルチザン」、堀川アサコ「芳一～鎮西呪法絵巻～」／他の選考委員＝阿刀田高、五木寛之、北方謙三、宮部みゆき／主催＝集英社／後援＝一ツ橋綜合財団／発表＝「小説すばる」二〇〇二年十二月号

文章の力

『芳一～鎮西呪法絵巻～』（堀川アサコ）は、南北朝の内乱によって複雑怪奇な様相を呈していた九州地方の政治状況を巧みに取り込みながら、奇想天外な物語を精緻に編み上げている。作者の、歴史を咀嚼する力、そして時代の暗闇を究めようとする想像力は、疑いもなく第一級のものである。一枚の、異国からの書状が、政治の行方を左右するという主題の設定にも、天分が光っている。ただし、念を入れるにも及ばないことだが、小説は文章をもって読者と向かい合う。ある意味では「文章が第一」と言ってもいい表現形式である。ここに見る体言止めの軽率な乱用と、現在形の無意味な多用が、文章をきわめて悪達者で安手なものにしてしまい、たくさんの美点を台なしにした。体言止めと現在形を連発すれば、たしかに文章は書きやすくなるが、それではいい小説にならないのであって、評者としては、ただただ惜しいとしか言いようがない。

『紅い森のアルチザン』（樋上拓郎）は、絵画を題材にした信用詐欺《コン・ゲーム》小説である。また同時に、登

場人物たちが絵の売買を通してそれぞれ絵画芸術に対する理解と人間への洞察を深めて行くという一種の成長小説で、そこには好感を抱いた。文章にも速度があり気持よく読めもしたが、どの人物も情緒で動きすぎ、その情緒がみんなを平べったい人間にしてしまった憾《うら》みがある。最終場面の大勢の人物たちの描き分けなど、見事な手腕なのだが……。

『プリズムの夏』（関口尚）の筋立《ストーリーライン》では、簡素である。主要な舞台となるのは関東の海辺に近い小都市の寂れた映画館、主要人物は二人の高校生。この二人が、男に裏切られて鬱病になり自殺を企てようとしている二十二歳の、モデルのように格好のいいモギリの女性を救う。いわば、騎士道物語の現代東関東版といった拵えで、筋立ても文章も人物も、すべて単色で人の匂いに乏しいのだが、その代わりにこの小説は、ちょっと類のない清潔さを手に入れた。ときどき熟さない単語が出てきて面食らいはするものの、たとえば、主人公が太平洋の見える坂道を自転車で下るときに受けるさわやかな風を、読者にもみごとに吹きつけて、それを体感させる文才はすばらしい。そう、この素直でさわやかな現代版騎士道物語では、自転車が馬の代わりをしているのだ。とにかく自転車の出てくる場面での少年たちはじつに颯爽としており、読む者もまた風の中に解放される。もちろんこれは文章の力である。

二〇〇三（平成十五）年

司馬遼太郎賞（第六回）

受賞者＝杉山正明／他の選考委員＝陳舜臣、ドナルド・キーン、柳田邦男、青木彰／主催＝司馬遼太郎記念財団／発表＝「遼」二〇〇三年冬季号

選評

正直に申し上げます。私は杉山先生の本、『モンゴル帝国の興亡』だけですが、買ってはあるのですが読んでいません。ただ、選考委員会の末席に連なっているうちに、風がモンゴルから吹きはじめまして、霊感を——私の霊感は全然当てになりませんが——感じました。いま中国から吹いてくる風はたいへん強いのですが、やがてそれがすこし上にあがって、モンゴルから吹いてくる時期があるのではないかと。これは、いろんな含みがありますが、私の説ですから、まったく根拠はなくて、ただ直感としてです。

実は、私の担当の女性編集者の方が、いきなり会社を辞めて大阪外国語大学のモンゴル語科に入りました。モンゴルに行って、草原でライディングすると非常に気持ちがいい、と手紙を書いてきてびっくりしたことがあります。その辺から気にはなっていたのですが、みなさんがおっしゃったことを踏まえて、私は今日からさっそくモンゴル語を勉強し始めます。なんとなく大きな歴史の流れがユーラシアに差しかかっているのは確かですね。そんなことをこの末席で感じていました。

岸田國士戯曲賞（第四七回）

受賞作＝中島かずき「アテルイ」／他の候補作＝鐘下辰男「ルート64」、土田英生「南半球の渦」、蟷螂襲「前髪に虹がかかった」、長塚圭史「マイ・ロックンロール・スター」、長谷基弘「ダウザーの娘」／他の選考委員＝岩松了、太田省吾、岡部耕大、佐藤信、竹内銃一郎、野田秀樹／主催＝白水社／発表＝二〇〇三年二月

貪欲なところが上々吉

ドタバタ笑劇のギャグ（笑わせる工夫）、演劇論的なギャグ、シェイクスピアの史劇のような構えの大きさ、太宰治の『走れメロス』を映したような友情論、そして国家共同幻想論の入門知識などのごった煮を食べたような気分になるのが、『アテルイ』（中島かずき）である。もちろん、「ただの寄せ集めではないか」と不平をいっているのではない。逆に、作者の貪欲さにほとんど感動した

のだ。

さまざまなかたちの芝居が懸命に競い合うこと、そこにしか演劇の未来はない。こういう貪欲な芝居があってはじめて、ほかの芝居も引き立つのである。

とくにすぐれていたのは演劇論的ギャグで、たとえば幕開き、夜盗一味に襲われて「あわやの危機」におちいった踊り女が笛を吹く。夜盗どもが「こんな都のはずれで誰が助けにくるものか。あの花道奥の引き幕がシャリンと開いて、刀を持ったいい男が助けに来てくれればいいなあなんて甘い考えを持ってるんだろうが、そんなことがあるわけなかろうが。ばかたれが！」とからかうと、〈その時、花道奥の引き幕がシャリンと開いて、男（坂上田村麻呂）が、「あるんだなあ、それが」と云いながら現れる〉……こういうのが、わたしのいう演劇論的ギャグである。ギャグを仕掛けた上で主人公を紹介するこの手口は上々吉、これからもこの手のギャグを貪欲に開発してほしい。この作品がそうであるように、劇構造さえカッチリと作っておくなら、いくらギャグを詰め込んでも芝居は崩れることはないだろう。これからも、この貪欲さを貫いていただきたい。

受賞に価する作品として、『前髪に虹がかかった』（蟷螂襲）も推した。漫才師たちが師匠の墓参りに集まってくる一刻《ひととき》を、さまざまなタイプの漫才の形式で描くという趣向がすばらしい。じつに魅力的である。しかし、墓参りでは気分が高まらない。これでは舞台も客席も落ち込んでしまうだろう。たとえば、師匠追悼一周忌特別興行というような気合いの入る設定だったら……そう思うと惜しくて仕方がない。

直木三十五賞（第一二八回）

受賞作＝なし／候補作＝石田衣良「骨音」、奥田英朗「マドンナ」、角田光代「空中庭園」、京極夏彦「覘き小平次」、松井今朝子「似せ者」、横山秀夫「半落ち」／他の選考委員＝阿刀田高、五木寛之、北方謙三、黒岩重吾、田辺聖子、津本陽、林真理子、平岩弓枝、宮城谷昌光、渡辺淳一／主催＝日本文学振興会／発表＝「オール讀物」二〇〇三年三月号

会社家庭小説の発明

『似せ者』（松井今朝子）の作者の、歌舞伎についての知見の広さと、芝居という「生きもの」についての洞察の深さに感服した。その知見と洞察とを〈物語〉に組み込む手つきも手際がいい。〈物語〉の起伏を、主として心理の綾で描く手法は、多少めりはりに欠けるものの、肌理《きめ》こまやかな作風の確立には役立っている。収められた四篇のうち、とくに「心残して」が佳品である。芝居小屋の囃子方の三味線弾きから見た、御瓦解前後の江戸の時の流れの濃さ淡さ、人びとの思いがけない浮き沈みが、歌のうまい旗本の次男坊の、さわやかでありながらもかすかに鬱屈した生き方をからめて、みごとに浮かび上がってくる。

『骨音』（石田衣良）の主人公（語り手でもある）は、家業の果物屋の店番とちまちましたコラム書きを兼ねていて、そしてなによりも池袋の地理に精通したストリート探偵である。彼は、大都会の灰色地帯の底の底で生起する小事件を、仲間の協力を得ながらお洒落《しやれ》に解決して行くが、これは

まさに黄金の設定だ。収められた四篇のうちの「西口ミッドサマー狂乱《レイヴ》」は、事件の規模が大きすぎて、ストリート探偵はやや持て余し気味だが、あとの三篇では、作者は、この黄金の設定を巧みに使いこなして、ライブハウスやドラッグや地域通貨といった最新の話題を取り込みながら、都会の抒情を軽快に歌い上げる。池袋を書くのが楽しくて仕方がないという作者の喜びが行間に跳ねていて、気持がいい。主人公がときおり洩らす自己批判の、自嘲の独白がまたおもしろく、やはり好ましい才能である。

『空中庭園』（角田光代）は、ある一家の構成人物とその周辺の人間が、交代で主人公（語り手）になる形式を採っている。彼らが生を営む空間は、巨大なショッピングモールとダンチとラブホテルで、家庭では秘密のない家族を演じている人たちが、モールで変身して揺れながら、ラブホテルで初めて私的な関係を結ぶという視点は、現代の家族の本質の一端を鋭く衝いている。語り手が変わっても語り口があまり変わらないところ、つまり語りの位相に変化のないところに欠損があるが、ここに描き出された現代風景はおそろしい。こんな毎日を送るために人間はこの世に生まれてきたのだろうか。読む者をそう落ち込まさずにおかないが、そんな気にさせられるのも作品に力があるからにちがいない。

『半落ち』（横山秀夫）は、ある殺人事件が六人の関係者によって、六章にわたって順繰りに語られ、そのたびに謎が深まって行くという形式で書かれている。県警本部の教養課の警部が、いかなる理由があろうと、アルツハイマーの妻を殺すだろうかとか、また殺人犯本人の章がないのはおかしいとか、疑問とすべき箇所も多いが、作者の新工夫は、ここでも光っている。すなわち事件を警

察の内部から、たとえて言えば、総務課から描こうとする作者の発明がここでは一段と強調されている。また、呆れるほど頻繁な行替えや体言止めの多用など、これまでの小説技法では禁じられていたものを逆用して、文体を読みやすくした工夫もさらに徹底されている。もちろん、頻繁な行替えや体言止めは、文章をハッタリの多い、いわば香具師《やし》の口上のようにしてしまうから危険な毒薬なのだが。

『覘き小平次』（京極夏彦）の作者は、すでに独特の風格を持つ一個の大家である。作者の創りだす人物たちはみな、この世とあの世、いわば明と暗の狭間《はざま》に危うく立ちながらも、揃ってすさまじい生き方をする。その人間どもに気圧されて薄暗い押入れの一寸五分の隙間から世間をじっと覗く小平次の壊れやすい姿が、いたるところで鮮明に浮かび上がってきて、いつもながら物凄い言葉の力である。言葉の、その強圧的な押しつけにたじろぐ読者がいるかもしれないが、とにかく言葉がすべてという作者の気迫には打たれた。とりわけ小平次の女房のお塚は、自堕落なようでいて芯が強く、男に淫らなように見えて運命には貞淑、この造形力は鏡花直系といってもいいだろう。

言葉の力といえば、『マドンナ』（奥田英朗）にも同じことが当てはまる。この作者の場合、文章はつねに幾分かの諧謔味を含む。今回の作品も、一見平凡な会社小説のように見えて、そのじつは会社家庭小説という新形式であり、つねに頬笑む文章はその新冒険を柔らかく包んで、読む者をあきさせない。会社家庭小説とはなにか。会社での、もつれた人間関係を解く鍵が、いつも家庭の日常の中に隠されているという発見である。こんなおもしろいことを考えついた作家がこれまでいただろうか。あんまりいないだろう。

……読者は、たぶん、ここでこう叫ぶはずである。「候補作を軒並み誉めまくって、それでよく選考委員が勤まるものだな」と。

その通り。粒選りの作品が集まると、あとは自分の好みで決めるしかない。評者は、つねに頰笑む文章と会社家庭小説という発明が好みに合ったので、最後まで『マドンナ』を推した。

小説新潮長篇新人賞（第九回）

受賞作＝清野かほり「石鹼オペラ」（「ピンクゴム・ブラザーズ」改め）、富谷千夏「極北家族」（「極北ツアー御一行様」改め）／他の候補作＝千原俊彦「女難の一平」、風花「熱帯の雪、雨の中で」／他の選考委員＝浅田次郎、北原亞以子、林真理子／主催＝新潮社／発表＝「小説新潮」二〇〇三年四月号

題名を大切に

始まったものはかならず終わる。これがこの世の鉄則なので、本賞が今回でひとまず締め括られるという現実を評者は爽やかに受け容れることにする。ただ、全九回にわたって、たくさんの労作を寄せてくださった方がたへの感謝の気持だけはいつまでも忘れないでいたい。それらの方がたが、これからも物語を紡《つむ》ぐという困難な仕事を根気よくお続けくださることを、そしてその果実が豊かなものになることを祈りながら、ここに選評を書きつける。

「女難の一平」（千原俊彦）は、史実の考証といった七面倒な作業を、大胆不敵にもあっさりと脇へ退《の》けて書かれた幕末滑稽譚である。たとえば、「問屋場《とんやば》」というのは、江戸期では、ほとんど公《おおやけ》なものであって、本作におけるように、宿場の親分がそれを直《じか》に仕切るようなことはありえない。しかし、作者の腕力の強さは相当なもので、その旺盛な筆力に魅力がある。さらに、「直参旗本」が自慢の主人公が、時の流れのからくりで、いつの間にか官軍に寄り添ってしまっているという話の仕立てにも感心した。歴史考証などあまり考えずに、愉快な物語をどしどし書くところに、作者の才能があるかもしれない。

「熱帯の雪、雨の中で」（風花）は、子どもを生む決心をつけるまでの、一人の女性の心理的な過程を、バリ島という舞台装置を使って巧みに——しかしずいぶんご都合主義的に——書いている。〈蛍は、南の島の雪〉というように自然現象に象徴的意味を持たせるやり方、祭の夜のバリ・ダンスの中でヒロインと（彼女を捨てた）父を再会させるという場面づくり、空港での別れのとき、アイスクリームを使って父と娘を和解させるという小道具の扱いのうまさ。賞《ほ》めるところの多い作品だが、しかし致命的な欠陥は、登場人物たちの人間的温度が低いこと、血液の濃度が薄いことである。体言止めと現在形を濫用する文章も、人間の内部を書く作業の邪魔をしている。

「ピンクゴム・ブラザーズ」（清野かほり）は、一人のソープ嬢の仕事を通して、猥雑《わいざつ》な街の汚れた天使像をみごとに浮かび上がらせている前半がすばらしい。「セックスは商品」と割り切りながら、同時に清楚に生きている新しい型の人間が、ここにたしかにいると明示する手際は、抜群にみごとである。このまま、猥雑な街の明け暮れを、その細部を、きっちり書きつづけていたら、かな

らず名作が生まれていたところだが、後半で作者は、ごくありきたりの物語を語り出した。惜しいというしかない。

「極北ツアー御一行様」（富谷千夏）は、液晶画面だけが「現実」で、本当の世界に対してまるで現実感を持つことのできない自己中心的な夫が、薄気味悪くなるほどよく描かれている。この〈偽現実〉から現実世界へ、妻はどうしたら生還できるか、その鍵はなにか。作者は小説的時空間を切り混ぜにする技法で、この主題をうまく浮かび上がらせている。鍵は、子どもにまともに向かい合うということで、この解答に生きることの意味がどっと溢れ出る。不平をいえばただ一つ――これは他の三作にもいえることだが――どうして、こんなに題名をつけるのがヘタなのか。題名は作品の大事な一部です。

読売出版広告賞（第七回）

大賞＝数研出版「チャート式シリーズ」／他の選考委員＝荻野アンナ、清田義昭、中森陽三、大月昇、菅原教夫／主催＝読売新聞社／発表＝同紙二〇〇三年五月三日

喚起力抜群の秀作

数学の苦手な人たちに、数学そのものが人情と道理をつくして詫びるという着想がすごい。数学に謝ってもらって数学苦手の私などはとてもいい気分である。しかもそのうちに、文章は、ゆっく

りと人間の知恵のはたらきとはなにかを説き、最後は、ものを学ぶ人間に希望を与えて終わる。これは近来の名文の一つにちがいない。

写真も深い奥行きが実感できてみごとなものだ。なによりのアイデアは、二十四の机に丁寧に置かれた数学からの詫び状である。二十四通の詫び状が、書き手の数学の実在を保証している。すみずみまで神経の行き届いた、しかも喚起力抜群の秀作である。

吉川英治文学賞（第三七回）

受賞作＝原田康子「海霧（上・下）」／他の選考委員＝五木寛之、伊藤桂一、黒岩重吾、杉本苑子、平岩弓枝、渡辺淳一／主催＝吉川英治国民文化振興会／発表＝「群像」二〇〇三年五月号

記憶されるべき重層性

原田康子さんの『海霧』は、いくつもの層を重ねてできている。

基層を成すのは、さよという松前《まつまえ》領福島生まれの女が、明治、大正、そして昭和の三代を、どのように生きたかについての克明な記録である。たとえそれが平凡な女性であっても、人間であるかぎり、その生涯は意外なほど劇的であるという人生の根本が説かれている。その上の層は、深い霧に閉ざされた一漁村が、人びとの野望と裏切りと愛を吸収しながら人口数万の「釧路」という都会に膨らむまでの都市形成史と生活史である。たとえば、牧場がどんな必要から生まれたか、ストー

ブが入ってきたとき、人びとがどれほど興奮したか、塩引き鮭はどのようにして作られたかなどが、単なる解説としてではなく、人間ドラマの重要な要素として語られるので、素直に頭に入ってくる。もう一つの層は、アイヌの人たちと和人《わじん》との関係、この扱いが公明正大でとても気持がいい。

特筆すべきは、表層を形成する話し言葉である。さよは津軽方言を基本とする松前領福島の言葉を話し、その夫は佐賀方言の持ち主である。さらにこの二人をアイヌ言葉や仙台方言や越後方言や江戸深川言葉や鳥取方言を話す人たちが取り巻いており、これらのお国訛りが愛し合ったり、力を合わせたり、裏切り合ったり、反発し合ったりする。この状態が北海道の初期の言語事情であったことを、ここまで詳しく書いた文学作品はめずらしい。そして北海道二世や三世たちが、この言語的混沌から抜け出して、やがて北海道言葉をつくって行くありさまも書いてあって、人と土地と時と言葉がどのように密接に絡み合っているかがよく分かる。

このように丹念に吟味された各層が渾然一体となって、ここに長く記憶されるべき傑作が誕生した。

川端康成文学賞（第二九回）

受賞作＝堀江敏幸「スタンス・ドット」、青山光二「吾妹子哀し」／他の候補作＝青野聰「酔どれの高山病」、笙野頼子「素数長歌と空」、長嶋有「タンノイのエジンバラ」、加島祥造「あの夜」、増田みず子「添い寝」、加藤幸子「蝸牛の午睡」／他の選考委員＝秋山駿、小川国夫、津島佑子、村

一田喜代子／主催＝川端康成記念会／発表＝「新潮」二〇〇三年六月号

音、そして愛

「スタンス・ドット」の主題は音。

元プロボウラーが投げた球のピンをはじく音に魅せられ、その音を自分で再現しようとして、山間の町に五レーンのボーリング場をつくった男が、その音を再現できないまま、廃業の日がくる。男はどんな音を再現したかったのか。それはこうだ。〈レーンの奥から迫り出してくる音が拡散しないで、おおきな空気の塊になってこちら側へ匍匐してくる。ほんわりして、甘くて、攻撃的な匂いがまったくない、胎児の耳に響いている母親の心音のような音〉。息の長い文と短い文とを巧みに交差させたリズムに富んだ文体、地の文に会話を溶かし込みながら登場人物の性格や心理を浮かび上がらせる手際のよさ、さわやかな感傷性、端正でありながら爽快な短篇である。ピンの音がぼやけてきたので、男の右耳には補聴器が入っているが、この工夫で「人生の音」という主題がさらに強められた。しめくくりがまたみごとだが、これからお読みになる方のために、なにも云わないでおこう。

「吾妹子《わぎも こ》哀《かな》し」の主題は愛。

愛されるのはアルツハイマー型痴呆症を病む八十すぎの妻の杏子、愛するのは八十九の夫の杉である。〈もし今、杏子に銃口を向けて射とうとする者がいたとする。お前は彼女を守って銃口の前に立てるか、とよく彼は自身に問いかけたものだった。立てる、と自信をもって、問いかける自身

に答えた〉というほどの勁く深い愛。〈それから何十年が経ったのか。今また杉は銃口の前に立っている。銃にこめられた弾丸はアルッハイマー型痴呆症だ。〉引用からも見えるような修辞のよく利いた、しかしふしぎに明澄な文章で、一組の老夫婦の最後のときが綴られて行く。もちろん、これは一方的な介護小説ではない。読点を多用した技法が、書き手である杉の「いつ自分もぼけてしまうのか分からない」という恐怖を引き出し、そしてそのことがまた全体にみごとな緊張の網を張りめぐらすことになった。これは自己の愛に責任を持ちつづけた者だけに許された清らかな達成である。

日本推理作家協会賞（第五六回）長編および連作短編集部門

受賞作＝浅暮三文「石の中の蜘蛛」、有栖川有栖「マレー鉄道の謎」／他の候補作＝打海文三「ハルビン・カフェ」、小川勝己「撓田村事件」、津原泰水「少年トレチア」／他の選考委員＝京極夏彦、桐野夏生、藤田宜永、宮部みゆき、馳星周（立会理事）／主催＝日本推理作家協会／発表＝「オール讀物」二〇〇三年七月号

まず暇潰しから始まって

小説を読んでお金が儲かるなら経営難の銀行や会社の役員はみな勤勉な読書家になっている。小説が健康にいいなら病院も医院もとっくに本屋や貸本屋に転業している。小説で品性がよくなるな

ら議員諸公は選挙のときに自分の蔵書数を得意そうに連呼するはずだ。そうなっていないのは、小説を読んでもお金にはならず、健康のためにも役に立たず、品性向上にも効果がないからである。では何のためにわたしたちは小説を読むのだろうか。暇潰《ひまつぶ》しのために読むのだ。

だが良い小説は、わたしたちのその暇を、生涯にそう何度もないような、宝石よりも光り輝く「時間」に変えてしまう。しなやかで的確な文章の列が、おもしろい表現や挿話の数数《かずかず》が、巧みに設《しつら》えられた物語の起伏が、そしてそれを書いている作者の精神の躍動が、わたしたちの平凡な暇を貴い時間に変えてくれるのである。たとえば『撓田村事件』（小川勝己）は、時間の積み重ね方やその時間の解《ほど》き方にみごとな才能を見せてくださっているが、しかし事件の立ち上がり方があんまりのろのろしすぎて読者を待たせすぎた。つまり読者の暇を摑み損ねた。作者のこの才能に行きつく前に読者を飽きさせてしまった。

近未来日本の、日本海側に「海市《かいし》」という国際難民都市を創造した『ハルビン・カフェ』（打海文三）の着想はじつにおもしろい。その人口四〇万（しかし実質八〇万）の都市に、下級警官たちによる「P」という変幻自在な秘密組織があり、頻発する警官殺しに対抗している。ますますおもしろい。日本人論があり都市論があり組織論があって、作品世界の広さと深さは相当なものだ。しかし時間と人物を意図的に錯綜させる語り方が読者に苛酷な負担を強いている。作品の真の凄みに行き当たる前に読者が去ってしまいかねない。わたしはこの作品を受賞作の一つに推したが、この一点で、最後まで推し切れなかった。

『少年トレチア』（津原泰水）は、巨大団地の終末とその団地を徘徊する奇怪な噂を描いて迫力が

ある。その力業に充分な敬意をはらいながら言うが、語り方に作家的野心が生《なま》のまま露出しているところがある上に、登場する人物たちに、温かさや愚かさといった読者の暇潰し気分になじむものが少なかった。作家的野心の見える文章と冷凍人間たちだけで、暇を「時間」へと磨き上げるような物語を編み出すことができるだろうか。

『マレー鉄道の謎』（有栖川有栖）は、よく知られた定型《パタン》をいくつも重ねて読者の暇をガシッと啣《くわ》え込む。では読者の暇は「時間」へと昇華したか。一例だけあげれば、探偵役の臨床犯罪学者の周囲《まわり》をドタバタ騒ぎ回わる助手役の推理作家が外国語と対したときの記述法に、とても愉快な新機軸がある。この工夫で、この作品はわたしには生涯忘れられないものになった。つまりわたしの暇は輝く「時間」へと昇華したのだ。

車に撥ねられたことで聴覚が異常に鋭敏になった楽器修理工の驚嘆すべき推理と、彼のふしぎな恋の顚末を巧みに語ったのが、『石の中の蜘蛛』（浅暮三文）である。だれもが持つ聴覚を主人公にしたことで、読者は他愛もなく自分の暇をこの作品に捧げてみようと思い立つ。じつに巧みな罠だ。楽器修理工はあるときわけがあって引っ越しをするが、彼の異常に肥大した聴覚は、その部屋の前の住人である女性が残して行った音の癖を聞き出し聞き分け、ついに彼女の身長や体重や歩幅まで突き止めてしまう。このあたりの展開はみごとで、読者は楽器修理工と共に、この幻の女に恋に落ちる。このあとの展開はやや月並みになるが、しかし「世界は音によって構成されてもいるのだ」という作者の発見は、読者の発見にもなって、やはりこの作品を終生、忘れられぬものにするだろう。ここでも読者の平凡な暇が輝くような「時間」に昇格するという奇蹟が行われたのである。な

お、この作品の結末は悲しみが究《きわ》まって甘美ですらあり、文句なしの傑作。

直木三十五賞（第一二九回）

受賞作＝石田衣良「4TEEN フォーティーン」、村山由佳「星々の舟」／他の候補作＝伊坂幸太郎「重力ピエロ」、宇江佐真理「神田堀八つ下がり」、真保裕一「繋がれた明日」、東野圭吾「手紙」／他の選考委員＝阿刀田高、五木寛之、北方謙三、田辺聖子、津本陽、林真理子、平岩弓枝、宮城谷昌光、渡辺淳一／主催＝日本文学振興会／発表＝「オール讀物」二〇〇三年九月号

傑作二作

『神田堀八つ下がり』（宇江佐真理）は、江戸の市井の人びとの人情を細やかに、ときには劇的に描いてすでに定評のある作者の短篇集で、今回もその持味がよく発露《はつろ》されている。けれどいつも口惜しく思うのは、江戸を大きく捉まえようとするときの作者の無頓着な癖。たとえば、作者は〈……二万七千五百坪の広大な浅草御蔵がある。ここに江戸の米が集められるのだ。〉（「どやの嬶」）と書くが、浅草御蔵は「江戸の米が集められる」施設ではない。諸国の幕府領から回漕された年貢米や買い上げ米がいっとき保管されるところ、つまり江戸の米ではなく、諸国の米が集められてくるのである。せっかく丹精して作り上げられた作者の江戸がにわかに信じられなくなるのは、じつにこのようなときである。

他人の命を奪うことはどこまで罪深いことなのか。永遠の、そして常に今日的な「罪と罰」という難問に、すでに中堅の位置をしっかりと確保している二つの才能が果敢に取り組んだ果実、それが『繋がれた明日』（真保裕一）と『手紙』（東野圭吾）である。

『繋がれた明日』の作者は、加害と被害の関係にきちんと向かい合い、罪が罰へ、罰が罪へと捻じれながら転換してゆくありさまをひたすら追いつめる。主人公の困難な贖罪の旅を記録する文章に力みなぎり、彼を支える保護司がよく描かれてもいて、これは作者渾身の力作である。ただ、その場の行きがかりで誤って人を殺してしまったというドラマの発端が最後まで作者を縛ってしまった。「殺す気はなかったのだが」と、主人公に代わって作者が言い訳をしているうちに、物語の流れがしばしば緩んで澱んで滞《とどこお》り、そのたびに作品はふくらみを欠いて、重く平べったくなった。ここからは余計な感想だが、むしろ確信犯的な殺人者が百八十度の転回を遂げながら贖罪の道を辿るというダイナミックなやり方、別にいえばドストエフスキー方式が、力量ある作者にはよりふさわしかったのかもしれない。

『手紙』は、刑務所で罪を贖《あがな》う兄が刑務所から、俗世間で辛苦の日々を送る弟へ、せっせと手紙を書くという、秀抜な骨組みをもつ。弟には言い訳をする必要がないのだから（むしろ被害者でさえあるので）作者はその分、のびのびと書くことができた。少しのびのびしすぎて中盤では安手な挿話もあらわれるが、しかし結尾近く、兄に代わって被害者家族と対面するあたりから俄然引き締まり、作品はぐんと深みを増す。忘却という人間の特技を封じられた苦しみがどれほどか、それが読む者にひしひしと伝わってくる。だが、残念なのは、作品の鍵ともいうべき兄の手紙が、なんだ

かいつもへんにノンキなことだ。弟へ、被害者家族へ、兄は謝罪の手紙をたくさん認《したた》めるけれども、それが罪を贖う刑務所ではなく、むしろ天国みたいなところで書かれているように読めるときがあるのだ。そのたびに作品の骨組みが揺れて読み手を面喰らわせる。

『重力ピエロ』（伊坂幸太郎）は、ある家庭の苦難の物語である。夫にとっては妻を、子にしてみれば母をレイプされた家庭というのだから深刻である。さらにそのレイプによってこの世に生を受けた子が、長じてレイプ犯、つまり実の父親を殺そうというのだから、ますます深刻だ。だが、作者は、この深刻な物語を読者へ、できるだけ軽やかに陽気に伝えようと試みる。これが若き作者の健気な実験である。その試みの第一、大量の引用（トルストイ、ガンジー、ピカソ、芥川、井伏鱒二、ゴダールなど）による物語の客観化。おもしろく気のきいた引用で深刻な事件を包み、そのことでユーモアとして提出すること。第二、悲しみをできるだけ〈様式的〉に書いて、感傷に陥るのを防止すること。第三、逆説を多用しながら「罪と罰」という難題へ肉薄してゆくこと。こういった知的処理が文章と話の運びを冗漫にしたことはたしかだが、しかしこれはおもしろい企みだ。次作を待つことにしよう。

『星々の舟』（村山由佳）もまた、ある家庭についての物語だが、作者は〈限りなく一人称に近い三人称による多視点〉という語りをさりげなく駆使しながら、家族という運命共同体の罪深さ、その懐かしさを、明確でしなやかで滋味にあふれた文章でみごとに書き切った。ある家についてその構成員が一人ずつ順に語って行き、語り手が交替するたびにその家がちがう様子に見えてくるという書き方に安らかに抱かれて読み進むうちに、やがて読者は、家族の一人（父親）が国家という名

の人工共同体の虜囚でもあったことを知らされてびっくりする。家族・国家の罪深さとその懐かしさ、二つの共同体をぴったりと重ね合わせた力技《ちからわざ》に脱帽するほかないが、もう一つ、この作品には目覚ましい工夫が埋め込まれている。物語の起点ですでに亡く、不在であるはずの母親が、構成員たちの話が進むにつれて次第に姿を現して来、ついには圧倒的な存在感を示す。これがこの作品のもう一つの大きな手柄である。

『4TEEN フォーティーン』(石田衣良)に登場する東京・月島の少年たちは、それぞれ重い病いや大酒呑みの父親やセックスについての難問を抱えながら、それでも自転車で風を切って木造アパートと超高層マンションが同居する古くて新しい街を軽快に走り回る。この滑走感が快い。活字がさわやかな風となって読者へ吹き込んでくるかのようだ。隠れた主人公は少年たちが乗り回すこの自転車なのかもしれない。ほんの小さな出来事にも敏感に微妙に繊細に揺れ動く十四歳の心を活写する文章がおどろくほどたしかであり、軽い諧謔にもあふれているので、読者は読む快楽をたっぷりと味わうことができるだろう。

なによりもすばらしかったのは、重病の友だちの誕生日に渋谷のコギャルを贈るとか、不倫サイトで知り合った人妻と交際するとか、あるいは教室で自分の同性愛志向を宣言するとか、風俗の泡の中に呑み込まれているかに見える少年たちが、じつは真っ当な、古典的ともいえる友情にもとづいて行動していることだった。少年たちのこの向日性をいかにも涼しげに書き切った作者の才能に拍手を贈る。

日本ファンタジーノベル大賞（第一五回）

大賞＝森見登美彦「太陽の塔／ピレネーの城」、優秀賞＝渡辺球「象の棲む街」／他の候補作＝彼岡淳「ラビット審判」、小田紀章「影舞」／他の選考委員＝荒俣宏、小谷真理、椎名誠、鈴木光司／主催＝読売新聞東京本社・清水建設　後援＝新潮社／発表＝「小説新潮」二〇〇三年九月号

美点満載、文句なし

『ラビット審判』（彼岡淳）は、「少年司祭」という存在を考え出したところが魅力的だ。もう一つ、彼らが信奉する世界宗教、テペル教の司祭たちの中でとくに選ばれた者が持つ超能力もおもしろい。この超能力の持ち主は、だれでもよい、たとえば井上某氏の持ち物を媒介に、井上某氏の記憶、彼の思いを「映像」として受け取ることができるのだ。

さて、発祥は紀元前という古い歴史を誇るこのテペル教の開祖は、ただ「聖人」とだけ呼ばれているのだが、〈この国には聖人のまとっていた衣服の切れ端が分けられて、鍵のかかる箱に入れられている……〉ので、超能力を持つ司祭がその聖遺物にもしも触ることができれば、開祖聖人の記憶や思いを映像として受け取ることができる道理になる。これをカトリックにたとえるなら、選ばれた者がキリストの聖衣に触るならば、キリストの記憶と思いを自分のものにできるという仕組み。こんな凄《すご》い設定でどのような物語が展開するのかと、わくわくしながら読みはじめたのだが、残念ながら物語そのものはまことに小さかった。設定に物語が押し潰《つぶ》されてしまった感がある。

『象の棲む街』（渡辺球）は、二十二世紀初頭のアナーキーな東京が舞台で、その荒れ果てた街で五人の男がドブ鼠のように生きる様子を、おもしろいエピソードを次々に繰り出しながら達者な筆で描いた作品である。作者は明示していないが、なにか途方もない大事変があって、日本国はアメリカと中国の管理下にあるらしい。じつはこういうところが困るのだ。なにがあってそうなったのかを知りたいのだが、その手がかりがない。日本管理に重要な意味を持つ象がじつは「不在」であったという物語の落としどころも月並みである。ただこの作者には「場面」をおもしろく作る才能がある。その才能を大切にしながら、もっと構造のしっかりした作品を書いてほしいとねがう。

評者が推したのは『影舞』（小田紀章）と『太陽の塔／ピレネーの城』（森見登美彦）の二作である。『影舞』は地球規模の広大な物語で、その一端を記せば、大空を風に乗って漂う巨木があり、その巨木は、根を大海に垂らし、海水を真水に変えて吸い上げて、植物、動物、虫などを養い、それを数十万の人間が食料にして生きており、しかもこういった巨木が世界の空に三千も浮遊しているというのだから、すさまじいほどの構想力である。話はこの三千の巨木の一本に生まれ育った三人の若者（二人は芸術家、一人は精霊使い）を中心に展開して行くが、奔放にして古典的な物語に身をゆだねているうちに、思いがけなく切ない結末がやってくる。文章は華麗にして安定。ただ、思ったほど票が集まらなかったのは残念である。

『太陽の塔／ピレネーの城』は、美点満載の、文句なしの快作だった。なによりも文章が常に二重構造になっているのがすばらしい。では、それはいったいどういう仕掛けになっているのか。京都大学を〈休学中の五回生〉の「私」が主人公で語り手をかねているのだが、この「私」が女性に

モテたくてたまらないのにまったくモテないので、客観的にはみじめで哀れな毎日を送っている。ところが「私」には、つまり主観としては、自分がモテないのは世の中がまちがっているように見えている。この客観と主観のズレが全編に絶え間なく愉快な諧謔《かいぎゃく》を作り出していて、読者はいつも主観と客観の、抱腹絶倒の二重唱を聞くことになる。これは生半可《なまはんか》な技術ではない。持って生まれた才能だろう。この才能がこれからもまっすぐに伸びて行くことを切に祈っている。

講談社エッセイ賞（第一九回）

受賞作＝到津伸子「不眠の都市」、関川夏央「昭和が明るかった頃」／他の選考委員＝東海林さだお、林真理子／主催＝講談社／発表＝「小説現代」二〇〇三年十一月号

ともに秀抜

吉永小百合の出る映画は、なぜつまらないのか、その彼女が、なぜ「大女優」でありつづけているのか。『昭和が明るかった頃』（関川夏央）は、わたしたちのだれもが心のどこかで思いながら、しかしはっきりと意識はしなかった、この傑作な設問から始まる。作者は、逞しい取材力、機知に富む構成力、そして、文章の説得力の三つを駆使しながら、この問いに肉迫する。そうして現われてくるのは、「健気で可憐で、それで少しおませな少女」を必要としていた昭和三十年代のフツーの人びとの姿である。べつに云うなら、これは、だれもが知っている日活映画のスターたちを友と

して育った作者の世代の人たちの、どこか淋しい青春讃歌でもある。全編にほのかな哀愁が甘く漂っているのは、そのせいかもしれない。いたるところに興味深い、あるいは愉快な挿話が嵌《は》めこまれていて、読者をいっときも飽きさせることがない。作者の話術のたしかさは絶品だ。

『不眠の都市』（到津伸子）の文章は少し読みにくいかもしれない。だが、読み進むにつれて、その文章の底に、人間の生そのものへの洞察が光を放っているのを発見して、こんどは文字を追う作業が喜びを生む。さらに、作者が、人生の瞬間瞬間、その喜怒哀楽のすべてを「色」で表現しようとして、各所で苦闘しながらも大きな成果を上げていることが解ってくる。勁《つよ》いが、しなやかな日本語を紡ごうとするその営みは、読む者にも静かな感動を恵む……と、そのような文章である。また、「東京は美しい」という感じ方とその分析を読み、世界の新しい見方を教わった。

二作、ともに秀抜の作品である。

谷崎潤一郎賞（第三九回）

受賞作＝多和田葉子「容疑者の夜行列車」／他の選考委員＝池澤夏樹、河野多惠子、筒井康隆、丸谷才一／主催＝中央公論新社／発表＝「中央公論」二〇〇三年十一月号

みごとな小説的たくらみ

『容疑者の夜行列車』（多和田葉子）の小説的なたくらみに、まんまと引っ掛かってしまった。こ

こまで巧みに担がれると、口惜しいというよりも、いっそ快感ですらある。そのたくらみとは、〈その日の夕方から夜にかけて、あなたはハンブルグのダムトア駅の近くにある小さなホールで踊った。〉（第1輪「パリへ」）という二人称の語りである。二人称の語りに成功した例は少ない。「あなたはどうした、こうした」と書かれても、読者としては挨拶に困るような小説が多く、「あなた、あなたと、うるさい作者だね。わたし（読者）には関係がないよ」と、途中で抛り出してしまうことになる。だが、この小説の二人称はちがった。「あなた、あなたと呼び掛けてくるけれど、作者から、あなたと呼び掛けられているわたし（読者）とは、何者だろう」という、これまでに味わったことのない、ふしぎな文学的体験を迫られるのだ。

成功の原因はいくつもあるが、なによりも、作者が前半で仕掛けた罠が効いている。たとえば、第2輪「グラーツへ」の冒頭の、こんな行《くだり》。駅に早く着きすぎて、一つ前の列車に乗ろうと思えば乗れるのだが、あなたはそれを見送る。〈計画外の列車に乗って早く着いたつもりで得意になっていると、旅運の神々の逆鱗に触れ、予期せぬ事故が起こるかもしれない〉からだ。こういう生活訓は、わたしたち読者の生活訓でもある。そこで次第に「このあなたとは、作者からあなたと呼び掛けられているわたし（読者）ではないか」と錯覚して、この小説に囚われてゆく。

では、あなたと呼び掛けられているわたし（読者）は何者なのか。それもやがて明らかになってゆくが、その過程も機知とスリルに満ちている。そして、あなたが、「人間存在とはみな、夜汽車の乗客のようなものかもしれない」と気づいたときに、この小説は終わる。これもまた、みごとなたくらみだった。

草枕文学賞（第三回）

優秀賞＝原口啓一郎「ミヤマカラスアゲハ」／入賞＝山田敦心「キンコブの夢」、島田淳子「おてもやんをつくった女」、岩森道子「伊都国・幻の鯉」、澤村文子「雨間」、初川渉足「末草寺縁起」、宮﨑真由美「鬼書きの夜」／他の選考委員＝奥泉光、出久根達郎、半藤一利、光岡明／主催＝熊本県「草枕文学賞」実行委員会　後援＝文藝春秋／発表＝「文藝春秋」二〇〇三年二月号

美点と欠点と

十の候補作を、私見にもとづいて、さらに五つに絞ってみた。

『おてもやんをつくった女』（島田淳子）の達者な筆力は認める。しかし、全篇に乱用される体言止めが文章を浮かせて、全体を筋書きを読むような味気のないものにしてしまった。

『雨間』（澤村文子）は、高密度の、微細な描写に才能を感じたが、祖父像がまだまだ不鮮明である。そのために作品世界が読者の前に十分に開かれずに終わった。

『キンコブの夢』（山田敦心）は、コガネグモの捕獲法を孫に伝えようと夢見る老年の男を描く。この老年男とその娘の、父娘の関係がおもしろいし、よく書けてもいる。ただし、ときおり挿入される老年男の秘められた過去が薄手なので、せっかくの父娘の愛情の交錯の深さがだいぶ損なわれてしまった。

『鬼書きの夜』（宮﨑真由美）は、前半の迷子になりかかった幼い兄妹の言動に限っていえば、大

の字のつく傑作である。この謎めいた浮遊感は、小説にしか出来ないもので、とにかくすばらしい。だが、後半がひどすぎた。人間が三人、一度に死んでしまうのは乱暴だし、その手続きときたらさらに乱暴である。

『ミヤマカラスアゲハ』（原口啓一郎）は、ボケかかった老人が息子の車で蝶の観察に行くという主筋をもっているが、ボケ症状を巧みに使って、時間をひっきりなしに現在と過去に切り替えながら、老人の生涯を浮かび上がらせる手法が魅力的である。だが、その過去の描き方の質が、現在の描写の質と同じなので、せっかくの工夫がうまく生きていなかったのは残念だ。

このように五作はそれぞれ美点を持つが、欠けたところがその美点を押し潰してしまって、それで五作とも積極的に推せなかった。

大佛次郎賞（第三〇回）

―受賞作＝山本義隆「磁力と重力の発見」／他の選考委員＝池内紀、奥本大三郎、富岡多恵子、養老孟司／主催＝朝日新聞社／発表＝同紙二〇〇三年十二月十八日―

平明な記述で愉快に読めた

近代の自然科学が、中でも近代物理学が、どうしてどのように近代ヨーロッパで生まれることになったのか。これを高い所から鹿爪《しかつめ》らしく説かれていたら、私のようなxとyが現れた途端、頭と

胃袋とが痛み出す数式恐怖症患者は、この三巻本を投げ出して一目散に遠くへ逃げ出していただろう。

だが私は逃げ出さなかった。理由は、とりあえず三つある。

第一、数式を出来るだけ抑えて、その数式を言葉にしてくれたこと。その努力がみのって、ここに平明で正確な日本語文が実現した。

第二、一般論を振りかざすことなく、窓口を「地球そのものが巨大な磁石である」という一点に絞ってくれたこと。著者の位置が常に「磁石」の上にあるので、全体に太い軸が一本、ぴんと通っていて、とても分かり易《やす》い。

第三、いたるところに面白い挿話やびっくりするような史実が盛り込まれていること。その一例。〈一五五〇年から一六〇〇年までの間に、翻訳や手稿をのぞいて、三〇点余にものぼる英語で書かれた数学・航海術・地理学の書が出されている。〉（第二巻ルネサンス四四〇頁《ページ》）

この時代はシェイクスピア（一五六四―一六一六）とぴったり重なるから、たぶんこの大劇作家はこうした書物を読んで想像力の翼をひろげたにちがいない……と、そういうところまで考えさせられる愉快な本である。

小説すばる新人賞（第一六回）

―受賞作＝山本幸久「笑う招き猫」（「アカコとヒトミと」改題）／他の候補作＝須郷哲「プラチナガ―

――デン」、藪淳一「虹のかかる街」／他の選考委員＝阿刀田高、五木寛之、北方謙三、宮部みゆき／主催＝集英社／後援＝一ツ橋綜合財団／発表＝「小説すばる」二〇〇三年十二月号

「世田谷線はね」には勝てなかった

『虹のかかる街』（藪淳一）は、六つの短篇を列ねているが、作者はこの六篇を串刺しにする趣向を用意した。それは、赤、黄、緑など、一篇ずつ「色」を主題にすること、そして各篇にそれぞれ色のついたモノ（赤い手袋、黄色いれもんパイ、緑の野球帽など）を配し、それを通して、人生の時間の流れを物語のかたちで切り取ること、この二つ。すばらしい趣向である。とりわけ、「れもんパイ（黄）」は、冒頭にいきなりレシピを掲げて読者の心を摑む。そして幻のれもんパイを求めて、時の流れを探る女主人公の行動もおもしろく、すべて間断のない展開で、これは傑作の名に値する。しかし、あとの五篇は、人と人の出会い方が安易だったり、あまりにも調子がよすぎたり、どうもうまく行っていない。それに題名に「虹」と打った以上は、七篇は揃えたい。「れもんパイ」のような佳篇を、もう三つくらい読ませてください。

『プラチナガーデン』（須郷哲）は、それとなく、そして、さりげなく、近未来小説を書いているところが出色である。おや、おや、おやと、読者に違和感を与えながら、やがて、「そうか、これは団塊世代が老人介護施設に収容される時代、いまより十年先の物語なんだな」と気づかせる手順に、才能がある。また、物語の主人公で、沼のほとりで自死を試みる少女がいるが、彼女とおじいさん人形との対話にも魅力がある。おじいさん人形はこんなことをいうのだ。

「無意味の奥の奥を、ずーっと、目を皿のようにして見続けるんだ。苦しさも甘さもとことんかみしめて、味わうんだ。……そこから一時も目をそらすんじゃない。それを忘れたときに、すべてはアタリマエに成り下がる」

自死と正面から取り組んでいるからこそ出てくる台詞で、破綻は多いものの、この凝視力は高く買いたい。

最高点を得た『笑う招き猫』（山本幸久）は、類型人物たちによる類型的な成長物語である。しかし、作者が偉かったのは、最初から最後まで類型を徹底したことである。類型を貫いた末に顕れたのは奇跡、まったく新しい人間たちだった。なによりも、展開と対話にリズムがある。作者の乗りが読む側の快感になるという幸せ、それがここに成就している。そして、挿入歌が、みんな傑作だ。わたしは初め、『プラチナガーデン』を推していたが、やはり、「世田谷線はね、ほんとは新幹線になりたいの」というバカバカしいほどの傑作歌には勝てなかった。この歌を読まないと、それは一生の損になる。

二〇〇四（平成十六）年

読売文学賞（第五五回）

受賞作＝小川洋子「博士の愛した数式」（小説賞）、唐十郎「泥人魚」（戯曲・シナリオ賞）、若島正「乱視読者の英米短篇講義」（随筆・紀行賞）、沼野充義「ユートピア文学論」（評論・伝記賞）、栗木京子「歌集『夏のうしろ』」（詩歌俳句賞）、谷沢永一「文豪たちの大喧嘩」（研究・翻訳賞）／他の選考委員＝大岡信、岡野弘彦、川村二郎、川本三郎、菅野昭正、河野多恵子、津島佑子、富岡多恵子、丸谷才一、山崎正和／主催＝読売新聞社／発表＝同紙二〇〇四年二月一日

舞台の魔術師　集大成「泥人魚」について

天草の一揆と特攻隊の人間魚雷と浦上天主堂上空の原爆炸裂《さくれつ》と諫早湾の干拓を一気に吹き寄せ、それらをすばやく捩《ね》じ曲げ切り刻み、その上で一切を鮮やかに繋《つな》ぎ合わせて、だれも見たことのない演劇的時空間を創り出す。トタン板を打楽器から詩人のための鏡に変え、さらに海を切断するシャッターに変形させる。湯タンポを人間魚雷に見立てると、実際にそれは人間魚雷としか見えなく

なる。ウドンの紐《ひも》とゴム長靴は電話線になり、すぐさま両性の性器に成り代わる。いつもみごとな唐魔術である。そして「生きている証しの、人生色のウンコ」といったような、独特の詩情と叙情とユーモア。これは、すぐれた劇詩人で、かつ舞台の魔術師の唐十郎の集大成である。

岸田國士戯曲賞（第四八回）

受賞作＝倉持裕「ワンマン・ショー」／他の候補作＝大竹野正典「夜、ナク、鳥」、小川未玲「ちゃんとした道」、小里清「ＢＲＩＤＧＥ」、鐘下辰男「アンコントロール」、内藤裕敬「さらバイ」、本谷有希子「石川県伍参市」／他の選考委員＝岩松了、太田省吾、岡部耕大、佐藤信、竹内銃一郎、野田秀樹／主催＝白水社／発表＝二〇〇四年二月

いくつかの信条と付則

長く戯曲を書き続けている一人として、評者は以下の信条を信じている。

第一に、戯曲はすべて、それぞれ固有の劇的プロットを持つ。第二に、よい劇的プロットは、容易に言語の壁を乗り越える。よい劇的プロットは、違う言語を持つ人たちの心をも動かす力を持つ。つまりよい劇的プロットには普遍性があり、それは人間の知恵の営みなのだ。第三に、よい劇的プロットを構成する分子の一つ一つは、その戯曲の時間軸に沿って、それこそのっぴきならない順序で並んでいる。ついでに言えば、その順序を崩した瞬間、それは平凡で下らない劇的プロットに堕

落する。

付則もあって、長く岸田國士戯曲賞の選考にたずさわってきた一人として、評者は、この賞は戯曲を対象とするものだと信じている。つまり、この賞は、舞台成果に対して与えられるものではない。

以上の信条と付則は、もちろん評者一人の心覚えであって、だれに押しつけようとも思わない。ただ、評者は、この立場からしか戯曲の善し悪しが判定できないということをお断わりした上で、受賞作『ワンマン・ショー』（倉持裕）について書く。

この作品は、モノゴトの発生順に展開しても充分に佳品だったのに、どうして劇的プロットを編み上げている各片をめちゃくちゃな順序に並べ換えてしまったのか。そんな月並みな技巧を弄してまで、なぜ、読者や観客を混乱させようとするのか。この衒気は買うべきかどうか。評者は買わない。いくら時間や空間をかきまぜたからといって、佳品が絶品に昇格したりしない。せっかくの佳品が駄品に成り下がるだけである。

むしろ評者は、近景（私鉄の駅前の少し奇妙で、ささやかな事件群）と、遠景（爆弾犯事件）を、不思議な諧謔性とスマートな機知でみごとに結びつけた『ちゃんとした道』（小川未玲）を買う。あるいは、骨太でなかなか面白い構造を発明した『ＢＲＩＤＧＥ』（小里清）を買う。とりわけ、『ちゃんとした道』の、人間の関係を肌理こまかく舞台の言葉にした力量を買った。

読売出版広告賞（第八回）

大賞＝コンデナスト・ジャパン／他の選考委員＝荻野アンナ、清田義昭、中森陽三、大月昇、菅原教夫／主催＝読売新聞社／発表＝同紙二〇〇四年二月二十三日

何度も見直させる力業

まず、有名怪盗や人気ミュージシャンや強そうな格闘家や高名な経済学者の、みごとな肖像写真の列に仰天する。そこで仔細に見直すと、もっともらしいローマ字と数値。ＩＱは解かるが、ＰＱ、ＳＱとは何？　それにＧＱとは？

ページをめくって疑問は氷解、私たちはＧＱが新雑誌の誌名であり数値が編集部の悪戯と知って笑い出し、もう一度、最初から広告を眺め直すことになるが、よほどのことがないと、私たちは同じ広告を三度も四度も眺めたりしない。だがここではその難事業がやすやすと成功している。智恵ある企み、みごとな肖像写真、巧みな構成、三拍子そろった力業である。

司馬遼太郎賞（第七回）

受賞者＝池澤夏樹／他の選考委員＝陳舜臣、ドナルド・キーン、柳田邦男、青木彰／主催＝司馬遼太郎記念財団／発表＝「遼」二〇〇四年冬季号

「市民」の位置どりから

「この国のかたち」を考える場合、論者はそれぞれさまざまな位置をとる自由があります。どんな位置をとるかで、もちろん文体も書く内容も変わってきますけれども。

司馬さんの場合は、「人びと」の前、あるいは斜め前、横、ときには後ろに立ち、人びとと同じ方向を向きながら、この国の過去から現在、現在を踏まえた未来……というふうに「この国のかたち」を探り、人びとに伝えてこられた。

じつは池澤さんもよく似ていて、人びと——池澤さんの場合は「市民」ですね——市民の前や後ろや斜めや横に立ちながら、「この国のかたち」を見る。「これはちょっと歪んでいるぞ」とか「これはとてもいいぞ」というようなことを、あちこちの空間に過ごしながら、絶えず市民に伝えていらっしゃる。その位置どり感が、司馬賞にふさわしいと考えます。

最近は、続けざまに大きな小説もお書きになっていますが、大きな小説の場合でも、「市民」の位置どりからご自分の仕事を踏み固めて拡げている。司馬さんと作風はもちろん違いますが、そのあたりの、書き手としての位置の決め方が、意外に酷似しているということで、私も受賞に賛成しました。

直木三十五賞（第一三〇回）

受賞作＝江國香織「号泣する準備はできていた」、京極夏彦「後巷説百物語」／他の候補作＝朱川湊人「都市伝説セピア」、馳星周「生誕祭」、姫野カオルコ「ツ、イ、ラ、ク」／他の選考委員＝阿刀田高、五木寛之、北方謙三、田辺聖子、津本陽、林真理子、平岩弓枝、宮城谷昌光、渡辺淳一／主催＝日本文学振興会／発表＝「オール讀物」二〇〇四年三月号

巨大と堅緻《けんち》と

『都市伝説セピア』（朱川湊人）には、上手に仕立てられた短編が五つ収められていて、中でも「昨日公園」はうまくできている。〈時間が繰り返し再生される〉というアイデアそのものはそう珍しいものではないが、その月並みなアイデアを巧みに展開して読み手をわくわくさせながら、おしまいに死という人生最大の真実を突きつけてくる手腕に凡手には及ばぬ才があって、これは佳品だった。また、五編中三編までが一人称の語りで進められて行くが、その一人称の語りそのものの中に小説の〈落ち〉を忍び込ませておく手口も鮮やかだ。ただし、いくら鮮やかでも、同じ手口がいくつも続くと、やはり読者に見破られてしまう。他の手もたくさん見せてください。

『ツ、イ、ラ、ク』（姫野カオルコ）は、全体の五分の四をすぎて、中学時代の美術教師の小山内先生の葬式の場面あたりから、ようやく傑作の光を放ちはじめる。中学時代にこの世でただ一度の恋をした本作のヒロインの、その想いの切なさ深さが一気に溢れ出して、活字さえも濡れて光って

くるようで、このへんは大好きだ。けれども、そこへくるまでの文章に文学的ケレン味が氾濫し——もちろん、一つずつ取り出せばそれぞれおもしろいし、作者の大事な個性でもあるから尊重はするが——しかし、読者には邪魔だったかもしれない。というのは、そのケレン味が、たいてい〈余談〉として語られているからで、まっすぐな恋のひたむきさとそのおもしろい余談とが、うまく溶け合っていなかったようだ。

『生誕祭』（馳星周）の主人公の青年はバブル期の社会登攀者《とうはんしゃ》の一人、「地上げ」という、半分は詐欺師のような、もう半分は暴力団のような仕事に全身を打ち込んで、その際に得られる〈体温が上がる感覚〉にしびれている。この感覚こそが青年には生きている証《あかし》なのだが、しかし仕事がさらに過熱するにつれて、彼は四方八方にウソをつかなければならなくなる。どれもこれも命懸けのウソで、一つでも成り立たなくなると、世界は解体してしまう。じつはバブルの時代の精神構造がそうだったわけだが、作者は、小説の構造とバブル期の狂気を巧みに重ね合わせながら、短い文を連射してきびきびと緊張した人間関係を築き上げて行く。みごとな力業で、ここまでは感嘆に値いする。けれども後半の、世界崩壊の過程が少しばかり単調にすぎた憾《うら》みがあって、それが残念だ。

『号泣する準備はできていた』（江國香織）に収められた十二の短編には、すみずみにまで巧緻な工夫がほどこされている。そのほんの一例、たとえば表題作もそうだが、大上段にふりかぶった巨きな題名と、物語にまでまだ発展していないような小さな心の動きの組合せがそれで、つまり内容と題名の「美女と野獣」式の組合せから、一瞬の、倒錯した陶酔感が立ち上がり、それが読者にはたまらない魅力である。もとより作者の本領は別にある。いい物語をしっかりつくって、それを言

葉の意味を上手に使って展開するというのが、これまでの小説の常識だったが、作者は物語の枠組みを消し去って、人生の大事業である恋愛物語ではなく、そのごくごく一部分だけを堅緻に書いた。わたしたちの愛する物語はどこへ行ってしまったのか。作者は、その物語は読者が持っているはずだといっている。作者はあなたの恋愛物語（個人的で絶対的な真実）の爆発に点火するだけですよと。これまであまり例のなかった〈読者参加の恋愛物語〉が、作者の緻密な言葉遣いによって、ここにみごとに成就した。

『後巷説百物語』（京極夏彦）は、〈ありもせぬ妖異を見て「祟りだ」などと騒ぐのは、人間が心の闇にさまよっているからだ〉という明快な主題を持っている。この見方は、四谷怪談の伊右衛門の心の動きを摑まえるときも、ブッシュ大統領の心理を探るときにも役立つから、つまりは普遍的なものである。この明快な主題を、日本と中国の古典や江戸随筆から民族学や文化人類学や歴史学までに及ぶ広く深い造詣で隠して、作者はおどろおどろしい物語を築き上げているが、もう多言を弄する愚は犯すまい、言葉だけでこれほど不思議な世界を、同時に明快な世界観を創り出した事業に拍手を送るばかりである。その上で一つだけいう。作者の独特な文字遣い、句読点の打ち方、そして改行の仕方が、心地のよいリズムを生み出していて、そのリズムが読者を自然に作中へ導き入れてくれるが、まさにこのとき、読者は、物語が自分の中で発生していることを発見するにちがいない。これこそが小説を読む楽しみだ。

「読み手の中にひとりでに物語を発生させること」が、いい小説であるとするなら、巨大と堅緻、構えは対称的だけれど、京極さんも江國さんもすてきな小説を書いたのだ。これからも読者を魅了

する作品をうんと書いていただきたい。

吉川英治文学賞（第三八回）

——受賞作＝北方謙三「楊家将（上・下）」／他の選考委員＝五木寛之、伊藤桂一、杉本苑子、平岩弓枝、渡辺淳一／主催＝吉川英治国民文化振興会／発表＝「群像」二〇〇四年五月号——

さらに輝かしさをました文体

切れ味のいい、意味の明快な短い文をきびきびと積み上げて気持のよいリズムを刻み、そのリズムに読者を乗せて、いつの間にか途方もなく大きな物語の中へ誘い込んでしまうのが、北方謙三さんの文体の魅力である。

『楊家将』では、その魅力がさらに輝きをまして、やすやすと読者を、中国十世紀末、建国間もないころの宋国へ連れて行くばかりか、その宋と遼との激しい攻防戦を、宋の楊一族の運命と重ねながら、清澄な文章で描き切った。楊一族が、武術にすぐれ戦術にも長けた遼の武将たちと（なかでも「白き狼」の知略はものすごい）どのように戦ったか、その決戦の数々を、映像でもむずかしいのに、よく文章で活写した。これはすさまじいまでの力業である。

合戦場面を描くのに、張扇の音が聞こえてくるような文章では、小説が講談になってしまう。講談が悪いのではない、これまで日本語では合戦場面を語る文体が講談式しかなかったのだ。だが、

文体の工夫と革新によって、北方さんは小説で合戦を生き生きと描く。合戦で用いられる戦術の意味、その戦術にしたがって行動する両軍騎馬隊のすばやい動きが、この文体を通してじつによくわかる。戦いの野にたちこめる血の臭い、兵たちの気合い、馬たちの哀しみ、そして戦い終わったあとの原野に立ち込める人間たちの運命の旋律、じつは彼らはみな敗北者なのだが、それらを明確に読者の前に提示することに成功したのは、これはじつに北方さんが苦心した文体の勝利である。

川端康成文学賞（第三〇回）

受賞作＝絲山秋子「袋小路の男」／他の候補作＝高井有一「殺されなかつた子供たち」、黒井千次「丸の内」、玄月「運河」、宗左近「故郷の名」、佐江衆一「長きこの夜」、湯本香樹実「アンタロマの爺さん」、伊井直行「掌」、長嶋有「夕子ちゃんの近道」、宮崎誉子「ＰＯＰザウルス（Ａ面）」／他の選考委員＝秋山駿、小川国夫、津島佑子、村田喜代子／主催＝川端康成記念会／発表＝「新潮」二〇〇四年六月号

話法の勝利

絲山秋子さんの「袋小路の男」では、どんなに小さなものであれとにかく責任というものが発生するのをひたすらおそれて、一センチも前へ進むことができずにいる男と女の滑稽な悲劇が、あるいは惨めな喜劇が、叙事的に同時に叙情的に、みごとに書かれている。悲劇と喜劇、叙事と叙情、たがいに対立するものが巧みに解け合っているのは、たえず〈あなた〉と呼びかける話法の工夫が

冴えわたっているからだ。

ハンサムでクールかつダンディな眼鏡の高校二年生の〈あなた〉に、同じ高校の一年下の女の子が一方的な恋をする。この女の子〈私〉は、そのあと十二年にわたって、その気持を保ちつづけるのだが、その間、〈あなた〉は、頭はいいのに度胸がないのか試験に弱くて大学に受からず、新宿の薄暗いジャズバーでカクテルをこしらえながら、小説の懸賞募集に投稿しつづける。一度は絶望して、薬と酒を飲んで二階のベランダから飛び降りたこともある。二階のベランダ！……死ぬ勇気もないのだ。語り手の〈私〉の方も、局面を打ち破るために、〈行き止まりの世界から脱出できる。一度だけ、あなたの未来を私が借りる。心中。……生まれ変わってもあなたはやっぱりあなただろうから、私はあなたの家の猫になる。〉と思い詰めて車を暴走させるが、〈しかし150キロで何にぶつかればいいんだろう。決め手を欠いているうちに小諸インターについてしまった。〉というわけで未遂。それでも〈私達は指一本触れたことがない〉という中途半端な関係である。

真っ正面から書けば、愛の責任をおそれて尻込みばかりしている、煮え切らない恋物語で、たいていの読み手が途中で放り出してしまうはずだが、〈あなた〉への〈私〉の恋の報告書、つまり長い恋文という話法が、結構の弱さを十分に補った。結構の弱い箇所は良質の叙情で隠し（恋文だから文体がどんなふうに転換してもかまわない）、ときには、「あなたにとって私って何なんですか」／あなたは数秒考えて、そしてカタカナで答えた。／「ワカラナイ」〉といった切れ味のいい会話で躱しながら、作者は、ちかごろ稀な純愛小説を仕上げてしまった。どんな人間であれ、ある人間にとっては、この上ない愛の対象になりうるという、愛のふしぎな普遍性をしっかりと読み手の前

に提出したのである。

日本推理作家協会賞（第五七回）短編部門・評論その他の部門

受賞作＝伊坂幸太郎「死神の精度」（短編部門）、千街晶之「水面の星座　水底の宝石」、多田茂治「夢野久作読本」（評論その他の部門）／他の候補作＝小川勝己「胡鬼板心中」、小貫風樹「とむらい鉄道」、朱川湊人「死者恋」、松尾由美「走る目覚まし時計の問題」（短編部門）、曽我部司「北海道警察の冷たい夏　稲葉事件の深層」、山下武「20世紀日本怪異文学誌」（評論その他の部門）／他の選考委員＝笠井潔、京極夏彦、桐野夏生、東野圭吾、北村薫（立会理事）／主催＝日本推理作家協会／発表＝「オール讀物」二〇〇四年七月号

奇抜だが洒落《しゃれ》た傑作

これからお読みになる方たちの楽しみを奪うことになるから、『死神の精度』（伊坂幸太郎）の内容にふれるのは努めて避けなければならないが、これはすばらしい小説だ。設定は奇抜、しかし洒落ている。死神の部下らしい調査員が一人の冴えない娘の運命をきびきびと語るのだが、その一人称の語りに巧妙な仕掛けがほどこされている。この話なら他の人称は使えないと見切ったところに、書き手の力があらわれた。しかも語られているのは、わたしたちが興味を持たざるをえない「命の長さ」についてであるから、だれもが夢中になって読んでしまうにちがいない。

「天使は図書館に集まるが、死神の調査員たちはCDショップにたむろする」という例を一つと

ってみてもわかるように、表現も文体も、そして話そのものも、モダンで知的であり、全編が品のいい高級なユーモアでみちている。それに、冒頭から結末まで徹頭徹尾、死を扱っているのに、読後の感想は爽快であり、それどころか読み手をまちがいなく幸福にしてしまうからふしぎだ。

また、この作品の小説の結構が、会社の人事部と社員、参謀本部と前線の兵士、他人の運命を握る者と彼らに運命を握られた者といった、現実の切ない関係と重ねて読むこともできて、まるでよくできた寓話のような深みがあった。

『水面の星座　水底の宝石』（千街晶之）は、じつに役に立つ書物である。たとえば、「探偵とは、解決を遅延させる装置である」、「読者が推理小説を読むのは、意外な結末によって、目から鱗が落ちるという体験をしてみたいからだ」、「本格ミステリとは、秩序回復の物語である」、「ミステリという文芸ジャンルに潜在しているのは、絶えず正統性から逸脱しようとする歪みである」などなど、この書物は、いたるところで胸の空《す》くような定義をしてくれる。その定義にしても、いちいちミステリの名作や傑作を読み解きながらなされるので、無類の説得力がある。そして読み終えたときに、これはじつはこれまでのミステリの財産目録であったことがわかる。つまりわたしたちミステリファンは、いま望みうる最良の手引書を手に入れたのである。

夢野久作は、どこが果《は》てだか解らぬような文学的巨人である。『夢野久作読本』（多田茂治）は、ふんだんにエピソードをちりばめながら、この巨人の精神の深部に迫って行く。久作を敬愛しつつ、批判すべきところはきちんと批判する（たとえば、関東大震災のときの朝鮮人虐殺について、久作はその筆にブレーキをかけたふしがある）。この公正な、しかし常に温かさを失わない筆でゆっく

りと現われてくるのは、国粋主義者にして国際主義者、天皇主義者にして反近代天皇制論者、そしてロマンチストにしてリアリストの久作像である。これらを統一するには彼の生命が短かすぎた。作者の惜愛の情がひしひしと伝わってくるような第一級の評伝。とにかくおもしろい。

直木三十五賞（第一三一回）

受賞作＝奥田英朗「空中ブランコ」、熊谷達也「邂逅の森」／他の候補作＝伊坂幸太郎「チルドレン」、北村薫「語り女たち」、田口ランディ「富士山」、東野圭吾「幻夜」／他の選考委員＝阿刀田高、五木寛之、北方謙三、田辺聖子、津本陽、林真理子、平岩弓枝、宮城谷昌光、渡辺淳一／主催＝日本文学振興会／発表＝「オール讀物」二〇〇四年九月号

秀作と快作

『語り女たち』（北村薫）の冒頭には、約千三百字の、精緻で美しい文章で綴られた、物語の枠組が置かれている。読書三昧の日々を送っていた男が、視力が急に落ち出したのをきっかけに、広告で集めた女たちの話を聞くことにするというのが、その枠組である。そう思い立ったのは、細かい文字を読むのが面倒になったこともあるけれども、なによりも、〈絵空事というのが馬鹿馬鹿しく感じられ〉はじめたのと、〈作家の才覚によって作られた物語を読むより、市井の人の、実際の体験談を聞く方が、興味深かろうと思い当たった〉からだ。こうして男は十七のお話を聞くことにな

るが、残念ながら、この魅力的な枠組は生かされることなく終わる。というのは、十七の掌編には、枠組で否定された絵空事のお話が多いからである。男が聞きたかったのは（枠組からするならば）実人生の最中にふと生まれる人間の真実のようなものだったのではないか。もとより手だれの作者、中には「眠れる森」や「梅の木」のような佳品もあるにはあるのだが。

『幻夜』（東野圭吾）を、それこそ寝食を忘れて読んだ。阪神淡路大地震のときの暗い因縁から捩じくれて結ばれた社会登攀者の女と、その女を陰から支える男。女が社会の階段を駆け上がって行くときの展開の巧さとその快い速度感は、この作者の独壇場だろう。けれども、寝食を忘れたのは半ばまで。あるところまで登りつめたとき、女は、突然、作者の奴隷になってしまう。作者が力ずくで女を動かしているのが、女をむりやり物語に奉仕させているのが、はっきりと見えてくる。そしてそのとき、それまでの迫真の人間劇がその厚みを失って行った。

『富士山』（田口ランディ）を、評者は買った。世界は悪意と暴力とによって、とてつもない病気にかかっている、この世界をどう生きればいいのか、どうすれば生きる力を手に入れることができるのかという、この連作の主題は切実であり、さらに主題展開の軸を「富士山」に据えたのは、めざましい工夫だった。中でも「樹海」は、三人の少年の冒険を語りながら、森の夜のおそろしさを新鮮な文章で書き切っていて、胸おどる読書体験だった。とりわけ最後の数百字は、大自然との一致という点で、あの『暗夜行路』の大山の場面に匹敵するかもしれない。しかし、支持は少なく、評者としては次の作品を心待ちにするしかない。

『チルドレン』（伊坂幸太郎）は、五つの短篇を連ねて、その中から不敵で突飛な言動をとって周

囲を悩ます人間、陣内くんを浮かび上がらせようという、あかぬけした構造を持つ。主題は、「人間は常になにかに成りすましている」。人質に成りすます銀行強盗（バンク）、父親に成りすます闖入者（チルドレン）、通行人に成りすます警官たち（レトリバー）、公務員に成りすますミュージシャン（チルドレンII）、熊に成りすます陣内くん（イン）……各篇に、なにかに成りすました人たちがぞろぞろ登場する。陣内くんはなんとなくそれを知っていて、「うわべの虚飾を剝ぎ取って人間の本質を見なければならない」と考えているらしく、それが彼の突飛な言動のもとになっている。知的でスマート、なかなかの思想性、面白い人物造型である。しかし、各篇とも勝ち味の遅い展開ぶりで、話に隙と穴が多く、なによりも作者と登場人物との関係があまりにも淡すぎて、なにか他人事のように書かれているところが気になった。

『邂逅の森』（熊谷達也）は、自然に向かって人間はどうあるべきかという大きな主題をしっかりと据えて、狩りを生涯の仕事にした一人の男の人生を、揺るぎのない筆致で堂々と書き切った秀作である。里言葉と山言葉の巧みな使い分け、簡潔に書かれながら迫力十分の性愛場面、出入りする登場人物たちの個性の多彩さ、おもしろさ、女たちの男に接するときの温かさと運命に向かうときの勁《つよ》さ……どれもこれもみごとなものだ。また、たとえば、三八銃採用と村田銃払下げ、第一次大戦と鉱山景気、シベリア出兵と毛皮需要の増大、満洲事変とウサギ・イタチの民間飼育ブームなど、物語のうしろで歴史が動いていることを暗示する筆の捌きも作品に幅と奥行きを加えている。とりわけ感服したのは、主人公が山の主であるコブグマに向かっていう次のような言葉である。〈俺はおめえの仲間をさんざん殺めてきたからの。かまわねえがら俺を喰え。俺を喰って力ばつけて生き

ながらえろ。この山のヌシとして、いつまでも生き続けろ。したら、俺も本望だべしゃ……〉（四四四頁）。この視点を持つことによって、本作は二十一世紀の小説になった。つまり、古風なようでいて、じつは新しい作品なのである。

『空中ブランコ』（奥田英朗）は、前作『イン・ザ・プール』に引き続いて、精神科の、あの怪しい名医、伊良部一郎先生が活躍する快作である。先生の治療法は前作と同じだ。まず患者と同じ症状におちいってみせる、それも患者よりも重い症状になってみせる、そのことによって、患者に自分自身の症状を気づかせる。もっといえば、患者の上を行って、逆に患者に医師の役を演じさせて、心のこわばりをほぐしてやるという破天荒なものである。前作における患者群は市井の人たちばかりだったが、今回はちがう。空中ブランコ乗りのスター、やくざ界のスター若頭、大学医学部のスター講師、プロ野球界のスター三塁手、そしてスター女流作家など、いってみれば患者全員が、それぞれの世界ではピカピカに光る存在ばかりである。したがって、先生の治療法もばかばかしいほどハデにならざるをえない。この物語構造そのものがすばらしい発明であるが、今回、作者はこの構造に絢爛たる笑いの花を満開に咲かせた。とりわけ、「ハリネズミ」と「義父のヅラ」には、さんざん笑ったあとに人生の真実にふれたような感動をおぼえ、前作同様に強く推した。

日本ファンタジーノベル大賞（第一六回）

―大賞＝平山瑞穂「ラス・マンチャス通信」、優秀賞＝越谷オサム「ボーナス・トラック」／他の候―

補作＝堀井美千子「池尻ウォーターコート」、原田勝弘「この晴れた日に、ひとりで」／他の選考委員＝荒俣宏、小谷真理、椎名誠、鈴木光司／主催＝読売新聞東京本社・清水建設　後援＝新潮社／発表＝「小説新潮」二〇〇四年九月号

おめでとう、ご精進を

「道なき道の果てには何があるか」という壮大な謎、これを究めようとする三人の登場人物の冒険を、ずいぶんな悪文で綴《つづ》ったのが『この晴れた日に、ひとりで』（原田勝弘）である。どんな悪文か。たとえばこうだ。

〈ヨシュアは男の家に住み続け、畑を受け継ぎ、田畑を耕し、その場所で静かに時を刻み始めた。〉（第三章の3）

ヨシュアが、つまり人間が時を刻んだりするだろうか。こういう文章に行き当たるたびに苛《いら》立《だ》ち、ついでに腹も立てたが、やがて馴染むにつれて、悪文でしかこの内容を書くことはできなかったのではないかと、考えが変わってきたのは、まことにふしぎである。

物語の語り手の「私」は、どうやら天地の創造主……もっといえば、天地を満たす普遍的意志のようでもある。全能の語り手なのでつい、話がべらぼうに大きくなったり、人間には解りにくいことばを使ってしまったりするらしい。そう考えれば、これはじつによく計算された悪文ということになる。

一、道なき道の果ての探求。二、死と狂気で囲われたこの世界の構造についての考察。三、こと

ばで「無」を表現できるかどうかについての実験などなど……古今東西の知性がついに解き得なかった問題に、作者が一応の解答を出しているのも、すごいといえばすごい。たとえば、三の解答はこうだ。ことばだけでは「無」は表現できないが、そこに擬人法というレトリックを使って、ことばに立体感を与えれば、表現は可能になる。

一の解答の、道なき道の果てにはソラがあったというのも、ばかばかしいが、しかし、このばかばかしさへ辿《たど》り着くまでのしどろもどろの思考を、作者は全身全霊をこめて言語化しており、しかも、ときには成功している。ことばを唯一の武器にして世界の成り立ちに肉薄しようとする作者の壮烈な意欲を買って、評者はこれを第一位に推したが、選考委員のみなさんの賛同を集めることはできなかった。

『池尻ウォーターコート』（堀井美千子）は、又聞《またぎ》きの手法を巧みに駆使した小佳品である。文章に癖がなく、点景人物には陰影があって、とても読みやすい。だが、差し当り二つの不満を持った。第一に、全体に淡すぎる。第二に、せっかく水を主題にしているのに、その主題の追求が淡泊にすぎた。もっとたくさん材料を揃えて、読者を圧倒していただけたらよかったのに。

『ボーナス・トラック』（越谷オサム）は、幽霊物の上作《じょうさく》である。幽霊物では、その出現と退散がなによりむずかしいが、作者はのびのびとこの二つの難関を乗り越えており、そこに作者の才能を窺うことができる。ただし、第一位に推さなかったのは、幽霊の恨みの量の少なさと、謎解きの安易さに、ちょっと落胆したからである。たくさん書けば、その分だけ伸びそうな向日性の資質の持ち主のようだから、これからもどしどし仕事をしていただきたい。

『ラス・マンチャス通信』（平山瑞穂）では、冒頭の「畳の兄」に烈しい衝撃を受けた。語り手の「僕」は、姉と力を合せて、アレを殺すのだ。アレとは兄のことである。こうして弟殺し兄殺しという神話的な物語枠を設定した以上は、この姉弟がどのような流竄《るざん》の運命を辿るか、それが読者の最大の関心事になる。そこで当然、それを書くのが作者の大切な務めにもなる。けれども、作者の筆は「僕の流竄」にあまりにも多くを割《さ》きすぎた。僕が語り手をかねているから仕方がないけれども、それにしても姉の気配が薄い。作者がつぎつぎに繰り出す挿話は、いずれもよくできているが、やはり大事な二本の芯棒のうちの一本を欠いてしまったことはたしかだ。

選考の半ばで、各委員の意見を受け容れたのは、冒頭の凄味だけでも評価に値いすると考えたからである。そして決定を受け容れたからには大きな声で申しあげる、「おめでとう、ご精進を」と。

講談社エッセイ賞（第二〇回）

受賞作＝荒川洋治「忘れられる過去」、酒井順子「負け犬の遠吠え」／他の選考委員＝東海林さだお、坪内祐三、林真理子／主催＝講談社／発表＝「小説現代」二〇〇四年十一月号

豊かな収穫

エッセイの正体とは、自慢話をひけらかすことだと定義したことがあります。ただし、自慢たら書いてしまうと、その臭味に読者はたちまち鼻白んでしまう。そこで、どう臭味を抜くか、自

慢話であることをどう隠すかが勝負の要《かなめ》、ただその一点に、エッセイの巧さ下手さが現われます。

荒川洋治さんの『忘れられる過去』は、わたしはこの本をこう読んだ、わたしはこんな人のことを知っている、わたしはこんなことまで考えている、どうだまいったかという自慢を、俗臭の欠《か》けらもない透き通った文章で、それでいて人間存在のじつに深いところにまで届くしなやかな文章で、みごとに隠し果《おお》せています。一気に読んでは損、気長に味わって読んだら得。これは現代散文の達成の一つではないでしょうか。

酒井順子さんの『負け犬の遠吠え』は、卓抜な定義集です。負け犬、オタ夫、イヤ汁、可哀相な小羊ちゃんヅラ、人生たられば劇場など、愉快で奇抜な定義を連発しながら、現代女性の生き方を軽快に描写して行くので、わたしは理由があって負け犬をしているのよ、どうだまいったかという自慢は、すっかり消えてしまいました。古風な骨格を持つ文章と古くさい漢字の使い方に、こういった奇抜な定義がくっついて、独特の諧謔味《かいぎゃくみ》が生まれてもいます。こうして幾重にも臭味を抜いたせいで、愉快な、しかし鋭い社会分析をたくさんに盛った一冊が誕生しました。二作とも、今年度エッセイの豊かな収穫として誇るべきものと考えます。

谷崎潤一郎賞（第四〇回）

受賞作＝堀江敏幸「雪沼とその周辺」／他の選考委員＝池澤夏樹、河野多恵子、筒井康隆、丸谷才一／主催＝中央公論新社／発表＝「中央公論」二〇〇四年十一月号

五感の働き

『雪沼とその周辺』に収められた七つの短篇の底でたえず鳴っている主調音は、人間の五感の働きである。人の一生を、その人の、ある瞬間の五感の働きから描出しようという力業の連続。それがことごとく成功しているのはみごとな眺めだ。

たとえば、冒頭の「スタンス・ドット」。五レーンしかない小さなボウリング場の最後の営業日の最後の客（といってもトイレを借りに寄った若いカップルだが）の投げるワンゲームの中に、ボウリング場主人の半生が肌理こまかに、それもきびきびと織り込まれている。こんな離れ業（わずかの枚数で半生を描くこと）を成り立たせているのは、ここでは主人の耳である。彼の脳裏にしまいこまれている、むかしあるプロボウラーの投げた球がピンを弾くときの音、それは、〈レーンの奥から迫り出してくる音が拡散しないで、大きな空気の塊になってこちら側へ匍匐してくる。ほんわりして、甘くて、攻撃的な匂いがまったくない、胎児の耳に響いている母親の心音のような音〉で、彼はこの音に惹かれてボウリング場まで開いてしまったのだが、最後の日にその音が聞けるだろうか。作品は静かなサスペンスを孕んだまま、ふしぎな余韻をもって終わる。

こういった独特の方法で、味覚（「イラクサの庭」）、視覚（「河岸段丘」）、臭覚（「送り火」）などを影の主人公にした短篇が積み重ねられて行くうちに、やがて読者は、都市化の波にゆっくりと冒されて行く雪沼という地域全体の物語を読んでいたことに気づく。そこでは、〈分解して組み立てられるくらいの、単純だが融通のきく構造が、機械にも、社会にも、人間関係にも欲しい〉と願って古いものを丁寧に使い、五感を働かせる人たちと、狂奔する都会化の荒波との戦いが静かに展開

しているのだが、老戦士たちにはあまり時間がない。その甘く、しかしきびしく乾いた感傷……これは魅力あふれる登場人物たちに託して、現代そのものを微苦笑のうちに浮き彫りにした傑作だ。

大佛次郎賞（第三一回）

受賞作＝佐伯一麦「鉄塔家族」、若桑みどり「クアトロ・ラガッツィ　天正少年使節と世界帝国」／他の選考委員＝川本三郎、髙樹のぶ子、山折哲雄、養老孟司／主催＝朝日新聞社／発表＝同紙二〇〇四年十二月二十三日

長編の身辺雑記に成功

あの宣教師の時代に、厖大《ぼうだい》な量の日本見聞録が書かれたが、若桑みどりさんのこの二段組み五百余頁《ページ》の大著は、その選択的な一大集成である。

そこに浮かび上がるのは、当時の日本と世界との躍動しつつ激変する巨大な歴史のうねり。そのうねりの中を少年たちは、はるばるローマを目指す……当時の日本と世界の様子が丸ごとわかる本だ。少年使節のローマ体験を、若桑さんはご自分のローマ体験と重ねているので、いたるところで文章が生き生きと弾み、その快い弾みに乗ってあっという間に読みあげてしまった。

佐伯一麦さんの『鉄塔家族』は、地方都市の丘の上に巨大な鉄塔が完成するまでの、付近の人びとの身辺雑記の体裁を装った大長編である。

身辺雑記と大長編、水と油のようだが、文章がいいから、つい読まされてしまううちに、主人公の別れた妻の影がゆっくりと姿を現してくる。この前妻とのやりとりは切実で、哀《かな》しく、不謹慎かもしれないが、むやみにおもしろい。そして読み終わったとき、わたしたちが噛《か》み締めるのは、「この世で片付くことはなにもない。すべて普請中」という人生の苦さである。身辺雑記で大長編を書くという実験的な試みはみごとに成功した。

小説すばる新人賞（第一七回）

受賞作＝三崎亜記「となり町戦争」／他の候補作＝弘吉青雨「味わう傷」、浅野朱音「オリエンテーリング！」／他の選考委員＝阿刀田高、五木寛之、北方謙三、宮部みゆき／主催＝集英社／後援＝一ツ橋綜合財団／発表＝「小説すばる」二〇〇四年十二月号

俊英の誕生

今回、非凡な内容で傑出した作品があった。『となり町戦争』（三崎亜記）がそれだが、その前に、ほかの二作について述べておくと、『オリエンテーリング！』（浅野朱音）は、いまの高校生の考え方や言葉遣いを生き生きと写し、いまの家庭のもろさを鋭く刳《えぐ》り出し、知る人の少ない競技の中身を巧みに書いているのに（とくに「走る」場面の描写はみごと）、大事な結末、大切な山場が欠けていた。読者に再三にわたって、やがて山場が来るぞ来るぞと予告しておいて、その山場の寸前で

筆を止めたのは、読者との契約を反古にする自殺行為である。そのために長編小説としての構造が崩れて、惜しくも作品は半壊した。筆も立ち、読み味もさわやかなのに、惜しいことをした。

『味わう傷』（弘吉青雨）は、不倫する女性が、父の愛人の生んだ可愛らしい異母妹がいることを知り、彼女に近づき、出会い、理解し合い、そしてついに彼女を妹として受け容れるという魅力的なプロットを持っている。文体にもしなやかな勁さがあって作家的力量は十分、この姉妹の日常をしっかりと描くだけで傑作になったはず。ところが作者は、妹のセックス依存症とか父の事故とか、いかにも小説小説した紋切型の出来事を持ち込んで、せっかくの作品を壊してしまった。その一方で、父と自分との二重の不倫の重ね方には曲がない。排除すべきものと強化すべきものとの配分に計算違いがあったようで、これもまたまことに惜しい作品だった。

『となり町戦争』（三崎亜記）は、全体に寓話的かつ牧歌的な仕掛けをほどこして、現代の見えない戦争を巧みに描き切った秀作である。なによりも抑制のよく利いた平明な文章、そしてユーモアを内蔵した文体が出色である。しかも戦争を一種の巨大な公共事業として捉え、さらに戦争はやがて民営化するだろうという風に展開させて行く逞しい想像力にも感心した。とはいっても、この作品のすばらしさは、百万言を費やしてもお伝えすることは不可能……そこで読者の皆様にお願い、どうか現物《げんぶつ》をお読みになって、俊英の誕生を祝ってあげてください。

二〇〇五（平成十七）年

岸田國士戯曲賞（第四九回）

受賞作＝岡田利規「三月の5日間」、宮藤官九郎「鈍獣」／他の候補作＝小川未玲「もやしの唄」、長塚圭史「はたらくおとこ」、はせひろいち「サイコの晩餐」、東憲司「しゃんしゃん影法師」、平田俊子「れもん」、前田司郎「いやむしろわすれて草」／他の選考委員＝岩松了、太田省吾、岡部耕大、竹内銃一郎、野田秀樹／主催＝白水社／発表＝二〇〇五年二月

二作を推す

舞台の上に、ほかの形式ではとても表現できないような特別な時空間を創り出すこと。その特別な時空間に貫禄負けしないような強靭で生き生きした言葉を紡ぎ出すこと。そして、この二つがうねりながら一つになって、ふだんでは、「見ていても見えず、聞いているのに聞こえない」人間の真実を観客の前に提示すること。しかもその観客は一人や二人ではなく何百何千にも及ぶので、よ

ほど強力なプロット進行を仕掛けないと、それらの人たちは一匹の巨大で生きた観劇共同体にはならないだろうということ……劇を書くということは、以上の難問を乗り越えるための苦役にほかなりません。これが自分で作品を書くときも、ほかの作品を読むときも、評者が頭のどこかにおいている物差しです。

『鈍獣』（宮藤官九郎）は、基本になる時「現在」へ、回想による「過去」がぐいぐいと接近してくるという時間の扱いに力感が溢れていました。対話の積み重ねに速度があって、ギャグにも切れ味があり、ここには疑いもなく一つの言語世界が成立していました。そしてその世界の中から、人間の哀れなほどのおかしさが吹き出し、それでいて人間という存在への無限の讃歌も浮かびあがってくるという、近ごろ出色の作品です。

『三月の5日間』（岡田利規）は、遠くの戦争と、近くの、目の前のラブアフェアとを、絶妙の言語的詐術で対比させることに成功しました。登場人物たちの話す内容が微妙にズレながら進む展開も、背筋がゾクゾクするほどおもしろく、一見平凡と見えるプロット進行の下に、遠くの虐殺よりも目の前の性行為の方が重要という人間の業のようなものが浮かび上がってくるところに凄味がありました。

読売出版広告賞（第九回）

―大賞＝宝島社／他の選考委員＝荻野アンナ、清田義昭、中森陽三、大月昇、菅原教夫／主催＝読売―

——新聞社／発表＝同紙二〇〇五年二月十九日——

書店員が感動した

これまで黒子役に徹していた書店員たちが、ここへきてそれぞれ持ち味を発揮しはじめた。ただ本を売るのではなく、自分でも読み、その感想を宣伝文句に練りあげて、自分の責任でそれを店頭に飾る。こうして書店員がそれぞれ、街の書評家になったのだ。

この傾向は今までもなかったわけではないが、それが大きなうねりとして高まった今年は、いわば店頭書評元年、大賞作品にそのたくましいうねりがはっきりとあらわれている。

たしかに広告は時代を映す鏡、作品として非凡であるばかりか、これは2004年の日本を理解する索引の一つにもなったのである。

司馬遼太郎賞（第八回）

——受賞者＝松本健一／他の選考委員＝陳舜臣、ドナルド・キーン、柳田邦男、青木彰／主催＝司馬遼太郎記念財団／発表＝「遼」二〇〇五年冬季号——

怪人物の謎が解けた

北一輝という人物は、私にはどうにも正体のつかめない怪人物であり、昭和史最大の謎でした。

ところが『評伝　北一輝』を、その冷静で平明な文章に導かれて読み進むうちに、謎がきれいに解けると同時に、北一輝という人物がはっきりと目の前に立ち現れてきました。極端な国家主義と社会主義とが一緒になると、最後は天皇さえ使うという革命理論が誕生するわけですが、その思想性と人間性が自分なりに理解できて、長年のしこりが解けたような気がします。

彼に影響を受けた青年将校が一種の革命を断行したときの、軍上層部の阿呆さ加減と無責任さもよくわかったし、司馬先生が書かれた「鬼胎の時代」の生まれていく経過もよくわかりました。ひとりの文筆家、思想家が生涯をかけ、精魂を込めたお仕事だという感動も伝わってきました。作品賞であり業績賞であるという司馬賞の広さを一つの作品がカバーしてしまった、見事な結果になりました。

吉川英治文学賞（第三九回）

受賞作＝北原亞以子「夜の明けるまで」／他の選考委員＝五木寛之、北方謙三、林真理子、平岩弓枝、宮城谷昌光、渡辺淳一／主催＝吉川英治国民文化振興会／発表＝「現代」二〇〇五年五月号

北原小説の醍醐味

若くして江戸留守居役に養子にと望まれた逸材がいた。留守居役は、ほかの藩の同役たちと組合をつくって情報を交換し合い、幕藩体制下の政治的局面での重要な役割を担うという、いわば当時

の外交官のような存在、各藩ともすぐれた人材をこの職に充てていた。だからこの若者がいかに将来を期待されていたかがわかるが、ある夜、彼は親友に誘われて下町へ飲みに出かけた。

一方、江戸深川に遊女の着物の繕いをしながら細々と暮らしの煙を立てている嫌われ者の老女がいた。日頃から、「生きていてもしょうがない。死にたい、死にたい」と愚痴っているような女である。

北原亞以子さんの作家的剛腕が、この前途有為の若者と前途真っ暗な老女を、火事で結びつける。それが第四話の「いのち」。生きるだけ生きて世の中の役に立とうと志した若者が、生きていてもしようがないとおもいながらやっと息をしている老女を炎の下から助け出し、そして死んでしまうのである。

この世の不条理《ばかばかしさ》がこの下町の小事件に一気に結晶する。とりわけ若者を飲みに誘った親友の苦しみは筆に尽くせないものがあるが、ここでこのシリーズの狂言回しの役をつとめている木戸番夫婦が、この『罪と罰』にも匹敵するような大難題を、深川風に、というより北原流儀でみごとに解決、というより軽やかに昇華してしまう。淡々とした筆の捌きの下に見え隠れする巨きな主題……北原小説の醍醐味はここにある。

川端康成文学賞（第二一回）

一受賞作＝辻原登「枯葉の中の青い炎」／他の候補作＝金井美恵子「ピース・オブ・ケーキ」、山田一

詠美「間食」、清水博子「ないちがいち」、小川洋子「海」、小野正嗣「片乳」、稲葉真弓「私がそこに還るまで」、角田光代「雨をわたる」／他の選考委員＝秋山駿、小川国夫、津島佑子、村田喜代子／主催＝川端康成記念会／発表＝「新潮」二〇〇五年六月号

集中と拡散の理想形

ある一点への緊迫した集中と、軽やかな拡散、この相反した二つの力が理想的に融合して、「枯葉の中の青い炎」（辻原登）の構造をつくっている。読者は、前者で緊張し、後者で解き放たれる。さらにそこへ現実世界と精神世界との並立と対立が投げ込まれる。そしてこの四つが、うまく按配されて全編に快いリズムを刻みつづけ、読む者を深く考えさせ、同時にわくわくと楽しませもする。これは近来、書かれた短篇小説の中の尊い上種である。つまりたいへんな傑作だ。

まず集中点は、一九五五年九月四日の京都・西京極球場のトンボ対大映戦へと絞られる。二千の観衆の見守る中、二百九十九勝投手、三十九歳のスタルヒンがマウンドに登る。もしもこの試合で勝利を得るなら、彼は前人未踏の三百勝を達成することになるだろう。この記念すべき試合の経過を、作者は濃淡書き分けの技法を巧みに駆使して活写する。そこで読者は時間と空間を超えてその一球一球に集中し、爽快な緊迫感を堪能することができる。

トンボのベンチでは、トラック環礁水曜島の大酋長の娘と日本人との混血児、第二線投手相沢進が、ハラハラしながら投手板を見つめている。彼はスタルヒンを尊敬している。そればかりかこの大投手の肩ならしの相手をつとめてもいるので、僚友としても愛している。拡散は、このロシア人

投手と混血児投手を軸に展開する。すなわち、作者の筆は試合の途中で、スタルヒンの小伝へ飛び、その父の非業の最後を描き、水曜島での相沢進の生い立ちを語り、大酋長の魔術について詳説し、やがてすべてが総合されて感動的なクライマックスへ至る。要所にはゴーゴリやチェーホフや中島敦のエピソードを交えて、物語の骨組みを頑丈にしながら、そのことでまた読者をうれしがらせる。

面白くて深くて、こんがらかっているようでいて、じつは見晴らしがいいこと……これが小説という表現形式の、もともとの魅力だったはずだが、この作品にはそれがある。

日本推理作家協会賞（第五八回）短編部門・評論その他の部門

受賞作＝日高恒太朗「不時着」（評論その他の部門）／他の候補作＝高原英理「ゴシックハート」、浜田雄介「子不語の夢」、村上貴史「ミステリアス・ジャム・セッション」、吉田司雄「探偵小説と日本近代」（評論その他の部門）／他の選考委員＝京極夏彦、桐野夏生、藤田宜永、宮部みゆき、北村薫（立会理事）／主催＝日本推理作家協会／発表＝「オール讀物」二〇〇五年七月号

死を見つめる目

『不時着』（日高恒太朗）は、これまでに書かれた陸海軍の特攻隊についての書物の中でも屈指の一冊、迷うことなく受賞作に推した。

作者は、〈仕事の行きづまり、体調の不良、家族を捨てたという呵責の思い〉から、死場所を探

しながら放浪をつづけていた。つまり自分で自分に死刑台へ登るよう命じたわけだが、あるとき、同じような状況に追い込まれていた特攻隊員の存在に思いあたる。作者の場合は、死刑の宣告を自分で解除することもできなくはないが、特攻隊員にはそれができない。命令は絶対である。そこで作者は、〈特攻隊員に選抜され、基地を飛び立ち突入するそのときまで、いわば死刑台の階段に足を乗せ、そのステップを一歩一歩踏みしめながら登っていくとき、彼らは何を思ったのか、何を思ったのか。それを知りたい――〉と思うようになった。

とりわけ作者は、死ねなかった特攻隊員の事情に深い関心を寄せる。「死なずにすむならそうしたい」という作者の切実な思いがそうさせたのだ。

普通ならば、カクカクシカジカであったという事実を得たところで、読者の仕事はおしまいだ。もちろん事実を知るだけでも大したことなのだが、本書では、カクカクシカジカでこうだったが、その結果、作者と「死」の距離はどうなったかという物語がつく。解明される客観的な事実と作者の生死のかかった物語――この二重の構造が、本書にいささか陰鬱だがそれでも香しい文学精神を吹き込んだ。証人から証人へと聞き込みをつづけて行く追跡の過程にも上質の推理小説を読むような興趣が溢れている。

さて、作者の突き止めた事実はどうであったか。たとえば、軍は、昭和十九年には、約十五万人の特攻要員を採用する。作者の言葉を借りれば、〈「消耗品養成」という言葉でしかいえないような予科練の大量採用をくり返した〉

そして特攻隊員に指名されたときの若者たちの心境は、〈自分の名前が出てこないように、胸の

なかでひたすら祈っていた。だがその願いもむなしく自分の名前が告げられた。一瞬目の前が真っ暗になった。／カアッと熱い血がのぼり、一瞬それが冷水となってザアーッと音を立てて引くような名状しがたい状態に置かれた。／自分の存在が、足下の一匹の蟻にも及ばないように思えてみじめだった。／おえら方に向かって「お前らはなんで征かんのか？　この腰抜けめ！」とあたりかまわずわめきたい衝動に駆られた〉

えらい人は生き延びて、若者だけが死なねばならないという不条理《ばかばかしさ》、そして命中率が一〜三パーセントという愚挙。

ついに作者は怒り出し、そして、この若者たちの口惜しさを書かないうちは死んでなんかいられるものかと発奮する。このあたりの感動は筆舌に尽くしがたいが、おびただしい死の向こうに生の明かりを観て、作者はここへ生還を果たした。死を凝視して怯《ひる》まぬ作者の度胸に脱帽する。

直木三十五賞（第一三三回）

受賞作＝朱川湊人「花まんま」／他の候補作＝絲山秋子「逃亡くそたわけ」、恩田陸「ユージニア」、古川日出男「ベルカ、吠えないのか？」、三浦しをん「むかしのはなし」、三崎亜記「となり町戦争」、森絵都「いつかパラソルの下で」／他の選考委員＝阿刀田高、五木寛之、北方謙三、津本陽、林真理子、平岩弓枝、宮城谷昌光、渡辺淳一／主催＝日本文学振興会／発表＝「オール讀物」二〇〇五年九月号

作者の知恵

短篇を七つ収めた『むかしのはなし』（三浦しをん）は、巻頭の「ラブレス」がいい。緊迫感あふれる傑作である。展開と表現に小気味のよい速度と機知があって、いたるところに作者の才能が輝いていていた。この調子で行ってくれと祈りながら読みつぐうちに、口惜しいことに次第に調子が落ちて行った。各篇の冒頭に掲げられた日本昔話と本体とのつながり具合がよくわからないし、各篇を貫く〈隕石の接近〉という仕掛けも、それほどうまくは活用されていない。また、「隕石、地球に衝突」という全地球的大事件が、三ヵ月前までわからないなど、とても信じられない。各篇が「ラブレス」のような出来栄えであったら、作者も読者もしあわせだったのだが。

十七人毒殺という陰惨な事件の核心へ、語り手をくるくる替えながらじりじりと接近して行く『ユージニア』（恩田陸）は、前半が飛び切りの秀作である。語り手が変われば語り口も変って、このあたりの小説技術は一級品だ。しかし核心に近づくにつれて、その核心そのものがぼやけてしまうのは、どうしてなのだろう。韜晦《とうかい》が高じて、なにがなんだかわからなくなり、前半の貯金を後半で一気に吐きだしてしまった。

父の一周忌までの、あとに取り残された家族の境遇の変化と心理の陰影を、軽快な会話を駆使して描いた『いつかパラソルの下で』（森絵都）は、「父の不在は、じつは父の実在である」という切実な主題を扱っている。父はどんな人間だったのか。家族がそれを探っているうちに、父の像が、聖人君子の鑑《かがみ》から肉欲に溺れた絶倫男へ、そしてただの平凡人へと三転し、それにつれて家族各員

の生き方にも微妙な変化が生まれてくるという流れは、巧いといっただけでは収まらないような、目覚ましい才筆である。ただし、父の像探しの佐渡旅行で、それまで文章に込められていた気合いのようなものが呆気《あっけ》なく抜けて、ただの平凡な旅行記になってしまったのは意外だった。作品はここでそれまでの貫目《かんめ》を失った。

『逃亡くそたわけ』（絲山秋子）は、福岡の精神病院から南をさして、ただひたすら逃げて行く二人の精神病者の道中記で、なかなかおもしろい。一人は語り手のわたし、幻覚と幻聴に悩む二十一歳。彼女の連れは鬱から回復しつつある二十四歳のエリート社員。二人とも日常からずれているから交わす対話も珍妙で、ときおり飛んでもない哲学的省察にまで高まる。こうして読者は絲山節《ぶし》を堪能するのだが、しかし二人を追い詰めているはずの「日常」や「常識」が、まったく書き込まれていない。わたしの語り口に「狂った誠実さ」が欠けていて、すべてがあんまりあっさりしすぎている。当然、仕上がりも軽くなり、そこから「精神病を道具に使っているのではないか」という疑問が生まれてきた。

このようなわけで、評者は右の四作に△印をつけた。○印は以下の三作品で、○印は、このうちのどれが受賞作になっても賞の歴史を辱めることはないにちがいない、という評者の気持を示している。

戦争を公共事業として捉えた『となり町戦争』（三崎亜記）は、その視点の新鮮さに打たれた。この視点に立てば、たとえばイラクで行なわれている戦争の正体も見えてくる。「あれは民間戦争会社による公共事業だよ」というふうに。この視点を発見しただけでも、作者の手柄は大きい。作中

に、「公務によるラブシーン」が現れるが、この場面の透徹した美しさは、作者のすぐれた資質を証し立てている。

『ベルカ、吠えないのか?』(古川日出男)は、戦後のアジア史そして世界史を丸ごと、軍用犬の眼から描くという離れ業、そこに作者の逞しい文学的腕力があらわれている。たしかに欠点がないでもないが、全編にみなぎる「小説は言葉で創るものだ」という気合いに、この作者の豊かな未来を視たようにおもう。作者が「ベルカ、吠えないのか?」と問いかけるたびに犬の物語になるところなどは、ごくごく上質の諧謔《かいぎゃく》である。

過ぎ去った幼い日々の、その日常の中に、さりげなく超自然現象を置くというのが『花まんま』(朱川湊人)に収められた六篇に共通する仕立てである。怖い話(たとえば「妖精生物」)があれば、切ない話(たとえば「凍蝶」)があり、またおかしな話(たとえば「送りん婆《ばあ》」)もあって、いろとりどりだが、大切なのは六篇とも佳品であること、一篇の無駄打ちもないところに値打ちがある。

中でも感心したのは「送りん婆」である。死の床で苦しむ病者をあっさりあの世へ送り出す呪文があって……と、ここまでは評者でも書けるが、驚くのはその呪文そのものを作者がはっきりと書きつけていることだ。では、その呪文を知ったわたしたちが、それを使って病者をあの世送りできるかというと、じつはそうは行かない。そうは行かない理屈が揮《ふる》っていて、そこに作者一流の知恵がある。

最終投票で『花まんま』に入れたのは、この作者の知恵に感心したからである。

日本ファンタジーノベル大賞（第一七回）

大賞＝西條奈加「金春屋ゴメス」、優秀賞＝琴音「愛をめぐる奇妙な告白のためのフーガ」／他の候補作＝水町夏生「天上の庭　光の時刻」、斎木香津「琥珀ワッチ」／他の選考委員＝荒俣宏、小谷真理、鈴木光司／主催＝読売新聞東京本社・清水建設　後援＝新潮社／発表＝「小説新潮」二〇〇五年九月号

仕掛けの問題

『琥珀ワッチ』（斎木香津）は、紳士と美少女の二人組の詐欺師の物語である。主役はこの美少女で、まず敗戦直後の横浜に現われて六人の富裕な青年を結婚詐欺に巻き込み、十数年後には、琥珀を材料にまた一芝居を打ち、さらに舞台を現在へ移してインターネットの投資詐欺を企《たくら》む。この作品の最大の仕掛けは、この間《かん》、美少女がちっとも年をとっていないというところにある。彼女は、川の女神から何千年もの生命を与えられているので年をとらないのだ。なかなか魅力的な話だけれど、この設定を読者に呑《の》み込んでもらおうとして、作者は頭でっかちな前説をつけて、最初から仕掛けをバラしてしまった。もったいない。また、物語と読者のあいだにいつも「大婆《おおばあ》」という語り手が介在していて、うるさくて仕方がない。もう一つ言えば、三つの詐欺事件に割り当てられた分量がでたらめすぎる。大半を第一の結婚詐欺に割き、第三の投資詐欺などは全体の四十分の一くらいの分量で駆け足で書いている。物語の構造というものを、もっとうんと考えてほしい。

『天上の庭　光の時刻』（水町夏生）の仕掛けは、人違いである。ここに一人のヒロインがいる。彼女には幼なじみの兄弟がいた。そしていま、彼女は弟の方を、兄とまちがえて恋をしはじめた。短篇なら成立するかもしれないが、長編をこの設定一つで押し通すのはムリではないか。弟がヒロインにひとこと、「ぼくは兄ではありません。弟の方です」と言えば、それで終わってしまう。この設定で長編を書くには、もっと大きな、見晴らしのいい、別の仕掛けの援軍がいる。

『金春屋ゴメス』（西條奈加）は、現代日本から「江戸」が分離独立しているという設定で、これはみごとな発想であり、すばらしい思いつきである。ところが、話の展開が常に横に流れて、一つところに踏み止まって深みを作ろうとしていない。つまり独立時にどんな騒ぎがあったのか、「江戸」の権力構造はどうなっているのか、「江戸」の経済事情はどうか、「江戸」の地理と建物は、私たちが知っていた東京とどう変わってしまったのか、「江戸」とたとえばアメリカとの関係はどうかなど、独立物語になくてはならないことがらが何一つ書かれていない。この設定なら、もっとおもしろいことが山のようにあったはず。そこで評者は設定しか買わない。

今回、評者がもっとも買ったのは、『愛をめぐる奇妙な告白のためのフーガ』（琴音）である。都心の近くに、もともとこの国に存在してはいけない人たちの住む街があって、そこにはたとえば他人の告白を聞くことで生計を立てている女たちがいる。告白を聞くのは「清貧で高潔な」神父たち専売の聖務だが、ここではそれが転倒して、聞き役は「汚れて不幸な」女たちである。この仕掛けには強く惹《ひ》かれるものがある。そして作者は、この街の住人たちの奇想の日常を通して「真のやさしさとはなにか」を膨大な量の言葉を駆使して考える。やがて聞き役の女たちの一人がこの街に革

命を起こそうとして立ち上がるのだが、このあたりの機知にあふれた描き方にも感銘を受けた。物語は言葉で書き、言葉で創るものだという作者の覚悟がいたるところに現われていて、この作者には未来があると直感した。次作にも期待する。

谷崎潤一郎賞（第四一回）

――受賞作＝町田康「告白」、山田詠美「風味絶佳」／他の選考委員＝池澤夏樹、河野多惠子、筒井康隆、丸谷才一／主催＝中央公論新社／発表＝「中央公論」二〇〇五年十一月号――

小説家の技術

〈肉体の技術をなりわいとする人々〉を主な役どころに据えた山田詠美さんの短篇集『風味絶佳』で実現されたのは、小説技術のうまさである。それも、もっと根本的な、いわば構造的なうまさ。たとえば「夕餉」。ほとんど死んだように生きていた人妻が、生ゴミの集積場所で会った清掃作業員に惹かれて一緒に暮らすことになり、〈彼の体は、私が作るんだ〉と、心をこめて料理を作る。ある日の夕方の、この女の調理の過程を濃密かつ微細に描くことで、二人の過去と現在を浮かび上がらせる技術は冴えているが、作者は、さらにその上をめざしている。「死んだように生きていた人妻」もまた生ゴミのような存在であった、だからこそ彼女は回収されたのだということが、ひとこともそれとは直示せずに、しかし読者の前には、はっきりと明示される。この皮肉で巧みな作り

が一篇を深い諧謔味で覆っている。ほかの五篇にも、このような周到な仕掛けが施され、その仕掛けが、作者の「決めぜりふを言いたがる癖」や「舌足らずの文体になりがちな癖」を、かえって愉快なリズムに変えた。

町田康さんの『告白』は、河内音頭の神話的代表作、「河内十人斬り」を、いったんはバラバラに解体し、作者独特の音感、言語観、そして世界観で再創造した大作である。

注目すべきは作者の採用した語りの質。あるときは登場人物一人一人の心理の奥底まで降りて行き、あるときは河内から明治日本まで昇って自由自在、そして、じつにしばしば逸脱し、踏み外し、関節を外す。しかもそれが高度な技術で駆使されるところが、例を見ないおもしろさだ。美点は語りだけにあるのではなく、たとえば、主人公熊太郎が結末近くで述懐する言葉、〈俺はこれまでの人生のいろんな局面でここそが取り返しのつかない、引き返し不能地点だ、と思っていた。ところがそんなことは全然なく、いまから考えるとあれらの地点は楽勝で引き返すことのできる地点だった〉には含蓄があり、しかも十人を斬ることになる彼の行動を読者に納得させる仕掛けにもなっている。そして熊太郎の最後の滑稽な虚無感、滑稽なだけに虚無の底はどこまでも深い。

大佛次郎賞（第三二回）

受賞作＝富岡多惠子「西鶴の感情」、リービ英雄「千々にくだけて」／他の選考委員＝川本三郎、髙樹のぶ子、山折哲雄、養老孟司／主催＝朝日新聞社／発表＝同紙二〇〇五年十二月二十二日

小説的実験と深い奥行き

形容句などの文飾をできるだけ削って、骨組みだけの簡潔な文章を綴《つづ》ればどうなるか。そのことで、作者から読者への意味の移し替え作業が、いっそう力強いものになるのではないか。リービ英雄氏の『千々にくだけて』は、その実験の成功例である。9・11事件以降の世界に生きるわたしたちが強いられている宙《ちゅう》ぶらりんの状況、それが強い文章で正確に剔出《てきしゅつ》されているので、読後に軽い文学的酩酊《めいてい》感に襲われる。作者の小説的実験は成功した。

富岡多恵子氏の『西鶴の感情』は、入門書としてすこぶるおもしろく、また西鶴を読み尽くしたあとの仕上げの研究書としてもとても有益である。つまり間口が広く、奥行《おくゆき》が深い。

また、西鶴が俳諧師から小説家になったという文学史の通説を、氏は豊富な例証と鋭い読みから、みごとに引っくり返してしまうのは痛快である。西鶴は死ぬまで俳諧師であることをやめなかったという、この主題は鮮やかで、読む者の記憶に長く留《とど》まるだろう。永年の修業の手練の筆さばきは軽やか、そのために読みやすく、かつ同時に粘りのある文体は、主題を深く穿《うが》ってもいる。上から見ても下から見ても掛け値なしの傑作である。

小説すばる新人賞（第一八回）

受賞作＝飛鳥井千砂「はるがいったら」／他の候補作＝深見仁「始まりの虹」、鯉ノーチェ「ファッショ」／他の選考委員＝阿刀田高、五木寛之、北方謙三、宮部みゆき／主催＝集英社／後援＝一

物語とその語り方

『始まりの虹』（深見仁）の粗筋を一口で言えば、ポルノ雑誌の女性ライターが、ある理由から大きな沼のある村に出かけて行き、そこで村人たちによって監禁されていた、コトバを発することのできない少女を救い出す話ということになる。作者の「物語の語り手」としての才能が並みのものではないことを示す魅力的な筋立てだが、その展開に疑問がある。推理小説のような発端が、やがて恐怖小説に転じ、おやと思う暇もなく今度は言語実験小説に化け、さらにハリウッド製の活劇脚本に早変わりして、ええっと仰け反っていると、哲学小説から難解な詩のようなものに至って終わる。作者はいろんな小説のパタンを意識して並べたのだろうか。これはいろんな小説のパロディなのだろうか。そう思って読み返したが、どうもそうではなさそうだ。つまり作者は、この内容（物語）を紡ぐための最良の形式（語り方）を見つけ損なったようにおもう。作者に力はある。もう一度、挑戦してほしい。

『ファッショ』（鰓ノーチェ）の冒頭は出色である。女主人公の売れないミュージシャンがオフィス街の川に架かる石作りの橋の欄干に腰をかけてたこ焼きを食べていると、小学三年生の男の子がやってきて、「ぼくの葬式のプロデュースをしてほしい」と頼まれるのである。ところが余命半年というこの少年の病名がはっきりしない。したがって病状もよくわからないから、話がちっとも前へ進まない。そこでせっかくの着想も鮮度が落ちて行く。語り方にはパンチと諧謔があって、そこ

にまぎれもなく作者の才能が感じられるが、肝心の物語に隙が多く、残念な結果になった。

『はるがいったら』（飛鳥井千砂）は、物語の中核に「はる」という名の捨て犬の一生を据えて、姉と弟の精神的な成長を書いている。その犬の生きた時間は十四年。そこで話を犬に戻すたびに、読者には小説の中の時間の進み具合がよく理解できる仕掛けになっている。巧者な仕掛けだ。一読して「天下泰平だなあ。登場人物たちはそれぞれ自分の二メートル四方のことしか頭にないんだなあ」と思ったが、再読すると、「なるほど、近ごろの若い人たちは、このように考えて、このように行動しているのか」がわかってくる。たとえば、評者などは「若い人たちにとってもっとも大事なのは、相手のファッション・チェックなのだな」と知ってとても驚いた。完璧主義者の姉（私）と、人生なんてそんなものだ主義者の弟（俺）が交互に語る仕掛けも、作品に奥行きと陰影を与えていて、この語り方は成功している。そして、傍系の登場人物たちを一筆描きで鮮やかに切り取る技量にも、作者の才能があらわれていた。

二〇〇六（平成十八）年

読売出版広告賞（第一〇回）

――大賞＝大修館書店／他の選考委員＝荻野アンナ、清田義昭、中森陽三、大月昇、菅原教夫／主催＝読売新聞社／発表＝同紙二〇〇六年一月二十五日――

浮つかず誇りある作品

一冊の国語辞典が世に出て、それを購入した利用者から日本語についての質問が版元へ殺到した。編者がそれに答えているうちに、編集部が「この質疑応答を一冊にまとめよう」と思いついた。もちろん、この辞典が『明鏡国語辞典』であり、編者が北原保雄さんで、その質疑応答集が『問題な日本語』シリーズである。

編者と編集部の努力の結晶に利用者が参加する。つまり、この三者が時間をかけてできた辞典と書物なので、その広告にも誇りが満ちている。ハデなようだが、浮ついてはいない。三者が共有し

た珠玉の時間を巧みに織り込んだ堂々たる作品である。

読売文学賞（第五七回）

受賞作＝堀江敏幸「河岸忘日抄」、宮内勝典「焼身」（小説賞）、菱田信也「パウダア―おしろい―」（戯曲・シナリオ賞）、河島英昭「イタリア・ユダヤ人の風景」（随筆・紀行賞）、筒井清忠「西條八十」（評論・伝記賞）、小澤實「句集『瞬間』」（詩歌俳句賞）、研究・翻訳賞なし／他の選考委員＝池澤夏樹、大岡信、岡野弘彦、川村二郎、川本三郎、菅野昭正、津島佑子、富岡多恵子、沼野充義、山崎正和／主催＝読売新聞社／発表＝同紙二〇〇六年二月一日

悲劇の「現在」「過去」描き切る 「パウダア」について

祖父にカストリ雑誌の探訪記者を、父に政治部記者を持つ社会部記者が、神戸市郊外の被災者用仮設住宅を取材訪問する。取材の相手は「震災離婚」をした女性で、彼女との取材の一部始終が、劇の〈現在〉である。大地震は社会に重大な物的打撃を与えたが、人間の精神にさらに深甚な影響を及ぼしたはず、若い記者はその悲劇を突き止めようとする。

〈現在〉はやがて思いがけない方向へ進展して行くが、この〈現在〉へ鋭く侵入してくる四つの長いモノローグによる〈過去〉がみごとだ。四人とも祖父が取材した女たち（パンパンの姐御《あねご》、新興宗教の女教祖、祇園あがりの芸者、そしてストリップ劇場の小屋主）。それぞれ台詞は流麗、内容は豊か、しかも写実に徹してもいるので、滑稽《こっけい》でかつ深く、知的な滋養で満ちている。観客に倦《あ》

きさせないよう、長い長い台詞を書くのは、昨今では「冒険」の一つだが、作者はこの冒険に成功。「困ったときは女の力にたよれ」というのが劇の主題だが、それが〈現在〉と〈過去〉とでよく出ているし、「災難は新生への始まりかもしれない」という、もう一つの主題には胸を衝《つ》かれた。震災について書かれた文学のうちでも最良の一つである。

岸田國士戯曲賞（第五〇回）

受賞作＝佃典彦「ぬけがら」、三浦大輔「愛の渦」／他の候補作＝岩崎正裕「音楽劇　JAPANESE IDIOT」、長塚圭史「LAST SHOW ラストショウ」、東憲司「風来坊雷神屋敷」、前田司郎「キャベツの類」、本谷有希子「乱暴と待機」／他の選考委員＝岩松了、鴻上尚史、坂手洋二、永井愛、野田秀樹、宮沢章夫／主催＝白水社／発表＝二〇〇六年二月

趣向の勝利

劇作家が第一に心がけなければならぬのは、この、人間最古の表現形式である演劇に対して、愛と志があるかどうかを自問すること、そして同時に何か飛び切りの趣向を発明することである……と、評者は堅く信じている。愛と志は、作家それぞれに固有のものだから、ここでは問わないし、また問うこともできない。けれども趣向は別だ。趣向という言葉はいかにも軽そうに見える。評者にしても、かつて「芝居は趣向」と発言したために、ずいぶん損をした。そんな軽いことを口にす

る作家の作物などろくでもない、つまらないものにちがいないと、極めつけてくる人がまだまだ多いからだ。そこで、趣向をきちんと説明しながら、今回の受賞作二編をうんと誉めることにしよう。

趣向とは意匠のことだ。俳諧でいえば句の構想、歌舞伎でいえば構想上の工夫、そして現在のわたしたちが心血を注いでいる戯曲でいえば、〈主題と渾然一体となって全編にみなぎり渡る舞台の上の知恵ある仕掛け。そのことによって観客に新しい体験をさせる手〉ということになる。それを欠くものは、もはや戯曲ではない。

『ぬけがら』（佃典彦）についていえば、〈父親が父親から抜け出し脱皮して、しまいには六人になり、しかも脱皮するたびにその父親たちが若くなって行き、そのことによって戦後史を語るという知恵ある仕掛けが、この作品の趣向ということになる。つまり〈父親たちの戦後史の記憶（歴史）が、いま深刻な不安に慄いている息子を立ち直らせるという趣向である。その六人の父親たちの語る戦後史が、それぞれありきたりであることや、したがって息子の立ち直りの瞬間がご都合主義に陥っていることなど、欠点もないではないが、しかし趣向そのものは常に全編に燦然と輝いている。これは一つの偉業ではないか。

『愛の渦』（三浦大輔）についていえば、二十世紀世界演劇の一方の主流をなしていた極端なリアリズム（ふつう、くそリアリズムと呼ばれる）で最先端の性風俗を活写したらどうなるかというのが、その趣向である。およそ小説や戯曲の値打ちは、自分と他人の関係をどれだけ深い機知をもって描けたかで決まるが、この作品はその「人間にとっての人間関係」をくそリアリズムに徹して精緻に描き切った。徹底したことによって、そのくそリアリズムを乗り越えて―通俗的なストーリー

をもっと盛り込んでもらいたかったという微かな不満はあるけれども―とにかく現代人のいじらしいまでに矮小な自我を、人間に対する普遍的な愛にまで高めた。これまたすばらしい力業である。

今回の候補作はいずれも佳編、しかし右の二作は、その趣向の深さと高さにおいて他を抜いていた。

司馬遼太郎賞（第九回）

受賞者＝北方謙三「水滸伝」（全十九巻）／他の選考委員＝陳舜臣、ドナルド・キーン、柳田邦男、養老孟司／主催＝司馬遼太郎記念財団／発表＝「遼」二〇〇六年冬季号

文体の冒険

私がまず一番に注目したことは、北方さんがこの大長編の文章で、ほとんど形容句というものを使っていないことです。

日本語のことを動詞文といいますが、この作品では名詞文といいますか、主語（名詞）と述語（動詞）の短い文を積み重ねていって、一個の文章ではなく、その総体によって、変化してゆく友情、男と女、親と子の感情を多面的に表現するという、文体上の大冒険をして、みごとに成功しているのです。それを十九巻やり続けた。

また巧みに原作をアレンジしたり、原作の一部分に過ぎなかった、たとえば経済問題に触れたり

して、北方流解釈の新鮮さも魅力でした。

とくに司馬賞にふさわしいと思われるのは、作者のなかに、国家観というものがあって、国と民のかかわり、世の中の不正や不公平に対する激しい気迫というものを感じさせてくれます。それによって、梁山泊側と国側の対立というドラマティックな構造が実にうまく書けている。

まず文章、そして物語の作り方の新しい工夫、人物についてのエピソードを次々展開させる方法など、司馬作品と通い合うものがある、北方さんのこれまでの総決算といえる作品だと思います。

直木三十五賞（第一三四回）

受賞作＝東野圭吾「容疑者Xの献身」／他の候補作＝荻原浩「あの日にドライブ」、伊坂幸太郎「死神の精度」、恩田陸「蒲公英草紙　常野物語」、姫野カオルコ「ハルカ・エイティ」、恒川光太郎「夜市」／他の選考委員＝阿刀田高、五木寛之、北方謙三、津本陽、林真理子、平岩弓枝、宮城谷昌光、渡辺淳一／主催＝日本文学振興会／発表＝「オール讀物」二〇〇六年三月号

力量は十分

『ハルカ・エイティ』（姫野カオルコ）の冒頭で作者はこんな意味のことを言う、「これから書くのは伯母ハルカの一生で、彼女は元祖モダンガールの一人である」と。しかしいくら読み進んでも、ハルカさんにモダンガールらしいところが見られない。とくに後半は年表に肉をつけたような筆の

運びで、ずいぶん痩せている。なによりも彼女が、彼女自身の運命とどのように渡り合って血と涙を流したのか、どんなことに喜び、そして笑ったのか、そういったことがうまく書き込まれていない。したがってハルカさんは貧血気味の、あまり魅力のない女性になってしまった。また、作者独特の文体は、本作に限っていえば、読み手を精神的につんのめらせる。もっとも作者の両親のことを書くときの筆は鋭く、深くまで届き、並々ならぬ素質を窺わせてはいるのだが。

『夜市』（恒川光太郎）には、二つの中編が収められているが、そのいたるところに才能がきらめいていた。表題作「夜市」の設定は、〈ある条件が重なるとある一定の確率で〉忽然と現れる夜の市場である。その夜市で、兄は、野球の才能と引き換えに弟を売った。やがて兄はお金を貯めて、弟を引き取りに夜市へ出かけて行くが、さてこの兄弟の運命は？　現実と平行し、ときには交差するふしぎな別世界。この構造は珍しいものではないが、作者の発明による意外な趣向と精緻な細部が、簡潔で節度のある文章で綴られて行くうちに、人間存在の寂しさ、いとしさが不意に浮かび上がってくる。同時に収められた「風の古道」もまったく同趣の作でみごとなものだが、やはり同趣というところが気にかからぬでもない。この才華は別の趣向でも十分に開花するはず、ひたすらそのときを待つ。

『蒲公英草紙』（恩田陸）は、東北の桃源郷のような村に〈旅する家族〉がやってくるところから始まる。旅する家族とは何か。家族の一員である少年は言う。「僕たちの使命は、各地に散らばる一族の者の歴史（一人一人のなりわいや心持ち）を僕自身のなかにたくわえること。それを『しまう』というんだ」。他人の記憶をたくわえておき、その記憶を最適の時に解放して、みんなの役に

立つようにする。いわば記憶の保存――なにごとにおいても忘れっぽいこの国では貴重な、この作者ならではの鋭い、そして興味深い着眼である。民俗学の諸成果を吸収して再創造された細部もいいし、文章も安定しているが、この記憶保持者たちが、もっともその記憶が大事にされるべきとき（大戦争）に、なんの活躍もしないのはどうしてだろう。つまり終章がはなはだ物足りない。これでは記憶の持ち腐れではないか。

『あの日にドライブ』（荻原浩）は、気持がいい。栃木出身の都市銀行の優秀な行員が、部下を庇って上役に抗弁、職を失う。そこで主人公はほんの腰掛けのつもりで小さなタクシー会社の運転手になるが、その日常の細部がいちいちおもしろい。都内を走り回っているうちに彼は、かつて上京したときに最初に住んだアパートの近くを通りかかり、それをきっかけに「あの日へドライブ」して過去の検証が始まる。自分にはもう一つ別の人生があったのではないか……ここまでは、文章はのびのびしていてドライブ感があり、細部もまた生き生きとして、上々吉である。しかしながらこの先がおとなしい。過去と現在とが正面衝突するようなこともなく、予定された結末へとあっさり着地してしまう。もっとうまく仕組まれた小説的などぎつさがほしい。もちろん、そうはどぎつく書かないぞというのが作者の志だとわかっているつもりだが。

評者は、『容疑者Xの献身』（東野圭吾）と『死神の精度』（伊坂幸太郎）の二作を推すことに決めていた。東野作品の堂々たる構造も、伊坂作品に見る機知の冴えも、ともに顕彰したいと願ったからだ。両作に共通する人間の死を扱う手つきの軽さは気になるが、しかしこれも紙の上でのこと、それほどこだわることはないかもしれない。

とりわけ、伊坂作品は、停滞することのない軽快で知的な文章の快さ、コトバの上の仕掛けの巧妙さ、死というこの世の出口から眺め返しているので当たり前のことが深い意味を持つという逆説のおもしろさなど、美点を満載した小説である。なかでも、人間をよく知らない調査部員（死神）がつい幼稚な質問を発して、じつはそれが人間の営みに対する根源的な質問になっているという工夫には脱帽した。もっとも死神が常に全能であるのは疑問で、「死神の失敗や誤算が書かれていたら」という渡辺淳一委員の意見に同感した。そうなっていたら完璧であった。

東野作品にも疑問がある。アパートの隣室の母娘の犯罪を隠すために、主人公の数学教師はホームレスを殺す。彼のトリックは、彼のこの非人間性の上に成立する。他人の生命を踏みつけにしておいて愛もへったくれもないではないか……しかし、作者の力量は疑いもなく十分、そこで最後の一票を東野作品に投じた。

川端康成文学賞（第三二回）

受賞作＝角田光代「ロック母」／他の候補作＝黒井千次「久介の歳」、池澤夏樹「20マイル四方で唯一のコーヒー豆」、村上春樹「ハナレイ・ベイ」、辻井喬「書庫の母」、西村賢太「一夜」、日和聡子「尋牛図」、桐野夏生「植林」／他の選考委員＝秋山駿、小川国夫、津島佑子、村田喜代子／主催＝川端康成記念会／発表＝「新潮」二〇〇六年六月号

音の力

男に逃げられたまま臨月を迎えようとしている女が「実家に戻れば少しは楽ができるか」もしれないなどと虫のいいことを考えながら、瀬戸内の小島に帰ってきて、いろいろあった末に子を産む。これだけならば別にどうということもない平凡な話であるが、「ロック母」の作者は赤ん坊の泣き声やロック音楽などの〈音〉を作品の芯に染み込ませ、この平凡な話を非凡な短篇に高め、その上、わたしたちの時代の気分という目に見えないものを、はっきりと小説の言葉にした。

作品の進行につれて明らかになる時代の気分とは、たとえば次のようなものだ。

〈……そうだよな、何しろ彼は結婚もしてくれないようだしな、シングルマザーなんて私には無理だわな、でも堕胎なんてこわいしな、子ども産めなくなったりしたらやばいよな、などとのらりくらり考えているうちに、今日に至っている。人が意志で決断しなくとももものごとは決まるらしい。私は迷っていただけで何ひとつ決めていないのに、もうすぐ赤ん坊は産まれてきて、私はシングルマザーになる。〉

何ひとつ自分の意志で決められずに、なるがままに漂って生きるしかないように見える時代、彼女はその時代の申し子である。

少女時代の彼女はイヤホンから注ぎ込まれる大音量のロックで、退屈な島のすべてを遮断し、その音の洪水のなかで大都会を思い浮かべ、島からの脱出を夢みていた。そしていま帰郷してみると、母親が少しおかしくなっていて、かつて自分が聞いていた音楽を大音響で鳴らしている。作品はこのあたりから好ましい歪みを見せはじめるが、出産の瞬間、女は、左耳にほとんど絶叫に近い母の

励ましの声を、そして右耳に赤ん坊のふりしぼるような泣き声を聞いた。つまり、ロック音楽は過去の絶叫であり、新しい生命の声でもあるという主題がみるみる浮かび上がってきて、読む者の心を動かす。これらの音は、時代の気分への劇しい抗議なのだ。

直木三十五賞（第一三五回）

受賞作＝三浦しをん「まほろ駅前多田便利軒」、森絵都「風に舞いあがるビニールシート」／他の候補作＝伊坂幸太郎「砂漠」、宇月原晴明「安徳天皇漂海記」、古処誠二「遮断」、貫井徳郎「愚行録」／他の選考委員＝阿刀田高、五木寛之、北方謙三、林真理子、平岩弓枝、宮城谷昌光、渡辺淳一／主催＝日本文学振興会／発表＝「オール讀物」二〇〇六年九月号

この二作

物語の進み行きをたくさんのインタビューで、いわば一人語りで構成したのが、『愚行録』（貫井徳郎）、この多声性の趣向はうまい。そこにはもちろん真犯人の声が隠されているし、インタビューをしているのは誰かというところにも大きな仕掛けが潜んでいて、出色の着想だが、このすばらしい仕掛けを表層の単調さが台無しにしている。だれもかれも同じ文体で喋っているので、せっかくの多声性も不発、次第に退屈になってくる。それに真犯人の動機と犯罪の重さとがどう考えても釣り合わず、結局のところ趣向倒れで終わってしまったのは残念である。

平家一門と壇ノ浦の海原に沈んだ八歳の安徳帝が琥珀の玉に封じられて生き延び、三十四年後に源氏最後の鎌倉将軍実朝の首とももどもはるか南海へ流離の旅に出るという破天荒な物語が、『安徳天皇漂海記』（宇月原晴明）、よく出来た知的ファンタジーで、考証も文体も凝りに凝っている。「平家物語」誕生秘話のような一面もあり、語りを二段構えにしたところにも作者の膂力《りょりょく》が窺われる。前半の語り手が実朝の側衆の一人語り。後半はマルコ・ポーロが一人称に近い三人称で、やはりガラス玉の中に閉じこもって従容として海に沈む南宋最後の少年皇帝の運命を語る。さて、この二つの玉の行きつく先が、仏教の奥義を究めようと海路天竺に向かって行く方知れずになった高岳親王の島……というあたりで、有名人の吹き寄せ細工というタネが見えてくる。いい作品ではあるが、この有名人のつるべ打ちは、物語の破天荒な進行をかえって小さくしたように思われる。

沖縄本島を南下する日本軍や島民たちに逆らって北へ、集落の防空壕に取り残された赤ん坊を探しに向かった十九歳の防衛隊員が、赤ん坊の若い母と地獄のような戦場をさまよい歩くというのが、『遮断』（古処誠二）である。島民を踏みつけにして逃げる日本の軍隊の醜い身勝手さを、途中で出会った、二人の行動を制御する片腕の少尉に象徴させる工夫は、すぐれた作家的手腕だが、この凄まじい地獄行が、現在からの回想で書かれていることに違和感があった。戦後の沖縄も戦中同様、本土に踏みつけにされている。現在から書くならば、この苛酷な事実を含めなければならないし、もしもそれが十分に書き込まれていれば、これはまぎれもない傑作になっただろう。あるいは、沖縄戦とその直後の事情だけで筆を止めていれば、これまた光る佳作になったにちがいない。手紙を軸にした回想という小説的仕掛けが、むしろ文学的結実を妨げたのではないか。

遠くに砂漠という名の重苦しい現実社会を置き、その砂漠へ旅立たねばならない青年たちのとりとめのない日常生活を近くに配して、この遠景と近景を、諧謔味を盛ったしなやかな筆致で描いたのが、『砂漠』（伊坂幸太郎）である。思索的で、おもしろい警句や秀句が各所にちりばめられていて十分に堪能したが、評者に解らなかったのは、この作品の時間設計である。一年ちょっとの話だと思っていたら、じつは四年の歳月が経過していた。作者には作者なりの計算があったろうけれど、時間経過を示す手がかりがあまりにも少なすぎたのではないか。とはいっても、登場人物の一人がコトバを取り戻す場面などはとてもすばらしく、作者の才能が随所で輝いている。ご面倒でも、新たな作品でこの文学的関所を軽がると越えていただきたい。

こうして、今回は粒選りの作品が揃ったが、評者は、日常の些事《さじ》のなかへ社会性を巧みに取り込んだ次の二作に感服した。

六つの短篇で構成された『風に舞いあがるビニールシート』（森絵都）では、どの登場人物たちも、このところ流行の「自分探し」という辛気くさい、不毛の蛸壺《たこつぼ》から這い出そうとしている。そこがとても清新だ。全体に見えている作者の手法を、とりあえず三つ示せば以下の通り。一つ、悪人を出して都合よく話を運ぶことを自制する（つまり悪人は出さない）。次に、普通の人たちの日常の些事を丁寧に書きながら、そこに顔を出してくる世の中の出来事に目を配る。そしてかならず鮮やかな結末を添える。小説技法はとても巧み、それは、「ジェネレーションX」を読めば明らかだろう。お祝い代わりに注文をつけるとすれば、うっかりした表現に気をつけていただくこと。たとえば、〈……気がつくと鼻歌までも口ずさんでいた。〉（「器を探して」）鼻歌をどうすれば口ずさめる

のだろうか。評者も試してみたが、できなかった。あるいはこれは一種のギャグかもしれない。

『まほろ駅前多田便利軒』(三浦しをん)は、東京南西部、人口三十万の都市の、楽しい報告小説である。それほど街のたたずまいや人びとの息吹きがよく書けている。また、二人の主人公の、たがいに心を開いて行く過程が、便利屋という面白い職業を通して、そして街の人びととの不思議なつきあいを通して、透明な文体でテンポよく描き切ってあって、友情小説としても上出来である。便利屋は他人の私生活のなかへ容易に入って行く。そこで本作はハードボイルド派の私立探偵小説へ変化して行き、面白さは二倍にも三倍にもなる。しかし本作の真価は別のところにあった。二人は、「子どもは親を選び直すことができるか。できるとしたら、何を基準に選び直すのか」という重い主題を背負いながらついに、〈知ろうとせず、求めようとせず、だれともまじわらぬことを安寧と見間違えたまま、臆病に息をするだけの日々〉(三二八頁)から脱出する。こうして幸福は再生する。本作は、ため息が出るほどみごとで爽やかな成長小説でもあった。

講談社エッセイ賞(第二二回)

受賞作＝野崎歓「赤ちゃん教育」、福田和也「悪女の美食術」／他の選考委員＝東海林さだお、坪内祐三、林真理子／主催＝講談社／発表＝「小説現代」二〇〇六年十一月号

この二作

群れて食べるのは下品、他人を侵害しないことが食卓マナーの基本、寿司店で符丁を使うのは禁物などなど、福田和也さんの『悪女の美食術』に盛られた諸心得はだらしなく飽食に耽っているわたしたちの心臓と胃袋とを鋭く突き刺す。小さなときから食べることに元手をかけてきた著者はこれまでに貯えた知識と体験を総ざらいして、そうした方がおいしく食べられますよと囁いてくれているので、これらの諸心得は読み手の心にすなおに入ってくる。とても気分がいい。偉いのは、何事も基本から考えて行こうという著者の態度で、そこからフランス料理の歴史そのものが浮かび上がってきたりするから教養書としても値打ちがある。読みながら何度も吹き出したが（たとえば「小川軒問題」）、そのあたりには正義と微笑とでつくられたユーモア感覚が横溢している。ワインに比べて日本酒の記述に乏しいが、それはたぶん次の一冊にとってあるのだろう。

一人のフランス文学者が、わが子の誕生と成育を文学を援用しながら語ったのが『赤ちゃん教育』、いってみればこれは著者野崎歓さんの文学アンソロジー的育児日記である。この世で臭いものは、糠味噌とわが子を語るときの親の口ぶりと相場が決まっているが、その臭みを『機関車トーマス』からサルトルの自伝『言葉』にいたる約三十編からの引用がみごとに消し去る。引用文に寄り添いながら著者は、父親になったことを誇ってみたり、やっぱりダメ父だと卑下してみたり、ありとあらゆる技巧を駆使して、いつの間にか個の事情を普遍の問題へと高めて行く。それにつれて読み手には野崎家が我が家のように思われてきて、野崎さんの坊やがわが子のように見えてくるから不思議だ。こうして読み手の胸はさわやかな感動で満たされる。この高度で洒脱な文学的曲芸には脱帽するしかない。

谷崎潤一郎賞（第四二回）

受賞作＝小川洋子「ミーナの行進」／他の選考委員＝池澤夏樹、川上弘美、筒井康隆／主催＝中央公論新社／発表＝「中央公論」二〇〇六年十一月号

物語的背負投げの傑作

小川洋子氏の『ミーナの行進』の上《うわ》っ面《つら》だけ読めば、「ねるーい小説」にも、「おとぎ話の域を出ないお話」にも、そして「能天気で御都合主義めいた物語」にも見えるだろう。けれども正確な読みに徹した読者なら、これが小説による小説潰しの反小説であり、物語による物語の関節外しの実験であり、それでいて、よくできた小説でもあると思い中《あた》って溜息をつくにちがいない。

小説の枠組みはこうである。一九七二（昭和四十七）年春から一年間、語り手の「私」は、芦屋の伯母の屋敷で暮らすことになった。伯母は「私」の母の姉、フレッシーという清涼飲料水で財をなした会社創始者の御曹司と結婚している。

一五〇〇坪の敷地に一七の部屋をもつスパニッシュ様式の大豪邸に引き取られた貧しい母子家庭の少女――よくある設定だ。たいていの場合、物語的圧力を高めるために、「私」は意地の悪い使用人や、富豪のひねくれた娘から苛《いた》めつけられることになっているが、この小説では、使用人は「私」にやさしく、病弱の従妹のミーナは、「私」をじつの姉のように思ってくれる。「私」いじめを期待していた読者は、まずここで最初の背負投げを食わされることになるが、このあとも全編で

物語的背負投げが連発される。

たとえば、マッチで火を点《とも》す名人で、マッチ箱を集めてそこに「お話」を書くのを楽しみにしているミーナ——たいていの物語では、このマッチで火事になることになっているが、ミーナは火事をおこさない。さらにミーナはフレッシーの配達青年に、同時に「私」は図書館司書の青年に淡い恋心を抱いているが、読者の期待を裏切って、恋らしきものはなに一つ成立しない。また「私」は伯父さんの愛人の住所を突き止める。たいていの物語では女主人公が伯父さんに意見をするところが山場になるが、「私」はなんにもしないのだ。

なによりも、これほど病弱なミーナならいつかは死ぬだろう、それがこの小説の山場になるのだろうと思っていると、ミーナは死ぬどころか、いろんなことで元気になって、一人で学校に通うようになる。

これほど暴力的に物語の関節を外しておきながら、読後の印象はまことにさわやかである。このさわやかさは、芦屋での生活が「私」には奇蹟の時間であり、じつはこのような奇蹟の時間がどんな人間の人生にもあるのだと、作者が堅く信じているところからもたらされたものにちがいない。

大佛次郎賞（第三三回）

受賞作＝田草川弘「黒澤明 vs.ハリウッド『トラ・トラ・トラ!』その謎のすべて」、辻原登「花はさくら木」／他の選考委員＝川本三郎、髙樹のぶ子、山折哲雄、養老孟司／主催＝朝日新聞社／発

——表＝同紙二〇〇六年十二月二十二日——

シェイクスピアの味わい

辻原登氏の『花はさくら木』には、シェイクスピア喜劇をそのまま小説に移したような豊かさがある。人ちがい、入れ替わり、奇想（都の地下を疾走する異形の飛脚たち）、そして台詞《せりふ》の修辞と冴《さ》え。

一方では、「悪人」田沼意次を経済人として見直すなど、随所に新解釈を織り込み、「歴史ロマン」にありがちな凡庸さの罠《わな》からみごとに逃れ去っている。築城と水上交通についての記述には、目をみはるようなおもしろさがある。

田草川弘氏の『黒澤明 vs.ハリウッド』における、悲劇的な運命を予感しながらも、そこへ引きずり込まれて行く黒澤明と、彼が描こうとした山本五十六。この二人の運命は、悲劇の中へ突っ込んで行くシェイクスピアの王たちと、どこか似ている。つまり、なぜ黒澤が山本を描きたかったのか、なぜそれに失敗したのか、それがよくわかる。

「トラ・トラ・トラ！」のシナリオの断片が、やがて一本の、統一されたシナリオになって行くという構成もすばらしい。なによりも、黒澤乱心の場面の凄《すご》さ。この凄さは、著者が発掘したアメリカ側資料がもたらしたもので、その骨折りに深く敬意をはらいたい。

小説すばる新人賞（第一九回）

受賞作＝水森サトリ「でかい月だな」／他の候補作＝田中順子「四十九日のレシピ」、三村真喜子「空がこんなに青いとは」／他の選考委員＝阿刀田高、五木寛之、北方謙三、宮部みゆき／主催＝集英社／後援＝一ツ橋綜合財団／発表＝「小説すばる」二〇〇六年十二月号

大きな構え

三村真喜子氏の『空がこんなに青いとは』は、両親の離婚といじめで、生きる意味をほとんど失いかけていた少女が、〈自分が自分のままでいていい場所〉を再発見するまでを描いている。移り住むことになったのは海辺の街、転校先の教室で隣り合う鷹揚で物分かりのいい少年、同級の女の子たちによるいじめ、そこからの逃亡、ふと逃げ込んだ古い家にたむろする美大生たち、再生の象徴となる古いピアノ……小説的な道具立てを揃えたところに作者の苦心があらわれているが、少女をいじめ地獄から救い出す隣席の少年の出動が遅すぎたようである。「救出隊の遅延」は物語の大切な要素だが、あんまり遅すぎると「話を長引かせるための作者の都合」と受け取られて、読み手を冷えさせてしまう。さらに言えば、全編を通して小説的道具を順序正しく並べすぎたのではないか。思い切ってまぜこぜにしたら、物語の熱気も生まれたはずだが。

田中順子氏の『四十九日のレシピ』は、企みに富んでいるし、「血の繋がりがなくても、人は心と命を繋ぐことができるのか」という主題も切実だ。妻に先立たれた初老の男―彼は亡妻のことを「平凡な女だ」と思い込んでいたが、じつはそうではなかったことが、妻の書き遺したレシピから、そしてそのレシピを実現しようとするお手伝いの娘の行動から、次第に明らかにされて行く。「死

者が生者を動かす」という仕掛けが魅力的である。前を流れる川にも意味がある。妻はその川へ去り、その川からお手伝いの娘に生まれ変わって男を助けにきた……という寓意を含んでいるからである。しかし（と言わなければならないのは残念だが）、男の娘である百合子―主題を担う重要人物―彼女にまつわる物語が常に型通りに進行するのは平板。加えて視点（語り手）が無規則にむやみに交替するのは考えもの、読み手が難儀するだけだから。

水森サトリ氏の『でかい月だな』は、登場人物たちの造形がまことに逞しく、鮮やかだ。とくに主人公の少年が失意のうちに出会う二人の友人―科学オタク少年と、いつも左目に眼帯をしている強気な少女がおもしろい。これまでの紋切型〈強い少年とやさしい少女〉を〈やさしい少年と強い少女〉に組み替えたところに現代性が刻印されている。物語の底をたえず「やつらの襲来」という全地球的な危機が流れていて、読者に快く緊張を与えてくれているが、この「やつら」とは、全人間を意味なくやさしく、協調的に、平べったくしてしまう「なにか」である。この作品の真価は、近景の日常的な事件と遠景の全世界的な事件とを通して、登場人物たちが〈ほんとうの意味で強く、やさしくなって行く〉過程を描いたところにある。つまり始めに提示した〈やさしい少年と強い少女〉という主題を、作者はさらに乗り越えて、真の強さとやさしさを抽出することに成功している。大きな構えを持った作品である。

『四十九日のレシピ』と『でかい月だな』の二作受賞……そう考えて選考会に臨んだが、席上で、やはり『でかい月だな』の大きさを買うべきだと考えを改めた。

二〇〇七（平成十九）年

読売出版広告賞（第一一回）

大賞＝小学館／他の選考委員＝荻野アンナ、清田義昭、中森陽三、大月昇、菅原教夫／主催＝読売新聞社／発表＝同紙二〇〇七年一月二十四日

未来が見える発想

大人はしきりに未来を語り、ときには、はげしく議論をする。けれども、その未来は、人によってちがうので、たいていは物別れになる。目に見えないものについて話し合うのは、じつにむずかしい。

ところが大賞作品は、その見えにくい未来を、はっきりと見えるものにした。すばらしい発想である。

いまここで笑ったり、べそをかいたり、なにかたべたり、かしこまったり、遊んだりしている子

どもたち……この子たちこそ未来そのもの、日本の未来なのだ。

この子どもたちに、日本の未来に、われわれ大人は、なにをしてあげているのか。そのことを痛烈に問う、大きくて深い作品である。

読売文学賞（第五八回）

受賞作＝西川美和「ゆれる」、野田秀樹「ロープ」（戯曲・シナリオ賞）、宮坂静生「語りかける季語　ゆるやかな日本」（随筆・紀行賞）、嵐山光三郎「悪党芭蕉」（評論・伝記賞）、辻井喬「詩集『鷲がいて』」（詩歌俳句賞）、渡辺守章訳「ロラン・バルト『ラシーヌ論』」（研究・翻訳賞）、小説賞はなし／他の選考委員＝池澤夏樹、大岡信、岡野弘彦、川村二郎、川本三郎、菅野昭正、津島佑子、富岡多恵子、沼野充義、山崎正和／主催＝読売新聞社／発表＝同紙二〇〇七年二月一日

野田戯曲の集大成　「ロープ」について

現代日本の演劇に野田秀樹氏がどんな新風を吹かせてくれたか、いまさら説明の要はないが、改めて取りまとめると、一、ふしぎで奇天烈《きてれつ》で魅力的な登場人物を創《つく》り出し、二、ばかばかしい冗談やよくできた地口などの言語遊戯をつるべ撃ちにして観客の度胆を抜きながら物語を展開して行き、三、コトバの響きを蝶番《ちょうつがい》にして時間を捩《ね》じ曲げて観客を歴史と地理への旅に誘い出し、四、客席をモーツァルトの音楽でも聴いているかのように気持よく演劇的時空間に滑空させながら、五、おしまいの十数分で主題を叩《たた》きつけて、六、終幕ぎりぎりにそれまでに現われたすべてを統合して神話

として結晶させる……『ロープ』は、こういった野田戯曲の手法の集大成である。

この作品では、戦場の兵士たちをプロレスラーになぞらえて、リングサイドで怠惰にタラリーンと見物するわれわれを描き出しておき、他人事となると、どんなにむごい場面にも愉悦のパン種を見つけだす人間の残酷さを描き出す。そこへ女性の人類監察官が登場するのだが、これはまことに野田的である。彼女は「人類はなぜ力に憧《あこが》れるか」をテーマにしながらアナウンサーとしてプロレスを、じつは戦場を実況する。そして終幕の野田的因縁話によって、すべてがベトナム神話として結晶する。これはまことに鮮やかな演劇的手品の傑作である。

直木三十五賞（第一三六回）

受賞作＝なし／候補作＝池井戸潤「空飛ぶタイヤ」、荻原浩「四度目の氷河期」、北村薫「ひとがた流し」、佐藤多佳子「一瞬の風になれ」、白石一文「どれくらいの愛情」、三崎亜記「失われた町」／他の選考委員＝阿刀田高、五木寛之、北方謙三、林真理子、平岩弓枝、宮城谷昌光、渡辺淳一／主催＝日本文学振興会／発表＝「オール讀物」二〇〇七年三月号

三つの経験則

選考委員会の冒頭で一回目の投票が行なわれるのが恒例で、このときに四分の三以上の得点を集めた作品は、たとえその後の議論で浮き沈みがあっても、おしまいには受賞となるのはほとんど確

か、これがこれまでの経験則の第一である。

また、その作品を熱烈に支持する委員がいて、激しい議論の過程で、その熱烈な意見に賛同する委員が二人、三人と増えて行くときは、受賞の確率が高い。これが経験則の第二である。

さらに、選考委員会は、全委員の意見がぶつかって高熱を発する坩堝《るつぼ》であるというのも、経験則の第三である。詳しくいえば、ある作品について好意を持って委員会に臨んだところ、各委員の意見に教えられて、その熱意が冷めるということがしばしばある。逆に、あまり高く評価していなかった作品が、議論渦巻く坩堝の中で新しい魅力を放って輝き出すことも多い。各委員の意見が選考会という坩堝で一つになって行くのだ。

今回は、第一回の投票で四分の三以上の得点を獲得した作品はなかった。次にどの作品にも、三人四人と支持が増えて行くこともなかった。もちろん白熱した議論が行なわれたが、その中から、新しい魅力が見えてくるという作品もなかった。したがって、受賞作があってほしいと願いながらも、「なし」という結果になったのは仕方がない。以上が評者の正直な感想である。以下、候補作についての寸評を書きつけておく。

『どれくらいの愛情』（白石一文）は、九州博多風味の人情をまぶした心理小説の集成で、律儀な文章を好ましく読んだが、しかし、そのあまりの律儀さ（たとえば年月日はおろか曜日まで書いてしまう癖）が、読者を遠ざけてしまった。読者と作品世界とを結びつける文章が冷えているのだ。壮大な叙事詩を書くには適していても、心理小説には合わなかったのではないか。

『四度目の氷河期』（荻原浩）は、「ぼくはクロマニヨン人の子どもだ」という発想がおもしろい。

けれどもこの発想を展開するための援軍がこなかった。この焦りが、読者へ呼び掛ける形の、妙にべたべたと甘い文体と荒唐無稽な結末となって、歪《いびつ》に結実したのではないか。自分の発想に自信を持って堂々と書くこと、それが援軍の意味である。

『一瞬の風になれ』（佐藤多佳子）は、いまの少年少女たちの活き活きした言語運用のおもしろさ、精神と身体と風と大地とを一望のうちにおさめる描写など、美点の多い作品である。また、走ることを書き切るために疾走感のある軽やかな文体を採用したところにも感心したが、物語の展開があまりにも定石通りだった。旧式の物語が、次第に疾走感のある文体を引っ張って、やや鈍重な、お約束の結末になってしまったのは残念である。

『ひとがた流し』（北村薫）は、三人の女性たちが、それぞれいい場面といい台詞といい人生論を持ち寄って織り上げる巧みな小説だが、あんまり綺麗すぎて、グサリと読者の胸を刺すものに欠けていた。癌を病んで命の瀬戸際に立つ女性が聖女すぎて、そのくだりが絵空事のように思われる。

『失われた町』（三崎亜記）は、プロローグがすなわちエピローグであるという、すばらしい文学的冒険から始まる。このあたりには目覚ましい才能が輝いていたが、しかし、作者が次つぎに新しいルールを押しつけてくるので、読者は次第に作品を作者と共有できなくなってくる。作者はどんなことを思いついてもいい。そして読者にどんなルールを提示してもいい。しかし一度、提示したなら、そのルールを誠実に守ることが大事だ。そのときそのときに作者に都合のいいルールを新設されては、せっかくの力作がただの思い付き集になってしまう。

こうして評者は、『空飛ぶタイヤ』（池井戸潤）に、いちばんいい点をつけて選考会に臨んだ。巨

大な銀行資本に今まさに押し潰されようとしている主人公がいる。彼に味方するのは少数の仲間たちだが、彼らの上には危機に次ぐ危機が押し寄せてくる。そして仲間の中には脱落する者もいる。さあ、どうなるか。まことに古典的な物語設計だが、しかし細部が新鮮である。この細部のおもしろさに魅了されて一気に読み終えた。しかし、坩堝の中で「文学的香気に乏しい」という批判の火が燃え上がり、評者はこれに十分に反駁できなかった。今は評者の力不足を嘆くばかりである。

吉川英治文学賞（第四一回）

受賞作＝宮部みゆき「名もなき毒」／他の選考委員＝五木寛之、北方謙三、林真理子、平岩弓枝、宮城谷昌光、渡辺淳一／主催＝吉川英治国民文化振興会／発表＝「小説現代」二〇〇七年五月号

現代を「人物化」する手練《しゆれん》

宮部みゆきという筆力逞《たくま》しい作家に、読者は何を期待してきたのだろうか。

起伏に富む物語の展開に寝食を忘れて熱中したい、残酷で不気味で奇怪な事件の底に仕掛けられた人間讃歌を発見して生きて行く元気をふたたび養いたい、そんな面倒なことはどうでもいいから平明だが弾力のある宮部文体に漬かって日本語の豊かさに酔いたい……読者によってその期待はいろいろだったろう。

中には、右にあげた全部を満足させてほしいと考えた欲張りな読者もいたにちがいないが、これ

らの期待はいつも叶えられてきた。わたしはといえば、さらに欲張って、この作家なら、現代の問題を巧みに「人物化」してみせてくれるはずだと期待をかけるのが常だった。

受賞作『名もなき毒』でも、作者はみごとにこの期待に応えてくれている。被害者と加害者との重層性、それがこの作品で扱われている現代の問題だ。もっと詳しくいえば、加害者が悪知恵の歯車をひょいと操作して被害者に成り済ましてしまうという時代の病いがそれである、どうして現代人は、いつも被害者面をしてしまうのか、ほんとうは加害者なのかもしれないのに。この時代の病いが原田《げんだ》いずみという若い女性に人物化されている。いつもながらすごい腕力である。

若い女性の内面に巣食った時代の病いの邪悪さ、その病根にゆっくりとしかし確実に接近して行く素人探偵の無邪気さ、この対比の作り出す快い緊張感がこの作品の大きな魅力の一つだ。これからも現代そのものを果敢に人物化するこの逞しい作家に期待をかけつづけることにしよう。

川端康成文学賞（第三三回）

受賞作＝小池昌代「タタド」／他の候補作＝桐野夏生「タマス君」、久世光彦「御羽車」、小川洋子「ひよことトラック」、島本理生「Birthday」、加藤幸子「バッツィー」／他の選考委員＝秋山駿、小川国夫、津島佑子、村田喜代子／主催＝川端康成記念会／発表＝「新潮」二〇〇七年六月号

人生の波頭の一瞬を写す四重唱曲

不穏な天候が続く春のある日曜日の午後、東京から車で四時間半の海の家に、四人の成人男女がいた。まず、海の家の持主のイワモト。テレビ業界の末端にしがみついてなんとかしのいできたプロデューサーで、近ごろは自分のことを〈中身の空っぽな古鞄〉だと思わないでもない。妻のスズコは専門誌の元校正者、二十年もイワモトと連れ添っているのに、自分は夫のことをよく分かっていないのではないかと微かな疑問を抱いている。第一の客はスズコの元同僚のオカダ、大腸ガンを病んでいるらしい。第二の客はイワモトの制作するインタビュー番組のホステス役の女優タマヨである。

やっと子育てを終えようやくローンの支払いなども済ませて、人生の重荷から解放されたように見える四人の男女が、海辺で海藻のカジメを拾ってサラダにして食べたり、庭の夏ミカンを齧ったり夏ミカンの風呂に入ってみたり、春の突風に面食らったりして、表面的には他愛のない、平凡な一夜を過ごす。

しかしその下では、さまざまな想念が春の嵐のように吹き荒れていて、それぞれがこの矛盾を良識のようなもので必死で取りまとめている。いまにも壊れてしまいそうな自分を抱えながら、とりとめのない会話を交わし合うアブナイ平衡状態が几帳面に注意深く描かれていて、まるで上出来な室内劇を観ているようだ。もちろん室内劇といっても決してサロン風のものではなく、そこに紛れもなく「現代」が織り込まれているので、手触りはつややかだが、仕上がりは鋭くて苦い。文章は平明かつ分析的でしかも柔軟、四人の心の深層をよく掴み出すことに成功しており、最後の破局は、

人生がつねに「突然の出来事」を内包しているという真実を示していてあざやかだ。人生の波頭の一瞬を、詩人の繊細な言葉がきれいに摘み上げている。

直木三十五賞（第一三七回）

受賞作＝松井今朝子「吉原手引草」／他の候補作＝北村薫「玻璃の天」、桜庭一樹「赤朽葉家の伝説」、畠中恵「まんまこと」、万城目学「鹿男あをによし」、三田完「俳風三麗花」、森見登美彦「夜は短し歩けよ乙女」／他の選考委員＝浅田次郎、阿刀田高、五木寛之、北方謙三、林真理子、平岩弓枝、宮城谷昌光、渡辺淳一／主催＝日本文学振興会／発表＝「オール讀物」二〇〇七年九月号

抜群の一作

畠中恵氏の『まんまこと』の拵《こしら》えは巧みである。〈日々の雑多で小さな揉め事は奉行所に届け出ることなく、差配や名主が解決する仕組みになっていた。〉（二十頁）――そこで作者は、神田の古名主の息子を新式の捕物帳の主人公に据えた。ここまではいいが、でも、どうしてこうも読みにくいのか。ひっきりなしに入る回想で後戻りばかりしている会話、古めかしい漢字を好む癖、受動態の多い地の文など、読者に負担を強いる文章が読みにくいのだ。それ以前に、登場人物たちが揃って無表情で無感情なのも、この作品を読みにくくて、冷ややかなものにしている。

桜庭一樹氏の『赤朽葉家の伝説』は、山陰の旧家の三代にわたる女たちの生涯を点綴《てんてい》しながら戦

後日本史を書こうとした力感あふれる意欲作である。とりわけ、少女漫画家赤朽葉毛毬の閃光のような生き方を剛直な文章で彫り上げた第二部は掛け値なしにすばらしい。ただ、戦後史を語るときに突然、年表のような記述が現われるのが惜しかった。もっとたっぷりと枚数をかけた小説にしたら、年表のような記述も姿を消しただろうに、つくづく惜しいことをした。

三田完氏の『俳風三麗花』には、作者の創作による俳句が百以上も載っていて、それがみんなりっぱな出来栄え。さらに句会の段取りもよくわかるし、これほどうまくできた俳句小説はめずらしい。昭和初年の雰囲気を描き出す手つきも文章もみごとなもので、これが一個の佳作であることは疑いを入れないが、句会から外界へ一歩踏み出すと、生起する事件がやや粗っぽく、せっかくの佳作の艶《つや》を消してしまったようだ。それで最終的には票を投じなかったが、しかしいまでも心残りな作品だ。

北村薫氏の『玻璃の天』によって醸し出された昭和初期の上層階級のおっとりとして伸びやかな雰囲気も、ヒロインの少女の機知も好ましく、手練《てだ》れの作者の研ぎ澄まされた筆捌きに感心した。けれどもヒロインの周囲に起こる事件はどうも奇想の色が濃くて、せっかくのおっとりした雰囲気とは合わないような気もするのだが。

万城目学氏の『鹿男あをによし』は愉快である。卑弥呼伝説や民間伝承（なまずによって地震が起こる）を、漱石の『坊っちゃん』とカフカの『変身』の枠組みで処理したところに、作者のしたたかな知的膂力《りよりよく》を感じた。またこのごろ大流行の「高校運動部の感動小説」への風刺もあるし、なによりも、『坊っちゃん』譲りのテンポのいい文章にずいぶん笑わせられた。鹿に変身してしまっ

た主人公を救うのが、少女の接吻という仕掛けも効いている。こういう愉快な作品は顕彰する値打ちがある……と思ったが、後に述べる理由から、やはり最終的には票を投じなかった。

森見登美彦氏の『夜は短し歩けよ乙女』は、独特な物語性を備えた快作であって、美点は多い。たとえば、青春小説の独り善がりの青臭さを、わざと悪趣味に誇張して見せる批評的な態度、巡り逢い青春小説の御都合主義を徹底的にからかうおもしろさ、突拍子もないイメージをかたっぱしから言語化してしまうたくましさ、「大学・書物・教養」など、じつは通俗的で俗悪かもしれないものを、同じ通俗的で俗悪な手法で批評する知的な毒気、読者との距離をできるだけ縮めようと努力する文体、一つの事件を男と女の側から見ようとする複眼の手法……いいところを挙げると際限《きり》がないが、しかし評者は、最終的に、松井今朝子氏の『吉原手引草』のおもしろさと、そのみごとな仕上がりに勇んで票を投じた。

何者かが、何かの事件を追って、遊里で日々の糧をえている十数人に聞いて回っている。その聞き書きの連続が、この作品の構造ということになるが、語り手が変わるたびに、読者は吉原という一種の共同体の仕組みを理解して行き、それにつれて少しずつ「事件」が浮かび上がって行く。まことにおもしろい趣向である。しかも、読者は次第に「このようにしつこく聞いて回っている者は何者か」という疑問（興味）に捉われはじめる。これまた絶妙な仕掛けである。

そして読者はやがて、「遊里は一から十までウソの拵えものだが、その拵えものが、自分を拵え上げた現実に一矢むくいる」という、その現場に立ち合うことになる。ウソで世界の筋目を正すというのだから、痛快である。

今回の候補作はみんな上出来の作だったが、『吉原手引草』には、読み手を興奮させる小説の構造と小説の言葉があった。それも飛び切り上等の。

谷崎潤一郎賞（第四三回）

——受賞作＝青来有一「爆心」／他の選考委員＝池澤夏樹、川上弘美、筒井康隆／主催＝中央公論新社／発表＝「中央公論」二〇〇七年十一月号——

鮮やかな成果

青来有一氏の『爆心』は、「釘」「石」「虫」「蜜」「貝」「鳥」の、六つの作品から成っている。全体を貫く主題はすべて、信仰の街ナガサキの上空で炸裂した原子爆弾から引き出されていて、たとえば、〈あの時に、主はこの空にいなかったのだろうか〉（「蜜」）という切ない問いであり、〈街を覆った火をどうして海が押し寄せて消してくれなかったのか〉（「貝」）という烈しい願いであり、〈あの時以来、生きることが試練となった〉（「虫」）という沈痛な呻きである。

もちろん主題は充分に熟成され、思いがけない形をとって読み手の前に現われる。「石」を例にとれば、語り手は「顔とか、目つきとか、動きが世の中の人たちから少しずれていて、どこか不自然な」たぬき腹の四十五歳の中年のオヤジである。そこで当然、その語り方も、この中年オヤジの、普通とは「少しずれていて、どこか不自然な」口調になるが、じつはこの工夫が一気にこの作品を

秀作へと導いた。語りの一行一行が意外な驚きに満ちていて、しかも滑稽であり、それがやがて哀しみの色を濃く滲ませはじめる。

彼はいま、かつての小・中学校時代の同級生で、飛び切りの秀才だった九ちゃんに会おうとしてホテルのロビーにいる。九ちゃんは国会議員に出世しているが、愛人問題で世論に追い詰められ、同じホテルで記者会見に臨もうとしているところ。中年オヤジの彼は、「お母ちゃんは、もうすぐ死んでしまうので、九ちゃんにわしを助けてもらおうと考えている」のだが、九ちゃんは救い主になってくれるだろうか。もし救ってくれなければ、原爆で泣きながら燃えていき石になった子どもたちのように、彼もまた石になるしかないのだが。信仰者を業火の中に放っておいた神への滑稽な抗議……この内容を表すにはこの文体によるほかはなく、この文体ならばこの内容しかないという、鮮やかな成果が、ここにはある。

大佛次郎賞（第三四回）

受賞作＝吉田修一「悪人」、最相葉月「星新一　一〇〇一話をつくった人」／他の選考委員＝川本三郎、高樹のぶ子、山折哲雄、養老孟司／主催＝朝日新聞社／発表＝同紙二〇〇七年十二月二十二日

欲望の罠生きる姿描く

ケイタイ、車、ラブホテルなどで張り巡らされた欲望の網――これが「いま」の社会が仕掛けている巨大な罠《わな》だが、淋《さび》しい人たちが、その孤独さから進んでその網に引っ掛かり、たちまち「悪人」へと堕《お》ちていく。吉田修一氏の『悪人』は、その網でもがく若者の一部始終を、張りつめた文体と緊密な構成とで描き出している。どこを切っても、網の中で営まれている人の生の悲しみが滴り落ちてくるが、この罠の中でよりよく生きるには強い愛しかないという結尾で、すべては浄化される。構えの大きい、奥行きの深い力作である。

わが国にショートショートという新分野を切り拓《ひら》いた星新一の業績はもはやゆるぎのないところだが、最相葉月氏の『星新一　一〇〇一話をつくった人』は、この文学的冒険家の全生涯を、長期にわたる誠実で綿密な取材調査と、読みやすい伸びやかな文章で、巨《おお》きく彫り上げた。星新一の興味深い出自から、わびしくつらい晩年までが、具体的な挿話をふんだんに使って描かれているので、一気に読み進むことができる。そして読み終えたとき、これがりっぱな日本SF文学史であったことにも気づいて、その力業《ちからわざ》に舌を巻いた。

小説すばる新人賞（第二〇回）

受賞作＝天野純希「桃山ビート・トライブ」／他の候補作＝矢野隆「臥龍の鈴音」、倭史「灰に残舌」／他の選考委員＝阿刀田高、五木寛之、北方謙三、宮部みゆき／主催＝集英社／後援＝一ツ橋

すばらしい豊作

新しい書き手は、新鮮な文学的土産をぶら下げて登場するのが望ましいというのは丸谷才一さんの名言。さらに作品にいかにも新人らしい劇《はげ》しい気合いが籠められていたらもっといい。じつは今回の候補作はそれぞれ右の二つがきちんと備わっていた。すばらしい豊作である。……もっとも、気合いが入りすぎたのか、三作とも文章がごつごつとして粗く、そして漢字を氾濫させすぎているところが、少し残念だったけれども。

鳩摩羅什《クマーラジーヴァ》（三四四―四一三、また一説には三五〇―四〇九）は、印度の宰相の血を引く身ながら九歳で出家、やがて「妙法蓮華経」「阿弥陀経」など経典三十五部二百九十四巻の中国語訳を果したひと。多くの中国仏教は羅什の翻訳をもとに始まったといってよいが、倭史《やまとふみ》氏の『灰に残舌』は、この仏教哲学の祖を主人公に据えている。羅什に目をつけたところが凄いが、さらにこの仏教哲学の開祖の奮闘に絡ませて、自然保護と動物愛護をもう一つの隠れた主題にしたところは大した力業《ちからわざ》で、その気合いだけでも絶賛に値いする。

また、矢野隆氏の『臥龍の鈴音《りんね》』は、戦国末期の、越前の小国を舞台に、七人の浪人者が赤い鈴を巡って剣技と知恵を競い合うという機知に富んだ仕掛けがすばらしい。

そして、天野純希《すみき》氏の『桃山ビート・トライブ』は、若い河原芸人たち（三味線弾き、笛役者、太鼓打ち、舞い手など）が、新しい音と踊りを探し求めて愉快に、痛快に彷徨《さまよ》う姿を、よく回転の

かかった文章で描いていることに感心した。

「いっそ三作に入選してもらったら……」という気も起きかけたが、それでは選者の任は果たせない。そこで仔細に読み直すと、ここからは辛い粗探しになるが、『灰に残舌』は、「神通力」「結界」「空中飛行」「法力」「読経」など奇手奇策が釣瓶打ちに登場して、それはそれでおもしろいが、この情熱を多少は羅什という希有な人物の内面を書くことにも割《さ》いてほしかった。

『臥龍の鈴音』についていえば、舞台となる小国、片桐家の御城下に「ひとびと」の気配がないのが気になる。職人がいて商人がいて百姓がいて子どもがいて、その中で鈴の取り合いをしたらもっとずっとおもしろくなったはずだ。もう一つ、戦う場面を擬音語で描くのは、やや無策である。きちんと文章で描く方がずっといい。

ところで、『桃山ビート・トライブ』には、たしかに切れば血の出る人間がいて、ドライブのかかった生き生きした展開があった。この二点でわずかに優ったと考える。しかしながら僅差だった。倭さんも矢野さんも、あまり気落ちせず、さらに励んでいただきたい。

二〇〇八（平成二十）年

読売出版広告賞（第一二回）

大賞＝講談社・集英社／他の選考委員＝荻野アンナ、清田義昭、中森陽三、大月昇、菅原教夫／主催＝読売新聞社／発表＝同紙二〇〇八年一月二十三日

〝事件〟起こしたライバル

巌流島で命がけで剣を競うはずの宮本武蔵と佐々木小次郎が、決闘をやめにして仲直りをすることになった。えっ、それはほんとうか。ほんとうなら事件だ……と、それくらいの衝撃があった。たがいに愛読者の数を競うコミックスの2大版元が、つまり宿命のライバルが、お金を出し合って広告を打っているのだから驚いて当然だ。この驚きが選考委員会の票をひとり占めにした。実力と人気を誇る作者だから、こんな事件を起こすことができたのだろう。

履物の取り違え、不審そうな目つきなど芸は細かい。なによりも、余白の広さと句点の大きさが、

事件の重大さを物語っている。

読売文学賞（第五九回）

受賞作＝松浦理英子「犬身」（小説賞）、三谷幸喜「コンフィダント・絆」（戯曲・シナリオ賞）、川村湊「牛頭天王と蘇民将来伝説」（随筆・紀行賞）、大笹吉雄「女優二代」（評論・伝記賞）、岡部桂一郎「詩集『竹叢』」（詩歌俳句賞）、押川典昭訳「プラムディヤ・アナンタ・トゥール『人間の大地』四部作」（研究・翻訳賞）／他の選考委員＝池澤夏樹、岡野弘彦、川村二郎、川本三郎、菅野昭正、津島佑子、富岡多恵子、沼野充義、平出隆、山崎正和／主催＝読売新聞社／発表＝同紙二〇〇八年二月一日

完熟した喜劇　「コンフィダント・絆」について

アトリエを四人の若い画家たち、ゴーガン、スーラ、ゴッホ、世話係の絵画教師シュフネッケルが共同で使っている。そしてモデルをつとめる踊り子のルイーズを加えた五人が、このすばらしい戯曲の全登場人物である。わずかな人数で山あり谷ありの複雑な多幕物を仕上げた技術は円熟というよりは完熟の域に達している。

いい喜劇にはかならずいいランニング・ギャグ（全幕を太く貫く笑わせる工夫）が仕込まれているが、ここでは画家たちのさまざまな事情でルイーズの肖像が描かれずに終わるのが、それにあたる。描かれるためにきたのに描かれない、描くために呼んだのに描くことができない。劇の構造の

中核に組み込まれたこの仕掛けが、劇全域にたえず笑いの波をつくりだす。

また画家たちの性格付けがはっきりしているので、性格の衝突からも笑いが発生する。さらに観客は後の彼らの輝かしい画業をすでに知ってしまっているので、演劇的アイロニーが随所にあらわれて客席をよろこばせる。演劇的アイロニーは、登場人物たちは「それ」をまだ知らないが、観客は「それ」をもう知っているところから生まれる笑いである。最後の景の技巧はとくにすばらしい。アトリエ共有生活が始まったときの高揚した場面で快い感傷のうちに幕になる。こうして共同体の生成過程と衰退過程が明らかにされたことで、この戯曲は普遍性をもった。

岸田國士戯曲賞（第五二回）

受賞作＝前田司郎「生きてるものはいないのか」／他の候補作＝青木豪「Get Back!」、赤堀雅秋「その夜の侍」、桑原裕子「甘い丘」、タニノクロウ「笑顔の砦」、本谷有希子「偏路」、矢内原美邦「青ノ鳥」、山岡徳貴子「静物たちの遊泳」／他の選考委員＝岩松了、鴻上尚史、坂手洋二、永井愛、野田秀樹、宮沢章夫／主催＝白水社／発表＝二〇〇八年二月

破天荒な快作

演劇的な仕掛けと構造――これがなければ、いかにその台詞が優れていても、どれほどその物語がおもしろくとも、それは演劇ではなく、たぶんそれは小説かなにか他のものにちがいない。これ

が評者が戯曲を読むときの最大の関心事である。

『偏路』（本谷有希子）は、この作者にしては珍しく演劇的仕掛けを掛け損ねていた。才智と未来に富むこの作者の名誉のために言い直すなら、「ここにすべてを他人のせいにしてしまう人たちがいる。ところが劇の展開につれて、それまでとは一転して、彼らは責任を取ることを競い合う」という揺さぶりはすばらしいのだが、その秀抜な思いつきが意味の上だけで終始していて、舞台の上にはっきりと具体化していたとは言いがたい。揺さぶりが構造にまで達しなかった。

事情は、『笑顔の砦』（タニノクロウ）でも同じだ。二つの部屋の同時進行という、良果《りょうか》の期待できる劇的仕掛けが用意されてはいたが、その発動が遅すぎた。発動までの舞台の「空気」を、作者は散文詩のような文体で懸命に表現しようと試みるが、それが生みだしたのは、残念ながら、劇の「空転」だけだった。痴呆症患者の老婆と、彼女を介護するふしぎな女の心理と行動には凄味があって、そこに紛れもなく作者の才能が現われていたが、とにかく仕掛けの時機が遅かった。

散文詩や小説の地の文のような非演劇的言語にたよる癖は、『青ノ鳥』（矢内原美邦）にも現われていて、たとえば、次のようなト書きがしばしば出てくる。

〈高校生のころ普通科に進学するか芸術科に進学するかで迷っていたとき、母親に「普通科がいいよね」とあっさりいわれて普通科に進学してしまった、あの頃の私を思い出してのダンス〉

文としてたしかに成立しており、おもしろくないこともないが、これが果たして舞台で成立するだろうか。この戯曲には、「目の前には無限の未来があるが、その未来は無限に閉ざされている。すなわち世界はすでに終わっている」という卓抜で壮大な主題が仕掛けられており、一〇メートル

四方のことにしか関心がないような最近の戯曲の風潮にうんざりしていたところだから大いに好感を抱いたが、巨《おお》きな世界を示すときは、簡潔に書くにかぎる。言葉の量が増すたびに肝心の「世界」が遠ざかって行くというところに、劇的文体のむずかしさがある。過剰な言葉がせっかくの主題をすっぽりと埋めてしまった。

『Get Back!』（青木豪）には、冒頭の劇《はげ》しい場面に、劇の流れがどの時点でどのように追いつくかというおもしろい仕掛けが仕込まれている。しかしこの仕掛けは危険だ。よほどうまく企まないと、劇がちっとも前進しないからだ。しかも温《ぬる》い内容と台詞のせいで（それ自体は気持のいい温さなのだが）、冒頭の劇しい場面に追いつきかねている。劇の後半が冒頭の場面に追いつき、追い越してしまうという力感を持ち得ないと、この趣向は単なる「作者の思い出し作業」になってしまう。作者には、もっと自分の発想を大切にしてもらいたかった。

『甘い丘』（桑原裕子）は、丘の上のサンダル工場の社員寮の四季を描きながら、「世界の変革は、まず自分のいる場所の変革から始まる」という主題を深めようとしている。まことに古典的な構造で、このところの演劇状況では、そのこと自体が演劇的仕掛けである。ときおり人物たちが激突して発熱し、対話にドライブがかかる場面もあって、作者が相当な演劇的膂力《りょりょく》の持ち主であることがよくわかる。さらにもう一つ、独創的な工夫が仕込まれていて、それは俳句教室の勉強の進み行きが、そのまま時間の経過を現わすという仕掛けだが、冬の季語を学ぶ場面で、師匠格の人物がこんなことを言う。

〈〈冬の季語は〉その他にも○○や○○、いろいろあります。〉

冬の季語などは調べればすぐわかることだし、わかればまたうまく使えるのに、〇〇で間に合わせるとは、怠惰というか、欲のない作者だ。こういう無欲さ（別名、甘さ）や、登場人物にむやみに難しい名前をつけてしまう強《こわ》ばりが退治できれば、作者の未来は明るいだろう。それだけの膂力のあるひとだ。

『静物たちの遊泳』（山岡徳貴子）は、古びた団地の、小公園を挿《はさ》んで向かい合う部屋を合わせ鏡にして進行するという優れた仕掛けをもっている。台詞の文体も手堅く、さらに劇の進行につれてもう一つの仕掛けが現われてくるという工夫も魅力的だった。未読の読者のために、その工夫をここに書くことはできないのだが。

『その夜の侍』（赤堀雅秋）には、いたるところに力がみなぎっている。登場人物たちの間に張り巡らされた「暴力をふるう／ふるわれる」という関係性の網もみごとな仕掛けだ。さらに舞台を自在に使ってやろうという演劇的な志にも敬意を抱いた。それでいて、簡単に「暗転」するところなどは、なかなか愛嬌のある戯曲でもある。

『生きてるものはいないのか』（前田司郎）では、はるか遠景にあった一大怪事件が、近景にいる十八人の登場人物たちのところへ、ぐんぐん近づいてくるという律動的な仕掛けがすばらしい。しかもその接近は、登場人物たちの連続的な怪死事件によって観客に知らされ、結局、結尾《けつび》では全員が死んでしまうのだから、徹底しているというか、観客をばかにしているというか、とにかく破天荒な戯曲である。「舞台の上で登場人物はよく死ぬが、それを演じている俳優は決して死んではいない。そればかりかカーテンコールになると、嬉々として舞台に現われる」という演劇最大の約束

事の一つを軽々と手玉にとったのは、天晴れである。この作者については「脱力系」という噂があるようだが、じつは相当にしたたかな、尖んがった力量《うで》のあるひとだ。選考会で議論するうちに、やはりこの舞台力学を玩具にした破天荒さを買うべきだと決めた。

司馬遼太郎賞（第一一回）

受賞者＝山室信一「憲法9条の思想水脈」／他の選考委員＝陳舜臣、ドナルド・キーン、柳田邦男、養老孟司／主催＝司馬遼太郎記念財団／発表＝「遼」二〇〇八年冬季号

引用文献資料の衝撃力

選考委員みなさんのおっしゃったとおりで、この本が読みにくいという欠点はある。ただ文章はこの場合は「船」であって、中に積んであるものがすばらしい。たとえば、一八八二年岩倉具視が当時の府と県の長を呼びつけて行った「これからの日本は右手に警察、左手に軍隊を持って、つまり天皇陛下が持って一般国民をして戦慄させなければならない」という主旨の演説を引用している。たいへんな衝撃力がある。こうした資料がさりげなく載っている。さらに全編を通して、戦争を起こすのは常に政府である、政府がいろんなプロパガンダをして国民を乗せていく。したがって主権者である国民は常に政府の考え、行動を監視していなければならないと、いろんな文献を通して指摘がなされている。

多少こしらえはいかめしくて読みにくいが、その読みにくい船の中に西洋の、日本の戦争放棄、世界がこれからどうやって生きていくかという素材が、先人の残した言葉や行動がちゃんと載っている。司馬先生が生きていらしたら、「この文章はなあ……」と思いつつも、ここに盛られているいろんなことがら、言葉は、考えなければならないところがたくさんあるな、とおっしゃるんじゃないかと勝手に想像した。この作品は地味で難しいが、とくに憲法を変えようというお考えの方にぜひ読んで欲しい。人間が長い間の苦しみの中で少しずつ手に入れてきた、長いあいだ血を流しながら手に入れてきた小さな小さな宝石が山のように盛ってある本だと思う。

直木三十五賞（第一三八回）

受賞作＝桜庭一樹「私の男」／他の候補作＝井上荒野「ベーコン」、黒川博行「悪果」、古処誠二「敵影」、佐々木譲「警官の血」、馳星周「約束の地で」／他の選考委員＝浅田次郎、阿刀田高、五木寛之、北方謙三、林真理子、平岩弓枝、宮城谷昌光、渡辺淳一／主催＝日本文学振興会／発表＝「オール讀物」二〇〇八年三月号

壮大な試み

食べ物を一種の反射鏡のように使って日常生活の微妙な変化を捉まえようとしたのが、九つの短篇をつらねた『ベーコン』（井上荒野）である。その反射鏡へさまざまな形の愛を照射させて人間心

理の微細な変化を観察しようという試みだ。あちこちに小手《こて》の利いた表現があって感心させられたが、食べ物と愛（主に愛人関係）の二つの縛りが筆を窮屈にしたのか、九篇を通して話の拵えがやや図式になっていた。

『約束の地で』（馳星周）に収められた五つの短篇は、たがいにつながって大円環をなす。最初の短篇の脇役が第二の短篇では主人公になり、第二の短篇の脇役が第三の短篇では主人公になり……そして最後の短篇の脇役が最初の短篇の主人公になるというふうに、読み終わると、全体が鎖でつながれていることがわかる。その鎖の成分は主として暴力であり、全体から浮かび上がってくるのは荒涼とした北の大地の陰鬱な気配である。その気配がまた暴力を生むのだが、しかし最初の短篇の出来がいま一つよくないので、せっかくの試みが生かされなかった。第四、五篇は佳品なのだが。

沖縄守備軍で生き残った日本兵に四種あるという事実――それをはっきりと描き出すことが『敵影』（古処誠二）の試みだったのかもしれない。その四種とは、一、六月二十三日（守備軍の組織的抵抗の終わった日）以前に米軍の捕虜になった兵。二、そのあと八月十五日までに捕虜になった兵。三、八月十五日以降に捕虜になった兵。四、敗戦後も捕虜になることを拒み、いまだに鍾乳洞に立てこもっている兵。捕虜収容所には四を除く兵たちが混在しているのだが、みんな死者にたいして後ろめたい気持ちがあり、それがさまざまな怒りを発生させる。しかしその怒りの向けどころがどこにもない。そこでその「憤怒が敵影を求め」（六十九頁）て、収容所内で味方同士の仇討や責任追及のための密告戦が熾烈になる。思わず身が引き締まるような思いで読み進むことになるが、箴言録風な硬質な文体と煩瑣な物語時間の入れ換えに妨げられて、せっかくの志のある試みがうまくこ

ちらへ伝わってこなかったという恨みがのこる。

敗戦直後の闇市に始まり、全共闘時代を経て、現代までの三代にわたる警察官一家の生き方に、黒くて太い謎を絡ませて描いたのが『警官の血』（佐々木譲）である。上下二巻の大作。壮大な試みだ。けれども、もっと壮大であってもよかったかもしれない。叙述の速度が早すぎて、三人の人生の山場をやすやすとつないでしまったような駆け足感がある。たとえば第二部で、二代目警察官の民雄が過激派に潜入して爆弾テロを未然に防ぐが、この潜入捜査で「（民雄は）自分の神経がぼろぼろになりかけているという自覚」（上巻三二五頁）を持つのに、それが、どのようなときにどのように、神経を痛めつけられたのか。それにふさわしい密度で書かれていない。また、彼の弟は、敵対するような立場にある組合活動家だが、この弟との関係にも十分に筆が届いていない。

『悪果』（黒川博行）もまた警官小説。ある夏の防犯係の二人組刑事の行動に視点をぴたりと密着させて〈悪人を追ううちにその悪人よりも悪人になってしまう〉という皮肉な顚末をどう活写するかという試みである。二人の大阪言葉による会話は機知にあふれ、漫才の域をはるかに超えて上出来の前衛劇のように不条理《ばかばかしく》てステキだが、この快調なテンポをときおり妨げる、刑事業務の綿密すぎる詳細や賭博についての過剰な説明——これが難かもしれない。

『私の男』（桜庭一樹）の試みは巨きく、そしてその試みはほとんど成功している。全体を通して前景にはたえず、雨が降り、氷が流れ、水があふれ、雲が重く垂れて、いつも紗幕でもかかっているようだが、これらの大自然の大道具が物語の神話化に役立っている。この前景の向うにまず浮かび上がってくるのは風変わりな結婚式だが、章が変わるにつれて時間が逆行して行き、そのつど読

者はそのときどきの真相を知って絶句することになる。

たとえば花嫁（名前は花）と彼女の養父との間に性的な関係があったのではないか、たとえばその養父と彼の実母とのあいだに生まれた娘こそが花なのではないか……つまり彼女にとって実母が同時に祖母であり養父は実父であり兄であり「私の男」であった。養父からいえば実母が妻であり、花は己が娘であり妹であり「私の女」だった——というのが評者の解釈である。

これを起きた順に書けば、あいだに二つの殺人もあるし、どろどろの近親相姦モノに成り果てて読むに耐えなかっただろうが、作者は（たぶん）ギリシャ悲劇の「オイデプス王」の構造をかりて時間を遡行させてどろどろ劇をりっぱな悲劇に蘇生させた。改めて読み返して、この悲劇がじつは新しい人間関係への旅立ちの希望を宿していたことに気づく。殺人事件さえバレなければと条件がつくが（たぶんバレない）、これは暗いけれどもなかなか明るい小説なのだ。

吉川英治文学賞（第四二回）

受賞作＝浅田次郎「中原の虹」／他の選考委員＝五木寛之、北方謙三、林真理子、平岩弓枝、宮城谷昌光、渡辺淳一／主催＝吉川英治国民文化振興会／発表＝「小説現代」二〇〇八年五月号

爽快な力作

快作である。清末から民国成立にかけての激動期を舞台に、「貧乏人こそは、実は選民」という

普遍的な主題をめぐって、たくさんの人びとが壮大な人生模様を織りあげて行く。その有様のいちいちがメリハリの利いた文体で、そしてまた筋の快適な進み行きで、読者の眼前にはっきりと浮かび上がってきて、大河小説をいとおしいと思いながら読む喜びを読者に与えてくれる。文体と物語と読者の読む速度が一体となって沸き上がるこの爽快感はとても貴重だ。

浅田小説のひとり語りはおもしろい。その人物の心の底にあるものを巧みに掬《すく》い上げるこの手法は、ここでも小説的時空を自在に往還して、英雄や義人や梟雄や王たちの魂の叫びを読者に訴える。それが作品に自由な気持のいい風を通している。

問題作かもしれない。たとえば、革命家で議院内閣制の確立を唱えた宋教仁《そうきょうじん》は袁世凱《えんせいがい》の放った刺客によって上海北《きた》駅で暗殺されたというのが通説だが、作者はこれを採っていない。ここで描かれている袁世凱はとても魅力的で、とても可愛い。しかもなかなか透徹した歴史観の持ち主でもある。作者は「皇帝にされてしまったような」この人物を愛してしまったらしく、すてきな新説を案じ出した。いったいどんな説か。それは直《じか》に読んでいただくしかないが、ここにも作者の小説的膂力《りょりょく》がみごとにあらわれていて、評者はすっかり袁世凱が好きになってしまった。

川端康成文学賞（第三四回）

受賞作＝稲葉真弓「海松」、田中慎弥「蛹」／他の候補作＝池澤夏樹「ヘルシンキ」、森内俊雄「ジュニエ爺さんの馬車」、小林恭二「遁世記」、辻仁成「青春の末期」、大竹昭子「随時見学可」、玄侑

宗久「Aデール」／他の選考委員＝秋山駿、小川国夫、津島佑子、村田喜代子／主催＝川端康成記念会／発表＝「新潮」二〇〇八年六月号

小説的時空間の創出

『海松』（稲葉真弓）の語り手である私は、深酒つづきの不健康な毎日を送る四十代後半の独身女性だ。食べるために編集やライターの仕事をしているが、〈案じたところで先行きが明るくなるわけではない〉と、半ばなげやりに時をやりすごしている。その私が、正月休みに、志摩半島の小さな湾にのぞむ急斜面の家で十日ほど滞在する。家は私の持ちもの、この十年間、年に何度か愛猫を伴ってここへやってくるのだ。遠景で隣町の八十代の老女の行方不明事件が起こり、それが私の方へゆっくりと「心理的に」近づいてくるが、老女は老いの象徴だろう（たぶん、そうだ）。

この遠景のせいか、今回の滞在で私は、家のまわりの樹木や草花や小動物や鳥や星空がはっきり見えてくる。「はっきり見えてくる」のであるから、家のまわりについての描写は（あたかも初めて見ましたとでもいうように）新鮮で正確なものでなければならないが、読者の期待は十分に充たされる。光る比喩をちりばめた正確で細密な描写が、魔法のように「失われた時間」を浮かび上がらせ、それにつれて〈時は逝く〉という人生の真実が現われてくる。静かな戦慄が、そこにはあった。

『蛹』（田中慎弥）は、暗い地中で、やがて地上の光の世界で王となる未来を夢見ている虫けらの生活と意見を、徹底した擬人法で、しかも細密に書いた傑作である。

木の下に産み落とされたかぶと虫の卵が、殻を破って幼虫になりさらに蛹になって〈地中にはない白くて大きな〉光の世界へ、地上へ出るその寸前までを、格調高く、いかめしく綴ったこの手法、つまりちっぽけな虫けらの生活と意見に堂々たる文章を与えた手法の効果は抜群で、いたるところに良質の諧謔が爆発する。ダンテの神曲地獄篇やオイデプス王やハムレット王子をかすかに連想させる趣向にも唸ったが、この虫けらが神（大自然）を直感し、時間を発見するくだりでは大いに笑った。〈時よ来たれ〉という主題にからめて、神学や哲学までも玩具にしたところなどはじつに骨太で愉快な作品である。

ことばによって時間と空間をかたく結びつけて、小説的時空間を創出することに、受賞作はともに成功しているとおもう。

講談社エッセイ賞（第二四回）

受賞作＝立川談春「赤めだか」／他の選考委員＝東海林さだお、坪内祐三、林真理子／主催＝講談社／発表＝「小説現代」二〇〇八年九月号

ささやかな遺恨

いつだったか立川談春氏が「ｅｎ－ｔａｘｉ」誌上で、〈井上ひさしさんは勘三郎《かんざぶろう》さんの出演台本が書きたくて、中村屋《なかむらや》にお世辞べったり擦《す》り寄っているという噂だ。〉と発言したことがある。

わたしはどんな俳優にも、そして一度たりとも「書かせてちょうだい」などと媚《こび》を売ったことはない。それほど落ちぶれてはいないからだ。さっそく編集部に抗議したが、けんもほろろの門前払い。一日半くらい腹をたてていたことがある。つまりこの『赤めだか』を読む前は、根も葉もない噂を喋り散らして他人の名誉を傷つける男が書いた本という、ささやかな遺恨《いこん》が評者《わたし》にはあったことにある。

読み進めながら、なにか冷え冷えしたものを感じた。この人の心の芯は燃えていない。けれども、この冷たい客観性が、じつはこの好著を生み出した原動力になっているところがおもしろい。

隠れた主役は談春氏の師匠立川談志。毎朝三十分近く歯を磨きつづけ（口が商売道具だから当然だが）、マヨネーズがきらいで、稲庭《いなにわ》うどんは値段が高いから好き。なによりも海が好きで〈一度入ったら二、三時間は平気で出てこない。〉などなど、不世出のはなし家談志の、ふしぎな、しかしむやみにおもしろい日常が読む者の胸にびしびしと入り込んでくる。そしておしまいの数十行……師匠小《こ》さんに背いた形になった談志は、その師匠の葬式に出なかったが、そのときの言葉はこうである。〈「談志《オレ》の心の中には、いつも小さんがいるからだ」〉

このくだりで作者はそれまで塞《せ》き止めておいた感情を一気に放出する。冷たかった筆が白熱する。みごとな計算であり芸であり、一編のオチである。評者のささやかな遺恨もこのときに消えた。おめでとう。

直木三十五賞（第一三九回）

受賞作＝井上荒野「切羽へ」／他の候補作＝荻原浩「愛しの座敷わらし」、新野剛志「あぽやん」、三崎亜記「鼓笛隊の襲来」、山本兼一「千両花嫁　とびきり屋見立て帖」、和田竜「のぼうの城」／他の選考委員＝浅田次郎、阿刀田高、五木寛之、北方謙三、林真理子、平岩弓枝、宮城谷昌光、渡辺淳一／主催＝日本文学振興会／発表＝「オール讀物」二〇〇八年九月号

楔《くさび》の問題

散漫な印象批評は候補作に失礼である。そこで評者《わたし》なりの筋金《すじがね》を一本とおして書くことにしよう。単調で退屈な日常生活に、コトバや音やその他の手段を用いて発止《はっし》と楔《くさび》を打ち込み、空いた穴から覗き込むと、ふだんの暮らしのすぐ下は、さまざまな危険の地雷原で、それぞれの人生がいまにも火がつきそうな火薬樽の上で営まれている。人生のこの真実を受け手側に知らせること、それが芸術のはたらきである、とする。もちろん日常の退屈を忘れさせるのも芸術のりっぱなはたらきだから、これも勘定に入れて……とにかく「単調で退屈な日常生活」を、それまでとはちがうふうに見えさせるもの、それが芸術の役割だと決めて、今回の筋金とする。

三崎亜記氏の『鼓笛隊の襲来』に収められた九篇は、機知にあふれた楔でいっぱいである。台風より怖そうな鼓笛隊、人間の記憶の不確かさ、奇妙な欠陥住宅、遊園地のホンモノの象さん滑り台、行方不明になった下り列車、そして女性のからだから生えたボタンなどが楔となって、登場人物た

ちの平凡な日常へぴしぴしと打ち込まれる。削《そ》ぎに削がれた文章が一篇一篇を寓話のようにくっきりと彫り上げているが、各篇結尾の日常への戻り方がすべて〈人の世の哀しみ〉と一色《いっしょく》なのは（ここが意見の分かれるところだが）評者にはもどかしかった。

荻原浩氏の『愛しの座敷わらし』では、むろん座敷わらしが楔。その楔は田舎へ引っ越した一家に打ち込まれはするものの、その効果はじつにゆっくりとしたものだった。座敷わらしがある者には見え、ある者には見えないという設定を慎重に扱うあまり、前半がずいぶんもたついた。全体の四分の三をすぎたあたりで、ようやく楔は楔本来の役目を果たしはじめ、それからは快調な仕上がり。後半はとてもおもしろい。けれども、それでも前半のもたつきを補うには足りなかった。

新野剛志氏の『あぽやん』の楔は、航空券から空港のはたらきを見れば……という、その角度そのものにあった。空港の仕組みとその機能的な美しさ、そこで展開されるさまざまな人生の、その瞬間、その瞬間のおもしろさなど、魅力がたっぷりとあるが、しかし筋立ての展開にリズムがすこし欠けていたのではないだろうか。リズムは楔を打ち込むときの動力の一つ、これが弱いと、楔は深く入らないようにおもう。

山本兼一氏の『千両花嫁』は、幕末の京を舞台にした連作集である。三条木屋町の骨董商「御道具　とびきり屋」を営む真之介とゆず夫婦。そこへ客として、あるいは下宿人として、芹沢鴨や近藤勇や高杉晋作や坂本龍馬などの大立《おおだ》て者《もの》が出入りするという吹き寄せの趣向は、めざましい発明である。そこでこの作での楔は、道具商には欠かせない〈見立て〉の力ということになるが、この見立てを仕掛ける作者の工夫がもうひとつ練《ね》れていればよかった。見立てを仕掛けられた敵役がみ

な幼く見えたのは残念だった。しかし読み味のいい小説である。

和田竜氏の『のぼうの城』では、日常ではなんの役にも立たぬデクノボウが楔になっている。その役立たずの男が戦さという非日常でぐんと存在感をますのはなぜだろうか。それは彼が非日常でもやはりデクノボウのままでいるからである。これはおもしろい逆説であり、語り口には張り扇の音が聞こえてきそうなほど調子がよくてリズムがある。調子がよすぎて「読物」へ堕ちかけてもいるが、袋小路に入ってしまった体《てい》のある現代《いま》の小説を、もう一度、読者の方へ引き付けるには、この調子のよさは貴重であるとおもい、最初の一票をこの作に投じた。

井上荒野氏の『切羽へ』には二つの世界がある。一つは島の小学校の教員たちが演じるドロドロの愛欲世界で、これが遠景である。もう一つはひと組みの夫婦の静穏な世界、これが近景にある。楔はこの二つの世界の境界に打ち込まれた得体の知れない男性教師で、やがて近景にいた女性養護教諭セイは、その楔で空いた穴から、自分の内側で渦巻いている性の危険な衝動を覗き見ることになる。しかし二人は手を握ることもなく別れてしまう。哀れなのはセイの夫の画家であって、セイが男性教師に注ぎたいと願った性の衝動を、代わって受けとめる羽目になり……こうしてセイは妊娠し、二人にはまた静穏な日常が戻ってくる。よく企《たくら》まれた恋愛小説ではあるが、評者には退屈だった。あんまり話がなさすぎる。近景の人たちの行い澄ました言動も絵空事にすぎる。

けれども、ここで実現された九州方言による対話は、これまでに類を見ないほど、すばらしいものだった。これほど美しく、たのしく、雄弁な九州方言に、これまでお目にかかったことがあっただろうか。いっそわが国の共通語にしたいくらいみごとな方言だった。最終投票で、評者は、この

九州方言による対話に票を投じた。

日本ファンタジーノベル大賞（第二〇回）

大賞＝中村弦「天使の歩廊　ある建築家をめぐる物語」、優秀賞＝里見蘭「彼女の知らない彼女」／他の候補作＝真山遥「龍守の末裔」、松崎祐「イデアル」／他の選考委員＝荒俣宏、小谷真理、椎名誠、鈴木光司／主催＝読売新聞東京本社・清水建設　後援＝新潮社／発表＝「小説新潮」二〇〇八年九月号

着想と構造と文体と詩

この賞の水準は高い。

着想のよさはむろんのこと、その着想にしてもだれもがびっくりするような、これまでの文学的常識の外に出たものが要求される。それに桁《けた》はずれの文学的な腕力がいる。それがないと五百枚も書き切れるものではない。作品の構造もよほど頑丈にできていないと、途中でかならず筆折れしてしまう。なによりも文学は一から十まで言葉でつくるもの、言語運用能力も抜群のものでなければならないし、ファンタジーというからには作品の芯にキラリと輝く詩心《しごころ》が埋め込まれていなくてはならぬ。なんという難関だろう。その難関に六百四十六編もの作品が寄せられたと聞き、これこそ天下の一美観だと——関係者のタワゴトかもしれないが——誇らしくおもった。

中村弦氏の『天使の歩廊 ある建築家をめぐる物語』は、右の難関突破条件をほぼ充たしている。明治初年の銀座で、父の経営する西洋洗濯屋の物干し場にひるがえる真っ白なワイシャツの列を飛翔する天使たちと見た少年が、地上と天界をつなごうと志して、いくつかふしぎな建物を設計し、昭和初期に大日本帝国の傀儡《かいらい》国家満洲へと旅立つ……。海外では建築小説はそう珍しくないが、わが国ではここまでがっぷりと建築に取り組んだ小説は寡聞にして知らない。評者《わたし》はまずこの着想に惹《ひ》かれた。

さらに作者は、この建築家の半生を時の流れにそって順番に書くやり方を捨てて、その半生の一《ひと》齣《こま》一齣を挿話に仕立て上げて、時間軸に逆らって近過去の次に大過去、大過去の次に中過去というふうに乱雑に並べ換えた。もちろんこの乱雑さにはしたたかな計算がはたらいている。したがって読者は、建築家の半生をジグザグに辿ることになり、そのジグザグするすきまに、天使が現われ、初恋が息を吹き返し、人生の謎が加速し、ひっくるめて独特の詩情が立ちのぼる。巧みな構造だ。文章は明快、文体も安定、とてもおもしろい。

ただし、地上と天界をつなごうとして設計された建物が案外、平凡だった。ひょっとしたらこの建築家は行った先の満洲で、地上と天界をつなぐような建物を設計したかもしれず、満洲の挿話が欠けていると話が終わらないような気もする。そこで「ほぼ充たしている」と書いたわけだ。もう一つ、この建築家の思想はかならずや権力側と衝突するはずで、そこへ筆が届いていないのも惜しまれるが、しかしながらそういった瑕《きず》を覆い隠すほどの美点をたくさん備えていることもたしかなので、この作を大賞に推した。

里見蘭氏の『彼女の知らない彼女』の着想は並行世界である。怪我をした女子マラソンの名選手の替え玉を、彼女のコーチが別世界へ探しに行くというのが前半のたくらみ。理想的な替え玉のいる世界へなかなか行き着けないでまごつくおもしろさを巧みに書いたのはりっぱな手柄だった。後半は一転して、替え玉に対する猛練習のあれこれ、本番レースの駆け引きなど、スポーツ小説に変身し、おしまいは自己発見の成長小説へと三転して完結する。まったく質のちがう三つのタイプの物語を上手につないで、全編をすらすらと読ませてしまう才筆に感心した。これはみごとな小説的軽業《かるわざ》である。

時はピストルが出回りはじめたころの近世後期か、所は中欧あたりの学問都市か（二つとも評者の個人的な感想）……。とにかく川を抱《いだ》いた学問都市で、男装の天才少女数学者がいくつもの難問に挑戦する。これが松崎祐氏の『イデアル』の道具立てだが、しかしなんというすばらしい着想だろうか。この着想に堅固な構造が与えられ、そして文章と文体に冴えがあれば、たいへんすぐれた作品になったはずだが、作者は女性数学者という自分の発明を粗末に扱ってしまった。「女性の数学者だからこそ、これこれしかじかの物語になりました」という展開がまったくない。せっかくのすぐれた着想なのに、もったいない話だ。数学の難問に向き合うときの知性、男性に向き合うときの感情。この二つの相克からもっとすばらしい物語が導きだされたはずなのに、作者は後者（感情）を無菌室に閉じこめてしまった。これではドラマもリズムも生まれない、ぜひ書きなおしてくださ い。きっと傑作になる。

真山遥氏の『龍守の末裔』は、ひどいことをいうようだが、だらだらとだらしなく、なんでもあ

りの、緩《ゆる》くて温《ぬる》い作品である。作者はご自分の着想と読者とに、もっと誠意をこめて向き合う必要がある。文章力はあるのだから一から出直せば、なんとかなるはずだ。

谷崎潤一郎賞（第四四回）

受賞作＝桐野夏生「東京島」／他の選考委員＝池澤夏樹、川上弘美、筒井康隆／主催＝中央公論新社／発表＝「中央公論」二〇〇八年十一月号

すべてを捨ててすべてを得る

まずニッポン系の漂流者や棄民たちが、つづいてホンコン系の男たちが、さらにフィリピン系の女たちが、微妙な時差をつけながら、縦七キロ、横四キロの無人島へ次つぎに流れ着く。ロビンソンクルーソー式孤島譚だが、本作ではその祖型がうんと複雑になっている。こうなるともう期待しない方がどうかしている。

言葉を異にする人間たちが集団で生きて行く以上、農漁業や言語や戒律や宗教や経済といった小文明を創り出し、できればそれらを展開し発展させなければならない。つまり読者は、文明誕生の瞬間とその発展を目のあたりにすることができるので、それがおもしろくて無人島ものに読みふけることになるわけだが、じつは作者は、そういった無人島ものに欠かせない仕掛けにまったく興味を示さない。

言語一つとってみても、最初に三つの言語がまぜこぜになるピジン語世代があるはずであり、次にそのピジン語をそのまま母語として受けとめるクレオール語世代が育つにちがいないのに、それについてなにも書いていない。

モノやココロを交換するさいに必要な島共通の価値（たとえば、島の貨幣）、それをだれが発明するのか。発明者はしばらくのあいだ島の権力を掌握するだろうが、それはいつになるのか。……だが、そのときはついに訪れることがなかった。

島に一丁しかないナイフは権力の象徴のようなものだが、しかしナイフの行方をめぐって、島の権力分布が微妙に変化するというようなところも捨てられて、本作のナイフはただの小道具にすぎない。ひっくるめて、国造り神話の構造化（このお話にもっとふさわしいスタイル）が不徹底である。

それでは駄作かというと、じつはそうではない。作者は、右に書いたような無人島ものの約束ごとをすべて、きっぱり捨てたのだ。そして人間に本源的な男女の営み、つまりセックスと生殖に的をしぼり、その一点に向けて全才能を傾注した。その大胆不敵な潔癖さから生まれた緊密な文体と劇《はげ》しいリズム感が、本作を好個の傑作に仕立てあげている。

作者はすべてを捨ててすべてを得た。

大佛次郎賞（第三五回）

受賞作＝飯嶋和一「出星前夜」／他の選考委員＝池内了、川本三郎、髙樹のぶ子、山折哲雄／主催＝朝日新聞社／発表＝同紙二〇〇八年十二月二十二日

ここに歴史があった実感

信じがたいほど不当な年貢要求に対して蜂起した、もとキリスト教徒の庄屋衆と百姓たち。飯嶋和一氏の『出星前夜』は、この島原の乱を2人の男を軸に展開させ、さらに二つの目を使いこなして、すばらしい成果をおさめた。

領主に追従する節操のない庄屋と思われていた有家の甚右衛門は、やがて百姓たちの苦しむさまを見かねて、政治的駆け引きを駆使する。その知恵の深さとおもしろさは読者の記憶に永く残るはず。しかも甚右衛門は戦になると強いのだ。

蜂起の点火役の、寿安と呼ばれる若者は、蜂起が成功したとたん、義民だったはずの百姓たちが暴徒と化したのを見て打ちひしがれ、病者を救う道を選ぶ。苦悩の泥と悲哀の砂で固められた道を必死に歩きつづける寿安に、次第に人間存在のみごとな美しさが現れてくるのは、とても巧みな設計である。

作者の採った二つの目とは、大蜂起の全体を鳥から眺める目と、登場人物たちの心理と行動を蟻《あり》から観察する目。この二つが、いい間合いにリズムを刻んでいるので寸時も飽きることがなく、そ

して読後の「たしかにここに歴史があった」という実感―傑作である。

小説すばる新人賞（第二一回）

受賞作＝千早茜「魚神」（「魚」改題）、矢野隆「蛇衆」（「蛇衆綺談」改題）／他の候補作＝ささげあい「モトマチとねこ」／他の選考委員＝阿刀田高、五木寛之、北方謙三、宮部みゆき／主催＝集英社／後援＝一ツ橋綜合財団／発表＝「小説すばる」二〇〇八年十二月号

二作の美点

『モトマチとねこ』（ささげあい）は、すなおな文体で、ほどよく語られた自己回復小説だが、しかしいつかどこかで読んだような既視感があった。語り手の「私」は、駆け落ちの果てに心中した母親に、自分の気持を伝えようとしなかったという精神的な傷をもち、「私」の彼もまた、車の事故で両親を死なせ、才能あるピアニストの妹に重傷を負わせたのではないかという心の傷をもつ。二人はモトマチという商店街にともに住み、街の人たちのゆったりした気分に包まれながら、料理をつくりそれを食べることを通して、心の傷を癒して行く……。これはかなり古い道具立てではないだろうか。たとえば、食べることについてうんと思索を深めるとか、商店街の魅力についてもっと語るとか、ほどのよさを壊す覚悟で徹底して書いていたら、あるいは新味が出たかもしれない。

評者が強く推したのは、『蛇衆綺談』（矢野隆）である。改行の多い文体に辟易させられたが、じ

つはこの文体は戦闘の動きを写し取るために用意されたものだった。そのためにすばらしい速度感も生まれた。近ごろの小説に流行の自閉的な傾向にも陥らずに、作品世界が完全に読者に向かって開かれているところにも感心したし、ギリシャ悲劇やシェイクスピア悲劇を溶かし込んだような筋立てもどっしりとしていて、これは作者の美点である。そして、さまざまな生い立ちの戦闘請負人たちが金を目当てに戦ううちに、掛け替えのない仲間になり、ついには仲間のために戦って死んで行くという筋立てはありふれているように見えるが、しかしどっしりとした土台と速度感のある文体のおかげで独特の作風が生み出された。

『魚』(千早茜)には、辛い点をつけていた。たしかに逞しい作家的膂力《りょりょく》と馬力がある。登場人物たちを(やや戯画化しながらではあるが)くっきりと造型してもいる。けれども力が入りすぎたのか、物語の山場になるとそのたびに文章が擬態語満載の観念的な美文になるのが気になった。つまり万事厚塗《あつぬ》りの印象。なによりも、作者は自分の作った物語の中に逆に閉じこめられてうろうろしていて、作品が読者に向かって開かれていない。つまり作中でなにが起ころうと読者は驚かないのではないか。それで辛い点になったが、選考委員会の白熱の議論に揉まれているうちに、厚塗りはこの作者の美点、これをよい方に受け止めようと考えをかえ、最後は二作受賞に賛成した。

二〇〇九（平成二十一）年

読売出版広告賞（第一三回）

――大賞＝新潮社「蟹工船」／他の選考委員＝荻野アンナ、清田義昭、中森陽三、大月昇、菅原教夫／主催＝読売新聞社／発表＝同紙二〇〇九年一月二十八日――

80年の歴史結んだ力業

白い紙と黒いインクの対比があざやかで―といってはまちがいだ。白と黒とがきびしくせめぎ合い、鋭く対立し、すさまじい緊張感で全体が波立っている。

モダンな活字による巨大な書名。それが首切りと失業と倒産と飢餓とで社会が沈みかけていた昭和初期の大恐慌の記憶を、平成の読者の目の前に引きずり出す。その危機の到来を三大新聞からの引用文が裏付けていて、左に掲げられた二冊の刷り部数も、われらの時代がすでにその危機の荒波をかぶっていると語っている。

一枚の広告が、八十年にも及ぶ歴史の時間を一気に結びつけたのだ。これはみごとな力業《ちからわざ》である。

岸田國士戯曲賞（第五三回）

受賞作＝蓬莱竜太「まほろば」、本谷有希子「幸せ最高ありがとうマジで！」／他の候補作＝松井周「家族の肖像」、長塚圭史「SISTERS」、加藤一浩「黙読」、タニノクロウ「星影のジュニア」、蓮見正幸「ステロイド」、山岡徳貴子「着座するコブ」／他の選考委員＝岩松了、鴻上尚史、坂手洋二、永井愛、野田秀樹、宮沢章夫／主催＝白水社／発表＝二〇〇九年二月

おもしろい場面

劇作家の大切な仕事の一つに、〈おもしろい場面を背負って登場する人物を用意すること〉というのがあります。おもしろい場面という言い方に抵抗があるならば、感動的な場面でも痛切な場面でもなんでもいい、とにかく劇作家は、その芝居の質を決める取って置きの場面を登場人物のだれかに内蔵させておいて、それを最良の間合いで表に出して客席を圧倒する。

蓬莱竜太氏の『まほろば』の登場人物はすべて女性ですが、作者は、登場するすべての女性に「おもしろくて、感動的で、痛切な場面」を背負わせていました。それらの場面の基になっているのは、妊娠する力です。作者は、過去に妊娠したことがある、いま妊娠している、そして近い将来に妊娠するであろう女性たちの心の動きとその言動を巧みに組み合わせてがっしりした深層構造を

つくりました。そして表層は、華麗で滑稽で露骨な対話で飾り立て、自由で軽快な滑走感を生み出しました。決してよそ見をせずに、ただひたすら「妊娠したのか、しないのか」に焦点を絞っているのも清潔でいさぎよく、豪快にして巧緻、軽妙にして深い思想を秘めた傑作です。

本谷有希子氏の『幸せ最高ありがとうマジで！』の人物たちもまた、おかしな場面を引き連れて登場します。自分が恵まれすぎていることになぜか我慢ができなくなった女性が、なんの関係もない他人の家庭へ闖入して、いきなり「わたしはこの家のご主人の愛人です」と宣言する。このメチャクチャな宣言に触発されて、一つの家庭の構成員全員が、それぞれが背負ってきたおもしろい場面を一挙に表へ押し出してくる。終息部分で少しばかり混乱したのは残念ですが、しかし、おもしろい場面が連続して表へ飛び出してくる前半から中盤にかけての、生き生きと躍動する展開に、作者の才能がまぎれもなくあらわれていました。この作品は、他人のいいところに目をつぶり、悪いところだけを指弾する、昨今の社会の歪んだ精神構造を痛烈に撃つファルスの傑作です。

司馬遼太郎賞（第一二回）

受賞者＝原武史「昭和天皇」／他の選考委員＝陳舜臣、ドナルド・キーン、柳田邦男、養老孟司／主催＝司馬遼太郎記念財団／発表＝「遼」二〇〇九年冬季号

君主制の秘密に肉薄

『昭和天皇』は岩波新書で二一八ページの薄い本です。日曜の朝からていねいに読んでも、夕方には読み終わるハンディなものですが、そのなかに膨大な情報が読みやすく、均整の取れた日本語で書かれている。

内容は、昭和天皇がどうして宮中祭祀に魂を込めるようになったかの経緯です。そして結局は、国民への責任よりも神への責任を取ろうとしたという重要なテーマが流れている。国民に対して遂に責任を背負うことがなかったという痛烈な天皇批判が、史料から抽出された客観的な記述として、読む人が納得できる論理的な積み重ねで書かれています。

もうひとつ、昭和天皇のお母さんである貞明皇太后と天皇の関係、昭和天皇の弟、高松宮と天皇との関係が、史料を駆使して明快に書かれている。私たちは主権在民の立憲君主国という国のかたちを採用していますが、その君主制の秘密に肉薄し明確にしたという点で、後々まで基本的な第一級史料になるでしょう。

また宮中祭祀というものが実は昔からの伝統ではなく明治になってからつくられた伝統で、それを日本の国の根本義と考えることの間違いが冷静に摘出されている。どこを取っても議論に値し、またどのページにも目から鱗が落ちる指摘があります。

この本は読み手や読み方によって、さまざまな受け取り方ができる。僕が個人的に感じたのは、昭和の日本人はひょっとしたら天皇一家の親子ゲンカに巻き込まれたのかもしれないという恐ろしい感想でした。この本は事実を精選して論理的に組みあげた結果、中立でありながら、また原さん

はそうは言ってないにもかかわらず、どんな立場からも聖書にしたくなるようなすごいところのある本です。

それらがとてもいい日本語で書かれていて、文章を読む快感もあります。司馬先生が生きておられたら、この本を材料に一週間ぐらいお話をつづけられたに違いない。

これは国民全員に読んでほしい。天皇一家はこういう一家で、こういうことを信じて象徴となっているんだと考えてほしい。それにふさわしい一冊を、私たちは手にしました。

直木三十五賞（第一四〇回）

受賞作＝天童荒太「悼む人」、山本兼一「利休にたずねよ」／他の候補作＝恩田陸「きのうの世界」、北重人「汐のなごり」、葉室麟「いのちなりけり」、道尾秀介「カラスの親指」／他の選考委員＝浅田次郎、阿刀田高、五木寛之、北方謙三、林真理子、平岩弓枝、宮城谷昌光、宮部みゆき、渡辺淳一／主催＝日本文学振興会／発表＝「オール讀物」二〇〇九年三月号

意中の三作

桜の精のように芳《かぐわ》しいひとが、夫となるべき武辺者に訊く、「これこそご自身の心だと思われる和歌を教えていただきたい。これぞとお思いの和歌を思い出されるまで寝所はともにいたしますまい」と。こうしてその武辺者は十七年の歳月をかけて、わが心の歌を探し求めることになる。これ

が葉室麟氏の『いのちなりけり』の、洒落《しゃれ》た主筋である。けれども、始まりから固有名詞群と脇筋《わきすじ》群が一気に出しゃばってくるので、主筋がたえず横滑りを起こし、時の前後さえ判別しがたくなる。とても読みにくい。全巻の締めくくりとなる決闘の場が両国橋に設定されているのにも違和感がある。この橋の東西の橋詰には番所がある。夜間には橋の中央に番屋まで出る。橋の下を諸大名たちが舟で通るからきびしく見張っているのである。いかにしたたかな武芸者でも、欄干のかげに隠しておいた槍で主人公を逆襲するのは、むずかしいかもしれない。

北重人氏の『汐のなごり』は、北日本の湊、水潟《みなかた》を舞台にした連作集。よく調べられており、誠実で丹精な筆の運びも好ましく、とりわけ、己の身を削っても子の命を養おうという母を書いた「海羽山」は、佳品である。しかしながら、各篇とも、物語の原動力がすべて〈回想〉なので、話の仕立てがよく似ている。そのせいか、読み手側の感銘の度合いも次第に月並みなものに落ちて行き、やや厚塗りの自然描写もやがて読み手の足手まといになって行く。各篇の人物たちに横の連鎖がないのも惜しまれる。人物たちが強弱遠近さまざまに繋がっていれば、おもしろい「都市物語」になっていたかもしれない。

『きのうの世界』の作者、恩田陸氏はすでに一家を立てた書き手である。意欲的な文学実験（ここでは二人称の採用）、なにかが近づいてくる気配を書くときの運びの巧みさ、多重視点のおもしろさ、背景がいきなり前景に迫《せ》り出してくるときにみなぎる力感など、多くの読者が恩田ワールドを楽しんでいる。したがって、いまさら不備を論じても仕方がないが、なによりも、舞台になっているM町が浮島の上に築かれていたという世界的なニュースが、後半ではただの地方ニュースに成

り下がってしまったように見えて、これは風呂敷の広げすぎのようだ。マッチポンプ的大屋台崩し風ファンタジー小説……もちろんこれはこれですてきにおもしろいのだけれども。

このような進み行きから、評者は推《お》すべき作品を以下の三作品に定めた。

山本兼一氏の『利休にたずねよ』は、臨済禅が利休に与えた影響について書かれていないことを(大徳寺は出てくるけれども)不満に思ったが、しかし、時間を巧妙に逆行させながらなにもかも、高麗からの流浪の麗人と、彼女の持っていた緑釉の香合に、焦点を絞ってみせた、作者の力業に喝采を送る。常にたしかで着実な文章もこの力業をがっちりと支えている。おしまいの、利休の妻が香合を石灯籠に叩きつけて砕くところは、この長編を締めくくるにふさわしい名場面だった。

天童荒太氏の『悼む人』は、前半はすばらしい。しかし後半はやや落ちるかもしれない。その理由は、悼む人を追う週刊誌の特派記者が、前半では卑しく活躍するのに、後半ではまったく改心してしまったところにある。みんないい人になって、構造《つくり》に微かなひびが入った。また、悼む人が悼まれる人(つまり殺される人)になったら、さぞやすごかったろう、悼む人はキリストそのものになったのにと思ったが、これは評者の勝手な注文である。……いずれにもせよ、作者は、名もなき死者を悼む人を設定して、人生と死と愛という人間の三大難問に正面から挑戦した。後半にやや結晶度が落ちるとはいえ、ドストエフスキーも顔負けの、この度胸のある文学的冒険に脱帽しよう。

道尾秀介氏の『カラスの親指』は、結末に大どんでん返しを仕組んだ、鮮やかな快作である。これからお読みになる方たちのために、内容に立ち入ることは避けるが、一に人物造型のたしかさ面白さ、二に伏線の仕込み方の誠実さ、三に物語の運びの精密さと意外さ、四に社会の機能を抉りだ

すときの鋭さ、五に質のいい笑いを創り出すときの冴えにおいて、出色の小説だった。評者も、すっかり騙された口の一人である。

吉川英治文学賞（第四三回）

受賞作＝奥田英朗「オリンピックの身代金」／他の選考委員＝五木寛之、北方謙三、林真理子、平岩弓枝、宮城谷昌光、渡辺淳一／主催＝吉川英治国民文化振興会／発表＝「小説現代」二〇〇九年五月号

やるせない関係

昭和三十九年（一九六四）の秋、東京オリンピックの開会式はなにごともなく無事に終わった。そこで、〈オリンピックを人質にとって、八千万円を要求し、その要求が容れられなければ、開会式でダイナマイトを爆発させ、国家の面目を失わせてやる〉という、本作の主人公たちの企てが失敗することは、読む前からわかっている。したがって読者は、主人公たちがどのようにして失敗したかに力点を置いて頁をめくることになるが、その期待は、作者の用いた叙述方法によって充たされる。

作者は、二つの物語を用意した。第一は、主人公たちが仕掛けた予告的な事件の解明を急ぐ国家装置の、時間の流れに沿った動き。第二は、主人公たちが国家的行事を妨害しようと決意するに至

るまでの個人史と、その実行についての詳細な報告。この二つが次第に接近、やがて絡み合いながら、山場の開会式をめざして一つになって行く叙述が力感にあふれていて、読者をわくわくさせる。すなわち国家と個人の関係をおもしろく物語化してみせたところが、作者の手柄である。

開会式の爆破に失敗した真の原因が、じつは主人公たちの友情にあったというのも、皮肉な結末だ。親子の情愛にも似た篤い友情が、結局は国家を守ることになるわけだから、なんだかやるせない話だが、いつだって、国家とわたしたちとの関係はやるせないものなのだから、これは一面の真理を言い当てた作品でもあった。力作である。

川端康成文学賞（第三五回）

受賞作＝青山七恵「かけら」／他の候補作＝岡田利規「楽観的な方のケース」、川上弘美「terra」、リービ英雄「我是」、西村賢太「廃疾かかえて」、遠藤徹「麝香猫」／他の選考委員＝秋山駿、辻原登、津島佑子、村田喜代子／主催＝川端康成記念会／発表＝「新潮」二〇〇九年六月号

知的で痛切な結末

青山七恵氏の「かけら」の語り手は、〈友人に誘われて先月入った写真教室で、先生に勧められたこの機種（一眼レフ）を六回の分割払いで買った〉〈神奈川の奥地の大学を選んで家を出た娘〉である。桐子というこの女子学生は、〈風景写真のよい練習になるかもしれないと思って〉ある土

曜日、実家へ帰って、日帰りのさくらんぼ狩りツアーに参加するが、家庭内に小事件が起こって、同行者は、これまで影の薄い存在で、それゆえにほとんど気にもとめていなかった、痩せっぽちの父一人ということになる……設定をくわしく書いたのは、この月並みな話を、作者がどのようにして、すばらしい作品に仕上げることができたかを確かめるためである。

作者は、風景写真を撮りつづける桐子に徹底してこだわる。別にいえば作者は、かけらほどもない、この小さな思いつきを心から愛しつづけた。作者の愛を受けて、この月並みな思いつきが、やがて珠玉のような光を帯びはじめる。ファインダーを通り抜けて行く風景の中に、ゆっくりと現れてくるのは、見たこともない父の像だった。

これまで影が薄いと見えたのは、父が控えめに生きているからではないか。気が弱いと思い込んでいたが、それは親切な人柄がそう見えていたのではないか。蚊とんぼのような痩せっぽちと決めつけていたが、それは仙人の別像だからではないか。こうして紋切型の連続体として消費されていた退屈な日常が、冷ややかなカメラを通して、切実で温かな営みのように見えてくるところが非凡である。

作中に、むかしの家族写真が一枚登場するが、この短篇の流れの中に置かれると、過去の記憶のかけらにさえも温かな血が通い、父娘の現在の心境とつながって、作品にささやかだが好ましい山場をつくりだし、ここには、作者のしたたかな力量があらわれていた。

すばらしいのは結びの数行で、三週間後、焼き上がってきた写真を見ると、〈父の視線は写真をはみ出して、雲の切れ目に薄い色の星が浮かぶ東の空に向かってい〉た。それまで万能の観察装置

と信じていたカメラにも、父の真像を摑えることができなかったかもしれない。知的な、そして痛切な結末である。

直木三十五賞（第一四一回）

受賞作＝北村薫「鷺と雪」／他の候補作＝西川美和「きのうの神さま」、貫井徳郎「乱反射」、葉室麟「秋月記」、万城目学「プリンセス・トヨトミ」、道尾秀介「鬼の跫音」／他の選考委員＝浅田次郎、阿刀田高、五木寛之、北方謙三、林真理子、平岩弓枝、宮城谷昌光、宮部みゆき、渡辺淳一／主催＝日本文学振興会／発表＝「オール讀物」二〇〇九年九月号

一つの達成

「この国には大阪国という、豊臣家の末裔を守るための独立国が以前より、別個存在する。このことは慶応四年四月六日の、太政官政府と大阪国の間で取り交わされた十カ条の条約からも明らか……」というのが『プリンセス・トヨトミ』（万城目学）の拵《こしら》えである。独立国家の中にもう一つ小国家があるという発想は魅力的だが、しかしこの壮大なホラを成立させるためには、あらゆる細部をいちいち、もっともらしいものに作り上げなければならない。本作ではその工夫が足りなかった。たとえば、太政官政府との間で取り交わされたという十カ条の条約、作者はどんなことをしてでも、その条文のすべてを読者の前に明示しなければならなかった。それなのに、〈太政官政府は大阪国

を承認する、という項目から始まる〝条約〟の中身をすべて確認し、〉（二六〇頁）とあるだけで、それ以上のことは書かれていない。作者と登場人物がわかっていればそれでいいのだろうか。これでは読者はこのホラとはつきあえない。

くどいがもう一つ、豊臣家末裔の危機を聞きつけて〈大阪城に参集した男たちの総計は実に百二十万人を超えた。〉（四〇六頁）。それにもかかわらずこの大事件は大阪市以外に伝わらなかったという。作者は伝わらなかった理由をいろいろ並べ立てるが、みんな言い訳にすぎない。むしろ全国に伝わった方がいいのだ。いっそ、あの阪神タイガースさえもじつは大阪国の国立野球チームだったとでも大ホラを吹いて、その大ホラを無数の、まことしやかでもっともらしい細部で支えるぐらいの気組みと手練が必要だ。

語りで騙《かた》る――これが、六つの短篇を収めた『鬼の跫音』（道尾秀介）で、ほぼ一貫して採られている手法である。日記における時間の流れを逆行させたら読者を騙《だま》せるのではないか、決定的な事実を最後の最後に語るようにすれば読者を騙せるのではないかなど、才気あふれる語りが本作の魅力である。また、語りの工夫で巧みに時間を繋ぎ合わせる離れ業もみごとだが、しかし長所は短所と隣り合っていて、その語りによって明らかにされて行く物語の中身が、血糊《ちのり》一色で、いささか月並みである。語りの凄さ巧みさが中身を均一にしてしまったきらいがある。おしまいの一篇、人間を吸い取るキャンバスという奇抜なアイデアで展開する「悪意の顔」は、疑いもなく一個の佳品だが、この一篇では語りが読者を騙《かた》ろうとしていない。それで愛の哀しさがよく出たのかもしれない……とはいうものの、絢爛たる語りはこの作者の最強の武器、もっと柄《がら》の大きな物語で得意の武器

を駆使していただきたいと願うばかりである。

歩道に倒れた一本の街路樹をめぐる悲喜劇の中から、普通の人々の無責任さや小狡《こずる》さをうまく抉《えぐ》り出したのが『乱反射』（貫井徳郎）である。自分勝手を押し通すが、それがひとたび波紋を引き起こすと、とたんに知らぬふりを決め込む人たち、自分さえよければと市民モラルを踏みにじっておいて、一向に責任を取ろうとしない人たちなど、普通に生活する人間の「罪と罰」を鋭く摘出する作者の力量にはたしかなものがある。けれども、作品のどの部分も均質、同じ密度で書いてあって、小説的なふくらみに欠け、通読すると少しばかり、のっぺらぼうの感があった。

事あるたびに口を出してきては支藩の秋月藩を支配しようと悪く企《たくら》む本藩の福岡藩――『秋月記』（葉室麟）は、この両藩の凄惨な軋轢《あつれき》の中で、秋月藩の命運を担って苦心する一藩士の生涯を、綿密な資料考証を経《へ》ながらくっきりと浮かび上がらせた。とりわけこの藩士の、「逃げない男になりたい」と志してから藩政改革を成し遂げるまでの前半生は、文章は清潔、展開の速度も快《こころよ》く、たいへんな名作である。しかし藩政の黒幕となってからの彼には、その黒幕度が不足、記述もいったいに早足になって失速、おもしろさにも乏しくなった。清濁併せ呑むのが行政官の定めであるとすれば、「清」だけで終わってしまった感があって、前半が傑作だっただけに、惜しいとしかいいようがない。

『きのうの神さま』（西川美和）に収められた五篇には、際立った特色が二つある。一つは、五篇とも、病気を通して人間の心の底を覗き込むことを生業《なりわい》にしている医師を登場させたこと。もう一つは、これまでの小説の約束をかすかに脱関節化していること――脱関節化が熟さない言い方とするなら、定法ずらしとでも言えばよいか。たとえば最初の短篇「1983年のほたる」の劈頭の一

行、〈今、何か言った気がする。〉で、だれが何を言ったのかがはっきりするのは十五頁もあとの〈「りつ子さん」／今度ははっきりと、そう聞こえた。〉まで、待たねばならない。読者はお約束通りに情報が入ってこないのでイライラするが、その分だけなにか清新なものにふれた感じを受けるからふしぎだ。主人公に名前のないこともあれば、過去と現在とが勝手に入り交じったりもして、たしかにつんのめりながら読まねばならないが、それが魅力にもなっているところは、作者に物語を語る才能があるからだろう。その才能を十分に買った上で言えば、せっかく医師を登場させながら、人間の生命や魂の奥底に「ねじ込む力」が少し弱い。そこがやはり惜しい。すてきなスケッチやエピソードをうんと撚《よ》り上げて、芯のある物語を創ることができれば、優れた書き手になるはずだ。

局番ちがいの間違い電話——こんな安易な手はほかにないが、『鷺と雪』（北村薫）では、この手が、二度と逢うことがないはずの反乱軍の青年将校と良家令嬢の、この世で一度の魂の通い道になる。人間の日常生活に一瞬、立ちあらわれる厳しい歴史の断面を、一本の間違い電話が読者の前にありありと示すのだ。見えないものを見えるようにするのが、詩や劇や絵や小説など芸術本来の働きであるとすれば、周到に書かれたこの場面こそは、まさにその芸術の達成そのものと言ってよいだろう。

日本ファンタジーノベル大賞（第二一回）

大賞＝遠田潤子「月桃夜」、小田雅久仁「増大派に告ぐ」／他の候補作＝山田港「鯨が飛ぶ夜」、佐藤千「私小説」、塵野烏炉「化鳥繚乱」／他の選考委員＝荒俣宏、小谷真理、椎名誠、鈴木光司／主催＝読売新聞東京本社・清水建設　後援＝新潮社／発表＝「小説新潮」二〇〇九年九月号

値打ち物の小説

今回の選評を褒め言葉でいっぱいにしたい。褒めることで、たとえわずかでも新人作家のみなさんの推進力を強めることに役立ちたいと願うからだ。

『鯨が飛ぶ夜』（山田港）の、「人間の憎しみや醜さや恐怖や劣等感、つまり弱さを食べて成長する鯨がいる」という発想は、とても魅力的である。学園物語の上に、友情物語や芸術誕生物語や音楽発見物語など、さまざまな物語を積み上げて一つの小説的建造物を立てようと試みた腕力にも敬意を表する。この発想からして、話の進み行きが外へ向かわずに、内へ心へと向かうのは自然の成り行きであるが、ちょっと内へ入り込みすぎた感はある。もっと外へ弾《はじ》けた方がいい。

『化鳥繚乱』（塵野烏炉）の前半は、化鳥討伐の勅命を受けて小夜の中山へやってきた若い武官貴族の話。物語は、その化鳥（月小夜という名の美しい娘に変身している）と貴族が愛し合うことになるという思いがけない展開を見せ、さらに彼女は「恋しい男を食うか、それとも化鳥として男に射たれて死ぬか」という究極の選択を迫られる。後半は、化鳥の産んだ娘が実の父親である男＝討伐使と交わろうとする話。どちらも説話的気分に満ちているが、作者は心理描写を多用し、いままでは貴重な美文調を駆使して、説話をファンタジー小説へ飛翔させようと力闘する。そこのところに

作者の汗が飛び散っていて快《こころよ》い。前半の緊密な構造に比べ、後半の運びが少し緩くなったのは惜しかったが。

『私小説』（佐藤千）は、二重の構造。読者がまず読むのは、枝や根や幹をつなぎ合わせて木をつくる職人が、逃げたキリンを探すお話。お話は、奇妙に揺れて、その上、ふしぎなズレを見せて、高速で進展する。やがて、この歪んだ世界に追い詰められた職人が困り果てていると、じつはこのお話は〈一人の女の子が、授業中先生が話をしたことと自分の頭にある妄想を組合せて書いている……〉ものだと分かる。ここまではとても奇体《きたい》で面白いが、しかし、自分たちが書割りの登場人物だと知って慌てるだけではだめ、登場人物たちがお話の作られ方に抗議するとか、登場人物たちが作者をお話の中に引きずり込むとか、もうひと踏張りしないと物語はおさまらない。お話が割れたところからもう一工夫したら、うんとよくなるはずだ。

悪態《あくたい》小説や悪口《あっこう》演劇はむかしからあったが、『増大派に告ぐ』（小田雅久仁）は、すばらしい比喩をちりばめた文体で、出色の悪態小説になった。なぜこれほどすてきな比喩が続出するかというと、語り手がいびつに世間を見ているからで、このいびつな視点から奇怪でおもしろい比喩が飛び出す仕組みになっている。読み進めていくうちに、世間の常識や流行（これが増大派）の方がいびつに見えてくる。ここに作者の「正義の企み」が隠されているのだろう。負のエネルギーに満ちているので、読後感はかならずしもよくないが、ときおり現われる普通の日常生活が世話味《せわみ》たっぷりによく描けているので、ほっとする。この作者は、普通の小説も上手そうである。

評者にはという注釈がつくが、今回の白眉は、『月桃夜』（遠田潤子）だった。奄美大島のはるか

沖合を、カヤックで漂流する女性の前に大鷲が現われて、いきなりこう口をきく、「俺には屍肉を喰らう趣味はない」と。なんと大胆で巧みな導入だろう。大鷲が語るのは、二百年前の奄美の悲惨な階級社会であり、最下層の少年奴隷の苛酷な毎日である。その少年が一人の少女を守りながら、他人と自分を愛することを発見し、たまたま習った囲碁を唯一の武器に、この階級社会を一気に駆け登ろうとする。いたるところ名文句で飾られた文章は歯切れよく、律動的に物語を展開してゆく。もちろんその底に膨大な勉強量が隠されているのだが、なによりも、漂流の一夜と、「この世のおわりにまた会おう」という気が遠くなりそうな未来を、一編のうちに結びつけた雄大な構想がすばらしい。これこそ値打ち物の小説だ。

講談社エッセイ賞（第二五回）

受賞作＝向井万起男「謎の1セント硬貨　真実は細部に宿る in USA」、青柳いづみこ「六本指のゴルトベルク」／他の選考委員＝東海林さだお、坪内祐三、林真理子／主催＝講談社／発表＝「小説現代」二〇〇九年十一月号

逸話でいっぱいの二冊

ときにはインターネット通信で、ときには車や飛行機で、さらには宇宙飛行士である妻との愉快な会話を通して集められた今のアメリカの逸話の宝庫――それが『謎の1セント硬貨』（向井万起男）

である。たとえば、〈サウスウエスト航空の……職員たちは……ヤケにカジュアルな服装をしている。……短パン、スニーカー、ラフなシャツ、デザインも色もテンデンバラバラ〉（一三七ページ）。けれどもパイロットだけは制服を着用する。パイロットが短パンに派手なアロハで操縦桿を握っていては、乗客がイヤな気分になるだろうと、答えはわかっているが、それでも著者は質問状を送り付ける。すると、著者のこの滑稽なほどの律儀さが航空会社から含蓄に富んだ経営方法を引き出してしまうから面白い。こんな調子で集積された逸話群の中からゆっくり浮かび上がってくるのは、成熟と幼稚を合わせ持ったアメリカの姿で、これは痛快なアメリカ文明論である。あちこちにこぼれ落ちている詩情がこの一冊に好ましい深みを加えていた。

音楽を扱った純文学やミステリーを、ドビュッシー研究家でもあるピアニストが、心行くままに論じたのが『六本指のゴルトベルク』（青柳いづみこ）である。作品の要約がそれぞれ巧みで大いに感心させられるが、面白いのは、たとえば舞台に出る寸前の演奏家たちのありさま。〈袖からこっそり舞台を覗くと、巨大な黒いピアノの肌がゴキブリのようにつやつやと光って見える。生まれてこの方ピアノなんて一度も弾いたことがないような気分になる〉（五二ページ）。そこで、アルゼンチンの名ピアニスト、マルタ・アルゲリッチは緊張のあまり楽屋の扉を固く閉めて出てこないときがあり、この緊張を乗り越えてこそ、ゴキブリは初めて宝石のような音を創り出すピアノに戻るのだそうだ。こうした逸話を数多く紹介しながら音楽と人生の機微に鋭く迫っており、評者には大切な一冊となった。

小説すばる新人賞（第二二回）

受賞作＝朝井リョウ（笹井リョウ改め）「桐島、部活やめるってよ」、河原千恵子（月森すなこ改め）「白い花と鳥たちの祈り」（「なくしてしまったはずのもの」改題）／他の候補作＝鯤ノーチェ「無頼島」／他の選考委員＝阿刀田高、五木寛之、北方謙三、宮部みゆき／主催＝集英社／後援＝一ツ橋綜合財団／発表＝「小説すばる」二〇〇九年十二月号

この先が楽しみだ

内的独白、あるいは劇的独白といわれる手法がある。たとえば、ハムレット王子が客席に向って、「生か死か、それが問題だ」と語るのがそれであって、内心や本心を打ち明けるときなどに便利だ。流行歌の歌詞なども、たいていこの手法を採《と》っている。ただし、ちょっと使うなら効果はあるが、これだけで通されると、読み手としては、その押しつけがましさに辟易《へきえき》することになる。『無頼島』（鯤ノーチェ）は、全編がこの手法で書かれていた。書きにくいところや、作者にとって都合の悪いところを、すべてこの手法で処理しているので、客観状況がおよそ不明瞭である。つまり、作者は自分の都合だけで書いていて、読み手のことなど考えていない。筆力があるのに、惜しい話だ。その筆力を、読み手に向けて使ってほしいと願うばかりである。

『なくしてしまったはずのもの』（月森すなこ）には感心した。たしかに、物語要素の一つ一つは、ありふれたものばかりだが、それを取りまとめて、大きな物語に仕立てあげる力がある。つまり、

物語の断片をたくさん取り集め、それらを慎重に組み合わせて新世界を構築し、その新世界を言葉で地道に実現し、しかも作品全体に好ましい小説的うねりを与えているところに、可能性を感じたわけである。またたとえば、郵便局員の中村青年のような、深刻な過去と清々《すがすが》しい魂を持つ人物を上手に書いていて、これから先が楽しみである。

『桐島、部活やめるってよ』(笹井リョウ)についていえば、いたるところに瑞々《みずみず》しい才気を読み取って、選者冥利を味わった。そろそろ大人への入口にさしかかろうという少年少女たちの微細な心の動きを、作者は鋭利な筆づかいで、みごとに活写した。ふだんであれば眉をしかめるような体言止めの頻発や、口語・俗語の乱発も、この作者の手にかかるとじつに効果的な光彩を放つ。また、これは重要なことだが、一人二役の活用、同一場面を複数の目で見る仕掛けなど、作者はいろんな小説的技術をすでに貯蔵しているらしい。この作者もまた、先が楽しみだ。